VENT DE SANG

ACTES NOIRS
série dirigée par Manuel Tricoteaux

DU MÊME AUTEUR

FLÉTRISSURE, Actes Sud, 2011 ; Babel noir n° 66.
BLANCHE-NEIGE DOIT MOURIR, Actes Sud, 2012 ; Babel noir n° 99.
UNE VIE AU GALOP, Actes Sud Junior, 2012.

Titre original
Wer Wind sät
Éditeur original :
List Taschenbuch Verlag

ISBN 978-2-330-02505-2

NELE NEUHAUS

Vent de sang

roman traduit de l'allemand
par Jacqueline Chambon

ACTES SUD

PROLOGUE

Elle courait dans la rue déserte aussi vite qu'elle le pouvait. Dans le ciel nocturne explosaient les premières fusées du feu d'artifice de la Saint-Sylvestre. Si seulement elle arrivait à atteindre le parc et la foule en liesse dans laquelle elle pourrait se fondre ! Elle ne connaissait pas la région, elle avait complètement perdu le sens de l'orientation. Les pas de ses poursuivants résonnaient entre les hautes maisons. Ils étaient sur ses talons, la poussant de plus en plus loin des rues animées, loin des taxis, du métro et des hommes. Si elle s'arrêtait, c'en était fini d'elle.

Une angoisse mortelle lui coupait le souffle, son cœur battait contre ses côtes. Elle ne pourrait pas garder ce rythme bien longtemps. Là ! Enfin ! Entre les façades sans fin des hautes maisons s'ouvrait une étroite fente. Elle tourna sans ralentir dans la ruelle mais son soulagement ne dura qu'une seconde, car elle comprit immédiatement qu'elle avait fait une terrible erreur. Devant elle se dressait un mur lisse. Elle était tombée dans un piège ! Le sang bruissait dans ses oreilles, son halètement était le seul bruit dans le soudain silence. Elle se blottit derrière des poubelles puantes, pressant son visage contre le mur rugueux et humide de la maison et ferma les yeux dans l'espoir désespéré que les hommes continueraient sans la voir.

— Elle est là ! cria quelqu'un à mi-voix. On la tient.

Un projecteur l'illumina, elle leva le bras en clignant des yeux, aveuglée par la lumière trop vive. Ses pensées tournoyaient à toute vitesse. Devait-elle appeler au secours ?

— Elle est cuite, dit un autre.

Des pas sur le pavé. Les hommes s'approchèrent, lentement maintenant, sans se presser. Son corps lui faisait mal de peur. Elle serra ses poings humides, ses ongles s'enfoncèrent douloureusement dans sa chair.

Puis elle *le* vit ! Il pénétra dans la lumière et baissa les yeux sur elle. Pendant un infime instant de soulagement, elle fut traversée par l'espoir insensé qu'il était venu pour l'aider.

— Je vous en prie ! murmura-t-elle d'une voix rauque en tendant une main vers lui. Je vais tout vous expliquer, je…

— Trop tard, coupa-t-il.

Elle lut dans ses yeux une colère froide et du mépris. La dernière étincelle d'espoir s'éteignit en elle et tomba en cendres comme la belle villa blanche au bord du lac.

— Je vous en prie, non !

Sa voix n'était plus qu'un cri strident. Elle voulut ramper vers lui, le supplier de lui pardonner, lui jurer qu'elle ferait tout pour lui, tout, mais il se détourna et disparut de son champ de vision, la laissant seule avec ces hommes, dont elle ne pouvait attendre aucune grâce. La panique s'abattit sur elle comme une vague noire. Elle jeta autour d'elle un regard fou. Non ! Non, elle ne voulait pas mourir ! Pas dans cette obscure ruelle crasseuse qui puait l'urine et les ordures !

Elle se défendit avec la force du désespoir, à coups de pied, à coups de poing, dans un dernier combat acharné. Mais elle n'avait aucune chance. Les hommes la plaquèrent au sol et lui tordirent brutalement les bras dans le dos. Puis elle sentit la piqûre dans son bras. Ses muscles devinrent mous, la ruelle se mit à flotter devant ses yeux pendant qu'on lui arrachait ses vêtements et qu'elle restait nue, sans défense. Elle sentit qu'on l'emportait, eut un dernier regard pour l'étroite bande de ciel noir entre les hautes murailles, aperçut les étoiles scintillantes. Puis elle fut précipitée et tomba, tomba dans un abîme noir. Pendant un court et merveilleux instant, elle se sentit sans poids. La vitesse de la chute lui coupait le souffle, tout devint sombre et elle s'étonna que mourir fût si facile.

Elle revint à la surface. Son cœur battait à tout rompre et elle n'eut besoin que d'une seconde pour comprendre qu'elle avait seulement rêvé. Ce rêve la poursuivait depuis des mois, mais il n'avait jamais été aussi réel et jamais elle ne l'avait vécu jusqu'au bout. Elle serra ses bras autour de son corps tremblant et attendit que ses muscles crispés se détendent et que le froid quitte son corps. La lumière du réverbère tombait à travers les barreaux de la fenêtre. Combien de temps serait-elle en sécurité ici ? Elle se laissa tomber en arrière, pressa son visage contre l'oreiller et se mit à sangloter. Elle savait que cette peur ne la quitterait jamais.

Lundi 11 mai 2009

Le soleil venait de se lever quand il referma la porte du jardin derrière lui. Le fusil à l'épaule, il prit, comme chaque matin, le chemin légèrement en pente qui menait au bois. Tell, le pointer brun à poils durs, trottait à quelques mètres devant lui, reniflant de-ci de-là et enregistrant avec son subtil odorat les milliers d'odeurs que la nuit avait abandonnées derrière elle. Ludwig Hirtreiter respira profondément l'air froid et pur, prêtant l'oreille au concert matinal des oiseaux. Sur la prairie, à l'orée du bois, deux chevreuils broutaient. Tell les observait mais se gardait de les effrayer. C'était un chien intelligent et obéissant. Il savait qu'il ne devait s'intéresser au gibier que si son maître le lui permettait.

— Bon chien, marmonna Ludwig Hirtreiter.

Sa ferme n'était pas très loin du bois. Il poussa la barrière à raies rouges et blanches, qu'il avait été nécessaire d'édifier voilà quelques années, car les promeneurs du dimanche venus de Francfort étaient toujours plus nombreux à s'enfoncer dans la forêt. Les hommes d'aujourd'hui, particulièrement les citadins, manquaient d'humilité devant la nature. Ils ne savaient pas distinguer un arbre d'un autre, braillaient très fort et laissaient leur chien, même pas dressé, courir en liberté alors que la chasse était fermée. La plupart étaient même fiers quand leur chien débusquait et pourchassait une bête. Ludwig Hirtreiter n'avait aucune indulgence pour ce genre de comportement. Le bois pour lui était sacré. Il le connaissait aussi bien que son jardin, savait où était le gibier et quel trajet empruntaient les sangliers. Quelques années plus tôt, il avait lui-même dessiné le réseau des chemins forestiers de Lindenkopf, afin que les ignorants découvrent les mystères de la forêt.

Les rayons du soleil traversaient les épais feuillages et transformaient le bois en une silencieuse cathédrale d'or vert. Au premier embranchement, Tell prit le sentier de droite comme s'il avait lu dans les pensées de son maître. Ils passèrent devant l'énorme chêne et atteignirent une zone où les arbres avaient été abattus par un orage, l'automne précédent. Soudain Ludwig Hirtreiter s'immobilisa. Tell tomba en arrêt et pointa les oreilles. Des bruits de moteur ! La pétarade stridente d'une scie déchirait le silence. Ça ne pouvait pas être des forestiers ; en cette saison ils ne travaillaient pas dans le bois. Ludwig Hirtreiter sentit une colère folle l'envahir. Il fit demi-tour et prit la direction du bruit. Son cœur frappait dans sa poitrine. Il savait qu'ils ne respecteraient pas l'accord et recommenceraient le défrichage pour mettre l'Assemblée citoyenne devant le fait accompli.

Quelques minutes plus tard, il eut la confirmation de ses craintes. Il se baissa pour passer sous la rubalise à raies blanches et rouges qui encerclait la petite clairière, et vit avec indignation un camion orange et une douzaine d'hommes qui s'affairaient tout autour. À nouveau le cri de la scie s'éleva et de la sciure vola. Un grand épicéa oscilla puis s'abattit avec un gémissement dans la clairière. Ces fumiers de faux culs ! Tremblant de colère, Ludwig Hirtreiter épaula et enleva le cran de sûreté.

— Stop ! hurla-t-il quand la scie ralentit.

Les hommes se tournèrent vers lui et relevèrent la visière de leur casque. Hirtreiter entra dans la clairière, Tell serré contre sa jambe.

— Foutez le camp ! lui cria un des hommes. Vous n'avez rien à faire ici !

— C'est à vous de foutre le camp ! répondit Hirtreiter hors de lui. Et immédiatement ! Qui vous a donné de droit d'abattre des arbres ?

Le contremaître considéra le fusil et lut la détermination dans les yeux de Hirtreiter.

— Calmez-vous, dit-il en levant la main dans un geste d'apaisement. On ne fait que notre job.

— Mais pas ici. Foutez le camp de ce bois et immédiatement.

Les autres hommes s'approchèrent. La scie s'était tue. Tell fit entendre un grognement profond et Hirtreiter mit son doigt sur la détente. Il ne plaisantait pas. Le commencement de la construction avait été stoppé début juin, ce défrichage était illégal, même s'il était entrepris avec l'accord implicite du bourgmestre ou du président du land.

— Je vous donne cinq minutes pour plier bagage et disparaître ! cria-t-il.

Personne ne bougea. Il mit en joue, visa la scie dans la main de l'ouvrier et tira. Le coup de feu claqua. Au dernier moment Ludwig Hirtreiter avait relevé l'arme, si bien que la balle était passée à un mètre de la tête du type. Pendant quelques secondes les hommes restèrent comme paralysés, le regardant d'un air ébahi. Puis ils prirent leurs jambes à leur cou.

— Ça ne va pas se passer comme ça ! cria le contremaître. J'appelle la police.

— Faites donc, dit Ludwig Hirtreiter en acquiesçant de la tête et il abaissa son arme. Il savait que personne n'appellerait la police, que ce n'était pas dans l'intérêt de ces foutus menteurs.

Il avait failli croire à leur promesse hypocrite. Aucun arbre ne serait abattu tant que tout ne serait pas décidé, c'est ce qu'ils leur avaient juré pas plus tard que vendredi. Alors qu'ils avaient déjà dû s'entendre avec l'entreprise de défrichage pour commencer dès le lundi. Il attendit que le camion ait quitté la clairière et que le bruit du moteur se soit fondu dans le lointain, puis il appuya son fusil contre un arbre et enleva la rubalise. Aucun arbre ne tomberait tant qu'il pourrait l'empêcher. Il était prêt à se battre s'il le fallait.

Debout, à côté du tapis roulant, Pia Kirchhoff tendait déjà la main vers sa valise quand un léger bip se fit entendre dans la poche de sa veste. Il lui fallut quelques secondes pour réaliser qu'il s'agissait de son portable qu'elle avait rallumé juste après l'atterrissage. Pendant trois merveilleuses semaines, son portable était resté muet, ramené de l'instrument le plus important de sa vie quotidienne à un accessoire inutile. Pour l'instant, ses bagages étaient la priorité. La valise de Christoph avait été une des premières et il était déjà parti dans le hall d'arrivée, Pia se préparait à le suivre mais elle dut attendre quinze minutes, car les bagages du vol LH729 venant de Shanghai arrivaient au compte-gouttes.

Ce n'est qu'après avoir hissé sa Samsonite grise sur le chariot qu'elle fouilla dans sa poche à la recherche du mobile. Les messages des haut-parleurs résonnaient à travers le hall, quelqu'un lui envoya son chariot dans les mollets sans même s'excuser. Un autre avion avait recraché ses passagers, qui s'étaient accumulés devant le comptoir de la douane. Pia trouva enfin le mobile qui sonnait inlassablement et l'ouvrit.

— Je suis à la douane! cria-t-elle. Rappelez plus tard!

— Oh, excuse-moi, répondit la voix amusée du commissaire Oliver von Bodenstein. Je croyais que vous étiez rentrés hier soir.

— Oliver! dit Pia en poussant un soupir. Excuse-moi. Notre vol a eu neuf heures de retard, nous venons juste d'atterrir. Qu'est-ce qui se passe?

— J'ai un petit problème, répondit Bodenstein. On a un cadavre sur les bras, mais le mariage de Lorenz et de Thordis a lieu à 11 heures. Si je n'y assiste pas, ma famille ne me le pardonnera jamais.

— Un cadavre? Où?

Pia allait passer la douane quand une employée des douanes petite et ronde, qui regardait défiler les passagers avec un air absent, leva la main. Apparemment l'exclamation de Pia avait éveillé son intérêt. Vraiment stupide quand on est pressé.

— Dans les locaux d'une entreprise à Kelkheim, dit Bodenstein. L'information vient juste de nous parvenir. Je vais envoyer le nouveau mais ce serait mieux si tu pouvais y aller aussi.

— Vous avez quelque chose à déclarer? demanda la douanière.

— Non, dit Pia en secouant la tête.

— Comment, non? demanda Bodenstein étonné.

— Non, je veux dire, oui, répondit Pia énervée. Non je n'ai rien à déclarer. Je peux y aller?

— Un moment, dit la douanière en fronçant les sourcils. Ouvrez votre valise.

Pia coinça son mobile entre sa joue et son épaule, fourragea dans la serrure de sa valise et se cassa un ongle. Oubliée, l'atmosphère détendue des vacances. Bonjour le stress.

— Bon OK, j'y vais. Donne-moi l'adresse.

Elle ouvrit la valise. La douanière se mit à fouiller lentement dans les affaires négligemment emballées de Pia, sans doute dans l'espoir de trouver entre le linge sale un vase Ming illégalement importé, une bouteille d'alcool de contrebande ou quelques cartouches de cigarettes. Derrière Pia les autres passagers s'agglutinaient. Ignorant ses regards furieux, la femme, après de vaines recherches, repoussa la valise avec un regard blasé. Pia claqua le couvercle, jeta la valise sur le chariot et gagna la sortie. Les portes vitrées s'ouvrirent dans un glissement. Derrière attendait Christoph, arborant un sourire un peu las. À ses côtés se tenait le Dr Henning Kirchhoff, l'ancien mari de Pia. Ah non, pas lui ! En fait c'était à Miriam – qui devait s'occuper des animaux de Pia pendant son absence – de venir les chercher à l'aéroport ; c'était en tout cas ce qu'elles avaient décidé au téléphone avant son départ.

— Ma valise a été la dernière à sortir, s'excusa Pia. Et la bonne femme de la douane a voulu fourrer son nez dedans. Qu'est-ce que tu fais ici ?

La dernière phrase était destinée à son ex-mari. À côté de Christoph, bronzé par le soleil de la Chine, Henning paraissait pâle et hâve.

— Moi aussi, je suis content de te revoir, répondit-il avec une grimace sarcastique. Ma voiture est en stationnement interdit au moins depuis une heure. Si j'ai une contravention, c'est toi qui la paieras.

— Pardon. Pia embrassa hâtivement Henning sur la joue. Merci d'être venu nous chercher. Comment va Miriam ?

Les relations entre son ex-mari et sa meilleure amie étaient loin d'être au beau fixe depuis que l'ancienne maîtresse de Henning l'accusait d'être le père de l'enfant qu'elle attendait. Après un silence radio de plusieurs mois, durant lesquels Henning avait même envisagé de se tirer lâchement à l'étranger, le couple s'était un peu rabiboché mais ils étaient loin d'avoir retrouvé des rapports harmonieux et confiants.

— Miriam avait un rendez-vous à 9 heures à Mayence, elle n'a pas pu attendre que votre avion atterrisse, expliqua Henning sur un ton de reproche tandis qu'ils marchaient vers la sortie. Et elle s'est rappelé que mon institut n'était pas loin d'ici. Alors c'était comment, ces vacances ?

— Super, répondit Pia en échangeant un rapide regard avec Christoph.

"Super", c'était peu dire. Les trois semaines en Chine, leurs premières vraies vacances, avaient été tout simplement parfaites. Bien qu'ils vivent ensemble depuis déjà un certain temps, un regard de Christoph suscitait toujours en elle un chatouillement voluptueux et parfois elle avait peine à croire à sa chance d'avoir trouvé un homme comme lui. Ils s'étaient rencontrés trois ans plus tôt durant une enquête criminelle, à une époque où Pia s'était presque résignée à croupir seule avec ses bêtes à Birkenhof. Bodenstein s'était obstiné pendant toute l'enquête à voir en Christoph un suspect, ce qui n'avait pas facilité les choses.

La fraîcheur de ce matin de mai fit frissonner Pia. Après quatorze heures d'avion, elle se sentait poisseuse et rêvait d'une douche, mais elle allait devoir attendre.

Il n'y avait pas de contravention sur la voiture de Henning, sans doute parce qu'il avait posé sous le pare-brise son insigne de médecin. Christoph et lui mirent les valises dans le coffre tandis que Pia se glissait sur la banquette arrière de la Mercedes.

— Qu'est-ce que tu vas faire maintenant ? demanda-t-elle à Henning alors qu'ils roulaient sur l'autoroute en direction de Kelsterbach. C'était une heure de pointe et tous les banlieusards qui allaient travailler à Francfort ralentissaient le trafic.

— Pourquoi ? répondit-il immédiatement méfiant.

Pia leva les yeux au ciel. Il ne pouvait jamais répondre simplement à une question ! Elle massa ses tempes. Durant les trois dernières semaines, elle avait entièrement décroché des soucis quotidiens, de son métier, et même des menaces de destruction de Birkenhof. Mais à présent tout lui retombait dessus. Elle aurait aimé prolonger indéfiniment ses vacances, mais après tout, le bonheur était peut-être dans la limitation.

— Ils ont trouvé un cadavre à Kelkheim, je dois y aller, répondit-elle. Mon chef m'a appelée. Les vacances sont vraiment finies.

Le portail du refuge pour animaux était fermé, le parking devant la longue façade du bâtiment administratif était vide. Mark, qui faisait les cent pas le long de la haute clôture, jeta un coup d'œil sur son mobile. 7 h 15. Où était donc passée Ricky ? Il lui faudrait partir au plus tard dans vingt minutes. Ses profs faisaient toute une histoire quand il arrivait au cours une minute en retard et ils envoyaient immédiatement un mail à sa mère, tout ça parce qu'il avait séché l'école quelques fois. Quels tarés ! Pourquoi ses parents ne comprenaient-ils pas qu'il n'en avait rien à cirer de l'école ? Depuis qu'il n'était plus interne, sa vie lui paraissait étrangère et fausse. Il aurait préféré faire des milliers de choses plus intelligentes, au lieu de s'ennuyer en classe pendant des heures. S'occuper des bêtes par exemple et, pourquoi pas, avoir un appartement à lui, plein de chiens et de chats comme chez Ricky et Jannis. Ce serait géant. Mais son père serait tombé raide s'il le lui avait proposé. Pour lui le bac et les études étaient incontournables, avec en prime quelques semestres à l'étranger. Tout ce qui était inférieur à ça était le début de la prolétarisation. L'échec complet. La voie quasi directe vers les abîmes de l'indemnité chômage.

D'ici, il avait une bonne vue sur le chemin asphalté qui conduisait à Schneidhain, mais en dehors de quelques promeneurs de chien matinaux, il n'y avait personne. Il avait passé la moitié de la nuit devant son ordinateur car il ne pouvait pas dormir. Dès qu'il fermait les yeux les souvenirs affluaient. Il avait envoyé un SMS à Ricky. Elle avait répondu qu'elle serait au refuge à 7 heures, et il était déjà 7 h 30. Mark décida d'aller à sa rencontre.

Quand la juge l'avait condamné à quatre-vingts heures de travaux d'intérêt général à accomplir au refuge, il avait presque piqué une crise : quelle connerie. Puis il avait rencontré Ricky et son ami Jannis, et soudain il avait eu à nouveau quelque chose à quoi se raccrocher. Il s'était éclaté à soigner les animaux et bien que sa peine soit finie depuis longtemps, il continuait à aider. Il avait trouvé chez Ricky et Jannis un nouveau chez-soi, une nouvelle famille où il était toujours le bienvenu. Jannis était son modèle, parfois ils discutaient pendant des heures sur des sujets qui jusqu'ici n'intéressaient absolument pas Mark : le conflit en Afghanistan, les colonies en Israël, le rapatriement des prisonniers de Guantánamo en Allemagne ou encore le sujet préféré de Jannis, les mensonges sur le climat. Jannis avait des informations sur tout et des avis complètement opposés à ceux du père de Mark, qui ne cessait de s'en prendre à la politique fiscale du gouvernement, à la gauche ou aux Verts. Mais surtout, chez Jannis, les actes suivaient les paroles. Mark l'avait plusieurs fois accompagné à des manifestations et il avait été impressionné que Jannis connaisse tant de gens.

Il était en train d'enlever sa chemise pour rester en tee-shirt quand surgit le break sombre de Ricky. Son cœur fit un bond lorsque la voiture s'arrêta à côté de lui et que la vitre descendit.

— Bonjour, dit-elle en souriant, excuse-moi, je suis un peu en retard.

— Bonjour.

Il se sentit rougir. Cette foutue manie qu'il avait.

— Aide-moi à décharger la nourriture, lui demanda-t-elle. Après on pourra parler, OK ?

Mark hésita. Et puis, merde pour l'école. Il y avait appris tout ce qu'il était indispensable de connaître. Mais la vraie vie était ailleurs.

— OK, dit-il.

Le soleil matinal jouait sur les hauts vitrages du bâtiment futuriste qui se dressait telle la proue d'un navire, échoué sur le gazon impeccable. Henning gara son break sur le parking qui, à part quelques rares voitures, était vide. Il prit ses deux mallettes en aluminium et grommela “Ça ira” lorsque Pia fit mine d'en prendre une. Depuis un quart d'heure qu'ils avaient déposé Christoph devant le portail de Birkenhof, il n'avait pas ouvert la bouche, mais Pia avait été sa femme pendant quinze ans et elle connaissait si bien ses bizarreries qu'elle ne s'en offusqua pas. Henning pouvait passer trois jours sans dire un mot. Ils traversèrent la cour pavée sur laquelle débordait un foisonnement de fleurs et où chantait un jet d'eau. Deux camionnettes y étaient garées. Pia lut en passant le logo de l'entreprise. WindPro GmbH. L'éolienne stylisée indiquait quelle était la spécialité de l'entreprise. Un agent de police qui bâillait devant la porte d'entrée les laissa passer avec un signe de tête. L'odeur doucereuse de viande avariée envahit les narines de Pia dès qu'ils pénétrèrent dans l'imposant hall d'entrée.

— Eh bien, ça doit être agréable de passer toute la semaine dans cette couveuse, remarqua Henning.

Pia ignora son cynisme. Son regard se promena sur les trois étages desservis par un large escalier et un ascenseur de verre. À droite, devant le long comptoir d'acier était assise une femme repliée sur elle-même, les coudes sur les genoux et la tête dans les mains. Elle était entourée de policiers en uniformes et d'un homme en civil. Ce devait être le nouveau collègue dont Bodenstein avait parlé.

— Ah ça, par exemple, dit Henning.

— Tu le connais ?

— Oui. Cemalettin Altunay. Jusqu'à présent il était dans la K11 d'Offenbach.

En tant que directeur adjoint de l'institut de médecine légale, Henning connaissait la plupart des membres de la police du Rhin-Main et du Südhessen.

Pia observa l'homme qui se penchait sur la femme et lui parlait à voix basse. La trentaine finissante, évalua-t-elle et en net progrès, physiquement parlant, sur son prédécesseur Frank Behnke. Chemise immaculée, jean noir, chaussures bien cirées, épais cheveux bruns à la coupe militaire – une tenue impeccable. Aussitôt elle se sentit mal à l'aise dans son tee-shirt gris froissé taché de sueur aux aisselles et son jean sale. Elle aurait dû aller se doucher et se changer. Trop tard.

— Bonjour, docteur Kirchhoff, dit le nouveau d'une voix suave. Puis il se tourna vers Pia et lui tendit la main.

— Inspecteur de la criminelle Cem Altunay. Enchanté de te connaître, Pia. Kai et Kathrin m'ont raconté une foule de choses sur toi. Tu as passé de bonnes vacances ?

— Moi… oui, oui… merci, bafouilla-t-elle. Je n'ai atterri que depuis une demi-heure, le vol a eu neuf heures de retard…

— Et immédiatement un cadavre. Pardon.

Cem Altunay eut un sourire d'excuse comme s'il était responsable. Ils se regardèrent quelques secondes puis Pia détourna les yeux. Son regard couleur chocolat amer l'agaçait. Plus les secondes passaient, plus son silence devenait gênant. Derrière eux, Henning arborait un petit sourire narquois qui ramena Pia à la réalité. Elle se ressaisit.

— Qu'est-ce que nous avons ? demanda-t-elle.

— Le mort s'appelle Rolf Grossmann et travaille depuis quelques années comme gardien de nuit. Ça ressemble à un accident, répondit Cem Altunay. Une employée a découvert le corps vers 6 h 30. Venez.

L'odeur douceâtre se renforça. Les cadavres qui dégagent cette odeur pénétrante ne sont en général pas beaux à voir. Pia le suivit en haut de l'escalier et dut prendre sur elle tant ce qu'elle vit lui coupa le souffle. Le mort, dont le visage boursouflé et blême avait à peine apparence humaine, gisait, les membres grotesquement tordus sur le palier entre le deuxième et le troisième étage. Dans son métier elle en avait beaucoup vu pourtant son estomac se souleva quand elle vit les mouches grouiller sur le cadavre. Sans son sang-froid et son professionnalisme, elle aurait vomi devant le nouveau collègue.

— Pourquoi tu penses qu'il s'agit d'un accident ? demanda-t-elle en luttant contre la nausée.

La chaleur du hall la faisait transpirer par tous les pores. Beurk ! Ils ne pouvaient pas mettre la climatisation ou ouvrir la verrière ?

— Pousse-toi ! cria Henning qui venait de passer une combinaison blanche. Du vent, tu me salopes le lieu du crime.

Pia lut l'étonnement dans les yeux de son nouveau collègue.

— Nous avons été mariés, expliqua-t-elle sèchement. Alors qu'est-ce que tu en penses ?

— Il semblerait qu'il ait trébuché et soit tombé dans l'escalier, répondit Cem Altunay.

— Hum, dit Pia en regardant l'escalier qui s'élevait en courbe douce jusqu'au troisième étage. Tu as parlé avec la femme qui l'a trouvé ? Qu'est-ce qu'elle faisait ici à 6 h 30 du matin ?

Henning ouvrait bruyamment ses valises. Les mouches s'élevèrent en bourdonnant autour de lui quand il se pencha sur le corps pour l'examiner.

— Apparemment, elle commence toujours aussi tôt. Elle travaille à la comptabilité, dit Altunay en se tournant vers la femme toujours immobile sur sa chaise. Elle est sous le choc. Visiblement elle et le mort s'entendaient bien, le matin ils buvaient souvent une tasse de café ensemble.

— Mais pourquoi serait-il tombé dans l'escalier ?

— Il avait un problème d'alcool, c'est en tout cas ce qu'affirme la comptable, répondit Altunay. D'ailleurs le cadavre sent l'alcool et, dans la cuisine, il y a une bouteille de Jack Daniel's.

L'employé des messageries en uniforme sombre haletait en lui tendant la tablette tactile et le stylet pour signer la quittance.

Elle gribouilla une signature sur l'écran rayé avec un sourire de satisfaction. L'homme ne fit aucun effort pour cacher son mécontentement quand elle lui demanda de poser le paquet dans la boutique au lieu de le laisser dans la cour. Mais Frauke Hirtreiter n'en avait cure.

Elle gagna le magasin, éclaira et regarda autour d'elle. La boutique appartenait à Ricky, et pourtant elle l'aimait comme si c'était la sienne. Elle avait enfin trouvé sa place dans la vie, une place où elle se sentait bien. Le Paradis des Animaux méritait bien son nom. Il n'avait rien de commun avec les animaleries humides, sentant le moisi et mal éclairées que Frauke avait connues dans son enfance. Elle ouvrit la porte de la pièce où l'on faisait le toilettage des chiens. C'était son royaume. Elle avait suivi des cours du soir pour devenir coiffeuse de chiens – désormais on disait “toiletteuse” –, son travail était apprécié par la clientèle et il était rentable. Il y avait en plus l'école de dressage canin de Ricky et depuis quelques semaines la vente en ligne qui marchait de mieux en mieux. Retraversant la boutique, Frauke retourna dans le bureau où Nika, déjà assise devant son ordinateur, examinait les bons de commande.

— Combien il y en a ? demanda Frauke curieuse.

— Vingt-quatre, répondit Nika. Une augmentation de cent pour cent par rapport à la semaine dernière. Mais je n'arrive pas à entrer les nouveaux articles.

— Pourquoi ?

Frauke sortit deux tasses du placard fixé au-dessus de l'évier de la mini-cuisine. La machine à café gargouillait avec zèle.

— Aucune idée. C'est toujours le même problème. Je peux taper l'article mais lorsque je veux l'enregistrer, impossible.

— Montre ça à Mark. Il trouvera certainement une solution.

— Ça vaudrait mieux.

Nika appuya sur la touche impression et quelques secondes plus tard l'imprimante cracha les commandes.

Elle se leva en bâillant.

— Je vais dans la boutique.

— On boit d'abord un café ? On a bien le temps.

Elle versa le café et tendit une des tasses à Nika.

— Le lait est déjà dedans.

— Merci, dit Nika en souriant et elle souffla sur le café brûlant.

Frauke était très contente que Nika soit venue renforcer l'équipe du Paradis des Animaux, car Ricky n'avait jamais assez de temps à consacrer à la boutique. Les stagiaires qu'envoyait l'office de placement ne valaient rien. L'une avait volé, la suivante était trop bête pour pouvoir conditionner les commandes et, après trois jours de travail, la dureté de la tâche avait causé un soi-disant lumbago à la troisième. Nika au contraire était costaude et ne se plaignait jamais. Elle avait mis de l'ordre dans le chaos de la comptabilité et, le soir, elle nettoyait même la boutique depuis que la femme de ménage avait démissionné. Frauke ne savait pas grand-chose sur elle, sinon que c'était une vieille amie de Ricky et qu'elle habitait chez elle à Schneidhain en sous-location. La première fois qu'elle l'avait vue, elle n'avait pas été particulièrement impressionnée :

mince, taciturne, les cheveux cendrés et poisseux, des lunettes et une pâleur maladive, sans parler de ses fringues que la plupart des gens auraient jetées dans le conteneur de la Croix-Rouge. À côté de Ricky, elle était aussi falote qu'une perdrix à côté d'un paon, mais peut-être était-ce pour cela qu'elles avaient été de grandes amies. Ricky n'appréciait pas particulièrement la concurrence et Nika lui en faisait aussi peu que Frauke. Elle aurait aimé en apprendre un peu plus sur Nika, savoir pourquoi elle était si souvent taciturne et triste, mais elle ne parlait jamais d'elle-même. Parfois Frauke ne pouvait retenir sa curiosité et posait quelques questions en passant, mais Nika souriait et affirmait que sa vie était si insignifiante que ça ne valait pas la peine d'en parler.

— Bon, faut que j'y aille, dit Nika en posant sa tasse dans l'évier. Ricky devrait arriver vers 9 h 30 pour aller livrer les commandes. Tu appelles Mark ?

— Bien sûr, je l'appelle, acquiesça Frauke en souriant.

Sa vie avait vraiment pris un tournant positif. Il fallait espérer que ça dure. Si possible pour toujours.

Henning avait examiné le corps à fond et noté les premières informations. Il retira son masque et se tourna vers Pia et Cem Altunay.

— La mort a dû intervenir samedi entre 2 et 6 heures du matin, dit-il. La rigidité cadavérique commence déjà à disparaître, les taches livides se sont à peine effacées.

— Merci, dit Pia en faisant un signe de tête à son ex-mari qui regardait le cadavre en fronçant les sourcils. Qu'est-ce qu'il y a ? demanda-t-elle.

— Hum ! Je me trompe peut-être mais j'ai peine à croire à une chute dans l'escalier. Sa nuque n'est pas brisée.

— Tu penses que quelqu'un a pu le pousser ?

— C'est possible.

Pia se demanda si elle devait appeler Bodenstein mais décida que non. Il lui avait confié l'enquête, c'était donc à elle d'apprécier la situation. Le vague soupçon de Henning suffisait à mettre toute la machinerie en branle.

— Il faut appeler le service des empreintes et quelques collègues pour protéger le lieu du crime, dit-elle à Cem Altunay. Le bâtiment restera fermé tant qu'on ne saura pas ce qui s'est passé. Et je veux une autopsie.

— OK, je m'en occupe, dit Cem en tirant son portable de sa poche.

Ils descendirent l'escalier. À l'entrée, toujours bouclée, des voix se firent entendre. Un des agents chargés d'empêcher que les employés de WindPro viennent piétiner dans le hall et effacer d'éventuelles empreintes abandonna son poste et s'approcha de Pia.

— Qu'est-ce qui se passe? demanda-t-elle.

— Le patron est arrivé et il veut entrer, répondit le policier.

— Amenez-le. Mais les autres doivent rester dehors.

L'homme acquiesça et repartit.

— On ne pourrait pas aérer un peu? dit Pia en se tournant vers Henning. Elle était trempée de sueur et l'odeur de pourriture devenait presque insupportable.

— Non, répondit Henning sèchement. Pas avant que le service des empreintes soit là. Je n'ai pas envie de subir les reproches de Kröger.

— Il t'en fera de toute façon, dit Pia. Tu as touché le corps avant lui.

Cem Altunay, après avoir passé trois coups de téléphone, rangea son mobile.

— Le service des empreintes est en route, nous allons recevoir du renfort et Kai s'occupe du procureur.

— Bien. Le patron du mort vient d'arriver. Qu'est-ce que nous faisons? demanda Pia à son nouveau collègue.

— C'est à toi de décider, répondit-il.

— OK, dit-elle, soulagée que Cem Altunay ne remette pas sa compétence en question comme Behnke qui, à chaque enquête et au moindre interrogatoire, faisait valoir qu'il était dans le service depuis plus longtemps qu'elle.

Peu après, un homme de haute taille, large d'épaules, traversa le hall accompagné par le policier. L'odeur écœurante et la nouvelle qu'un employé de son entreprise avait trouvé la mort lui coloraient les joues. Mais avant qu'il se soit présenté à Pia, la femme qui avait trouvé le cadavre sortit de sa sidération. Elle sauta de sa chaise et se précipita avec des gémissements inarticulés dans les bras de son patron qui la regarda d'abord d'un air irrité, puis la serra contre lui tout en lui donnant de petites tapes de consolation sur ses maigres épaules. Les collaborateurs qui se pressaient derrière le ruban de sûreté s'arrêtèrent de parler, remplis de compassion. Le patron était visiblement ému, mais il se reprit.

— Pia Kirchhoff de la K11 de Hofheim, mon collègue Cem Altunay, dit Pia.

— Stefan Theissen, répondit-il. Comment ça s'est passé ?

La pression de main de Theissen était ferme et légèrement moite, ce que Pia ne pouvait lui reprocher étant donné la température de l'endroit et son émotion. Elle leva les yeux pour le regarder. Il devait mesurer au moins un mètre quatre-vingt-dix et il était assez bel homme. La note herbacée de son après-rasage l'emporta un instant sur la puanteur du cadavre. Ses cheveux à la raie impeccable étaient encore humides et son cou légèrement rougi par le feu du rasoir.

— Votre gardien de nuit, M. Grossmann, a eu un accident mortel.

Pia observa Theissen, guettant sa réaction.

— C'est affreux. Comment… qu'est-ce que… je veux dire… Il s'arrêta, bouleversé. Mon Dieu !

— D'après nos premières constatations, il serait tombé dans l'escalier, continua Pia. Bon, nous ferions peut-être mieux d'aller poursuivre cette conversation ailleurs.

— Oui. Nous pourrions aller dans mon bureau ? dit Theissen en regardant Pia d'un air interrogateur. Il est au troisième étage. Nous pouvons prendre l'ascenseur.

— Il vaudrait mieux aller ailleurs. Nous attendons nos collègues des empreintes, répondit Pia. Personne ne doit se promener dans le bâtiment avant qu'ils arrivent.

— Et pour mes collaborateurs ?

— Ils devront malheureusement commencer la journée en retard, répondit Pia. Jusqu'à ce que nous ayons reconstitué avec exactitude le déroulement des faits.

— Combien de temps ça peut durer ?

Toujours les mêmes questions. Auxquelles Pia donnait toujours les mêmes réponses.

— Ça, je ne peux pas le dire avec précision.

Elle se tourna vers Cem Altunay.

— Cem, tu demandes qu'on me prévienne quand les collègues des empreintes seront là.

Ça lui faisait drôle de tutoyer cet inconnu comme si ça allait de soi. Elle n'arrivait pas tout à fait à le considérer comme un collègue. Peut-être parce qu'ils manquaient encore d'automatismes, ou que la veille à la même heure elle était encore si loin d'ici. La pensée de Christoph l'effleura et elle toucha du pouce l'anneau à son doigt, qui d'ailleurs n'avait pas échappé au regard aigu de Henning. Elle aurait voulu s'attarder encore un instant sur le souvenir de leur dernière nuit en Chine, mais le regard interrogateur de Theissen la ramena au présent.

Cem revint rapidement et ils suivirent le patron de WindPro dans la salle de conférences au rez-de-chaussée.

— Prenez place, je vous en prie, dit Theissen en montrant la table ovale. Il ferma la porte et posa son attaché-case. Avant de s'asseoir, il déboutonna sa veste. Pas un gramme de trop, constata Pia, bien qu'il ne fût pas loin de la cinquantaine. Il devait faire du jogging chaque jour, ou bien il faisait partie du club cycliste et parcourait le Taunus en VTT aux aurores. Le premier choc passé, Theissen s'était détendu et son visage avait retrouvé ses couleurs habituelles.

— Que puis-je faire pour vous ?

— Une de vos collaboratrices a découvert le cadavre de M. Grossmann ce matin, commença Pia, et elle se rappela la façon dont Theissen avait pris la femme dans ses bras. Un patron avec du cœur. Un bon point pour lui.

— Mme Weidauer, dit Theissen en confirmant de la tête. C'est notre comptable et elle commence très tôt le matin.

— Elle nous a dit que M. Grossmann avait un problème d'alcool. Vous confirmez ?

Le chef d'entreprise acquiesça en soupirant.

— Oui, c'est exact. Il ne buvait pas régulièrement, mais il lui arrivait de tomber raide mort.

— Ce n'était pas un risque pour votre entreprise ?

— Bah ! dit Theissen en se passant la main dans les cheveux comme s'il cherchait ses mots. Rolf était un camarade de classe.

Pia fut étonnée. Soit elle s'était trompée sur l'âge de Theissen, soit la mort et la putréfaction avancée faisaient paraître Rolf Grossmann beaucoup plus vieux qu'il n'était.

— On était très amis à l'école, puis on s'est perdus de vue. Et quand je l'ai revu à une réunion d'anciens élèves, ça m'a fait un choc. Sa femme l'avait quitté, il vivait dans un foyer pour hommes à Francfort, il était chômeur, dit Theissen en haussant les épaules d'un air désolé. Il m'a fait pitié, c'est pour ça que je l'ai engagé. Comme chauffeur puis, quand son permis de conduire lui a été retiré, comme gardien de nuit. La plupart du temps, il était fiable et il restait sobre au travail.

— La plupart du temps, releva Cem. Pas toujours ?

— Non, pas toujours. Je l'ai surpris une fois, où j'étais passé tard au bureau après un voyage d'affaires. Il était allongé, ivre mort, dans la cuisine. Ensuite, il a suivi une cure de désintoxication pendant trois mois. Et, depuis un an, il n'y a rien eu à signaler. Je pensais qu'il avait réussi à surmonter son alcoolisme.

Ouvert. Franc. Sans fard.

— D'après les premières estimations du légiste, M. Grossmann est mort samedi vers 4 heures du matin, dit Pia. Comment est-il possible que personne n'ait signalé sa disparition ?

— Il vivait seul. Et pendant le week-end, il n'y a personne ici, sauf quand nous sommes dans l'ultime phase d'un projet, répondit Stefan Theissen. Je viens parfois le samedi ou le dimanche au bureau mais ce week-end-ci j'étais en voyage. Rolf… M. Grossmann terminait en général son service vers 6 heures du matin et le reprenait aux alentours de 18 heures.

Ce que disait Theissen paraissait convaincant. Pia le remercia pour ces précisions et ils se levèrent. À ce moment son portable sonna. C'était Henning.

— J'ai trouvé quelque chose de très intéressant, dit-il d'un ton bref. Monte. Immédiatement si possible.

Il observa son visage et lutta contre la mauvaise conscience, car il n'était pas venu la voir depuis longtemps. Elle avait ouvert les yeux, mais son regard était vide. Comprenait-elle ce qu'il disait, sentait-elle sa présence ?

— Hier soir, le succès a été incroyable, dit-il en lui caressant la main. Tout le monde, vraiment tout le monde était là. Même Mme Merkel. Et la presse, bien entendu. Aujourd'hui le livre est déjà à la une de tous les journaux. Ah ! Ça te plairait mon trésor.

À travers la fenêtre entraient les bruits de la ville : la sonnette du tramway, les klaxons, les bruits de moteurs. Dirk Eisenhut prit la main de sa femme et embrassa ses doigts froids. Chaque fois qu'il entrait dans sa chambre et la voyait allongée sur le lit, les yeux ouverts, son espoir renaissait. Il y avait eu des cas où, après des années d'état végétatif, des gens s'étaient réveillés. Et jusqu'à présent personne ne savait quel était le degré de conscience de ces patients. Il savait qu'elle l'entendait. Parfois elle paraissait réagir à sa voix, il arrivait qu'elle réponde à la pression de sa main et, quand il évoquait le passé ou l'embrassait, il croyait souvent la voir sourire.

Il lui raconta à voix basse la soirée de la veille au Deutsche Oper pour la sortie de son nouveau livre et l'intérêt que les médias lui avaient manifesté. Il lui nomma les invités célèbres de la politique, du monde des affaires et de la culture, lui transmit le salut d'amis et de connaissances. Quand on frappa à la porte, il ne se retourna pas.

— Malheureusement je ne peux rester qu'un moment, je dois partir en voyage. Mais je pense toujours à toi, mon cœur.

Ranka, l'infirmière, venait d'entrer dans la pièce, il sentait son odeur. Elle répandait toujours un léger parfum de lavande et de rose.

— Ah, monsieur le professeur. Vous n'étiez pas venu depuis longtemps.

Il perçut dans sa voix une légère désapprobation, mais il n'avait pas à se justifier.

— Bonjour Ranka, répondit-il seulement. Comment va ma femme ?

D'habitude elle lui racontait avec un luxe de détails le quotidien de la malade, une sortie sur le balcon ou un minuscule progrès en physiothérapie. Mais aujourd'hui, elle ne dit rien de semblable.

— Bien, répondit seulement Ranka. Comme toujours, bien.

Mauvaise réponse. Dirk Eisenhut ne voulait pas s'entendre dire que rien ne changeait. Stationnaire voulait dire régression. D'abord la rééducation avait bien marché et l'état de Bettina, grâce à des stimulations élémentaires, à la physiothérapie et à l'orthophonie, s'était amélioré de façon continue. Elle avait appris à déglutir, et on avait pu lui ôter la canule trachéale et la sonde stomacale. La chance de guérison du syndrome végétatif était de cinquante pour cent. En tant que scientifique, il savait que cela n'offrait aucune garantie. Et comme depuis un an, il n'y avait eu aucune amélioration et que la patiente n'avait pas repris conscience, on était passé dans le traitement au stade F. Pour cette phase de rééducation, l'expression médicale parlait pudiquement de "soins de traitement durablement activés". Ce qui signifiait la fin de tout espoir de guérison.

Il prit congé de sa femme avec un baiser, annonça à Ranka qu'il devait partir en voyage pour raison professionnelle, puis il quitta la chambre.

Depuis cette effroyable nuit de la Saint-Sylvestre, il n'était entré que deux fois dans la villa de Potsdam, ou plutôt dans ce que les flammes en avaient laissé : la première fois avec la police pendant l'enquête et la deuxième pour aller chercher des papiers dans son bureau resté intact. Depuis, il n'y était pas retourné. Il habitait maintenant dans leur appartement du centre-ville. Il était près de l'hôpital, dans la Rosenthaler Strasse, et Bettina l'aimait tant. Ça ne le dérangeait pas de devoir chaque matin traverser la ville pour aller travailler, c'était sa pénitence. Il fit un signe de tête au portier et regagna la rue. Le bruit assourdissant et la foule l'assaillirent. Il s'arrêta et respira profondément. Il fut entouré par une horde de touristes, bavards et rieurs, en route vers les Hackesche Höfe. Un taxi s'arrêta à sa hauteur. Le chauffeur l'interrogea du regard mais il lui fit non de la tête. Après une visite à Bettina, il avait besoin de marcher. D'ailleurs il n'y avait qu'un saut de puce jusque chez lui. Il se mit en route, traversa la rue et, environ cent mètres plus loin, il tourna dans la Neue Schönhauser Strasse où il habitait.

Peut-être aurait-il mieux supporté ce drame s'il n'avait pas été persuadé qu'il aurait dû le prévenir. Quand, à la fin de l'après-midi, il était rentré chez lui, après la fête à l'Institut, la maison était en flammes. À cause du froid polaire et d'un problème de pompes, les pompiers avaient mis longtemps à venir à bout des flammes. Bettina avait survécu par miracle. L'urgentiste avait réussi à la ranimer mais son cerveau était resté longtemps sans oxygénation à cause de l'épaisse fumée. Trop longtemps.

Jusqu'à aujourd'hui il ne s'était pas remis du choc et il se sentait coupable. Il avait fait une erreur, une erreur qu'il ne pourrait jamais réparer.

C'était aujourd'hui que la décision devait être prise. Pendant des semaines, des mois, il avait rassemblé les informations, les avait dépouillées et traduites dans un allemand compréhensible, afin de gagner des alliés. Ses efforts avaient été couronnés de succès, l'Initiative citoyenne, dont le slogan était "Pas d'éolienne dans le Taunus", comptait plus de deux cents membres et dix fois plus de sympathisants. Convoquer la télévision pour parler du sujet avant l'Assemblée citoyenne avait été son idée ; c'est lui qui s'était chargé de tout et cet après-midi il serait prêt. Tant de choses en dépendaient. Les adversaires devaient comprendre que, contre ce projet insensé d'éoliennes, ils n'avaient pas affaire à une poignée d'illuminés mais à des centaines de citoyens. Jannis Theodorakis sortit de la douche, attrapa une serviette et se sécha. Il caressa d'un doigt critique son menton pas rasé. Il aimait bien la barbe de trois jours, mais pour les téléspectateurs il valait peut-être mieux être soigné et avoir l'air sérieux. Après s'être rasé, il alla dans la chambre et passa en revue sa penderie. Qu'allait-il mettre ? Il y avait des années qu'il n'allait plus travailler en costume-cravate, ses costumes devaient être démodés. Finalement il se décida pour un jean, une chemise blanche et une veste. Depuis que Nika faisait le ménage, les placards étaient toujours bien rangés et le linge repassé. Jannis posa la chemise et le jean sur le lit matrimonial, dont la vue assombrit involontairement sa bonne humeur. Ricky dormait toujours sur le divan du salon ou par terre ; elle prétendait qu'elle ne pouvait plus dormir dans un lit à cause de son mal au dos. Depuis longtemps la tâche qu'elle s'infligeait quotidiennement excédait ses forces, mais elle ne voulait pas l'admettre. La boutique, le travail à l'animalerie et le dressage de chiens, le souci de toute cette ménagerie et l'organisation de l'Initiative citoyenne lui prenaient tout son temps. La vie privée se trouvait réduite à la portion congrue. Cette boulimie de travail lui occasionnait des douleurs au dos toujours plus vives, qui la conduisaient régulièrement chez un ostéopathe et lui fournissaient un prétexte, et c'était ça le plus agaçant, pour refuser toute relation sexuelle.

Jannis abandonna la chambre et gagna la cuisine. Les chats qui somnolaient au soleil sur le banc d'angle et sur les chaises s'enfuirent aussitôt vers la terrasse par la chatière. Toute cette ménagerie, que Ricky recueillait dans son amour immodéré des animaux, lui portait sur les nerfs. Les deux chiens, il pouvait encore les accepter, mais les chats, ces bêtes arrogantes et sournoises qui laissaient des poils partout, l'excédaient. Ils répondaient à son animosité par un franc mépris et souffraient aussi peu sa compagnie que lui, la leur.

De clairs rayons de soleil passaient à travers la fenêtre. Un jour d'été parfait pour le tournage de l'après-midi. Jannis se versa un café, tartina un petit pain avec du beurre et de la confiture de fraises et mordit dedans. Il se mit à penser à Nika, comme souvent ces derniers temps.

D'abord il n'avait perçu d'elle que son apparence : des fringues grotesques, une coiffure improbable, des lunettes de chouette. Nika parlait peu et elle était si discrète qu'il ne s'apercevait même pas de sa présence dans la maison. Il ne savait rien d'elle, et elle ne l'intéressait pas du tout jusqu'à cet incident trois semaines plus tôt.

Jannis sentait l'excitation le prendre quand il se rappelait cet instant où tout avait changé. Il était descendu chercher une bouteille de vin à la cave pour le dîner et Nika était sortie de la salle de bains juste au moment où il remontait – totalement nue, ses cheveux humides lui dégageant le visage. Ils s'étaient regardés quelques secondes, effrayés, puis Jannis s'était enfui vers l'escalier en murmurant une excuse. Ils n'avaient pas reparlé de cette rencontre, mais depuis ils n'arrivaient plus à se comporter l'un envers l'autre avec naturel. La vision de Nika s'était incrustée dans son cerveau. Et il ne se contentait pas de penser à elle lorsqu'il était seul au lit et que Ricky ronflait sur le sol. Après chaque nuit sans sexe, son désir croissait au point de devenir une obsession qui le torturait et le rendait furieux. Si jamais Ricky, avec sa jalousie, avait le moindre soupçon, ce serait le bordel. Malgré ça, il ne pouvait se sortir de la tête l'image des seins nus de Nika.

— Nika, murmura-t-il en proie à ce désir torturant que son seul nom faisait naître en lui.

En pensant à leur rencontre dans la cave, qui dans son imagination déchaînée ne se terminait plus depuis longtemps par sa fuite, il se mit à bander.

— Bon Dieu, Nika, bon Dieu !

Debout devant la porte miroir de sa penderie, le commissaire Oliver von Bodenstein nouait sa cravate d'un air morose. Quelle idée ridicule de se marier un lundi matin et d'obliger ceux qui travaillent à prendre des vacances. Bien qu'il rentrât le ventre, celui-ci dépassait au-dessus de la ceinture de son pantalon. Hier, pour la première fois de sa vie, l'aiguille de la balance avait dépassé les quatre-vingt-dix kilos et ça lui avait fichu un choc. Encore neuf kilos et il atteindrait le quintal ! S'il ne cessait pas rapidement de vider chaque soir une bouteille de vin rouge avec son père au dîner, il allait bientôt devoir décider s'il mettait son ventre au-dessus ou au-dessous de la ceinture.

Il enfila sa veste. Elle cachait le pire mais malgré cela il se sentait mal. Et ce n'était pas seulement à cause de la noce ou de sa prise de poids. Pendant vingt ans, sa vie s'était déroulée paisiblement mais depuis six mois qu'il s'était séparé de Cosima, tout était bouleversé et pas seulement ses habitudes alimentaires. Il avait vite compris que son aventure avec Heidi Brückner, qu'il avait connue fin novembre en travaillant sur une enquête, était une erreur. Il l'avait rencontrée alors qu'il était encore ébranlé jusqu'au tréfonds par la trahison de Cosima et elle l'avait aidé à surmonter son chagrin, mais en réalité il n'était pas prêt pour une nouvelle liaison. Ils s'étaient ensuite téléphoné de loin en loin, puis il ne l'avait plus appelée et l'histoire s'était perdue dans le sable sans acrimonie et sans drame.

Mais la véritable raison qui lui aurait fait préférer être avec ses collègues auprès d'un cadavre plutôt que de se retrouver dans la salle des mariages de la mairie de Kelkheim, c'était Cosima. Depuis qu'elle l'avait mis devant le fait accompli, avant de partir faire un tour du monde avec son amant russe, il ne l'avait pratiquement pas revue. Il n'avait pas digéré qu'elle sacrifie sa famille par pur égoïsme et détruise son existence à lui. Elle avait couché pendant des mois avec Alexander Gawrilow, cet aventurier, alors qu'il ne se doutait de rien. Elle l'avait ridiculisé et ne lui avait pas laissé d'autre choix que d'accepter sa décision sans même tenir compte des enfants. Lorenz et Rosalie étaient adultes et indépendants mais Sophia n'avait que deux ans et demi. Elle avait le droit d'avoir un père et une mère, peu importe ce qui se passait entre Cosima et lui. Bodenstein jeta à son reflet dans le miroir un regard résigné. Il avait décidé de prendre comme prétexte la découverte de ce cadavre pour abandonner la fête familiale après la cérémonie. Cosima était assez impudente pour emmener ce Gawrilow, et il espérait presque qu'elle le ferait.

Il vit déjà de loin les deux voitures dans la cour et comprit ce qui l'attendait. Ludwig Hirtreiter n'était pas homme à fuir un conflit, aussi continua-t-il de son pas lourd et poussa la porte du jardin. Tell courut vers les deux hommes et se mit à aboyer.

— Tell, cria-t-il, au pied !

Le chien obéit aussitôt.

— Qu'est-ce que vous voulez ? grogna Hirtreiter.

Il était toujours à cran à cause des défrichages illégaux dans la forêt. Ses fils avaient choisi un bien mauvais moment pour venir le voir.

— Bonjour, papa, dit en souriant Matthias, le plus jeune. Tu nous offres un café ?

C'était visiblement une manœuvre.

— Pas si vous recommencez avec la prairie des Prêtres.

Il savait pertinemment qu'ils n'étaient venus qu'à cause de ça. Depuis des années, ils avaient coupé tout contact avec lui, excepté l'habituelle carte de vœux et le coup de téléphone obligé pour son anniversaire. Et c'était bien suffisant pour lui. Il regarda ses fils en fronçant les sourcils. Ils se tenaient, penauds et confus dans leurs élégants complets, à côté de leurs grosses voitures.

— Père, s'il te plaît, commença Gregor sur un ton soumis qui lui allait aussi mal que sa stupide voiture de sport. Tu ne peux pas vouloir qu'on perde ce qu'on a construit.

— En quoi ça me concerne? dit Ludwig Hirtreiter qui enleva son fusil de l'épaule, le posa par terre et s'appuya dessus. Vous ne vous êtes jamais intéressés à moi, pourquoi je m'intéresserais à vous?

Ils l'avaient appelé deux semaines plus tôt. Simplement pour dire bonjour, avaient-ils affirmé. Ça lui avait immédiatement mis la puce à l'oreille et il avait eu raison. Ludwig Hirtreiter ne savait pas comment ses fils avaient appris l'offre de WindPro, mais elle seule pouvait expliquer ce brusque élan d'amour pour leur père. Comme ils devaient être désespérés pour se pointer chez lui après tout ce temps! Matthias avait été le premier à parler de la prairie des Prêtres. Après la phase des gentillesses étaient venues les supplications au nom de leur situation financière préoccupante. Et comme ça n'avait rien donné, ils en appelaient à présent à son devoir de père. Ils étaient pratiquement en faillite, l'un était menacé d'une saisie, l'autre risquait d'être poursuivi par les tribunaux. Tous les deux avaient un urgent besoin d'argent, tous les deux vivaient dans la peur d'être méprisés et ridiculisés par ceux-là mêmes qu'ils avaient bluffés, pendant des années, par leur vie de luxe en leasing et à crédit.

— Bon, c'est tout? dit Hirtreiter en considérant les deux hommes pour qui il n'éprouvait plus que de l'indifférence. J'ai à faire.

Il remit son fusil à l'épaule et se retourna pour partir.

— Père, attends, je t'en prie! dit Matthias en faisant un pas vers lui. Il n'y avait plus aucune morgue dans son regard, seulement du désespoir. On ne comprend pas pourquoi tu refuses de vendre cette prairie. Ils ne vont pas te faire passer une autoroute sous le nez. Tu vas avoir au maximum deux semaines de bruit et de boue pendant la construction et ensuite peut-être un technicien qui passera de temps en temps.

Il n'avait pas tout à fait tort. C'était de la bêtise pure de repousser la proposition de WindPro, d'autant qu'ils venaient de l'augmenter d'un autre million. Mais comment oserait-il paraître devant les autres alors qu'il leur avait donné sa parole ? Heinrich ne lui aurait jamais pardonné ! S'il vendait la prairie, on ne pourrait plus empêcher la construction du parc d'éoliennes et toute leur action n'aurait servi à rien.

Matthias sembla prendre le silence de son père pour un début de victoire.

— Nous regrettons vraiment ce qui est arrivé autrefois, continua-t-il. Nous avons dit des choses stupides qui t'ont vexé. Ça n'arrivera plus, nous devons prendre un nouveau départ. Devenir une vraie famille. Tes petits-enfants aimeraient connaître leur grand-père.

Une maladroite tentative de séduction.

— C'est vraiment un beau geste de ta part, répondit Hirtreiter qui, voyant l'espoir renaître dans les yeux de son fils, se fit un malin plaisir de le briser. Mais malheureusement il est trop tard. Vous m'êtes devenus tous les deux parfaitement indifférents. Laissez-moi en paix comme vous l'avez fait depuis vingt ans.

— Mais père, dit Gregor dans une dernière tentative désespérée. On est tes enfants, on…

— Vous avez été un épisode dans ma vie, mais à présent c'est fini. Je ne vendrai pas cette prairie. Fin de la discussion. Et maintenant fichez le camp.

Les collaborateurs du service d'anthropométrie judiciaire s'étaient déployés sous la direction du commissaire Christian Kröger. En combinaison blanche avec capuche et bâillon de protection, ils passaient au peigne fin la scène du crime, prenaient des photos, cherchaient et numérotaient le moindre indice car il pourrait plus tard se révéler décisif. Un travail long et minutieux pour lequel Pia aurait manqué de patience. Deux policiers étaient occupés à saupoudrer la rampe de fer sur trois étages afin de relever les traces de doigts. Pia trouvait cela absurde, chaque jour des dizaines de personnes posaient la main sur la rampe, mais elle garda son opinion pour elle. Elle ne voulait pas se mettre Kröger à dos dès son premier jour de reprise.

La foule devant la porte s'était dispersée. Même Mme Weidauer avait disparu. Il régnait un silence solennel seulement interrompu par le clic-clac de l'appareil photo.

— Salut Christian, dit Pia au patron de la scientifique.

Henning et lui étaient agenouillés à côté du cadavre, nullement gênés par la puanteur et les mouches bourdonnantes.

— Salut Pia, répondit Kröger sans lever les yeux. Regarde ce que M. le légiste a trouvé.

Pia et Cem Altunay s'approchèrent. Henning Kirchhoff et Christian Kröger travaillaient ensemble depuis des années et se rencontraient régulièrement sur les scènes de crimes, mais ils ne s'aimaient pas. Chacun reconnaissait à contrecœur la compétence de l'autre, et cependant ils ne pouvaient pas se sentir.

— Là, dit Henning en soulevant la main du mort dont le poing était fermé et il lui ouvrit les doigts. Si je ne me trompe pas, ce qu'il tient dans la main est un morceau de gant de latex.

— Oui et alors ? dit Pia en secouant la tête sans comprendre. Qu'est-ce que c'est censé signifier ?

— Il est évidemment possible que l'homme ait eu l'habitude de faire sa ronde avec un morceau de gant de latex à la main, une sorte de fétiche peut-être, répondit Henning sur un ton sarcastique qui fit bouillir Pia. Mais j'y vois tout autre chose. Tu te souviens du directeur de banque qui s'était pendu dans son bureau, il y a plusieurs années. Avec le soutien-gorge de sa mère…

— Je me souviens, coupa Pia avec impatience. Qu'est-ce que ça a à voir avec notre mort ?

— Le gant de latex, c'est peut-être un peu mince. Mais regardez ce qu'on a aussi.

Il se releva et fit signe à Pia et à Cem de le suivre. Cinq marches plus haut, il s'arrêta et montra sur le sol de granit gris une tache ovale dans une mare de sang séché.

— Ça, c'est indubitablement une partie d'empreinte de chaussure. Et pas de la pointure de Grossmann.

Pia regarda la tache peu visible. Est-ce que c'était la preuve que Grossmann avait été tué ?

En bas, dans le hall, Stefan Theissen, appuyé au comptoir de la réception, téléphonait à voix basse tout en suivant avec attention ce qui se passait sur l'escalier mais sans manifester d'émotion apparente.

— Chef ! cria du troisième étage un collègue des empreintes en se penchant sur la rampe. Venez !

Kröger monta au troisième, en suivant le bord de l'escalier pour ne pas effacer les traces.

— Nous en avons fini avec le corps, tu peux le faire emporter, dit Henning à Pia tout en quittant sa combinaison et en la pliant soigneusement.

— Bien, je te le fais apporter chez toi. L'autorisation d'autopsie devrait être une formalité.

— Espérons-le. Le procureur est toujours à mégoter, dit-il en fermant sa mallette et en remettant sa veste. Les vacances t'ont fait du bien. Tu as bonne mine.

— Merci, dit Pia stupéfaite et en même temps flattée, car cette remarque banale était dans la bouche de Henning un véritable compliment. S'il s'en était tenu à cela, cette rencontre avec son ex-mari aurait été une des rares qui serait restée agréable dans sa mémoire. Mais Henning, qui faisait preuve de plus de doigté dans son travail qu'avec ses semblables, détruisit aussitôt la bonne impression qu'il venait de faire.

— Je suis content que tu aies trouvé quelqu'un qui puisse t'offrir un peu plus que je ne l'ai fait.

Elle n'aurait pas mal pris cette remarque si le ton n'avait pas été aussi condescendant.

— Ce n'était pas difficile. Tu ne m'as rien offert, répondit-elle.

— Ah bon. Un bel appartement, une voiture de sport, les chevaux et une foule d'expériences médicolégales pour lesquelles tes collègues t'enviaient, dit Henning en fronçant les sourcils. Si tu appelles ça rien.

— On peut vraiment tout enjoliver, siffla Pia car elle se rappelait le bel appartement sans âme où elle avait passé tant d'heures solitaires à attendre Henning qui travaillait jusqu'à des heures pas possibles sans se préoccuper d'elle. Elle avait supporté cela très longtemps jusqu'au jour où, sans même l'avertir, il était parti en Autriche, appelé sur le lieu d'un accident de téléphérique. Elle avait fait ses valises et elle était partie. Mais le plus révélateur, c'est qu'il avait mis quatorze jours avant de s'en apercevoir. Pia préféra ne pas s'attarder sur ce sujet et d'ailleurs son portable sonnait. C'était Kröger.

— Monte dans le bureau du patron, troisième étage, dernière porte à gauche, dit-il, puis il raccrocha.

— Ciao, salue Miriam de ma part, dit Pia à son ex-mari et elle pria Cem Altunay, qui avait fini de régler le transport du corps, de la suivre.

Le bureau de Theissen était le dernier du couloir. Il était vaste et meublé avec goût. Le contraste du parquet avec l'immense baie, du verre et du bois sombre du mobilier plut à Pia. Elle regarda autour d'elle et fronça les narines. L'odeur de pourriture était montée jusqu'au troisième étage. Ce n'était pas étonnant : la porte était restée ouverte et l'air chaud monte. Pourtant elle était étonnée par l'intensité de l'odeur.

— Qu'est-ce qu'il y a ? demanda Pia.

— Ah ! Kröger, qui se dirigeait vers le bureau, se retourna. Regardez ça.

L'odeur douceâtre devint plus prégnante. Qu'est-ce que ça pouvait être ? Pia mit discrètement le nez dans le col de son tee-shirt, qui sentait la sueur et la lessive. Ils s'arrêtèrent devant le bureau. L'odeur de pourriture devint si forte qu'elle bloqua sa respiration. Au milieu de la surface de verre brillante elle vit d'abord une pelote de poils brunâtres. Puis les asticots. Des centaines de vers blancs grouillaient sur la surface de verre, après avoir boulotté le petit cadavre.

— Un hamster mort, dit Cem Altunay en faisant la grimace. Qu'est-ce que ça signifie ?

— Je pense qu'on devrait poser la question à M. Theissen, répondit Pia. Deux minutes plus tard le directeur de WindPro sortait de l'ascenseur. Il n'était pas particulièrement ravi de cette invasion de son entreprise mais il ne protestait pas.

— Qu'y a-t-il ? demanda-t-il.

— Venez.

Pia le conduisit dans le bureau et lui montra la table.

— Pouvez-vous expliquer cela?

— Non, murmura-t-il d'un air écœuré.

Elle remarqua un tressaillement nerveux dans son visage blême et brusquement son cerveau passa du mode vacances au mode police. Son instinct s'était éveillé. Theissen savait très bien ce que signifiait ce hamster sur sa table de travail. Sa réponse était un pur mensonge.

Après une brève affluence, la boutique était redevenue calme. Frauke en avait terminé avec les premiers rendez-vous du matin, elle avait toiletté l'airedale terrier récalcitrant d'une cliente de Kronberg et les deux yorkshires d'une veuve de Johanniswald qui venaient tous les quinze jours. Ricky, après avoir servi les quelques clients, retourna à ses livraisons. Nika et Frauke rangèrent la marchandise nouvellement arrivée sur les étagères. Juste au moment où les cloches de Saint-Marien, l'église voisine, frappaient onze coups, Mark entra dans la boutique.

— Salut, dit-il à Frauke. Il retira de son oreille l'écouteur blanc de son inévitable iPod et resta debout à côté d'elle. Son regard se posa vite sur Ricky qui essayait de fourguer un de leurs rossignols à un client, seulement venu acheter un collier contre les tiques pour son ridgeback de Rhodésie. Éloquente et charmante, elle vantait à l'homme les avantages d'une cage de transport de luxe affreusement chère, après avoir appris qu'il avait l'intention de faire un long voyage au Canada avec son chien.

— Ricky est capable de vendre n'importe quoi, dit Mark avec un ricanement admiratif et Frauke acquiesça en silence. L'homme était à bout d'objections et souriait, comme sous hypnose. Il fallait reconnaître que Ricky était une sacrée vendeuse. Et elle s'y connaissait pour entortiller les hommes. La combinaison de ses blonds cheveux coiffés en deux nattes et de la peau bronzée que découvrait le profond décolleté de sa robe folklorique, dont le corselet épousait son torse mince, lui avait valu à Königstein et dans les environs un véritable fan-club. Aussi les aides masculins pour son animalerie ne lui manquaient pas et elle s'épanouissait sous leur regard admiratif.

— Vous avez un problème ? demanda Mark. Frauke le suivit dans le bureau. Il se débarrassa de son sac à dos en le laissant choir lourdement et s'assit au bureau. Frauke lui indiqua le bug qui se produisait chaque fois qu'elle voulait entrer un nouvel article dans le système. Mark s'affala sur sa chaise, se remit l'écouteur dans l'oreille et tira le clavier à lui. Il secouait la tête au rythme de la musique qu'il marquait avec le pied. Frauke l'observait du coin de l'œil. Ses cheveux blonds et gras qu'il peignait en avant lui tombaient sans arrêt sur les yeux.

— Y a autre chose ? demanda-t-il en levant la tête et en jetant à Frauke un regard agacé.

— Non, non, fais déjà ça, dit-elle en souriant et elle retourna dans la boutique en refrénant son impulsion de lui tapoter l'épaule. Ricky était en train d'aider le client à charger la cage de voyage dans sa voiture, puis elle rentra, un large sourire sur les lèvres.

— On en est enfin débarrassés, pouffa-t-elle ravie. Je lui ai fait un rabais de vingt pour cent. Mais j'aurais pu la lui offrir.

— Félicitations, je vais enfin pouvoir arranger ce coin.

— Oui, ce n'est pas trop tôt.

Frauke avait un véritable don pour la décoration. Peu à peu Ricky lui avait confié la responsabilité du décor de la boutique et Frauke lui en était reconnaissante.

— Venez les filles, on va se boire un café, proposa Ricky.

Frauke et Nika la suivirent dans le bureau. Mark interrompit son travail, retira l'écouteur de son oreille et regarda Ricky. Son expression maussade disparut et, un instant, il fut presque beau.

— Eh, le meilleur de mes hommes est là, dit Ricky rayonnante. Merci d'être venu si vite.

— Pas de problème, dit Mark en rougissant.

Frauke se versa une tasse de café puis une à Ricky. Nika se servit toute seule.

— Dis-moi, Mark, dit Ricky comme en passant, tu aurais un peu de temps en ce moment ? Je dois construire de nouveaux obstacles pour le parcours d'agilité et j'ai besoin d'aide.

— Je… je n'ai pas encore fini, dit Mark en jetant à Frauke un regard interrogateur. Dans son adoration éperdue pour Ricky, il serait parti pieds nus au pôle Nord si elle le lui avait demandé, et Frauke le savait. Et Ricky le savait sans doute aussi. Comment pouvait-elle être flattée d'être portée aux nues par un lycéen acnéique de seize ans ? En fait, même si elle paraissait pleine d'assurance, sa patronne ne l'était pas en son for intérieur, et inconsciemment elle cherchait un public qui l'admirât sans réserve.

— L'ordinateur ne s'en ira pas, dit Frauke.

Mark se donnait un air cool et indifférent sous sa frange mais ses yeux brillaient.

— OK, j'ai le temps, dit-il en attrapant son sac à dos et en se levant.

— Super, dit Ricky en reposant sa tasse, alors on y va.

Le garçon la suivit dans la cour tout comme le golden retriever et le samoyède qui attendaient patiemment leur maîtresse au pied de l'escalier. Frauke contempla le drôle de quatuor en secouant la tête.

— Ah, monsieur Theissen, dit Cem Altunay. Autre chose. Il y a une caméra de surveillance à tous les étages. Pouvons-nous avoir les vidéos ?

Stefan Theissen eut un instant d'hésitation puis il leva les yeux et acquiesça.

— Oui, bien entendu. Notre chef de la sécurité est toujours devant la porte. Mais il mettra les cassettes à votre disposition dès que vous l'autoriserez à rentrer. Peut-être pourriez-vous le laisser entrer ? Et la dame de la réception aussi afin qu'elle prenne les appels téléphoniques.

— D'accord, dit Pia. Mais tous les autres doivent rester dehors jusqu'à ce que les collègues aient fini.

Elle attendit que Theissen et Cem aient disparu.

— Qu'est-ce que tu as de plus ? demanda-t-elle à Kröger.

— Comment tu sais qu'il y a quelque chose ? répliqua-t-il. Un hamster pourri dans le bureau d'un patron ça ne te suffit pas ?

Pia sourit et pencha la tête.

— Bon. Nous avons trouvé une feuille de papier sous la photocopieuse. J'ignore si ça signifie quelque chose. Peut-être que la secrétaire l'a simplement laissée tomber.

Pia suivit Kröger dans la pièce voisine et prit la feuille déjà sous plastique. Elle survola le texte.

— Page 21 d'une expertise de potentiel éolien, constata-t-elle. Pour une entreprise qui construit des éoliennes ça ne me paraît pas vraiment surprenant.

— Page 21 de soixante-trois pages, répondit Kröger. À ta place je me ferais remettre cette expertise. Ou j'essayerais de savoir quand elle a été copiée.

— Comment?

— Sur ce genre de photocopieuse, quand on photocopie, le disque dur conserve des données temporaires. Comme sur un PC.

— Mais comment tu sais tout ça?

Christian Kröger faisait partie de ces gens qui savent tout sur un nombre incroyable de choses. Bodenstein aurait voulu l'avoir dans son équipe mais Kröger préférait diriger le service scientifique et à trente-cinq ans il avait encore une belle carrière devant lui.

— Je peux me remettre au travail? demanda-t-il.

— Bien sûr.

Appuyée à la porte du bureau de Theissen, Pia regardait les deux aides de Kröger ramper sur le sol dans leur combinaison blanche, mettre le hamster mort et les asticots dans des sacs transparents, coller du film plastique sur la moindre tache pour fixer les empreintes, les cheveux, les particules de peau. Son cerveau travaillait à plein régime.

Qui avait pu poser le hamster mort sur le bureau de Theissen? À en juger par l'état de décomposition de l'animal, cela avait dû se passer à peu près au moment où Rolf Grossmann avait trouvé la mort. Pia se retourna et descendit lentement l'escalier. Quel drame s'était donc joué dans la nuit de vendredi? Son téléphone sonna, c'était Kai Ostermann.

— Salut la vacancière, dit-il gaiement. Comment c'était la Chine?

— Salut Kai, répondit Pia en se dépêchant de descendre l'escalier. Super. Trop court. Cem t'a appelé?

— Oui. J'ai eu le procureur. C'est OK pour l'autopsie.

— Bien. À plus.

Pia descendit la dernière marche et regarda les nouveaux collègues. On avait enfermé le corps de Grossmann dans une housse, la climatisation remarchait et l'odeur désagréable s'était enfuie par la verrière ouverte. Derrière le comptoir de la réception avait pris place une brune rondelette d'environ quarante ans dont l'air congelé montrait clairement combien elle se sentait mal à l'aise à son poste de travail. Elle n'ignorait pas en effet que Rolf Grossmann avait rendu l'âme à quelques mètres d'elle et que, dans la cuisine derrière elle, des policiers masqués étaient en train de chercher des empreintes. Ce n'était certainement pas le lundi le plus agréable de sa vie.

— Vous savez où est mon collègue ? demanda Pia.

— Avec l'hôtesse d'accueil, dit-elle en s'efforçant de sourire et sans bouger d'un millimètre. Dans le couloir, deuxième porte à gauche.

— Merci, dit Pia qui allait s'éloigner quand il lui vint une idée. Vous connaissiez M. Grossmann, non ?

— Oui, naturellement.

— Quel genre de collègue était-il ?

La femme hésita une seconde de trop.

— Très gentil, dit-elle sans conviction. Nous n'avons jamais travaillé directement ensemble. Il n'était là que la nuit et le week-end.

— Hum.

Pia sortit son bloc-notes de sa poche et prit quelques notes. Tanja Simic travaillait depuis deux ans pour un salaire de quatre cents euros pour WindPro et connaissait les quarante-huit collaborateurs, ainsi que les vingt-deux ouvriers qui construisaient les éoliennes. Ses premières réponses étaient hésitantes, elle ne se dégela que lorsque Pia lui eut assuré que leur conversation resterait confidentielle.

— Aviez-vous compris que Grossmann avait un problème d'alcool ?

Bien sûr, Tanja Simic savait. Ce n'était un secret pour personne que Grossmann avait replongé. D'ailleurs il s'était empoigné avec le chef de la sécurité car il avait manqué trois fois dans le mois, et la semaine dernière il était allé à la station-service en mobylette au milieu de la nuit.

— Apparemment il voulait acheter des cigarettes et de l'essence. Tanja Simic roula les yeux. Mais il avait oublié la clé. Le matin il était allongé devant la porte d'entrée et on n'a pas pu le réveiller. Et deux semaines avant… Elle baissa la voix et regarda à droite et à gauche pour s'assurer que personne n'écoutait… il a fait venir une femme et ils ont fait la noce dans le bureau du patron.

Rolf Grossmann n'était pas vraiment apprécié des autres collaborateurs de WindPro. Il furetait dans les bureaux, écoutait aux portes, pissait contre les voitures dans le garage souterrain quand il était bituré et faisait des remarques salaces qui devenaient de plus en plus grasses à mesure que son taux d'alcoolémie montait. Le contingent féminin évitait soigneusement de se trouver seul avec lui. Pia écoutait avec intérêt et prenait des notes. Ce qu'elle entendait était bien différent de ce que Theissen avait raconté sur le veilleur de nuit.

— C'était un vrai porc, conclut Tanja Simic en fronçant le nez. Personne ne comprenait pourquoi il pouvait tout se permettre comme ça.

Pia se posait la même question. La patience de Theissen cachait-elle autre chose qu'une amitié d'enfance et le souci humaniste auquel il avait voulu faire croire ? Pourquoi ne lui avait-il pas dit la vérité ? Pia remercia Tanja Simic pour ces précisions et se mit à la recherche de Cem Altunay. Elle découvrirait pourquoi Theissen avait menti. Brusquement elle ressentit ce picotement comme chaque fois qu'une enquête prenait une tournure qu'on n'avait pas prévue. En tout cas une chose était sûre, ce n'était pas une enquête sur un accident. C'était un meurtrier qu'ils recherchaient.

Frauke Hirtreiter recouvrit soigneusement la petite table du bureau et fit glisser prudemment la pizza – jambon de Parme, anchois et deux fromages – sur une assiette. Il fallait y mettre les formes. Bien sûr elle n'aurait que quelques mètres à faire dans la Limburger Strasse pour aller manger à la pizzeria, mais elle n'aimait pas manger seule en public ni être observée en mangeant. Elle regarda la pizza avec un plaisir anticipé, les bords croustillants, le fromage doré fondant et les morceaux de jambon. Juste à l'instant où elle coupait le premier morceau, le piquait avec la fourchette et le portait à sa bouche, on frappa à la porte de derrière. Merde. Qui ça pouvait bien être ? Elle détestait être dérangée pendant son repas. Pourtant elle se leva l'air furieux, gagna la porte en se dandinant et tourna la clé. Un homme nonchalamment appuyé contre la rampe lui souriait d'un air narquois.

— Qu'est-ce que tu fais ici ? demanda Frauke d'un ton peu amène.

— Salut, petite sœur. Gentil accueil.

Frauke regarda son frère cadet avec méfiance. En principe, Matthias ne lui faisait signe que lorsqu'il avait un problème.

— Entre, je suis en train de manger.

Elle fit demi-tour et retourna dans le bureau. Matthias Hirtreiter la suivit, ferma la porte derrière lui et resta dans l'encadrement, les mains dans les poches de son pantalon.

— Tu as minci, lâcha-t-il en souriant. Ça te va bien.

Frauke le regarda d'un air méfiant et mordit dans sa pizza.

— Inutile de me passer de la pommade, répondit-elle la bouche pleine. Je sais à quoi je ressemble.

De l'huile lui coulait sur le menton. Elle s'essuya distraitement du dos de la main et considéra son frère. Le hâle, le costume de drap clair, la chemise ouverte et les chaussures beiges lui donnaient une allure de dandy. Il ne lui manquait que le chapeau de paille pour avoir l'air tout droit sorti des années 1920.

— Dis-moi ce que tu veux. Tu n'es pas venu ici par hasard.

— Bien sûr que non, dit-il en tirant une chaise et en s'asseyant en face d'elle. J'ai reçu un appel aujourd'hui.

— Ah !

Frauke entama son dernier morceau de pizza. D'après ses dernières informations, l'entreprise de systèmes de sécurité et d'installation d'alarmes de son frère se portait bien. Ses enfants fréquentaient une école privée, il faisait partie du Lions Club et autres cercles qui donnent du prestige et favorisent les relations, il habitait avec sa famille dans une villa somptueuse et affichait volontiers sa richesse et son luxe.

— Il venait de cette entreprise qui veut construire un parc d'éoliennes à Ehlhalten. Tu en as entendu parler.

Frauke acquiesça. Le parc d'éoliennes était un sujet de conversation permanent chez Ricky et Jannis. Tous deux faisaient partie de l'Initiative citoyenne qui s'était créée contre sa construction.

— Et en quoi ça me regarde ?

Matthias passa sa main dans ses cheveux déjà clairsemés et, pour la première fois, Frauke remarqua des rides d'inquiétude dans le visage juvénile de son frère.

— Père a reçu une offre fabuleuse pour la prairie qui jouxte la ferme. Deux millions d'euros !

— Combien ? La fourchette de Frauke s'immobilisa en l'air et elle resta bouche bée. Tu n'es pas sérieux !

— Oh que si, il s'est bien gardé de nous le dire, ce vieux salaud. Et apparemment il n'a pas l'intention de vendre.

— Incroyable ! Frauke en avait l'appétit coupé. Deux millions d'euros ! Pour une prairie ! D'où tu tiens ça ?

— Les types de l'entreprise m'ont demandé de convaincre père, dit Matthias avec un sourire sans joie. Gregor et moi on y est allés, mais il nous a flanqués dehors.

— Depuis quand vous êtes au courant de cette offre ? demanda Frauke d'un air soupçonneux.

— Depuis quelques semaines.

— Et pourquoi je ne l'apprends qu'aujourd'hui ?

— Eh bien... tu ne t'entends pas très bien avec père, bafouilla-t-il embarrassé. Alors on a pensé...

— Foutaises ! Vous avez pensé que je n'en saurais rien et que vous pourriez vous partager le gâteau, dit-elle en reposant violemment le morceau de pizza sur l'assiette. Vous n'êtes que deux sales faux jetons !

— Pas du tout ! s'insurgea Matthias Hirtreiter. Vraiment. Et maintenant écoute-moi. WindPro est d'accord pour augmenter son offre à condition que père donne son aval dans les vingt-quatre heures. Après quoi ils engageront une procédure d'expropriation.

Frauke comprit ce que ça signifiait.

— Ils proposent *trois* millions ! dit Matthias en baissant la voix et en se penchant en avant. C'est vraiment beaucoup d'argent et j'en ai vraiment besoin.

— Tiens, je croyais que tu roulais sur l'or, dit, avec un sourire moqueur, Frauke à son frère, lequel bondit sur ses pieds.

— Mon entreprise est en faillite, avoua-t-il sans la regarder. Apparemment, j'en suis arrivé là à cause d'une déclaration tardive de l'insolvabilité de ma société. Si dans une semaine je ne parviens pas à trouver cinq cent mille euros, je vais perdre l'entreprise, la maison, tout.

Il se retourna. Il n'y avait plus trace de cette insouciance juvénile qu'il avait toujours montrée et qui avait trompé tout le monde, y compris lui-même. L'acteur avait laissé tomber le masque et il ne lui restait que des poches sous les yeux, des joues creuses et un air désespéré.

— Ils me mettront en prison, dit-il en haussant les épaules. Ma femme menace de me quitter et mon propre père refuse de m'aider.

— Et Gregor ?

— Pour lui, ça ne va pas beaucoup mieux.

Matthias secoua la tête. Ils se turent. Frauke avait un peu pitié de son frère cadet mais en son for intérieur elle ressentait une joie méchante, mesquine et méprisable. À présent les deux *golden boys* étaient exactement comme elle, ils croulaient sous les dettes et ne savaient plus comment s'en sortir. Mais au lieu d'essayer de se tirer de cette situation honteuse, Matthias et Gregor ne pensaient qu'à sauver les apparences.

— Qu'est-ce que vous voulez faire ? demanda-t-elle au bout d'un moment. Tu connais le vieux. Quand il ne veut pas quelque chose, il n'y a rien à faire.

— Il ne *peut pas* simplement nous oublier, répondit Matthias avec véhémence. Je suis allé voir un avocat. Selon la loi, nous avons hérité par maman d'une partie de la ferme et de la prairie.

— C'est faux. Ils se sont fait une donation mutuelle. Oublie ça.

— Non, pas question ! s'écria-t-il hors de lui. Je ne laisserai pas mon père ruiner ma vie !

— Tu l'as ruinée toi-même.

— Bon Dieu, j'ai la poisse ! Matthias se retenait pour ne pas crier. La crise nous a cueillis à froid ! On avait une progression de soixante pour cent, puis un gros client a fait banqueroute. On a perdu presque deux millions!

Frauke observait son frère la tête penchée.

— Qu'est-ce que tu proposes?

— D'aller en parler tous les trois avec lui. Et s'il s'obstine dans son refus, on le forcera.

— Comment tu comptes t'y prendre?

— Aucune idée. Il doit bien y avoir un moyen.

Matthias remit ses mains dans les poches de son pantalon. Son regard errait sans but à travers la pièce.

Frauke plia le dernier morceau de pizza refroidi.

— Quand? demanda-t-elle.

— La WindPro va lui faire parvenir sa nouvelle offre aujourd'hui ou demain, ils me faxeront une copie. Je pense qu'on ira demain soir. Tu es d'accord?

Frauke poussa la pizza dans sa bouche et se mit à mâcher, songeuse. Trois millions à partager en trois. C'était tout simplement inconcevable. Elle pourrait enfin éponger ses dettes et aurait assez d'argent pour vivre sans souci. Pour la première fois depuis dix ans, elle pourrait prendre des vacances et s'offrir la liposuccion que la caisse de maladie lui refusait. Et aussi une voiture à embrayage automatique.

— Entendu, dit-elle en souriant à son frère. J'y serai. Demain soir à la ferme.

— Il y a six caméras dans le bâtiment, expliqua Cem Altunay à ses collègues. Une à chaque étage, une dans le garage souterrain et une dans le hall d'entrée, mais seules celles du garage et du hall fonctionnaient.

Ils étaient dans la salle de réunion de la K11 au premier étage des locaux de la police criminelle régionale à Hofheim, pour visionner le film de la caméra de surveillance du hall.

— Grossmann adoucissait ses gardes de nuit par la visite de dames, dit Pia, répétant ce que l'employée de la réception lui avait dit. Encore récemment, il a fait venir une femme et ils ont fait la noce dans le bureau du patron. Il a peut-être recommencé et c'est pour ça qu'il a débranché les caméras.

— Possible, dit Cem, pas du tout convaincu.

— Pour l'instant c'est trop large, dit Kai Ostermann qui tapait d'un air concentré sur son ordinateur. Ah, voilà, ça y est.

Pia et Cem se tournèrent vers le grand écran où apparut en noir et blanc une grande partie du hall.

— Le système de surveillance est programmé pour enregistrer soixante-douze heures toutes les soixante-douze heures. On peut copier la séquence mais si le film n'est pas récupéré la caméra réenregistre d'elle-même.

— Grossmann commence toujours son service vers 18 heures, dit Pia à Kai. Rembobine jusqu'à vendredi soir.

Ostermann acquiesça. Le moniteur affichait le va-et-vient affairé des employés en train de quitter leur bureau. Vers cinq heures et demie, la plupart étaient partis, quelques rares retardataires passaient encore dans le hall.

Kathrin Fachinger entra dans la pièce, posa une tasse de café devant Pia et s'assit à côté d'elle.

— Merci, dit Pia étonnée.

— Pas de quoi, répondit Kathrin. Depuis que Frank Behnke et Andreas Hasse n'étaient plus là, l'ambiance dans la K11 s'était considérablement améliorée. La mauvaise humeur permanente de Behnke, son agressivité larvée, qui lui avait valu la franche hostilité de Kathrin, avaient rendu le travail infernal. Hasse et ses perpétuels arrêts maladie ne leur manquaient pas beaucoup non plus.

— Voilà Grossmann, dit Cem en indiquant le comptoir de la réception qui était à l'extrême coin droit de l'image. Il a dû entrer par l'entrée latérale et traverser la cuisine.

Jusqu'à 19 heures, Rolf Grossmann resta assis derrière le comptoir, puis il traversa le hall pour aller fermer la porte d'entrée. Une colonne de poussière envahit l'image en accéléré, deux personnes s'agitèrent dans le hall et lessivèrent le sol. On ne voyait plus Grossmann. Vers 21 heures, il s'entretint vaguement avec l'équipe de nettoyage qui disparut derrière l'ascenseur transparent. Pendant des heures il ne se passa rien. Une lueur qui filtrait par la porte de la cuisine indiquait que Grossmann regardait la télévision.

— Stop, cria Pia. Quelqu'un est entré, reviens en arrière.

Kai s'exécuta et fit passer l'image à vitesse normale.

— Theissen, dirent Pia et Cem abasourdis.

— Il nous a dit qu'il n'était pas venu au bureau vendredi soir.

Pia se concentra sur l'écran. Theissen avait surgi sur la gauche de l'image, il venait donc du garage souterrain. Il passa derrière le comptoir, jeta un regard dans la cuisine, mais Grossmann n'en sortit pas.

— Vous avez aussi le son ? demanda Cem.

— Oui, mais le micro n'est pas très sensible, dit Kai en montant le son. On ne peut pas entendre une conversation normale.

— Il n'a peut-être rien dit, il voulait juste voir si Grossmann dormait, dit Pia. Bizarre. Si j'étais un patron, j'apprécierais moyennement de surprendre mon veilleur de nuit plongé dans un profond sommeil.

Theissen se dirigea vers l'ascenseur et monta. La cabine de verre glissa sans bruit vers le haut. Trois minutes après, vers 2 h 45, Grossmann apparut. Il s'étira, bâilla et se dirigea vers l'escalier d'un pas chancelant.

— Une heure trop tard, remarqua Cem. Le chef de la sécurité de la boîte m'a dit qu'il devait faire une ronde à minuit, 2 heures et 4 heures et faire un rapport.

Grossmann disparut dans le couloir de gauche puis dans le droit. Ensuite il monta l'escalier. Lorsqu'il atteignit le premier étage, il sortit du champ de la caméra. Le film continuait, rien ne se passait.

— Vous entendez ? dit Kathrin en se penchant en avant. Il y a des bruits.

Kai revint en arrière et indiqua en secouant la tête qu'il ne pouvait pas monter le son plus fort. Mais tous entendirent une voix, puis un cri. 3 h 17. Grossmann ne revint plus.

— Theissen n'a pas quitté le bâtiment, dit Pia en réfléchissant à voix haute. Et il ne voulait pas que Grossmann le voie.

— Tu veux dire que c'est lui qui l'a poussé dans l'escalier ? dit Cem sans détourner le regard de l'écran vide.

— C'est bien possible.

— Je mets la vidéo du garage, dit Kai. Il lui fallut quelques minutes pour trouver l'endroit où un intrus apparaissait nettement. Ils observèrent l'image. Costume noir, cagoule noire avec une fente pour les yeux, un sac sur l'épaule.

— Il porte des gants de latex, remarqua Cem. Pia se pencha, attrapa le téléphone et composa le numéro du procureur. Les soupçons de Henning semblaient se confirmer. La mort de Rolf Grossmann n'avait pas été un accident tragique mais un meurtre. Un mystère demeurait cependant : comment et quand Theissen et le meurtrier avaient-ils quitté le bâtiment, car ils n'avaient traversé ni le garage ni le hall d'entrée.

— On croirait qu'ils se sont évaporés, dit Kai en se renversant sur sa chaise et en croisant les mains derrière sa nuque. Que venait faire ce type ? Pour poser le hamster sur le bureau, il n'avait besoin que de quelques secondes.

— À propos du hamster, dit Cem. C'est un indice. Pourquoi il ne l'a pas remporté quand l'affaire a dégénéré ?

Pia le regarda. De profil, il lui faisait penser à l'acteur Erol Sander.

— Il venait de tuer quelqu'un, rappela Kai à ses collègues. Il ne devait pas être dans son état normal.

— Mais pourquoi il a tué Grossmann ? demanda Cem.

— Peut-être que Grossmann l'avait reconnu, dit Kai. Une bagarre, un coup malheureux.

Pia savait que son collègue, dans ses enquêtes, s'intéressait beaucoup à la psychologie. En novembre dernier il s'était renseigné sur un cours pour devenir profileur à la Crim fédérale mais il avait dû y renoncer parce que la K11 manquait dramatiquement d'inspecteurs. Kai n'avait pas laissé percer sa déception, et Pia espérait qu'il aurait bientôt une deuxième chance.

Les événements qui avaient conduit à la suspension de Behnke et de Hasse avaient touché Pia plus qu'elle n'aurait cru. Elle s'était aperçue qu'elle en savait plus sur les suspects et les témoins auxquels elle avait affaire que sur les personnes avec qui elle travaillait tous les jours et à qui elle pouvait être amenée à confier sa vie dans les situations épineuses. Elle avait alors décidé de changer. Soudain, elle s'était mise à parler de sa vie privée, ce qu'elle n'aurait jamais fait auparavant. Cem Altunay lui paraissait un bon élément pour l'équipe et elle savait qu'Oliver von Bodenstein, son supérieur, s'entendrait bien avec le nouveau venu. Elle fut tirée de ses pensées en sentant le regard interrogateur de ses trois collègues.

— Désolée, c'est le premier jour de reprise après les vacances, dit Pia pour s'excuser. Qu'y a-t-il ?

— Qui a pu faire ça ? répéta Kai. Il paraissait persuadé qu'en l'absence de leur chef, c'était Pia qui devait prendre les commandes.

— Cem et moi, nous allons à WindPro pour demander à Theissen ce qu'il faisait dans son bureau cette nuit-là, décida Pia. Kai, tu visionnes une fois de plus les vidéos. Kathrin, cherche tout ce qu'on peut trouver sur WindPro et aussi sur le mort. Je ne crois pas que Theissen l'ait engagé par pur amour du prochain.

Tous acceptèrent sans protester la répartition des tâches. Frank Behnke aurait contesté les propositions et les directives de Pia et aurait forcé le reste de l'équipe à prendre parti. Longtemps Kai, en souvenir de leur période commune au SEK, avait pris celui de Behnke, et Kathrin, par principe, celui de Pia. Cette époque était révolue, au grand soulagement de Pia.

— Au travail, tout le monde, dit-elle avec une sincère belle humeur. Nous nous retrouverons à 16 heures, ici.

— Inutile de s'inquiéter, dit Ricky en voyant Jannis regarder sa montre pour la dixième fois. Ils vont arriver.

Elle, Nika et quelques membres de l'Initiative citoyenne, auxquels Jannis avait donné quelques brèves indications, étaient accroupis comme des oiseaux migrateurs sur un fil téléphonique. Mark était assis dans l'herbe et peignait de chaque main les deux chiens qui se laissaient faire béatement, les yeux fermés. À côté de lui étaient posées les pancartes que Jannis avait lui-même fabriquées et dont il avait rédigé les slogans. Il était particulièrement fier du logo, un dessin du Taunus stylisé avec une éolienne bordée de rouge comme un sens interdit.

— Ils ont dix minutes de retard, répondit Jannis furieux en interrompant ses va-et-vient.

Pour ces types de la télévision l'exactitude importait peu, en tout cas pour celui-ci. Or, si Ludwig Hirtreiter arrivait, il se précipiterait devant la caméra et se mettrait à tourner autour du pot. Jannis avait soigneusement préparé ce qu'il devait dire, il voulait profiter de cette aubaine qui ne se présenterait pas deux fois pour dévoiler ce qu'il avait découvert. Ça ferait scandale et les grands journaux s'en empareraient ! Pour empêcher que Hirtreiter et compagnie lui gâchent l'affaire, il avait appelé en secret le reporter de la radiotélévision de la Hesse et lui avait proposé d'avancer le tournage d'une demi-heure.

Le soleil brillait. Dans le ciel bleu passaient de petits nuages inoffensifs. En trois semaines la nature avait explosé, mais Jannis n'avait pas un regard pour les buissons fleuris, les fleurs jaillissantes et la verte prairie. Enfin, avec un quart d'heure de retard, le break bleu clair de la radiotélévision de la Hesse tourna dans le chemin. Il alla à leur rencontre en agitant les bras. Il fallait se dépêcher ! La ferme de Hirtreiter n'était qu'à quelques centaines de mètres, derrière un bouquet d'arbres. Si le vieux regardait par hasard par la fenêtre, il verrait l'auto et en moins de vingt secondes il se pointerait. Jannis bouillait en voyant avec quelle lenteur le reporter descendait de voiture, suivi d'un autre homme et d'une femme. Il avait envie de les en extirper.

— Bonjour ! cria le reporter en souriant. C'est idyllique ici. Incroyable !

Rien à foutre de l'idylle, pensa Jannis. Dépêche-toi, bordel !

— Oui, dit-il en se fendant d'un sourire pincé. Jannis Theodorakis. Nous nous sommes téléphoné hier.

Le reporter lui serra la main, puis il s'avança vers Ricky, Nika et les autres qui s'étaient approchés de la clôture et leur serra aussi la main. Ses deux collègues fourrageaient dans le coffre de la voiture, puis ils sortirent des valises et des perches. Le reporter tira un bloc de sa poche et se lança dans un exposé interminable du concept qu'il avait élaboré pour l'émission.

— Oui, oui, super, dit Jannis qui n'écoutait même pas mais ne cessait d'approuver de la tête, le regard braqué sur la cour de Hirtreiter.

Enfin tout fut prêt. Le caméraman avait juché la caméra sur son épaule, l'ingénieur du son mit ses écouteurs et brancha tous les câbles. Le reporter lui tendait le micro, orné du logo de la radiotélévision de la Hesse. La lumière et le son étaient OK. Jannis respira à fond et répondit à la première question.

Il parla de la nature défigurée, du défrichage sur de grandes surfaces d'essences précieuses, d'espèces animales protégées que la construction d'un parc d'éoliennes allait faire disparaître. À son soulagement, il ne bafouilla qu'une fois, bien qu'agacé par cette façon qu'avait le reporter de hocher la tête avec un sourire ironique et de lui fourrer le micro presque entre les dents. Enfin vint la question qui pour Jannis était essentielle et qui lui permit de régler son compte à WindPro. Au même moment il vit la jeep de Ludwig Hirtreiter qui descendait la colline. Le timing avait été parfait.

Le soleil de mai rayonnait dans le ciel bleu, l'air était rempli des rires des invités et du parfum des fleurs. Thordis était une mariée ravissante, Lorenz un marié de conte de fées et pourtant en le regardant Bodenstein se sentait envahi par la mélancolie. Le mariage de son fils aurait dû être pour lui un événement exceptionnel ; combien de fois Cosima et lui s'étaient représenté le bonheur que ce serait de voir leur fils aîné se marier. Mais s'ils étaient là tous les deux, ils n'étaient plus ensemble. Appuyé à la balustrade, un verre à la main, il parlait et riait mais il avait l'impression d'être un étranger au milieu de sa famille aux anges. Sa vie était comme arrêtée, son regard uniquement dirigé vers le passé. Cosima n'avait pourtant pas eu le culot d'amener son Russe, il n'avait donc aucune raison de quitter la fête. Il lui avait parlé, mais leur conversation avait été la même que tous ces derniers mois : brève, superficiellement amicale, se limitant aux aspects pratiques concernant les enfants.

L'infidélité de sa femme l'avait complètement pris au dépourvu. Sa vie s'était disloquée et avait été complètement bouleversée. Cosima avait détruit leur famille pour un mec. Prendre conscience qu'il n'avait suffi à Cosima ni comme époux ni comme homme avait été affreux, humiliant. Pour elle, il n'était bon que comme baby-sitter de Sophia. Pendant des nuits cette idée l'avait torturé bien plus que l'idée que Cosima s'envoyait en l'air avec un type qui avait bien quinze ans de moins qu'elle.

Bodenstein but son verre et fit la grimace. Le champagne était devenu tiède.

— Pourquoi ce regard sombre pour un si beau jour? dit en souriant la mère de Thordis, la vétérinaire Inka Hansen, en lui tendant une coupe de champagne frais. N'est-ce pas là un beau couple?

— Sans conteste, dit-il en prenant le verre et en posant l'autre sur le plateau d'un serveur. Nous aurions pu en être un aussi.

Il pouvait plaisanter ainsi avec elle. Inka et lui avaient été élevés ensemble et même s'ils n'avaient jamais eu de liaison, il avait cru un certain temps qu'ils se marieraient. Mais c'était si vieux que ce n'était plus douloureux.

— Bah! La vie avait d'autres projets pour nous, dit-elle en cognant son verre contre le sien avec un sourire ironique. Mais je me réjouis qu'à présent nous soyons devenus en quelque sorte parents.

Ils burent une gorgée et Bodenstein se demanda si Inka avait un ami.

— Tu es en beauté, dit-il.

— Pas toi, répondit-elle abruptement à sa manière directe.

— Merci, c'est gentil, dit-il en souriant malgré lui.

Ils burent une deuxième puis une troisième coupe. Cosima était à l'autre bout de la terrasse. Jusqu'à présent elle ne lui avait pas prêté une grande attention mais maintenant elle les regardait. Il se souvint alors qu'elle avait été jalouse d'Inka.

Marie-Louise appela tout le monde à passer à table, et Bodenstein fut content qu'on l'ait placé entre la mariée et sa mère. Il recula la chaise d'Inka pour qu'elle s'assît et rit d'une remarque qu'elle lui faisait. Cosima était assise de l'autre côté des mariés. Quand leurs regards se rencontrèrent, il lui sourit et se retourna immédiatement vers Inka. Pour la première fois, il profitait de la journée et l'espoir que la blessure infligée par Cosima soit en voie de guérison germa en lui.

Pia avait abandonné le volant à Cem car elle devait téléphoner. Pour des raisons de restrictions budgétaires, les voitures de police n'étaient toujours pas équipées d'un dispositif mains libres, ce qui l'obligeait à téléphoner en conduisant quand elle était seule. C'était particulièrement grotesque lorsqu'on avertissait un collègue par portable qu'un conducteur était en train de téléphoner au volant. Elle appela d'abord Kröger qui lui apprit qu'aucune des portes de WindPro n'avait été fracturée. Soit le malfaiteur était déjà à l'intérieur soit il avait une clé. Par ailleurs on pouvait assurer de façon quasi certaine que Grossmann avait été poussé dans l'escalier depuis le troisième étage. Les traces de sang et de matière textile découvertes sur les marches allaient dans ce sens et plus encore sa lampe de poche qui avait été trouvée par terre au troisième étage. Le deuxième coup de fil fut pour leur chef. Bodenstein répondit aussitôt et Pia en conclut que la noce était finie. Elle lui fit un compte rendu succinct de la situation.

— Il sera à la réunion de 16 heures, dit-elle à Cem en raccrochant.

— Mais tu te débrouilles très bien sans lui.

— Merci, dit-elle en souriant. J'ai été à bonne école avec Bodenstein, c'est un super-chef.

— C'est aussi mon avis. Je suis très heureux d'avoir été muté ici.

— Où étais-tu avant ?

— À Offenbach, pendant huit ans, d'abord au SB13* et depuis trois ans à la K11.

— Ah ! Offenbach, dit Pia en levant les sourcils.

Le parcours classique : délits sexuels, vols, meurtres, avant d'atteindre la K11, que tous les policiers convoitaient.

— Offenbach, reprit-elle, Kickers ou Eintracht** ?

— Ni l'une ni l'autre, dit Cem en riant. HSV***.

— Ils ont leur chance. Moi, je suis neutre.

Elle le regarda avec curiosité.

* La police régionale. *(Toutes les notes sont de la traductrice.)*

** Équipes de football respectivement d'Offenbach et de Francfort.

*** Équipe de football de Hambourg.

— Pourquoi tu as quitté Offenbach ?

— Mon chef ne pouvait pas me souffrir, dit Cem avec franchise. Il croyait que je visais son poste. Ça devenait insupportable, alors quand j'ai su qu'il y avait une place libre chez vous, j'ai postulé.

— J'en suis heureuse, dit Pia. Nous avions un besoin urgent de renfort. Kai ne peut pas enquêter à l'extérieur à cause de sa prothèse. Et à trois c'est dur, quelquefois.

Avant d'arriver à WindPro, elle apprit encore autre chose. Cem Altunay était né et avait grandi à Rüsselsheim, maintenant il vivait à Dietzenbach, était marié et avait deux enfants, une fille de sept ans et un garçon de neuf. Son père et ses frères travaillaient chez Opel, mais lui avait toujours rêvé d'entrer dans la police après son bac.

La voiture cahotait sur les rails du réseau S-Bahn. Ils étaient arrivés dans la zone industrielle de Kelkheim-Münster. Peu après, Cem tourna dans le parking de WindPro. Dans le bâtiment, une femme de ménage était en train de faire disparaître les traces de sang dans l'escalier. Sans s'annoncer à la réception, Pia et Cem gagnèrent le troisième étage. Arrivés en haut, ils prirent le couloir qui menait au bureau de Theissen mais, avant de frapper, Pia se dirigea vers une porte de verre qui était au bout du couloir et l'ouvrit.

— Escalier de secours, confirma-t-elle.

— Un raccourci, dit Cem. Notre malfaiteur devait bien connaître les lieux.

— Peut-être qu'il travaillait dans la boîte et que Grossmann le connaissait. Ça limiterait le nombre des suspects.

Elle frappa à la porte de Theissen. Le directeur se leva de son bureau à nouveau impeccable et boutonna sa veste quand Pia et Cem entrèrent dans le bureau. Pia s'épargna les politesses et alla droit au but.

— Nous avons visionné les vidéos de surveillance, dit-elle. Vous étiez ici dans la nuit de vendredi. Pourquoi vous ne nous l'avez pas dit ?

— Je ne l'ai pas dit ? dit-il en fronçant les sourcils, j'ai dû oublier dans l'émotion. Je suis très peu resté, un quart d'heure tout au plus.

— Pourquoi ?

— J'avais besoin de papiers que j'avais oubliés au bureau.

— Besoin pour quoi faire ?

— Pour mon voyage d'affaires, répondit tranquillement Theissen. Je suis allé à Hambourg pendant le week-end pour rencontrer un client qui a un projet de parc d'éoliennes en mer du Nord.

— Vous êtes arrivé par le garage souterrain. Comment et quand avez-vous quitté les lieux ?

— Je suis sorti par l'escalier de secours. Et j'étais dans ma voiture à minuit. Je me souviens d'avoir écouté les informations.

— Sur quelle chaîne ?

— FFH. C'est celle que j'écoute toujours. Une ride apparut entre les sourcils de Theissen. Pourquoi, c'est important ?

Pia ignora sa question.

— Quand vous êtes arrivé, vous êtes allé derrière le comptoir de la réception et vous avez regardé dans la cuisine. Puis après avoir évité l'ascenseur, vous avez quitté le bâtiment par l'escalier de service. Pourquoi ?

— Pourquoi quoi ? Je ne comprends pas…

— Pourquoi vouliez-vous éviter que M. Grossmann remarque votre présence ?

— Je ne voulais pas le réveiller.

— Vous ne vouliez pas réveiller votre veilleur de nuit ? s'exclama Pia d'un ton moqueur.

La sympathie qu'elle avait éprouvée pour Theissen fondait comme neige au soleil.

— On s'attendrait plutôt à ce que vous soyez furieux en constatant que votre veilleur de nuit dort profondément pendant son travail.

La remarque parut désagréable à Theissen, mais il n'était pas homme à écarter les sujets désagréables.

— Je suppose que ce que je vais vous dire va vous paraître bizarre, mais je préférais qu'il ne me voie pas. J'étais pressé et j'avais peur qu'il me retienne.

Cette réponse ne satisfaisait pas Pia mais elle n'insista pas. Quelque chose dans l'attitude de Theissen éveillait sa méfiance. Elle se souvint de la remarque de la dame de la réception disant qu'elle ne comprenait pas comment Grossmann pouvait jouir d'une telle indulgence dans la boîte – vieux camarade de classe ou pas.

— Où êtes-vous allé en partant d'ici ?

— Chez moi.

— Directement ?

Jusqu'ici Theissen s'était montré coopératif, mais à présent il devenait plus distant.

— Pourquoi vous me demandez tout ça ?

Ce n'était pas une réponse, mais ils étaient en train de vérifier son alibi. S'il n'en avait pas, il allait avoir un problème.

— Dans la nuit de vendredi à samedi votre veilleur de nuit est mort, lui rappela Pia. Quelqu'un a posé un hamster également mort sur votre bureau. Si ce n'est pas vous, ça doit être quelqu'un d'autre de l'entreprise ou bien un cambrioleur.

Theissen croisa les bras et la regarda d'un air consterné.

— Un cambrioleur ? Ici ?

— Oui. Sinon comment le hamster aurait-il atterri sur votre bureau ? À moins que trouver des bêtes mortes sur son bureau ne soit monnaie courante ici !

Theissen ignora le sarcasme et se tut sans détourner les yeux. Comment s'était-il expliqué le hamster sur son bureau ?

— Nos collègues n'ont constaté aucune effraction. Celui qui se trouvait dans le bâtiment devait avoir une clé.

Il fallut quelques secondes à Theissen pour qu'il tire les conclusions de la supposition de Pia. Il secoua la tête.

— Non, dit-il avec force. Ce n'est pas possible. Je connais tous ceux qui ont la clé. Et aucun d'eux ne tuerait un homme ! Non, certainement pas.

Pia rencontra le regard de Cem. Stefan Theissen ne se doutait-il vraiment pas à quel point son vieil ami Rolf était impopulaire parmi les employés de WindPro ? Ou bien ne voulait-il pas le voir ?

— Qu'est-ce qui se passe ? dit Ludwig Hirtreiter en claquant la portière de sa voiture tout-terrain et en s'approchant d'un pas lourd de Jannis et du reporter. On avait rendez-vous à 16 h 30 !

Les gens de la télévision avaient déjà remballé leur matériel et ils étaient en train de le ranger dans le break. Venant du village, quelques voitures montaient en cahotant le chemin caillouteux en laissant derrière elles un nuage de poussière. D'autres membres de l'Initiative citoyenne se garaient au bord de la prairie de pissenlits, sortaient de leurs voitures et déroulaient les banderoles qu'ils avaient apportées.

— Quelqu'un peut m'expliquer ce qui se passe ici ? dit Hirtreiter en mettant les mains sur les hanches et en fusillant Jannis du regard. Mais avant que celui-ci ait eu le temps de répondre, Ricky se dévoua et posa la main sur le bras de Hirtreiter.

— Nous n'avons pas pu vous joindre sur votre mobile, dit-elle avec un sourire ingénu qui manquait rarement son effet sur les hommes. L'heure a été changée et c'est pour...

Hirtreiter était immunisé contre le charme de Ricky.

— Foutaises ! la coupa-t-il en enlevant la main de son bras. J'habite à cinq minutes. Tu n'avais qu'à m'envoyer ton petit adjudant pour me le dire.

Mark ignora l'insulte qui le visait. Il se tenait un peu de côté et tenait par précaution les chiens de Ricky en laisse, car ils ne pouvaient pas souffrir le chien de chasse de Hirtreiter qui était couché sur la banquette arrière de la jeep.

— Vous devez refaire l'enregistrement, dit Hirtreiter en se tournant vers le reporter qui objecta avec un sourire d'excuse :

— L'émission doit passer ce soir et le film doit être travaillé et monté.

— Mais je ne sais pas ce que ce type a dit ! grogna Hirtreiter de sa voix de basse. Il désigna les voitures garées. Nos membres sont en train d'arriver, on veut montrer que beaucoup de gens soutiennent notre contestation. Sinon ça n'a aucun sens !

— Je suis désolé, dit le reporter en haussant les épaules. C'est M. Theodorakis qui m'a demandé d'avancer le tournage d'une demi-heure. Je ne pouvais pas savoir qu'il ne vous avait pas prévenu.

— *Quoi ?* Hirtreiter se retourna en s'étranglant de colère. Comment tu as pu faire ça ? Pour qui tu te prends ?

Avec son maigre visage de nonagénaire, énergique, buriné par le temps, et sa crinière argentée qui lui tombait aux épaules, il avait fière allure et sa colère le faisait paraître encore plus menaçant. Derrière lui s'étaient rassemblés les autres militants, et eux aussi furent plus que mécontents en apprenant que le film était déjà en boîte.

— J'ai dit l'essentiel, répondit Jannis. Il avait les mains dans les poches de son jean et ne cachait pas sa satisfaction. Ne t'énerve pas.

— JE M'ÉNERVE SI JE VEUX! gueula Hirtreiter, et une rougeur sombre monta de son cou à son visage. J'en ai marre de cet égocentrisme, de cette façon de faire cavalier seul, et tous les autres aussi! Nous avons parlé *x* fois de ce rendez-vous et toi tu arrives et tu le décales parce que ça t'arrange.

Le reporter rentrait le cou devant l'escalade verbale. Sa mine déconfite montrait qu'il aurait préféré être très loin, mais le chemin vers sa voiture était bloqué par trois douzaines de types furibonds, à l'attitude menaçante.

— Ressortez votre caméra de la voiture! lui ordonna Hirtreiter.

— On n'a plus le temps, répondit avec courage le reporter. Si vous voulez que ça passe ce soir, il faut qu'on y aille maintenant. Le reportage sera très bien, je vous le promets.

Bien joué, pensa Jannis. Bien sûr Hirtreiter et tous les autres voulaient que le reportage passe le soir même. C'était urgent car l'Assemblée citoyenne avait lieu deux jours plus tard. Finalement la foule s'ouvrit à contrecœur, le reporter tourna les talons et se précipita vers la voiture où ses collègues l'attendaient, le moteur tournant, prêts à démarrer comme après le braquage d'une banque.

— Bon, dit Hirtreiter, quand ils furent entre eux, en se tournant d'un air menaçant vers Jannis. Maintenant mets-toi bien ça dans le crâne, espèce de petit intrigant vaniteux : on a tous un intérêt commun. On vit en démocratie et on prend les décisions ensemble. Pas question que quelqu'un agisse seul.

Jannis se contenta de sourire. Il était satisfait, il avait eu sa tribune. Les injures de Hirtreiter glissaient sur lui comme l'eau sur la roche.

— Mais qu'est-ce que tu veux, à la fin? demanda-t-il. C'est moi qui ai fourni les chiffres, les faits et les preuves de l'escroquerie.

Sans moi, vous seriez encore en train de tourner avec des pancartes autour du marché hebdomadaire en pleurnichant pour quelques arbres.

— Fais gaffe, l'ami, dit Hirtreiter en grinçant des dents. Fais attention à ce que tu dis, sinon je me fâche.

— Ludwig, intervint Ricky sur un ton apaisant, Jannis a vraiment été super, tu seras content.

— Reste en dehors de ça, espèce d'oie stupide, dit Hirtreiter en lui jetant un regard soupçonneux. Tu n'y connais rien et tu te contentes de répéter ce que ton mec t'a demandé de dire.

Le sourire de Ricky s'effaça. Elle se tut, vexée. Même Jannis commençait à l'avoir mauvaise. Qu'est-ce qui lui prenait à ce vieux tyran de le traiter comme un petit jeune stupide ?

— Avec votre manie maladive de vous mettre en valeur, vous allez tous les deux tout faire capoter ! continua Hirtreiter caustique. Pour le succès de notre action, on a besoin d'objectivité et de doigté, on ne peut pas seulement polémiquer et cogner, mais ça, vous ne le comprenez pas.

Et il se détourna avec un geste de mépris.

— Du moins je dis tout ce que je sais et je ne garde pas pour moi des informations essentielles comme toi ! cria Jannis. Pourquoi tu n'as dit à personne combien de fric WindPro t'a proposé pour ta prairie ?

— Qu'est-ce que tu insinues ?

Il revint vers lui comme une bête furieuse, le visage rouge de colère, les poings serrés.

— Que tu t'es laissé acheter. Et pour…

Il ne put finir sa phrase car Hirtreiter leva sa grosse main et lui envoya une gifle magistrale. Jannis chancela et tomba mais il se remit immédiatement sur pied et se rua sur Hirtreiter. Ricky se jeta dans la mêlée pour l'aider. Trois des spectateurs, qui avaient suivi la dispute avec une stupeur croissante, intervinrent.

— Espèce de fumier ! hurla Hirtreiter hors de lui. Avec ta soif de vengeance tu vas tout foutre en l'air, toi et… ta pute !

— Allons, allons, dit un homme en essayant vainement de le calmer.

Hirtreiter s'arracha à eux et revint vers sa jeep à pas lourds. Quelques personnes le suivirent en hésitant, les autres restèrent sur place, indécis.

— Barre-toi, éructa Jannis en se frottant la joue.

Ricky, choquée, sanglotait. Mark s'approcha d'elle, tenant toujours les chiens en laisse.

— Je ne comprends pas ce que Ludwig a contre nous, lui dit-elle en pleurant. On en fait plus que la plupart et pourtant il est toujours sur notre dos.

— T'énerve pas à cause de lui, dit Mark sobrement. C'est qu'un vieux con.

Un sourire glissa sur le visage de Ricky.

— Tu as raison, dit-elle en séchant ses larmes d'un revers de main et en haussant les épaules. Juste un vieux con.

Le chef de la sécurité de WindPro, qui était en même temps attaché de presse et directeur du marketing, se révéla la complaisance en personne. Avec la meilleure volonté du monde, il présenta à Pia et à Cem le plan des fermetures et leur remit le classeur contenant les reçus que les employés avaient signés après la remise de leur clé. Theissen et sa femme en possédaient chacun une ainsi que le directeur financier, le directeur des achats, les responsables du service commercial, technique, juridique, ceux qui étaient chargés du contrôle et du projet, le chef du personnel et enfin le veilleur de nuit. Et bien entendu le chef de la sécurité lui-même. Ce qui faisait douze suspects. Pia feuilleta le classeur et nota les noms. Puis elle parcourut les pages et trouva d'autres noms à des dates plus anciennes.

— Qu'est-ce que c'est ? demanda-t-elle.

— Ça… eh bien… Le chef de la sécurité passa la main sur son crâne rasé. Vous comprenez, notre système est un peu démodé. Il n'y a que des clés, pas de serrure électronique ni de carte à puce. Une installation est prévue mais pas pour tout de suite. Certains anciens employés n'ont pas dû rendre leur clé.

— Ah oui ? dit Pia en le regardant. Et il s'agit de combien de personnes ?

L'homme toussa nerveusement.

— Tous ceux dont les reçus sont dans le classeur ont eu une clé, il y en a…

— Neuf, l'aida Cem imperturbable qui avait fait le compte par-dessus l'épaule de Pia.

— Bravo. Vous comptiez nous le dire un jour ? dit-elle sarcastique.

— Oui, bien sûr. Mais j'ai, eh bien… j'ai oublié.

La distraction semblait monnaie courante dans cette entreprise. Le veilleur de nuit allait à la station-service pour acheter du schnaps et oubliait sa clé. Theissen oubliait qu'il était venu dans le bâtiment la nuit du crime. Le chef de la sécurité oubliait d'informer la Kripo de faits importants.

— Vous avez une photocopieuse ?

— Oui, en bas sur le comptoir.

— J'y vais, proposa Cem et Pia lui tendit le classeur. Le chef de la sécurité tripotait alternativement sa barbiche et le lobe de ses oreilles. La sueur perlait sur son crâne.

— Parlez-moi un peu de la WindPro, demanda Pia.

— Que voulez-vous savoir ?

— De quoi s'agit-il ? Que fait l'entreprise ?

— Nous faisons des projets et nous construisons des installations d'énergie éolienne dans toute l'Allemagne, en Europe et même dans le reste du monde, dit non sans fierté le chef de la sécurité, redevenu attaché de presse. Il était visiblement sur un terrain familier. Nous nous occupons du financement, soit à travers de gros investisseurs privés soit avec des fonds d'investissement. Il s'agit en quelque sorte d'une construction clé en main : les clients nous mandatent pour créer un parc d'éoliennes et nous nous occupons du reste. La recherche d'un lieu, les expertises, les autorisations, le plan, et la construction des éoliennes. Nous travaillons dans chaque domaine avec les meilleurs spécialistes et nous avons une très bonne réputation dans le secteur.

Nous. Le chef de la sécurité, respectivement attaché de presse, s'identifiait totalement avec son patron.

— Qu'est-ce qui peut, selon vous, pousser quelqu'un à s'introduire ici ? demanda Pia à l'homme, qui se troubla de nouveau.

— Je ne sais vraiment pas, dit-il en haussant les épaules. Aussi loin que je m'en souvienne, il n'y a jamais de grosses sommes d'argent dans la boîte et notre savoir-faire n'est pas assez secret pour que la concurrence puisse s'y intéresser.

— Savez-vous si un des employés qui n'a pas rendu sa clé avait un contentieux avec l'entreprise ? demanda Cem de retour de la photocopieuse.

Une brève hésitation.

— J'en suis sûr au moins pour un employé bien que je ne l'aie pas connu personnellement. Durant ces derniers mois il nous a causé de plus en plus d'ennuis pour un projet de parc d'éoliennes dans le Taunus qui doit être bientôt réalisé. Son nom est Theodorakis. Et il n'a pas rendu sa clé quand il a été licencié.

Mark était allongé sur son lit. Il avait coupé le son du téléviseur et contemplait ses photos préférées de Ricky sur son portable. Il avait eu de la peine pour elle cet après-midi. Ce vieux Hirtreiter, qu'est-ce qui lui avait pris ? Après avoir enlevé les pancartes et les panneaux avec Ricky, ils étaient allés avec quelques membres de l'Initiative citoyenne dans une pizzeria à Königstein. Naturellement la gifle avait été le principal sujet de conversation pendant toute la soirée, ça et les deux millions que Hirtreiter devait toucher pour la vente de sa prairie. Peu à peu ils étaient tous rentrés chez eux et Jannis n'avait plus parlé qu'avec Nika. C'était idiot d'être jaloux de Nika, il le savait bien, mais il avait l'impression qu'elle s'était immiscée dans sa famille.

Mark était tellement plongé dans ses pensées qu'il n'entendit pas les pas dans l'escalier. Soudain son père ouvrit la porte. Il ne semblait pas vraiment de bonne humeur.

— Ton professeur a appelé. Une fois de plus, tu n'es pas allé en classe aujourd'hui, lança son père. Pourquoi ?

Mark ferma son portable et ne répondit pas. Qu'est-ce qu'il aurait pu dire ? Ses vieux d'ailleurs n'en avaient rien à branler.

— Éteins cette télé et regarde-moi quand je te parle.

Mark arrêta le téléviseur et se recoiffa avec ostentation. Autrefois il avait peur des colères de son père, mais il y avait longtemps de ça. Autrefois. *Avant.* Quand il était encore un bûcheur froussard et petit-bourgeois.

— Alors. Pourquoi tu sèches les cours sans arrêt ? Où est-ce que tu vas traîner ?

Mark haussa les épaules.

Bizarre que les parents ne s'occupent de toi que lorsque tu fais quelque chose d'interdit. Avant, ses bonnes notes ne lui avaient valu qu'un hochement de tête d'approbation et, pendant ses quatre années d'internat, il n'avait reçu que deux appels par semaine. Même à la *pire époque*, ils ne s'étaient occupés de lui qu'à contrecœur. Il l'avait bien senti. À présent ils se mettaient à jouer les parents modèles inquiets, voulaient savoir pourquoi il faisait ceci ou cela. Mais c'étaient des questions purement formelles, au fond ils ne s'intéressaient pas vraiment à lui. Son père n'avait que son job en tête et sa mère ses antiquités ridicules, son club de femmes et les boutiques.

— J'attends ta réponse, dit son père sur un ton menaçant. Tu as trente secondes. Après quoi ça va barder.

— Qu'est-ce que tu vas faire ? dit Mark en levant la tête et en regardant son père d'un air las. Tu vas me frapper ? M'envoyer en maison de correction ? Ou bien jeter mon ordinateur par la fenêtre ?

Ce que son père pouvait dire ou faire lui était complètement indifférent. S'il avait su où aller il n'habiterait plus ici depuis longtemps. Il n'avait pas besoin d'argent de poche, Ricky le payait pour son travail à l'animalerie.

— Tu es en train de gâcher ton avenir, prophétisa le père sombrement. Tu resteras en rade si tu continues comme ça. Ils te renverront du lycée. Et tu n'auras pas ton bac. À présent ça t'est égal mais dans quelques années tu comprendras que tu as tout fichu en l'air.

Connerie, connerie, connerie, toujours la même rengaine. Ce que ça pouvait être énervant.

— Je m'en irai demain, murmura Mark. Dans son œil gauche, ça commençait à scintiller. C'était toujours comme ça quand il était stressé. D'abord un scintillement puis des éclairs, ensuite des lignes en zigzag aux bordures colorées qui s'élargissaient jusqu'à ce qu'il ne puisse presque plus rien distinguer.

En même temps son champ visuel se rétrécissait comme s'il se déplaçait à travers un tunnel, puis la douleur arrivait, une douleur fulgurante qui démarrait à l'arrière du crâne avant de s'étendre. Parfois ça finissait vite mais ça pouvait aussi durer des jours. Mark plissa les yeux et se massa la racine du nez.

— Qu'est-ce qui t'arrive ? Mark ? Qu'est-ce que tu as ?

Il sentit une main sur son épaule et la repoussa avec colère. Le moindre attouchement aggravait son mal.

— Rien. Va-t'en, dit-il et il ouvrit les yeux mais même la luminosité du demi-jour lui était insupportable.

Les pas s'éloignèrent, une porte claqua. Mark ouvrit le tiroir de sa table de nuit et sortit ses comprimés. Quand il les prenait à temps, c'était efficace. C'est Ricky qui les lui avait donnés. Il en avala deux avec une gorgée de Coca éventé et s'allongea les yeux fermés. Ricky. Comment allait-elle à présent ?

La nuit était tombée sur le bois pareil à un rideau de velours noir. La demi-lune argentée brillait et les premières étoiles s'allumaient au firmament. Hirtreiter tourna les yeux vers l'est, où la lueur orangée n'était pas encore éteinte. Ici dans le Vordertaunus la nuit n'était jamais aussi noire que dans son enfance. La proximité de la grande ville, la zone industrielle de l'ancienne Hoechst AG et le grand aéroport jamais silencieux et toujours éclairé, tout cela transformait la nuit en jour. Hirtreiter soupira avant de trouver une position confortable sur le banc de l'étroit affût. Il tâta son fusil, muni d'une lunette de visée, qu'il avait appuyé contre la paroi. À sa droite Tell s'était couché en rond, il sentait la chaleur du chien à travers son sac de couchage. À sa gauche étaient posées une thermos avec du thé chaud et une boîte de sandwichs. Il serait de garde jusqu'à l'aube pour empêcher que ces gangsters aient l'idée de délimiter une parcelle en cachette et qu'ils ne recommencent à abattre des arbres. Il avait passé d'innombrables nuits dans le bois. Et depuis deux ans qu'Elfi était morte, rien ne l'obligeait plus à dormir chez lui.

Elfi. Elle lui manquait à chaque minute : partager ses idées avec elle lui manquait, ses conseils intelligents lui manquaient et, plus encore, son amour inconditionnel qui, depuis leur première rencontre cinquante-huit ans avant, avait répondu au sien avec toutes les fibres de son cœur. Le cancer était venu deux fois, et reparti seulement en apparence. En réalité il s'était répandu insidieusement en elle, s'était incrusté dans les ganglions lymphatiques et dans la moelle épinière puis avait envahi tout son corps. Quel courage elle avait montré ! Sans se plaindre elle avait supporté des chimiothérapies douloureuses et avilissantes, elle avait plaisanté quand elle avait perdu ses cheveux et elle n'avait même pas pleuré alors qu'elle ne pouvait plus manger parce que la chair partait en lambeaux à l'intérieur de sa bouche. Elfi avait combattu comme une lionne.

Malgré ces traitements effroyables tout était allé en s'aggravant. Dans une courte phase de rémission, ils avaient fait un dernier voyage en Bavière où elle était née et qu'elle n'avait quittée que par amour pour lui. Ils s'étaient promenés dans le Karwendel et ils savaient tous les deux que ce serait la dernière fois. Ludwig Hirtreiter sentit les larmes lui monter aux yeux. Puis tout était allé très vite. Trois semaines après, il enterrait Elfi. Ses deux fils et sa fille se tenaient à côté de lui mais il leur avait à peine parlé tant le fossé qui les séparait était profond. Il aurait peut-être dû profiter de l'occasion pour se réconcilier avec eux mais son chagrin était si grand qu'il n'en avait pas été capable. À présent c'était trop tard. Des paroles avaient été prononcées qui interdisaient toute idée de retour. Il était seul et le resterait.

Allongé là en silence, il guettait le moindre bruit. Une légère brise passait entre les cimes des arbres et faisait bruisser les feuilles, ça sentait l'aspérule et l'ail des ours. Un chat-huant cria, une femelle blaireau guidait ses petits dans la clairière illuminée par la lune. Quelque part dans le sous-bois une laie s'agitait dans sa bauge. Les bruits et les parfums familiers étaient un baume sur son cœur blessé.

Ses pensées revinrent au présent. Sa colère contre Jannis n'était pas retombée. Dès le premier regard ce type lui avait paru suspect. Même s'il avait fait beaucoup pour la cause, ses motivations égoïstes et la frénésie avec laquelle il s'impliquait étaient dangereuses. Comment avait-il appris l'offre de

Septembre 1997

Leur première rencontre. Pas une semaine plus tôt, comme il lui semblait, mais douze ans.

Lors de l'anniversaire de la Société de géographie allemande à Kiel, le prix Karl-Zoeppritz récompensant le meilleur espoir de la relève scientifique lui fut remis. Et, en même temps, elle apprit qu'elle allait recevoir de la Fondation fédérale allemande une bourse convoitée. Elle était fière et ravie, enivrée par ce succès qu'elle avait obtenu en travaillant dur.

Toutes les sommités se levèrent et applaudirent cordialement cette distinction depuis leur place, une impression tout à fait irréelle.

— Vous rayonnez, oui, vraiment, lui dit-il avec un sourire un peu fat. Tous mes vœux pour votre succès.

Espèce d'idiot arrogant, pensa-t-elle. Ce n'est qu'ensuite qu'elle le regarda mieux. Quelque chose en lui retint aussitôt son attention. Quoi ? Son allure nonchalante, fière ? La profondeur de son regard ? Sa bouche sensible qui donnait à son visage viril au menton proéminent quelque chose de particulier ? Elle le fixa, muette, l'esprit tourneboulé. Qu'est-ce qu'elle avait ? Elle était une scientifique à la raison analytique, pas une romantique. Jusqu'ici les hommes avaient vraiment peu compté pour elle. Elle avait toujours considéré le coup de foudre comme une fable. Et pourtant durant la seconde où elle croisa son regard, c'est exactement ce qui arriva. Ses genoux devinrent mous comme du beurre.

— Ne voulez-vous pas, continua-t-il, terminer votre formation chez nous ? Vous trouverez les meilleures conditions.

— Et ce serait où ? demanda-t-elle en s'efforçant de sourire.

— Oh, excusez-moi, je suis Dirk Eisenhut de l'Institut allemand du climat.

Elle en resta bouche bée. Quelle idiote de ne pas l'avoir reconnu ! Mais il le prenait avec humour.

— Vous seriez obligée de déménager loin de la côte, mais vous ne le regretteriez pas.

Elle ne se laissa pas démonter.

— J'ai vécu au cercle polaire, dans le Jura souabe et sur un bateau dans l'Atlantique sud, répondit-elle avec un sourire. Pour un bon job, j'irais n'importe où.

Elle ajouta en pensée, pour un chef comme toi, j'irais sur la Lune. Elle était tombée follement amoureuse de Dirk Eisenhut, et ce en dix secondes.

Mardi 12 mai 2009

Le café était chaud et amer, parfait pour se réveiller. Bodenstein renonça à ses deux morceaux de sucre habituels. Il avait pris depuis hier la ferme décision de perdre dix kilos. Il ne deviendrait pas gros sans combattre. Paresseux de nature, il préférait se passer de manger plutôt que se martyriser en courant dans les bois ou pire en fréquentant un de ces innommables clubs de fitness. La pendule au-dessus de la porte indiquait 6 h 30 lorsque son père entra dans la cuisine. Depuis que le frère cadet de Bodenstein avait repris la direction de la propriété et des écuries, son père n'avait plus à nourrir les bêtes, mais l'habitude de se lever au chant du coq lui était restée.

— Café ? demanda Bodenstein et son père acquiesça. Prendre le petit-déjeuner ensemble était devenu ces derniers mois un véritable rituel. Ils n'étaient bavards ni l'un ni l'autre, mais c'était une bonne façon d'entamer la journée.

— Qu'est-ce que tu vas faire aujourd'hui ? demanda Bodenstein, plus par politesse que par intérêt.

— Je dois aller à Ehlhalten pour remplacer Ludwig, répondit son père. Nous voulons empêcher qu'ils abattent des arbres en douce avant l'Assemblée citoyenne, et pour cela nous avons établi un tour de garde. Il prend la nuit, moi le jour.

— Une Assemblée citoyenne ? demanda-t-il, étonné. En quoi ça te concerne ?

— Ta mère et moi sommes engagés dans l'Initiative citoyenne. Tu sais bien : "Pas de parc d'éoliennes dans le Taunus."

Bodenstein compta avec envie les trois cuillerées de sucre que son père mettait dans son café. Puis celui-ci mangea un petit pain largement tartiné de beurre et de fromage et s'autorisa une tranche de gâteau. La veille, il avait bu sa bouteille de vin et pourtant il n'avait pas pris un gramme en vingt ans. C'était injuste. Est-ce que c'était parce que chez les gens âgés le métabolisme se ralentissait ?

— Tu devrais parfois lire la partie régionale du journal, dit le vieux comte avec un petit sourire. Pas seulement les histoires de police.

— Mais c'est ce que je fais, l'assura Bodenstein qui prit une tranche de pain noir, la tartina d'une très fine couche de fromage blanc et se sentit héroïque quand il mordit dedans.

— La ville d'Eppstein organise une Assemblée citoyenne dans la salle des fêtes demain soir, dit son père en indiquant de la tête le tableau de liège accroché à côté de celui des clés. L'affichette jaune est l'invitation. Le représentant du ministère de l'Environnement et le directeur de l'entreprise qui doit construire le parc d'éoliennes doivent y assister. Et bien entendu nous y serons avec notre groupe.

— Vous pensez réellement pouvoir empêcher ce projet ?

Il se leva, détacha le tract jaune du tableau et le parcourut sans lui accorder un grand intérêt.

— Mais assurément, répondit son père. On a des informations crédibles qui montrent que l'autorisation de construire n'a pas été obtenue de façon conforme. Soi-disant cette entreprise appartient au leader de la branche. En tout cas c'est elle qui défigure les paysages du monde entier avec ses monstrueuses éoliennes, par exemple sur toute la côte espagnole.

— Ah ! et à présent ils vont bientôt défigurer notre beau Taunus à Ehlhalten.

Bodenstein trouvait l'engagement de son père amusant. Il avait toujours été un original. Et vraisemblablement c'était son ami Ludwig qui l'avait attiré dans l'Initiative citoyenne : avoir un comte ça fait toujours bien.

— Les éoliennes ne défigureront pas seulement la région, protesta le père, à cet endroit elles seront complètement inutiles, des expertises sur le régime des vents le prouvent.

— Pourquoi une entreprise construirait-elle des choses non rentables ? dit Bodenstein en s'étranglant avec la dernière bouchée du pain noir. Ses pensées le ramenèrent à la cérémonie de mariage d'hier qu'il avait dû quitter après l'appel de Pia.

— C'est une histoire de gros sous, que veux-tu que ce soit ? dit son père, ce qui fit sursauter Bodenstein.

— Comment ?

— Ils construisent le parc d'éoliennes parce qu'il y a beaucoup d'argent à la clé. L'État, le land, la communauté rurale, etc., contribuent avec nos impôts à financer WindPro et…

— Attends un peu, l'interrompit Bodenstein. Qui recueille les fonds publics ?

— L'entreprise qui veut construire le parc d'éoliennes. Elle s'appelle WindPro, son siège est à Kelkheim.

Ça, c'est une coïncidence.

— Pourquoi ? Quelle coïncidence ? dit le comte en fronçant les sourcils d'un air irrité.

— Hier, nous avons… Bodenstein s'interrompit en prenant conscience que son père faisait partie du vaste groupe des suspects. Le hamster mort sur le bureau du patron de WindPro était un clair avertissement des adversaires du projet. Pia l'avait appelé à une heure tardive pour lui parler de la manifestation contre le parc d'éoliennes qu'elle avait vue à la télévision. Selon le porte-parole de l'Initiative citoyenne, la WindPro avait fait exterminer une colonie de hamsters protégés pour obtenir le permis de construire.

— Tu connais le type qui a parlé à la télévision hier soir ? demanda Bodenstein.

— Oui, naturellement, c'était Jannis. Pourquoi tu me demandes ça ?

— Comme ça. J'ai vu l'émission par hasard.

Ce n'était pas vrai mais il ne voulait pas éveiller la méfiance de son père.

— Qu'est-ce que ton ami Ludwig a à voir avec tout ça ?

— C'est lui qui a créé l'Initiative citoyenne, répondit le comte Bodenstein. Et maintenant, il a le pouvoir de faire pencher la balance, car une prairie qui lui appartient a une importance stratégique pour la construction du parc d'éoliennes. La

WindPro lui en a offert une somme énorme, mais il a refusé. Un autre atout de cette prairie c'est qu'il n'y a pas d'autre accès possible pour des raisons géographiques.

Un sourire narquois naquit sur le visage ridé du comte.

— Ça va être tendu demain soir ! Il jeta un coup d'œil à la pendule et se leva. Oh, je dois partir. J'ai promis à Ludwig d'être chez lui à 7 heures.

— Papa, dit Bodenstein, hier il y a eu un mort chez WindPro.

Le vieux comte se retourna. Son visage était sans expression mais ses yeux brillaient.

— Vraiment ? Pas Theissen quand même ?

— Ce n'est pas une plaisanterie, papa. Un homme a été sans doute assassiné, il y a des indices…

Il hésita puis se décida à dire la vérité.

— Je préfère que ça reste entre nous. Il y a des indices qui montrent que l'assassin venait du groupe des adversaires au parc.

— C'est absurde, Oliver. On est tous de braves citoyens, pas des meurtriers. Il faut que je parte, on se voit ce soir.

Il disparut. Bodenstein plia le tract jaune et l'empocha. Son père semblait vraiment prendre l'affaire à cœur. Peut-être que, sur ses vieux jours, ça lui donnait le sentiment d'être utile. Bodenstein aurait été content qu'il ait trouvé ce passe-temps s'il n'y avait pas eu parmi les opposants au parc quelqu'un pour qui la vie d'un homme n'avait aucune importance.

— Ce n'est pas sérieux !

Le secrétaire d'État du ministère de l'Environnement de la Hesse regardait Jannis d'un air stupéfait.

— Tu m'avais promis que mon nom ne serait pas mêlé à tout ça !

— Excuse-moi, Achim, répondit Jannis sans manifester le moindre regret. Ça ne peut plus durer. Je dois démontrer l'authenticité de mes sources et de mes informations, sinon ils déformeront mes propos.

Achim Waldhausen avala convulsivement sa salive. Ils étaient assis dans sa discrète Volkswagen métallisée sur l'aire de repos de Medenbach, sur l'A3, comme chaque fois qu'ils se rencontraient pour conspirer. Le trafic vers Wiesbaden passait en ronflant à côté d'eux.

— Je préférais te le dire au cas où demain tu viendrais à la réunion, dit Jannis qui ouvrait déjà la portière, quand Waldhausen lui attrapa le bras pour le retenir.

— Jannis, tu ne peux pas me faire ça! dit-il d'une voix implorante. Si tu sors tout le paquet, je perds mon job. J'ai une femme et trois enfants, on a fait construire il y a trois ans! Je t'ai donné ces informations parce qu'on est de vieux amis et j'avais ta parole que mon nom ne serrait pas prononcé!

Son regard était angoissé. Jannis regarda l'homme de haut et se demanda comment il avait pu l'aimer, ou même le considérer comme un ami. Il observa avec dégoût le visage luisant de sueur et les doigts boudinés qui serraient son avant-bras. Achim et lui avaient été collègues au ministère de l'Environnement, au département de l'Énergie et de la Protection de l'environnement. Mais alors qu'il avait renoncé à une sinécure institutionnelle pour un job plus excitant dans le secteur privé, Achim était resté. Il avait fait carrière en utilisant l'absence de décisions et les faux pas des autres, et en leur léchant les bottes.

— Arrête, Achim, si tu m'as tout raconté c'est parce que tu étais indigné. Je ne t'avais rien demandé. Tu voulais que cette magouille soit dénoncée. Et maintenant tu te dégonfles.

Achim avait trouvé scandaleux que son ancien supérieur se soit laissé corrompre de façon éhontée et quitte le service de l'État pour un poste de directeur plus lucratif dans le secteur de l'énergie. À présent que lui-même était devenu secrétaire d'État, Achim avait peur, ce lâche minable. Il était menacé sur ses arrières et ça pouvait lui coûter cher. Mais Achim, malgré son physique mou, était un dur. La pression de ses doigts s'accentua sur le bras de Jannis. Il avança son visage pâteux si près que Jannis pouvait en distinguer chaque pore.

— Tu ne m'impressionnes pas avec tes nobles intentions, souffla-t-il à voix basse. Il s'agit en fait de ta misérable petite vengeance, de ta vanité blessée! Tu utilises les autres à ton profit. Je t'ai donné ces informations sous le sceau du secret. Et si ça ne le reste pas tu pourrais avoir une mauvaise surprise. Je nierai tout. Tu ne peux pas prouver que ces choses viennent de moi.

— Tu me menaces ? dit Jannis en arrachant son bras des griffes d'Achim.

— Si tu le prends comme ça, oui, répondit l'autre d'un ton glacial.

Les deux hommes se regardèrent en silence. Huit années de travail en commun, des vacances et des soirées barbecue passées ensemble – tout était oublié. Ils combattaient à visage découvert.

— J'ai des preuves, dit Jannis après un moment. Tu as été assez imprudent pour m'envoyer des e-mails.

— Tu es vraiment un saligaud, siffla Achim avec haine. Je te préviens. Si tu jettes mon nom en pâture, tu le regretteras. Amèrement. Je te le jure. Et maintenant descends ! Dégage !

Une fois de plus, Pia avait sous-estimé le trafic dans le centre de Francfort et c'est avec un quart d'heure de retard qu'elle arriva devant le bâtiment de médecine légale. Aucun espoir de trouver une place, tous les bords de trottoir étaient occupés. Visiblement les étudiants venaient en cours en voiture au lieu d'y aller à vélo ou en métro comme avant. Elle finit par se garer dans la rue Paul-Ehrlich et piqua un sprint pour ne pas rater le début de l'autopsie. Henning ne supportait pas qu'on soit en retard, et elle n'avait pas envie de subir sa mauvaise humeur. Elle se faufila à travers un groupe d'étudiants en droit, cria à la secrétaire du professeur Kronlage un bonjour en passant et parcourut au pas de course le couloir lambrissé, jusqu'à l'escalier qui menait au sous-sol. Le corps de Rolf Grossmann gisait, nu et lavé, sur la table métallique, et Ronnie Böhme, l'assistante de Henning, était déjà prête. Elle salua Pia. La forte odeur de décomposition n'était pas faite pour les âmes sensibles, mais Pia savait que dans quelques minutes elle s'y serait habituée. Quand ils étaient mariés, la nuit ou pendant le week-end, elle avait passé dans cette cave des heures innombrables à regarder Henning scier des têtes, retirer les organes, gratter sous les ongles de possibles traces d'ADN ou analyser des résidus osseux. Si elle voulait voir son mari, son seul moyen était de venir à l'institut. Le zèle de Henning frisait l'obsession mais, sans cela, il n'aurait pas été diplômé à vingt-six ans dans six spécialités ni n'aurait publié plus de deux cents articles dans des revues spécialisées. Pia en connaissait chaque mot, car elle avait eu le discutable honneur de mettre au propre – d'abord à la machine puis sur un ordinateur – ses notes griffonnées et ses manuscrits chaotiques, après que plusieurs secrétaires eurent capitulé devant les pattes de mouche de Henning.

— Tu es là, dit-il dans son dos. Bonjour.

— Bonjour, dit-elle en faisant un pas de côté pour le laisser passer. Où est le procureur ?

— Le Dr Heidenfelder est pris dans un embouteillage. C'est ce qu'il affirme chaque fois. Mais commençons. J'ai un cours à 10 heures.

Il commença aussitôt à décrire l'aspect extérieur du cadavre dans le micro qu'il portait au cou. Pia se tourna vers le présentoir lumineux qui montrait les images. Elle avait assez examiné de radios pour reconnaître au premier coup d'œil des fractures multiples. Dans sa chute, Rolf Grossmann s'était fracturé le sternum, la clavicule droite, l'os du bassin et du bras ainsi que six côtes à gauche. Ces blessures n'étaient pas mortelles, pas plus que les écorchures à l'arrière de la tête.

— Par ailleurs, dit Henning de la table, il était au moment de sa chute fortement alcoolisé. Le laboratoire a relevé un taux d'alcool de 1,7 gramme. Autre chose qui t'intéressera : nous avons trouvé sur les vêtements du mort une foule de traces de fils textiles que le labo est en train d'analyser. Avec un peu de chance, ils trouveront une empreinte de doigt ou, sur le gant déchiré, des lambeaux de peau suffisants pour une analyse ADN.

Ça paraissait prometteur.

Henning et Ronnie Böhme formaient une équipe parfaite, ils travaillaient vite et avec efficacité. Suivant le protocole à la lettre, Henning incisa à coups de scalpel précis la peau du crâne et la rabattit en avant. À l'aide d'une scie tournante, il ouvrit la boîte crânienne et l'enleva.

Qu'est-ce qui s'était passé dans la tête de Grossmann alors qu'il dévalait l'escalier ? Que pense un homme à la seconde où il comprend qu'il va mourir ? Comment se sent-il mourir ? Souffre-t-il ?

Pia en avait la chair de poule.

Zut, pensa-t-elle, reprends-toi ! Pourquoi ces pensées idiotes ? D'habitude, elle n'avait aucun problème à garder la bonne distance qui la protégeait de ce qu'elle voyait dans son job. Pourquoi était-ce différent cette fois ?

— Ah, fit soudain Henning.

— Qu'est-ce qu'il y a ?

— Il n'aurait pas vécu bien longtemps.

Henning posa le cœur du mort sur la paume de sa main et l'examina.

— Son cœur était fichu. Hypertrophie et cicatrisation.

Il laissa tomber l'organe dans le seau.

— Et nous avons ici la cause de l'hémorragie interne. Rupture de l'*aorta descendens*.

Il a peut-être reçu un grand coup sur la poitrine, supposa Pia en essayant de se concentrer sur l'autopsie et les données objectives que Henning énumérait méticuleusement, mais elle n'y arrivait pas. Elle luttait en vain contre la nausée, les restes de son toast de Nutella mêlé à de la bile lui remontaient dans l'œsophage.

La voix de Henning lui parvenait comme de loin.

— Contrairement à ce que je pensais, l'homme a fait un infarctus et il est tombé dans l'escalier. Le choc sur le côté droit du corps, les fractures et les contusions l'indiquent. Mais quelqu'un a dû essayer de le ranimer. À gauche, les côtes et le sternum brisés et les ecchymoses ont été causés par une tentative de réanimation typique dans ce cas de rupture de l'aorte…

Soudain Pia sentit ses genoux se dérober et quand Henning sortit le foie de la cage thoracique ouverte, elle s'enfuit en titubant vers les toilettes et, ouvrant la porte à la volée, atteignit juste à temps la cuvette. Secouée par les spasmes et la toux, elle vomit puis s'effondra sur le sol froid. Les larmes se mêlaient sur ses joues aux sueurs froides, elle tremblait de tout son corps, à genoux devant la cuvette, incapable de se relever. Quelqu'un se pencha au-dessus d'elle et tira la chasse d'eau. Pia se blottit contre la paroi carrelée, la main pressée contre sa bouche, honteuse.

— Qu'est-ce que tu as ? dit Henning en s'accroupissant devant elle et en la regardant avec un étonnement mêlé d'inquiétude.

— Je… je ne sais pas, murmura-t-elle.

Ça ne lui était jamais arrivé, elle avait honte et en même temps elle était contente que Henning et Ronnie aient été les seuls témoins de cet incident humiliant, sans la présence d'un procureur goguenard qui se serait empressé de le raconter à tout le monde.

— Lève-toi, dit Henning qui, après avoir retiré ses gants, la prit sous les aisselles et la remit sur ses pieds. Elle s'appuya au mur avec un sourire tremblotant.

— Ça va aller, merci, je ne sais pas ce qui m'a pris.

— Inutile que tu restes, dit Henning, j'ai presque fini, je t'enverrai le compte rendu plus tard.

— Pas question, dit Pia. Ça va déjà mieux.

Elle se pencha sur le petit lavabo, prit de l'eau froide dans le creux de ses mains et y plongea son visage. Puis elle se sécha avec une serviette en papier. Elle rencontra le regard amusé de Henning dans le miroir.

— Tu te moques de moi, ce n'est pas très gentil.

— Non non, ce n'est pas toi qui m'amuses, j'ai seulement pensé que c'était typique de ma Pia. N'importe quelle autre femme se serait inquiétée de son fond de teint mais toi tu te plonges sans hésiter le visage dans l'eau.

— Primo, je ne suis pas *ta* Pia, deuzio je ne mets pas de fond de teint. Et tertio je n'ai pas envie d'avoir du vomi au coin des lèvres.

Henning cessa de sourire et posa la main sur sa joue.

— Tu es glacée.

— Ma tension est vraisemblablement au dixième sous-sol.

Pia était furieuse d'avoir eu un malaise. Elle détestait perdre la face. Henning la regarda avec compassion, leva la main et écarta une mèche de cheveux de son front. Pia recula. Elle ne voulait pas de pitié, même pas de la part de son ex-mari.

— Laisse-moi ! grogna-t-elle d'un air farouche.

Il laissa tomber sa main.

— Je dois y aller, dit-il. Descends quand ça ira mieux, OK ?

— Oui.

Pia attendit que Henning soit sorti pour se tourner vers le miroir. Malgré son hâle, elle avait l'air malade. Elle était dans la police depuis vingt ans, elle avait dix ans de K11 derrière elle et avait vu des choses bien pires que le cadavre de Grossmann. Pourquoi ça lui avait remué les tripes à ce point ? Personne ne devait savoir qu'elle était tombée dans les pommes pendant une autopsie, sinon elle risquait d'être envoyée chez le psychologue de la police !

— Reprends-toi, Pia ! dit-elle à son miroir.

Puis elle se retourna, ouvrit la porte et retourna dans la salle d'autopsie.

Il se tenait au coin de la rue, derrière le grand laurier-cerise et il attendit patiemment jusqu'à ce que la voiture franchisse le portail et tourne à gauche en direction de la ville. Par précaution, il laissa encore passer quelques minutes puis il descendit du scooter et se dirigea vers la maison. Il n'avait pas beaucoup de temps, elle n'était allée ni au bureau ni en ville, ce n'était pas difficile à déduire de sa tenue ordinaire. Elle était sans doute allée faire une course ou bien s'était rendue au Baumarkt, comme chaque jour ou presque. Mark arrêta le scooter, franchit d'un saut les marches du perron et ouvrit la porte d'entrée. Son casque heurta au passage la vieille crédence Biedermeier qu'elle avait trouvée dans un vide-grenier et qu'elle avait méticuleusement restaurée dans son atelier. Tant mieux s'il lui avait fait une belle éraflure ! Restaurer les meubles était la nouvelle passion de sa mère, elle faisait chier avec ces saletés bouffées par les vers qu'elle traitait comme si c'étaient des êtres vivants. Vraiment tarée. Mais en secret, il était bien content car pendant qu'elle tripotait ces trucs merdiques elle n'était plus constamment derrière lui à lui demander s'il était allé en cours. La porte de son bureau était ouverte et il vit tout de suite que l'ordinateur portable n'était pas là.

Mark descendit à la cave et entra dans l'atelier. Une odeur pénétrante de térébenthine, d'huile de lin et de vernis assaillit ses narines. Il éclaira et du regard fit le tour de la pièce.

Toutes les surfaces disponibles étaient recouvertes de boîtes, de pinceaux, de toile émeri et d'un nombre incroyable de trucs qui lui servaient pour son travail. Elle avait même une lampe à souder pour fixer les nouvelles ferrures quand les vieilles étaient nases. Mais où pouvait bien être son fichu portable ? Mark se déplaçait prudemment à travers la pièce pour ne rien faire tomber. Ah, le voilà. Posé sans précaution sur une chaise, sous une pile de catalogues. Mark posa les catalogues par terre, s'agenouilla devant l'ordinateur et l'ouvrit. Le mot de passe était facile, elle n'en changeait jamais. En vieux routier, il se connecta au serveur de l'entreprise. Puis il ouvrit la boîte mail de son père et fit défiler les messages jusqu'à ce qu'il trouve l'expéditeur qu'il cherchait. Il travaillait avec concentration, il releva tous les messages et les sélectionna. Puis il les effaça soigneusement du fichier "envoyé" pour que son père ne se doute de rien et vida la corbeille d'un clic. Il ne put pas résister et consulta brièvement les e-mails de sa mère ; parmi les nouveaux messages il en découvrit un de sa prof d'allemand. Cette vieille vache s'indignait une fois de plus de ses absences.

— Va te faire foutre, murmura-t-il en jetant le message dans la corbeille. Voilà, c'était fait. Encore plus facile qu'il ne le pensait. Il referma l'ordinateur, replaça soigneusement les catalogues sur le couvercle et quitta l'atelier en faisant attention de ne laisser aucune trace qui aurait pu trahir son passage. 9 h 30 ! En se dépêchant il pourrait être à l'école pour la troisième heure de cours.

Les informations sur l'Initiative citoyenne "Pas de parc d'éoliennes dans le Taunus", que Kai Ostermann cherchait sur Internet, ne manquaient pas. La page web de l'Initiative était si bien actualisée qu'il trouva aussitôt le lien avec l'émission de la veille sur la radiotélévision de la Hesse. Ostermann projeta le film sur le grand écran de la salle de réunion de la K11.

— C'est Jannis Theodorakis, expliqua Ostermann, quand l'homme brun apparut à l'image. Sans doute le porte-parole de l'Initiative citoyenne. Et c'est lui qui s'occupe du Web.

— En outre, c'est un ancien employé de WindPro, ajouta Cem Altunay. Theodorakis a dû quitter la boîte avec perte et fracas et il ne l'a toujours pas digéré. D'ailleurs il n'a jamais rendu sa clé. Malheureusement, je n'ai pas réussi à découvrir où il habite. L'adresse officielle de l'Initiative citoyenne est celle d'un certain Ludwig Hirtreiter à Eppstein-Ehlhalten.

Bodenstein, qui présidait la longue table de conférences, approuva pensivement de la tête. Il tira le tract jaune de sa poche et le posa sur la table.

— Mon père fait partie lui aussi des opposants au parc d'éoliennes, expliqua-t-il. Ludwig Hirtreiter est son plus vieil et meilleur ami.

— Mais c'est super! dit Ostermann enthousiasmé. Nous allons avoir un informateur fiable.

— Ça, il ne faut pas y compter, répondit Bodenstein. Mon père n'est pas du genre coopératif.

La porte s'ouvrit et Pia entra.

— Bonjour! dit-elle en souriant à la ronde avant de s'asseoir à la gauche de Bodenstein. J'ai raté quelque chose?

Une odeur de vomi – elle s'accroche aux vêtements et aux cheveux autant que la fumée de cigarette – chatouilla les narines de Bodenstein.

— Bonjour, dit-il amicalement. Non, pas grand-chose. J'étais en train de raconter que mon père s'était engagé dans le combat contre les éoliennes.

— Vraiment? dit Pia en souriant d'un air amusé. J'ai du mal à imaginer ton père dans une manifestation, brandissant une pancarte.

— Honnêtement, moi aussi. Malheureusement, on peut renoncer à lui comme informateur étant donné son entêtement.

— Vous voulez continuer ou je vous parle brièvement de l'autopsie?

— Je t'en prie. Toi d'abord, acquiesça Bodenstein.

Pia ouvrit son sac et sortit son bloc-notes.

— Bon, il semblerait que Rolf Grossmann n'ait pas été tué, dit-elle tout en roulant les manches de son chemisier blanc qui découvrirent ses bras enviablement bronzés. Ce qui s'est réellement passé, l'autopsie ne peut pas l'expliquer. Henning suppose que Grossmann a fait un infarctus, d'où sa chute dans l'escalier. Mais à présent le meilleur, dit-elle en croisant le regard plein d'espoir de ses collègues. Quelqu'un a dû essayer de réanimer Grossmann. En témoignent les fractures du sternum et des côtes, sans compter les ecchymoses. L'aorte s'est rompue soit à cause de la chute soit à cause des tentatives de réanimation et Grossmann est mort d'hémorragie interne.

Le silence régna pendant quelques secondes.

— Ça signifierait que le malfaiteur, après l'avoir fait mourir de peur, a essayé de lui sauver la vie, résuma Bodenstein pensif.

— Exact, acquiesça Pia. Sur le devant des vêtements de Grossmann on a trouvé des traces de fibres textiles en grand nombre. Quelqu'un a dû s'asseoir sur lui pour lui faire un massage cardiaque. Apparemment en vain. Mais on a quand même quelques indices, une demi-empreinte de chaussure, et le morceau arraché du gant de latex.

— C'est déjà quelque chose, dit Ostermann optimiste. Avec un peu de chance, le type avait le goût des chaussures voyantes ou bien on trouvera son ADN dans le fichier.

— On aura le compte rendu de l'autopsie à midi. Ah oui, Grossmann avait pas mal bu quand il est mort : 1,7 gramme d'alcool dans le sang.

— À strictement parler, ça ne nous concerne plus, non? demanda Ostermann à la ronde. C'était une effraction, et si WindPro ne porte pas plainte, fin de l'histoire.

— Il y a eu un mort, objecta Pia. Et jusqu'à présent nous n'avons pas reconstitué le déroulement des faits. Il se peut que le malfaiteur ait poussé Grossmann dans l'escalier puis, pris de remords, ait essayé de le sauver. Ce qui voudrait dire que ce n'est pas un professionnel.

— L'enquête continuera jusqu'à ce qu'on puisse exclure qu'il y a eu homicide, conclut Bodenstein.

Après quoi, ils revinrent à l'Initiative citoyenne et à Jannis Theodorakis.

— La mention de l'extermination des hamsters, dit Kathrin avec conviction, est un indice tout à fait significatif. Ça ne peut pas être un hasard.

— C'est presque trop significatif, dit Pia. J'y ai réfléchi la moitié de la nuit. *Moi*, si j'avais posé le hamster sur le bureau du patron de WindPro, en laissant un mort derrière moi, je n'aurais pas mentionné les hamsters à la télévision.

— Oui, c'est assez juste, approuva Cem.

— Pour moi, Theissen est tout aussi suspect, renchérit Pia. Il nous a menti plusieurs fois et son alibi ne tient que par sa femme, avec qui il a pu s'entendre.

— Et du côté des associations régionales de protection de la nature ? dit Bodenstein. Elles devraient s'insurger contre les hamsters tués et les arbres abattus.

— J'y ai aussi pensé, dit Ostermann, et je suis allé sur le site web des ONG pour la protection de l'environnement, de la nature et de la forêt. Qu'est-ce que je peux vous dire ? Sur aucune de leurs pages n'est évoquée l'implantation du parc d'éoliennes.

— Les associations pour la protection de l'environnement peuvent difficilement s'élever contre l'énergie renouvelable, dit Cem. Non à l'énergie nucléaire, oui à l'énergie éolienne.

— Peut-être, dit Kai en consultant son carnet de notes. Mais là où ça se corse, c'est que la WindPro a sponsorisé ces dernières années d'innombrables projets, entre autres la renaturation du cours d'eau dans le Brehmtal, le reboisement écologique d'une partie de la forêt dévastée par une tempête à Vokenhausen et la construction d'un refuge pour animaux sauvages abandonnés à Niederjosbach. Il y a des photos où l'on voit le patron de WindPro faire un don aux protecteurs de la nature reconnaissants et visiter le projet *in situ*. Il est même un membre d'honneur de Bund. Bon. Ce n'est pas par hasard. Un projet pour chaque association de protection de la nature. Et chaque fois autour d'Eppstein.

— Qu'est-ce que tu veux dire ? demanda Bodenstein en fronçant les sourcils.

— Il est clair que si WindPro mentionne sur son site des organisations pour l'environnement, c'est parce que celles-ci ne risquent pas de protester contre l'implantation du parc d'éoliennes.

— Une forme de corruption donc. Pas mal pensé, approuva Bodenstein.

— Qui sait quelles sortes de capitaux sont en jeu, ajouta Kai. En tout cas, grâce à ses dons généreux, WindPro a fermé la bouche aux associations de protection de la nature.

— Notre principal suspect reste ce Theodorakis, intervint Pia. Il a la clé de l'entreprise et s'en prend ouvertement à WindPro. Il faut s'occuper de lui.

— On ne sait pas où il habite, répéta Cem avec regret.

— Nous le trouverons, dit Bodenstein en poussant le tract vers Pia. Au plus tard demain soir, il va se pointer à cette réunion. Mon père aussi. Et pourquoi pas notre cambrioleur.

Novembre 1998

C'était un vendredi soir sombre et hostile. Ses collègues étaient depuis longtemps partis en week-end, elle était seule dans le laboratoire, comme souvent. Avec une grande concentration, elle rentrait dans l'ordinateur les évaluations de sa séquence de recherches. Si tout fonctionnait comme elle le prévoyait, elle transformerait ensuite les chiffres en un superbe graphique, quasiment l'intitulé de sa thèse. Elle pouvait à peine contenir son impatience, mais elle devait rester absolument rigoureuse, car une seule virgule mal placée pouvait être fatale.

Elle entendit soudain des bruits de pas qui approchaient dans le couloir. La porte s'ouvrit et son cœur bondit dans sa poitrine.

— Je savais bien que je vous trouverais ici, dit-il avec un sourire ironique sur son visage rougi par le froid, tout en tirant une bouteille de champagne de la poche de son manteau.

— Il y a quelque chose à fêter ? demanda-t-elle.

Même si elle le voyait tous les jours, sa vue suffisait à faire grimper son adrénaline de façon vertigineuse.

— Absolument. Quelque chose de vraiment grandiose !

Soudain elle vit dans ses yeux une expression qui lui donna des frissons. Ce devait être en effet une nouvelle exceptionnelle car elle ne l'avait jamais vu de si bonne humeur. D'habitude il gardait ses distances, jusqu'à se montrer parfois franchement brusque.

— Venez, Anna, allons dans mon bureau, il est plus agréable.

Anna ! Il ne l'avait jamais appelée par son prénom ! Qu'est-ce qui lui prenait ? Pourquoi était-il venu à l'Institut à cette heure ?

— OK, dit-elle en souriant. Accordez-moi dix minutes.

— Dépêchez-vous, sinon le champagne sera tiède.

Il lui fit un clin d'œil et disparut. Le cœur d'Anna battait la chamade. Depuis un an qu'elle travaillait avec le professeur Eisenhut, elle s'était souvent trouvée seule avec lui mais jamais dans son bureau et encore moins pour y boire du champagne. Elle retira sa blouse de laboratoire, détacha sa queue de cheval et se coiffa sommairement avec les doigts. L'ascenseur la mena en quelques secondes au septième étage où le parquet couina sous le caoutchouc de ses chaussures. Elle était souvent venue ici mais elle ne se sentait bien qu'en bas dans le laboratoire.

— Entrez donc ! cria-t-il.

Il avait négligemment jeté son manteau, sa veste et sa cravate sur le dossier d'une chaise et sorti deux coupes du placard. Il était en train d'ouvrir la bouteille de champagne en fermant un œil.

— À quoi trinquons-nous ? demanda-t-elle.

Son cœur battait si fort dans sa poitrine qu'on aurait pu l'entendre si le vent n'avait pas mugi aussi fort.

— Au décret qui promulgue que notre Institut va devenir la société-conseil pour les questions climatiques du gouvernement, dit-il en lui tendant une coupe embuée tant le champagne était froid. Et je voulais fêter cela avec ma meilleure collaboratrice.

Elle le regarda d'un air incrédule.

— Mon Dieu, c'est vrai ! Vous revenez de Berlin. Je l'avais complètement oublié. Toutes mes félicitations.

— Merci, dit-il avec un large sourire et il cogna sa coupe contre la sienne puis la vida d'un trait. Nous l'avons bien mérité.

Elle se mit à boire à petites gorgées. Était-il venu exprès à l'Institut pour trinquer avec elle ? Ses doigts tremblaient d'émotion et elle était incapable de détacher son regard du sien.

Ces cheveux ébouriffés par le vent, ces yeux brillants, cette bouche dont elle rêvait depuis le premier jour. Elle dut avaler sa salive et se sentit rougir. Elle n'avait jamais été aussi amoureuse, mais en plus elle admirait son chef pour son enthousiasme, sa certitude d'accomplir quelque chose de bien. Elle l'admirait aussi pour son immense savoir, son intelligence aiguë et même pour son arrogance.

Soudain il serra triomphalement le poing et se mit à rire. Il posa sa coupe sur le bureau, s'approcha d'elle et la saisit par les épaules. Son regard s'enfonça dans le sien.

— Nous y sommes arrivés, Anna! murmura-t-il d'une voix rauque en cessant de rire. Tu comprends? À partir d'aujourd'hui : Sky is the limit!

Il prit son visage dans ses mains. Ils se contemplèrent en silence, les lèvres frémissantes. Comme s'il avait lu sur son visage une réponse à sa question inexprimée, il l'attira contre lui et l'embrassa si passionnément que tout le corps d'Anna fut comme plongé dans un feu liquide.

Le message arriva durant la troisième heure de cours, où Mark s'était pointé juste à temps. Il était appelé chez le proviseur ! Son professeur de biologie lui jeta un regard résigné et lui montra la porte d'un signe de tête. Personne ne réagit lorsqu'il se leva et sortit, car c'était déjà la troisième ou quatrième fois du semestre que Mark était convoqué par le Dr Sturmfelds. Au début ses camarades avaient chuchoté en ricanant, les bons élèves lui avaient lancé un regard moqueur, mais à présent cela ne suscitait plus qu'indifférence. Mark sortit de la salle de classe et suivit le couloir désert sans se presser. Certains élèves, en neuf ans, n'avaient jamais vu le directeur que de loin, lui au contraire aurait pu boire avec lui le verre de l'amitié tant il s'était souvent trouvé devant son bureau. Il entra dans le secrétariat où la secrétaire se contenta de lui faire un signe de tête. Il frappa à contrecœur et ouvrit la porte.

— Bonjour, Mark-Philipp, assieds-toi.

Mark obéit et se laissa tomber sur la chaise. Il connaissait le processus par cœur. Les mêmes discours que son père et dans le même ordre. D'abord la sévérité. Pourquoi tu sèches les cours ? Cela aura des conséquences. Puis l'appel à sa raison : tu es pourtant intelligent. Pourquoi tu gâches ton avenir comme ça ? Enfin la menace : colle. Renvoi.

Mais cette fois le directeur prenait son temps. Il ne leva même pas les yeux de son ordinateur. Il se contentait de taper en silence comme s'il était seul dans son bureau. Puis le téléphone sonna et il se mit tranquillement à parler avec quelqu'un d'un truc privé. Les minutes passaient. Était-ce une nouvelle tactique? Mark se dit qu'il allait allumer son iPod et écouter un peu de musique. Mais un ultime reste d'ancien respect le retint.

— Nous voilà une fois de plus l'un en face de l'autre, dit soudain le Dr Sturmfelds. Ça prouve que je ne renonce pas si facilement. Tu as quelque chose à me dire aujourd'hui?

Mark lui jeta un bref regard et baissa les yeux. Le Dr Sturmfelds, renversé dans son fauteuil, les bras croisés, le regardait d'un air interrogateur. Ce regard ferma une porte dans l'être intime de Mark, derrière laquelle était caché ce qui n'appartenait qu'à lui.

— Non, murmura-t-il en regardant ses mains. Des souvenirs involontaires l'assaillaient, des souvenirs d'une autre école, d'un autre prof. Ses cheveux lui tombaient sur la figure, il se cachait dessous comme derrière un rideau.

— Je sais que tu n'en as rien à faire, continua le directeur, mais j'aimerais vraiment savoir ce qui t'arrive.

Mark avala sa salive. Les menaces et les coups de gueule le laissaient indifférent mais il n'aimait pas le tour que prenait la conversation. Son malaise augmentait. Il fallait qu'il se tire. Immédiatement. Sinon il serait trop tard, car les portes du passé s'étaient déjà imperceptiblement entrouvertes et, à travers cette brèche, la douleur s'écoulait comme un minuscule filet d'eau. Il fourra les mains dans les poches de sa veste et serra les poings. Pourquoi personne ne pouvait comprendre qu'il voulait simplement qu'on lui fiche la paix?

— Le seul à qui tu fasses du mal en refusant de parler, c'est à toi-même, dit le directeur. Tes parents m'ont raconté ce qui s'était passé autrefois à l'internat et je sais…

— Arrêtez! Le mot monta si violemment en lui qu'il lui échappa. Vous ne savez rien. Tout le monde croit savoir quelque chose mais c'est faux.

— C'est quoi, alors? dit le Dr Sturmfelds en le regardant avec une tranquille nonchalance sans se formaliser de la violence de sa réaction. Qu'est-ce qui peut amener un garçon aussi intelligent que toi à sécher les cours et à démolir des voitures avec un club de golf?

Mark s'arc-boutait de toutes ses forces contre la porte mais la pression devenait de plus en plus forte. Des souvenirs refoulés explosaient douloureusement dans sa tête. *Raconte-nous ce qui s'est passé. Nous t'aiderons. Personne n'en saura rien. Ça restera entre nous, ça ne sortira pas de cette pièce.* Des clous! Ça les avait peut-être aidés eux et leur mauvaise conscience, mais pas lui. Ils s'étaient montrés compréhensifs au début puis ils l'avaient laissé tomber, comme toujours. Mark en avait ras le bol de cette compassion hypocrite et de tous ces psys de merde! Pourquoi cet abruti de Dr Sturmfelds ne se contentait-il pas de lui servir son habituel prêchi-prêcha?

— De toute façon vous ne comprendriez pas, laissa échapper Mark malgré lui et il tourna le dos au directeur. Douloureusement et insupportablement aiguë, la colère montait en lui et il sut qu'il allait perdre le contrôle s'il ne sortait pas d'ici. Ricky, pensa-t-il. La voix du directeur se perdait dans la rumeur de son cerveau. Il s'enfuit. Le Dr Sturmfelds pouvait penser ce qu'il voulait, il s'en fichait.

La réunion était finie. Les directeurs du service projet et les ingénieurs responsables quittèrent le bureau. Dans la pièce surchauffée, l'air, après trois heures de conférence, était irrespirable. Stefan Theissen ouvrit la fenêtre et attendit que sa secrétaire ait débarrassé les tasses de café vides, les verres et les bouteilles puis refermé la porte derrière elle. Il avait toujours l'impression de sentir la répugnante odeur de décomposition, même si la veille le service de nettoyage de la firme avait utilisé toute une batterie de produits. Theissen retourna à sa table de travail devant laquelle n'étaient plus assis qu'Enno Rademacher, le directeur commercial de WindPro, et Ralph Glöckner. Theissen lui avait demandé hier matin de venir le voir le plus rapidement possible. Il avait déjà travaillé plusieurs fois avec Glöckner et espérait que celui-ci pourrait l'aider à remettre sur ses rails ce ridicule projet dans le Taunus. L'Autrichien était prêt à offrir ses services contre les “fauteurs de troubles” à tous ceux qui étaient disposés à payer ses honoraires exorbitants et il était connu dans un certain cercle pour ses méthodes peu orthodoxes mais efficaces. Son intervention suffisait à débloquer un affrontement et à obtenir un accord. Comme ingénieur il avait construit des barrages, des centrales électriques, des ponts, des tunnels et des canaux aussi bien en Europe, qu'au Pakistan, en Afrique ou en Chine et il était sans conteste le meilleur pour résoudre cette situation délicate.

— On a fait le tour de la question, dit Rademacher. Occupez-vous de l'entreprise de sécurité pour que nous puissions commencer, jeudi au plus tard, le défrichage de la parcelle. Nous ne pouvons pas nous permettre un autre retard.

— Comment tu vas t'y prendre? demanda Glöckner qui avait l'habitude de tutoyer tout le monde.

— Je suis sur le point d'arriver à un accord dans les négociations avec la famille du propriétaire. Avec leur appui, j'espère que tout sera débloqué d'ici après-demain.

Glöckner leva un sourcil et ricana d'un air complice.

— Je vais immédiatement aller voir la chose de plus près, dit-il. Les problèmes sont loin d'être résolus.

— Exact, dit Rademacher en souriant comme un chat qui aurait trouvé une souris.

Theissen suivait la conversation avec une irritation croissante. Avait-il raté quelque chose? Son regard allait d'un interlocuteur à l'autre, ils ne pouvaient pas être plus différents : d'un côté, le vigoureux Glöckner, avec ses deux mètres, sa figure ridée, burinée par le soleil, sa queue de cheval grise et sa veste de cuir ; de l'autre, Rademacher qui ressemblait à un comptable inoffensif même si cette impression était trompeuse.

— Bon, salut, messieurs, dit Glöckner avant de se lever, de frapper sur l'épaule de Rademacher avec une familiarité qui choqua Theissen et de quitter le bureau de sa tranquille allure chaloupée.

— Je ne savais pas que Hirtreiter voulait vendre sa prairie, dit Theissen en se tournant vers Rademacher.

Il était mécontent d'apprendre par la bande quelque chose de si important.

— Lui ne veut pas, répondit le directeur commercial. Mais ses fils, oui. Ils sauront bien s'arranger, je suis optimiste. Je leur ai fait comprendre que nous avons encore la possibilité d'obtenir un arrêté provisoire qui aboutirait à une expropriation. Ça les a motivés. Et où en êtes-vous avec ce cambriolage suspect ? demanda-t-il à Theissen. Qu'est-ce qu'un cambrioleur pouvait chercher ici ? Et pourquoi cette souris morte ?

— Ce hamster. C'était un hamster doré mort.

Theissen haussa les épaules. Il regarda un moment dans le vide puis abattit la main sur son bureau.

— Cette imbécile, elle n'aurait pas pu m'appeler avant de prévenir la police ?

— Qu'est-ce que ça aurait changé ?

— J'aurais flanqué ce foutu hamster aux chiottes, emporté quelques ordinateurs portables et cassé une vitre pour faire croire à un cambriolage normal. Mais surtout les bandes des caméras de surveillance n'auraient jamais dû atterrir dans les mains de la police.

— Pourquoi ?

— Parce que j'étais dans le bâtiment ce soir-là. Bon Dieu. À présent, ils me bombardent de questions.

Tout ça lui déplaisait souverainement et la dernière chose dont il avait besoin c'était que les flics viennent fourrer leur nez partout. Le parc d'éoliennes à Ehlhalten était au premier regard un projet relativement modeste mais l'avenir de toute l'entreprise en dépendait. Quand il avait fondé WindPro, il était le premier sur le marché, mais depuis des entreprises concurrentes avaient poussé comme des champignons et elles avaient cassé les prix. Il avait fallu prendre des mesures d'économie drastiques pour maintenir, du moins pendant un certain temps, la firme hors du rouge mais ça n'avait pas suffi. Si la construction du parc capotait, la firme ferait faillite ; dans ces temps de crise, Rademacher avait déjà réalisé un tour de force en trouvant des investisseurs et en arrivant à convaincre les banques. Le fonds pour les énergies renouvelables grâce auxquels le parc d'éoliennes devait être financé soutenait des projets beaucoup plus importants et les subventions à hauteur de millions par l'État, le land et la ville étaient calculées et conditionnées par l'agrément des banques. Celles-ci risquaient de se retirer uniquement parce qu'un paysan entêté refusait de vendre cette fichue prairie. Tout le projet reposait sur des pieds d'argile.

— Qui pourrait se cacher derrière le cambriolage, tu en as une idée ?

— Bien sûr, dit Theissen. Theodorakis, qui d'autre ? Mais cette fois il est allé trop loin.

— Tu crois qu'il a tué Grossmann ?

— Peut-être que Grossmann l'a reconnu. Qui sait ?

— Tu as vérifié s'il manquait quelque chose dans tes papiers ?

— C'est ce que j'ai fait en premier. Il ne manque rien.

— Espérons que tu as raison, dit Rademacher préoccupé.

— Tu n'as pas besoin de te faire de souci, assura Theissen, mais cette assurance n'était que de façade.

Il se torturait les méninges en se demandant ce que les cambrioleurs étaient venus chercher. Voulaient-ils seulement poser le hamster sur le bureau ? Pourquoi ? Il avait lu quelque part qu'en Amérique, pour intimider les témoins, la Mafia leur envoyait des canaris ou des poissons morts, mais dans le cas présent ça lui paraissait un peu exagéré.

— Le moment où ça aurait pu être dangereux est passé, dit-il d'une voix ferme. On commence le défrichage et la construction du chantier jeudi, on est donc dans les délais et il ne peut plus rien arriver. Le parc sera fini à l'automne.

On frappa à la porte. Sa secrétaire passa la tête dans l'ouverture.

— Deux membres de la Kripo sont là, dit-elle.

Encore eux ! Theissen jeta un coup d'œil à sa montre. Dans deux heures, il devait être à l'hôtel Kempinski pour une réunion du Club de l'économie du Vordertaunus.

Rademacher considéra son associé.

— Tu devrais peut-être leur dire la vérité sur Grossmann avant qu'ils ne la découvrent eux-mêmes.

— Jamais de la vie, s'insurgea Theissen. Je suis content que ce cauchemar soit enfin fini.

La sonnette du magasin interrompit Frauke qui était en train de nettoyer sa table de travail. Elle se sécha les mains et passa dans le magasin. Un essaim de lycéennes qui avaient entre quatorze et quinze ans avaient envahi la boutique en caquetant. Une d'elles, une gazelle aux longues jambes et aux yeux très maquillés, sollicita les conseils de Frauke pour une brosse à chiens.

— Qu'est-ce que tu as comme chien ? s'enquit Frauke.

— Nous l'avons ramené d'Ibiza. Il a la peau sensible.

Frauke lui présenta plusieurs modèles de brosses et fut impressionnée de voir avec quel soin la jeune fille examinait chaque brosse. Elle devait vraiment aimer son chien.

— Eh toi ! Je t'ai vue ! entendit soudain Frauke.

Elle se tourna vers Nika. Les autres filles s'élancèrent hors du magasin, suivies par la gazelle.

— Cette petite garce a fauché un tee-shirt, dit Nika d'un air furieux. Une seconde après, elle avait disparu dans la rue. Frauke secoua la tête quand elle comprit qu'elle avait été victime d'une manœuvre de diversion assez grossière. Depuis quelques semaines les vols se multipliaient, surtout les tee-shirts d'une certaine marque et les accessoires d'équitation.

Frauke suivit Nika et ferma la porte du magasin. Étant donné son embonpoint, elle n'avait aucune chance de rattraper la voleuse, elle haletait déjà après quelques mètres, au contraire de Nika qui remontait d'une foulée légère la rue en pente. Elle rattrapa les filles au coin de la rue piétonne.

Les cours étaient finis, une masse d'écoliers qui se dirigeaient vers la gare routière avaient envahi la rue. Nika arrêta une fille brune qui portait un sac à dos rose. Ses amis poussèrent de hauts cris et deux adolescents s'approchèrent de Nika par-derrière. L'un la plaqua contre lui pendant que la fille s'enfuyait, mais alors Frauke assista à une chose incroyable. En une fraction de seconde Nika se débarrassa de l'emprise du garçon. Avec une élégance féline, elle fit un tour sur elle-même et son agresseur fut projeté en l'air avant de retomber lourdement sur le pavé. L'autre se jeta sur Nika et partagea le sort sans gloire de son copain. Les filles regardaient Nika, visiblement impressionnées.

— Si tu me rends ce que tu m'as volé, je n'appellerai pas la police, dit Nika.

Matée, la fille ouvrit son sac à dos, en tira le tee-shirt roulé en boule et le jeta aux pieds de Nika avec un air buté. Après s'être relevés, les garçons se fondirent en boitant dans la foule des badauds.

— Ramasse-le, ordonna Nika.

Avec étonnement, Frauke vit la fille se pencher et ramasser le tee-shirt. Nika demeura impassible et, malgré sa robe démodée, son gilet gris et ses tennis bon marché, il émanait d'elle une autorité que Frauke ne lui avait jamais vue. La fille tendit le tee-shirt à Nika.

— Merci. Et maintenant disparais. Je ne veux plus voir aucune de vous dans le magasin, sinon je porte plainte.

Les pies voleuses baissèrent la tête et s'enfuirent. La foule se dispersa. Frauke était sans voix. Si elle ne l'avait pas vu de ses propres yeux, elle n'aurait jamais cru que la frêle et gentille Nika puisse mettre sans effort deux garçons K.-O.

Mais Nika n'avait apparemment pas envie de parler de son exploit héroïque. Elle passa devant Frauke en silence et descendit la rue à une telle allure que celle-ci dut presque courir pour rester à sa hauteur.

— Tu as battu les deux garçons à plate couture, cria-t-elle avec admiration. Où as-tu appris le karaté ?

— C'était du jiu-jitsu, rectifia Nika.

— C'est fou ! J'aurais jamais cru ça de toi ! dit Frauke hors d'haleine. Quand je vais le raconter à Ricky, elle…

Nika s'arrêta si brutalement que Frauke faillit lui rentrer dedans.

— Je t'interdis d'en parler à Ricky, dit-elle abruptement et sans l'ombre d'un sourire. Tu me le jures ?

— Oui, mais c'était pourtant…

— Tu me le jures ? insista Nika.

C'était plus une menace qu'une prière.

— Oui, d'accord, murmura Frauke intimidée. Je te le jure.

— Je te fais confiance, dit Nika en se remettant en marche.

Frauke, ébahie, la regarda sans comprendre traverser la rue et rentrer dans le magasin.

— Nous soupçonnons un de mes anciens employés d'être derrière cette plaisanterie avec le hamster, dit le Dr Stefan Theissen.

— Plaisanterie ? dit Pia en fronçant les sourcils. Entrer par effraction pour une simple plaisanterie, cela me semble assez risqué.

Bodenstein laissait Pia conduire l'entretien, il restait debout en retrait, examinant le grand bureau et évaluant les deux hommes. Theissen donnait l'impression d'être sûr de lui et cool. Ni chez lui ni chez son compagnon on ne percevait la moindre trace de cette nervosité que montrent la plupart des gens quand ils ont affaire à la police. Bodenstein jugea en connaisseur les vêtements de Theissen. Costume et chemise de marque, cravate à motif sobre mais de prix, chaussures sur mesure. Stefan Theissen attachait beaucoup d'importance à son apparence.

— Sur qui vos soupçons se portent-ils donc ? demandait Pia.

— L'homme s'appelle Jannis Theodorakis. Il a travaillé pour nous, répondit Theissen.

— Ah, dit Pia en faisant l'étonnée. Theodorakis. Celui de l'Initiative citoyenne. Je l'ai vu hier à la télévision. Je n'ai pas eu l'impression qu'il plaisantait. Il a prononcé de très graves accusations à l'encontre de votre entreprise.

Theissen et Rademacher échangèrent un regard.

— Ses affirmations sont de vulgaires calomnies, dit Rademacher. Nous avons cessé de travailler avec Theodorakis il y a neuf mois. À présent, il cherche à se venger et pour ça tous les moyens sont bons. Nous allons porter plainte contre lui.

Il avait quelques années de plus que Theissen, autour de la cinquantaine. Son visage aux joues flasques était quelconque, son crâne rose brillait à travers ses rares cheveux blonds. Il avait autant d'aplomb que Theissen, mais il était loin d'être aussi coquet. Il découvrait en parlant des dents jaunes et irrégulières sous une épaisse moustache, et son costume chiffonné puait le tabac. Bodenstein s'approcha d'une console sur laquelle étaient posées des photos encadrées. Des éoliennes, des hommes souriant en vêtements de chantier, une jolie maman et ses trois enfants. Un jeune garçon blond en costume et nœud papillon avec un violon. Deux fillettes rieuses sur des skis dans la neige. Papa et maman devant un coucher de soleil à la montagne.

— Ces insinuations n'ont aucun fondement, renchérit Theissen. Pas une seule association environnementale n'a émis le moindre doute et voilà que brusquement plus rien n'irait.

Bodenstein se racla la gorge.

— Quelle était la fonction de M. Theodorakis dans votre entreprise ? demanda-t-il.

— Il suivait l'avancée des projets. De l'acquisition des emplacements à l'exécution du projet durant toutes les phases de son développement.

— Pourquoi l'avez-vous licencié ?

— Divergence d'opinions.

— De quelle sorte ?

— C'est interne à l'entreprise, dit Theissen évasif.

— Vous ne vous êtes donc pas séparés à l'amiable, dit Bodenstein et il vit à la mine de Theissen qu'il avait tapé juste.

— Theodorakis était un râleur qui empoisonnait le climat de la boîte, intervint Rademacher. Il ne respectait pas les contrats et s'était disputé plusieurs fois avec des clients. Quand on a failli perdre un contrat important à cause de lui, la coupe a débordé. Il n'était plus gérable.

— Vous avez prononcé le mot vengeance, dit Bodenstein. De quoi voulait-il se venger ?

— Après son licenciement il a fait tout un scandale et a porté l'affaire devant les prud'hommes, mais il a perdu, dit Rademacher en se raclant la gorge. Dans notre branche tout le monde le connaît et personne ne veut plus l'employer. Il nous tient pour responsables, alors qu'il s'est marginalisé lui-même.

— Il s'est occupé du parc d'éoliennes du Taunus ?

— Seulement dans la phase préliminaire. Il a été renvoyé l'année dernière en août.

Pia ouvrit sa serviette et en tira une copie de la feuille que Kröger avait trouvée sous la photocopieuse. Elle la tendit à Theissen.

— Qu'est-ce que c'est ? demanda-t-il en plissant le front.

— Nous aimerions que vous nous le disiez.

Theissen examina la copie puis tendit la feuille à Rademacher d'un air impassible.

— Ça ressemble à l'extrait d'une expertise, dit-il en croisant les bras. Où est-ce que vous l'avez trouvée ?

— Elle était par terre sous la photocopieuse dans votre secrétariat, dit Bodenstein, sans quitter Theissen des yeux. Nous avons pensé que ce n'était rien d'important. Mais ce qui nous a paru bizarre, c'est l'heure à laquelle la photocopieuse a été utilisée pour la dernière fois. C'était en effet le samedi 9 mai entre 2 h 43 et 3 h 14.

— Je ne comprends pas... commença Theissen sans poursuivre.

Il semblait mieux comprendre qu'il ne le disait car ses pupilles se rétractaient nerveusement et il se mordait les lèvres. À l'inverse, Rademacher souriait d'un air pincé.

— À présent nous savons pourquoi Theodorakis a commis cette effraction, dit-il. Espionnage industriel. Ça pourrait lui coûter cher.

Bodenstein lui jeta un regard pensif. Rademacher savait-il que Theissen était présent la nuit du meurtre ?

— Quand dites-vous que vous avez quitté le bâtiment dans la nuit de vendredi ? dit-il en se tournant vers Theissen.

— Un peu avant minuit, répondit ce dernier qui ne paraissait pas comprendre où Bodenstein voulait en venir. Mais je vous l'ai déjà dit.

— Personne ne vous a vu partir et seule votre femme a confirmé votre alibi. Malheureusement sa déclaration n'a pas beaucoup de poids.

Le visage de Rademacher ne trahissait rien. Soit c'était un comédien consommé, soit il était au courant des activités nocturnes de Theissen dans la nuit où Grossmann était mort. Il avait pris un air d'attente, presque de curiosité. Sur le visage de Theissen en revanche passait à chaque seconde tout un kaléidoscope de sentiments : la compréhension, l'incrédulité, l'incertitude, la peur. La peur était la plus forte, elle demeurait dans ses yeux comme une ombre, même quand il réussit à se contrôler à nouveau.

— Je ne comprends pas ce que... reprit-il.

— Je pense que vous comprenez très bien, le coupa Pia, visiblement agacée.

Ce type commençait à l'énerver.

— Vous aviez peut-être rendez-vous avec celui qui était dans le bâtiment.

— Mais… c'est absurde. Pour… pourquoi aurais-je donné rendez-vous à un cambrioleur ? bégaya Theissen stupéfait.

C'était une allégation osée, Pia le savait parfaitement, mais elle avait déjà surpris Theissen en train de mentir et elle espérait qu'il ferait une faute si on le poussait dans ses retranchements.

— Quoi qu'il en soit, dit Bodenstein, l'alibi donné par votre femme est sujet à caution. Vous étiez dans le bâtiment, vous avez évité de rencontrer votre veilleur de nuit et vous êtes incapable de dire quand vous avez quitté les lieux. Pour toutes ces raisons, nous vous suspectons d'être lié aux événements de la nuit de vendredi. Restez à notre disposition.

— Vous ne pensez pas sérieusement que je pourrais avoir quelque chose à voir avec cet accident ? Rolf était mon ami !

Theissen était devenu écarlate. Rademacher posa la main sur son bras, mais il la repoussa.

— J'étais venu au bureau pour prendre des documents. Si je ne voulais pas que Rolf me voie, c'était uniquement parce que je n'avais pas envie de faire la conversation avec lui ! Mais je ne vous permets pas d'insinuer que j'aurais quelque chose à voir là-dedans !

Son indignation était sincère mais cachait quelque chose de plus qu'une révolte contre le soupçon de Pia.

— Je crois plutôt Theodorakis capable de ce genre de choses, dit Rademacher d'un ton convaincu. C'est un colérique. Une tête chaude. Arrogant et fanatique. Peut-être que Grossmann l'a reconnu et qu'il a voulu l'interpeller. Interrogez-le si vous ne l'avez pas encore fait. Vous constaterez que j'ai raison. L'homme est imprévisible et rempli de haine.

La barquette contenant les lasagnes au saumon chauffait dans le micro-ondes. Jannis avait étalé les documents sur la table de la cuisine et en comparait minutieusement les chiffres avec ceux de l'expertise qu'il avait à sa disposition depuis déjà un certain temps. Il reporta les données comparatives dans un tableau d'évaluation et secoua la tête.

— Du jamais vu, murmura-t-il.

Au moment où la lumière du micro-ondes s'éteignait avec un "ding", la porte d'entrée s'ouvrit. Jannis n'avait pas besoin de regarder sa montre. Nika rentrait chaque jour à une heure et demie pile, elle ne déjeunait jamais ni avec Frauke, ni avec Ricky, ni avec des amies, d'ailleurs elle n'en avait pas.

— Salut, dit-elle.

— Salut, répondit Jannis en levant les yeux de son tableau et de ses chiffres.

Il aurait trouvé son accoutrement immonde sur une autre femme mais sur elle il lui paraissait exotique et d'une merveilleuse absence de coquetterie. Elle portait une longue jupe à fleurs, un chemisier couleur olive et un gilet informe dont la laine avait dû un jour être verte. Aux pieds, des tennis avachies. Depuis qu'il savait à quoi elle ressemblait sous ses étranges oripeaux, ceux-ci ne le dérangeaient plus.

— Tu as déjà mangé? demanda-t-il sur un ton indifférent alors que son cœur battait la chamade.

— Non. Tu as quelque chose à m'offrir?

— Lasagnes au saumon. Salade de pommes de terre.

Les yeux de Nika tombèrent sur l'emballage vide.

— Un repas Aldi, non, merci bien.

La prédilection de Ricky pour la cuisine rapide faisait la part belle aux produits surgelés et aux salades toutes prêtes des supermarchés environnants ; le réfrigérateur en regorgeait.

— La salade de pommes de terre vient de chez Rewe, rétorqua-t-il.

Nika sourit et il en eut le souffle coupé, comme souvent depuis quelque temps. Il était rarement à court de mots, c'est pourquoi son silence embarrassé devant Nika le déstabilisait. Elle ne paraissait pas s'en apercevoir.

— Je préfère une tartine, dit-elle en ouvrant le réfrigérateur. Jannis mit les lasagnes et la salade de pommes de terre sur une assiette, prit des couverts dans le tiroir et s'assit. Il poussa la montagne de papiers de côté.

— Qu'est-ce que c'est ? demanda Nika en jetant un regard curieux par-dessus son épaule tout en coupant une tomate en deux.

— Des expertises, répondit Jannis en mâchonnant. J'ai besoin d'arguments décisifs pour ce soir.

— Ah, oui.

L'intérêt de Nika s'éteignit. Elle se versa un verre d'eau, s'attabla et se mit à manger son sandwich de tomate et de cornichon. Jannis se creusait la tête pour trouver un sujet de conversation qui lui vaudrait plus qu'un "merci", un "oui" ou un "non".

— Il y a eu du monde au magasin aujourd'hui ? demanda-t-il finalement en la regardant.

— Pour un mardi, ça allait, répondit-elle. Les achats en ligne marchent étonnamment bien.

Jannis se jeta avec gratitude sur ce thème, et se mit à parler comme un moulin sur l'avenir du commerce en ligne. Nika acquiesçait de temps en temps et elle sourit d'un air évasif quand il lui reprocha d'avoir la tête ailleurs. Après avoir fini de manger, elle mit son assiette de côté, se pencha sur la table et tira à elle le journal qu'il y avait posé ce matin.

Jannis observait son profil à la dérobée. Comment réagirait-elle s'il lui avouait qu'il était fou d'elle ? Devait-il en prendre le risque ? Rien ne serait plus pénible qu'un rejet mais il n'y tenait plus. Pendant qu'il réfléchissait à la façon de s'y prendre et à ce qu'il devait dire, Nika tourna une page et sursauta comme si un fantôme avait bondi hors du journal. Sa main qui tenait le verre se mit à trembler. Pendant une fraction de seconde, une expression d'épouvante passa sur son impassible visage de madone.

— Qu'est-ce qu'il y a ? demanda Jannis inquiet.

Elle reposa son verre, déglutit et secoua la tête. La consternation se lisait dans ses yeux. Elle se dépêcha de les baisser.

— Rien, dit-elle. Elle s'était vite reprise, elle replia le journal et se leva avant qu'il puisse ajouter un seul mot. Nous nous verrons plus tard, il faut que j'y aille.

Puis elle disparut dans la cave. Jannis la regarda sortir un peu vexé. Qu'est-ce qui lui prenait ? Il se pencha sur la table, repêcha le journal et le feuilleta page à page mais sans découvrir ce qui avait effrayé Nika. Avait-elle été choquée par un avis de décès entouré de noir ? Et dans ce cas, lequel ? D'ailleurs, quel était le nom de famille de Nika ? Il ne lui avait jamais fait signer un contrat de location pour l'appartement en sous-sol, c'était une vieille amie de Ricky. Il fronça les sourcils. Il ne savait strictement rien sur cette femme qui vivait depuis presque six mois sous son toit et qui accaparait son esprit d'une façon ridicule. Il était temps que ça change.

— Je ne pense pas que Theissen ait quelque chose à voir avec la mort de Grossmann, dit Pia pendant qu'elle suivait le couloir avec Bodenstein. Mais tu as vu comme il a été ébranlé quand je lui ai montré cette feuille.

— Oui, j'ai vu. Il a quelque chose à se reprocher.

Bodenstein regarda brièvement l'ascenseur puis préféra l'escalier. Même s'il ne faisait que le descendre, ça pourrait éliminer quelques cellules graisseuses.

— Theodorakis a un compte à régler avec son ancien employeur. Il s'agit d'une histoire personnelle où les passions entrent en jeu. Malgré tout, Theissen restera suspect aussi longtemps que son alibi ne sera pas confirmé par quelqu'un d'autre que sa femme.

— Les accusations de Theodorakis à l'encontre de WindPro ne doivent pas être évacuées, dit Pia en s'arrêtant sur une marche. Il doit avoir un atout en main contre Theissen et Rademacher, sinon il ne serait pas allé parler à la télévision de fraude et de corruption.

— Ce qui me perturbe, c'est ce hamster, dit Bodenstein en hochant pensivement la tête. Ça ne va pas dans le tableau. Theodorakis entre, pose le hamster sur le bureau en guise d'avertissement à Theissen, photocopie un document, Grossmann le surprend et le reconnaît. Il s'ensuit une altercation, Grossmann tombe dans l'escalier et Theodorakis essaye de le ranimer ? Jamais de la vie. Il se serait enfui.

— Oui, et il se serait bien gardé de mentionner le hamster mort à la télévision s'il l'avait lui-même posé sur le bureau, renchérit Pia.

Ils se regardèrent d'un air perplexe.

— Nous devons absolument interroger ce type.

Bodenstein saisit son mobile et se remit en mouvement. Il appela Ostermann, qui lui apprit qu'ils avaient trouvé l'adresse de Theodorakis. Cem Altunay et Kathrin Fachinger étaient en route pour Gross-Gerau.

— Pourquoi Gross-Gerau ? demanda Bodenstein.

— C'est là qu'il est enregistré. À Büttelborn.

Ils avaient atteint le rez-de-chaussée puis traversé le hall. Pia tendit la main pour pousser la porte. Un rayon de soleil qui tombait à travers la verrière fit briller quelque chose à sa main gauche. Qu'est-ce que c'était ? Une bague ? Depuis quatre ans qu'ils travaillaient ensemble, Bodenstein n'avait jamais vu sa collaboratrice porter un bijou.

— Préviens-moi quand ils seront de retour, dit-il en faisant un pas de côté pour se mettre hors de portée de l'homme qui sortait en même temps qu'eux. J'aimerais qu'ils interrogent les employés de WindPro sur Theodorakis.

Bodenstein raccrocha et rempocha son portable. Pendant qu'ils roulaient il se demanda s'il devait parler de la bague à Pia. Mais devant son visage inhabituellement fermé, il renonça. Plus tard peut-être.

— Maintenant débraye… oui… voilà ! dit Ricky en riant. C'était un peu trop vite.

Dès que Mark l'avait vue, il s'était senti mieux. Les sombres souvenirs avaient disparu comme de méchants fantômes, ne laissant qu'une surdité qui disparut rapidement. Ricky ne l'embêtait jamais avec des questions idiotes. Quand elle voyait qu'il n'allait pas bien, elle trouvait aussitôt un moyen de le distraire. La voiture s'était arrêtée avec une secousse.

— 'scuse-moi, murmura Mark.

Il ne s'en sortait pas entre l'embrayage, le levier de vitesse, le démarrage. Comment tous ces cornichons arrivaient-ils donc à conduire ?

— C'est pas si mal, dit Ricky. Recommence !

Il débraya, passa en première et tourna la clé jusqu'à ce que le moteur démarre. Il se cramponnait au volant, les mains moites. Ricky se pencha et posa sa main sur sa cuisse gauche. Son cœur se mit à battre la chamade d'excitation, il en oubliait presque de respirer.

— Maintenant laisse revenir l'embrayage très lentement, lui commanda-t-elle en diminuant doucement la pression sur sa jambe, appuie sur l'accélérateur en même temps mais pas trop.

Mark acquiesça vigoureusement en se passant la langue sur les lèvres, le regard fixé sur le chemin. Comment se concentrer sur la conduite quand la main de Ricky était sur sa jambe ? Il sentait la douce pression de sa poitrine contre son bras droit, respirait l'odeur de son shampoing.

Laisse venir lentement, pensa-t-il, et accélère un peu…

Oui ! Il y était arrivé ! L'auto roulait sur le chemin. Ricky enleva la main de sa jambe et tourna vers lui son visage souriant.

— Super ! le complimenta-t-elle. Sa bouche était à peine à trente centimètres de la sienne. Débraye, relâche l'accélérateur, passe la seconde.

Ça marchait, mais il oublia d'accélérer et le moteur se noya à nouveau.

— Tu ferais mieux de conduire, dit-il. Sinon nous ne serons pas au magasin avant demain.

— N'importe quoi, dit Ricky en secouant énergiquement la tête. L'exercice fait le maître. Tu conduis jusqu'au village, ensuite nous changerons de place.

Il démarra de nouveau et réussit à passer la seconde. Quelques semaines auparavant, elle lui avait passé le volant en secret pour la première fois.

— Bon, vas-y, essaye, avait-elle dit en souriant. À ta première heure d'auto-école tu sauras parfaitement conduire.

C'était typique de Ricky ! Elle était cool et ne le traitait jamais comme un petit garçon. Mark lui vouait une admiration sans borne. Elle savait tout faire : elle sautait à cru sur ses chevaux, parlait couramment anglais, avait étudié dans une université prestigieuse en Californie – la technologie spatiale, et elles n'étaient que sept femmes à le faire ! Ricky pouvait travailler comme un homme, s'y prenait bien avec les animaux, n'avait peur de rien et savait toujours ce qu'il convenait de faire. En plus elle était cool. Le jour où il l'avait rencontrée avait marqué un tournant dans sa vie. Il voulait être comme elle, fort, honnête, sincère et insouciant. À l'inverse des autres adultes, Ricky ne faisait jamais de promesses vaines, elle tenait parole, ne mentait jamais et ne lui avait jamais servi de stupides formules toutes faites. Et le plus beau c'était qu'elle le préférait à tous les autres hommes – excepté Jannis, mais comme il était son ami, c'était OK.

— Change de vitesse ! lui rappela-t-elle alors que le compte-tours approchait des quatre mille et que le moteur glapissait de douleur.

Débrayer. Changer de vitesse. Accélérer. L'Audi noire ronronnait de satisfaction sur le chemin asphalté entre les pommiers et les cerisiers en fleur, un vent tiède arrivait par la fenêtre ouverte.

— J'y arrive, exulta Mark radieux. Je sais conduire !

— Bien sûr. Tu peux tout faire à condition de le vouloir vraiment, répondit Ricky en souriant.

Elle appuya sur le bouton du lecteur de cassettes et peu après *All Summer Long*, la chanson de Kid Rock, s'en échappa. Mark trouvait le morceau plutôt à chier mais Ricky l'aimait parce qu'il lui rappelait son époque californienne. Il avait donc décidé de le trouver cool lui aussi.

— Tu fais ça vraiment très bien, cria-t-elle pour couvrir la musique. Quand tu auras ton permis de conduire, nous suivrons ensemble la Pacific Coast Highway 1. De San Diego à San Francisco.

Mark acquiesça, aux anges.

"And we were trying different things, we were smoking funny things, making love out by the lake to our favorite song." Elle chantait, et lui reprenait. Une mèche blonde s'était détachée de sa tresse et voletait au vent. Elle était magnifique, et il aurait voulu ne jamais cesser de la regarder.

"Sipping whiskey out the bottle, not thinking about tomorrow, singing Sweet Home Alabama *all summer long!"*

Il avait fait une faute vendredi soir mais il était inutile à présent d'avoir mauvaise conscience. Jannis monta lentement l'escalier en colimaçon. Le grenier était sa retraite. Ici les bêtes à quatre pattes et à poils de Ricky n'avaient pas droit de cité, Ricky elle-même n'y venait que rarement. Il ouvrit les deux lucarnes en vis-à-vis pour faire entrer un peu d'air et alluma son ordinateur. Son bureau était placé devant la lucarne qui donnait à l'est, de là il pouvait contempler la vallée, où se trouvait le refuge des animaux, jusqu'au château en ruine de Königstein. Jannis refoula énergiquement des remords désagréables, qui ne le dérangeaient qu'à la réflexion. Ce soir avait lieu la discussion préparatoire à La Couronne, à Ehlhalten, et il allait lui falloir persuader les autres membres de l'Initiative citoyenne que ce n'était pas Hirtreiter qui devait les représenter le lendemain à l'Assemblée citoyenne, mais lui.

Le soleil paraissait chaud à travers la fenêtre ouverte et dessinait un rectangle de lumière sur la moquette grise. Une mouche importune qui bourdonnait autour de lui se posa sur l'écran de l'ordinateur. Il la chassa d'un geste machinal, consulta ses mails et sourit de contentement en voyant que Mark avait tenu parole. Le garçon pouvait être exaspérant, mais dans ce domaine c'était vraiment un crack.

Après avoir consulté les onze messages, il alla sur Internet et tapa le nom de WindPro dans Google. Il le faisait régulièrement, car il devait connaître la situation la plus actuelle de son ennemi. Il parcourut les nouvelles contributions quand un nom, qui réveillait chez lui quelques associations diffuses, le fit sursauter. Il ouvrit l'article et observa la photo qui flanquait le texte. *"Le Pr Dirk Eisenhut, directeur de l'Institut allemand du climat, sera vendredi 15 l'hôte de Königstein. Le Pr Stefan Theissen, président du Club de l'économie du Vordertaunus, se réjouit de la venue de l'éminent scientifique."*

Ça travaillait dur dans le cerveau de Jannis. Où avait-il lu récemment ce nom d'Eisenhut ? Et à propos de quoi ? Il resta assis un moment à se creuser la tête en fixant la photo sur l'écran, quand soudain ça lui revint. Bien sûr ! Il tira le tiroir du bas de son bureau et sortit les précieux documents qu'il rassemblait et archivait depuis des mois. Ils allaient avoir une grande surprise le lendemain soir. Il feuilleta avec impatience l'épais dossier, puis trouva ce qu'il cherchait. Une des deux expertises favorables qui avaient influencé le permis de construire du parc d'éoliennes d'Ehlhalten avait été établie par l'Institut allemand du climat. Ça ne pouvait pas être un hasard ! Le Pr Eisenhut avait apparemment fait une faveur à un ami. Il avait peut-être même touché de l'argent.

Jannis ricana méchamment. Il imaginait la figure que ferait Theissen quand, le lendemain, il comprendrait dans quelles mains avaient atterri ces documents ! L'expertise, visiblement fausse, était la cerise sur le gâteau. Les preuves incontestables qu'il présenterait dans vingt-quatre heures à la presse et aux médias signifieraient la fin du parc d'éoliennes du Taunus. Et le début de la fin pour WindPro. Car ce mielleux de Theissen ne pourrait pas s'en tirer si facilement.

Jannis croisa les mains derrière la tête et regarda pensivement par la fenêtre. Il y avait encore autre chose. Quoi donc ? Il chassa la mouche qui voulait absolument se poser sur sa figure. Et soudain le souvenir revint. Il sauta sur ses pieds comme piqué par une guêpe, dévala l'escalier, ouvrit la porte à la volée et se précipita vers la poubelle bleue. Le journal de la veille gisait sur le dessus d'une montagne de vieux papiers. Jannis ferma le couvercle de la poubelle et déploya le journal dessus. Il feuilleta impatiemment les nouvelles locales. C'était là.

"Le pape du climat Eisenhut présente son nouveau livre, lisait-on sous une photo du professeur. *Vendredi prochain, le directeur de l'Institut allemand du climat présentera à l'hôtel Kempinski de Falkenstein son best-seller, qui vient de paraître* : La planète bleue voit rouge. *Le Club de l'économie du Vordertaunus organise une lecture suivie de discussions entre le public et le Pr Eisenhut, conseiller du gouvernement pour les questions climatiques. Vous êtes cordialement…* "

Jannis déchira la page, froissa le reste du journal, le remit dans la poubelle bleue, puis il retourna dans son bureau. "Pr Eisenhut", tapa-t-il sur Google, puis le signe "plus", suivi du nom de Nika. Il fut étonné du nombre de réponses et se mit à lire.

— Non, c'est mon dernier mot !

Ludwig Hirtreiter reposa l'écouteur du téléphone noir démodé qui était posé depuis trente ans sur la commode de l'entrée. Allongé sur sa couverture à côté de la porte, Tell, le museau sur les pattes, suivait chaque mouvement de son maître de ses yeux couleur d'ambre. Ludwig Hirtreiter se dirigea d'un pas lourd vers le salon, ouvrit une armoire paysanne peinte et en sortit la bouteille de schnaps. Normalement il ne buvait pas d'alcool dans la journée mais cette affaire l'énervait tellement qu'il avait besoin de se calmer. Sa main tremblait légèrement pendant qu'il se versait un verre et le buvait cul sec. Il fit la grimace. Le schnaps très alcoolisé lui brûla la gorge et l'estomac, mais il fit son effet. Après le deuxième verre, Hirtreiter marcha vers la fenêtre du salon, s'étira jusqu'à faire craquer ses vertèbres et ses clavicules et respira lentement plusieurs fois. Pourquoi réagissait-il toujours si violemment ? Il devait garder son calme. On le lui avait assez seriné en réanimation : vous devez éviter toutes les émotions ! Vous ne survivrez pas à un second infarctus. Mais comment garder son calme quand ses fils et maintenant Frauke se liguaient contre lui ? Sur la table du salon était posée la nouvelle offre de WindPro que ce désagréable Theissen lui avait apportée en personne. Trois millions, noir sur blanc. Il avait vingt-quatre heures pour se décider.

Ludwig Hirtreiter contemplait, à travers le nuage rose des fleurs de cerisiers du jardin, la prairie des Prêtres, cause de tous ces maux. Dans l'innocence de son vert étincelant, elle déployait ses deux mille cinq cents mètres carrés, que venaient faucher deux fois par an les derniers journaliers du village, quand elle ne restait pas tout simplement en friche. Et voilà que d'une façon tout à fait inespérée, elle avait à présent autant de valeur qu'un terrain pétrolifère. Ludwig Hirtreiter entendit un martèlement de pattes, le bruit des griffes sur le carrelage. Il laissa tomber sa main et sentit une truffe humide dans sa paume.

— Ils aimeraient bien tout avoir, dit-il à son chien, qui répondit en remuant la queue. Il ne devait pas se mettre en colère car il avait besoin de garder tout son calme et sa clarté d'esprit pour la réunion du comité dans deux heures et pour l'Assemblée citoyenne du lendemain soir. Peut-être que le problème se résoudrait de lui-même. Si la construction des éoliennes était stoppée à la dernière minute, il n'y aurait plus aucune raison que WindPro offre autant d'argent pour la prairie. Alors il pourrait finir sa vie en toute quiétude, assis dans son fauteuil, en contemplant la forêt du Taunus, comme il le faisait depuis plus de quarante ans.

L'eau des pâtes bouillait. Pia y versa un filet d'huile d'olive, une pincée de piment, du sel puis elle y plongea les spaghettis. Dans un faitout, elle mit un morceau de beurre à fondre. Elle but une gorgée de son verre de vin rouge qui était juste à bonne température.

— Je crois que j'ai trouvé quelque chose, dit Christoph. Écoute, ça me semble pas mal.

Assis à la table de la cuisine devant son ordinateur portable, ses lunettes au bout du nez, il cherchait une nouvelle demeure sur Internet. Depuis que le service d'urbanisme de Francfort avait décrété l'année précédente la démolition de Birkenhof, les jours de la ferme étaient comptés. Le recours qu'ils avaient déposé n'en retarderait l'exécution que pendant un certain temps.

— Ferme avec maison d'habitation, grange et étable, lut Christoph. Terrain attenant de deux hectares, dix hectares de prairies…

— Où ? demanda Pia en émincant une gousse d'ail en tranches fines.

— À Usingen.

— Trop loin.

Pia secoua la tête et programma la hotte aspirante sur trois. Les pignons et l'ail atterrirent dans la graisse chaude, elle baissa la flamme et attendit qu'ils deviennent légèrement roux avant d'ajouter les morceaux de jambon de Parme et trois feuilles de sauge qu'elle arracha à la petite plante posée sur le rebord de la fenêtre. L'odeur gourmande faisait venir l'eau à la bouche.

— Mais c'est beau, dit Christoph. Regarde les photos.

Pia se mit derrière lui et jeta un coup d'œil par-dessus son épaule.

— Tu as envie de mettre une heure chaque matin pour aller à ton travail ? demanda-t-elle.

Christoph grommela quelque chose d'incompréhensible et cliqua sur une autre annonce. Durant ces derniers mois, ils avaient parcouru la moitié du Wetterau jusqu'à la Vogelsberg. Mais rien de ce qu'ils avaient visité ne leur convenait. Trop cher, trop grand, trop loin. C'était à désespérer. Pia ajouta à sa sauce un verre de marsala, tira un spaghetti hors de l'eau et le goûta. Encore deux minutes. À ce moment, on sonna à la porte et les chiens, qui somnolaient sous la table de la cuisine, se dressèrent et se mirent à aboyer.

— Silence ! cria Pia. Les aboiements se turent. Qui ça peut bien être ?

Elle s'approcha de l'interphone qui ouvrait le portail et ne reconnut qu'un vague visage sur l'écran noir et blanc. Que venait faire Miriam ? Elle pressa sur l'ouvre-porte.

— Qui c'est ? demanda Christoph.

Il renonça à ses vaines recherches et ferma l'ordinateur.

— Miriam, répondit Pia. Tu peux égoutter les pâtes et les mettre dans le faitout ?

Elle alla dans la véranda, chaussa ses Crocs bleu pâle et ouvrit la porte d'entrée. La BMW cabriolet noire s'était déjà rangée près de sa Nissan. Miriam en descendit.

— Salut ! dit Pia en souriant. Quelle surprise...

Elle se tut en voyant la mine de sa meilleure amie. Miriam devait être partie en catastrophe car elle était en pantalon de jogging, pas maquillée, ce qui était inhabituel chez elle, toujours impeccable et élégante.

— Qu'est-ce qui se passe ? demanda Pia alarmée.

Miriam s'arrêta devant elle, ses grands yeux noirs pleins de larmes.

— Je suis tellement furieuse. Tu te rends compte : la Löblich appelle et lui annonce qu'elle a eu son bébé. Et Henning laisse tout en plan pour... pour aller la voir.

Pia n'en croyait pas ses oreilles. Henning avait-il perdu la tête ?

— Je n'arrive pas à le croire ! dit Miriam d'une voix tremblante en haussant les épaules, les larmes coulant une à une sur son visage pâle. Il m'a toujours juré que ce fichu enfant n'était pas de lui et maintenant elle l'appelle et il... il...

Elle s'interrompit et se jeta en pleurs dans les bras de Pia.

— Comment il a pu me faire ça ? dit-elle entre deux sanglots.

Pia ne savait que répondre. Il y avait bien longtemps qu'elle avait renoncé à comprendre son ex-mari.

— Entre, dit-elle à Miriam. Tu vas dîner avec nous et ensuite on avisera, d'accord ?

Pour la cinquantième fois au moins, Frauke regarda la nuit sombre par la fenêtre. Il était 22 heures, la réunion à La Couronne devait être finie depuis longtemps. Où était donc passé le vieux ?

— Apparemment, il a vu notre voiture, murmura Matthias.

— Ne sois pas idiot, répondit Frauke. Elle est garée derrière la grange. D'ici, il ne peut pas la voir.

Elle connaissait parfaitement les habitudes de son père. Le soir, quand il rentrait, il rangeait son auto au garage, détachait le chien et montait avec lui jusqu'à la lisière du bois. Ensuite il contrôlait si l'écurie, l'abattoir, la volière et l'atelier étaient bien fermés. Il n'allait jamais jusqu'à la grange qui était à l'autre bout de la propriété.

— Ce matin, il m'a raccroché au nez, cette tête de mule.

Matthias alla vers l'armoire paysanne dans laquelle son père gardait sa réserve d'alcool. Il ouvrit la porte, prit un verre, et examina les bouteilles d'un air blasé. Cognac, schnaps, rhum. Le vieux n'avait-il rien de potable à boire ? Finalement il se décida pour un cognac et remplit son verre à ras bord.

— Ne bois pas trop, dit Frauke entre les dents. Il le sentira tout de suite et ce sera un mauvais point pour toi.

— Il me le donnera de toute façon, répondit Matthias d'un air sombre. Il posa son verre, se reversa du cognac et s'ébroua. Tu en veux un ?

— Non.

Le chien aboya dehors dans sa niche, son copain le grand corbeau croassa. Un peu plus tard la porte s'ouvrit et Gregor entra, la mine sombre.

— Ce que je peux détester cette ferme, dit-il en fermant son iPhone et en le mettant dans la poche de son pantalon. Qu'est-ce que tu bois ?

— Cognac, dit Matthias en faisant la grimace. Le reste est pire.

Gregor alla vers l'armoire et se servit. Tous deux restèrent debout côte à côte, silencieux, chacun plongé dans ses propres soucis.

Frauke guetta à nouveau la route qui descendait au village. Jannis et sa bande réussiraient-ils, à force de pétitions, à empêcher la construction du parc d'éoliennes, et quand? Le père n'avait que jusqu'à ce soir pour vendre la prairie, ensuite la proposition ne tiendrait plus. Quand ils auraient l'argent, ça leur serait bien égal que le parc soit construit ou pas.

La vieille horloge près de la télévision sonna dix coups. Le chien avait cessé d'aboyer. Gregor contrôla son iPhone en jurant à voix basse. Matthias se rendit à la cuisine.

Frauke allait revoir son père pour la première fois depuis deux ans qu'elle était partie. Il ne lui avait pas manqué. Trop de paroles blessantes avaient été échangées. Elle l'avait accusé d'être la cause du cancer de sa mère, de lui avoir fait mener une vie infernale par son entêtement et sa morgue. Il ne le lui avait jamais pardonné.

Dans son enfance, elle avait aimé et admiré son père et l'avait souvent accompagné en forêt. Il avait une réponse à chacune de ses questions. Il lui avait inculqué l'amour de la nature et des bêtes et elle avait partagé sa passion pour la chasse. Puis elle était arrivée à la puberté et elle avait brusquement pris du poids. Au début il s'était contenté de la taquiner. Il l'appelait gros patapouf, même devant tout le monde. Ce n'était que de la graisse d'adolescente qui allait bientôt disparaître. Mais la graisse était restée et son père s'était mis à contrôler son poids. Chaque matin, en culotte et soutien-gorge, elle devait monter sur la balance de la salle de bains et le noter sur un tableau. Alors elle s'était mise à détester son père. À son seizième anniversaire, elle pesait cent kilos nue. On lui rationna la nourriture. On l'envoya chez une nutritionniste. Quand elle eut dix-sept ans, les ligaments de ses genoux claquèrent, on lui interdit les cours de gymnastique. Frauke avait honte de son corps informe qu'elle essayait de dissimuler sous des pulls norvégiens, larges comme des tentes. Et chaque matin, elle devait supporter l'humiliante séance de pesage. Encore aujourd'hui, à plus de trente ans, elle sentait monter en elle la haine impuissante qu'elle avait éprouvée chaque fois que son père la faisait monter sur la balance.

Des phares trouèrent l'obscurité de la route étroite qui conduisait à la ferme et s'éteignirent sur le parking à l'orée du bois.

— Une voiture arrive, dit-elle. Éteins la lumière !

Il y eut un "clac" quand Matthias baissa le commutateur qui éteignait le plafonnier près de la porte. L'obscurité se fit. Frauke entendait le souffle de ses frères dans le silence.

— Il n'acceptera jamais, dit Matthias avec une voix d'outre-tombe. Peut-être qu'il va vraiment nous déshériter si nous lui mettons à nouveau la pression.

— Arrête, dit son frère. Nous avons décidé ce que nous devons faire. Et nous le ferons.

Mercredi 13 mai 2009

Elle émergea du sommeil et fixa l'obscurité avec irritation. Qu'est-ce qui l'avait éveillée ? L'*Apfelwein* qu'elle avait bu à La Couronne pressait sur sa vessie. Nika tâtonna à la recherche de l'interrupteur de la lampe de chevet et alluma : 3 h 27. Les chiens se mirent à aboyer, puis elle entendit la voix de Ricky et les aboiements cessèrent. Pas étonnant que Ricky n'arrive pas à dormir ! Les insultes de Hirtreiter hier soir avaient été incroyablement blessantes et Jannis n'avait pas eu un mot pour la défendre. Il était simplement monté en voiture sans rien dire et avait disparu. Frauke, Mark et elle étaient revenus avec Ricky qui n'avait pas arrêté de pleurer jusqu'à Königstein.

Nika hésita un instant puis elle repoussa sa couette. Il fallait qu'elle aille aux toilettes, sinon elle n'arriverait pas à se rendormir. Au moment où elle prenait le petit couloir qui menait à la salle de bains, elle entendit, venant d'en haut, la voix de Ricky. La maison était très sonore mais elle ne prenait pas la peine de parler bas.

— Tu peux me dire d'où tu viens ? demanda-t-elle avec une aigreur inhabituelle.

Nika s'arrêta devant la porte de la salle de bains. Depuis qu'elle habitait avec Jannis et Ricky, elle les avait toujours entendus se parler avec une politesse ostentatoire. Au début ça l'avait surprise mais elle s'y était habituée, même si cette façon de parler ne correspondait pas à la Ricky qu'elle connaissait. Mais à présent son amie oubliait cette courtoisie et se répandait en insultes. Les mots qu'elle jetait à la tête de Jannis n'avaient rien à envier à ceux que le vieux Hirtreiter lui avait jetés quelques heures auparavant. Nika ne comprit pas la réponse de Jannis, il parlait trop bas mais la réaction de Ricky n'en fut que plus véhémente. Ça bardait. Si ça continuait, ils allaient bientôt en venir aux mains.

— Arrête de paniquer ! cria Jannis. Qu'est-ce que c'est que ce cirque ?

— Je veux savoir où tu étais ! glapit Ricky. Tu as vu à quoi tu ressembles ? Et d'où vient ce sang ?

Le carrelage était froid sous les pieds nus de Nika, elle avait froid. Depuis une semaine, Jannis était souvent rentré au petit matin. Ricky, elle aussi, était souvent rentrée tard. Nika supposait qu'elle cherchait Jannis. Ricky faisait comme si tout allait bien, mais on voyait qu'elle en souffrait beaucoup.

— Si j'apprends que tu en as une autre, tu seras désagréablement surpris ! glapit-elle avant d'éclater en sanglots.

Nika retenait son souffle. Les soupçons de Ricky n'étaient pas infondés. Elle frissonna en pensant à cette fois où il l'avait guettée devant la salle de bains et l'avait matée avec un air concupiscent. Il était soi-disant descendu chercher une bouteille de vin mais elle n'avait pas cru cette explication cousue de fil blanc. Depuis il la suivait avec un regard qui ne lui plaisait pas. Nika n'aimait pas Jannis. Il n'était pas franc. Quelque chose de brutal bouillonnait chez lui, derrière une façade lisse et engageante. Avant tout, Nika ne voulait pas se fâcher avec Ricky juste parce que son copain avait subitement développé une inexplicable attirance pour elle car l'amitié qu'elle lui témoignait la lui avait rendue inexplicablement sympathique. Elle ferma doucement la porte, alluma et soulagea sa vessie. Pourquoi Ricky vivait-elle avec Jannis ? Avant lui, elle avait eu un play-boy athlétique et bodybuildé, certes un peu superficiel et sans cervelle mais drôle, amusant et gentil. On ne pouvait attribuer aucun de ces traits à Jannis Theodorakis. Il était trop intellectuel, trop politique. À quarante-deux ans, Ricky avait-elle eu peur de se retrouver sans homme ? S'était-elle cramponnée au premier venu parce que son dernier compagnon l'avait larguée du jour au lendemain après une liaison de sept ans ? Sa gentillesse exagérée envers Jannis venait-elle de la peur d'être abandonnée ? Mon *trésor* par-ci, *mon chéri* par-là. Jamais de querelle, jamais un mot plus haut que l'autre – il en résultait une harmonie inquiétante. Jannis avait toujours clamé son aversion pour l'Amérique et Ricky n'avait plus jamais fait allusion à son rêve de jeunesse d'ouvrir un hôtel équestre en Californie. Y avait-elle renoncé pour un homme qui au fond se fichait bien d'elle ? Car c'était effectivement le cas. Jannis la méprisait secrètement et elle ne s'en apercevait même pas.

Nika attendit encore quelques minutes et, quand elle prit le couloir froid et obscur pour regagner sa chambre, la bagarre semblait finie. Elle perçut soudain des halètements et des gémissements étouffés et comprit. Elle courut vers sa chambre, se jeta dans son lit et fixa le plafond. Puis elle fondit en larmes. Elle s'enroula dans la couette et s'en couvrit la tête pour ne pas entendre. Peut-être que Ricky avait raison. Mieux valait un homme qui ne vous aime pas que la solitude. La solitude était horrible. Jamais Nika n'en avait pris conscience comme dans ces minutes interminables, durant lesquelles Jannis apportait la preuve qu'il n'avait pas brûlé ailleurs ses dernières cartouches.

Il n'était pas 7 heures quand le comte Heinrich von Bodenstein passa devant La Couronne et tourna dans le chemin asphalté qui menait à Rabenhof. La réunion d'hier soir lui avait laissé une amère impression d'échec. Ça n'aurait pas dû aller si loin ! Il aurait dû intervenir, s'interposer, mais il avait tenu sa langue lorsque la dispute entre Ludwig et Jannis avait dégénéré. Après la réunion, Ludwig et lui étaient restés encore un moment à La Couronne mais ils avaient soigneusement évité d'évoquer le sujet. Sans suivre ses conseils, Ludwig avait caché l'offre de WindPro, alors que les autres auraient été impressionnés de le voir renoncer à une telle somme au nom de l'intérêt général. Maintenant il était trop tard. Jannis avait appris d'une façon ou d'une autre la somme proposée et en avait informé par mail les membres de l'Initiative citoyenne, ce qui avait jeté le trouble parmi eux. La violence de la discussion avait exaspéré Ludwig, il avait perdu son sang-froid et le débat était devenu houleux. Après le départ de Jannis et de Ricky, l'atmosphère s'était détendue, les discussions à l'ordre du jour avaient été rapidement traitées et la séance avait été levée. Non, ça n'avait pas été une bonne soirée et on ne pouvait en rejeter uniquement la faute sur Jannis. Heinrich von Bodenstein soupira. Ludwig avait vraiment beaucoup changé ces dernières années.

L'obscurité se transformait peu à peu en cette grisaille qui était tout ce qu'on pouvait attendre de cette journée. La météo avait annoncé de la pluie. Comme il tournait à gauche devant Rabenhof en direction de Waldparkplatz, il vit de la lumière chez Ludwig. Bizarre. Pourquoi Ludwig ne l'avait-il pas appelé pour lui dire qu'il n'irait pas en forêt ? Il fallait espérer qu'il ne lui était rien arrivé. Il arrêta sa jeep, descendit et se dirigea vers la maison. La porte n'était pas fermée. Bodenstein frappa. Pas de réponse. Il entra dans le vestibule.

— Ludwig ? Tu es là ? J'ai apporté le petit-déjeuner !

Rien. Hier soir son ami n'avait pas l'air en forme. La dispute avec ses enfants, l'incident avec Jannis et l'histoire avec le parc d'éoliennes, tout cela lui pesait plus qu'il ne voulait l'admettre. Mais même s'il était arrivé quelque chose à Ludwig, au moins Tell aurait dû réagir ! Heinrich von Bodenstein jeta un coup d'œil dans la pièce qu'on n'avait pas rangée. Sur la table étaient posés deux verres à cognac vides. Est-ce qu'il avait eu de la visite dans la soirée ?

— Ludwig !

Bodenstein regarda dans la chambre. Le lit n'était pas fait mais il était vide. Ludwig n'était ni dans la salle de bains ni dans la cuisine. Ce n'est que lorsqu'il entra dans la salle à manger que son regard tomba sur l'armoire à fusils. Le Drilling et le mauser manquaient. Il était donc en forêt. Ludwig avait bu à La Couronne une bière après l'autre et ensuite quelques schnaps, peut-être qu'il avait simplement oublié de fermer la porte en sortant. Heinrich von Bodenstein quitta la maison, traversa la cour et jeta un coup d'œil à travers la petite fenêtre du garage. La vieille Mercedes de Ludwig était bien là, il n'était donc pas parti en voiture avec le chien. Il s'arrêta sous le grand châtaignier de la cour et regarda autour de lui d'un air indécis. Les oiseaux gazouillaient dans les branches, il commençait à faire plus clair. Un mouvement dans le verger derrière la maison et la grange éveilla son attention. Dans la lumière pâle, il perçut une tache rouge. Un renard ! Le comte s'avança et frappa dans ses mains, l'animal leva la tête, le fixa un instant puis disparut comme un éclair entre les arbres. Ce court instant avait suffi pour que Bodenstein comprenne qu'il avait dérangé le fauve en train de manger. Saisi d'un affreux pressentiment, il se mit à courir. La prairie et la grande mare, que Ludwig appelait son jardin, allaient en se resserrant jusqu'à la lisière du bois. Bodenstein poussa le portillon de la barrière, traversa le potager et les espaliers de rosiers redevenus sauvages depuis la mort d'Elfi. À droite, la mare, presque un petit étang, était bordée par de puissants saules pleureurs. La surface plane de l'eau reflétait le ciel couvert. Quand il atteignit l'endroit au-dessus de la mare où il avait aperçu le renard, il s'arrêta. À trois mètres de lui à peine, appuyé contre le tronc noueux d'un cerisier, son ami était assis dans les aspérules et l'ail sauvage, regardant la mare à ses pieds. Ses cheveux blancs mouillés pendaient sur ses épaules.

— Ludwig, cria Bodenstein soulagé. Tu es là ! je me faisais du souci…

La suite lui resta dans la gorge. Son cœur s'arrêta brièvement de battre et il fut pris de nausée.

— Mon Dieu, gémit-il horrifié en tombant à genoux.

Il avait plu toute la nuit, puis un matin de mai s'était levé, verdâtre et nébuleux. Tout en enfilant ses bottes sales, Pia pensait à Miriam. Ça l'embêtait de la laisser seule à Birkenhof. Son amie était dans un sale état même si une bouteille et demie de saint-nicolas-de-bourgueil lui avait mis un peu de baume au cœur la nuit dernière. Comment Henning avait-il pu la traiter ainsi ? Pia était furieuse contre son ex-mari. Toutes les tentatives de l'atteindre s'étaient soldées par un échec, il ne répondait ni sur son mobile ni sur son fixe. Pendant six mois, il avait tout fait pour que Miriam lui pardonne son écart de conduite et depuis quelques semaines tout paraissait bien aller entre eux.

Et voilà qu'il recevait un coup de téléphone de cette Löblich et courait la rejoindre ! Insensé !

— Ne te fais pas tant de souci pour Miriam, conseilla Christoph quand ils furent dans la cour. Pia s'arrêta et fronça les sourcils.

— Je ne m'en fais pas, répliqua-t-elle. Finalement ce qui m'énerve le plus c'est d'être mêlée une fois de plus aux problèmes des autres. Mais Miriam est mon amie.

— C'est déjà bien que tu l'écoutes et que tu sois là pour elle.

Non, ce n'était pas bien. Ça ne lui plaisait pas du tout de parler pendant des heures de son ex-mari en présence de Christoph. Dans la situation inverse, ça ne l'aurait pas vraiment enthousiasmée.

— Et toi, tu dois écouter tout ça, dit-elle. Excuse-moi.

— Ne t'inquiète pas pour moi, dit Christoph en l'attirant à lui et en l'embrassant. Puis il sourit. Bon, je me sens bien un peu jaloux. Mais tu pourrais y remédier.

— Ah oui ? dit Pia en souriant d'un air amusé. Dis-moi comment. Je le fais tout de suite.

— En dînant ce soir avec moi ? Mes collègues de Berlin et de Wuppertal sont là et j'aimerais que tu te joignes à nous.

— Malheureusement je ne peux vraiment pas. Ce soir, il y a l'Assemblée citoyenne à Ehlhalten et je dois y être. Nous pourrons interroger ce type que mon chef a dans le collimateur.

— Bien sûr. Le job passe avant, dit Christoph en fronçant les sourcils et en la lâchant : et zut.

Déjà avant les vacances ils avaient eu un bref accrochage, même si ça n'avait pas été une vraie dispute. Après deux weekends de formation et de garde, elle avait refusé de l'accompagner à un repas d'affaires. Christoph n'avait pas protesté mais il y avait amené la vétérinaire Inka Hansen, que Pia ne pouvait pas souffrir.

— Je vais demander à mon chef mais je ne te promets rien.

— OK, alors à 19 heures à mon bureau. Je réserverai une table dans un box pour 19 h 30.

— Super.

Il sourit et Pia eut chaud au cœur. Pendant les vacances, elle s'était juré de ne pas faire les mêmes fautes que Henning, chez qui le travail avait finalement eu raison de son couple. Christoph était trop important pour elle.

Elle lui donna un baiser d'adieu et le regarda monter dans sa voiture et partir. Au moment où elle conduisait les chevaux dans l'enclos, son mobile sonna.

— Pia !

Il criait et sa voix était bizarre…

— J'ai besoin de toi… immédiatement… Ehlhalten. Rabenhof.

La liaison était mauvaise mais ce qu'elle entendait l'alarmait.

— … déjà là… mon père… trouvé… abattu !

Pia sentit se hérisser les cheveux de sa nuque.

— Je t'entends mal ! cria-t-elle dans son mobile. Puis la ligne fut coupée.

Quelques instants plus tard, Pia pianotait avec impatience sur son volant en attendant qu'un de ces crétins lui permette de se glisser dans la file de voitures qui s'étirait sur l'A66. Elle envisageait déjà d'utiliser le gyrophare posé sur la banquette arrière quand un conducteur pris de pitié ralentit en faisant des appels de phares et de vigoureux gestes de la main. Dépêche-toi, espèce de connasse, pouvait-elle déduire de son air exaspéré, aussi elle s'abstint de lui faire un geste de remerciement. Cinquante mètres plus loin, la plupart des voitures prirent l'autoroute vers Francfort et Pia put accélérer. Elle essaya en vain de joindre Bodenstein puis son ex-mari.

— Va au diable, Henning, murmura-t-elle furieuse.

Pour la promotion de son nouveau livre, on lui aurait offert un billet de première classe en train ou une classe affaires en avion, mais il avait préféré traverser l'Allemagne en voiture. Les longs parcours sur les autoroutes lui donnaient du temps pour réfléchir. En outre, il était indépendant et avait la paix. Les foules des gares et des aéroports lui faisaient horreur et il ne les affrontait que lorsqu'il allait à l'étranger et ne pouvait faire autrement. À l'Institut, le bruit courait qu'il avait peur de prendre l'avion, mais depuis longtemps il était indifférent à ce qu'on pouvait dire derrière son dos. Il en avait pris son parti exactement comme il s'était détaché des lèche-bottes, des envieux, des béni-oui-oui et des intrigants. En tant que directeur de l'Institut allemand du climat, il avait certes beaucoup d'influence mais il servait aussi de bouc émissaire à tous ceux qui émettaient des doutes sur la pertinence de la politique du climat qu'il représentait. Dirk Eisenhut fit démarrer sa XG 90. La première étape de son voyage était Hambourg. À midi, une heure de dédicaces dans l'Europa Zentrum, et le soir une conférence. Tout en gagnant l'A10, il entra l'adresse dans son GPS. 284 km, arrivée : 11 h 43, et selon les prévisions pas de problèmes de bouchon. Ses pensées revinrent à Bettina et à ce soir du 31 décembre. Étant donné sa situation exposée, les circonstances de l'incendie de sa maison de Potsdam avaient fait l'objet d'une enquête poussée – ordonnée au plus haut niveau, car il y avait longtemps qu'il recevait des menaces et des insultes par la poste ou sur Internet et le plus souvent anonymes. Un attentat avait même été déjoué. On lui avait demandé s'il avait des ennemis. Bien sûr qu'il en avait, des tonnes. Pour la fraction mondiale des climato-sceptiques, il était l'incarnation de tous les maux, le menteur, celui qui exploitait les peurs que son Institut attisait. Même parmi ses collègues, il avait des ennemis. On lui jalousait son succès. Ses relations et son influence s'étendaient jusqu'aux plus hautes instances de l'ONU et le gouvernement allemand lui mangeait dans la main, car ses prévisions étaient depuis des années à la base de la politique du climat que celui-ci menait.

Les enquêtes avaient cependant abouti à une impasse. Un sinistre avec une conséquence tragique.

Eisenhut en savait plus, mais il n'avait aucune preuve pour étayer ses soupçons. Deux erreurs avaient été commises, deux erreurs idiotes mais qui risquaient de lui coûter ce qu'il avait mis vingt-cinq ans à construire. Depuis cette nuit de la Saint-Sylvestre, il avait utilisé toutes les sources disponibles et demandé beaucoup de services, tous les moyens avaient été utilisés, légaux et moins légaux. Le résultat était inquiétant. Toute cette affaire allait beaucoup plus loin et était beaucoup plus menaçante qu'il ne l'avait cru. La seule chose qu'on n'avait pas trouvée était un indice valable.

Dirk Eisenhut ralentit et prit l'A24 en direction de Hambourg. Le téléphone de la voiture sonna et il pressa un bouton sur le volant multifonctions de sa Volvo pour établir la communication.

— Bonjour, monsieur Eisenhut, dit une voix tendue que, pendant quelques secondes, il ne parvint pas à identifier. Je vous dérange ?

— Non, non. Je suis en voiture. Que puis-je faire pour vous ?

Ses yeux suivaient la ligne droite de l'autoroute, il appuya sur l'accélérateur et la voiture bondit sans effort. Les lents poids lourds sur la rangée de droite klaxonnèrent quand la tache floue de couleur les dépassa.

— Je préfère ne pas parler au téléphone. On a un petit problème.

Avoir un problème était toujours mauvais et le ton de son interlocuteur faisait craindre que le "petit" problème ne soit qu'un superbe euphémisme.

— De quoi s'agit-il ?

— De cette expertise que vos collaborateurs ont faite pour nous. Il y a eu un cambriolage dans l'entreprise. Et apparemment l'expertise est tombée dans les mains de quelqu'un qui n'aurait pas dû la connaître.

Eisenhut fronça les sourcils.

— Vous pouvez être plus clair ?

— Il y a eu un mort. Nous avons la police judiciaire sur le dos.

— Et alors ? En quoi ça me concerne ?

— Ça ne vous concerne pas directement. Mais ça… pourrait avoir des conséquences désagréables.

— Nous allons nous voir après-demain, dit Eisenhut. Et on discutera de tout ça calmement.

— Il sera trop tard.

— Je ne comprends pas votre problème. L'expertise était irréprochable. Mes collaborateurs l'ont établie à partir des données que vous leur avez fournies et…

— C'est ça le problème, l'interrompit son interlocuteur. Ces données n'étaient pas tout à fait… eh bien… correctes.

Eisenhut commençait à comprendre. Bon Dieu. La plus infime complaisance pour une relation pouvait devenir une pierre d'achoppement. Et juste au moment où il allait être sous le feu des projecteurs avec son nouveau livre.

— J'espère avoir mal compris, dit-il froidement. Je vous appellerai de l'hôtel.

Il resta au lit jusqu'à ce que la porte se referme derrière Ricky et Nika, puis il descendit à la cave. Jannis constata, dépité, que la porte de la chambre de Nika était fermée. Il examina la serrure de la porte en contreplaqué bon marché et hésita. On pouvait facilement l'ouvrir avec un cintre mais il ne pourrait plus la refermer. Quant à la fenêtre, elle avait des barreaux. Il n'avait pas envie de renoncer ni d'attendre une occasion plus favorable. Son désir d'en savoir plus sur Nika l'emportait sur le respect de la vie privée, surtout maintenant qu'il savait qui elle était réellement. L'hypocrisie de cette femme l'agaçait prodigieusement.

Jannis fixa encore un instant la porte fermée puis il monta en courant dans la chambre, ouvrit la penderie et se décida pour un cintre de bois qui paraissait solide. Avec un peu de chance, elle n'y verrait que du feu. Une minute plus tard il était dans la chambre de Nika, une pièce au départ destinée à devenir une salle de fitness.

Dans un coin, se trouvaient toujours le tapis roulant et cette bicyclette statique ridiculement onéreuse qui n'avait pas dix kilomètres au compteur. Et il y avait même, poussé contre le mur, un banc de musculation. Les yeux de Jannis se posèrent sur le lit soigneusement fait, la table où était posé un bouquet de fleurs des champs, l'étagère de livres. Il effleura le dos des volumes. Littérature, surtout des romans policiers et des biographies qui étaient sur la liste des best-sellers. Nika était un vrai rat de bibliothèque, elle avait dû acheter tous ces livres depuis qu'elle habitait chez eux, car ils paraissaient neufs.

Sur les murs peints en blanc étaient accrochés plusieurs tableaux qu'elle avait achetés au marché aux puces dont elle était comme Ricky une fidèle cliente : des paysages de Toscane, des reproductions bon marché de tableaux célèbres. Ce genre d'œuvres couvrait tous les murs de la maison, ce qui faisait horreur à Jannis, mais c'était le style de décoration que Ricky aimait. Il alla vers la penderie où étaient sagement rangés ses robes, ses jupes à fleurs et ses bizarres gilets de laine. Jannis ouvrit les tiroirs et les fouilla sans état d'âme : des sous-vêtements de coton, des soutiens-gorges taille 75 B et des chaussettes grises. Pas de bas, pas de dessous coquins, exactement ce à quoi il s'attendait. Nika n'était pas exactement une femme coquette.

Il ouvrit l'autre porte et ne trouva que les deux valises avec lesquelles elle était arrivée. Il allait refermer la porte, légèrement déçu, quand il aperçut sous une couverture de laine le coin d'un sac de voyage en cuir. Il se pencha et le tira à lui. Le sac était étonnamment lourd et bourré. Il en palpa le cuir usé. Sans être un spécialiste, il en reconnut l'exceptionnelle qualité. Il tira sur les boucles des deux lanières de cuir jusqu'à ce qu'elles cèdent et ouvrit le sac.

— Et voilà, murmura-t-il en apercevant l'ordinateur portable. Un MacBook. Alors que leur mystérieuse locataire ne possède même pas un iPhone! Il découvrit un trousseau de clés et un portefeuille où se trouvaient une carte d'identité, un passeport et plusieurs cartes de crédit.

Pourquoi Nika leur jouait-elle la comédie? Il s'arrêta un instant pour y réfléchir. Ricky en savait-elle plus sur elle et participait-elle à cette farce? Mais pourquoi? C'était vraiment étrange. Jannis examina les vêtements que contenait aussi le sac de voyage. Des jeans, des chemisiers, deux blazers et une paire d'escarpins. Soudain il retira sa main, comme s'il s'était brûlé. Il regarda le sac le souffle coupé. Il aurait pu imaginer trouver n'importe quoi, mais pas ça.

Pia s'arrêta derrière la voiture de patrouille stationnée devant la porte du garage, puis elle descendit et regarda autour d'elle. Rabenhof était situé à environ deux kilomètres d'Ehlhalten, à la lisière de la forêt, au milieu de vertes pairies encore recouvertes par le brouillard matinal. Le chemin empierré n'allait que jusqu'à la grange un peu en retrait, la route asphaltée faisait un virage devant la ferme avant de continuer vers la forêt. Pia entra dans la cour et s'arrêta. La maison d'habitation, une horreur de style bavarois aux ornements de bois délabrés et au fronton orné d'une imposante ramure de cerf, possédait une galerie à l'arrière et une véranda sur les marches de laquelle, au grand soulagement de Pia, était assis le comte Heinrich von Bodenstein, pâle mais, Dieu soit loué, en vie. Pia tenait le père de son chef, qu'elle n'avait d'ailleurs que brièvement croisé, pour un vieil homme très distingué. Aussi il lui fut difficile de le reconnaître dans l'homme à cheveux blancs au regard fixe, effondré sur l'escalier de bois.

Son chef était visiblement dépassé par la situation. L'aspect inhabituel de son père contribuait à l'irriter encore plus. Raide et gêné, il se tenait devant lui, cherchant en vain des paroles de consolation. Il ne lui serait pas venu à l'esprit de le prendre dans ses bras ; Pia savait que la chaleur et la sympathie avaient été négligées dans l'éducation de Bodenstein au profit de la maîtrise de soi et de la courtoisie. Son désarroi n'avait rien d'étonnant.

— Pia, dit-il avec soulagement en la voyant. Le mort était le meilleur ami de mon père. C'est lui qui l'a découvert il y a à peine une heure et il est complètement sous le choc.

— C'est bien compréhensible, répondit Pia. Qu'est-ce qu'il a dit ?

— Rien, dit Bodenstein en haussant les épaules. Je… je ne sais pas comment lui parler.

— Je vais le faire.

Pia demanda aux deux agents de police qui se tenaient à côté, pétrifiés de respect, de boucler la zone pour que les empreintes ne soient pas détruites. Quand ils eurent disparu, elle s'approcha du père de Bodenstein.

— Comment ça va ? dit-elle en s'asseyant à côté de lui sur la marche de bois humide et en posant une main compatissante sur son bras.

Le vieil homme soupira, puis il leva la tête et la regarda de ses yeux éteints.

— Ludwig était mon plus vieil ami, répondit-il à voix basse. C'est horrible qu'il ait dû mourir dans cette prairie.

— Je suis vraiment désolée, dit Pia en prenant sa main osseuse et en la serrant doucement. Je vais demander à mes collègues de vous ramener chez vous.

— Merci, mais j'ai ma voiture… dit-il, mais soudain sa voix s'éteignit. Tell est là-haut aussi. Juste à côté de Ludwig. Un renard… le renard a… il a…

Il se tut, posa sa main sur ses yeux, essayant de ne pas perdre son sang-froid. Pia leva les yeux et rencontra le regard indigné de son chef. Avait-il honte que son père fasse montre de sentiments ? D'un signe de tête elle lui demanda de la laisser seule. Il comprit et retourna auprès du cadavre.

— Qui est aussi là-haut ? demanda-t-elle doucement quand son chef fut hors de portée de voix. Et que s'est-il passé avec ce renard ? Vous voulez bien me le dire ?

Le vieux comte acquiesça en silence, elle sentit qu'il frissonnait. Il fallut un moment avant qu'il commence à parler d'une voix hésitante.

— Ludwig est assis là-haut. Et à côté de lui est couché Tell, son chien. Tout est… plein de sang, sa voix vacilla. Excusez-moi, murmura-t-il, puis sa voix s'éteignit.

Il combattit un moment encore pour garder contenance mais le chagrin et le choc eurent raison de lui. Pia, en lui tenant la main, laissa le vieil homme pleurer son ami assassiné.

Le mort était assis dans l'herbe haute, le dos appuyé contre un cerisier noueux qui avait déjà perdu la plupart de ses fleurs. Sans sa crinière blanche qui pendait humide et flasque autour de sa tête, Bodenstein n'aurait pas reconnu l'ami de son père, car sa figure n'était plus qu'une masse informe de viande déchiquetée, d'os rompus et de sang coagulé. Un autre coup de fusil avait réduit l'abdomen en bouillie. Le corps sans vie était couvert de pétales de fleurs comme d'un linceul rose, une vision grotesque. Près de lui, le museau sur le genou de son maître, gisait un grand chien de chasse beige à qui manquait la moitié de la cage thoracique. Les traces de sang montraient que la bête mourante avait utilisé ses dernières forces pour se traîner vers son maître mort.

— Pouah, s'exclama Pia. C'est vraiment horrible. Ton pauvre père.

Bodenstein ne réagit pas à cette remarque et s'accroupit.

— Je parie sur une carabine à moins de cinq mètres, dit-il aussi professionnel que possible.

Voir son père dans cet état l'avait beaucoup plus perturbé que le cadavre de Hirtreiter, et il avait été incapable de lui apporter la moindre parole de consolation. Comme il le faisait souvent, il se réfugiait lâchement dans la routine. Mais peut-être cherchait-il à se persuader que son père l'avait bien mérité ; dans la famille Bodenstein, on ne devait montrer aucune faiblesse.

— Mon père… il vous a dit quelque chose? demanda-t-il comme Pia se taisait.

— Pas grand-chose. Ça l'a vraiment remué. Tu connaissais le mort?

— Évidemment, c'était le meilleur ami de mon père.

Il se souvint de son enfance. Avec son frère et sa sœur, ils aimaient venir à Rabenhof. Oncle Ludwig savait raconter des histoires magnifiques et tante Elfi avait toujours un gâteau à offrir. Après sa mort, Ludwig Hirtreiter avait changé. Il était devenu amer, méchant. Même son père hochait la tête devant sa brutalité.

— Il faut prévenir sa famille, dit Pia en remontant la fermeture Éclair de sa veste. Après des journées presque chaudes, il faisait de nouveau froid. L'herbe humide avait trempé ses chaussures, elle était gelée. Un coup de vent fit tomber une pluie de pétales roses sur le mort et sur son chien. Deux voitures de patrouille passèrent le portail, suivies du car bleu marine du service des empreintes.

— Je m'en occupe, dit Bodenstein. Sa femme est morte il y a quelques années, mais je vais téléphoner à ses enfants.

Assise sur la plus haute marche, sous la large avancée du toit, Pia fumait une cigarette. Une fine bruine tombait et l'humeur de l'équipe était au plus bas. Le père de Bodenstein leur avait remis la clé de sa Land Rover verte et était monté dans la voiture de patrouille qui devait le ramener chez lui.

Son regard balaya la cour et, au centre, le magnifique châtaignier. Il fallait que Christoph voie ça, pensa-t-elle. Il serait aussi enthousiaste qu'elle. Tout paraissait assez négligé mais pas vraiment à l'abandon. Christian Kröger avait conduit ses collaborateurs auprès du cadavre et revenait en traversant la prairie. Pia tira une dernière bouffée.

— Ne jette pas ton mégot n'importe où, dit-il en passant devant elle pour examiner la porte d'entrée.

— Tu t'es levé du mauvais pied ou quoi ? dit Pia en secouant la tête et en écrasant son mégot sous son talon.

Son humeur, après avoir passé la nuit à consoler Miriam, n'était pas non plus au beau fixe.

— La clé est sous le pot de buis, indiqua-t-elle.

Les gens mettaient leur clé dans des cachettes si évidentes que cela frisait l'imprudence la plus totale.

— Merci, grommela Kröger.

À ce moment, un break Mercedes immatriculé à Francfort arriva dans la cour.

— Il ne manquait plus que *lui*. Il m'avait dit qu'il était malade, dit le chef de l'équipe des empreintes.

— Il tombe bien, dit Pia en fourrant son paquet de cigarettes dans sa poche et en marchant vers la voiture de son ex-mari. Elle ouvrit la portière avant même qu'il ait éteint le moteur.

— Dis donc, tu serais pas devenu cinglé ? lui jeta-t-elle sans même le saluer. Qu'est-ce qui t'a pris ?

— Salut Pia, ricana Kirchhoff en descendant de voiture.

Il avait l'air de ne pas avoir fermé l'œil de la nuit mais il était apparemment d'excellente humeur, car il fit quelque chose d'incroyable. Devant tout le monde, il prit Pia dans ses bras et l'embrassa sur les joues.

— Non, mais ça va pas ? dit-elle en le repoussant. J'essaye de te joindre depuis hier ! Pourquoi tu ne réponds pas ?

— Il est arrivé quelque chose ? dit-il sans se vexer d'être ainsi repoussé.

Pia le regarda, incrédule. Qu'est-ce qu'il lui arrivait ? Avoir vu son enfant le rendait à ce point heureux qu'il avait complètement oublié Miriam ?

— Comment tu as pu courir comme ça chez la Löblich ?... commença-t-elle mais Henning l'interrompit.

— Écoute ça ! dit-il en se frottant les mains. Je suis allé à la clinique. Je suis allé voir le bébé. Mais pas parce que j'étais content de le voir. Je lui ai arraché un cheveu et j'ai même prélevé un fragment de muqueuse sans que Valérie s'en aperçoive. Puis j'ai couru à mon laboratoire pour faire un test de paternité.

Pia resta sans voix.

— Et alors ? demanda-t-elle.

— À 99,9 %, je ne suis pas le père, dit-il d'un air ravi.

— Félicitations, mais tu as à 99,9 % perdu Miriam, répliqua Pia froidement en mettant les mains sur les hanches. Elle est arrivée chez nous complètement désespérée et depuis elle pleure toutes les larmes de son corps.

L'expression de joie disparut du visage épuisé de Henning.

— Oh, dit-il, consterné.

— Tu aurais pu appeler ou au moins répondre ? dit Pia d'un air réprobateur.

Christian Kröger apparut au coin de la maison. Sa salopette trempée lui collait au corps comme une deuxième peau et il semblait de fort méchante humeur.

— Vous allez peut-être vous y mettre enfin, dit-il à Henning sur un ton peu amène. J'aimerais bien avoir fini avant ce soir.

— Je disais juste un mot à mon ex-épouse, répondit celui-ci à peine plus aimable. Vous devriez être content d'être sur les lieux avant moi, pour une fois. J'espère qu'une fois de plus vous ne m'avez pas cochonné le cadavre.

La mine de Kröger s'allongea un peu plus.

— Ça veut dire quoi, "une fois de plus" ? demanda-t-il, furieux.

Henning ouvrit le coffre de sa voiture.

— À la dernière intervention, parce qu'il pleuvait, un de vos amateurs incapables a recouvert le corps avec un plastique, de sorte que la température du corps a été faussée, dit-il par-dessus son épaule.

— Il n'y a pas de dilettante dans mon équipe, grogna Kröger en devenant tout rouge.

— Vous allez arrêter, dit Pia avant que Henning sorte une réplique cynique. Vous vous chamaillez comme des enfants.

Christian Kröger bougonna en secouant la tête.

— J'arrive pas à comprendre comment tu as pu rester si longtemps avec ce… *répugnant* personnage, jeta-t-il à Pia avant de se détourner et de disparaître dans la maison.

— Un type intelligent mais malheureusement un peu primaire, commenta Henning en enfilant sa combinaison. De tendance hypersensible. Un mélange fatal.

Pia leva les yeux au ciel et ne dit rien. Elle aimait Kröger et elle aimait travailler avec lui, même s'il était lunatique.

— Appelle Miriam, conseilla-t-elle à son ex-mari, avant de suivre Kröger dans la maison.

Une camionnette rouge portant sur ses portières une couronne stylisée freina devant les rubalises rouge et blanche que les policiers avaient déployées. Un homme chauve sortit la tête pour parler avec les agents de police et regarda Pia avec curiosité. La nouvelle de la mort de Hirtreiter s'était-elle déjà répandue dans le village, était-ce le premier badaud ? Le chauve recula et partit. Un des agents de police courut vers Pia.

— Madame Kirchhoff? cria-t-il. Vous avez un moment ?

— Qu'est-ce qu'il y a ?

— C'est Georg, le patron de La Couronne, dans la grand-rue. Il sait un paquet de choses intéressantes, qu'il dit. Vous voulez pas lui causer ?

— Tout de suite. Dès que j'aurai vu la maison. Qu'est-ce qu'il a dit ?

— Que le Ludwig s'est empoigné sévère hier soir à La Couronne. L'a peut-être été tué pour ça ?

— Ah ! dit Pia en fronçant les sourcils. Ça paraît effectivement intéressant. J'arrive dans cinq minutes.

Il était devant le lavabo de la salle de bains et se brossait les mains et les bras au point que la peau devint rouge. L'odeur dégoûtante de sang ne voulait pas disparaître. C'était fini avec Ricky. Tout ce qui en elle lui avait plu l'agaçait à présent : sa bonne humeur importune, son activisme incessant, son amitié superficielle. Le pire était qu'elle ne l'excitait plus. Si les autres hommes la trouvaient sexy, lui en revanche trouvait repoussants sa peau toujours bronzée et son corps musclé. Sa crise de la nuit dernière avait fait le reste. Folle de colère et de jalousie, elle s'était jetée sur lui comme une furie. Le sang sur ses vêtements, l'énervement et le retour dans la nuit avaient fait tellement monter son adrénaline qu'il avait été sur le point de la frapper.

Jannis ferma le robinet d'eau chaude et attrapa une serviette. Il avait une foule de choses à faire, car ce soir, à l'Assemblée, il serait sur la tribune, et il fallait qu'il soit tout à fait prêt. Bien entendu, Ludwig n'avait pas accepté la décision démocratique, il n'exigeait ça que des autres, il était devenu plus insultant que jamais. Jannis jeta un regard satisfait à son image dans le miroir. Finalement Hirtreiter n'avait eu que ce qu'il méritait la veille au soir. C'était bien fait.

Un peu plus tard, il sortit sa bicyclette du garage. Il pleuvait mais il avait absolument besoin de faire un peu d'exercice pour se libérer l'esprit. Tout en pédalant à travers le bois en direction de Ruppertshain, il pensait à Nika. La nuit dernière, c'est à elle qu'il pensait en baisant Ricky. Pourquoi lui avait-elle caché son nom ? Quel secret traînait-elle derrière elle ? Il avait mille questions, mais il devait refréner sa curiosité et s'y prendre habilement pour ne pas éveiller sa méfiance. Elle avait certainement une bonne raison pour se cacher chez eux et l'explication devait se trouver dans le contenu de son sac de voyage. La pluie le frappait au visage. Il était tellement plongé dans ses pensées qu'il ne fit pas attention au chemin qu'il prenait. Il fut tout étonné de se retrouver devant Le Paradis des Animaux. Il descendit de vélo et entra. À l'exception de Nika, il n'y avait personne dans le magasin, constata-t-il soulagé.

— Bonjour Jannis.

Elle était blême.

— Heinrich vient d'appeler Frauke. Ludwig a été abattu la nuit dernière !

— Quoi ?

La peur traversa son corps comme une décharge électrique.

— Abattu ?

— Oui, Heinrich devait monter la garde dans le bois ce matin et il a trouvé son corps. C'est effrayant, non ?

— Je mentirais si je disais que ça me chagrine, répondit Jannis. Espérons que l'Assemblée ne va pas être annulée pour ça.

— Comment tu peux parler comme ça ? dit Nika, choquée.

Jannis la contourna pour entrer dans le bureau. Il se laissa tomber sur une chaise et passa les doigts dans ses cheveux trempés. Nika le suivit.

— Qu'est-ce qui est arrivé à tes mains ? demanda-t-elle.

— Allergie, répondit-il nonchalamment. Ça m'arrive parfois au printemps.

Elle resta sur le seuil en le regardant d'une façon bizarre. Il aurait aimé lui dire ce qu'il savait sur elle mais il aurait été stupide d'abattre déjà ses cartes. Il espérait que Ricky n'allait pas se pointer juste maintenant.

— J'aimerais que tu m'aides, dit-il.

— Moi ? dit Nika en haussant les sourcils de surprise. Comment ça ?

— Peu à peu, je commence à y voir plus clair. Tu te souviens des expertises auxquelles j'ai fait allusion hier ?

Nika acquiesça.

— Il s'agit de deux expertises que WindPro a commandées pour obtenir le permis de construire. Elles arrivent à des conclusions complètement différentes de celles de la vieille expertise de l'entreprise Euro Wind, effectuée il y a huit ans pour le compte du land de la Hesse, et de celles de nos deux experts. Il est évident que ça pue.

— Et en quoi ça me concerne ? demanda Nika avec réticence. Je ne sais rien de tout ça.

Espèce de faux cul, pensa Jannis. Tu le sais, tu le sais très bien.

— C'est pas grave, dit-il à haute voix. Ce qui m'aiderait, c'est que tu les compares et que tu notes les valeurs de référence pour que je comprenne où ils ont falsifié les faits. J'ai besoin d'arguments. Vraiment, Nika, tu me rendrais un grand service !

L'idée géniale de lui demander son aide lui était venue tout d'un coup. Il n'avait pas besoin d'elle. Il savait parfaitement lire et analyser une expertise.

— Prends l'expertise qui a été faite par ce type de la Climatic Research Unit de l'université de Yale et celle du Pr Eisenhut de l'Institut allemand du climat, et compare-les.

Il perçut un minuscule éclair de frayeur dans les yeux de Nika quand il prononça le nom d'Eisenhut. Ses doutes furent alors balayés. Il savait à présent qui elle était et il allait mettre ce savoir au service de ses buts.

— Pour Theissen, ce n'est qu'une affaire d'argent, il se fiche pas mal que les éoliennes tournent ou pas, dit Jannis en baissant la voix presque jusqu'au murmure. Malheureusement il a des amis puissants à qui il graisse régulièrement la patte. Je le sais, je l'ai aidé pendant des années à construire son réseau dans le monde politique et économique et j'ai…

— OK, le coupa Nika. Tu veux que je le fasse quand ?

Jannis sourit de contentement. Elle avait mordu.

— Si tu pouvais le faire aujourd'hui ? s'empressa-t-il de dire. Avant l'Assemblée ?

— Je vais essayer. Je serai à la maison à une heure et demie.

Elle fit demi-tour et retourna dans le magasin. Une Audi noire entrait dans la cour. Ricky. Il ne fallait pas qu'elle le voie ici. Jannis fit un clin d'œil complice à Nika, qui l'ignora, et sortit par la porte de derrière. Avant de monter sur sa bicyclette, il respira profondément. Parfait ! Avec l'aide de Nika il arriverait à contrecarrer Theissen et compagnie. Et gravement.

La maison sentait le renfermé comme si elle n'avait pas été aérée depuis longtemps. Le carrelage était si sale qu'on pouvait à peine en reconnaître la couleur initiale, on ne voyait plus à travers les vitres, et de vieux journaux s'entassaient dans l'entrée. Pia n'aimait pas violer la sphère privée d'une personne étrangère mais elle y était souvent obligée pour découvrir comment vivait le mort. Sa gêne s'accrut quand elle vit le désordre qui régnait. Depuis qu'on avait cambriolé son appartement quelques années avant, elle maintenait chez elle l'ordre et la propreté de façon maniaque. C'était absurde, mais l'idée que des étrangers se bouchent le nez en fouillant dans son linge sale et aillent le raconter partout la dégoûtait.

— Comment peut-on vivre dans une telle porcherie ? dit Bodenstein, stupéfait. Avant, on aurait pu manger par terre. La mort d'Elfi a dû le désaxer plus que je ne croyais.

Pia fut étonnée de la soudaine compassion de son chef. Elle ne fit aucun commentaire et continua à examiner chaque pièce, l'une après l'autre. La salle de séjour était dans le même état que l'entrée, il n'y avait pas un endroit où poser le pied. Deux verres étaient restés sur la table basse, les portes d'une armoire campagnarde ancienne étaient ouvertes. Hirtreiter avait-il eu de la visite la nuit dernière ?

— Regarde ça, dit Pia, qu'est-ce que c'est ?

À côté d'une vieille télévision était posé un objet bizarre, une sorte d'arceau de métal sur lequel était fixée une balançoire couverte de fientes d'oiseau. Et dessous, une feuille de journal elle aussi couverte de fientes.

— Il a pris Hugin dans la maison, soupira Bodenstein en secouant la tête. Avant il couchait dans le chenil avec les chiens.

— Qui ?

— Hugin, c'est un grand corbeau, qu'il a appelé comme ça en souvenir des deux corbeaux posés sur les épaules d'Odin, dit Bodenstein avec un bref sourire. Les mythes nordiques étaient le dada de Ludwig. Il nous les racontait quand nous étions petits. C'est à cause de ça que ses chiens s'appelaient Freya et Fenris.

Il y avait longtemps que Pia ne s'étonnait plus de ce qu'elle découvrait dans les appartements et les maisons des gens. Un corbeau apprivoisé dans une salle de séjour était une folie relativement inoffensive. Dans une pièce, des sacs-poubelles étaient remplis de papiers, de journaux, de bouteilles vides et de vêtements. Depuis la mort de sa femme, Ludwig Hirtreiter semblait avoir été dépassé par le ménage. Le lit dans la chambre n'était pas fait, les draps blancs jaunâtres. Dans la salle de bains s'entassait le linge sale de plusieurs semaines ; le lavabo fendu, bordé de noir, sentait l'urine. Dans la cuisine crasseuse, d'innombrables bouteilles de vin et d'eau, vides, étaient entassées dans un coin.

— Il ne s'occupait même pas de son courrier, dit Pia en prenant sur la table un paquet de lettres la plupart pas ouvertes et en les feuilletant, puis elle alla inspecter le réfrigérateur où régnaient moisissure et crasse. Dans les placards, les étagères étaient couvertes de crottes de souris. Des araignées avaient colonisé tous les coins.

— Oliver ! Pia ! cria Kröger du couloir. Pia glissa les lettres dans un sac plastique et ils passèrent dans la pièce voisine. Le regard de Pia parcourut les murs recouverts de documents encadrés et de trophées de chasse : des ramures de cerfs, de chevreuils, de chamois et autre gibier.

— Qu'est-ce que c'est ? demanda-t-elle, hostile.

— La salle de chasse, dit Bodenstein qui se tourna vers Kröger. Qu'est-ce qu'il y a ?

— Il était soigneux avec son artillerie, dit Kröger en montrant l'armoire. Il y a ici une liste de toutes ses armes, longues et courtes et, si je vois bien, il manque un mauser 98, un Drilling de la marque Krieghoff Trumpf calibre 7x57R et un P226 SIG.

— C'est quoi, un Drilling ? demanda Pia.

Kröger secoua la tête devant l'ignorance de sa collègue.

— Les fusils de chasse Krieghoff Trumpf à trois coups, combinant chevrotine et balles, qui ont différents calibres.

— Qui dit chevrotine dit coup mortel, dit Bodenstein citant un vieil adage des chasseurs.

Durant le court trajet de Rabenhof au village, le brigadier Alois Bradl leur donna des renseignements très précieux. Il était né et avait grandi à Ehlhalten, aussi connaissait-il dans les moindres détails les animosités à l'intérieur de la famille Hirtreiter. Les fils avaient depuis longtemps tourné le dos au père et n'avaient plus reparu au village. Cependant au cours des deux dernières semaines, on les y avait vus plusieurs fois. En rapport avec l'offre d'achat de la prairie, n'avait pas manqué de suggérer la rumeur.

Frauke, la fille, avait souffert toute sa vie de la dureté de son père, et aussi bien elle que sa mère unanimement regrettée avaient soulevé la commisération de tout le village. En conclusion, Bradl avait exprimé un soupçon gravissime : Frauke était venue la veille au soir à Rabenhof, la sœur d'un beau-frère d'une cousine l'avait vue passer. Et Frauke, c'était connu, était dans sa jeunesse le fleuron du club de tir. Elle avait participé aux championnats de Hesse et d'Allemagne et possédait un permis de chasse et de port d'arme. Malheureusement Bradl ignorait où habitaient Gregor, Frauke et Matthias, mais le père de Bodenstein devait le savoir.

Bradl arrêta la voiture de patrouille derrière la camionnette rouge garée sur le parking de La Couronne. Ils descendirent et pénétrèrent dans l'étroit couloir carrelé de l'auberge. Ça puait le poisson et l'huile rance. La porte de la chambre froide était ouverte, une femme trapue en sortait à reculons dans un nuage de condensation, portant dans les mains un cageot de salade.

— 'jour, Herda, dit Bradl. Où est Georg?

— Salut, Alois, répondit-elle au policier. Alors? T'as vu, pour Ludwig? Le comte a raconté à Georg que c'était à faire peur, et que, même le chien, ils l'ont tué…

— Hmm!

Bradl se racla énergiquement la gorge et la solide petite femme, au bord de la soixantaine, les cheveux gris, les joues rouges, un peu moustachue, se tut quand elle vit Pia. Pia se promit de rappeler au collègue Bradl l'obligation de réserve pendant une enquête. Il fallait mettre un terme à la rumeur avant que les spéculations ne se multiplient.

— Bonjour, dit-elle. Où est votre mari?

La femme montra une porte d'un mouvement de tête muet.

— Après vous, collègue, dit Pia pour ne pas laisser à Bradl l'occasion de bavarder, et elle le suivit à l'intérieur de l'estaminet. Derrière le comptoir, un chauve était en train de ranger sur une étagère les verres qu'il sortait de la machine à laver.

— C'est Georg Kilbe.

L'aubergiste essuya ses doigts boudinés à un torchon et toisa Pia de la tête aux pieds d'un air méfiant.

— Vous êtes de la Kripo? dit-il d'une voix qui paraissait déçue.

— Inspecteur Kirchhoff, de la police criminelle, répondit Pia. Vous voulez voir ma plaque?

— Non. Ça ira. Je suis à vous, dit-il en jetant le torchon et en abaissant les manches de sa chemise. Vous voulez boire quelque chose?

— Non, merci, dit Pia en souriant pour ne pas montrer son impatience. M. Bradl me dit que vous avez quelque chose à me raconter.

— Oui, c'est sûr. Donc, commença l'aubergiste et il se lança dans une description incompréhensible pour qui ne connaissait pas le pourquoi du comment. Et tout à l'heure le comte m'a appelé pour prévenir que le Ludwig était mort. Abattu, qu'il a été.

Pause. M. Kilbe attendait avec des yeux brillants une sorte de confirmation, mais Pia se souciait peu de livrer des informations à l'aubergiste du village qui allait s'empresser de les répandre encore toutes chaudes du haut de son comptoir.

— Cet homme, le Ludwig, l'était en pétard avec tout l'monde au village. Même avec ses propres enfants.

— Viens-en à l'affaire, Georg, dit Bradl avec impatience. T'as pas besoin de causer de tout le village à Mme la policière.

— Ben, continua Georg pas impressionné, je me suis dit que j'lui dirai un mot sur ce qui s'est passé ici, à l'auberge.

Pia acquiesça de la tête pour l'encourager.

— Les gens de cette Initiative contre ces moulins à vent ils ont leur siège ici. Là, à la table des habitués. Et le Ludwig, donc le Hirtreiter, s'est peigné avec le type de Königstein. C'était du sérieux. La copine au type a voulu s'en mêler, et elle s'en est pris une. C'est tout.

— Le Hirtreiter y s'est bagarré avec le type de l'Initiative citoyenne puis avec…

— Ce type de Königstein c'était qui ? demanda Pia.

— J'sais pas au juste comment qui s'appelle. L'a un nom difficile, pas de chez nous, dit Georg Kilbe en haussant les épaules et en fronçant pensivement le front.

Pia, qui avait cru que Kilbe essayait juste de faire son important, le type qui a des nouvelles du village de première main, dressa l'oreille.

— Il ne s'appellerait pas Jannis Theodorakis ? demanda-t-elle.

— Oui, juste. Theorakis, c'est ça !

La face rougeaude de Georg Kilbe s'illumina. Il se pencha sur le comptoir et souffla d'une voix de conspirateur.

— S'est fait salement chambrer. Salaud, ordure, etc. Et le Torakis a menacé le Ludwig. J'sais pas si c'est important mais j'voulais vous le dire.

Il croisa les bras d'un air satisfait et secoua vigoureusement la tête.

— Merci, dit Pia qui ne put s'empêcher de sourire. Nous allons vérifier tout ça. Vous vous souvenez à quelle heure ça s'est passé ?

— Oui, ça devait être 20 h 45. Puis Torakis et sa bonne femme y sont partis, les autres y sont restés. Ludwig et le comte, jusqu'à bien 22 h 30.

C'était toujours ça. Ces nouvelles pièces du puzzle donnaient un vague créneau horaire et, avec un peu de chance, Henning pourrait bientôt le préciser.

Bodenstein et Pia trouvèrent le vieux comte dans l'écurie, occupé à balayer le fumier. Cette tâche ne lui incombait plus mais il avait sans doute besoin de distraction.

— Père, tu sais comment on peut joindre les enfants de Ludwig ? demanda Bodenstein.

— Gregor habite à Glashütten, Matthias à Königstein et Frauke travaille au Paradis des Animaux, répondit le comte sans interrompre son travail. C'est cette animalerie à Königstein qui appartient à l'amie de Jannis. Mais j'ai…

— À qui appartient le magasin ? dit Bodenstein en coupant la parole à son père et en lui barrant le chemin.

— À Ricky. La compagne de Jannis.

— Mais pourquoi tu ne me l'as pas dit avant ?

— Qu'est-ce que j'aurais dû te dire ? demanda Bodenstein senior étonné.

— Seigneur ! Tu sais bien qu'on cherche Theodorakis depuis un mois ! Pourquoi tu ne m'as pas dit où on pourrait le trouver ? reprocha Bodenstein à son père.

— Ton travail ne me concerne pas. D'ailleurs tu ne m'as pas interrogé sur Jannis. Et maintenant pousse-toi. J'ai à faire.

Bodenstein attrapa le balai et l'immobilisa d'une main ferme.

— Père, s'il te plaît ! dit-il sur un ton pressant, si tu sais quelque chose, tu dois me le dire !

Heinrich von Bodenstein dirigea sur son fils ses yeux étroits.

— Absolument pas, dit-il froidement. Laisse ce balai.

— Non. Je veux d'abord savoir…

— Vous connaissez l'adresse de l'amie de Theodorakis ? intervint Pia pour faire cesser la dispute.

— J'y suis allé mais je ne connais pas l'adresse. Elle habite à Schneidhain. Mais pendant la journée vous la trouverez au Paradis des Animaux.

— Merci, dit Pia en souriant.

— Il m'est venu autre chose. Hier soir…

Il tourna le dos à son fils et s'adressa à Pia :

— Ludwig et moi sommes restés encore un moment à La Couronne pour discuter. Quand nous sommes sortis, Ludwig a parlé avec un homme. Je voulais ramener Ludwig chez lui mais il a préféré rester.

Est-ce que c'était un indice ?

— Tu connais cet homme ? demanda Bodenstein. À quoi il ressemblait ?

— Non, je ne le connais pas. Et je serais incapable de le décrire, dit le comte en secouant la tête avec regret.

Pia sentait l'agacement grandissant de son chef. Il n'avait pas beaucoup de compréhension pour son père qui était encore sous le choc. Peut-être la mémoire lui reviendrait-elle plus tard, mais pour l'heure le cauchemar qu'il avait vécu la paralysait.

— Où l'homme attendait-il ? demanda Pia prudemment.

Le père de Bodenstein réfléchit en plissant le front, appuyé sur son balai.

— On sortait de La Couronne et on se dirigeait vers le parking. Ma voiture était un peu plus loin, j'ai ouvert la portière et je me suis assis. J'ai vu alors que Ludwig ne m'avait pas suivi. Je l'ai aperçu dans le rétroviseur sur la route en train de parler avec un homme. J'ai démarré, je me suis arrêté à sa hauteur et j'ai baissé la vitre. Il m'a dit qu'il avait quelque chose à clarifier avec quelqu'un et que je pouvais rentrer chez moi. C'est… c'est la dernière fois que je… que je l'ai vu.

Son visage se crispa de douleur et Pia attendit qu'il ait repris son sang-froid.

— Vous avez eu l'impression que M. Hirtreiter se sentait menacé ?

— Non, absolument pas… Il paraissait même plutôt… résolu.

— Il a dit qu'il avait quelque chose à *clarifier*? Vous êtes sûr qu'il a utilisé ce mot?

Le vieux comte réfléchit intensément, puis acquiesça.

— Est-ce que quelque chose vous a frappé? Une voiture que vous n'aviez pas vue auparavant, par exemple. Essayez de vous souvenir. Souvent on note inconsciemment des choses que notre attention ne relève pas tout de suite.

— Il faisait sombre et j'avais un peu bu. Mais je…

— Et malgré ça tu as conduit? dit son fils en se mêlant à la conversation.

Pia eut envie de lui envoyer un coup de pied dans les tibias. Intimider un témoin, quand bien même il s'agit de votre propre père, est l'erreur la moins professionnelle qu'on pouvait faire dans un interrogatoire.

— Non, non, dit Bodenstein senior en souriant d'un air penaud et en oubliant sa tentative de se souvenir de l'homme sur le parking. Trois schnaps et deux Pils. C'est tout.

— Au moins 1,3 gramme dans le sang, répliqua Bodenstein exaspéré. Je vais dire deux mots à l'aubergiste. S'il soûle ses clients, il doit au moins veiller à ce qu'ils rentrent en taxi.

— Ce que tu peux avoir l'esprit étroit, Oliver.

— Je n'ai pas l'esprit étroit! répliqua celui-ci d'un ton bourru. Si tu avais été contrôlé, tu pouvais dire adieu à ton permis de conduire. Et à ton âge tu ne l'aurais pas récupéré si facilement.

— Mais il n'est rien arrivé, dit Bodenstein senior en levant les yeux au ciel et en regardant Pia. Voilà à quoi on s'expose quand on a un fils dans la police.

— Je fais moi aussi partie de la confrérie, dit Pia avec un clin d'œil.

— Et comment, dit Bodenstein en gratifiant Pia d'un regard furieux.

Le ton familier qu'elle employait avec son père lui déplaisait visiblement.

— Essaie de te souvenir de cet homme, père. On en reparlera ce soir.

— Ce soir je vais avec ta mère à l'Assemblée à Ehlhalten, dit Heinrich von Bodenstein en ouvrant un box pour le balayer. Peut-être après. Si le cœur t'en dit.

— Bien entendu. Seulement après, répondit Bodenstein sur un ton sarcastique et il fit demi-tour.

— Ah, Oliver, dit son père alors qu'il était déjà à la porte de l'écurie. Je me suis permis de téléphoner à Gregor, Matthias et Frauke pour leur annoncer ce qui s'est passé.

Bodenstein se figea, il compta jusqu'à trois avant de se retourner lentement.

— Génial, père. Vraiment génial. Il avait de la peine à conserver son calme. Tu as aussi informé l'aubergiste de La Couronne. Qui encore ? Peut-être la presse ou la télévision ?

Pia vit que son chef était sur le point de perdre son sang-froid.

— J'ai mal fait, dit Heinrich von Bodenstein, consterné.

— Pas du tout, grogna son fils hors de lui et il sortit son mobile. Viens, Pia. Dépêchons-nous avant qu'ils aient le temps d'inventer une histoire.

La pluie frappait le toit du hangar où Ricky avait installé son atelier. Mark guettait par la porte ouverte. Quel temps de merde. Et on était à la mi-mai ! Il jeta un regard impatient sur son mobile. Pas d'appel de Ricky, pourtant il était presque 8 h 30. Où était-elle ? L'avait-elle oublié ? Il fallait absolument qu'il lui parle, mais pas au téléphone. Il ne pouvait pas aller au Paradis des Animaux, il risquait de rencontrer un professeur ou sa mère, alors qu'il séchait les cours.

Il enfonça les écouteurs de son iPod dans les oreilles et fit défiler sa playlist jusqu'à ce qu'il trouve un air qui correspondait à son humeur. Oui ! Bloodhound Gang. *I Hope You Die.* Vieux mais torride. Mark s'assit sur un tabouret dans l'embrasure de la porte, appuya ses pieds contre les montants et continua à surveiller la rue déserte, pendant que les basses résonnaient dans sa poitrine.

Jannis écoutait à fond ce genre de musique et même des trucs plus hard, il avait tout un mur de CD dans son bureau et Mark partageait à présent son enthousiasme pour le hard rock et le heavy metal. Quand il écoutait cette musique, il se passait quelque chose en lui, Mark le sentait. Ce solo de guitare dément, les basses, les percussions. Son cœur battait plus vite, son sang coulait plus fort, il se sentait bien. Cool. Invincible. Judas Priest lui hurlait justement *Breaking the Law* dans les oreilles lorsque Ricky arriva à l'angle de la rue.

Son cœur fit un double salto. Évidemment, il n'avait pas entendu la voiture, aussi il sursauta et arracha les écouteurs.

— Salut, Ricky. Je dois absolument…

Il s'arrêta en voyant son visage. Elle était blême, avec de profonds cernes sous les yeux.

— Ludwig est mort… balbutia-t-elle et elle reprit son souffle toute tremblante. La nuit dernière il a été… abattu.

Il se passa alors ce que Mark n'aurait pas osé rêver : Ricky, la forte, l'indestructible Ricky se jeta dans ses bras. Prudemment, comme si elle était en verre, il referma les bras sur elle et lui caressa gauchement le dos. Elle se serra contre lui et se mit à pleurer comme une Madeleine. Les pensées de Mark s'accélérèrent, ses sentiments se mirent à faire des montagnes russes avant d'exploser dans son ventre. Il se mit à bander. Immédiatement Ricky se détacha de lui.

— Excuse-moi, sanglota-t-elle en essuyant ses larmes. Son eye-liner et son mascara lui coulaient sur les joues en rigoles noires. Ça m'a fait un tel choc. Frauke a reçu un appel au magasin juste au moment où je partais.

Elle farfouilla dans la poche de son jean, trouva un mouchoir en papier et se moucha. Mark la regardait, interdit. Il ne pouvait détacher ses yeux d'elle. Son haut avait glissé, découvrant les bretelles de son soutien-gorge. Rouge cramoisi sur sa peau bronzée. Mon Dieu. C'était trop.

— … le fera demain, OK ?

— Qu… quoi ?

Il sursauta en entendant Ricky lui parler.

— Le parcours, on le construira demain.

Elle s'était reprise, se forçait à sourire et ne semblait pas remarquer l'état dans lequel il était. Mark acquiesça, abasourdi.

— Je vais téléphoner aux autres, dit Ricky d'un air décidé en arrangeant ses cheveux. On doit discuter de ce qu'on doit faire, maintenant que Ludwig… n'est plus là.

Ses paroles le traversaient sans l'atteindre, il ne pouvait penser à rien d'autre qu'à son soutien-gorge rouge, à l'odeur de sa peau, à son corps chaud contre le sien. Elle posa la main sur sa joue.

— Merci Mark, murmura-t-elle. Qu'est-ce que je ferais sans toi ! On se voit plus tard.

Elle lui fit la bise et disparut. Chaviré, il suivit sa voiture des yeux jusqu'à ce que le bruit du moteur se perde dans le lointain. Il avait la bouche sèche, les joues en feu et l'érection du siècle. Qu'est-ce qu'il lui arrivait ? Ricky était son amie, c'était dégoûtant de la désirer.

Qu'est-ce que je ferais sans toi ! Mark ralluma son iPod. La tête lui tournait. Il revint en chancelant dans l'écurie, entra dans un box vide et ouvrit son pantalon. Ricky dans ses bras. Son odeur qui persistait encore sur sa joue. Le soutien-gorge rouge sur sa peau bronzée. Mark avait affreusement honte. Mais il ne pouvait pas arrêter. Ses genoux devinrent mous, il s'appuya contre la cloison, ferma les yeux et sentit monter une vague de plaisir. Puis la honte disparut et il jouit.

Boiseries sombres jusqu'au plafond peint en blanc, étroit tapis sur le carrelage rouge, silence solennel dans le bureau. Frauke, qui s'était représenté l'institut médicolégal comme un lieu stérile et froid, rempli de médecins bourrus en blouse verte et bottes de caoutchouc, était déconcertée et en même temps impressionnée. Déjà de l'extérieur, la vieille villa entourée de grands arbres dégageait un charme désuet, un mystère, une morbidité britannique. Frauke aimait Rosamunde Pilcher, l'Angleterre était son rêve et bientôt elle pourrait le réaliser. Pendant qu'elle attendait avec ses frères dans le couloir, elle se peignait l'avenir. Une petite maison dans les Cornouailles. Près de la mer. Avec un million sur son compte, elle n'aurait plus jamais à travailler. Le portable de Gregor sonna. Il se détourna légèrement et répondit en chuchotant.

— On va attendre longtemps ? dit Matthias en consultant nerveusement sa montre. D'abord ils vous bousculent comme c'est pas permis, puis ils vous font attendre. J'ai un rendez-vous important à 16 heures.

Il l'avait déjà dit au moins dix fois. Son portable sonna aussi. Frauke, coincée entre ses frères en train de téléphoner, s'abandonnait à sa rêverie. Pendant des années, elle avait été trop faible et trop accommodante pour prendre son destin en main, mais depuis hier soir c'était terminé. Depuis hier, *elle* était maîtresse de sa vie. Et ça, c'était rudement agréable.

Revenir dans la maison de ses parents avait été une terrible abdication, c'était reconnaître son échec. Puis il y avait eu ces deux terribles années pendant lesquelles elle avait soigné sa mère jusqu'à ce que celle-ci meure. Quand elle s'était retrouvée sans plus aucun devoir à accomplir, sans but et surtout sans moyens d'existence, l'annonce de Ricky dans la *Königsteiner Woche* l'avait sauvée.

Elle avait aussitôt pris le job. Son père l'avait accablée de ses sarcasmes comme d'habitude. C'est tout à fait pour toi, s'était-il moqué : l'éléphant dans une animalerie. La lourdaude. La grosse. Mais pour la première fois de sa vie elle n'était pas restée muette. Des paroles trop graves avaient été échangées pour qu'il leur soit possible de revenir en arrière. Frauke avait quitté Rabenhof le soir même et s'était réfugiée dans l'appartement vide au-dessus du Paradis des Animaux.

La lourde porte de bois s'ouvrit à toute volée, Oliver von Bodenstein monta les marches. Enfants, ils avaient souvent joué ensemble, mais il y avait bien longtemps. Elle se souvenait de lui comme d'un mince adolescent taciturne et elle devait reconnaître que les années ne lui avaient pas été néfastes. Il était beau, rudement beau.

— Frauke! merci d'être venue. Toutes mes condoléances, s'écria-t-il avec une vraie compassion.

— Merci Oliver. C'est affreux de nous revoir dans de telles circonstances.

Elle retint un sourire au dernier moment, ce n'aurait pas été convenable alors que votre père a été assassiné quelques heures avant. Oliver présenta également ses condoléances à ses frères.

— Venez, dit-il et, sans plus attendre, il se dirigea vers une porte qui menait dans les caves de la villa.

— Qu'est-ce que ça signifie? protesta Matthias. Pourquoi tu nous as fait venir ici?

— J'ai mes raisons, dit Bodenstein imperturbable.

Gregor lui lança un regard soupçonneux.

— Allons, viens, dit-il à son frère cadet. Plus vite on en aura fini, mieux ce sera.

Ils arrivèrent bientôt dans une pièce qui correspondait à l'idée que Frauke se faisait d'un institut médicolégal et d'une morgue. Elle se sentit toute drôle. Qu'est-ce qu'elle faisait ici ? Est-il nécessaire de voir un mort alors qu'il a déjà été identifié ? Elle frissonna quand on roula vers eux une civière métallique et qu'elle sentit le regard attentif de Bodenstein dans son dos. Personne ne prononça une parole. L'employé de l'institut – il portait en effet une blouse verte mais pas de bottes de caoutchouc – souleva le drap vert qui recouvrait le corps.

Papa n'a plus de visage, pensa Frauke. Matthias fit un bruit comme s'il allait vomir et s'enfuit dans le couloir. Seul Gregor resta imperturbable.

— Hallali. Le con est mort, dit-il d'une voix satisfaite et ce fut la dernière chose dont Frauke se souviendrait plus tard, car lorsqu'elle rencontra le regard fixe de son père mort, dont les yeux n'étaient plus dans les orbites mais à proximité des oreilles, elle s'évanouit.

Assise à la table de la cuisine, avec à côté d'elle une tasse de thé d'églantine, Nika parcourait l'expertise que l'entreprise WindPro avait présentée en 2002 au land de la Hesse et qui analysait les potentialités du vent et sa vitesse sur la colline qui dominait Ehlhalten. Ce n'était pas difficile de voir que les deux expertises fournies par WindPro reposaient sur des chiffres complètement différents des trois autres. Jannis avait raison : les experts de l'Institut allemand du climat et de l'université de Yale avaient fondé leurs recommandations sur des chiffres erronés. D'où venaient les fausses données ? Qui avait fait les calculs, ou bien tout ça était-il dénué de tout fondement ? Et où Jannis s'était-il procuré ces expertises ? Nika repêcha le sachet de thé, le pressa et le posa sur la sous-tasse. Ses pensées s'égarèrent. Elle sirotait son thé en pensant au sentiment lancinant de solitude qu'elle avait éprouvé la nuit dernière.

Était-elle condamnée à rester seule toute sa vie ? Elle s'arrêta de boire. D'où venait cette nostalgie, ce sentiment de vide en elle ? Auparavant, cela ne la dérangeait pas.

Nika sursauta quand on sonna à la porte. Elle poussa rapidement les documents sur le côté, posa le journal dessus et se leva. On sonna à nouveau. Après une courte hésitation, elle ouvrit.

— Oui ?

Devant elle, se tenaient un homme et une femme blonde qui lui tendit une carte d'identité verte. La police ? Nika fut effrayée. Elle se dépêcha de croiser les bras pour cacher son tremblement.

— Police criminelle, dit la femme pas particulièrement aimable. Nous aimerions voir M. Theodorakis.

— Il n'est pas là, répondit rapidement Nika.

— Où est-il ? Quand va-t-il revenir ?

— Je ne sais pas.

— Qui êtes-vous ? Vous habitez ici ?

— N… non. Je suis… la femme de ménage.

Dans sa surprise et son affolement, elle donna la première réponse qui lui passa par la tête. Étant donné son accoutrement, les deux policiers ne parurent pas mettre en doute son affirmation.

— Savez-vous où nous pouvons trouver M. Theodorakis ? demanda l'homme. Il souriait gentiment, mais elle ne se laissa pas prendre à ce sourire.

— Je pense qu'il est à son travail, dit-elle en haussant les épaules. Je n'ai pas son numéro de portable. Désolée.

— Donnez-lui cette carte s'il vous plaît, dit la policière en lui tendant une carte de visite. Il doit absolument nous appeler. C'est important.

— Oui. OK. Je le lui dirai.

Ils partirent sans poser d'autres questions. Soulagée, Nika avait les jambes en coton et l'impression de s'en être bien tirée. Elle referma la porte et les observa par une petite fenêtre jusqu'à ce qu'ils soient remontés dans leur voiture et qu'ils aient démarré. Pourquoi la Kripo voulait-elle parler à Jannis ? Qu'est-ce qu'il avait fait ? Soudain les pièces du puzzle qui se bousculaient dans sa tête se mirent en place. Jannis n'était rentré qu'au petit matin. Tout à l'heure, devant le magasin, il n'avait paru ni étonné, ni choqué quand elle lui avait appris que Ludwig avait été assassiné. Elle se souvint du sang sur son tee-shirt et sur le jean qu'il avait mis dans la corbeille de linge sale, et aussi de sa colère contre Hirtreiter. De ses mains et de ses bras rouges comme des écrevisses. La police pouvait trouver des traces de poudre sur les mains quand on avait tiré avec une arme à feu ! Il avait peut-être essayé de se les laver avec un produit chimique. Mon Dieu ! Nika se laissa tomber sur la dernière marche de l'escalier. Si Jannis avait vraiment tué Hirtreiter, la police allait revenir et fouiner partout. Elle devait disparaître.

Le ciel était d'un gris métallique, il pleuvait des cordes. Et il faisait froid aussi. C'était plus un temps de novembre que de mai. Pia et Cem passaient Rabenhof au peigne fin pendant qu'une centaine de policiers aidés de chiens cherchaient les armes disparues sur l'immense terrain et dans la forêt alentour.

Ils commencèrent par les anciennes étables qui avaient abrité auparavant des vaches et des cochons. Il y avait un abattoir avec un rail au plafond et une antique chambre froide. Dans un petit hangar à côté dominait l'odeur douceâtre des pommes qui pourrissaient dans des cageots posés les uns sur les autres. Près d'un pressoir, trois gros réservoirs de plastique dont un était encore rempli de cidre. La pagaille de l'atelier montrait que pour Ludwig Hirtreiter le travail de la ferme était devenu trop dur : au milieu se trouvait un vieux tracteur avec un pneu démonté. Le nouveau pneu était appuyé contre lui et cela depuis un certain temps, à en juger par la couche de poussière qui le recouvrait. Au mur, au-dessus de l'établi, pendait un calendrier de 2002.

Ils continuèrent par la grange qui était un peu à l'écart et qui paraissait suffoquer sous les vrilles du lierre. Auparavant la prairie, entre la ferme et la grange, avait dû être un joli rectangle de gazon entouré de haies et de rhododendrons, à présent elle était redevenue sauvage et les buissons s'étaient transformés en broussailles impénétrables.

— C'est un territoire gigantesque, dit Cem, et il traversa la prairie jusqu'à un puits qui était fermé avec un couvercle de bois fendu. Je ne l'aurais pas cru.

— Il y a par conséquent d'innombrables moyens de faire disparaître deux fusils et un pistolet, renchérit Pia.

Leur unique espoir était que le meurtrier de Hirtreiter se soit contenté de se débarrasser des armes au lieu de les cacher soigneusement. Son téléphone sonna. Les deux plongeurs qui devaient explorer l'étang étaient arrivés. Cem et elle firent glisser avec quelque difficulté la porte de la grange.

— Ça alors! s'étonna Cem. À côté d'un vieux tracteur s'alignaient deux Oldtimer qui disparaissaient sous la poussière : un cabriolet Morgan vert foncé et une Mercedes argentée à deux portes et aux banquettes de cuir rouge.

— Elles valent quelque chose? demanda Pia qui n'avait pas la moindre idée du prix des Oldtimer ni des voitures de sport.

— Je pense bien, dit Cem qui faisait le tour des voitures avec des yeux luisants. Surtout la 300 SL, elle vaut une fortune.

Il sortit son mobile et photographia le coupé de tous les côtés.

— Pas étonnant que la tristesse des enfants de Hirtreiter soit très limitée, dit Pia. Ils comptent faire un bel héritage.

Bodenstein lui avait raconté au téléphone ce qui s'était passé à l'institut médicolégal. Pia et Cem refermèrent la porte de la grange derrière eux et se dirigèrent vers la mare. L'équipe de recherche n'avait pas rencontré le moindre succès. Autour du lieu du crime et à la lisière du bois, ils avaient trouvé grâce au détecteur de métaux une foule de ferrailles mais pas le moindre pistolet ni le moindre fusil. Ils exploraient à présent une partie un peu plus haute près du parking à la lisière de la forêt et même la route qui descendait au village.

Patauds, les deux plongeurs parcoururent avec leurs palmes le court appontement de bois, s'assirent et se laissèrent tomber dans l'eau. La pluie devint plus forte. Pia tira le capuchon de son anorak sur sa casquette de baseball et regarda les gouttes de pluie frapper la surface de la mare. Son jean mouillé lui collait aux jambes et l'anorak ne tenait pas les promesses du fabricant. Tous regardaient le petit étang en silence. Les plongeurs ressortirent un quart d'heure après.

— La vision dans cette purée de pois est nulle, dit l'un. Au fond il y a une couche de limon. Si quelque chose de lourd est tombé dedans, ça s'est enfoncé immédiatement. Désolé.

— Merci tout de même, dit Pia. Il fallait essayer.

À ce moment quelque chose de sombre arriva sur elle en rase-mottes. D'un bond elle se réfugia derrière le dos de Cem.

— Qu'est-ce que c'était ?

— Une corneille, non ?

Cem regarda autour de lui. L'oiseau noir s'était posé sur la branche du cerisier sous lequel avait été trouvé Hirtreiter et il les regardait d'un air hautain. Il ouvrit le bec, battit des ailes et croassa. Pia en eut la chair de poule.

— C'est un corbeau, rectifia son collègue. Les corbeaux sont plus gros que les corneilles et ils ont un bec noir et recourbé, pas pointu et gris.

— Corneille, corbeau, quelle importance ? dit Cem en haussant les épaules. Viens, allons-nous-en. Je suis gelé.

— Non, attends un peu. Hirtreiter possédait un corbeau apprivoisé, dit Pia en observant le grand oiseau, qui paraissait maintenant calmé et lui rendit son regard. Pourquoi se pose-t-il *justement* sur cet arbre ?

— Le hasard, dit Cem.

— Non, je ne crois pas.

— Ne me dis pas que le corbeau est venu nous faire une déposition.

— Si, dit Pia sérieuse. Ça vient juste de me traverser l'esprit. Les corbeaux sont super-intelligents. Et Hirtreiter l'avait depuis plusieurs années.

— Hélas, comme témoin il ne faut pas y compter. À moins qu'il n'identifie le meurtrier au cours d'une confrontation.

Pia vit que son collègue réprimait avec peine un sourire ironique.

— Tu te moques de moi, se plaignit-elle, mais sans pouvoir s'empêcher de sourire à son tour. On a vu des choses plus folles.

— Sûr, agent Scully, dit Cem goguenard. À la télévision. Mais pas dans la réalité. Ce serait trop facile, sinon.

— Comment ça se fait ? demanda la conseillère judiciaire*, le Dr Nicole Engel, en secouant la tête. Elle était assise derrière son bureau, les lunettes au bout du nez, et n'invita pas Bodenstein à s'asseoir. L'avocat de la famille Hirtreiter m'a téléphoné et s'est plaint à moi avec virulence. Il affirme que vous les avez obligés à voir le cadavre.

— Ils ont tous les trois un mobile, dit Bodenstein. Trois millions d'euros, c'est un mobile très puissant. Malheureusement, ils étaient déjà avertis quand Mme Kirchhoff et moi-même avons voulu leur apprendre la mort de leur père.

— Comment ?

Bodenstein soupira.

— C'est mon père qui a trouvé le corps. Il était le meilleur ami du mort et il a appelé ses enfants. Je n'ai pas pu l'empêcher.

— Tu as déjà vérifié leur alibi ?

Le Dr Engel fit un geste vers la chaise des visiteurs. La démonstration de force était terminée. Bodenstein s'assit.

— Nous n'avons pas encore une estimation exacte de l'heure de la mort, aussi ça n'a pas été encore possible, mais on sait que la fille était chez son père le soir du crime. Elle ne me l'a dit que lorsqu'elle a appris qu'elle avait été vue. Soi-disant elle voulait seulement s'assurer que tout allait bien. Et soi-disant elle ne l'a pas trouvé, en revanche une voiture étrangère est restée quelques minutes devant la maison sans arrêter son moteur.

— Soi-disant ?

— Je sais qu'elle et ses frères étaient brouillés avec leur père depuis des années. Ce soir-là ils voulaient le persuader d'accepter l'offre d'achat d'un morceau de terrain pour trois millions d'euros. Hirtreiter ne voulait vendre à aucun prix et ses enfants voulaient absolument qu'il le fasse. De plus Frauke s'y connaît en armes. Beaucoup de gens ont été tués pour moins que ça.

Le Dr Nicole Engel le regarda d'un air pensif.

— OK, dit-elle finalement. Comment tu vas procéder ?

— Il y a une piste en liaison avec la mort de Rolf Grossmann, car nous avons un autre suspect et c'est le même que dans l'affaire Grossmann. Jusqu'à présent nous n'avons pas

* Équivalent du commissaire divisionnaire de la police judiciaire en France.

pu mettre la main dessus mais nous le ferons ce soir. Dès que nous aurons le rapport du médecin légiste et que nous connaîtrons l'heure du crime, nous pourrons vérifier les alibis des trois enfants Hirtreiter et de l'autre suspect.

— Qu'est-ce que ton père a à faire avec toute cette histoire ?

— Rien, dit Bodenstein en haussant les sourcils, étonné. Hirtreiter était son ami. Ils avaient rendez-vous chez lui ce matin et, comme Hirtreiter ne répondait pas, mon père l'a cherché. Et malheureusement, il l'a trouvé.

Le téléphone sur le bureau de la conseillère judiciaire sonna. Elle regarda l'écran puis Bodenstein.

— Merci, dit-elle, ce sera tout pour aujourd'hui. Tiens-moi au courant.

— Entendu.

Il comprit qu'il était congédié et il se leva. Elle prit l'écouteur, se nomma à son correspondant.

— Ah, Oliver.

Bodenstein se retourna. Elle avait la main sur le combiné et souriait.

— Il vaudrait mieux pour toi que la presse n'apprenne pas l'implication de ton père dans cette affaire.

Il ouvrait déjà la bouche pour répondre que son père n'était pas impliqué dans cette affaire et qu'il n'avait pas l'intention de dire quoi que ce soit à la presse, mais elle avait déjà remis l'écouteur à son oreille. Bodenstein acquiesça donc et sortit.

Son estomac criait famine, il n'avait rien mangé depuis ce matin. En revenant au commissariat, il avait proposé de faire une halte dans un kiosque à kebab pour faire plaisir à Pia, mais lui avait résisté à la tentation, de même qu'il avait refusé la part de cheesecake que la secrétaire du Dr Engel qui fêtait son anniversaire lui avait offert. Jusqu'ici, il n'avait pas remarqué que les gens passaient leur temps à manger. Quand il entra dans le bureau, Ostermann était en train de mordre dans une barre chocolatée et Kathrin Fachinger, appuyée à la machine à café, une cuillère à la main, s'empiffrait d'une portion du gâteau d'anniversaire en question. Cela lui fit venir l'eau à la bouche. Kathrin remarqua son regard envieux.

— Il en reste encore deux parts dans le réfrigérateur, chef, dit-elle. Vous voulez que…

— Non, la coupa-t-il avec aigreur. Quand vous aurez fini de manger, je vous attends dans la salle de réunion.

Il avait lu récemment dans un journal qu'un Indien n'avait pas mangé depuis trente ans. Il arriverait bien à se freiner quelques semaines. Simple question de volonté, pensa-t-il.

— Chef! s'écria Ostermann la bouche pleine. Je viens de recevoir des informations intéressantes.

— Dans la salle de réunion! cria Bodenstein par-dessus son épaule et il quitta le bureau.

La salle des fêtes à Ehlhalten était déjà remplie jusqu'à la dernière place, mais une foule de gens continuait d'arriver, que le service d'ordre envoyait sur la galerie. L'intérêt du public pour l'implantation du parc d'éoliennes paraissait immense et la nouvelle du décès de Hirtreiter avait fait le tour d'Ehlhalten et excité la curiosité.

Dans le foyer, Bodenstein, Pia, Kathrin Fachinger et Cem Altunay cherchaient du regard Jannis Theodorakis qui semblait s'être volatilisé pendant toute la journée. Ni ses collègues de travail au département informatique d'une grande banque de Francfort ni sa compagne, à l'animalerie, n'avaient la moindre idée de l'endroit où il pouvait se trouver, mais Bodenstein était persuadé qu'il allait refaire surface pour l'Assemblée.

Sur des parois amovibles étaient exposés des photomontages d'un réalisme impressionnant qui montraient dix éoliennes monstrueuses sur la pente du Taunus. Les gens se pressaient autour de la table de l'Initiative citoyenne "Pas d'éoliennes sur le Taunus". Ils prenaient la brochure d'informations, et signaient le manifeste contre la construction du parc d'éoliennes qui devait être remis au président de région à Darmstadt. Sur une table était posée la photo encadrée de Ludwig Hirtreiter, que quelqu'un avait barré d'un crêpe de deuil.

— Voilà Theissen, dit Cem. C'est assez courageux de sa part.

Le PDG de WindPro entra en compagnie du bourgmestre d'Eppstein et il fut immédiatement accueilli par les flashs des journalistes et un concert de sifflets.

— Voilà Theodorakis, dit Pia.

— Il a emmené sa femme de ménage, s'étonna Cem.

— Tu parles d'une femme de ménage. Elle nous a joliment menti.

Bodenstein coupa la route à l'homme aux cheveux bruns qui se dépêchait d'entrer dans la salle.

— Bonsoir, dit-il en montrant sa carte de police. Vous êtes plus difficile à rencontrer que le pape. Bodenstein, de la criminelle de Hofheim.

La soi-disant femme de ménage continua son chemin en baissant la tête, mais Theodorakis et sa compagne, la propriétaire de l'animalerie de Königstein, s'arrêtèrent. Pia et Cem lui avaient rendu visite en revenant de Rabenhof. Elle avait ôté son dirndl rose et elle était à présent habillée de noir des pieds à la tête, comme si elle allait à un enterrement.

— Bonsoir, dit Theodorakis, mal à l'aise.

Il portait un jean et une veste grise, et le signe extérieur de son deuil se limitait à une cravate noire sur une chemise blanche. Il tenait un classeur sous son bras. Son regard glissait nerveusement vers les portes de la salle.

— Je vous aurais téléphoné demain mais aujourd'hui il y avait trop de choses à organiser.

— Demain matin c'est trop tard, nous devons nous entretenir avec vous *maintenant*.

Bodenstein avait pris un air impénétrable. Il n'avait pas prévu que Theodorakis ferait partie des intervenants, mais il cherchait à l'ébranler. Theodorakis se mit à transpirer.

— Ça ne peut pas attendre une heure ? Je dois monter sur l'estrade. Ça va commencer.

— À vrai dire, il n'y a pas une heure à perdre, dit Bodenstein froidement en laissant mijoter l'homme avec délectation.

— Il est vraiment important que Jannis parle pour nous ce soir, intervint son amie. Surtout maintenant que… que Ludwig… n'est plus là.

Sa voix tremblait, ses yeux bleus étaient pleins de larmes.

— Vous croyez que notre requête n'est pas importante ? Nous ne sommes pas ici pour nous amuser.

— Je vous en prie ! dit Theodorakis, tandis que la sueur perlait à son front. Nous travaillons depuis des mois pour cette soirée. Après, je répondrai à toutes les questions que vous voudrez.

Bodenstein fit semblant de réfléchir puis il acquiesça.

— OK, dit-il finalement d'un air clément. Mais vous m'appelez dès que l'Assemblée est finie.

— Je vous le promets, dit Theodorakis visiblement soulagé. Merci de votre compréhension. Viens, Ricky.

La femme en noir fit un signe de tête et suivit son ami.

— Entrons, dit Bodenstein en suivant le mouvement mais l'agent qui gardait l'entrée de la salle secoua la tête.

Bodenstein lui présenta sa carte de police.

— Bon. Deux, mais pas plus. Sinon j'aurai des ennuis.

Cem et Kathrin furent envoyés sur la galerie, Pia et Bodenstein se faufilèrent dans la salle archicomble.

Le bourgmestre et Stefan Theissen étaient déjà sur l'estrade, flanqués de la représentante du ministère de l'Environnement. Theodorakis monta d'un bond nonchalant sur l'estrade, ignora Theissen, fit un signe de tête au bourgmestre, tendit la main à la femme du ministère et prit place à côté de l'autre orateur de l'Initiative citoyenne.

Un silence plein d'attente se fit dans les premiers rangs, puis le bourgmestre, Reinhold Herzinger, prit la parole. Il remercia d'abord le public d'être venu si nombreux et présenta Mme le Dr Neumann-Brandt, du ministère de l'Environnement de la Hesse, M. le Dr Theissen de WindPro GmbH, Jannis Theodorakis et Klaus Faulhaber, membres directeurs de l'Initiative citoyenne.

— Cette soirée est assombrie par un terrible événement, dit-il avec une gravité mesurée dans la voix. Le président du conseil municipal de notre communauté, notre ami estimé et compagnon de route Ludwig Hirtreiter, a été victime la nuit dernière d'un crime odieux. Nous sommes bouleversés et profondément peinés. Je vous demande, mesdames et messieurs, de vous lever et de respecter une minute de silence en sa mémoire.

Toux, raclements de gorge et murmures s'élevèrent des trois cents personnes, dans le vacarme des pieds des chaises reliées entre elles. Il fallut un moment pour que le silence se fasse.

— Il l'a bien mérité, ce fumier, dit quelqu'un.

Des murmures de réprobation s'élevèrent puis les ricanements se multiplièrent dans les rangs.

Il se faisait du souci. Ricky ne paraissait pas aller bien. Pourquoi ça la remuait tellement que ce Hirtreiter de merde soit mort ? Elle aurait dû être contente, ce salaud l'avait récemment prise à partie.

Mark referma le dernier enclos des chiens et poussa la brouette, remplie à ras bord, vers le conteneur à ordures. Frauke avait autre chose à faire et Ricky était allée à l'Assemblée citoyenne à Ehlhalten. Comme il ne pouvait pas s'y montrer, Mark s'était porté volontaire pour s'occuper ce soir du refuge des animaux. Il avait souvent aidé et savait comment s'y prendre. Les chiens, les chats, les tortues, les cochons d'Inde, les lapins, tous avaient de l'eau fraîche et de la nourriture et, après avoir nettoyé les chenils, il y avait enfermé les chiens.

Un nouveau était arrivé ce matin : un vieux terrier Jack Russell, sans doute abandonné par des propriétaires sans cœur. Mark revint dans le chenil où le Jack Russell était tristement allongé sur sa couverture. Le chien leva la tête, plein d'espoir, puis la laissa retomber en apercevant Mark. Ce pauvre type ne comprenait plus le monde ! Il se retrouvait brusquement derrière des barreaux au milieu d'étrangers. Comment des gens pouvaient-ils se conduire aussi cruellement avec une bête qui avait partagé leur vie ?

Mark s'assit sur le sol en résine artificielle et tendit la main. Le chien le regarda d'un air sceptique, mais il accepta que Mark le caresse doucement derrière les oreilles. Ses yeux étaient ternis par l'âge, son museau tout gris.

— Ton maître a dû simplement te balancer de sa voiture, dit doucement Mark. Tu es un brave type mais tu es un peu vieux.

Le chien pointa les oreilles et remua légèrement la queue. Il perçut le ton amical, se traîna vers Mark et posa sa tête sur sa cuisse. Mark sourit tristement. Il aimait les chiens, même vieux ou moches. Tout ce qu'ils demandaient c'était une maison accueillante et de l'affection, ils avaient besoin de faire confiance à quelqu'un. Exactement comme lui. Le Jack Russell ferma les yeux, s'étira et grogna de plaisir.

Que pouvaient bien faire ses maîtres en ce moment ? Étaient-ils partis en vacances ou avaient-ils acheté un nouveau chien ? Comment arrivaient-ils à dormir ?

— Nous allons très vite te trouver un nouveau foyer, promit Mark. Tu ne resteras pas longtemps ici.

Il l'aurait bien pris chez lui, mais c'était impossible, sa sœur était allergique aux chiens.

Il soupira, appuya la tête contre le mur et se mit à penser à Ricky. Ce qu'il avait fait le torturait affreusement. Il n'était pourtant pas dingue de Ricky ! Elle était pour lui… oui… pas exactement comme une mère, plutôt comme une… grande sœur formidable. Jannis ne la méritait pas. Il ne s'apercevait pas qu'elle allait mal, qu'elle était triste et abattue. Ignorait-il qu'elle se plaignait continuellement du dos ? Mark lui épargnait autant de travail qu'il pouvait, l'empêchait de soulever des choses lourdes. Si Ricky avait été *sa* copine il ne l'aurait pas laissée travailler. Il aurait tout fait et elle aurait été heureuse et aurait ri, comme le jour où elle lui avait appris à conduire.

Mark avait le cœur lourd. C'était si affreusement compliqué. Si seulement il avait eu dix-huit ans, il aurait pu partir de chez lui ! Nika n'occuperait pas toujours la cave de Ricky et il pourrait s'y installer le jour où elle partirait. Mark sourit. Cette idée lui plaisait. Pourquoi ne lui était-elle pas venue avant ? Vivre sous le même toit que Ricky, c'était géant.

Le chien le poussa avec son museau humide pour qu'il continue à le caresser.

— Oh, excuse-moi, lui dit Mark. Viens, allons dans le bureau. Il y a un panier confortable pour toi et je te trouverai sûrement quelque chose de bon à manger. Qu'est-ce que tu en penses ?

Il se mit sur ses jambes et, comme une petite ombre, le chien le suivit à travers la cour jusqu'au bâtiment où se trouvaient le bureau et la cuisine pour faire à manger aux animaux du refuge. Il était 20 h 30. L'heure d'actualiser le site web de la Société protectrice des animaux et, comme il le lui avait promis, d'aller voir les chevaux de Ricky. Peut-être qu'elle serait déjà rentrée de l'Assemblée.

Le bourgmestre Herzinger mit fin à la plaisanterie après exactement quarante-deux secondes.

— Merci ! dit-il et tout le monde se rassit. Mais avant qu'il ait eu le temps de reprendre la parole, Theodorakis enleva son micro de son socle et se leva.

— Avant que vous continuiez à écouter de belles paroles, je voudrais vous révéler quelques détails sur le projet du parc d'éoliennes que M. le bourgmestre et les autres autorités vous auraient certainement cachés.

Le bourgmestre, d'abord interdit devant cette attaque inattendue, ne s'avoua pas vaincu pour autant. À son signal, le technicien du son ferma le micro de Theodorakis. Aussitôt s'éleva un concert de sifflets de protestation. Bodenstein s'inquiéta quand il comprit le temps qu'il allait falloir au bourgmestre pour calmer la foule déchaînée. Il se tourna vers Pia qui, appuyée contre le mur, les bras croisés, se mordait les lèvres.

— Tout ça ne me dit rien qui vaille, dit-il. La salle est rudement échauffée. Nous devrions peut-être appeler du renfort.

Le bourgmestre continuait à sourire. Il regrettait visiblement de s'être laissé entraîner dans une bagarre ouverte avec les opposants au parc.

— Nous vous laisserons la parole mais je vous prie de respecter les règles de la politesse.

Theodorakis haussa les épaules et s'inclina, ce qui mit les rieurs de son côté. Pendant un quart d'heure, le bourgmestre et Theissen présentèrent l'un après l'autre le projet, en ignorant les questions du public qui bouillait de colère. Theodorakis secouait la tête sans arrêt, en riant d'un air goguenard. La salle commençait à s'agiter. Sporadiquement des gens se levaient et posaient des questions en criant, sans arrêt s'élevaient des sifflets et des huées.

— Tu vas fermer ta gueule ! hurla quelqu'un et, à contrecœur, le bourgmestre dut laisser la parole à Theodorakis.

— Nous, membres de l'Initiative citoyenne "Pas d'éoliennes sur le Taunus", voyons les choses d'une façon tout à fait différente, commença-t-il. Après la poudre aux yeux que ces messieurs vous ont jetée, j'aimerais vous présenter quelques chiffres et quelques faits concrets qui démoliront tout ça. En 2006, en accord avec le plan d'urbanisme de l'agglomération Rhin-Main, il a été proposé soixante-six implantations réservées à l'énergie éolienne. Depuis, ces terrains ont été strictement examinés selon une liste de critères préétablis ; en 2009, cinq zones prétendument prioritaires furent donc choisies en raison de leur potentialité éolienne. Le Taunus n'était pas parmi celles qui avaient la potentialité éolienne la plus favorable.

— Mais alors pourquoi on a délivré un permis de construire ? cria quelqu'un. Un parc d'éoliennes inutiles ne rapporte rien !

Murmures d'approbation. Le bourgmestre et la dame au nom double lorgnèrent vers Theissen, mais celui-ci ne paraissait pas remarquer ce qui le menaçait. Theodorakis ajouta que les expertises, commandées par la Hesse et l'Initiative citoyenne elles-mêmes, démontraient clairement qu'un parc d'éoliennes à l'endroit prévu était économiquement non rentable.

— Les deux expertises sur les vents que la WindPro a fournies disaient exactement le contraire.

Alarmé, Theissen leva la tête. Bodenstein se souvint de la page d'expertise sur la potentialité éolienne que les hommes de Kröger avaient trouvée sous la photocopieuse du secrétariat de Theissen.

— Tu penses à la même chose que moi ? dit Pia à voix basse.

— Je crois, répondit Bodenstein en baissant la voix lui aussi. La page d'expertise.

— Si c'était la raison du cambriolage, Theodorakis est de nouveau en tête de liste. Il a pris un sacré risque.

— Avant que l'exploitant s'aperçoive que le parc d'éoliennes n'était pas rentable, disait la voix de Theodorakis dans le micro, il a fallu plusieurs années. Pendant ce temps, la société d'investissement qui finançait le projet doublait ou triplait son apport.

Des millions d'euros de subvention arrivaient de l'Europe, de l'État fédéral, du land et même de la commune. Nous considérons comme notre tâche de remettre ce projet en cause. Et de nous demander comment le ministère de l'Environnement… il s'arrêta jusqu'à ce que la dernière paire d'yeux soit dirigée vers lui… a pu changer d'avis si rapidement et si soudainement. Nous demanderons aussi à M. Theissen pour quelle raison il a octroyé de si grosses sommes aux associations pour la protection de l'environnement de la région.

— Qu'insinuez-vous par là ? demanda le bourgmestre avec un sourire condescendant qui, en regard de la situation tendue, manqua son effet.

— Je *n'insinue* rien ! répliqua Theodorakis. J'ai des preuves. Des mails qui font part de négociations secrètes et prouvent que l'argent s'est déversé là où il n'aurait pas dû aller. J'ai la preuve que la WindPro, pour obtenir un permis de construire, a acheté les services du ministère, et de la ville d'Eppstein.

Le bourgmestre fit un geste de dénégation et sourit ironiquement comme si les allégations de son adversaire étaient ridicules.

— Tout cela est absurde, dit Theissen en prenant la parole. Cet homme ne pense qu'à se venger parce que nous l'avons licencié.

— Où sont donc les preuves ? dit une voix dans la salle.

— Elles n'existent pas, se dépêcha de dire Theissen. Ou bien, il les a fabriquées.

— Vous les avez fournies vous-même ! dit Theodorakis d'une voix triomphante en saisissant son dossier. Tout est là.

Theissen et le bourgmestre échangèrent un bref regard comme s'ils comprenaient qu'on passait à présent aux choses sérieuses.

— M. Theodorakis a été pendant de longues années chef de projets chez WindPro, dit Theissen en passant à l'offensive. En raison de faits graves comme…

— C'est pas vrai, cria Theodorakis.

— Vous permettez que *je* parle à présent, répondit Theissen d'un ton glacial.

— Vous mentez !

— On verra qui est le menteur ici.

Les gens tournaient la tête à droite et à gauche comme s'ils suivaient un match de tennis. Il faisait chaud dans la salle. Beaucoup s'éventaient avec le prospectus de l'Assemblée citoyenne. Theissen se tourna à nouveau vers le public en souriant.

— Mesdames et messieurs, je n'ai pas l'habitude de laver mon linge sale en public, mais je ne peux pas admettre que notre projet soit traîné dans la boue par pure soif de vengeance. Sa voix, plus grave que celle de son adversaire, était calme et persuasive. Après son licenciement, M. Theodorakis a perdu plusieurs procès contre nous aux prud'hommes et il cherche à se venger pour des raisons purement personnelles. Ne vous laissez pas tromper par ce qu'il raconte !

Les murmures s'amplifièrent. Quand les prud'hommes donnaient raison à un employeur, c'est qu'ils reconnaissaient que le salarié avait commis une faute grave. Theissen rendit généreusement la parole à Theodorakis d'un geste impérieux et s'assit.

Il fallut un moment pour que le silence se rétablisse.

— Nous aimerions cependant vous présenter quelques faits, dit Jannis Theodorakis, calme en apparence, mais qui devait bouillir intérieurement. Vous déciderez vous-mêmes qui vous devez croire.

Bien joué, pensa Bodenstein, curieux de savoir ce que l'Initiative citoyenne avait sous le coude. Theodorakis se mit à énumérer les accusations qu'il portait contre la ville, la région, le ministère de l'Environnement et la société d'exploitation.

— Faux, disait laconiquement Theissen après chaque phrase.

Un silence de mort était tombé dans la salle, on aurait pu entendre une mouche voler.

— Vous allez fermer votre gueule ? le rabroua Theodorakis à la troisième ou quatrième interruption.

— Fermez donc la vôtre, le prévint Theissen avec un sourire indulgent. Vous jouez votre peau devant tout le monde. Mais il est vrai que vous êtes habitué à l'échec.

Theodorakis se contenta de rire et de hausser les épaules.

— Ces attaques personnelles ne sont pas dignes de vous, docteur, dit-il sereinement. Je suis le porte-parole des citoyens et des citoyennes qui veulent ensemble empêcher un projet qui est une absurdité et qui remplira seulement les caisses de WindPro. Si vous cherchez à me discréditer, grand bien vous fasse. Tout ce que vous allez dire ce soir se retrouvera sur notre site plus tard, alors allez-y.

Theissen voulut répondre mais Theodorakis continua à parler.

— Et pour nous mettre ce soir devant le fait accompli, dit-il en montrant du doigt Theissen puis le bourgmestre, WindPro et la ville ont chargé une entreprise de commencer secrètement à défricher le terrain concerné, avant toute négociation ! Comment pourriez-vous faire confiance à ces deux menteurs cupides ?

C'était plus que ne pouvaient supporter Theissen et le bourgmestre. S'ensuivit une joute oratoire musclée au milieu des sifflets et des invectives de la salle. Il ne fallait plus penser à une modération raisonnable de la discussion sur l'estrade. Soudain une tomate vola et s'aplatit sur l'épaule du bourgmestre.

Bodenstein attrapa son mobile et fit le numéro de Cem Altunay.

— Descends et appelle du renfort ! Demande aux organisateurs d'ouvrir les issues de secours ! Immédiatement !

— Menteurs ! menteurs ! scandait un groupe de jeunes.

— Du calme, criait dans son micro le compagnon de Theodorakis qui jusqu'à présent s'était tenu en dehors de la discussion. Calmez-vous ! Du calme !

— Menteurs ! Menteurs ! scandaient les jeunes tandis que des tomates et des œufs pleuvaient sur le bourgmestre, sur Theissen et même sur Theodorakis qui ne paraissait pas s'en soucier. La représentante du ministère, muette, s'abritait derrière la table.

— Cela, je ne l'accepterai pas ! hurla le bourgmestre, aussi rouge que la tomate qu'il avait reçue, et il se mit à donner des coups de micro sur le pupitre. Le sifflement insupportable du larsen couvrit les voix de Theodorakis et de Theissen. Le public se mit à hurler encore plus fort quand Herzinger sauta de l'estrade et s'engagea dans l'allée centrale. Des gens se levèrent et se précipitèrent dans la même direction. Bodenstein pensa à ses parents qui devaient être assis quelque part dans la salle. Une tomate frappa en pleine figure le patron de la mairie qui, ivre de colère, se rua à travers la rangée où se trouvait l'envoyeur. Bodenstein, incrédule, vit le bourgmestre gifler le lanceur de tomate avant que quelqu'un ait pu l'en empêcher. En un clin d'œil s'ensuivit une bagarre générale à laquelle les gens, pris dans les rangées étroites des chaises, ne pouvaient se soustraire.

— Il est cinglé ? dit Pia en se détachant du mur. Il faut qu'il parte, sinon ils vont le massacrer.

— Reste ici ! dit Bodenstein en essayant de retenir Pia, mais la foule le repoussa loin d'elle. Une seconde après, il l'avait perdue des yeux. La moitié d'un magasin de légumes se déversait avec des hurlements sur le bourgmestre qui avait mis les mains sur la tête pour se protéger. Le sol se transformait en patinoire, des rangées entières de chaises basculaient, les gens butaient contre, s'engueulaient, s'enfuyaient, glissaient et tombaient.

— À l'aide ! criait une femme. Je veux sortir d'ici.

Le tumulte devint général. Pris de panique, les gens se ruaient en vagues vers la sortie, des chaises volaient, la salle s'était transformée en foire d'empoigne. Bodenstein fut rudement pressé contre le mur, et à moitié étouffé. Il essayait désespérément d'apercevoir Pia et en même temps de refouler le souci qu'il se faisait pour ses parents. S'ils étaient raisonnables, ils resteraient simplement à leur place.

— Fais quelque chose ! Klaus Faulhaber prit Jannis par le bras. Ils ont pété un câble ! Si ce n'est pas malheureux !

— Qu'est-ce que tu veux que je fasse ? dit Jannis en haussant les épaules. Cet abruti se laisse provoquer par quelques chahuteurs. C'est sa faute.

Au fond de la salle c'était l'émeute, des centaines de gens voulaient sortir, mais seul un battant de la porte était ouvert.

— Et merde, dit Jannis quand il comprit que les gens du service d'ordre étaient dépassés par les événements. À côté de lui, la femme du ministère se réveilla, elle trébucha sur l'escalier de l'estrade et ouvrit la porte de secours. Theissen se rua derrière elle et disparut dans l'obscurité. Les gens des premiers rangs qui jusqu'à présent étaient restés sur leur chaise comme paralysés se levèrent et se précipitèrent vers cette porte ouverte, mais cependant avec plus de discipline que la foule hystérique du fond de la salle.

Jannis vit la policière blonde suivie du bourgmestre prendre la direction de la sortie de secours. Il devait disparaître avant qu'elle et le bourgmestre aient atteint la porte. Il n'avait aucune envie d'un interrogatoire, il avait des choses plus importantes à faire. Il ne voyait nulle part Ricky et Nika, mais elles arriveraient bien à se tirer de là. Il attrapa son classeur et tourna les talons. Quelques secondes après il était dehors et fourrageait déjà dans sa veste pour trouver ses clés de voiture.

— Theodorakis !

La voix lui fit faire demi-tour. Devant lui se tenait Stefan Theissen, comme surgi de nulle part. Encore grisé par son succès, Jannis se sentait intouchable.

— J'ai pas le temps maintenant, dit-il en le prenant de haut et il voulut le contourner.

— Oh si, tu as le temps.

Theissen était vraiment furieux. Avec lui, il ne s'agissait pas de plaisanter. Jannis le savait. Il essaya de s'enfuir mais Theissen le rattrapa par l'épaule.

— J'en ai plein le dos de toi, espèce de raté, cracha son ancien patron en l'envoyant brutalement valser. Jannis atterrit contre une voiture garée.

— Aïe ! Ça sentait le roussi pour lui. Qu'est-ce que ça signifie ?

— Pour qui tu te prends à la fin ? siffla Theissen en le plaquant contre la voiture. Je ne vais pas laisser ruiner mon entreprise et ma réputation par un minable comme toi !

Envahi par la peur, Jannis se dégonfla devant Theissen. Il avait sous-estimé sa colère.

— La séance de ce soir aura des conséquences pour toi, je te le promets ! dit Theissen. Tu as oublié ce que tu as signé quand tu as touché ton indemnité de licenciement. Je vais te traîner devant les tribunaux ! Je vais te couler, jusqu'à ce que tu ne saches plus comment tu t'appelles.

Theissen était comme fou, il paraissait prêt à tout.

— Je ne vais pas me laisser intimider, affirma Jannis bien qu'il fût sur le point de faire dans son pantalon. Je n'ai fait que dire la vérité.

— Tu as fait une saloperie.

Theissen lui attrapa rudement le bras et le lui tordit avec brutalité dans le dos. Des voitures de police, de pompiers et des ambulances arrivaient à grand renfort de gyrophares et de sirènes hurlantes. Jannis savait que dans ce tumulte personne ne l'entendrait s'il appelait au secours.

— Pia ! hurla Bodenstein mais il ne rencontrait que des visages étrangers, au regard fou de peur, à la bouche ouverte. Juste devant lui, une vieille femme tomba mais il ne put lui venir en aide car la foule l'entraînait impitoyablement. Des doigts s'accrochaient à sa veste, un coude lui rentra douloureusement dans l'estomac, il marcha sur quelque chose de mou et sentit une vague de panique monter en lui.

Garde ton calme, s'exhortait-il. Des souvenirs diffus de son stage à la gendarmerie lui revenaient, des images de corps déchiquetés, des morts et des blessés. Pourquoi n'était-il pas sorti quand c'était encore possible ? Bon Dieu ! La sueur jaillissait par tous ses pores, il manquait d'air. Où était Pia ? Où étaient ses parents ? La tête d'un homme frappa son genou, Bodenstein s'arc-bouta contre lui, perdit l'équilibre et glissa. Des corps étrangers le plaquaient sans pitié contre le sol. Là où il y avait des têtes, il ne vit plus que des vêtements, des bras, de la peau nue, des ceintures puis des jambes et des chaussures. Ils lui marchaient sur les côtes et sur la figure mais il ne sentait rien. Toutes les autres sensations étaient éclipsées par la peur, une angoisse mortelle, et cela lui donna une force insoupçonnée. Il ne voulait pas mourir, pas ici, pas maintenant, et sûrement pas sur le sol crasseux de cette salle des fêtes.

À quatre pattes, Bodenstein se faufila entre les pieds et les jambes dans la direction où il présumait que se trouvait la porte, et brusquement il put à nouveau respirer. Il remplit avidement ses poumons d'air frais. Sortir d'ici à tout prix, sortir !

Soudain quelqu'un lui saisit le bras.

— Monsieur von Bodenstein !

Une voix de femme qu'il ne connaissait pas pénétra sa conscience comme à travers un nuage. Il leva la tête, éperdu, et rencontra des yeux verts inquiets. La femme lui disait vaguement quelque chose, mais il ne savait pas quoi. D'où connaissait-elle son nom ?

Il se mit prudemment sur ses jambes, il tremblait comme une feuille et dut s'appuyer sur la frêle femme blonde pour ne pas s'affaler à nouveau. Elle ne lâcha pas son bras et le conduisit à travers le chaos vers la sortie.

— Où… où sont mes collègues ?

— Dehors, certainement, répondit la femme. Vous devez respirer profondément.

Bodenstein obéit. Pia ! Où était Pia ? Il se souvint qu'elle avait couru vers le bourgmestre, ensuite il l'avait perdue de vue. Quand était-ce ? Il lui semblait que cela faisait des heures. Des gens étaient assis ou allongés sur le sol, d'autres passaient en titubant, secoués de sanglots hystériques ou muets, l'air hagard. Des policiers en uniformes, des brancardiers et des urgentistes traversaient le foyer en courant. Devant le hall les gyrophares clignotaient.

— Mes parents sont encore à l'intérieur, dit Bodenstein en se levant. Il faut que je les trouve.

Il jeta un coup d'œil à sa montre. Il n'était que 20 h 55, la catastrophe n'avait duré que quelques secondes, tout au plus quelques minutes. Il fit demi-tour, revint dans la salle et resta figé. Il avait devant les yeux une image de désolation. Des chaises brisées, des morceaux de vêtements et des chaussures uniques gisaient tout autour. À côté de la porte un médecin s'occupait d'une femme, un peu plus loin deux autres étaient allongées, puis un homme à qui la foule, dans sa panique, avait carrément arraché les vêtements. Bodenstein l'enjamba prudemment. Il avait plus ou moins recouvré son sang-froid, ses tremblements avaient cessé. Il aperçut le corps recroquevillé d'une femme entre les chaises renversées. Elle portait un jean et un chemisier qui avait été blanc, ses cheveux blonds lui couvraient le visage. Son cœur cessa de battre une seconde.

— Oh non, Pia, s'écria-t-il en tombant à genoux à côté d'elle.

La police avait posé des scellés sur la porte, mais ça ne la dérangeait pas, elle connaissait une autre façon de rentrer dans la maison, un peu moins facile mais qui n'avait pas été découverte.

Frauke n'avait pas oublié que ses frères, dans leur avidité, entendaient bien l'écarter de l'affaire avec WindPro pour se partager les millions, comme elle n'avait pas oublié les moqueries et les humiliations que Gregor et Matthias ne lui avaient pas épargnées. Jamais elle n'avait été invitée dans leur élégante demeure, aucun des deux ne lui avait demandé de devenir marraine – pourquoi ? Elle avait eu beau leur faire des cadeaux magnifiques, ses snobs de belles-sœurs s'en moquaient.

— Vous allez être surpris, espèces de salopards, murmura-t-elle.

Le jour tombait, dans une demi-heure il ferait nuit, et ça n'arrangeait pas Frauke. Du village le hurlement des sirènes arriva jusqu'à ses oreilles, il avait dû se passer quelque chose. Peu importe. En haletant, elle poussa de côté le lourd treillis et le rabattit contre la maison. Derrière parut une étroite porte rouillée. Elle tira de la poche de son jean une boîte de spray lubrifiant. Il suffit de deux giclées dans la serrure et la clé s'enfonça et tourna sans problème. Quelque chose coinçait la porte, Frauke la secoua et la tira jusqu'à ce qu'elle s'ouvre en grinçant dans un nuage de poussière et de particules de rouille. Elle secoua ses cheveux pour s'en débarrasser et entra dans l'ancienne dépendance. La petite pièce sentait l'humidité, le moisi et la crotte de souris. Frauke chercha l'interrupteur à tâtons, l'ampoule nue s'alluma au plafond. La porte de la cuisine n'était pas fermée. La lumière du jour était suffisante pour se déplacer dans la maison. Avec détermination, elle se dirigea vers l'escalier de bois poussiéreux et monta à l'étage. Elle savait exactement où elle devait chercher car on ne change pas en vieillissant une habitude de cinquante ans et Frauke connaissait les manies de son père.

Le plancher grinça sous son poids quand elle entra dans la petite chambre d'amis sous le toit, qui n'accueillait plus d'amis depuis belle lurette. Elle ouvrit la porte du placard et retira les gros draps odorants de la plus haute étagère. Ses doigts rencontrèrent la boîte de fer-blanc. Elle la sortit, remit le linge dans le placard et referma la porte. Son père cachait la clé de la cassette dans le socle de la statue de la Madone de sa chambre.

Frauke redescendit. Elle était baignée de sueur par l'effort mais contente. Elle aurait aimé voir la tête de ses frères… Elle se figea. Qu'est-ce que c'était que ce bruit ? Elle se souvint alors qu'elle avait oublié de refermer la porte derrière elle. Quelqu'un devait être rentré dans la maison. En retenant son souffle, Frauke se pencha sur la rampe et écouta dans l'obscurité. L'attaque survint comme de nulle part. Quelque chose de noir lui fonça dessus.

D'effroi, elle laissa tomber la cassette, fit un pas incertain en avant et perdit l'équilibre. Durant quelques secondes elle essaya désespérément de se rétablir avec les bras puis elle tomba dans l'escalier raide, passa à travers la rampe décrépite et sa tête alla cogner contre l'encadrement de la porte de la chambre.

Elle reprit son souffle en haletant et s'appuya d'une main contre le mur. L'homme qu'elle avait tiré en y mettant toutes ses forces hors de la salle était assis par terre et pressait sa main contre une blessure à la tête qui pissait le sang.

— Vous allez bien ? demanda Pia.

— Oui, oui, merci, murmura le bourgmestre assommé. Qu'est-ce qui s'est passé ?

— Vous avez voulu vous battre avec un groupe de jeunes, répondit Pia. Et ils ont bien failli vous mettre en pièces !

Le bourgmestre leva la tête et regarda Pia.

— Vous… vous m'avez sauvé la vie, dit-il d'une voix tremblante.

De plus en plus de gens affluaient de la porte et happaient l'air frais en trébuchant dans l'obscurité. Les sirènes hurlaient, et devant l'entrée principale, de l'autre côté du hall, des lumières bleues clignotaient. Deux hommes en costumes s'approchaient. Ils se penchaient sur le visage des gens assis par terre.

— Seigneur Dieu, chef, vous êtes là ! cria l'un d'eux en apercevant le bourgmestre.

— Vous pouvez vous en occuper, dit Pia qui conclut en entendant ces mots qu'ils ne faisaient pas partie des lanceurs de tomates. Il a besoin d'un médecin.

— Bien entendu, répondit le jeune homme. Lui et son collègue remirent le bourgmestre sur ses jambes et s'éloignèrent avec lui. Pia se souvint alors que la raison de leur présence au meeting était Theodorakis. Elle l'avait un instant oublié dans ce chaos. Elle essaya de s'orienter. Derrière elle se trouvait la porte de secours par où Theissen et la femme du ministère avaient fui. Où étaient-ils passés ? Pia les chercha du regard. Theodorakis était encore sur le podium quand elle avait traîné le bourgmestre à l'air libre. Y avait-il une autre sortie de l'autre côté du hall ? Il faisait nuit à présent, un spot sous le plafond du hall n'éclairait que faiblement la place pavée. Elle sortit son mobile et fit le numéro de Bodenstein. Pas de réponse. La polyphonie des sirènes approchait et Pia rempocha son mobile. Étant donné le bruit qui régnait dans le hall, aucun de ses collègues n'entendrait son appel. Comment avait-on pu en arriver là ? Elle se dirigea vers la porte d'entrée principale quand son regard tomba sur deux hommes qui étaient à côté d'une voiture sur le parking et paraissaient se disputer. Un rayon de lumière fit briller un verre de lunettes.

Theodorakis ! Ce salopard préférait se tirer plutôt que d'être interrogé par Bodenstein. Elle accéléra le pas. À ce moment, l'autre homme tordit le bras de Theodorakis dans le dos. Ce n'était pas vraiment une conversation amicale. Pia se mit à courir et tira son pistolet.

— Police, cria-t-elle. Laissez cet homme !

L'homme obéit et se retourna. Elle vit avec étonnement de qui il s'agissait.

— Que faites-vous là, monsieur Theissen ? demanda-t-elle sèchement.

— Ça ne vous regarde pas, répondit le patron de WindPro tout aussi sèchement. Il remit son costume en ordre et redressa sa cravate.

— Nous reprendrons cette conversation plus tard, cracha-t-il à Theodorakis avant de disparaître entre les voitures.

Theodorakis s'accroupit. Du sang lui jaillissait du nez et tombait sur son menton. Pia rangea son pistolet.

— Vous vouliez décamper ? demanda-t-elle glaciale.

— Non, pas du tout, dit Theodorakis en tâtant le sol autour de lui. Ce fou m'aurait tué. Je vais lui montrer de quel bois je me chauffe à ce salaud sans scrupules.

Il retrouva ses lunettes, les chaussa et se remit sur ses jambes en soupirant. En grimaçant de douleur, il s'appuya sur le coffre de sa voiture et se tâta le nez.

— Il m'a cassé le nez, gémit-il. Vous êtes témoin qu'il m'a attaqué.

— À vrai dire je n'ai pas vu qui a attaqué qui, répondit Pia. Mais ça ne devrait pas vraiment vous étonner que Theissen soit furieux contre vous après tout ce que vous lui avez balancé.

— Je n'ai dit que la vérité, répliqua Theodorakis avec emphase. Mais dans ce pays c'est dangereux de dire la vérité.

Il porta la main sous son nez puis observa le sang sur sa main.

Pia décida de profiter de la situation. La plupart du temps, les gens qui ont subi un choc n'ont pas assez de présence d'esprit pour mentir.

— Où avez-vous eu l'expertise que Theissen avait soi-disant fait falsifier ?

— Pourquoi "soi-disant" ? rectifia Theodorakis, pas troublé pour un sou. J'ai des relations. Même chez WindPro il y a des gens honnêtes.

Sa main tremblait quand il écarta les cheveux blonds du visage. Puis son cœur se remit à cogner avec la puissance d'un marteau de forge. Ce n'était pas Pia ! Bodenstein posa un doigt sur le cou de la jeune femme et chercha le pouls.

— Ici, cria-t-il à deux urgentistes qui cherchaient les blessés sous les amas de chaises. Cette femme a perdu connaissance !

Il se releva et recula pour laisser la place aux deux hommes. Il regarda autour de lui. Des gens étaient assis ou debout dans le hall, hébétés, un effroi muet sur le visage. Bodenstein se fraya un chemin à travers l'amas de chaises renversées. Ce qu'il avait vécu ce soir le marquerait pour toujours. Bien qu'il ait dû faire face à des situations dangereuses, il n'avait jamais craint pour sa vie. Malgré d'innombrables formations pour gérer le stress et les situations de crise, il avait perdu la tête et avait obéi à l'instinct le plus fort et le plus primitif que l'humanité devait à l'évolution : survivre ! Coûte que coûte !

— Oliver !

La voix de sa mère le fit se retourner. Elle était pâle mais avait gardé son sang-froid. Soulagé, Bodenstein la serra dans ses bras. Ses parents qui étaient assis au troisième rang n'avaient, fort intelligemment, pas bougé de leurs places quand la panique avait commencé. C'est alors qu'il s'aperçut que son père n'était pas avec elle.

— Où est père ?

— Il voulait aller chercher les autres, répondit-elle et elle lui jeta un regard bizarre qu'il ne releva pas.

— J'appelle Quentin pour qu'il vienne vous chercher.

— Laisse donc, dit-elle en lui posant la main sur le bras. Nous nous débrouillerons. Fais ton travail.

— Non, attends ici. Il vaut mieux que tu ne voies pas ça.

— J'en ai vu d'autres, répondit-elle. Peut-être que je pourrais aider.

Bodenstein haussa les épaules. Il savait qu'il était inutile de discuter avec elle. D'ailleurs elle avait côtoyé la détresse dans son travail bénévole à l'hospice. Sa mère était une femme forte, elle savait ce qu'elle faisait. Il ne voyait pas la nécessité de l'accompagner dans le foyer.

Quand il sortit à l'air libre par la porte de secours, il ferma brièvement les yeux et respira profondément. Une brise agréable rafraîchit son front brûlant. Ici aussi des groupes d'hommes discutaient à voix basse. Une femme fumait d'un air léthargique une cigarette, son visage était barbouillé de larmes. Bodenstein passa devant eux sans savoir où aller. Surtout, ne pas rester planté et réfléchir. Devant le hall ça devait être le bordel, les lumières bleues trouaient l'obscurité comme des éclairs de chaleur. Ce n'est qu'alors qu'il remarqua que la femme l'avait suivi.

— Votre collègue était-elle dans le hall ? lui demanda-t-elle.

— Non, dit-il en secouant la tête. Par bonheur non.

Ils se regardèrent. Bodenstein vit un visage pâle aux traits fins, plus distingué que beau. La chevelure blonde qui s'était échappée de la queue de cheval entourait son visage comme une auréole. Elle lui rappelait un peu Inka Hansen. Alors il se souvint d'où il la connaissait. Ils s'étaient rencontrés chez son père et celui-ci l'avait ensuite ramenée en voiture chez elle. Il s'en était étonné mais sa mère lui avait dit que la femme était une connaissance.

— Vous n'étiez pas récemment chez nous, au domaine? demanda-t-il. Vous vous appelez Nicole, n'est-ce pas?

— Nika. Elle sourit amicalement, ses dents brillèrent, très blanches dans l'obscurité. Puis elle redevint sérieuse.

— Venez, dit-elle, vous devez d'abord vous asseoir.

Il se laissa conduire vers un grand pot de fleurs et s'assit sur le bord. Sa présence l'irritait un peu mais en même temps elle lui faisait du bien. La chaleur de son corps et son calme étonnant apaisaient son trouble intérieur.

— Merci pour votre aide, dit-il finalement sur un ton sec. C'est très aimable à vous.

— De rien.

Quand elle se tourna soudain vers lui et l'examina, il fut troublé.

— Je dois m'occuper des autres, dit-elle doucement. Vous vous sentez bien?

— Oui, ça va.

Il tendit la main vers elle, mais elle évita son contact en se levant.

— À bientôt.

Bodenstein la suivit du regard. Un instant après, elle avait disparu dans les lumières des phares comme si elle s'était dissoute dans l'air.

Puis Pia apparut à la porte de la sortie de secours et regarda autour d'elle. Elle le cherchait. Quand elle le reconnut, elle se précipita vers lui. Son chemisier blanc était constellé de taches sombres, de même que son jean. Bodenstein se leva et dut se dominer pour ne pas la prendre dans ses bras, tant il était soulagé et heureux de la voir saine et sauve. Elle le regarda d'un air critique, la tête penchée.

— Tu as vu à quoi tu ressembles?

Bodenstein se regarda. Sa chemise pendait sur son pantalon, une manche de sa veste était à moitié arrachée et il n'avait même pas remarqué qu'il n'avait plus de chaussures. Il revint à la réalité.

— J'… j'étais en plein milieu, dit-il sobrement. Et toi ? Où étais-tu ? Je t'ai perdue de vue.

— J'ai dû traîner le bourgmestre hors de la salle. Sinon ils l'auraient mis en pièces. Et j'ai chopé Theodorakis qui se serait certainement taillé si Theissen ne lui avait pas cassé la figure.

— Où est-il maintenant, Theodorakis ?

— Il attend dans une voiture de patrouille.

À présent que Bodenstein savait qu'il n'avait plus de chaussures, il sentait le froid des pavés à travers ses chaussettes fines. Son niveau d'adrénaline baissant, il commençait à être gelé. Il se sentait infiniment fatigué et se laissa retomber comme un sac sur le rebord du bac à fleurs.

— Viens, dit Pia en lui touchant le bras. Allons d'abord chercher tes habits, puis nous retournerons à Hofheim.

— Comment ça a pu arriver ?

Il se frotta le visage des deux mains. Il se sentait mal, son corps tout entier était douloureux. Il n'avait rien mangé de la journée, et ensuite ces scènes d'horreur et son inquiétude pour Pia. Elle fouilla dans sa poche et lui tendit un paquet de cigarettes.

— Tu en veux une ?

— Oui. Merci.

Pia lui donna du feu. Il tira quelques bouffées.

— Tu crois que le snack de Jönigstein est encore ouvert ? En ce moment, je pourrais même supporter un kebab. Et des frites avec mayonnaise et ketchup.

Pia le regarda.

— Tu es en état de choc, constata-t-elle.

— Il y a quelques minutes, une foule de gens me marchaient dessus, dit-il en tirant sur sa cigarette. J'ai cru que ma dernière heure était venue et que j'allais mourir. Et tu sais à quoi j'ai pensé ?

— Tu me le raconteras plus tard, dit Pia comme si elle craignait qu'il ne se mette à lui faire des confidences trop intimes mais il se mit à rire.

Tout était si grotesque ! Il venait à peine d'échapper à la mort, il était pieds nus, les vêtements déchirés et il ne pensait qu'à manger ! Il se mit à rire à en avoir un point de côté.

— Je… Je croyais… haleta-t-il, je croyais entendre le curé dire à mes funérailles : Oliver von Bodenstein, tombé dans le hall de la salle des fêtes d'Ehlhalten au milieu des tomates et des œufs !

Il mit sa figure dans ses mains sans pouvoir s'arrêter de rire mais il aurait voulu sangloter.

Heinrich von Bodenstein se sentait aussi impuissant que le passager d'un bateau en train de sombrer quand le capitaine n'est plus là. Tout était allé de travers à un point qu'il n'aurait pu imaginer, même dans son pire cauchemar. On n'aurait jamais dû laisser Jannis monter sur l'estrade ! Avec ses provocations, il avait fait exagérément monter la température de la salle et il l'avait déchaînée au lieu de l'apaiser. Et à présent il s'était volatilisé ! À la recherche de son fils et des membres de l'Initiative citoyenne, Bodenstein senior errait dans la vive lumière des projecteurs des camions de pompiers qui trouaient l'obscurité. À quoi s'ajoutaient les phares aveuglants des ambulances et des voitures de police.

Jannis avait-il chargé les jeunes de provoquer le désordre en jetant des tomates et des œufs ? Heinrich von Bodenstein ne voulait pas le croire, mais il se souvenait que Ludwig affirmait que le besoin de publicité de Jannis était dangereux.

Il tourna au coin et n'en crut pas ses yeux quand il vit ce qui se passait sur le parvis devant le hall. Derrière les rubans de la police se pressaient les curieux avides de sensations fortes et les représentants de la presse.

Personne ne l'arrêta quand il entra dans le foyer. À côté de la table où était posée la liste de manifestes signés se dessinait sous une couverture un corps humain. Le chef des pompiers, un compagnon de chasse de Bodenstein, vint vers lui, le visage grave.

— Il vaut mieux que tu ne regardes pas, Heinrich, dit-il.

— Qui… qui c'est ?

— C'est Marga, répondit le pompier. Elle a dû tomber et ils lui sont tous… passés dessus.

La voix lui manqua, il secoua la tête et lutta pour se dominer. Quand on connaissait la personne c'était tout à fait autre chose que lorsqu'il s'agissait de quelqu'un d'étranger.

— Seigneur ! murmura Heinrich von Bodenstein. Jusque-là il ne s'était pas rendu compte de l'ampleur de la catastrophe. Tant de morts et de souffrance en un seul jour. Il tapa sur l'épaule du pompier puis il s'ouvrit un chemin entre le chaos des blessés et des sauveteurs. Des gens erraient à la recherche de membres de leur famille ou d'amis, le visage pâle, maculé de sang, les vêtements sales et déchirés. Les ambulanciers évacuaient une femme blessée. Bodenstein la reconnut.

— Kerstin ! s'écria-t-il.

Elle avait une perfusion dans un bras, d'une poche que tenait un urgentiste une solution de chlorure de sodium tombait goutte à goutte dans ses veines. La femme leva la tête. Il lui fallut quelques secondes pour le reconnaître et lui tendre la main.

— Ricky, murmura-t-elle. Sa main était froide. Elle a… elle a reçu tout…

— Excusez-moi, dit le secouriste, mais vous en parlerez plus tard. Nous devons vous emmener à l'hôpital.

Heinrich von Bodenstein fut poussé de côté, la main de Kerstin glissa hors de la sienne. Qu'était-il arrivé à Ricky ? Où étaient les autres ? Ludwig n'était plus là, c'était à lui de s'occuper de ses amis et de ses collègues. Il revint sur ses pas, et interrogea tous ceux qu'il rencontrait sur Ricky et Jannis mais personne ne les avait vus. Peu à peu ils arrivèrent tous dans le foyer. La plupart n'étaient pas blessés, ils étaient – comme lui-même – sur le devant de la salle. Personne ne disait mot. Ce qui aurait dû être le triomphe de l'Initiative citoyenne s'était soldé par un désastre.

— Vous savez où est Ricky ? demanda Bodenstein. Et Jannis ?

— Ricky, je l'ai aperçue en dernier devant le stand, répondit finalement un homme du service d'ordre qui était aussi un sympathisant. Juste avant que ça ne tourne au cauchemar. Mais depuis je ne l'ai plus vue.

Le mobile de Pia sonna. Christoph !

— J'ai entendu à la radio ce qui s'était passé à Ehlhalten ! s'écria-t-il. Pourquoi tu ne répondais pas au téléphone ?

— Parce que ici c'est le bordel. J'ai essayé de t'appeler mais…

— Tu sais que je me fais du souci pour toi, l'interrompit-il. J'en ai marre de ces situations ! Tu ne tiens jamais tes promesses !

La dureté de sa voix coupa un instant la parole à Pia. Christoph ne lui avait jamais parlé de cette façon ! C'était comme si les vacances, ces semaines de merveilleuse détente, loin du stress et du quotidien, n'avaient jamais eu lieu.

— Tu devais être là à 19 heures, lui reprocha-t-il. Je t'ai attendue jusqu'à 19 h 30 puis j'ai dû partir. Et maintenant tu n'es pas à la maison et j'entends *ça* à la radio. Bon Dieu, qu'est-ce que tu fiches ?

L'exaspération gagna Pia.

— J'aurais préféré dîner avec toi, rétorqua-t-elle. Mais je ne pouvais pas simplement disparaître. J'ai dû sortir le bourgmestre de cette foire d'empoigne, sans cela il ne serait plus en vie.

Que croyait-il ? Qu'elle était ici pour son plaisir ? Qu'elle avait son mobile à portée de main pendant que les gens se piétinaient ?

Mais Christoph ne s'excusait toujours pas.

— Tu rentres quand ? demanda-t-il froidement, ce qui la mit en colère.

— Je rentrerai quand j'aurai fini mon travail, cria-t-elle et elle raccrocha. Bon Dieu ! Elle ne voulait pas se disputer avec lui. Soudain elle se mit à détester son job et ce Theodorakis qui l'empêchait de rentrer chez elle.

— Il se passe quelque chose ? dit Bodenstein en surgissant à ses côtés.

— C'est Christoph, il est furieux parce que j'ai oublié de l'appeler, répondit-elle à bout de nerfs.

Son chef la considéra.

— Rentre chez toi. Altunay fera l'interrogatoire avec moi.

— Cem et Kathrin sont partis depuis dix minutes, dit-elle. Viens, on va parler avec Theodorakis. À présent, que j'arrive une heure plus tôt ou plus tard…

Jannis Theodorakis était assis dans un fourgon de la police. Son nez avait pris la taille d'une pomme de terre. À côté de lui sa compagne sanglotait, mais il n'avait pas un mot pour la consoler.

Bodenstein et Pia se tassèrent sur la banquette d'en face et Pia sortit de son sac à dos un carnet et un stylo. Elle regarda l'heure : 23 h 43.

— Nom et adresse ? demanda-t-elle à Theodorakis. Date et lieu de naissance ?

— Le 12 mai 1966 à Gross-Gerau. 26, Eichenstrasse à Schneidhain.

Pia nota les renseignements pour la déposition.

— Et vous ? Comment vous vous appelez ? Date et lieu de naissance ?

— Qui ? Moi ? dit l'amie de Theodorakis en se désignant du doigt.

— Oui, naturellement. Vous voyez quelqu'un d'autre ici ?

Après cette journée éprouvante et avant une explication qu'elle prévoyait houleuse, l'humeur de Pia était plus exécrable que jamais. Sous la lumière crue et impitoyable du fourgon, la femme ne paraissait pas aussi jeune que cet après-midi à l'animalerie. Pia lui donnait la quarantaine, sinon plus. Des rides au cou, des ridules profondes sur la lèvre supérieure, la peau brune tannée. Le prix à payer tôt ou tard pour une exposition excessive au soleil.

— Friederike Franzen, murmura la femme. J'habite aussi 26, Eichenstrasse à Schneidhain. Je suis née le 11 août 1967.

— Parlez plus fort, ordonna Pia agacée. 1957 ?

— Non, 1967, dit Mme Franzen en jetant à Pia un regard vexé de ses yeux barbouillés de mascara.

— Bon, abrégeons, monsieur Theodorakis, commença Bodenstein. Il est presque minuit et j'aimerais beaucoup rentrer chez moi. Nous vous soupçonnons de vous être introduit dans la nuit du 8 au 9 mai au siège de l'entreprise WindPro.

— Comment ? dit Theodorakis avec un regard irrité. Il était pâle mais bien réveillé.

— Vous avez bien une clé ?

— Oui et alors ? Qu'est-ce que j'irais faire chez WindPro ?

— Si vous permettez, c'est moi qui pose les questions, dit Bodenstein. Où étiez-vous dans la nuit du 8 au 9 mai entre

1 heure et 4 heures du matin. Et où étiez-vous la nuit dernière après avoir quitté La Couronne à Ehlhalten ?

— Pourquoi ?

— Je vous prie de répondre, lui rappela Bodenstein. Des réponses courtes et précises. S'il vous plaît.

Theodorakis hésita.

— Hier, j'étais chez mes parents, finit-il par dire et le regard étonné de la femme qui partageait sa vie n'échappa ni à Bodenstein ni à Pia. Il avait des secrets pour elle. Intéressant.

— Ah oui. Et pour quelle raison ?

— Mon père est atteint de la maladie d'Alzheimer et de Parkinson. Depuis quelques jours on lui a prescrit un nouveau médicament qu'il ne supporte pas. Hier soir, il s'est jeté sur ma mère car il la prenait pour un soldat ennemi. Elle m'a appelé, complètement désespérée.

— Pourquoi tu ne me l'as pas dit ? demanda son amie d'un air vexé.

— Tu ne t'es jamais intéressée à mes parents, répondit-il sans la regarder. Je suis arrivé vers 23 heures à Büttelborn. Il était couvert de sang, terrifié et pleurait comme un enfant. C'était affreux. Ma mère pleurait aussi. Je ne savais pas comment les calmer et j'ai appelé le médecin des urgences. Il est arrivé une heure plus tard et il a emmené mon père à Riedstadt en psychiatrie. Je l'ai suivi avec ma mère puis nous avons parlé un moment avec le médecin de garde, après quoi j'ai ramené ma mère chez elle. J'étais de retour vers 3 h 30 du matin.

Il n'avait pas l'air d'avoir spontanément inventé cette histoire et il était vraisemblable que le médecin des urgences et le médecin de garde la confirmeraient.

— Et où étiez-vous dans la nuit de vendredi à samedi ?

— Il était à la maison, dit Mme Franzen comme il ne répondait pas aussitôt. Toute la nuit !

— C'est pas tout à fait vrai, dit Theodorakis en soupirant et en se passant la main dans ses boucles noires. J'étais aussi chez ma mère. Elle tient l'auberge seule, nous avons décommandé deux personnes ce soir-là et elle a dû faire la cuisine. C'est pourquoi j'ai dû faire son job derrière le comptoir et servir les clients. Ça m'arrive souvent depuis que mon père ne peut plus le faire.

Pia jeta à Friederike Franzen un regard aigu. De cela non plus elle n'était apparemment pas au courant. Mais pourquoi s'était-elle crue obligée de fournir un alibi à son compagnon ?

— Quand êtes-vous arrivé à Büttelborn et quand en êtes-vous parti ? demanda Bodenstein.

— Je suis arrivé vers 20 h 30 et j'étais de retour à la maison vers 3 heures.

— Et vous ? demanda Pia à Mme Franzen.

— Quoi ? Moi ? Pourquoi ? demanda celle-ci, troublée.

— Eh bien, vous venez de dire que votre mari a passé toute la nuit à la maison. Peut-être étiez-vous ailleurs et c'est pour ça que vous ne vous êtes pas aperçue qu'il n'était rentré qu'à 3 heures.

— Je me suis couchée tôt parce que j'étais K.-O., répondit Mme Franzen. J'ai regardé la télévision un moment. Et quand je me suis réveillée, Jannis dormait à côté de moi.

— Qu'est-ce qui passait à la télévision ?

Elle passa l'ongle de son pouce sur sa lèvre inférieure. La laque rouge sombre de ses ongles n'allait pas avec ses mains de travailleuse.

— Un vieux policier sur la trois. J'ai pas mal zappé.

Bodenstein et Pia échangèrent un regard.

— Bien, dit Bodenstein avec un sourire froid. Merci, ça ira. Je vous demanderais de passer demain au commissariat pour signer votre déposition.

Il leur tendit sa carte de visite. Theodorakis et sa femme parurent étonnés et soulagés. Qu'avaient-ils craint ? Et pourquoi ?

Pia rassembla ses papiers, se leva et leur ouvrit la porte du fourgon pour qu'ils puissent sortir.

— Ah, monsieur Theodorakis, à propos de cet incident sur le parking, dit Pia. Voulez-vous porter plainte contre M. Theissen ? Vous pouvez demander la protection de la police.

Theodorakis fit semblant de se demander de quoi elle parlait et ignora le regard interrogateur de son amie. Même l'attaque de Theissen sur le parking et la raison de son nez cassé, il ne paraissait pas lui en avoir parlé.

— Non, non, dit-il négligemment. Ce n'est pas nécessaire.

— Comme vous voulez, dit Pia en haussant les épaules. C'était une simple proposition.

— Merci, c'est gentil. Mais, comme je vous l'ai dit, c'est inutile.

Ils sautèrent tous les deux du fourgon. Pia les suivit des yeux. Il n'y eut aucun rapprochement, pas un geste de consolation. Ils marchaient côte à côte sans se toucher. Bodenstein rejoignit Pia.

— Un peu arrogant le type, non ? remarqua-t-il.

— Un peu beaucoup. Ils forment un drôle d'attelage, dit Pia en secouant la tête. Et elle ne sait absolument rien sur lui.

— En tout cas il ne lui parle pas de ses parents. Demain nous vérifierons ses alibis, mais je suis presque sûr qu'ils sont bons.

— Ce qui signifie : tout reprendre depuis le début, soupira Pia. Quelle merde. C'était pourtant un suspect de première.

Durant le trajet du péage à Wallau au commissariat, Bodenstein engloutit deux Chicken Nuggets, deux Big Mac et autant de portions de frites, en faisant passer le tout avec un grand Coca-Cola. À présent, il avait mal au cœur, mauvaise conscience et les doigts gras, mais il avait au moins les idées claires.

— S'ils n'avaient pas commencé à jeter des tomates et des œufs, il n'y aurait pas eu d'escalade, affirma Pia qui avait à peine dit un mot de tout le trajet. Je crois que ce chaos a été programmé.

Elle mit le clignotant et tourna dans le parking de l'inspection criminelle régionale.

— Et par qui ? dit Bodenstein en enfonçant les emballages vides dans le sac en papier.

— Eh bien. Theodorakis vient en premier. Mais ce serait absurde.

— Ça a commencé quand le bourgmestre a voulu quitter la salle.

— Non. Avant, dit Pia en s'arrêtant à côté de son 4×4. C'était peu après que Theodorakis eut traité le bourgmestre et Theissen de menteurs.

Elle considéra Bodenstein.

— Ça n'aurait pas dû causer plus qu'un désordre. Personne ne pouvait prévoir une panique générale.

— S'il te plaît, n'en parlons plus, dit Bodenstein en grimaçant comme s'il avait mal aux dents. J'essayais juste de l'oublier.

— Avec dix mille calories, c'est ça? dit Pia avec un sourire entendu.

— Demain, je me mets au régime.

Pia ne faisait pas mine de descendre de voiture.

— Qui pouvait avoir intérêt à déclencher le chaos? réfléchissait-elle à haute voix. Pas ceux de l'Initiative citoyenne.

— Theissen, répondit Bodenstein. Ainsi il pouvait faire disparaître la liste des signataires de la pétition. Sans elle, une demande en nullité devant le président de la région avait peu de chances d'aboutir.

— Mouais. Ils ont bien des copies.

— Apparemment non.

Pia tira une cigarette de la poche intérieure de sa veste, l'alluma et baissa légèrement la vitre.

— C'est une voiture de fonction, rappela Bodenstein à sa collègue.

— Je m'en fiche. Demain j'achèterai un sachet de désodorisant. Elle lui tendit le paquet et il en prit une. Ils restèrent un moment à fumer en silence.

— Dans la salle, il y avait au moins cinq cents personnes, finit par dire Bodenstein. Ça pouvait être chacune d'entre elles. Il n'y avait pas que des opposants à WindPro. Mais si c'était l'idée de Theissen, il a dû commander les tomates. Et si c'est le cas, c'était une erreur.

— Je commence à ne plus rien comprendre, dit Pia en retenant un bâillement et en ouvrant la porte. Viens, on rentre.

Bodenstein acquiesça, descendit et fit le tour de la voiture.

— Mais qui était la femme avec qui tu avais l'air si copain, quand tu étais assis sur le bac à fleurs? dit Pia en jetant sur son chef un regard curieux.

Il hésita, étonné que Pia ait vu Nika.

— Pourquoi tu me demandes ça? dit-il pour gagner du temps.

— Parce que c'était la femme qui a déclaré être la femme de ménage de Theodorakis quand Cem et moi sommes allés chez lui, répondit Pia. Je ne savais pas que tu la connaissais.

— La femme de ménage de Theodorakis ? demanda-t-il agacé. C'est une relation de mes parents. De l'Initiative citoyenne. Soudain elle a surgi quand je… je rampais à quatre pattes à travers la salle. Qui elle est, ça n'a aucune importance.

Pia jeta son mégot et descendit.

— C'est peut-être pas plus mal, dit-elle en réfléchissant à haute voix.

— Que veux-tu dire ?

— Par elle nous pourrons en apprendre plus sur Theodorakis et son amie.

L'idée de questionner Nika déplaisait à Bodenstein.

— On verra, dit-il vaguement. Va d'abord apaiser ton directeur de zoo. Un couple à problèmes dans l'équipe, ça suffit.

L'eau chaude courait sur le visage de Bodenstein, sur ses épaules et sur son corps constellé de bleus et de contusions. Il s'était savonné de la tête aux pieds déjà deux fois et se sentait toujours sale. Sa conviction que Grossmann et Hirtreiter avaient été tués par la même personne était ébranlée. Pour Grossmann, il s'agissait de blessures corporelles ayant entraîné la mort. Que le cambrioleur l'ait poussé intentionnellement dans l'escalier n'était jusqu'à présent qu'une hypothèse. Hirtreiter en revanche avait été exécuté. Ses enfants avaient un puissant mobile, mais Theissen aussi. Et il fallait ajouter à cela tous ceux qui détestaient Hirtreiter pour d'autres raisons.

Demain, ils en sauraient plus, l'autopsie était à 8 heures. Bodenstein soupira et arrêta l'eau, qui était devenue tiède. Il sortit de l'étroite douche en s'interdisant de penser à la grande salle de bains avec chauffage au sol de sa maison de Kelkheim. Ici tout était petit et étriqué, il ne cessait de se cogner la tête aux chambranles et aux plafonds trop bas et l'antique chauffage était en permanence insuffisant. Il se sécha en frissonnant.

Durant le trajet de Hofheim à chez lui, pour la première fois il n'avait pas éprouvé le besoin de téléphoner à Cosima pour lui raconter ce qui lui était arrivé. Au lieu de ça, il avait pensé à Nika. Il n'avait pas son numéro de téléphone, sinon il l'aurait appelée pour la remercier encore une fois.

Il enfila hâtivement ses sous-vêtements, son bas de pyjama et un tee-shirt qu'il avait préparés auparavant et quitta la salle de bains. Il était beaucoup trop retourné pour dormir, aussi il alla dans le salon et alluma la télévision.

Rediffusion de quelque soap de la veille, un talk-show, une émission de cuisine, une autre émission de cuisine. Que de la merde. Bon Dieu. Il était assis là comme la caricature d'un de ces commissaires chers aux romans policiers suédois : vieux, déprimé et seul. L'épouse partie, le réfrigérateur vide, la vie privée de sens. Certains hommes étaient faits pour vivre seuls. Il n'en faisait définitivement pas partie. Il voulait un chez-soi, quelqu'un avec qui partager les aventures de la journée. Le silence et la solitude des soirées le rendaient presque fou.

Soudain on frappa à la porte. Qui cela pouvait-il être à une heure moins le quart ? Un espoir insensé l'envahit. C'était peut-être Nika ! Elle savait où il habitait. Bodenstein se leva en poussant un gémissement, enfila ses Crocs grises posées près de la porte et ouvrit.

— Père, dit-il à la fois étonné et déçu. Qu'est-ce qui se passe ?

— Rien. Une insomnie sénile, répondit sèchement le comte. Mais comme j'ai vu de la lumière sous ta porte, j'ai pensé que toi non plus tu n'arrivais pas à trouver le sommeil.

Il tira de derrière son dos une bouteille.

— J'étais dans la cave à vin. Peut-être accepterais-tu de partager avec ton vieux père un château-figeac 1990, dit-il d'un air assuré, bien que sa voix fût triste. Ludwig et moi en avions acheté deux caisses quand nous avons été invités à la chasse chez le comte de Figeac en 1991. C'est la dernière bouteille et j'aimerais la boire avec toi.

— Bonne idée, dit Bodenstein en s'effaçant pour laisser entrer son père.

C'était peut-être aussi bien qu'ils chassent leurs idées noires ensemble. Il alla chercher deux verres à pied à la cuisine et un tire-bouchon, suivit son père dans le salon et lui prit la bouteille. Le bouchon sortit en claquant. Bodenstein renifla.

Parfait. Il versa le vin rouge sombre dans un verre et le tendit à son père.

— Merci Oliver, dit celui-ci d'une voix enrouée. Tu es un brave garçon. Pardonne-moi de t'avoir un peu bousculé.

— C'est bon, dit Bodenstein gêné. Je n'ai pas été non plus très aimable. Trinquons à Ludwig.

— Oui, dit Bodenstein senior qui leva son verre en souriant. Ses yeux brillaient de façon suggestive. À Ludwig. En souhaitant que tu trouves son assassin.

Ils burent en restant un moment silencieux assis côte à côte sur le canapé. Puis le père parut se souvenir de quelque chose. Il tira avec difficulté une enveloppe de sa veste.

— Qu'est-ce que c'est ? demanda Bodenstein.

— C'est ce que Ludwig m'a donné il y a quelques semaines, répondit son père en souriant tristement. Il a dit que si je lui survivais je devais donner cette lettre au notaire à sa mort. Bizarre. Comme s'il avait eu une prémonition.

Jannis non plus n'arrivait pas à dormir. En rentrant chez eux, Ricky et lui s'étaient disputés, elle lui avait fait des reproches et avait chialé. Arrivée à la maison, elle avait aussitôt avalé un comprimé pour la douleur et un pour dormir et à présent elle était allongée sur le canapé du salon et roupillait comme un loir. Pourquoi avait-elle stupidement jugé nécessaire de mentir pour lui ? Ses alibis étaient en béton, pour ce genre de choses il pouvait compter sur sa mère à cent pour cent. D'abord elle montrait un certain désarroi, puis se reprenait, ça marchait toujours avec les flics. Si seulement Ricky n'avait pas si bêtement mis son grain de sel ! Elle n'avait jamais su tenir sa langue. Et bien entendu, la commissaire était devenue soupçonneuse.

Jannis gravit péniblement l'escalier et gagna son bureau où il ignora le clignotement du répondeur. Si la policière n'était pas arrivée, Theissen l'aurait salement amoché. Il avait complètement perdu la tête. C'était vraisemblablement ses sbires qui avaient profité de la pagaille pour voler la liste des signataires. En tout cas, c'était une véritable catastrophe. Les deux mille signatures qu'ils avaient mis deux mois à récolter étaient perdues ! De gré ou de force, il devait annuler le rendez-vous de demain avec le président de la région.

Il se laissa tomber en soupirant sur son fauteuil de bureau et se tâta prudemment le nez qui lui faisait horriblement mal. Son regard tomba sur un post-it rose qui était collé sur le clavier de son ordinateur. Il le lut, puis le relut et le relut encore, incrédule. Sa bouche devint sèche, son cœur s'accéléra. Qu'est-ce que ça signifiait ? Il froissa la note et la fourra dans la poche de son jean. Il se mit debout en hâte, éteignit la lumière et descendit l'escalier. Les chiens dans leurs corbeilles ne bougeaient pas et dans le salon Ricky, droguée, ronflait la bouche ouverte. Jannis ouvrit la porte de la cave et éteignit un instant quand la serrure grinça. Devant la chambre de Nika, il hésita. La porte était entrouverte, il prit une profonde inspiration et entra. La lueur du lampadaire devant la maison éclairait la chambre. Nika était allongée sur son lit. Elle était éveillée et le regardait, ses cheveux dénoués tombaient sur ses épaules.

— J'ai… j'ai trouvé ton message, murmura-t-il.

Une voiture passa, ses phares illuminèrent la pièce. Les secondes s'écoulaient. Nika restait allongée sans rien dire.

— De quoi tu voulais me… commença-t-il troublé, mais il se tut lorsque la couverture fut brusquement rabattue. Son cœur explosa presque dans sa poitrine. Il ne comprenait plus rien. Que lui était-il arrivé ?

— Je n'ai pas envie de parler. J'ai envie de coucher avec toi.

Deauville, mai 2008

C'était le cinquième et dernier soir de la Conférence internationale sur le changement climatique qui se tenait au casino de Deauville. Tout le monde l'avait félicitée pour son intervention de l'après-midi. À présent, elle se réjouissait à l'idée de passer la soirée et la nuit avec Dirk. Ils avaient beaucoup de choses à se dire, elle était d'excellente humeur.

Après le dîner, il lui prit la main et la regarda gravement de ses yeux couleur aigue-marine. Involontairement, une pensée folle lui traversa la tête, il allait enfin lui faire la déclaration qu'elle attendait depuis longtemps. Dix ans de clandestinité, ça suffisait et la maison à Potsdam était pratiquement habitable.

— Tu es ma meilleure collaboratrice, Anna, tu le sais, dit-il alors qu'elle était suspendue à ses lèvres. Sans toi, je n'en serais pas où j'en suis. Je te suis tellement reconnaissant. Et c'est pour cela que tu dois être la première à l'apprendre.

Il reprit sa respiration, son pouce lui caressait doucement la main.

— Bettina et moi allons nous marier en septembre.

Ces paroles la frappèrent comme un coup de poing. Elle le regarda sans comprendre. Bettina ? Qu'était pour lui cette femme nébuleuse qu'elle tenait pour insignifiante et à qui elle avait à peine prêté attention ces dernières années, lorsqu'elle arrivait de la Forêt-Noire pour venir les voir à l'Institut ?

Et moi, qu'est-ce que je deviens ? voulut-elle demander *mais aucun son ne put franchir ses lèvres.*

Durant ces affreuses secondes, plus que de la colère, elle ressentit une humiliation incroyablement douloureuse en comprenant qu'elle s'était absolument méprise sur son compte. Le sol se dérobait sous elle, elle avait l'impression de tomber dans un abîme. C'était elle qui avait trouvé la villa blanche, elle qui avait surveillé les travaux et passé de longues heures avec l'architecte et l'entrepreneur, car elle pensait qu'elle allait y vivre avec Dirk. Et à présent il épousait une autre femme !

Elle s'était leurrée toutes ces années. Elle avait été si stupidement amoureuse qu'elle s'était totalement laissé aveugler ! Pour Dirk Eisenhut, elle n'était qu'une collaboratrice, son meilleur cheval de course, dont le travail infatigable remplissait les caisses de l'Institut et ses propres poches à lui, une maîtresse commode qu'il trouvait toujours prête chaque fois qu'il avait envie de compagnie ou de sexe.

Soudain cela lui fut intolérable. Elle murmura un vague prétexte et quitta le restaurant. Partir, seulement partir ! Aveugle et sourde de douleur, elle se précipita hors de l'hôtel et elle se serait jetée sous les roues d'une voiture si un homme ne l'avait pas retenue par le bras.

— Mais lâchez-moi ! souffla-t-elle à l'homme qui la retenait fermement et ce n'est qu'alors qu'elle reconnut Cieran O'Sullivan. Le journaliste faisait partie des critiques les plus virulents à l'encontre de Dirk. Elle ne lui avait jamais adressé la parole, mais elle l'avait rencontré dans plusieurs congrès. Quelques mois avant, il lui avait fait passer sa carte et elle l'avait déchirée. Mais à présent il tombait à pic.

Jeudi 14 mai 2009

— C'est très bien. Merci beaucoup, dit Pia en griffonnant un chiffre sur son bloc. Vous nous avez beaucoup aidés.

Elle raccrocha et parcourut ses notes. Le père de Jannis Theodorakis avait bien été emmené dans la nuit du mardi au mercredi à l'hôpital psychiatrique de Riedstadt. Pia avait dû insister mais finalement le médecin de garde lui avait donné l'heure exacte : à 2 h 15 du matin, mercredi. D'après la déposition de l'aubergiste de La Couronne, Theodorakis avait quitté l'auberge après la dispute avec Hirtreiter, un peu avant 21 heures, Hirtreiter et le comte von Bodenstein étaient restés à peu près jusqu'à 22 h 30. Sur le parking attendait un homme inconnu et Frauke se trouvait à Rabenhof, si ce que le parent du brigadier Alois Bradl avait vu était bien exact. Combien de temps y était-elle restée ?

Pia se frotta pensivement la tête en se demandant ce qui avait pu se passer à la ferme. Après la dispute à La Couronne, Theodorakis s'était-il rendu à Rabenhof pour y attendre Hirtreiter ? Avait-il trouvé Frauke dans la maison et bu un cognac avec elle ? Ou bien était-elle déjà partie et avait-il bu le cognac plus tard avec Ludwig Hirtreiter, avant de se disputer avec lui de nouveau ? Theodorakis avait-il obligé le vieil homme à ouvrir l'armoire des armes, y avait-il pris un pistolet et une carabine et poussé Hirtreiter sur la prairie pour le tuer ? Pour ensuite aller à Büttelborn. Hum. Combien de temps mettait-on entre Ehlhalten et Büttelborn ?

Pia essaya de calculer puis elle ouvrit Google Maps et rentra les deux villages dans la carte routière. Par l'A3, le trajet était de 53,6 kilomètres et il était faisable en 39 minutes. Merde. C'était trop serré, ce serait insuffisant pour obtenir un ordre de perquisition chez Theodorakis. Il valait mieux qu'elle s'occupe de son alibi de la nuit du vendredi.

— Alors ? dit Ostermann en entrant et en se laissant tomber sur une chaise. Ça donne quelque chose ?

— Pas vraiment, dit Pia. Quand Theodorakis viendra, je prendrai ses empreintes et je ferai prélever de la salive. Et toi ?

— Selon leurs banques, les frères Hirtreiter sont complètement en faillite. J'ai téléphoné à l'huissier de justice qui s'en est occupé. Hier, il a saisi tout ce qui pouvait l'être chez Matthias Hirtreiter. L'autre frère est lui aussi en train de boire la tasse.

— Si ce ne sont pas de bons mobiles, ça !

— D'autant plus que leurs alibis étaient déjà branlants pendant l'interrogatoire.

Ce matin, ils s'étaient partagé le travail. Pia s'occupait de Theodorakis, Ostermann des trois Hirtreiter, et Kathrin et Cem étaient allés à l'institut médicolégal, car Pia n'avait aucune envie de rencontrer Henning ou de se retrouver avec lui dans la salle de dissection. Bodenstein passa la tête par la porte.

— Bonjour, dit-il. Pia, tu peux venir un instant dans mon bureau ?

Pia acquiesça et se leva. Bodenstein lui avait envoyé de bon matin un SMS disant qu'il arriverait en retard. Après tout ce qu'il avait enduré la veille, il aurait été compréhensible qu'il ne vienne pas travailler de la journée.

La catastrophe d'Ehlhalten était devenue le sujet de prédilection pour la télévision et la radio, et le bilan effrayant d'un mort et de vingt-quatre blessés avait fait les gros titres des journaux. Cem, Kathrin et elle s'en étaient bien tirés mais Bodenstein avait été physiquement victime de la panique de la foule. Ça laisse des traces.

Elle entra dans le bureau et referma la porte. Un rapide coup d'œil sur le visage de son chef confirma ses craintes. Il avait l'air éprouvé. Pâle, les yeux cernés, et cependant élégant comme toujours, en costume et cravate.

— Hirtreiter a confié une enveloppe à mon père, dit-il en s'asseyant à son bureau. Il doit la remettre au notaire après la mort de Hirtreiter.

— Son testament ?

— Possible.

— Comment, dit Pia d'un air incrédule. Vous ne l'avez pas ouverte ?

— Tu n'as pas entendu parler du secret de la correspondance, répondit Bodenstein en fronçant les sourcils. D'ailleurs la lettre était scellée d'une façon tout à fait démodée avec de la cire à cacheter.

Son téléphone sonna et il décrocha en soupirant.

— Professeur Kronlage, bonjour.

Bodenstein fit signe à Pia de s'approcher et mit le haut-parleur.

— Salut Tommy, dit-elle au Pr Kronlage qui était le patron de Henning.

— Salut Pia, dit le directeur de la médecine légale de Francfort, ça va ?

— Oui, merci et toi ?

— On fait aller. Donc : l'heure de la mort se situe entre 23 heures et minuit. La balle dans le visage a été mortelle.

— Tu sais dans quel ordre les balles ont été tirées ? demanda Pia. D'abord celle du visage ou celle de l'abdomen ?

— Je dirai d'abord l'abdomen : il a perdu beaucoup de sang. La balle dans l'abdomen a sectionné l'*arteria iliaca interna* et l'*arteria iliaca externa*. Intéressants aussi, les coups qu'il a reçus dans le haut du corps et le bras et qui lui ont brisé les côtes.

Pia échangea un regard avec son chef.

— Des coups ?

— Ils ont pu être causés par des coups de poing ou de pied, ou avec un objet comme une crosse de fusil. Il a dû être frappé avec une grande violence, c'est difficile de briser des côtes.

— *Ante* ou *post mortem* ?

— Difficile à dire. Juste avant sa mort ou tout de suite après.

Un déchaînement de violence ? Cela indiquait une forte émotion.

— Le meurtrier devait être assez costaud, dit Kronlage.

— Ou très en colère, répondit Pia en pensant à Theodorakis que son ancien patron avait qualifié de colérique.

— Oui. La colère donne des forces.

— Il avait des blessures de défense ?

— Non. Aucune. Nous avons décelé des traces de morsures d'animal et de l'ADN animal sur le visage et le bassin du mort. Il était alcoolisé au moment de sa mort. Nous avons 1,3 gramme dans le sang ce matin, dans la nuit de mercredi ça devait aller jusqu'à 1,7.

— Merci, professeur, dit Bodenstein, ça va nous permettre d'avancer.

— Je n'ai fait que mon travail, à vous maintenant. Ah, Pia ?

— Oui ?

— Henning m'a dit qu'il avait besoin de quelques jours de vacances et il a disparu. C'est pour ça que j'ai fait moi-même l'autopsie. Tu sais ce qu'il a ?

— Je crois, oui, répondit Pia qui se doutait où Henning était parti en catastrophe. Il fait son chemin de Canossa.

Le matin, il y eut quelques clients, principalement des membres de l'Initiative citoyenne. Le drame dans la salle des fêtes et la mort de Ludwig furent bien entendu les principaux sujets de conversation. Frauke n'était pas venue, sa voiture n'était pas dans la cour. Elle s'occupait sans doute de l'enterrement et de la succession de son père, aussi Nika avait annulé tous les rendez-vous pour le toilettage des chiens. Quand elle avait quitté la maison, Ricky dormait toujours sur le canapé du salon et ça l'avait arrangée. Elle avait mauvaise conscience à cause de la nuit dernière. Non qu'elle regrettât d'avoir couché avec Jannis, car elle l'avait fait par pur calcul : sa frousse, après ce qu'elle avait secrètement découvert sur son ordinateur, l'y avait poussée.

Pour un spécialiste d'Internet, Jannis était incroyablement négligent, il n'utilisait jamais de mot de passe. Aussi Nika avait-elle pu accéder aux pages qu'elle cherchait et les lire. Elle avait eu un choc en voyant les recherches poussées qu'il avait faites sur elle.

Depuis au moins avant-hier, il savait qui elle était et il connaissait son véritable nom. Pourquoi ne le lui avait-il pas jeté à la figure ? Quel jeu jouait-il ? Son aversion instinctive pour lui s'était changée en peur et elle n'avait trouvé que ce moyen pour l'avoir à sa merci. Jannis était fou d'elle et il avait aussitôt mordu à l'hameçon. Il était venu dans la cave et l'avait baisée pendant que sa compagne dormait un étage plus haut.

Nika regarda autour d'elle. Elle s'était occupée des commandes dès le début de la matinée et, comme il n'y avait rien d'autre à faire, elle se mit à laver la vitre de la porte d'entrée. La plupart des clients avaient la mauvaise habitude de pousser la porte avec la main au lieu d'utiliser la poignée. Hier, elle n'avait pas su pourquoi la Kripo était derrière Jannis. D'ailleurs ils ne s'étaient pas dit grand-chose, autant dire rien. Il s'était endormi assez vite et elle était restée allongée à ses côtés, en pensant à un autre homme.

Juste comme elle finissait de laver la vitre, la voiture de Ricky arriva dans la cour. Elle entra dans le magasin par la porte de derrière, les chiens se faufilèrent derrière elle et firent la fête à Nika. Ricky avait l'air mal en point, bouffie et cafardeuse. La mort de Hirtreiter paraissait l'avoir affectée – étonnant après tout ce qu'il lui avait dit. Mais Ricky avait le cœur tendre.

— Tu veux un café ? proposa Nika à Ricky qui refusa de la tête, alluma une cigarette et s'assit sur une chaise devant le bureau.

Nika se servit un thé et y versa un peu de lait.

— Je crois que Jannis en a une autre, dit Ricky en rompant le silence. Nika sursauta.

— Qu'est-ce qui te fait croire ça ? dit-elle en buvant son thé sans quitter Ricky des yeux.

— La police lui a demandé hier où il était dans la nuit de vendredi et de mardi, dit Ricky. Et il a inventé une histoire loufoque : soi-disant il aurait amené son père dans un hôpital psychiatrique. N'importe quoi. Mais ce qui est sûr, c'est qu'il n'était pas à la maison. Ni vendredi ni mardi.

Ricky écrasa sa cigarette dans un cendrier qui débordait.

— Jannis ne m'avait jamais dit que son père était malade. Le vendredi, il prétend avoir aidé sa mère dans le bistrot. Pourquoi il ne me l'a pas dit ? Pourquoi il me cache des choses ? Elle luttait pour ne pas pleurer. Je ne crois pas à ses histoires. Il était certainement chez une autre femme. Ah Nika, je ne peux pas supporter l'idée qu'il… qu'il puisse m'abandonner pour une autre. Ça avait commencé comme ça avec Jochen. Non, je ne le supporterais pas !

Nika se garda bien de faire le moindre commentaire et refoula énergiquement ses remords. Ça n'avait été qu'une partie de baise sans conséquence, rien de plus. Jannis n'abandonnerait jamais Ricky à cause d'elle.

— Ah, Nika, chuchota Ricky avec des larmes dans la voix et dans les yeux. Heureusement que je t'ai ! C'est si bon que tu sois là et que je puisse me confier à toi.

— Ça va, marmonna Nika qui se sentait honteuse.

— Je serai contente quand toute cette merde avec le parc d'éoliennes sera finie, dit Ricky en passant un doigt sous ses yeux pour essuyer son mascara qui coulait. Jannis et moi nous aurons plus de temps à nous consacrer.

Pas un mot sur le drame de l'Assemblée citoyenne, pas une remarque sur les raisons qu'avait la police d'interroger Jannis. Mais finalement ce n'était pas plus mal que Ricky soit préoccupée uniquement d'elle-même. Elle n'avait posé aucune question à Nika car elle ne s'intéressait jamais aux autres. Frauke, avec sa curiosité toujours en éveil, était autrement dangereuse, mais pour le moment elle avait d'autres soucis.

La clochette du magasin retentit. Le vieux Dr Beckmann, qui voulait toujours être servi par Ricky, s'avança d'un pas hésitant vers la caisse.

— Tu veux que je lui dise que tu n'es pas là ? demanda Nika.

— Non, non, dit Ricky qui se leva, remit son corselet droit et grimaça un sourire. J'y vais.

Elle regarda Nika dans les yeux et la serra brièvement contre elle.

— Merci, souffla-t-elle. Pour tout.

Quelques secondes plus tard, elle entrait, rayonnante, dans le magasin, et elle plaisanta jusqu'à ce que le vieux docteur reparte lourdement chargé, tout chancelant de bonheur. On n'aurait jamais cru que cette femme séduisante ait si peu confiance en elle et se désole parce qu'un homme avait des secrets pour elle. Que Jannis la trompe, ça lui est égal, pensa Nika. L'important c'est qu'il ne l'abandonne pas.

Pia passa devant la salle des fêtes dont le parking était encore entouré d'une rubalise et tourna dans la rue Nonnenwald qui débouchait quelques mètres après dans le chemin qui menait à Rabenhof. Elle venait d'interroger une nouvelle fois l'aubergiste de La Couronne et deux membres du comité directeur de l'Initiative citoyenne et ne put pas résister à la tentation de faire une courte visite à Rabenhof. Elle s'était fait remettre les clés par son collègue Kröger. Tout en parcourant la route qui montait doucement vers la forêt, elle repensait à la nuit dernière. Christoph était dans la cuisine quand elle était rentrée vers 1 heure du matin. Elle s'attendait à des reproches et à une dispute quand, à son étonnement, il l'avait prise dans ses bras sans le moindre reproche sur le rendez-vous raté. Il s'était fait du souci, avait-il dit, et ne pouvait pas supporter de la savoir en danger. La première femme de Christoph était morte d'une rupture d'anévrisme en laissant trois enfants. Et maintenant, il tremblait de la perdre du matin au soir. Il n'aimait pas le métier qu'elle faisait même s'il n'en avait jamais rien dit. Et pourtant, même s'ils ne s'étaient pas disputés, elle avait mal dormi et rêvé de choses confuses où se mêlaient des corbeaux qui parlaient, Christoph, Inka Hansen et son chef.

Pia se gara dans l'entrée de Rabenhof derrière une Audi Q7 bordeaux. Elle fut étonnée de voir des fenêtres largement ouvertes. Elle descendit de voiture, grimpa les marches du perron et observa la porte d'entrée fermée. Les scellés étaient intacts. Elle les rompit avec la clé et ouvrit doucement la porte. Dans le salon, les frères Hirtreiter étaient en train de se livrer à une perquisition aussi privée qu'illégale.

Pia s'arrêta sur le seuil et regarda un instant les deux hommes.

— Le vieux a bien dû cacher tout le fourbi quelque part, grogna le plus vieux qui s'escrimait avec un ciseau à bois sur un secrétaire de noyer. Il ne nous facilite pas la tâche.

Son frère était assis à la table du salon, le dos tourné à la porte, en train de feuilleter un dossier.

— Rien là non plus. Bon Dieu! Il jeta sans égards le dossier par terre. Ce merdier qu'il a gardé! Même les factures d'essence de 1986!

Un véritable deuil est bien différent, se dit Pia. Elle se racla la gorge.

— Je peux savoir ce que vous cherchez? demanda-t-elle.

Les frères se retournèrent et la regardèrent avec un mélange de peur et de culpabilité. Gregor laissa tomber le ciseau. Il retrouva la parole le premier et n'essaya pas de mentir.

— Le testament de notre père, répondit-il.

— La maison est encore sous scellés, dit Pia en toisant les deux hommes. Vous n'avez pas le droit d'être ici.

— Franchement je m'en fiche, répliqua Gregor. On a besoin de certains documents de façon urgente.

— WindPro vous met la pression?

Matthias baissa les yeux, son frère haussa les épaules.

— Pourquoi je vous raconterais des salades? Oui, ils ont fixé un délai. Il s'agit de beaucoup d'argent et nous en avons besoin tous les trois.

— La mort de votre père n'a pas l'air de vous affecter beaucoup, remarqua Pia.

Gregor Hirtreiter fronça les sourcils.

— Notre père était un égoïste entêté et peu compréhensif, pour qui le bien-être de n'importe quelle bête était plus important que celui de ses enfants et de ses petits-enfants. Il se fichait bien de cette prairie, s'il ne l'a pas vendue à WindPro c'était uniquement pour montrer qu'il était le maître. C'était son genre. Un vrai casse-couilles. Outrecuidant, sadique, odieux. Je ne verserai pas une larme sur lui, mais je ne l'ai pas tué.

— Qui alors?

— La moitié du village avait une raison de le faire. Mon père a détruit des couples et des existences avec délectation parce qu'il croyait avoir le droit de jouer les instances morales.

— Intéressant. Vous avez des noms?

— Ouvrez un bottin et vous aurez les noms. De A à Z, dit Matthias moqueusement.

— Alors commençons par vous, proposa Pia. Où étiez-vous dans la soirée où votre père a été tué?

— J'ai travaillé tard, répondit Matthias Hirtreiter. Ensuite, je suis allé manger un morceau au Journal à Königstein.

— Vous y êtes resté jusqu'à quand? Quelqu'un peut le confirmer?

— J'y suis resté jusqu'à ce qu'ils ferment. Entre 1 et 2 heures du matin. La patronne vous le confirmera, j'ai bu un verre avec elle après le départ des derniers clients.

— Hum. Et vous? dit Pia en se tournant vers l'aîné des frères.

— J'ai passé la soirée chez mes beaux-parents. Mon beau-père fêtait ses soixante-cinq ans.

— Où? Et combien de temps êtes-vous resté?

— Chez lui. À Heftrich. J'y suis arrivé vers 19 heures et je suis reparti bien après minuit.

Heftrich n'était qu'à dix minutes d'Ehlhalten. À une fête d'anniversaire, on remarquerait à peine si quelqu'un s'absentait une heure. Pia nota le nom et l'adresse des beaux-parents de Gregor.

— Où est votre sœur? Elle sait ce que vous faites ici?

— On voulait lui dire mais elle ne répondait pas au téléphone dit Matthias. Et elle n'a pas de mobile.

— Ah, ah. Et comment êtes-vous entrés dans la maison?

Les frères échangèrent un regard.

— Il y a une sorte d'entrée par-derrière, répondit Gregor à contrecœur.

Pia le suivit le long du couloir obscur. Soudain elle hésita.

— Qu'est-ce que c'est que ça?

Elle alluma. Gregor se retourna. La rampe de l'escalier qui conduisait à la mansarde était brisée. Partout volaient des plumes noires à l'éclat métallique. Pia s'accroupit.

— C'est du sang, dit-elle en montrant l'encadrement de la chambre, et ici aussi.

Elle sortit de gants de latex de sa veste et trempa le doigt dans une tache sombre.

Du sang sans contexte. Pas tout à fait frais, mais pas sec non plus.

— Vous ne l'avez pas remarqué quand vous êtes entrés?

— Non, confessa-t-il.

Son frère surgit derrière Pia.

— Qu'est-ce qu'il y a en haut? demanda-t-elle.

— Une chambre d'amis. Nos anciennes chambres d'enfants. Et le grenier.

— Attendez ici, dit Pia aux frères. Je vais aller voir.

Elle grimpa prudemment l'escalier et se crut soudain revenue dans les années 1970. Deux des trois chambres d'enfants avaient des murs mansardés recouverts de bois de chêne et elles étaient complètement meublées, sur les murs étaient collés des posters de groupes pop dont les membres devaient être depuis le temps dans des maisons de retraite s'ils n'avaient pas succombé avant à des overdoses. Des décennies de poussière recouvraient les meubles. Même la minuscule salle de bains était dans le plus pur style des années 1970 : des carreaux à fleurs beiges, le cabinet, la baignoire et le lavabo en faïence marron. Une seule chambre avait été plus récemment rénovée. Au lieu du bois et de la moquette, elle avait un sol en parquet et une tapisserie blanche sur les murs. Pia continua. La porte qui menait au grenier était coincée avec une cale de bois. La lucarne était ouverte, des plumes noires voletaient et le sol en dessous était couvert de fientes. C'était apparemment par ce chemin que le corbeau apprivoisé de Hirtreiter devait aller et venir. L'idée que ce gros oiseau volait librement dans la maison était étrange mais cela expliquait les traces de pas dans l'escalier. Le corbeau avait dû entrer. Il avait dû y avoir un combat et Pia croyait savoir qui le corbeau avait attaqué. Dans l'escalier, elle sortit son mobile et fit le numéro de Kröger.

— Christian, j'ai besoin de toi, dit Pia. Immédiatement.

— Ah, ça fait des années que je rêve que tu me dises ça, répondit son collègue avec une bonne humeur étonnante. Mais je crains que ce ne soit seulement pour le boulot…

— Ta crainte est justifiée, répondit Pia sèchement. Je suis à Rabenhof. Ici, tout est plein de sang. Je t'attends. Ah, et envoie aussi une voiture de patrouille chez Frauke Hirtreiter dans la Kirchstrasse à Königstein.

En faisant attention à ne détruire aucun indice, elle descendit pour retrouver Gregor Hirtreiter qui l'avait attendue, obéissant, au pied de l'escalier et elle les suivit, lui et son frère, dans une petite pièce sombre qui était carrelée jusqu'au plafond.

— Nous sommes entrés par ici, dit Gregor en montrant la porte rouillée. Elle n'était pas fermée.

— À quelle heure ? dit Pia en examinant la porte et le sol de la petite pièce. Elle remarqua des taches de sang sur le carrelage jaune.

— Je ne sais pas exactement. Il y a environ deux heures.

— Quand avez-vous parlé pour la dernière fois avec votre sœur ?

— Aucune idée. Hier sans doute.

— Peut-être que depuis elle est venue ici ?

— Possible, dit Gregor en acquiesçant d'un air furieux. Ça ne m'étonnerait pas d'elle.

Elle poussa la porte et découvrit un jardin redevenu sauvage. Une citerne. Contre le mur un treillis rouillé pour les rosiers. Des lilas en pleine floraison au parfum entêtant. Dans l'herbe, un sentier qui menait à la cour.

— Bon, dit-elle d'un air résolu. J'aimerais que vous m'accompagniez tous les deux au commissariat.

— Maintenant ? C'est une plaisanterie, s'insurgea Gregor Hirtreiter.

— Je plaisante rarement sur des sujets aussi sérieux, répondit froidement Pia. J'ai quelques questions à vous poser au sujet de la mort de votre père, questions pour lesquelles je n'ai pas reçu jusqu'ici de réponses satisfaisantes.

— Mais j'ai encore un rendez-vous… protesta Matthias.

— Alors vous n'auriez pas dû perdre votre temps à mettre sens dessus dessous une maison sous scellés. Allons-y.

Avec le renfort de collègues d'un autre service, Cem Altunay et Kathrin Fachinger avaient passé l'après-midi à interroger les membres du comité directeur de l'Initiative citoyenne au complet. Tous confirmèrent ce qu'avait raconté à Pia le patron de La Couronne. Jannis et Ludwig avaient eu une violente empoignade le mardi soir. Déjà le lundi, Jannis s'était disputé avec Ludwig parce qu'il avait avancé le rendez-vous avec la télévision sans avertir personne et court-circuité ainsi Hirtreiter. La dispute du mardi avait éclaté quand Theodorakis avait dévoilé la somme que WindPro avait proposée à Hirtreiter pour sa prairie aux membres du comité. Celui-ci l'avait jusqu'ici cachée à ses amis.

— Ils pensaient à cinquante ou soixante mille euros, dit Cem, mais pas à trois millions. Et personne ne voulait croire que Hirtreiter ait refusé de vendre à ce prix. Ils n'avaient plus confiance en lui et ils ont décidé que ce serait Theodorakis qui monterait sur l'estrade.

La façon despotique de diriger qu'avait Hirtreiter ne plaisait plus à personne. Il n'acceptait pas d'opinions différentes et se montrait souvent blessant particulièrement envers les membres de sexe féminin.

Il ne faisait aucun doute que Ludwig Hirtreiter était le citoyen le moins aimé de tout Ehlhalten. Il avait fait partie du bureau directeur de toutes les associations, et la jeune génération était très remontée contre lui. Pas plus tard que la semaine précédente, un complot le visant avait été fomenté à l'association sportive. Comme il avait échoué, vingt-trois membres avaient démissionné.

— Il y en a quelques-uns qui l'ont vraiment détesté, conclut Kathrin.

— On n'assassine pas un homme parce qu'on ne veut plus le voir diriger une association, dit Bodenstein.

— Hirtreiter a heurté des gens, objecta Cem. Il a détruit des mariages en mettant sur la place publique leurs histoires d'amour clandestines, et il a déconsidéré le curé en affirmant qu'il poursuivait l'enfant de chœur. Je crois qu'il a vraiment poussé à bout beaucoup de monde.

Un silence tomba autour de la table de réunion.

— Les Hirtreiter vont toucher trois millions s'ils vendent la prairie à WindPro, dit Pia. Ils ont peut-être payé quelqu'un pour qu'il fasse le sale boulot à leur place et les débarrasse du vieux.

— Un tueur ?

— Je ne trouve pas cela si rocambolesque. On peut trouver n'importe quoi avec de l'argent. Même un tueur.

— Tu penses à l'homme qui attendait Hirtreiter sur le parking de La Couronne ? dit Bodenstein en plissant pensivement le front.

— Oui, pourquoi pas. Cette voiture que Frauke prétend avoir vue dans la cour, elle l'a peut-être inventée. Mais ton père n'a pas pu imaginer l'homme sur le parking.

— Malheureusement personne ne l'a vu à part lui.

Bodenstein contempla le tableau où étaient accrochées les photos de Rolf Grossmann, de Ludwig Hirtreiter et du lieu du crime. En premier sur la liste des suspects venait le nom de Theodorakis, que son ancien patron et certains membres de l'Initiative citoyenne avaient qualifié d'impulsif et de colérique. Il avait pu guetter Hirtreiter qui les avait insultés, lui et son amie, et deux heures plus tard le tuer. Mais ça ne collait pas. Les colériques tuent sur le coup, ils ne font pas le guet pendant deux heures. D'ailleurs, Theodorakis n'avait pas de réel mobile, la mort de Hirtreiter ne lui rapportait rien puisqu'il avait déjà pris le pas sur lui à l'Initiative citoyenne.

Non, Pia avait raison. Soit c'était quelqu'un que Hirtreiter avait poussé à bout, soit c'était un professionnel. Il fallait qu'il trouve l'homme qui avait attendu sur le parking de La Couronne.

— Vous retournez à Ehlhalten, décida Bodenstein après un bref instant de réflexion. Interrogez tous les gens qui habitent à proximité de La Couronne et aussi ceux qui habitent dans les rues adjacentes, surtout les propriétaires de chien qui ont peut-être sorti leur bête ce soir-là. Quelqu'un a bien dû voir cet homme.

Pia jeta un coup d'œil à sa montre. Les Hirtreiter marinaient depuis presque trois heures dans la pièce des interrogatoires. Ils étaient d'abord passés par le service d'anthropométrie et on leur avait prélevé de la salive, ce qui les avait pas mal intimidés. Pia préférait attendre les résultats de la perquisition de la maison de Rabenhof que dirigeait Kröger. Entre-temps on avait constaté que Frauke n'était ni chez elle ni au magasin ni au refuge des animaux. Il n'y avait même pas trace de sa voiture et comme elle ne possédait pas de mobile, il était impossible de la localiser. Pia pensait qu'elle avait emprunté le même chemin que ses frères pour entrer dans la maison mise sous scellés et qu'elle y avait fait une rencontre désagréable avec le corbeau. Elle se souvint de la remarque ironique de Cem disant que c'était dommage de ne pas citer le corbeau comme témoin car il pourrait bien identifier le meurtrier lors d'une confrontation. Qu'est-ce que cet oiseau avait bien pu faire ? Pia en eut la chair de poule.

— Pia ?

La voix de Bodenstein la fit sursauter, elle chassa ses idées absurdes.

— Qu'est-ce que tu comptes faire avec les deux Hirtreiter ? demanda son chef.

— Je veux les mettre sous pression. Je les soupçonne d'avoir fait disparaître leur sœur pour se partager le magot entre eux.

— Tu as vérifié leur alibi ?

— Bien entendu. À première vue, ils sont corrects, mais les horaires qu'ils m'ont donnés ne collent pas. Matthias Hirtreiter a quitté son bureau à 18 h 20 et il n'est plus revenu après, c'est ce que m'a dit son comptable qui, lui, est resté jusqu'à 22 h 30. Avec le conseiller fiscal. Ils ont attendu Matthias mais il n'a plus reparu. Au Journal, le restaurant à Königstein, il est resté jusqu'à 1 h 30 mais il n'y est arrivé qu'à minuit moins le quart. Il y a donc cinq heures et demie pour lesquelles il n'a pas d'alibi.

— Et le frère numéro deux ?

— J'ai téléphoné à un peu tout le monde, entre autres à Bradl, le collègue du commissariat de Königstein. Il était à la soirée du beau-père et il est arrivé par hasard juste au moment où Gregor montait dans sa voiture et partait. Soi-disant pour aller acheter des cigarettes. Pourtant il ne fume pas.

— Comment as-tu eu l'idée de téléphoner à un collègue de Königstein ? demanda Ostermann incrédule.

Pia sourit et se frappa le front.

— Très simple, dit-elle. Quand Gregor Hirtreiter m'a dit que son beau-père s'appelait Erwin Schmittmann et fêtait son anniversaire dans le hall de son entreprise, ça a fait tilt. Le magasin à Heftrich où j'achète la nourriture de mes chevaux, la sciure de bois, etc., lui appartient. Et j'y ai rencontré plusieurs fois Bradl et, comme toujours dans ces cas-là, on a bavardé un peu. Et une fois, il m'a dit qu'il était le voisin de Schmittmann et qu'il l'aidait à faire les foins pendant son temps libre depuis des années. J'ai donc pensé qu'il avait dû être invité pour les soixante-cinq ans de son copain.

— Hallucinant, dit Cem admiratif et les autres étaient tout aussi impressionnés.

— Une étoile pour Mme Kirchhoff, ricana Ostermann. Sensationnel, Pia. Et il n'a pas vu, par hasard, quand Hirtreiter est revenu ?

— Si, dit Pia avec un sourire de triomphe. Il est revenu juste avant minuit. Et sans cigarettes. Et en plus il avait changé de vêtements.

— Mobile, moyen, occasion – tout y est, s'enthousiasma Ostermann. Ça devrait être suffisant pour un mandat de perquisition. Qu'en pensez-vous, chef?

Bodenstein n'en pensait rien. Il tapait d'un air concentré sur son nouvel iPhone dont il était fou. Ce n'est que lorsqu'il s'aperçut que plus personne ne parlait qu'il leva les yeux.

— À quoi ça servirait? dit-il pour montrer qu'il suivait la conversation. Si ce sont les frères, ils n'auront pas caché les armes chez eux. Allez interroger les Hirtreiter. N'acceptez aucune explication vaseuse. Où étaient-ils vraiment ce soir-là ? Demandons des mandats d'arrêt.

— Tu ne veux pas y participer ? demanda Pia.

— Je dois aller à Königstein et me renseigner sur Frauke Hirtreiter à l'animalerie, dit-il en feignant de ne pas voir le froncement de sourcils de Pia.

Il était presque 17 heures quand Bodenstein entra au Paradis des Animaux. Pendant un bon quart d'heure il était resté dans sa voiture, luttant avec lui-même.

Nika s'apercevrait-elle que les questions sur Frauke Hirtreiter n'étaient qu'un prétexte ? Et alors ! Ça lui était égal. Il fallait absolument qu'il la voie, même s'il redoutait un peu cette rencontre. Que devait-elle penser de lui après l'avoir vu hier réduit à un misérable tas gémissant ? Bodenstein accordait une grande valeur au fait de garder son sang-froid, mais hier ça n'avait pas été le cas. Nika était indélébilement liée au souvenir de cette atroce expérience, il fallait qu'il lui parle pour clarifier la confusion de ses sentiments. D'ailleurs son inconscient lui présentait cela comme l'occasion de la remercier, parmi d'autres bonnes raisons.

Devant la porte de verre, Bodenstein respira profondément et entra. La clochette retentit et Nika apparut derrière le comptoir du magasin. Un sourire de joie illumina son visage et il sut qu'il n'avait rien imaginé. Il se passait quelque chose entre eux, quelque chose qu'elle ressentait elle aussi.

— Bonjour, dit-il un peu oppressé.

Son visage était plus austère que joli, le nez un peu trop grand, la bouche un brin trop large, mais il avait quelque chose de spécial. Il se sentit soulagé, il avait eu peur sans se l'avouer qu'elle ne lui plaise plus autant à la lumière du jour. C'était l'inverse. Même sa façon peu conventionnelle de s'habiller lui plaisait, une robe en jean délavée, un sweat-shirt informe et les pieds nus dans des tennis. La coquetterie ne paraissait pas être chez elle le trait dominant de son caractère.

— Bonjour, répondit-elle sobrement. Comment ça va ?

— Bien, merci.

Il cherchait désespérément les mots qu'il avait préparés pendant le trajet mais qui lui parurent soudain trop pathétiques. *Vous m'avez sauvé la vie. Je ne l'oublierai jamais. J'ai une grande dette envers vous.* Ridicule.

— J'en suis heureuse.

Sa gêne se communiquait à elle.

— Que puis-je faire pour vous ?

Bodenstein se ressaisit.

— Nous cherchons Frauke Hirtreiter, dit-il. Vous avez peut-être de ses nouvelles ?

— Non, malheureusement pas, dit Nika en secouant la tête d'un air navré. Sa voiture n'a pas été là de toute la journée, et elle n'a pas téléphoné.

— Elle vous a dit quelque chose hier ? Quand est-ce que vous l'avez vue pour la dernière fois ?

— Hier à midi. Son frère l'a appelée pour lui apprendre que leur père était mort. Frauke est donc partie immédiatement. Depuis je n'ai plus eu de nouvelles. Peut-être que Ricky en sait un peu plus. Devant son regard interrogateur elle ajouta : Friederike Franzen. C'est à elle que l'animalerie appartient.

Elle ne posa aucune question, ne demanda pas pourquoi la police cherchait Frauke. Était-ce un signe de discrétion ou d'indifférence ? Au diable cette perpétuelle défiance !

— Ah, oui, la compagne de Jannis Theodorakis, dit Bodenstein. Ma collègue vous a d'ailleurs prise pour sa femme de ménage.

Nika sourit, de fines rides apparurent au coin de ses yeux.

— Je ne sais pas pourquoi je lui ai dit ça. J'ai eu un choc en voyant la police devant la porte. Je n'y suis pas du tout habituée.

— Qui l'est ? répliqua Bodenstein en souriant.

— J'habite depuis quelques mois chez Ricky et Jannis en sous-location, raconta Nika spontanément. Ricky est ma plus vieille amie. Enfants, nous allions à la même école. L'hiver dernier, je n'allais pas bien… je souffrais d'une sorte de *burn-out*. Elle m'a proposé d'habiter chez elle et de travailler ici pendant quelque temps.

— Et c'est par eux que vous êtes entrée en contact avec mes parents.

C'était une constatation, pas une question, mais Nika y répondit tout de même.

— Exactement. Pour ces deux-là rien ne compte à part l'Initiative citoyenne, Jannis n'arrête pas d'en parler, dit-elle en levant les yeux au ciel et en soupirant. Je ne pouvais pas m'y dérober sans être impolie.

Il était soudain très simple de parler avec elle. Elle était naturelle et ne semblait pas éprouver la moindre timidité devant le policier de la criminelle qu'il était. Bodenstein tenta donc une offensive.

— Vous voudriez aller boire un café ?

Elle le regarda d'un air étonné. Il observa fasciné que son sourire s'élargissait sur son visage, tout à fait comme chez Inka. Il commençait dans les yeux, se creusait en deux fossettes enchanteresses et glissait aux coins de ses lèvres.

— Pourquoi pas ? Plus personne ne viendra. Je peux fermer plus tôt.

Peu après, ils étaient assis sur de hauts tabourets chez Tchibo dans la zone piétonne. Ils avaient commandé deux *latte macchiato*, et Bodenstein se surprit en train de raconter sa vie à

Nika. Comment pouvait-il parler de son divorce avec une étrangère ? Habituellement, il gardait ses distances et ne laissait jamais personne pénétrer dans sa vie privée. Mais le regard attentif de Nika lui faisait du bien. De temps en temps, elle posait une question mais elle ne l'accablait pas de remarques ou d'autres exemples, elle se contentait d'écouter. Était-ce cela qui l'impressionnait en elle ? Ou bien ses yeux, qui étaient d'une couleur inhabituelle et d'une intensité qu'il avait rarement rencontrée ? Cette façon qu'elle avait de pencher la tête en écoutant ? Son sourire, timide et légèrement admiratif ? Pas une seule fois son regard ne se détacha de lui, jamais il n'avait vécu ça. Elle ne ressemblait pas aux femmes qu'il avait admirées toute sa vie, elle en était même le contraire : tendre, juvénile, farouche. L'aplomb qui lui avait plu chez Cosima, Nicole, Inka ou Heidi lui manquait totalement.

Il avait oublié Frauke Hirtreiter, Pia et même son travail et ne revint à la réalité que lorsque le garçon lui fit poliment remarquer qu'ils allaient fermer.

— Je ne savais pas qu'il était si tard, dit Nika en souriant d'un air gêné.

Ils se retrouvèrent dans la zone piétonne et le moment de prendre congé se rapprochait de façon inexorable.

— Vous… vous avez certainement d'autres choses à faire que de boire un café avec moi.

D'autres choses à faire, bien sûr, mais de plus importantes certainement pas. Le travail, qui avait toujours tenu la première place dans sa vie, attendrait pour une fois. Dans les deux dernières heures son mobile avait bien vibré dix fois, mais il ne s'en était pas soucié et avait passé outre sa mauvaise conscience.

— J'ai la chance d'avoir des collègues, dit-il avec légèreté. Si vous voulez, je peux vous ramener chez vous.

— Ce serait super, dit Nika avec un rire bref. Mais… je dois d'abord passer au supermarché, mon réfrigérateur est vide.

— Bonne idée. J'ai moi aussi des choses à acheter. On y va ? Qu'est-ce qu'on attend ?

Le relevé d'empreintes à Rabenhof avait été plus compliqué que prévu. Christian Kröger avait appelé pendant que Pia était en train d'interroger Gregor et lui avait demandé de venir à Ehlhalten. La conjonction de preuves contre les frères Hirtreiter était aussi fine qu'une feuille de papier et de toute façon Pia ne pouvait pas les retenir plus longtemps.

Bodenstein ne répondait pas au téléphone, Kathrin était chez le dentiste et Cem s'était éclipsé car c'était l'anniversaire de sa femme. Il n'y avait que sur elle et sur sa vie privée que personne ne se posait jamais de questions, pensa Pia furieuse.

Henning et Miriam n'avaient plus appelé, c'était sans doute bon signe, mais leur attitude était quand même incroyable. Quand ils avaient des problèmes, ils n'hésitaient pas à la déranger à n'importe quelle heure du jour et de la nuit pour se lamenter et quand tout allait bien : silence radio.

Quant à Bodenstein, il était devenu vraiment bizarre. Quand elle l'avait connu quatre années plus tôt, il était poli, réservé et inébranlable, à présent il était toujours poli et réservé mais il avait l'esprit ailleurs. Depuis la trahison de Cosima et l'éclatement de leur couple, il avait complètement changé. Il lui laissait fréquemment la responsabilité de tout le service et se permettait des erreurs qu'il n'aurait jamais faites auparavant. Pia était sûre qu'il n'était pas allé à Königstein à cause de Frauke Hirtreiter mais uniquement à cause de cette nana blonde, qui avait prétendu être femme de ménage. Il y avait quelque chose entre elle et Bodenstein. Pia se souvenait comme ils étaient assis près l'un de l'autre et comme ils se regardaient. Quand elle avait proposé d'en apprendre plus sur Theodorakis et sur son amie avec l'aide de cette femme, il avait hésité. Pia avait du mal à comprendre ce que son chef pouvait trouver à cette souris grise, mais peut-être qu'après Cosima il avait besoin de ce genre de femme pour retrouver sa confiance en lui.

Pia soupira et pressa le bouton du rappel automatique. À nouveau, elle tomba sur son répondeur. Pour changer, elle appela Christoph, avec le même résultat. Lui aussi était *temporarily not available*. Qu'ils aillent tous au diable. Il fallait espérer que Kröger ait découvert quelque chose de vraiment important, sinon elle allait piquer sa crise. Elle avait mieux à faire que d'aller à 7 h 30 du soir se balader dans la campagne pour des raisons de service.

Un quart d'heure plus tard, elle atteignait Rabenhof et elle fut de nouveau impressionnée par la beauté de la ferme et sa situation idyllique. Après une journée nuageuse, le ciel s'était dégagé et il offrait une palette qui allait du rose pâle au pourpre foncé. Le soleil couchant jetait sur la maison un reflet d'or mat, les hirondelles poursuivaient leur proie dans un air doux saturé d'humidité. Comment ce serait de vivre ici ? Le silence était incroyable, particulièrement pour Pia, qui habitait depuis des années à côté d'une des autoroutes les plus empruntées d'Allemagne.

Elle entra dans la cour et regarda autour d'elle. Personne. Où étaient donc passés ses collègues ? Furieuse, elle sortit son mobile de la poche de sa veste et fit le numéro de Kröger. Qu'est-ce qu'il lui prenait de la faire venir ici et ensuite de disparaître ? Dans le lointain, elle entendit le mobile sonner. À ce moment son collègue apparut.

— Salut, dit-il.

— Qu'est-ce qui se passe ? demanda Pia en fermant son mobile.

— J'ai envoyé mon assistant apporter immédiatement les échantillons de sang au labo, dit Christian Kröger en haussant les épaules. Je me suis dit que tu me ramènerais plus tard à Hofheim.

— Oui, bien sûr, dit Pia en ravalant son agacement, car elle savait que ses collègues avaient comme elle une longue journée de travail derrière eux. Qu'est-ce que vous avez trouvé ?

— Viens.

Elle suivit Kröger dans le chemin qui traversait la prairie vers la maison. Le soleil avait disparu derrière la montagne, il s'était mis à faire froid. Des chauves-souris voletaient dans le crépuscule violet. Ils entrèrent dans la maison par la porte d'entrée et gravirent l'escalier.

— Quelqu'un est venu dans cette chambre, dit Kröger quand ils furent dans la petite pièce mansardée. Là, sur le placard, il y a dans la poussière des traces fraîches de doigts.

Il ouvrit le placard.

— Le linge de la dernière étagère a été enlevé puis remis. Quelqu'un a dû chercher quelque chose.

Pia acquiesça. Frauke Hirtreiter avait dû venir avant son frère. Avec le même culot qu'eux, elle avait méprisé les scellés et était entrée par-derrière. Elle n'avait pas fouillé le placard par hasard, apparemment elle savait où chercher. Mais quoi ?

D'après les traces, elle était tombée dans l'escalier, avait brisé la rampe et sa tête avait heurté l'encadrement de la porte et elle avait été blessée.

— Après, pontifia Kröger, la personne – il s'agissait vraisemblablement d'une femme, comme le laissent supposer de longs cheveux noirs collés dans le sang – est entrée dans la chambre. Et elle y a pris une statue de Madone en bois.

— Comment tu sais ça ? demanda Pia sidérée.

— Attends, dit Kröger d'un air mystérieux. Après il y a dû avoir une lutte féroce. Il y a des plumes d'oiseau jusque sur le lustre, de petites plumes duveteuses, pas seulement des grandes. Ça a dû vraiment barder. Il montra le plafond. Il y a des jets de sang partout sur les murs. Je pense que c'est du sang animal mais on n'en aura la preuve qu'après un test à l'antiglobuline.

Pia bouillait d'impatience, mais elle ne voulait pas froisser Kröger. C'était un maître dans la reconstruction du déroulement des faits et il était comme tous ses collègues avides de louanges pour ce travail méticuleux qui à son avis était trop peu reconnu. Quand une enquête compliquée était résolue, tout le mérite revenait à la K11, la police scientifique était bredouille.

— Mais la preuve principale que le combat avec l'oiseau ne s'est déroulé qu'après la chute dans l'escalier, c'est qu'ici…

Kröger sortit de la maison par le même chemin qu'ils avaient pris à l'aller, s'arrêta à côté de la porte et montra la citerne. Pia jeta un coup d'œil dedans.

— Où est la preuve ? demanda-t-elle déconcertée. Je ne vois rien.

— En route pour le laboratoire bien sûr, répondit-il. Dans cette citerne on a trouvé un corbeau mort et la Madone de bois qui pèse bien deux kilos. La criminelle a d'abord frappé l'oiseau contre le chambranle de la porte, puis l'a finalement noyé.

— C'est vraiment dégueulasse, dit Pia en faisant la grimace et en frissonnant.

— Ça ne lui suffisait pas de tuer l'animal, elle voulait vraiment l'exterminer, dit Kröger d'une voix impartiale.

Pia leva les yeux de la citerne et le regarda. Dans le crépuscule, le visage de Kröger n'était plus qu'une tache claire. Soudain elle frissonna lorsqu'elle comprit ce qu'il sous-entendait.

— Comme pour le meurtrier de Hirtreiter, c'est ça que tu veux dire.

Kröger acquiesça.

— Ça ne lui suffisait pas de tuer l'homme. Le meurtrier l'a piétiné et lui a martelé la figure avec la crosse du fusil et en plus il a tué le chien. Un accès de violence comme avec le corbeau.

Pia avait un doute sur cette théorisation du profil de l'assassin. Un meurtrier payé ne se serait certainement pas laissé emporter jusqu'à maltraiter sa victime à coups de poing et à coups de pied. Il aurait accompli sa tâche et aurait disparu, vite fait bien fait. Mais une femme en aurait-elle été capable ?

Elle enfonça les mains dans les poches de son jean et remonta les épaules. Frauke Hirtreiter et sa mère avaient supporté pendant des années un père et un mari despotique, lui avait raconté Bradl. Quand les femmes tuent, c'est la plupart du temps pour mettre un terme à une situation insupportable. Les hommes au contraire tuent par colère, par jalousie ou par peur d'être abandonnés.

— Christian, tu es un as, dit Pia lentement. Tu as peut-être raison. Et si c'est le cas, on a fait une erreur gigantesque.

— Laquelle ?

Pia ne répondit pas. Elle pensait à Bradl quand il lui avait dit que Frauke était devenue une tireuse hors pair et un excellent fusil pour plaire à son père. Elle voulait recevoir son approbation mais Hirtreiter méprisait sa fille obèse et la traitait comme une moins que rien. Elle était venue à Rabenhof pendant la nuit du meurtre. Elle savait se servir d'un fusil. Elle détestait son père. Est-ce que c'était la piste chaude qu'ils avaient jusque-là cherchée en vain ? Pia ignora les grognements de faim de son estomac.

— Tu sais forcer les serrures ? demanda-t-elle à son collègue.

— La plupart, oui. Pourquoi ?

— On va aller visiter l'appartement de Frauke Hirtreiter. Et si tu y arrives, je te paie à manger après.

— Ce ne sera pas de trop, grogna Kröger.

— Ça veut dire que tu acceptes ?

— Bien sûr que j'accepte. Mais je ne vais pas me laisser entretenir par une collègue, c'est moi qui paie.

Il ne pleuvait plus, le soleil avait plongé derrière le Taunus et il faisait nuit. Mark avait passé tout l'après-midi au refuge des animaux, après quoi il était allé faire un tour sans but et avait gaspillé un plein réservoir d'essence. Ricky ne s'était pas manifestée et pourtant il lui avait envoyé trois SMS. Il fallait absolument qu'il lui parle. À sa grande déception, cet après-midi, il n'avait trouvé que Nika dans le magasin et elle lui avait dit que Ricky ne se sentait pas bien. Il commençait vraiment à se faire du souci.

Mark avait rangé le scooter près de la barrière de l'enclos des chevaux, et il attendait depuis un moment dans l'écurie. Ricky venait tous les soirs voir ses chevaux. Du jardin, de l'autre côté du chemin asphalté, parvenait une odeur de viande grillée. Mark ne cessait de regarder son mobile, mais il restait muet. Ça le rendait dingue de ne pas avoir vu Ricky de toute la journée et de ne pas lui avoir parlé. Il murmura son nom, l'écrivit dans le sable humide à côté de l'écurie. Rien. Ses capacités télépathiques laissaient plutôt à désirer. Comment faisait-il avant, lorsqu'il ne connaissait ni Jannis ni Ricky ? Sa vie aurait été tellement vide sans eux.

Enfin son mobile sonna ! Son cœur fit un bond, ses doigts se mirent à trembler. Mais, à sa déception, ce n'était que sa mère. Il décrocha pour qu'elle ne s'énerve pas. Ses questions et ses reproches lui passaient au-dessus de la tête. Incroyable, le flot de paroles que cette femme pouvait dégoiser en si peu de temps.

— Je rentre à la maison tout de suite, finit-il par bredouiller. Tchao.

Il était 21 h 30. Bon Dieu. Il n'y tenait plus. La maison de Ricky était à deux minutes de là. Et s'il y faisait un saut pour s'assurer que tout allait bien ? Peut-être, espérait-il, que Jannis ne serait pas rentré, et il pourrait la consoler de nouveau ! Il suivit la route, poussa l'étroite porte de jardin et se faufila entre les rhododendrons. Son cœur battait sauvagement. Le barbecue fumait sur la terrasse, la table était mise mais personne n'était attablé. Mark s'approcha sans bruit. Soudain Jannis sortit de la maison, un plat à la main.

— Tu vas arrêter avec ça ! dit-il sur un ton exaspéré.

Mark fut envahi par la déception ; Jannis était là, Ricky aussi. Il pouvait donc rentrer chez lui.

— Non, je ne vais pas arrêter ! dit Ricky en apparaissant à la porte. Tu restes dehors toute la nuit et j'apprends seulement par hasard que ton père est à l'hôpital. Pourquoi tu en fais un mystère ?

Jannis haussa les sourcils et posa deux steaks sur le gril.

— Tu étais hier au magasin avec Nika et tu es parti quand je suis arrivée ! Pourquoi ? Qu'est-ce que ça signifie ? dit-elle d'une voix proche des larmes.

— Seigneur ! dit Jannis en se tournant vers elle. Je n'ai pas de comptes à te rendre ! Mes parents ne t'ont jamais intéressée. Tu ne vas pas faire un drame pour ça ?

— Mais c'est un drame ! Tu imagines comme je me suis sentie idiote devant les flics ?

— Si tu avais fermé ta gueule, tu ne te serais pas sentie aussi stupide, espèce de connasse.

La viande dorait et il s'en échappait une odeur appétissante mais Mark ne pensait pas à manger. Il écoutait la dispute avec une horreur croissante. Jamais il n'avait entendu Jannis ou Ricky se parler ainsi.

— Tu débloques ? Comment tu oses me traiter comme ça ? dit-elle en mettant les mains sur ses hanches. C'est ça que je mérite ? Après tout ce que j'ai fait pour toi ? Pour ma part, je m'en fiche pas mal de ce parc d'éoliennes ! Tout ce cinéma, je l'ai fait pour toi et c'est comme ça que tu me remercies ?

Mark déglutit. Il s'était fait toute la journée du souci pour Ricky mais elle allait bien. En vérité elle n'avait pas eu envie de répondre au petit con qu'il était. Elle ne donnait pas la moindre impression d'être triste ou malade !

— Moi aussi, je m'en fous complètement de ce parc d'éoliennes de merde, répondit Jannis en piquant la viande avec une fourchette. C'est après ce salaud de Theissen que j'en ai ! Tu le sais bien ! Et il faudrait que je te baise les pieds chaque jour parce que tu as réussi à récolter quelques signatures ! Qui sont perdues de toute façon !

Mark en resta bouche bée ! Que disaient-ils ? Depuis des mois il n'était question que du parc d'éoliennes, des mensonges sur le climat, de l'Initiative citoyenne et à présent ils avouaient qu'ils s'en fichaient complètement.

— Je ne te demande pas de me baiser les pieds. Je veux seulement...

— Tu vas fermer ta gueule ! cria Jannis si brusquement que Mark sursauta. Ces reproches et ces disputes continuelles me font chier ! Tu me fais chier ! Tout ici me fait chier !

Les deux chiens disparurent dans la maison la queue entre les jambes.

Mark se mit à trembler. Un point douloureux grandissait derrière ses yeux. Son monde, qui tournait entièrement autour de Jannis et de Ricky, vacillait sur ses bases. Il les avait admirés et vénérés et maintenant l'image sans tache qu'il avait d'eux volait en éclats. Qu'allait-il faire s'ils se séparaient ?

— Arrêtez, arrêtez, s'il vous plaît, murmura-t-il désespéré.

Ricky tomba à genoux, enfouit son visage dans ses mains et se mit à sangloter, mais Jannis l'ignora complètement. Il tournait ses steaks d'un air stoïque.

Mark ne supportait pas de voir Ricky souffrir comme ça. Il aurait aimé la prendre dans ses bras et la consoler. Comment Jannis pouvait-il se montrer à ce point insensible et sans cœur ? Il lui était désagréable d'être témoin de leur querelle, mais il aurait eu l'impression d'abandonner Ricky en partant maintenant. Elle se leva, alla vers Jannis et l'enlaça par-derrière, en le suppliant de ne plus être méchant avec elle. C'était affreux de la voir s'humilier et s'abaisser comme ça !

— Arrête, dit Jannis sur un ton irrité en se dégageant. Je n'en ai pas envie maintenant... bon Dieu ! Qu'est-ce que tu fous !

Mark vit avec stupéfaction Ricky se mettre à genoux devant Jannis. Son cœur frappait à grands coups dans sa poitrine, il avait en même temps chaud et froid. Il aurait voulu disparaître mais il en était incapable. Une force secrète le paralysait, l'obligeait à rester derrière le grand cèdre, les yeux fixés sur la terrasse comme un voyeur lubrique. Il en oubliait presque de respirer, les doigts enfoncés dans l'écorce rugueuse et collante du conifère. Écœuré et fasciné à la fois, il les vit s'accoupler comme des bêtes – en sueur, muets et sans tendresse, laissant les steaks brûler. Une image brutale qui lui ôtait toutes ses illusions sur l'amour. Il se détestait de regarder ça mais ça l'excitait d'autant plus. Il détestait Jannis parce qu'il se conduisait de façon dégoûtante et primitive. Il détestait Ricky parce qu'elle lui avait menti et l'avait trompé sur sa vraie personnalité. Ce n'était qu'une vulgaire pute qui se laissait insulter et rabaisser. Il avait un violent mal de tête et il était en larmes.

— Ô mon Dieu, ô mon Dieu, je t'aime ! s'écria Ricky à cet instant.

Comment pouvait-elle dire cela à un homme qui quelques minutes plus tôt l'avait traitée de connasse ? Mark n'en pouvait plus. Il partit en courant comme s'il était poursuivi par le diable. Des larmes brûlantes coulaient sur ses joues. Il ne pourrait jamais plus les regarder dans les yeux sans y penser et avoir honte pour eux ! Ils l'avaient trahi, lui avaient menti, l'avaient trompé. Exactement comme les autres.

La voisine de Frauke Hirtreiter, qui était aussi sa propriétaire, avait les clés de l'appartement, aussi Pia et Kröger n'eurent pas besoin de faire une effraction. Entrer sans mandat de perquisition n'était pas légal mais, à de possibles reproches, Pia objecterait l'imminence d'un danger, ça marchait à tous les coups. D'ailleurs elle était vraiment furieuse contre Bodenstein et son foutu téléphone toujours éteint. Depuis 16 h 30 il avait tout simplement disparu, comme Christoph d'ailleurs qu'elle ne pouvait joindre à aucun de ses numéros, ni sur son mobile, ni au bureau, ni chez eux sur leur fixe. S'il rééditait sa bouderie de mercredi soir, il allait en prendre pour son grade !

— Quand avez-vous vu Mme Hirtreiter pour la dernière fois ?

Pia rempocha sa carte de police après que la voisine, une septuagénaire ratatinée, les cheveux blancs coiffés à la garçonne et l'haleine puant l'ail, l'eut soigneusement examinée.

— Hier vers 18 heures. La Franzen avait fermé le magasin plus tôt à cause de cette réunion – effrayant ce qui s'est passé, non ?

— Oui, affreux, répondit Pia en s'exhortant à la patience.

— Je suis au courant de tout ici. La maison m'appartient et depuis que les jeunes ont ouvert en bas l'animalerie, la vie est revenue dans la maison, dit la voisine qui sourit, les yeux brillants. Mon père est mort depuis cinq ans. Avant c'était un magasin d'électroménager mais j'ai dû le fermer.

À près de 10 heures du soir, la vie de cette femme n'intéressait pas vraiment Pia, mais la vieille femme solitaire jouissait d'être au centre de l'attention, même si c'était pour peu de temps.

— La Frauke est arrivée juste après que Mme Franzen est partie. Elle est montée tout de suite dans son appartement. Je voulais lui présenter mes condoléances – Mme Franzen m'avait raconté ce qui s'était passé – aussi j'ai sonné chez elle.

— Quelle impression Mme Hirtreiter vous a faite ?

— Quelle impression ?

— Elle était triste ? Choquée ?

— Non, dit la voisine en secouant la tête. Pas vraiment. J'étais un peu étonnée, après tout son père venait juste d'être assassiné. Elle était un peu… excitée. Mais elle n'a pas dit grand-chose alors que d'habitude elle jacasse comme une pie.

Le ton était méprisant.

— Qu'est-ce qu'elle vous a dit ?

Pia entendait Kröger s'impatienter derrière elle.

— Je ne sais plus au juste. Si ! Elle m'a demandé de lui arroser ses fleurs parce qu'elle devait s'absenter, peut-être pendant plusieurs jours.

Le matin, Frauke Hirtreiter avait été avertie de la mort de son père par le père de Bodenstein puis elle était allée à l'institut médicolégal de Francfort avec ses frères. Vers 6 heures du soir, savait-elle déjà qu'elle trouverait quelque chose dans le placard de la chambre d'amis chez son père et avait-elle déjà prévu de fuir à ce moment ?

— Pia, tu viens ? dit Kröger à mi-voix de l'intérieur de l'appartement.

— Je vous remercie beaucoup, madame…

— Meyer zu Schwabedissen. Irene.

Son haleine aillée coupait le souffle à Pia. À jeun, elle ne supportait pas cette odeur. Pia lui tendit sa carte en souriant.

— Bon. Si quelque chose vous revient, ou si Mme Hirtreiter réapparaît, appelez-moi, s'il vous plaît.

Mme Meyer trucmuche acquiesça énergiquement et Pia entra dans l'appartement. "Pauvre" fut le premier adjectif qui lui traversa l'esprit à la vue du maigre mobilier. La cuisine était propre mais vieille et démodée, la salle de séjour ne contenait qu'un canapé élimé, une vieille télévision avec antenne et un élément mural branlant qui manqua s'écrouler quand ils ouvrirent la porte. Des murs nus sans tableaux, pas de livres, pas de bibelots. Quelques fleurs sur l'appui de la fenêtre étaient la seule chose qui différenciait la pièce d'une cellule de prison. Personne ne vit comme ça sans y être obligé. Frauke Hirtreiter devait vraiment avoir besoin de l'argent de WindPro.

— Christian ? demanda Pia. Où es-tu ?

— Dans la chambre, dit la voix de Kröger de la pièce à côté. Un parquet stratifié sans tapis. Le lit, l'armoire et l'étagère relativement neufs paraissaient venir d'une grande surface.

Christian se tenait devant l'armoire ouverte et, avec son mobile, il photographiait quelque chose à l'intérieur.

— Tu as eu du nez, dit-il par-dessus son épaule. Regarde. Elle n'a même pas pris la peine de le cacher.

Pia passa devant lui. Entre les vêtements était appuyé un fusil.

Vendredi 15 mai 2009

Deux cadavres, une suspecte en fuite et une centaine de questions sans réponses. Toutes les pistes finissaient en cul-de-sac. On n'avait aucune nouvelle de Frauke Hirtreiter ni de sa voiture, elle semblait s'être volatilisée. Ses frères s'étaient très rapidement enferrés dans leurs mensonges et avaient fini par reconnaître qu'ils étaient à la ferme le mardi soir en même temps que leur sœur. Ils s'étaient retrouvés là-bas vers 22 h 30 sans que leur père apparaisse. Ils disaient tous les deux avoir vu la voiture, une BMW ou une Audi noire. Elle était arrivée avant 22 heures et était restée à peu près cinq minutes au coin de la rue sans que le moteur soit coupé, puis elle était repartie. C'était peut-être vrai, mais ça pouvait aussi être une tentative de faire porter les soupçons sur un mystérieux inconnu, que la police ne trouverait jamais car il n'existait pas.

À la question de savoir pourquoi il s'était changé pour revenir à la soirée d'anniversaire de son beau-père, Gregor avait prétendu que le chien de son père lui avait sauté dessus.

Matthias expliqua les trois quarts d'heure manquant avant son arrivée au Journal par le détour qu'il avait dû faire, à cause de la fermeture de la B455, entre Eppstein et Fischbach. Aucune trace de poudre sur les mains. Aucun soupçon de fuite ou de dissimulation. Aucune chance d'obtenir la permission de relever les appels sur son mobile. Pas une seule preuve. Rien. Pia avait dû les relâcher avec l'impression d'avoir été menée en bateau du début à la fin.

— J'essaie quand même d'obtenir un mandat de perquisition, conclut Ostermann avec presque un accent de consolation. Ne serait-ce que parce qu'ils nous ont d'abord menti.

Les nouvelles venant du laboratoire autorisaient le léger espoir que l'analyse du gant de latex déchiré serait fructueuse. Il était acquis que les fibres venant des vêtements de Hirtreiter étaient différentes de celles trouvées sur le corps de Grossmann, et grâce à un logiciel spécial, on avait pu établir la taille exacte du cambrioleur.

Pia écoutait ses collègues d'une oreille tout en crayonnant sur son bloc-notes, perdue dans ses pensées. Hier soir, elle n'était arrivée qu'à minuit et demi chez elle après avoir mangé avec Kröger une enchilada affreusement épicée arrosée par des *caïpirinhas*. Elle s'apprêtait à trouver un Christoph furibard mais il n'était pas à la maison. *Accouchement d'une girafe, ça peut prendre du temps*, avait-il gentiment noté sur une feuille.

— Theodorakis fait à peu près un mètre quatre-vingts, était en train de dire Cem.

— Et il avait un mobile pour le cambriolage : il avait besoin de ces documents.

Pia bâilla et dessina un corbeau sur son bloc.

— Il a une clé du bâtiment et le connaît parfaitement.

— J'ai parlé hier après-midi avec Theodorakis, intervint Bodenstein qui jusqu'ici ne s'était pas mêlé à la discussion.

Pia lui en voulait toujours de l'avoir laissée en plan, mais elle ne pouvait pas ignorer qu'il était le chef. En tout cas, quoi qu'il ait pu faire, ça lui avait réussi, il n'avait pas été aussi gai depuis longtemps.

— Où tu l'as rencontré ? demanda-t-elle.

— Il est venu chez nous pour parler à mon père. Je lui ai demandé comment il s'était procuré les documents de WindPro.

— Ah oui ? Et qu'est-ce qu'il t'a raconté comme salades ? dit Pia tout en faisant entrer et sortir la pointe de son stylo-bille jusqu'à ce que Kai la regarde d'un air agacé.

— Il affirme que c'est un ancien collègue du ministère de l'Environnement qui les lui a remis.

— Theodorakis a travaillé au ministère de l'Environnement ? demanda Cem étonné.

— Oui. Au bureau des énergies renouvelables et de la protection de la nature. C'est là qu'il a connu Theissen qui lui a fait alors une offre d'embauche lucrative. Pour WindPro, Theodorakis, avec les relations qu'il s'était faites depuis plusieurs années, valait de l'or, mais à présent il sait beaucoup de choses sur WindPro.

— Entre autres, comment on pénètre dans les bureaux, dit sèchement Pia. Ces documents ne peuvent pas venir du ministère !

— Moi, je crois que c'est possible, la contredit Bodenstein. Ils faisaient partie des éléments du dossier pour le permis de construire du parc d'éoliennes. Kai, voici le nom et le numéro de téléphone de l'ancien collègue de Theodorakis au ministère. Appelle-le et convoque-le ici.

Ostermann acquiesça.

— Je suis persuadé que Theodorakis est le cambrioleur, maintint Pia. Ce qu'il veut avant tout, c'est abattre Theissen.

— Il a un alibi, lui rappela Cem.

— Il est vaseux. Même en admettant qu'il ait travaillé chez sa mère jusqu'à minuit, il a eu largement le temps pour un petit cambriolage après.

— Et il avait comme par hasard un hamster mort dans sa poche ?

Le hamster ! Pia considéra Cem quelques secondes.

— Sa copine possède une animalerie, dit-elle en réfléchissant à haute voix. Dans une animalerie, les animaux doivent être vendus vivants. Nous devrons examiner les bons de livraison. Combien de hamsters ils ont achetés et combien ils en ont vendu.

Ils discutèrent un moment et finalement on décida que Cem et Kathrin iraient à Ehlhalten avec quelques collègues et interrogeraient les gens, qui habitaient autour de La Couronne, sur l'homme inconnu. Parallèlement, pour Frauke, un avis de recherche serait diffusé par la presse, la radio et la télévision.

Il se sentait malade. Malade et misérable. Le monde entier ment. Les gens vous font des sourires par-devant mais ils pensent le contraire de ce qu'ils disent. Pourquoi? Pourquoi n'y avait-il pas une seule personne franche et honnête? Mark était allongé sur son lit et contemplait le plafond. Sa migraine avait empiré dans la nuit, elle lui martelait le crâne.

À travers les lattes du rideau roulant, le soleil dessinait des formes par terre. Les voix de ses parents montaient de la terrasse. De la porcelaine tintait, ils prenaient leur petit-déjeuner. Sa mère riait de son rire faux. Elle le sortait même quand il n'y avait pas de quoi rire, dès qu'il y avait un spectateur devant qui jouer son rôle de femme heureuse. Quand elle ne se sentait pas observée, elle pleurnichait. Ou bien elle buvait en secret de la vodka dans des verres à eau. Elle se mentait à elle-même. Exactement comme moi, pensa Mark en se recroquevillant sur lui-même.

Le chien du voisin se mit à aboyer.

— Ta gueule! cria son père au chien. Son rire à lui aussi était faux. Sous sa gaieté de façade bouillonnaient la frustration et une colère qui parfois explosait. Uniquement lorsqu'il n'y avait personne pour le voir et l'entendre, bien entendu. L'autre jour, ses parents s'étaient à nouveau engueulés pendant la nuit, mais à voix basse. Ensuite sa mère s'était réfugiée dans son atelier en gémissant et le lendemain elle était rayonnante. Un baiser d'adieu. À ce soir, trésor! Ferme la porte. Et un verre de vodka là-dessus, quand le trésor s'était enfin cassé. Écœurant.

— Mark, chantonna sa mère. Descends!

Non, il ne descendrait pas, même si c'était Ricky qui l'appelait. Ricky! Les images, sa voix et les bruits qu'elle avait émis l'assaillirent comme une vague amère. Mark mit l'oreiller sur sa tête et pressa les mains sur ses oreilles comme s'il pouvait faire écran à ses halètements et à ses soupirs de chienne en chaleur. Pourquoi n'était-il pas rentré chez lui? Il ne voulait pas d'une Ricky si étrangère, si laide, si vulgaire. Cette pensée le torturait. Elle le rendait malade. Presque comme autrefois quand Micha l'avait laissé tomber. Mark lui avait fait confiance à lui aussi – et puis soudain, d'un jour à l'autre, Micha avait disparu et il n'avait rien fait pour empêcher que se jettent sur lui ces vautours qui piétinaient tout ce qui était beau jusqu'à en faire une chose dégoûtante. Mark n'avait pas répondu aux questions lancinantes, il avait attendu et espéré. Que Micha reviendrait. Qu'il puisse tout expliquer et que ce soit comme avant. Mais Micha n'était pas revenu et rien n'avait plus été comme avant.

Le mobile de Mark sonna. Il l'attrapa, regarda le SMS. *Salut Mark*, écrivait Ricky. *Pardonne-moi de ne pas t'avoir répondu hier. Je n'allais pas bien, j'avais mal au dos ! Je me suis couchée de bonne heure. Est-ce que tu vas venir au refuge ? Ricky.*

Mal au dos ! Ah, Ah ! S'il n'avait pas vu de ses yeux ce qu'elle avait fait, il l'aurait immédiatement crue. Combien de fois elle lui avait menti ainsi ? Pourquoi mentait-elle sur tout ? Il n'y avait pas de raison ! Soudain il eut à nouveau la nausée. Il sauta sur ses pieds, se précipita dans la salle de bains et vomit tripes et boyaux.

— Mark ! dit la voix inquiète de sa mère avant d'apparaître sur le seuil. Qu'est-ce qu'il y a ? Tu es malade ?

— Oui, dit-il en tirant la chasse d'eau. J'ai dû manger une saleté. Je reste au lit aujourd'hui.

Il passa en chancelant devant sa mère et se remit au lit. Elle le suivit et voulut lui parler, mais il ferma les yeux et attendit simplement qu'elle s'en aille.

Merde, voilà qu'il avait menti à son tour ! Il ne valait pas mieux que Ricky et Jannis, ces menteurs.

Un deuxième SMS de Ricky arriva. *Mark, réponds !*

Pas question. Sa déception était profonde et le mettait en rage. Ricky avait irrémédiablement détruit l'image qu'il s'était faite d'elle. Elle ne devait pas être quelqu'un d'ordinaire, il avait besoin de l'admirer comme il avait admiré et vénéré Micha, jusqu'à ce qu'il comprenne que celui-ci lui avait menti et l'avait trahi. Son mobile sonna à nouveau. Le troisième SMS de Ricky. Cette fois il répondit. *Je suis à l'école. Je te tiens au courant.* Rien de plus. C'était la première fois qu'il mentait à Ricky.

Cem et Kathrin s'en allèrent, Ostermann ramassa ses notes et disparut dans son bureau. Bodenstein et Pia restèrent assis autour de la table. Depuis la soirée d'hier avec son père, un vague souvenir bruissait dans son subconscient, comme un mot qu'on a sur le bout de la langue mais qui se dérobe. Ça le rendait fou de ne pas trouver de quoi il s'agissait.

— Mon père se souvient à présent de l'homme qui a parlé avec Hirtreiter, dit-il en brisant le silence. Malheureusement ce n'était ni Theissen ni Rademacher. Mais c'était un homme d'apparence frappante, il était au moins aussi grand que Hirtreiter, donc à peu près un mètre quatre-vingt-dix.

— Tu crois que c'était un tueur professionnel ?

Pia crayonnait sur son bloc sans lever les yeux. Il pouvait comprendre son irritation. Il avait été impoli en ne répondant pas au téléphone.

— Non. Un professionnel n'aurait pas pris le risque de parler à Hirtreiter sur un parking en présence d'un témoin, dit Bodenstein en mettant pensivement le menton sur son poing. Mais c'est insuffisant pour une recherche.

— Attendons de voir ce que Cem et Kathrin vont trouver, dit Pia en jouant avec son stylo. La bague qu'il n'avait remarquée que depuis peu de temps étincelait dans la lumière de la lampe et fit remonter, dans un éclair, un souvenir. Mais son mobile sonna et le souvenir replongea dans les profondeurs de son cerveau. Merde !

— Bodenstein, dit-il agacé.

— Pareil. Où es-tu en ce moment ? dit son père d'une voix bizarre.

— Au bureau. Pourquoi ? Il s'est passé quelque chose ?

— C'est le cas de le dire. Tu peux venir à Königstein ? Je suis au café Kreiner.

— On arrive, dit Bodenstein en se levant et il allait interrompre la conversation, quand son père ajouta :

— Viens seul. C'est une… une situation un peu délicate.

— D'accord. J'arrive.

— Il est arrivé quelque chose ? demanda Pia.

— Il semblerait. Il faut que j'aille à Königstein. Seul, malheureusement.

— Bien entendu.

Pia se pencha en arrière, croisa les bras et le toisa en prenant un air énigmatique. Il la connaissait assez pour savoir que son comportement lui faisait de la peine mais il était incapable de lui expliquer ce qui se passait en lui depuis la soirée de mercredi. Lui-même ne savait pas exactement de quoi il s'agissait. Il se sentait tout à fait différent que lors de son aventure avec Heidi quelques mois auparavant. Elle n'avait été pour lui qu'une consolation. Alors que Nika faisait vibrer une corde qu'il ne soupçonnait pas en lui. Quand il pensait à elle – et c'était presque sans arrêt – il était comme éperdu de désir. Ça ne lui était encore jamais arrivé et cela le troublait et le désorientait parce qu'il se sentait impuissant face à ce sentiment.

Pia le regardait en dessous, attendant une explication qu'il était à son grand regret incapable de lui fournir. Devant son silence, elle se leva.

— À plus tard, dit-elle froidement. Ah, au cas où ton chemin te conduirait chez Mme Franzen, tu peux lui poser la question sur le hamster.

Elle jeta son sac sur l'épaule et quitta la pièce sans le regarder.

Achim Waldhausen, secrétaire d'État du ministère de l'Environnement de la Hesse, n'avait pas le temps de venir à Hofheim, c'est donc Pia qui dut aller à Wiesbaden.

Elle ne pouvait s'expliquer la conduite de Bodenstein. S'était-il vraiment amouraché de la souris menteuse de l'animalerie ? Elle n'arrivait pas à le croire, car cette femme n'avait pas du tout le profil des conquêtes habituelles de son chef, mais il fallait peut-être y voir une réaction au choc de mercredi soir. Un dommage post-traumatique peut avoir des effets imprévisibles. Pia essayait de se persuader que ce que son chef faisait dans sa vie privée ne la regardait pas, mais elle devait reconnaître que ça la rendait malade de le voir se conduire ainsi. Elle mit la radio plus fort, alluma une cigarette et baissa un peu la vitre. C'était idiot de se casser la tête pour Bodenstein, aussi elle ramena ses pensées à la conversation qui l'attendait. Avec un peu de chance elle obtiendrait un renseignement qui corroborerait les soupçons que lui inspirait cette grande gueule de Theodorakis.

Waldhausen attendait Pia à son bureau et n'eut pas besoin d'incitation pour se mettre à table. Theodorakis avait été un collègue et presque un ami, mais il avait depuis montré son vrai visage. Quand il avait quitté le ministère pour le privé, il avait froidement utilisé ses relations et essayé d'acheter ses anciens collègues afin d'obtenir des avantages pour son employeur.

— Honnêtement, dit Pia en interrompant le flot de paroles du secrétaire d'État, qui s'est fait acheter, ça ne m'intéresse pas. Nous enquêtons sur deux homicides et j'aimerais savoir si vous avez passé à Theodorakis des expertises que WindPro vous avait fournies pour obtenir l'agrément du parc d'éoliennes d'Ehlhalten.

— Absolument pas, répondit Waldhausen atterré.

— Avant-hier soir à l'Assemblée citoyenne, il a mentionné votre nom. Il a affirmé que vous étiez le contact de Theissen au ministère et que vous aviez donné votre agrément contre tous les avis.

— C'est typique de cet homme, dit Waldhausen en ricanant. Mon département, après un examen circonstancié de toutes les expertises et des études de conformité environnementale, a accordé la construction du parc d'éoliennes dans une procédure tout à fait normale. Il n'y avait pas de raison de refuser le projet.

— Malgré les arguments de l'Initiative citoyenne ?

Waldhausen leva les yeux au ciel.

— Vous savez, tout le monde est pour les énergies renouvelables et tout le monde est contre l'énergie nucléaire. Mais personne ne veut avoir un parc d'éoliennes ou une centrale à biogaz devant sa porte. Ces Initiatives citoyennes, avec leur politique de blocage, ne coûtent pas seulement cher aux investisseurs, elles coûtent aussi des millions aux contribuables car elles retardent les mises en chantier.

— Dans le cas du parc d'Ehlhalten aussi ?

— Oh oui, dit Waldhausen en croisant les jambes. Theodorakis se moque bien du parc d'éoliennes. Il veut jouer un sale tour à son ancien employeur et pour ça tous les moyens sont bons.

— Hum. Vous connaissez personnellement le Dr Theissen ?

— Oui, bien entendu. Ce n'est pas la première installation d'éoliennes que son entreprise projette et bâtit en Hesse.

— Que se passerait-il s'il arrivait que les expertises sur le potentiel éolien, qui sont cruciales pour obtenir le permis de construire, se révélaient effectivement fausses ?

Waldhausen hésita.

— Pourquoi est-ce qu'elles devraient être fausses ? Un parc d'éoliennes qui ne fonctionne pas fait perdre des millions.

— À qui ?

— À l'exploitant.

— Et dans le cas du parc d'éoliennes d'Ehlhalten, qui est l'exploitant ?

— Je ne sais pas au juste. Je n'ai pas étudié le projet en détail, ce sont des spécialistes d'un autre département du ministère qui s'en chargent. D'ailleurs je ne comprends pas le but de cette question.

— Et moi, je ne comprends pas comment WindPro a reçu une autorisation pour un projet dont la faisabilité n'est même pas claire. Au jour d'aujourd'hui il n'est pas certain que la construction des éoliennes pourra être réalisée.

— Qu'est-ce que vous voulez dire ?

— Que dans votre ministère quelqu'un n'a pas daigné regarder de près quand l'autorisation a été octroyée. Et ça m'étonne, je sais combien vous êtes pointilleux pour délivrer ce genre d'agrément. C'est une faute grave, si, agrément ou pas, le parc d'éoliennes ne peut pas être construit.

— Il y a différentes variantes du plan qui sont approuvées, visiblement Waldhausen ne se souvenait pas des détails. Pour la variante A, WindPro avait déjà réglé les promesses de vente avec des propriétaires de terrain. La variante B était relativement chère, mais ne nécessitait aucun investissement supplémentaire car les terrains qui auraient été concernés pour les accès appartiennent au land ou à la commune. Mais on a eu des scrupules vis-à-vis des défenseurs de la nature, qu'après tout on ne pouvait pas ignorer. C'est pour ça que la variante A a été retenue.

Pia se souvint des hamsters dorés.

— Pourquoi tout d'un coup ces terrains ne font plus partie de la réserve naturelle ?

— La procédure exacte excède ma compétence, répondit Waldhausen platement. Les conditions étaient remplies. Nous n'avions aucune raison de refuser le permis de construire.

Tout cela sentait la magouille la plus sordide et ceci ne concernait pas seulement le ministère de l'Environnement, ça impliquait aussi la ville d'Eppstein et peut-être le comté et le land. Theissen avait certainement arrosé qui il fallait et Theodorakis le savait. Pia comprit brusquement qu'en se confrontant publiquement avec lui Theissen marchait sur une couche de glace très mince. Quelqu'un d'anciennement bien informé déballait tout. Pia se souvint comment Theissen s'était jeté mercredi soir sur Theodorakis. La WindPro avait sans doute beaucoup à perdre si le projet avortait et Stefan Theissen n'était pas homme à se laisser faire. Pia doutait fort qu'il soit directement impliqué dans le meurtre de Hirtreiter mais, pour lui, ça arrivait certainement à point nommé. Theodorakis était en danger mais il était bien trop arrogant pour s'en apercevoir.

Pia remercia Waldhausen de l'avoir reçue et quitta le ministère. Ce faisant, elle contrôla son mobile qu'elle avait éteint. Deux appels en absence. Elle rappela Kai. Ils avaient obtenu le mandat de perquisition pour la maison, les bureaux et l'appartement des frères Hirtreiter. Il y avait un briefing à 13 heures, ils iraient après.

— Alors ? demanda Kai. Qu'est-ce que le type a dit ?

— Il prétend n'avoir rien remis à Theodorakis. Son aversion à l'égard de son ancien collègue est tout à fait évidente.

Pia retrouva son auto qu'elle avait garée à quelques centaines de mètres pour éviter de la mettre dans le garage du ministère. Elle allait payer ce goût du confort d'une contredanse.

— Theissen n'a obtenu le permis de construire qu'en employant la corruption, c'est certain, dit-elle en cueillant la contravention bleue sous l'essuie-glace et la fourrant dans sa poche. J'ai eu l'impression désagréable de déranger un nid de frelons.

— Les frelons ne sont pas derrière toi, j'espère.

— Non, dit Pia en s'asseyant derrière le volant. Ils sont derrière mes suspects préférés.

Bodenstein arrêta sa voiture sur le parking de Georg-Pingler-Strasse, ignora superbement le parcmètre et gagna la zone piétonne. Le café Kreiner se trouvait tout près de Tchibo où il avait dîné la veille avec Nika. Son père était assis sur la terrasse couverte, pâle et maigre, avec devant lui une part de tarte aux fraises à laquelle il n'avait pas touché.

— Qu'est-ce qui s'est passé ? demanda Bodenstein inquiet. On croirait que tu as vu un fantôme.

Il s'assit et commanda un café. Sans lait et sans sucre.

— Je… je suis tout retourné, répondit son père qui voulut prendre sa tasse à café mais ses mains étaient si tremblantes qu'il dut la reposer.

Nous avons cela en commun, pensa Bodenstein. Depuis hier soir, il n'avait plus d'appétit, même la tarte aux fraises que son père dédaignait ne lui faisait pas envie. La serveuse apporta le café.

— Alors, dit-il, raconte.

Heinrich von Bodenstein prit une profonde inspiration.

— J'arrive de chez le notaire, dit-il enfin. Il m'a appelé ce matin pour me prier de passer.

— Ah oui, c'était donc l'ouverture du testament de Ludwig.

— Ce n'était pas l'ouverture officielle mais le notaire a lu le testament sous la pression de Gregor et de Matthias.

Bodenstein regarda son père avec curiosité.

— Et alors ? Il t'a laissé quelque chose ?

— Oui, répondit le comte von Bodenstein d'une voix d'outre-tombe. Tous ses terrains. Sans exception.

— Même la… commença Bodenstein incrédule.

— Hélas, acquiesça son père. Ce funeste terrain aussi.

— Seigneur ! s'écria Bodenstein en comprenant ce que ça signifiait. Son père était donc propriétaire de cette prairie pour laquelle WindPro avait offert trois millions.

— C'est incroyable, dit-il. Tu en as parlé à mère ?

— Non je ne le sais que depuis une heure.

— Et comment ont réagi les frères Hirtreiter ? Frauke était là ?

— Non. Je me suis étonné moi aussi de son absence. Ludwig lui a laissé la ferme. Gregor et Matthias étaient évidemment hors d'eux de ne recevoir que l'argent et la maison familiale d'Elfi à Bad Tölz. Ils veulent attaquer le testament, mais le notaire leur a dit qu'ils n'avaient aucune chance.

Bodenstein se balançait d'excitation sur sa chaise.

— Si tu les avais vus, dit le comte en soupirant. Avec quelle haine ils m'ont regardé. Comme si j'y étais pour quelque chose.

— Ne t'inquiète pas pour ça. Tu vas vendre la prairie à WindPro ?

— Tu es fou ? dit son père en le regardant avec stupéfaction. Ludwig voulait empêcher la construction du parc d'éoliennes ! Il m'a fait hériter de cette prairie parce qu'il savait que je n'irais jamais contre sa volonté. Je me demande si je dois accepter cet héritage.

— Évidemment que tu dois le faire ! dit Bodenstein et il baissa la voix car un couple âgé s'était assis à côté d'eux. Ludwig voulait que tu aies cette prairie, mais il ne peut pas décréter ce que tu en feras. Sauf si c'est explicitement écrit dans le testament.

Trois millions d'euros ! Comment son père pouvait-il hésiter même une seconde ?

— Oliver ! Tu ne comprends donc pas ?

Son père regarda nerveusement autour de lui puis il se pencha vers son fils. Bodenstein vit dans ses yeux une expression qu'il n'avait jamais vue : la peur.

— Ludwig n'a changé son testament que depuis six semaines, comme s'il se doutait de quelque chose ! Il a peut-être été tué à cause de la prairie – et à présent elle m'appartient ! Et si j'étais le suivant ?

— Pourquoi ces abrutis ont fait ouvrir le testament ? Le Dr Theissen devait se retenir pour ne pas hurler, tellement il était en colère. Nous en avions parlé longuement et il avait été convenu qu'ils attendraient.

— La cupidité n'a pas de limite, dit Enno Rademacher en haussant les épaules.

C'était simplement inconcevable. Pas plus tard qu'hier au soir les frères Hirtreiter s'étaient amenés et avaient signé le contrat de vente de la prairie. On avait même sablé le champagne. Et maintenant, on apprenait que leur père n'avait pas donné cette foutue prairie à ses enfants mais à un ami, et que cet ami était un opposant acharné à la construction du parc d'éoliennes.

— Ne peut-on obtenir une ordonnance de référé ?

Theissen se détourna de la fenêtre. Ses pensées tournoyaient dans sa tête. En plus il n'avait pas le temps de s'occuper de ça, il devait impérativement se rendre à Falkenheim. Eisenhut était sans doute arrivé, ils devaient déjeuner ensemble pour parler de cette fâcheuse affaire d'expertises.

— Très difficile, dit Rademacher, assis derrière son bureau l'air tendu en secouant la tête, une cigarette se consumant dans le cendrier devant lui. À l'encontre de qui ? Le propriétaire est mort, l'héritage n'est pas encore inscrit au cadastre, donc il n'y a pas de propriétaire. Ça peut prendre du temps.

Jusqu'à ce que l'héritage soit effectif ça prendrait du temps et, si les Hirtreiter faisaient opposition, il pourrait se passer des mois, voire des années, avant que les actes de propriété ne soient établis.

— Merde, merde, merde ! jura Theissen en se passant la main dans les cheveux. Essaie de signer une promesse de vente avec lui. Offre de l'argent à ce type, mets-lui la pression, n'importe quoi ! Tout le monde est achetable. Nous ne pouvons plus nous permettre aucun retard. Si nous ne commençons pas le 1er juin, le permis de construire deviendra caduc.

— Je sais bien, dit Rademacher en toussant. Mais il y a un autre problème.

— Ce que je peux détester ce mot !

— Hirtreiter a légué son terrain au comte von Bodenstein. Et son fils est ce type de la criminelle qui enquête sur Grossmann, ce qui ne manque pas de piquant.

— Il ne manquait plus que ça, dit Theissen en respirant profondément.

Il se tourna vers la fenêtre. Ils avaient beaucoup trop investi pour renoncer au projet. Si le parc d'éoliennes ne se faisait pas, la WindPro coulait. Et cette punaise de Theodorakis, qui leur avait causé tous ces déboires, triompherait. Pas question. Soudain il eut une idée. Il se tourna vers Rademacher.

— Ce qui a marché une fois pourrait marcher de nouveau, dit-il. Nous parlons d'abord avec le vieux et, s'il s'obstine, avec son fils. Les policiers sont des fonctionnaires. Et les fonctionnaires se plaignent toujours de ne pas gagner assez d'argent.

— Tu veux corrompre un flic ? dit Rademacher qui, secoué par un nouvel accès de toux, écrasa sa cigarette.

— Pourquoi pas ? Les deux tiers de nos amis sont des fonctionnaires. Et nous n'avons pas eu beaucoup de mal à les acheter.

Rademacher lui jeta un regard dubitatif.

— Trouve quelque chose, dit Theissen. Fais d'abord une offre au vieux. Une offre qu'il ne peut pas refuser.

Il ricana en s'apercevant qui il venait de citer, puis il consulta sa montre. Il n'avait plus le temps s'il ne voulait pas qu'Eisenhut s'énerve.

Comme son père s'était envoyé deux Williams Christ chez le notaire et ensuite un double cognac au café Kreiner, Bodenstein suivait la Wiesbadenstrasse au volant de la jeep verte branlante du comte. À la sortie de Schneidhain, une Porsche le dépassa dans un hurlement de moteur et fila comme une flèche. Bodenstein se dit qu'avec trois millions sur son compte il pourrait se payer une voiture de ce genre.

Et soudain l'idée le frappa qu'il avait une foule de rêves pour la réalisation desquels l'argent ne serait pas un désavantage. Une nouvelle voiture par exemple. Depuis qu'en novembre il avait démoli sa BMW, il utilisait une voiture de fonction. Cela ne pouvait plus durer, pas plus que l'appartement dans la maison du cocher chez son père où il habitait depuis cinq mois. Mais un bel appartement coûtait… de l'argent. Cet argent qu'il n'avait pas, et qu'il n'aurait jamais. Si seulement il pouvait convaincre son père d'oublier ses scrupules et d'accepter l'offre de WindPro. Finalement ce n'était pas une question d'honneur mais une simple affaire commerciale. L'offre et la demande. Un coup de chance qu'on ne rencontre qu'une fois.

Trois millions ! Une nouvelle voiture. Un appartement avec une cuisine chic. Une croisière en voilier sur la Baltique, en direction de Saint-Pétersbourg. Une maison de vacances dans le Tessin… Il pensa brusquement qu'il devrait partager avec Theresa et Quentin. Mais après tout pourquoi ? Theresa n'avait pas besoin d'argent, elle en avait assez comme ça. Quant à

Quentin, il avait repris la propriété, y compris le château, et pour cela, il avait dû comme Theresa renoncer à l'héritage. Son frère cadet, lui, penserait et agirait en homme d'affaires, ça pourrait être une vraie mine d'or pour tous les deux.

Comme Bodenstein tournait dans la rue qui menait à la propriété, il pensa avec effroi qu'il était en train de réfléchir à la possibilité de gruger sa sœur de son héritage. Élevé dès le plus jeune âge dans la parcimonie, il s'était toujours cru indifférent au luxe. Sa belle-mère était très riche ; grâce à ses aides discrètes, Cosima et lui avaient pu vivre sans souci, mais jamais il n'aurait pensé à demander à Graziella de lui payer une voiture de sport ou un voyage.

Bodenstein jeta un coup d'œil à son père qui était assis à ses côtés, muet et replié sur lui-même. Son frère, sa sœur et lui ne pourraient avoir cet argent qu'à la mort de ses parents. Il eut honte aussitôt de ses pensées intéressées et égoïstes. Comment pouvait-il se laisser aller à penser une chose pareille ! Quand ils arrivèrent sur le parking de la propriété, son père sortit du silence.

— Ludwig m'a dit, après sa querelle de mardi soir avec Jannis, que Theissen et son collègue Rademacher étaient venus chez lui le matin. Ils avaient une proposition de contrat et un chèque et ils l'ont forcé à signer.

— Un chèque ?

Bodenstein n'en voulut pas à son père d'avoir oublié de le lui dire. C'était compréhensible après tout ce qu'il avait vécu.

— Oui, imagine un peu, un chèque de trois millions d'euros.

— Et qu'est-ce que Ludwig en a fait ?

— Il a déchiré le chèque en deux et Tell s'est jeté sur eux.

Un sourire bref tressaillit sur la figure pâle de son père pour disparaître aussitôt.

— Theissen s'est réfugié dans son auto. Rademacher aussi, avec le pantalon déchiré.

Le Dr Theissen n'était pas là mais Enno Rademacher vint les accueillir. Il ne contesta pas leur visite chez Hirtreiter le mardi matin.

— Nous espérions pouvoir parler avec lui de façon raisonnable, dit-il à Bodenstein. En tout cas, deux ans avant, quand la première implantation du parc a été décidée, il était prêt à vendre ou à louer sa prairie. Puis brusquement, pour des raisons inexplicables, il a été pris de remords et n'a plus rien voulu savoir.

Rademacher s'assit derrière sa table. Son bureau était plus petit et plus sombre que celui de Theissen. Les étagères surchargées qui montaient jusqu'au plafond donnaient à la pièce l'aspect d'une grotte.

— Ça vous dérange si je fume ?

— Non, dit Bodenstein en secouant la tête. Et qu'est-ce qui s'est passé ?

— Nous avons essayé de le persuader que cette route ne lui causerait pour ainsi dire aucun préjudice.

Rademacher tira sur sa cigarette comme s'il avait l'intention de la fumer jusqu'au filtre, puis il la posa sur le cendrier.

— Il n'y aurait pas d'autoroute, mais seulement un étroit passage asphalté qui ne sera vraiment utilisé que dans la phase de construction. Ensuite n'y passerait qu'un technicien de temps en temps mais aucun trafic et aucune nuisance. Les éoliennes seraient implantées assez loin, au sommet de la colline, pour qu'il ne les aperçoive pas de chez lui. Mais impossible de vaincre son entêtement.

— Vous étiez prêts à lui verser trois millions, dit Bodenstein. Est-ce que ça n'aurait pas été meilleur marché d'atteindre le parc en passant par une autre issue ? Et qu'en est-il de ce qui entoure la prairie ?

— Vous pensez bien que nous avons examiné toutes les possibilités. L'idée de donner tant d'argent à quelqu'un ne nous enchantait guère. Mais tous les terrains utilisables appartenaient à Hirtreiter. Et les associations pour la protection de l'environnement et les autorités qui gèrent la protection de la nature étaient opposées à toutes les autres solutions.

— La mort de Hirtreiter tombe donc à point pour vous.

— Que voulez-vous dire ? répondit Rademacher en l'observant de ses yeux plissés.

— Vous aurez moins de problèmes avec ses enfants…

— C'est vrai. Ces messieurs n'auraient pas hésité à vendre.

— Auraient ?

Enno Rademacher tira encore une bouffée de sa cigarette avant de l'écraser dans le cendrier puis il se leva.

— Monsieur von Bodenstein, dit-il en mettant les mains dans les poches de son pantalon, cessez ce petit jeu. Nous sommes parfaitement au courant que la fortune a changé de mains. Et je présume que vous aussi.

Bodenstein s'efforça de ne pas laisser paraître son étonnement. La réunion chez le notaire n'avait eu lieu que deux heures avant.

— Oui, je le suis, confirma-t-il après une courte hésitation.

— Tant mieux, dit Rademacher en allant à sa table et en s'appuyant contre le bord. Alors ne tournons pas plus longtemps autour du pot. Le temps est compté. Cela peut malheureusement durer très longtemps avant que votre père devienne légalement propriétaire, nous lui proposons une promesse de vente avec les mêmes conditions d'offre qu'à M. Hirtreiter.

— Vous ne le ferez pas, répondit sèchement Bodenstein.

— Vous voulez nous l'interdire ? Pourquoi ?

Toute amabilité avait disparu de la figure de Rademacher. Dans ses yeux apparut une lueur désagréablement calculatrice.

— Votre père est…

— Mon père est un vieil homme que la mort de son ami a bouleversé. Vous pouvez penser combien cet héritage inattendu est pour lui un fardeau moral.

— Oui, je comprends et il a toute ma compassion, dit Rademacher en feignant une compréhension hypocrite. Mais pour nous le projet du parc d'éoliennes est une priorité absolue. Il y a beaucoup d'argent en jeu et un nombre important d'embauches à la clé.

Il fit semblant de réfléchir et regarda Bodenstein dans les yeux.

— Mais vous savez, dit-il comme si cette pensée venait de lui venir, vous pourriez peut-être convaincre votre père. Ce ne serait pas à votre préjudice.

Toutes les sirènes d'alarme se déclenchèrent dans la cervelle de Bodenstein.

Avec son costume marron mal coupé et sa cravate sans goût, l'homme paraissait aussi inoffensif qu'un représentant en aspirateurs. Mais cet aspect anodin cachait quelque chose de dangereux.

— Attention, prévint-il avant que Rademacher continue, réfléchissez bien à ce que vous allez dire.

— Oh, c'est déjà fait.

Rademacher sourit d'un air décontracté. Il croisa les bras sur sa poitrine et pencha la tête.

— La propriété de votre père que votre frère a reprise est, depuis la construction du manège, lourdement endettée, ni le centre équestre ni la propriété agricole ne sont rentables. Tout cela est financé en principe par le restaurant du château qui, lui, marche vraiment bien.

Bodenstein fixait l'homme avec un malaise croissant. Où voulait-il en venir ?

— Imaginez, continua Rademacher sur le ton de la conversation, que le restaurant ne marche plus. Un petit scandale de denrée alimentaire sur lequel la presse se jetterait ou bien le départ du chef. Une bonne réputation est plus facile à détruire qu'à bâtir. Croyez-vous que vous pourriez sauver la boutique avec votre salaire de policier ?

Bodenstein fut un instant si décontenancé qu'il en resta sans voix. Il sentit le sang lui monter au visage.

— C'est un chantage ? dit-il à voix basse.

— Mais non, monsieur Bodenstein, je ne l'appellerais pas comme ça, dit Rademacher en souriant à nouveau, un sourire qui n'atteignait pas ses yeux. C'est une vision de l'avenir extrêmement désagréable mais pas entièrement à exclure. Avec trois millions, votre famille serait à l'abri des soucis. Tout comme vous. Une bonne affaire pour les deux parties. Réfléchissez-y calmement et appelez-moi.

Toute la famille s'était envolée quand Mark se leva à la fin de l'après-midi et quitta la maison. Deux comprimés avaient rendu ses maux de tête supportables, il arrivait de nouveau à garder les yeux ouverts sans souffrir.

Bien qu'il se soit juré de ne pas aller chez Ricky, l'envie de la voir fut la plus forte. Dix minutes plus tard, il rangeait son scooter à côté de l'écurie, près du chenil. D'innombrables voitures étaient garées des deux côtés de l'allée asphaltée en contrebas de la maison de Ricky. Le cours de dressage avait commencé. Son cœur se mit à battre quand il l'aperçut. Elle lui fit un signe de tête en souriant, tout à fait comme d'habitude. Il fut soulagé et déçu en même temps de la voir tellement semblable à elle-même. Il avait cru que ce qui s'était passé la veille aurait laissé sur elle des stigmates, comme des cernes sous les yeux, des écorchures ou des bleus, mais non. Son regard tomba sur sa bouche et ça le fit frissonner.

Elle portait ce haut étroit si provocant dont le décolleté laissait voir largement la naissance de ses seins bronzés. Un vieil homme propriétaire d'un tout jeune boxer flirtait tout à fait ouvertement avec elle. Ricky riait, amusée par ses compliments, en penchant coquettement la tête de côté. La jalousie de Mark se réveilla aussitôt. Est-ce qu'elle ne comprenait pas à quoi pensait ce papi lubrique ? Il n'arrêtait pas de lorgner sa poitrine ou son derrière ! Si Ricky avait été sa copine, il lui aurait interdit de porter ce genre de top ! Les doigts de Mark se crispèrent sur la barrière, il trouvait insupportable que cet obsédé lui pose à présent la main sur l'épaule. Pour qui il se prenait, ce vieux débris ? Soudain quelqu'un lui frappa sur l'épaule, le faisant sursauter.

— Salut, vieux. Qu'est-ce que tu fais ici ?

Devant lui se tenait Linus, le chef de bande de sa classe, qui d'habitude ne lui adressait jamais la parole.

— J'accomplis ma peine d'intérêt général, mentit Mark sans réfléchir et en étant immédiatement furieux de l'avoir fait.

— Vrai, encore ? c'est gore, dit Linus en venant s'appuyer sur la barrière à côté de lui. Je suis ici avec mon grand-père. Il s'occupe du nouveau clébard de ma reum. Elle est nulle avec les bestioles.

Linus montra son grand-père de la tête.

— Mais je crois qu'il vient surtout pour la bonne femme, putain elle est chaude, dit-il en baissant la voix. Il bande grave pour elle.

Mark devint tour à tour brûlant et glacé.

— De qui tu parles ? Il se sentit idiot. De Ricky ?

— Ouais. Elle est vraiment sexy, tu trouves pas ? Un rien ravagée mais mon grand-père n'est pas tellement frais non plus.

Mark n'avait jamais pu souffrir Linus mais à présent il le haïssait. Il sentait son estomac se révulser de fureur. Comment Linus pouvait-il dézinguer Ricky comme ça ? Il avait envie de lui foutre sur la gueule et après sur celle de son grand-père lubrique.

— Tu as de la veine de travailler ici, vieux. C'est comme des vacances. Moi, une fois, ils m'ont fichu à la cuisine du jardin d'enfants, c'était la merde, mec. Ça craignait. Et toi aussi, tu es chaud pour la vieille.

— N'importe quoi, dit Mark en détournant vivement son regard de Ricky. Qu'est-ce que tu crois ! C'est une vioque. Elle me fait pas du tout kiffer.

Immédiatement il eut honte de lui. Il n'était qu'un lâche.

Le cours de dressage était enfin fini, les propriétaires des chiens les laissèrent batifoler un moment. Le grand-père de Linus baratinait Ricky qui semblait trouver passionnant ce qu'il lui disait. Elle riait en remuant les hanches. Mark crevait presque de jalousie et de honte. Il aurait dû dire à Linus : Ricky est super ! Pour moi c'est la plus belle femme du monde ! Je craque total pour elle. Mais au lieu de ça il avait fermé sa gueule parce qu'il avait peur que Linus se moque de lui.

— Tu viens, grand-père, il faut que j'aille à l'entraînement, s'écria enfin celui-ci, puis il frappa sur l'épaule de Mark. On se voit bientôt, vieux. À plus !

— À plus, dit Mark en pensant : espérons qu'on ne se reverra jamais, espèce de salaud. Et il se détourna.

— Mark, cria au même instant Ricky. Mark, attends !

Linus était encore dans les parages et il le matait, aussi Mark se tourna vers elle avec une nonchalance appuyée.

— Qu'est-ce que tu veux ? demanda-t-il.

Ricky arriva près de la barrière.

— Je dois descendre en vitesse à l'animalerie. Tu imagines, la propriétaire du vieux Jack Russell a appelé. Elle avait dû être hospitalisée et elle était désespérée parce que son chien avait disparu. Il s'était enfui de la pension pour chiens où elle l'avait placé.

Ses yeux bleus brillaient.

— Super. Tu veux que je vienne avec toi pour nourrir les bêtes ? demanda Mark.

— Non, non, c'est déjà fait. Mais mes chiens n'ont pas assez bougé aujourd'hui. Ça te dirait d'aller faire un tour avec eux puis de les ramener ?

Il était déçu mais il acquiesça :

— OK, j'y vais.

— Tu es un trésor, dit Ricky en posant brièvement la main sur son bras. À tout à l'heure.

L'air était étouffant. Après la pluie des jours passés, il s'était mis à faire très chaud et à présent un orage menaçait. Les deux portes-fenêtres de la cuisine qui s'ouvraient sur la terrasse étaient grandes ouvertes mais aucun souffle d'air n'entrait. Plongée dans ses pensées, Nika se tenait devant la cuisinière et tournait les tranches de jarret de veau qui prenaient lentement couleur. Dans ses écouteurs la musique jouait à plein régime, aussi elle n'entendit pas la porte d'entrée s'ouvrir. Elle tressaillit quand brusquement Jannis l'enlaça par-derrière.

— Arrête, protesta-t-elle en se tournant pour se libérer. Tu es devenu fou ?

— Il n'y a que nous, répondit Jannis et il essaya de l'embrasser, mais Nika se détacha de lui.

— Pas maintenant, sinon la viande va brûler.

— Hum, ça sent bon. Qu'est-ce que c'est ? dit Jannis en jetant un œil curieux dans la casserole.

— De l'osso buco.

Nika repoussa une mèche de cheveux. Il prit une bouteille d'eau dans le réfrigérateur et la dévissa. Le gaz s'échappa en sifflant.

— Hier, je t'ai vue sur le parking parler avec le type de la Kripo, dit-il incidemment. Qu'est-ce qu'il te voulait ?

Nika prit peur. Elle ne s'attendait pas à cela. Elle chercha fiévreusement une réponse. Après être allée au supermarché en compagnie de Bodenstein, ils étaient restés dans la voiture et ils avaient parlé. Et comme il avait enfin cessé de pleuvoir, ils avaient décidé de faire une petite promenade. Mais elle ne pouvait pas raconter ça à Jannis.

— Je l'ai rencontré par hasard en faisant des courses. Il voulait savoir quand j'avais vu Frauke pour la dernière fois, répondit-elle en restant au plus près de la vérité.

Après tout c'était pour ça que Bodenstein était venu au magasin.

— Pourquoi ?

— Elle a bel et bien disparu, dit Nika en haussant les épaules et en se tournant vers lui. Elle n'est pas venue au magasin de toute la journée.

— Frauke détestait son vieux comme la peste. Elle l'a peut-être flingué.

Jannis prit la bouteille d'eau et but quelques gorgées. Il avait la détestable habitude de ne jamais remettre les bouteilles dans le réfrigérateur.

— Bon, bon, dit-il sur un ton léger, chacun a ses secrets.

Surtout toi, pensa Nika. Après la dispute avec Ludwig, il avait sauté dans sa voiture et il n'était revenu de Dieu sait où qu'au milieu de la nuit. Elle le croyait capable d'un meurtre, tant sa rage pouvait être grande. Mais elle ne dit rien et se mit à couper en morceaux les oignons, les tomates et les poivrons rouges.

— Puisque nous sommes sur le thème du secret, dit Jannis en réprimant un rot et en s'asseyant. L'autre jour, quand tu as montré tant d'effroi en lisant le journal, ça a éveillé ma curiosité.

Elle sentait son regard dans son dos comme une piqûre. Ses paumes devinrent humides.

— J'ai lu le journal page après page, continua-t-il.

Nika se retourna. Jannis avait mis ses bras derrière sa tête. Il souriait de satisfaction sans la quitter des yeux.

— Et je suis tombé sur l'annonce de la conférence du Pr Eisenhut. Tu sais qu'on obtient plusieurs centaines de références lorsqu'on tape son nom et le tien ensemble sur Google ?

— Pas étonnant, Eisenhut a été mon patron pendant des années.

Nika essayait de prendre un ton détaché alors que dans sa tête ses pensées tourbillonnaient sauvagement. Jannis n'irait pas loin avec ce qu'il savait ! Ou peut-être que si ?

— J'étais son assistante.

Pourquoi ne lui en avait-il pas parlé la nuit dernière puisqu'il le savait depuis plusieurs jours ? Qu'est-ce qu'il mijotait ?

— Je suis un peu vexé que tu ne m'en aies pas parlé, dit-il. Tu m'entends discourir sur ton domaine de recherches depuis des mois et tu fais comme si tu ignorais tout sur le sujet. Pourquoi ?

Quelque chose d'indéfinissable passa soudain dans son regard. La peur serrait le cœur de Nika au point de la rendre incapable de penser. Elle ne devait pas faire d'erreur ! Jannis *pouvait* ne rien savoir, il avait juste trouvé son nom et qu'elle avait été l'assistante de Dirk. Son sourire avait disparu, ses yeux noirs la transperçaient.

— Pourquoi tu ne m'accompagnerais pas à sa conférence ce soir, docteur Sommerfeld ? proposa-t-il avec un sourire innocent. Tu imagines combien ton patron serait content de te revoir.

Il était un peu plus de 18 h 30 quand Bodenstein grimpa lentement l'escalier et suivit le couloir qui menait aux bureaux de la K11. De la porte ouverte sortait un brouhaha de voix. L'effectif du RKI de Hofheim presque au complet s'entassait dans la salle de réunion. Il aurait préféré gagner son bureau mais Pia le vit et fonça sur lui avec un air furieux.

— Où étais-tu passé toute la journée ? demanda-t-elle avec un clair reproche dans la voix dont Bodenstein ne pouvait lui tenir rigueur. J'ai essayé de te joindre je ne sais combien de fois. Pourquoi tu n'as pas rappelé ? Ici c'est un véritable bordel !

Bodenstein ne pouvait pas lui parler de Rademacher ni du testament de Hirtreiter. C'était trop monstrueux pour être évoqué entre deux portes.

— Excuse-moi, commença-t-il. Je…

Il s'arrêta car la porte du bureau au bout du couloir venait de s'ouvrir. La conseillère judiciaire Engel en sortit et vint vers lui dans un bruit de talons hauts et avec un air de mauvais augure.

— Elle t'a dans le collimateur, souffla Pia. La voiture de Frauke Hirtreiter… je voulais te le dire mais tu n'as pas écouté mes messages.

Le Dr Engel, visiblement de mauvaise humeur, l'accueillit d'un sarcastique :

— Ah, le commissaire nous fait finalement l'honneur d'être là. Commençons donc, s'il vous plaît…

Bodenstein et Pia pénétrèrent dans la salle de réunion surpeuplée. Dix-huit collègues d'autres services avaient renforcé l'équipe de la K11 et se serraient autour de la grande table, assis ou debout.

À la vue de la conseillère juridique, les conversations s'éteignirent, on aurait pu entendre voler une mouche. Chacun, y compris Bodenstein, se doutait de ce qui allait suivre.

Le Dr Engel s'assit à la tête de la table, Bodenstein se mit à l'autre bout avec Pia à ses côtés.

— Je suis très mécontente, commença la conseillère, glaciale. Notre collègue Kirchhoff m'a fait part d'une bourde extrêmement regrettable et je veux qu'on me dise comment elle a pu se produire. Pourquoi personne n'a remarqué que la suspecte ne circulait pas du tout avec le véhicule que vous recherchez avec acharnement ?

Bodenstein ne comprenait absolument rien. Il garda un air imperturbable en espérant que le récit du Dr Engel l'éclairerait.

— J'obtiens que dix-huit collègues soient affectés à l'enquête pour renforcer la K11 et pour quel résultat ? Une équipe nombreuse n'est efficace que si quelqu'un est capable de la coordonner.

Elle fit courir sur les visages de l'assistance un regard furieux et perçant. La plupart baissèrent les yeux ou regardèrent par en dessous Bodenstein, que ces reproches visaient visiblement.

— Ces dossiers sont absolument nuls ! dit-elle en tapant de l'index les deux chemises qui étaient posées devant elle. Rien qu'une suite confuse de conjectures, privées du moindre commencement de preuves. Et maintenant cette honte par-dessus le marché ! Nous sommes à des années-lumière d'une solution du cas Grossmann et Hirtreiter. Et je dis bien "nous" car le travail calamiteux de cette enquête jette une lumière négative sur toute la direction du service administratif !

Silence embarrassé. Pas une toux, pas un raclement de gorge, tous retenaient leur souffle.

— Collègue Kröger, pourriez-vous m'expliquer pourquoi personne au sein de votre équipe n'a regardé dans le garage ? commença le Dr Engel, mais Bodenstein s'interposa.

— S'il y a eu faute, dit-il en ignorant toujours à quoi son chef faisait allusion, c'est moi qui en suis responsable, car je dirige l'enquête.

La conseillère se tourna vers lui.

— Vraiment ? Vous dirigez l'enquête. Je ne m'en étais pas aperçue. Où étiez-vous donc pendant toute la journée ?

Le sarcasme dans sa voix se voulait appuyé.

— J'étais de service ailleurs.

Bodenstein soutint son regard. La situation virait au règlement de compte, *coram publico*. Il n'allait pas s'aplatir. Il n'avait pas l'intention de s'excuser ou de se justifier. Pas maintenant et certainement pas ici.

— Nous éclaircirons ce point après, dit-elle en le foudroyant du regard et Bodenstein crut presque l'entendre grincer des dents sous le coup de la colère quand finalement elle détourna les yeux pour ne pas perdre la face.

— Madame Kirchhoff, s'il vous plaît, commencez, ordonna-t-elle à Pia.

Ses yeux jetaient des éclairs mais Bodenstein ne réagit que par un bref froncement de sourcils. Il s'efforça de suivre l'exposé de Pia mais, après quelques minutes, déjà ses pensées s'évadaient.

Depuis vingt ans qu'il était dans la police on essayait de l'acheter mais aucune tentation matérielle ne l'avait sérieusement atteint. Pourquoi la proposition de Rademacher ne soulevait-elle en lui aucune indignation ? Était-ce réellement une offre, ou avait-il mal compris ? Rademacher avait juste dit que ça ne lui serait pas préjudiciable s'il parvenait à convaincre son père de vendre la prairie. Même l'enquêteur le plus malintentionné ne pouvait y voir une tentative de corruption.

Mais que devait-il conseiller à son père ce soir ? Il devait rapporter à Quentin et à Marie-Louise les vagues menaces de Rademacher, afin que ceux-ci obligent leur père à vendre avant qu'ils se retrouvent tous les deux en butte à de sérieuses difficultés.

Imaginons qu'on en vienne là, que leur père se décide sous la pression de ses enfants à vendre contre ses propres convictions – pourrait-on parler de chantage ? Et à supposer que ce soit le cas, cela jouait-il le moindre rôle devant trois millions d'euros ?

Bodenstein poussa un soupir contenu. Ce serait la solution la plus simple – et la plus lucrative – mais c'était folie d'espérer un revirement de la part de son père. Il était aussi entêté que Hirtreiter. Pour d'autres raisons, mais Enno Rademacher n'y serait pas du tout sensible. Bodenstein ne doutait pas une seconde de la brutale détermination de ce dernier.

— Alors ? dit Jannis en la regardant. Pourquoi est-ce que tu dissimules ton passé ?

Ils étaient assis de part et d'autre de la table de cuisine. L'osso buco mijotait dans le four, les pommes de terre cuisaient sur la plaque. Nika s'était remise de sa première frayeur et elle se demandait si elle devait avouer la vérité à Jannis afin qu'il comprenne le sérieux de la situation. Il avait décidé d'aller ce soir à la conférence de Dirk Eisenhut. Pour brusquer Theissen, disait-il, mais elle savait qu'il ne se contenterait pas de ça. Jannis était une bombe à retardement. Et il était aveuglé par son désir de vengeance et sa vanité blessée.

— J'ai travaillé pendant quinze ans, presque sans un jour de vacances, j'étais à bout.

Nika avait décidé de mentir. Elle ne faisait pas confiance à Jannis.

— Un *burn-out*, dit-elle. Rien de plus. Mon chef n'avait aucune considération pour moi, c'est pour ça que quelques jours avant Noël j'ai décidé de tout laisser tomber.

Jannis la regarda. Elle lut le doute dans ses yeux.

— Nika, dit-il en allongeant la main et en la posant sur la sienne. Toi et moi nous pouvons arriver à quelque chose ensemble. Tu étais l'assistante du pape du climat allemand, tu… tu es une vraie scientifique ! Moi aussi j'étais bon dans mon job, avant que mon patron me chie dans les bottes. Maintenant je n'ai plus aucun contact dans la branche.

Il enleva sa main et se leva.

— Theissen est un salaud qui ne s'intéresse qu'à l'argent. Il se fiche totalement de l'écologie. Tu savais qu'il a été un haut responsable chez RWE ? Responsable de l'énergie nucléaire. Lui et quelques autres lobbyistes de l'énergie atomique ont eu dans les années 1980 la glorieuse idée d'inventer le problème du "climat" pour justifier la construction de nouvelles centrales. L'énergie atomique comme alternative à l'émission de CO_2.

Jannis fourra les mains dans les poches de son jean et se mit à aller et venir dans la cuisine. Nika l'observait avec inquiétude.

— Les politiciens du monde entier se sont jetés dessus. Comme la mort des forêts et la couche d'ozone ne suffisaient plus pour effrayer les gens et les contrôler, une catastrophe climatique dont on rendait les hommes responsables tombait à point. Au nom de la protection du climat, on peut justifier aujourd'hui toutes les interdictions et toutes les augmentations d'impôts. Les puissants de ce monde ont trouvé un nouvel ennemi formidable qui menace toute l'humanité et qui ne s'appelle plus Union soviétique ou armes atomiques mais dioxyde de carbone.

Nika l'écoutait en silence. Elle connaissait les arguments de ceux qui trouvaient la politique mondiale du climat scandaleusement exagérée et depuis huit mois elle savait qu'ils avaient raison. Les voix des climato-sceptiques devenaient chaque jour plus fortes. Depuis longtemps, il y avait des scientifiques importants qui tenaient la détérioration du climat par les hommes pour une fumisterie et pouvaient le prouver par des faits et des chiffres. Mais, malgré les contestations de plus en plus fortes de la lutte imposée par la loi contre le CO_2, les politiciens et même l'ONU poursuivaient toujours les mêmes objectifs. Nika avait été elle aussi persuadée du bien-fondé de leur démarche, jusqu'à, oui, jusqu'à sa rencontre avec Cieran O'Sullivan à Deauville.

Jannis s'arrêta devant la porte et se pencha vers elle.

— Notre très intelligent ami Theissen a été un des premiers à prendre le train des énergies renouvelables, dit-il. L'ironie de la chose c'est que son entreprise et ses projets ont été financés par ceux qui creusent dans le monde entier pour chercher du pétrole et défendent le charbon. Mais ça, personne ne s'en rend compte. Pas plus que les gens ne se rendent compte que les premiers à profiter de la diffusion du mensonge climatique sur toute la planète, ce sont les climatologues, les médias, les industriels et les politiciens. C'est contre ça que je lutte ! Contre une dictature écologique mondiale qui est basée sur un mensonge et qui profite à une foule de gens : des gens comme Theissen et ton ancien chef. Je me fiche complètement de cette connerie de parc d'éoliennes mais elle m'offre l'occasion de dénoncer les façons de faire de cette mafia.

La lueur fanatique dans les yeux de Jannis épouvanta Nika. Elle frissonna malgré la chaleur. Ce qu'il venait de dire était un mensonge. Au contraire de Cieran O'Sullivan, il ne combattait pas par honnêteté intellectuelle quelque chose qu'il tenait pour faux, car il ne faisait pas partie de ceux qui voulaient sauver la planète. Il brûlait de se venger de Theissen qui l'avait humilié. Pour cela il avait instrumentalisé l'Initiative citoyenne et à présent il voulait utiliser son nom à elle pour abattre son ennemi. Ça ne devait pas arriver. En aucun cas !

— Jannis, supplia Nika, tu ne sais pas combien ce que tu dis est dangereux.

— Ça m'est égal, dit-il en balayant l'objection de la main. Quelqu'un doit avoir le courage de parler. Je n'ai pas peur.

— Pourtant tu devrais. Ceux que tu attaques sont puissants et ils ne plaisantent pas. Crois-moi, je sais ce qu'ils sont capables de faire. Ne les provoque pas.

Jannis pencha la tête et la regarda avec curiosité.

— Tu n'habites pas dans notre cave pour te guérir d'un *burn-out*, n'est-ce pas ?

Nika ne répondit pas. Elle se leva pour voir où en étaient les pommes de terre. Il vint derrière elle, posa les mains sur ses épaules et la fit pivoter vers lui.

— Tu sais que j'ai raison. Aide-moi ! Soutiens-moi !

— Non, répondit Nika avec détermination. Je ne veux plus rien avoir à faire avec ça. Et je ne veux pas que tu te serves de moi pour te venger de ton ancien patron.

Son regard s'enfonça dans le sien.

— Je n'ai pas l'intention de t'utiliser, affirma-t-il en prenant un ton offusqué.

Bien sûr que si, pensa Nika. Elle avait fait une énorme erreur en le laissant s'approcher trop d'elle. Susceptible comme il était, il prendrait toute dérobade comme un affront personnel et les conséquences pourraient être fatales.

Devait-elle prendre le risque de dire la vérité à Jannis pour lui faire comprendre combien la situation était grave ? Non. Impossible. Ce serait se mettre complètement à sa merci.

La tension intérieure faisait trembler ses mains. L'eau des pommes de terre bouillait et tombait sur la plaque chaude mais Nika ne s'en apercevait même pas. Dehors, un chien se mit à aboyer, puis un autre.

— Si tu y vas ce soir, supplia-t-elle, promets-moi de ne pas prononcer mon nom.

Il ne pouvait pas vouloir lui nuire, il l'aimait, il le lui avait assuré. Mais était-ce vrai ou bien n'était-ce que des paroles en l'air ? Aucun homme ne dit la vérité, quand la libido obscurcit sa raison. Pourquoi Jannis serait-il une exception ?

— Je te le promets, dit-il un peu trop vite pour que ce soit convaincant. Soudain Nika ne put plus supporter sa proximité, ni ses mains moites sur ses bras, mais il ignora son geste de rejet, prit son visage dans ses mains et l'embrassa. Il enfonça sa langue dans sa bouche avec une avidité effrénée, la serra contre lui et pressa son bas-ventre sur elle. Elle avait envie de lui donner un coup de genou dans les parties ou de lui enfoncer le couteau de cuisine entre les côtes. Jamais elle n'avait eu un tel dégoût pour un homme mais si elle le repoussait, il se mettrait à la haïr. Avec une force inattendue, il la souleva et l'assit au bord de l'évier. Sa main remonta sa jupe, puis tira si impatiemment sur son slip qu'il le déchira.

— Oh Nika, Nika ! Je suis fou de toi, bredouilla-t-il en se poussant entre ses jambes et en pressant avec un soupir son sexe en érection contre elle. Croyait-il vraiment que ça lui plaisait, qu'elle était excitée ? Elle détourna le visage, ferma les yeux et se mordit les lèvres. Elle avait joué avec le feu, à présent elle devait payer. Amèrement, jusqu'à la fin.

Pia donna un léger coup de pied à Bodenstein sous la table. Il lui jeta un regard irrité et rencontra celui, glacial, du Dr Nicole Engel. S'il ne voulait pas se l'aliéner complètement, il devait pour l'instant mettre à l'écart ses problèmes privés.

— Malheureusement, nous n'avons pas de résultats décisifs de la balistique concernant le fusil trouvé dans l'appartement de Mme Frauke Hirtreiter, entendit-il Kröger dire. Mais l'oiseau mort dans la citerne a pu être identifié d'après sa bague comme le corbeau de Ludwig Hirtreiter.

Kröger expliqua en termes professionnels avec quelle cruauté l'oiseau avait été tué.

— Bien que jusqu'ici nous manquions de preuves techniquement significatives, nous partons du principe que c'est bien Frauke Hirtreiter qui s'est introduite dans la maison et a tué le corbeau. Après quoi elle a dû mettre sa voiture dans le garage et s'enfuir avec celle de son père.

Bodenstein comprit enfin à quelle gaffe magistrale le Dr Engel avait fait allusion. La recherche de la fille de Hirtreiter et de sa Fiat Punto s'était intensifiée, relayée par les radios, les télévisions et les quotidiens de toute l'Allemagne – alors que la voiture se trouvait dans le garage à Rabenhof. C'était assurément un incident fâcheux. En même temps cela rendait la culpabilité de Frauke Hirtreiter encore plus vraisemblable. Au contraire de sa chef, Bodenstein trouvait qu'il existait déjà un faisceau de preuves solides qui faisait de Frauke plus qu'une suspecte. Elle avait un mobile puissant et elle avait eu l'occasion et les moyens qu'il fallait pour commettre le crime.

Mais cet après-midi-là, il s'était passé encore autre chose. Pendant la perquisition de la maison de Gregor Hirtreiter, on avait trouvé la copie d'une promesse de vente signée par lui et par son frère, ainsi que par Stefan Theissen et Enno Rademacher, et datée de la veille. Comme Gregor n'avait pas d'alibi et ne fournissait pas d'explication crédible au fait d'avoir changé de vêtements dans la soirée du mardi avant de retourner à l'anniversaire de son beau-père, Pia l'avait fait arrêter à titre provisoire.

— Et concernant Matthias Hirtreiter ? demanda Bodenstein.

Quelques policiers se mirent à ricaner : ils avaient participé à la perquisition chez Matthias Hirtreiter et l'avaient vu littéralement s'effondrer.

— Je ne le crois pas capable de tuer, dit Pia, c'est un faible.

Au moment où la Kripo arrivait chez Matthias Hirtreiter, l'huissier de justice venait le saisir. Il avait été indifférent devant la police mais il avait pleuré comme un enfant lorsque les tableaux, les meubles, les bijoux et pour finir la voiture de sport de sa femme avaient été mis sous séquestre.

— Qu'avez-vous découvert sur l'homme du parking ? demanda Bodenstein.

— Deux habitués ont effectivement vu l'homme, répondit Cem Altunay. Une femme qui venait chercher un repas à emporter à La Couronne et un homme qui promenait son chien.

— Description ?

— Très grand et costaud. Des cheveux gris liés en queue de cheval. Des lunettes de soleil. La voiture était une BMW noire immatriculée à Munich.

À cette seconde, la brume dans le cerveau de Bodenstein se déchira et le souvenir jaillit comme un éclair.

— Moi aussi j'ai déjà vu cet homme, dit-il en interrompant Cem qui était en train de proposer de faire un portrait-robot de l'homme. Tu te rappelles, Pia ? C'était le mardi, chez WindPro. Quand on a quitté Theissen, il est sorti du bâtiment et a gagné le parking en même temps que nous.

Pia, connue pour sa mémoire phénoménale, secoua la tête. Un silence tendu tomba dans la salle de réunion. Rien ne donne plus de satisfaction aux subalternes que lorsqu'un supérieur se trompe.

Mais Bodenstein était sûr à cent pour cent. L'homme, un vrai géant avec une veste de cuir et une queue de cheval grise, l'avait regardé avec curiosité et sa démarche, pendant qu'il gagnait le parking, était curieusement chaloupée.

— On avait montré à Theissen et à Rademacher la copie de l'expertise, dit-il en essayant avec impatience de réveiller la mémoire de Pia. Je me souviens de cet instant parce que j'ai remarqué que tu...

Il se tut. Ça ne concernait pas tous ces gens autour de lui.

— *Qu'est-ce* que tu as remarqué ? articula Pia. Entre ses sourcils se creusa une ride.

Vingt-cinq policiers attendaient comme des hyènes l'explication de Bodenstein.

— La bague, finit-il par dire. Je venais juste de remarquer la bague à ton doigt. C'est pour ça que je m'en souviens si bien.

Vingt-cinq paires d'yeux se tournèrent comme téléguidés vers la main gauche de Pia qui ferma puis ouvrit le poing. Elle observa pensivement l'anneau d'argent à son doigt, son front se détendit mais son visage resta sans expression.

— Excuse-moi, dit-elle après quelques secondes. Avec la meilleure volonté du monde je n'arrive pas à m'en souvenir.

Elle leva la tête et regarda le Dr Engel qui acquiesça de la tête.

— Bon, c'est tout pour aujourd'hui, dit Pia avec un regard circulaire. Merci de votre attention. Bonne fin de semaine et bon week-end pour ceux qui le prennent.

Dans un brouhaha et des bruits de chaises, les policiers quittèrent la pièce. Seuls restèrent ceux de la K11.

— Je vous attends demain à 9 heures à mon bureau, dit le Dr Engel à Bodenstein, puis elle inclina majestueusement la tête et disparut.

Bodenstein attendit qu'elle ait quitté la pièce.

— Tu peux m'accorder dix minutes ? demanda-t-il à Pia.

— Bien entendu, chef, répondit-elle sans le regarder.

Elle était toujours fâchée.

— Que signifie la bague ? demanda Kai avec curiosité.

— Je vous le dirai peut-être demain, dit Pia en attrapant son sac à dos. Ou peut-être pas.

Soudain la porte de verre claqua contre une chaise et les chiens se précipitèrent dans la cuisine, remuant la queue en haletant. Jannis se détacha de Nika effrayée et recula de quelques pas. Un coup de poing le cueillit, qu'il ne put éviter qu'à demi.

— Espèce de porc ! hurla Mark, hors de lui.

Une chaise fut renversée et les chiens se mirent à glapir. Nika rabattit sa jupe.

— Tu es cinglé ! dit Jannis qui leva les mains pour se protéger le visage. Qu'est-ce qui te prend ?

Mais le garçon était comme fou. Hors de lui, il se jeta à nouveau sur lui et le poussa contre la lourde table, le visage ruisselant de larmes. Une deuxième chaise atterrit sur le sol, les chiens s'enfuirent. Finalement Jannis réussit à saisir les poignets de Mark.

— Arrête ! haleta-t-il. Arrête !

— Tu l'as embrassée ! Cette… cette pute, éructa le jeune homme en désignant de la tête Nika qui se tenait, comme pétrifiée, devant la cuisinière.

Mark essayait d'échapper à Jannis mais celui-ci le tenait fermement. Depuis combien de temps le garçon était-il sur la terrasse ? À en juger par cette scène depuis sans doute pas mal de temps. Ce n'était pas bon. Pas bon du tout.

— Tu te trompes complètement ! se défendit Jannis mais l'autre ne l'écoutait pas.

— Tu mens ! Tu mens ! cria Mark déchaîné. T'es complètement fou d'elle ! Je vois bien comment tu la bouffes des yeux ! Comment tu peux tromper Ricky comme ça ?

— Arrête donc, dit Jannis en le rabrouant et en le secouant. Qu'est-ce qui t'a pris ?

Mark s'effondra.

— Pourquoi tu fais ça ! sanglota-t-il. Qu'est-ce que tu fais avec Nika ? Tu as pourtant Ricky !

Il s'accrochait aux jambes de Jannis et chialait comme un enfant. Jannis échangea un bref regard avec Nika. Celle-ci se retourna sans un mot et disparut dans la cave.

— Allons Mark, dit-il en tapotant la tête du garçon.

Ricky pouvait arriver d'un moment à l'autre, ce qui compliquerait les choses.

— Calme-toi. Voyons, lève-toi.

Jannis se pencha, redressa les chaises puis il remit la table à sa place.

— Tu as vraiment tout faux, dit-il. Ce n'était rien du tout.

Il voulut poser la main sur l'épaule de Mark mais celui-ci se recula d'un air hostile.

— Tu mens ! répéta-t-il d'une voix étouffée. T'es un porc ! J'ai bien vu que tu lui mettais la langue dans la bouche et que tu la pressais contre toi ! Si je n'étais pas arrivé tu l'aurais niquée dans la cuisine de Ricky !

Jannis toisa le garçon. Pour qui se prenait ce petit merdeux pour venir lui faire la morale et lui donner mauvaise conscience ? Il n'avait pas la moindre envie de se justifier devant un gamin de seize ans déjanté. Mais il devait lui servir une salade crédible, sinon il risquait de courir tout droit trouver Ricky et de tout lui raconter. Il eut le vertige en comprenant à quelle catastrophe il venait d'échapper. Mark serait entré deux minutes plus tard, il les aurait surpris en train de baiser sur l'évier !

— Bon, il n'y a pas de quoi en faire un fromage. Oui, OK, je l'ai embrassée !

— Mais pourquoi ? gémit Mark. Tu… tu aimes Ricky pourtant !

— Mark, dit Jannis en se forçant à prendre un ton conciliant, bien sûr que j'aime Ricky. Mais ce n'est pas ma faute, vraiment. Ricky ne doit pas l'apprendre, ça lui ferait de la peine.

Mark secoua énergiquement la tête.

— J'ai entendu ce que vous avez dit, dit-il en reniflant. Le parc d'éoliennes, tu t'en fous complètement. Mais je… je… t'ai aidé ! J'ai fait tout ce que tu voulais ! Je croyais que tu étais sincère.

Jannis n'avait vraiment pas besoin de ce genre de problème en ce moment. Il se pencha et mit le bras autour du cou du garçon alors qu'il avait une furieuse envie de lui botter les fesses. La colère démente de Mark l'avait effrayé, jusque-là Jannis ne l'avait connu que calme et soumis. Qu'est-ce qui se passait dans son esprit tordu ?

Finalement il réussit à faire asseoir Mark sur une chaise. Il s'agenouilla devant lui et lui prit les mains.

— C'est Nika qui a commencé. Depuis quelques semaines, elle cherche à me chauffer, elle se balade nue devant moi quand Ricky n'est pas là. Je lui ai dit plusieurs fois qu'elle ne devait pas faire ça, mais aujourd'hui… Mon Dieu ! Je suis vraiment content que tu sois arrivé. Qui sait sinon ce qui se serait passé. J'aurais eu éternellement mauvaise conscience envers Ricky.

Il se passa les mains sur le visage.

— Mark, toi aussi tu es un homme ! Qu'est-ce que tu aurais fait à ma place si la meilleure amie de ta copine t'avait sauté au cou et embrassé ? Je… j'étais complètement… tourneboulé. Tu peux bien imaginer ce que c'est ?

Le recours à la complicité entre hommes avait marché. Mark le regardait d'un air coléreux mais la confiance revenait lentement dans ses yeux.

— Je t'ai dit que la plupart des femmes sont mauvaises. Nika s'en moque, bien que Ricky soit sa meilleure amie.

Jannis parlait et parlait sans se soucier de l'image qu'il donnait de Nika.

Pas plus tard que ce soir il dirait à Ricky qu'il ne voulait plus voir Mark chez eux. Le garçon était un peu fêlé. Pas étonnant étant donné son passé.

La porte d'entrée s'ouvrit, les chiens se mirent à aboyer joyeusement et à sauter autour de Ricky. Elle entra dans la cuisine, rayonnante, et posa deux sacs de commissions sur la table. Insensible comme elle était, elle ne remarqua rien.

— Bonjour, mon trésor ! dit-elle à Jannis en l'embrassant avant de se tourner vers Mark. Salut, Mark. Merci d'avoir promené les chiens.

Elle vida les sacs et rangea ses achats dans le réfrigérateur, tout en parlant de la propriétaire du Jack Russell qui avait pleuré de joie en retrouvant son chien et avait fait un chèque de mille euros pour le refuge des animaux. Ce n'est qu'alors qu'elle remarqua que ni Jannis ni Mark n'avaient ouvert la bouche.

— Il y a quelque chose qui ne va pas ? demanda-t-elle étonnée en les regardant tour à tour.

— Non, non, chérie, dit Jannis en souriant d'un air candide. J'étais seulement plongé dans mes pensées. Tu veux venir à la conférence à Falkenstein ?

— Bien sûr. C'est pour ça que je me suis tellement dépêchée.

Ricky lui rendit son sourire et Jannis la prit dans ses bras, par-dessus son épaule il jeta à Mark un regard d'avertissement et lui fit signe de disparaître de la tête. Le garçon acquiesça. Heureusement, il n'avait pas le cœur de raconter à sa chère Ricky ce qui s'était passé.

— Je… il faut que je parte, murmura-t-il et il se précipita dehors.

L'atmosphère parmi ces membres éminents de l'économie et de la politique était cordiale et pleine d'attente. Dans les premiers rangs de la salle des fêtes avaient pris place les notables de la ville, du canton et du land, derrière les représentants de la presse, et enfin les invités du Club de l'économie du Vordertaunus.

Le Dr Stefan Theissen avait inauguré la soirée en tant que président du Club de l'économie du Vordertaunus et à présent le Pr Dirk Eisenhut faisait un exposé sur les conséquences écologiques, économiques et politiques du changement climatique. Il citait des chiffres et des faits, donnait des exemples parlants et lisait de temps en temps des passages de son nouveau livre qui, en quelques jours, s'était hissé en tête des best-sellers. Le public suivait la conférence avec attention et la ponctuait par des applaudissements enthousiastes. Cependant Theissen était un peu nerveux, quand il rejoignit Eisenhut sur l'estrade en tant que modérateur de la discussion qui allait suivre. Quand le pape du climat eut répondu avec éloquence aux questions bienveillantes, il respira. Mais son soulagement fut de courte durée.

— Je vous remercie et j'espère… commença-t-il quand un homme se leva dans les rangs du milieu. Theissen n'en crut pas ses yeux. Que faisait Theodorakis dans cette salle ?

— J'aurais encore une ou deux questions à poser, disait à présent celui-ci. Au Dr Theissen en particulier.

Les personnes du premier rang se retournèrent vers lui avec curiosité.

— Nous allons clore cette discussion. Merci beaucoup !

— Mais pourquoi ? Laissez-le poser ses questions, cria un autre homme. Theissen se mit à transpirer. Par malchance, Theodorakis était au milieu d'une rangée, impossible de l'expulser de la salle sans causer un scandale.

— Mercredi, dans la maison de la culture, je n'ai pas pu les poser, dit Theodorakis. Vous savez sans doute que l'Assemblée citoyenne a tourné à la tragédie, il y a eu des blessés et même une morte. Mais je voudrais cependant savoir comment M. Theissen a obtenu le permis de construire du parc d'éoliennes sur le Taunus. Theodorakis se tourna vers le public. Pour votre information, la WindPro veut édifier un parc de dix monstrueuses éoliennes au-dessus d'Ehlhalten et à un endroit absurde étant donné la potentialité éolienne. Pour cela des pots-de-vin ont été versés au ministère de l'Environnement à Wiesbaden, un hamster doré a été exterminé et des expertises ont été falsifiées.

Theissen jeta à Eisenhut un regard de biais et remarqua son air pétrifié.

— Qu'est-ce que ça signifie ? siffla l'expert du climat. Qui est cet homme ?

Le public s'agitait, on se retournait vers Theodorakis. Theissen se demandait désespérément comment sauver la conférence. Simplement en l'interrompant ?

— Professeur Eisenhut, disait à présent Theodorakis, en dehors du fait que tout ce que vous avez raconté sur le changement climatique est une absurdité, ça m'intéresserait de savoir pourquoi vous et votre collègue Brian Fuller de l'université du pays de Galles avez falsifié les expertises pour notre estimé Dr Theissen.

Theissen avait espéré que le public sifflerait ou ferait au moins taire Theodorakis, mais à son grand désespoir un silence de mort régnait. Les journalistes, qui pendant la conférence n'avaient même pas pris de notes, sortaient à présent leurs blocs-notes, flairant le scandale.

— Je sais de source sûre que les expertises sur le potentiel éolien du parc d'aérogénérateurs du Taunus, établies par votre collègue anglais et vous, sont fausses. Vous n'avez pas intégré les principales données dans vos calculs. Je suis sûr que le nom du Dr Annika Sommerfeld vous dit quelque chose. C'est elle en effet qui a comparé, pour l'Initiative citoyenne "Pas d'éoliennes dans le Taunus", vos expertises avec celles d'Euro Wind établies en 2000, et qui a constaté des erreurs.

Theissen vit le visage de Dirk Eisenhut se décomposer en quelques secondes.

— Je suis affreusement navré, lui murmura-t-il. Nous devons lever la séance. Venez, partons.

Mais le Dr Eisenhut, comme pétrifié, les mains cramponnées à sa chaise, ne faisait pas mine de se lever.

— Il faut que je parle avec cet homme, dit-il d'une voix oppressée. Absolument !

Theodorakis avait remarqué qu'il avait attiré son attention et souriait d'un air triomphant.

— Soit vous êtes incompétents, soit vous avez arrangé les expertises intentionnellement, continua-t-il. Peut-être par complaisance, parce que l'entreprise du Dr Theissen a financé votre nouvel Institut du climat à Francfort ? Ou bien à cause d'une vieille amitié ? Ou pourquoi pas… pour de l'argent ?

Enfin des voix protestaient, des participants se levaient. Theissen était désespéré. Ses collègues du Club de l'économie comprirent que la situation échappait à tout contrôle. Deux d'entre eux tentèrent de se frayer un chemin vers la rangée de Theodorakis, un autre quitta la salle et revint avec trois agents de sécurité. Fou de colère, Theissen reconnut qu'il avait complètement sous-estimé Theodorakis. Ce frimeur était vraiment à deux doigts de tout faire échouer.

— Ça suffit, dit-il et il se leva.

Il sauta de l'estrade, décidé à faire taire Theodorakis. Mais c'était trop tard. Deux cents personnes attendaient avec avidité qu'Eisenhut réagisse. Les représentants de la presse, qui avaient flairé le sang, oubliaient toute retenue. Ils sautaient de leur place, se poussaient et se bousculaient, micros et dictaphones à bout de bras, pour parvenir jusqu'à Theodorakis. Les flashs crépitaient, les gens couraient dans tous les sens. D'autres se faufilaient vers la sortie.

Theissen se moquait de ce qu'on pouvait penser de lui. Sa colère s'était changée en pur désir de meurtre quand il atteignit son adversaire et l'empoigna par la chemise.

— Je t'avais prévenu ! éructa-t-il.

Il sentit l'étoffe se déchirer entre ses doigts, des boutons volèrent. Theodorakis ne lui opposait qu'un rire narquois.

— Calmez-vous, ricana-t-il, la photo sera dans tous les journaux demain.

Ces mots et les protestations indignées de quelques personnes dans la salle ramenèrent Theissen à la raison. Il laissa retomber ses mains et comprit l'erreur qu'il venait de faire. Un silence consterné suivit. Theissen vit Eisenhut, le visage blême, attraper le micro.

— Retenez cet homme ! dit-il et les gens se tournèrent comme un seul homme vers lui. Ne le laissez pas partir.

Les agents de sécurité resserrèrent discrètement le cercle. Theodorakis les aperçut du coin de l'œil. Son sourire d'autosatisfaction s'effaça. Personne ne bougea, aucun ne voulait rater le dernier acte de cette pièce palpitante. Dans le silence, un coup de tonnerre éclata, et les premières gouttes s'écrasèrent sur les grandes baies vitrées de la salle des fêtes.

Soudain Theodorakis bondit. Utilisant la protection du public, il bouscula Theissen et lui échappa en poussant sa blonde accompagnatrice devant lui comme un bouclier.

— Vous voyez comme on cherche à me museler !

Sa voix s'éleva, stridente. Les agents de sécurité regardèrent Theissen d'un air interrogateur mais celui-ci secoua imperceptiblement la tête. Theodorakis comprit qu'on ne l'arrêterait pas mais il préféra quitter la salle par mesure de précaution.

— Nous nous reverrons, cria-t-il. Car qui sème le vent, docteur Theissen, récolte la tempête !

Il était déjà tard quand Bodenstein arrêta sa voiture de service sur le parking vide de la propriété de ses parents. Sa conversation avec Pia lui avait laissé un sentiment bizarre. Il aurait dû s'y attendre. Pia le connaissait bien, elle avait en outre un flair certain pour deviner l'état d'esprit des autres. C'était ce qui faisait d'elle un policier exceptionnel. Il avait répondu avec lâcheté quand elle lui avait demandé ce qui lui arrivait. Il avait bien vu combien cela l'avait vexée. Pourquoi avait-il été incapable de lui parler du testament et de Rademacher ? Pia apprendrait de toute façon à qui Ludwig Hirtreiter avait légué cette prairie, si elle ne le savait pas déjà. S'il s'était tu, n'était-ce pas parce qu'il avait ruminé toute la journée la proposition de Rademacher ?

Bodenstein se mordit pensivement les lèvres. Il fallait qu'il appelle Pia. Il chercha son téléphone dans la poche de sa veste qu'il avait quittée à cause de la chaleur.

Il faisait toujours très lourd, pas un souffle d'air. Des papillons de nuit volaient autour des réverbères. Au loin, des coups de tonnerre et des éclairs annonçaient un orage rafraîchissant.

Bodenstein fit le numéro de Pia, mais n'obtint que son répondeur. Il lui demanda de le rappeler à n'importe quelle heure et il rempocha son iPhone. Les grondements de son estomac lui rappelèrent qu'il n'avait rien mangé de la journée. Il descendit de voiture. Pourquoi le grand portail était-il fermé ? En temps normal il était toujours ouvert. En jurant dans sa barbe, il tira la clé de sa poche, ouvrit un des battants et pénétra dans la cour. La lumière brûlait dans l'appartement de ses parents, situé en face dans la cour. Avec un peu de chance il trouverait quelque chose à manger dans le réfrigérateur de sa mère, et par la même occasion il pourrait prendre des nouvelles de son père. Bodenstein passa devant le marronnier géant, monta les trois marches du perron et s'étonna de trouver aussi la porte fermée. Il n'y avait pas de sonnette, aussi dut-il taper du poing sur la lourde porte de chêne. Son père vint lui ouvrir et jeta un regard inquiet dans l'entrebâillement, par-dessus la chaîne de sécurité rouillée.

— Ah, c'est toi, dit-il avant de refermer la porte pour détacher la chaîne.

— Pourquoi vous vous barricadez comme ça ? demanda Bodenstein en entrant dans le couloir qui sentait la cire. Son père jeta un coup d'œil soupçonneux dans la cour sombre avant de remettre la chaîne, de pousser le verrou rouillé et de refermer à double tour. Sa mère émergea de la demi-obscurité. Quand il vit l'expression angoissée de cette femme intrépide, il ressentit en même temps de la pitié et un sentiment de colère. Comment Ludwig Hirtreiter avait-il pu leur infliger la responsabilité de ce legs ? Il suivit ses parents dans la cuisine. Ici aussi le verrou était poussé sur la porte de service et les vieux volets de la fenêtre étaient fermés. Au lieu du plafonnier, deux bougies plongeaient la pièce dans une lumière vacillante.

— Qu'est-ce qui se passe ? demanda Bodenstein inquiet. Une odeur d'ail et de sauge fit tressaillir son estomac, mais il se voyait mal demander quelque chose à manger.

— Cet homme est venu ici, dit son père avec une voix incertaine.

— Quel homme ?

— Celui qui voulait parler avec Ludwig sur le parking. Il m'a remis une lettre. Leonora, tu l'as ?

Sa mère acquiesça et tendit à Bodenstein un morceau de papier froissé. Les doigts de Bodenstein se mirent à trembler pendant qu'il lisait la lettre. Comme prévu, Rademacher n'avait pas hésité longtemps. Il offrait à son père trois millions d'euros pour les terrains. C'était incroyable.

— Tu es sûr que c'était le même homme ?

— Absolument sûr, dit son père en hochant la tête. Quand il a été devant moi, je m'en suis souvenu. De sa voix. De son accent.

— Son accent ?

— Autrichien. Il a dit que l'offre avait une durée limitée et qu'il fallait que je me décide vite sinon cela pourrait avoir des conséquences désagréables.

— Il t'a menacé ? dit Bodenstein incrédule, essayant de garder son calme.

— Oui.

Son père se laissa tomber sur le banc qui était à côté de la porte de la cave aux pommes de terre, sa mère prit place à ses côtés et lui prit la main. Impossible dans cette situation de leur parler des menaces de Rademacher ou de les pousser à vendre la prairie. La vue de ses parents, assis, la main dans la main, comme deux enfants effrayés, fendit le cœur de Bodenstein. Un coup de tonnerre retentit, faisant trembler la maison sur ses bases.

— Qu'est-ce que nous devons faire, Oliver ? demanda sa mère d'une voix tremblante. Est-ce que cet homme va nous tuer ?

Inquiète, Nika errait dans la maison. À la télévision il n'y avait rien qui soit susceptible de lui faire oublier ses pensées, et la chaleur ne faisait qu'accroître sa nervosité. Elle sortit sur la terrasse, s'assit sur une chaise de plastique et fixa l'obscurité du jardin. Un léger vent s'était levé, qui sentait la pluie.

Cinq kilomètres la séparaient de Dirk mais il ne se doutait pas qu'elle était si proche. Elle était submergée par la nostalgie, son désir s'était mué en véritable douleur physique et faisait monter ses larmes. Elle serra les dents. Elle ne pourrait pas supporter longtemps les tortures de son cœur et son angoisse. Ces mois de cavale et de cachotterie l'avaient éprouvée, elle était devenue peureuse et se sentait atrocement seule. Elle prenait lentement conscience de sa situation désespérée. Il n'y avait aucun retour mais aucun futur non plus qui ne mette sa vie en danger. Sa présence dans cette maison touchait à sa fin, car Mark raconterait un jour ou l'autre à Ricky ce qu'il avait vu. Et Jannis, à présent qu'il connaissait son nom, ne la laisserait plus en paix.

Un éclair traversa la nuit, pendant quelques secondes le tonnerre roula puissamment sur la campagne. À ce moment le couloir s'éclaira et les chiens jaillirent de leurs corbeilles. Nika se leva et regagna la cuisine. Jannis et Ricky étaient de retour, ils entrèrent, main dans la main, en riant bruyamment.

— Nika, cria Ricky rayonnante. Tu aurais dû voir ça ! C'était sensationnel ! Le Theissen a failli avoir une attaque quand Jannis s'est levé et lui a dit ce qu'il pensait devant tout le monde ! Il faut qu'on fête ça, dit-elle en se dirigeant vers le réfrigérateur.

Nika comprit aussitôt. Son sang gela dans ses veines. Jannis n'avait pas tenu ses promesses, son air bourrelé de remords et son sourire gêné le disaient clairement.

Il quitta la cuisine avant qu'elle ait pu dire quoi que ce soit. Ricky ne s'aperçut de rien, comme d'habitude. Elle sortit trois coupes à champagne et s'affaira à ouvrir une bouteille de mousseux tout en déblatérant sur leur succès triomphal. Nika passa devant elle, suivit le couloir et ouvrit d'une poussée la porte des toilettes. Jannis, en train de soulager sa vessie, jeta pardessus son épaule un regard effrayé. La mauvaise conscience était inscrite sur son visage.

— Comment tu as pu me faire ça ? cria Nika. Ça lui était bien égal que Ricky l'entende. Tu m'avais promis !

— Il fallait bien que je… commença-t-il mais elle l'attrapa par l'épaule avec une force inattendue. Il jura, furieux, car le jet d'urine atterrit sur son pantalon et ses chaussures.

— Tu as mentionné mon nom, n'est-ce pas ?

Ricky surgit derrière elle, la bouteille de vin dans une main, une cigarette allumée dans l'autre.

— Qu'est-ce qui se passe ? demanda-t-elle et son regard méfiant allait de l'un à l'autre, pendant que Jannis, le visage écarlate, essayait désespérément de refourrer son pénis dans son pantalon.

— Comment tu as pu faire ça ? Tu m'avais promis !

— Bon Dieu, ne t'énerve pas comme ça ! grommela Jannis, vexé de cette position peu glorieuse. Tu n'es pas si importante !

— Je peux savoir de quoi vous parlez, intervint Ricky.

Nika l'ignora. Elle fixait Jannis avec stupeur. À la première occasion, il avait froidement utilisé la connaissance qu'il avait de sa véritable identité pour se mettre en avant. Sans aucune considération pour elle.

— Tu sais ce que tu es, Jannis, jeta-t-elle. Tu es le plus vaniteux, le plus égoïste et le plus dénué de scrupules des enculés ! Pour être dans le journal tu ferais n'importe quoi. Mais tu n'as pas la moindre idée de ce que tu as fait ce soir !

Il n'eut même pas la courtoisie de s'excuser.

— Ce n'est pas la fin du monde, répondit-il avec hauteur.

Savoir qu'elle avait été une fois de plus trompée et utilisée bouleversait Nika. Chaque mot était un mot de trop. Ce qui s'était passé ne pouvait plus être rattrapé. Elle fit demi-tour et disparut dans la cave.

Ils se tenaient sous la lumière du lampadaire, la voiture de police avec son gyrophare en marche à quelques mètres d'eux. Personne ne le voyait. Il pointa, visa et tira. Boum ! En plein dans le mille ! Le crâne éclata comme une courge, du sang et de la cervelle jaillirent. Déjà la tête du prochain était dans son viseur. Mais cette fois il visa plus bas. La poitrine. Il appuya sur la détente. Touché ! Le cri d'agonie fit accélérer les battements de son cœur, et il tira la langue, ses yeux allaient et venaient. Là, un autre ! Mark essuya ses mains humides sur son jean et tira. La balle arracha le bras de l'homme. Le sang jaillit du moignon.

Jannis, pensa-t-il. Espèce de porc. Il avait bien vu comment il se vautrait sur Nika, frottait sa queue contre elle en lui fourrant la langue dans la bouche. En ce moment il tringlait Ricky, après il tringlerait Nika. Et qu'est-ce qu'il avait dit sur le projet du parc d'éoliennes ! Qu'il se foutait bien de la protection de la nature, qu'il ne s'agissait pour lui que d'une minable vengeance et d'une connerie de conspiration mondiale. Ce menteur dégueulasse ! Mark luttait pour ne pas pleurer et faisait feu sur tout ce qui se trouvait sur son chemin. Il laissa sur l'écran de son ordinateur un bain de sang virtuel.

Certaines fois, le jeu l'aidait à combattre son agressivité, mais pas aujourd'hui. Il était furieux et ne savait plus où il en était. En plus, son fichu mal au crâne lui ôtait presque la raison. Devait-il dire à Ricky ce qu'il avait vu ? Peut-être qu'elle foutrait cet enculé de menteur à la porte et qu'il pourrait s'installer chez elle. Il l'aimerait toujours et éternellement et jamais il ne lui mentirait ni ne la tromperait ! Ils pourraient s'occuper du magasin ensemble, ainsi que du dressage des chiens et du refuge des animaux. Contrairement à Jannis qui donnait en secret des coups de pied aux chats, Mark aimait toutes les bêtes, exactement comme Ricky.

Il ferma le jeu en appuyant sur une touche. Impensable. Rien ne serait plus pareil s'il disait la vérité à Ricky. Jannis et elle étaient les seuls amis qu'il avait au monde. D'un autre côté il avait déjà cru cela une fois et il avait été déçu.

Tu es le seul ami que j'ai au monde. C'est ce qu'il avait dit à Micha, et c'était la vérité. Le souvenir du sentiment chaleureux de sécurité forma une bulle douloureuse qui grandit, grandit, jusqu'à lui couper la respiration. Micha n'était pas impatient, il avait toujours du temps pour lui. Ils avaient jardiné ensemble, s'étaient promenés ensemble et le soir, allongés sur le divan, ils avaient regardé la télé, lu ou simplement parlé. Un week-end, alors que tous les autres étaient partis chez eux et que ses parents n'avaient pas voulu de lui, Micha lui avait fait du cacao. Ensuite il avait passé la nuit chez lui au lieu de devoir dormir seul dans une chambre pour quatre. Bien entendu, il ne l'avait pas raconté à ses parents, son père n'aurait pas compris à quel point il s'était senti foutrement seul et solitaire ce week-end-là à l'internat. Même aujourd'hui, Mark n'avait jamais su pourquoi Micha avait disparu d'un jour à l'autre. On l'avait appelé chez le directeur où se trouvaient déjà ses parents et d'autres gens qu'il n'avait jamais vus. Ça avait été un choc quand on lui avait posé ces questions affreusement gênantes. Une psychologue avait essayé de l'embobiner et de lui soutirer par la ruse des histoires perverses. Il avait dû lui montrer sur une poupée les endroits où Micha l'avait touché et ce qu'il avait fait avec lui. Mark n'avait pas pipé mot et n'avait rien compris, mais il s'était senti tellement mal.

Ce n'est que plusieurs mois plus tard qu'il était tombé à la télé sur le récit de ce que la presse désignait comme un "scandale d'abus sexuel" et qu'il avait appris que l'enseignant Michael S. était en prison en attendant qu'on le juge pour abus sexuel sur mineurs. Ce jour-là, il avait pris un club de golf de son père et était parti en courant. Encore aujourd'hui il pouvait ressentir son profond soulagement quand les vitres d'une voiture explosaient sous ses coups, que le verre tombait en cliquetant sur l'asphalte et que l'alarme se déclenchait.

À chaque coup, la pression dans sa poitrine et la surdité dans sa tête disparaissaient. Il s'était arrêté au milieu de la rue et avait regardé le ciel rempli d'étoiles. Puis les flics étaient arrivés et l'avaient plaqué au sol.

Pendant longtemps tout était bien allé, mais à présent cette pression était revenue, plus insupportable et plus torturante qu'avant. Il ne pouvait pas l'ignorer plus longtemps. Il devait la faire disparaître. De quelque façon que ce soit.

Mark frappa son front sur son bureau. Frappa, frappa jusqu'à ce que son nez se mette à saigner et la peau à enfler et à se crever. Il fallait qu'il ait mal, il fallait qu'il saigne, saigne, saigne !

Le Pr Dirk Eisenhut allait et venait nerveusement dans sa suite. En principe, il avait encore au programme un dîner avec les hôtes et leurs femmes, mais il était trop bouleversé pour tenir une conversation superficielle. Il ne faisait attention ni à la bouteille de champagne dans son seau à glace ni à l'assiette d'amuse-gueules préparée par la cuisine de l'hôtel.

Allait-il enfin découvrir la trace d'Annika après cinq mois de recherches ? Il n'aurait jamais cru que quelqu'un puisse disparaître si facilement dans l'Allemagne de 2009, et pourtant c'était ce qui s'était passé. Au début, il avait été certain qu'elle allait ressurgir quelque part. Il avait mis tout en œuvre et fait jouer toutes ses relations, qui n'étaient pas négligeables. Il s'était adressé à une agence de détectives renommée et hors de prix et lancé le service de sécurité de l'Institut sur la moindre trace, mais en vain. Au début de février, la police avait sorti sa voiture de l'Altrhein à Speyer mais rien ne prouvait qu'Annika ait été à l'intérieur et se soit noyée. Cela avait été la dernière trace d'elle. Que lui était-il arrivé ? Que faisait-elle à Speyer ?

Dirk Eisenhut, debout à la fenêtre, regardait le parc sombre. Un gros orage avait éclaté, le premier de ce printemps. Une pluie diluvienne tombait, les grands arbres étaient fouettés par la tempête. On aurait cru que leurs silhouettes noires virevoltaient en une danse déchaînée. Le nom d'Annika était en tête sur la liste des personnes portées disparues du BKA, mais personne n'avait téléphoné pour dire qu'il l'avait vue, pas même un illuminé. C'était à désespérer. Un coup frappé à la porte lui fit faire volte-face. Son cœur fit un bond, mais il fut vite déçu. Stefan Theissen entra, suivi de deux autres membres directeurs du Club de l'économie. Ils étaient trempés.

— Alors, demanda-t-il, tendu, vous l'avez ?

— Non, désolé, dit Theissen en levant les mains. L'orage… a brusquement semé la pagaille.

— Nom de Dieu de merde, jura Eisenhut hors de lui. Ce n'est pas vrai ! À quoi sert votre service de sécurité ?

Les trois hommes échangèrent un bref regard.

— Pour nous aussi c'était très désagréable, dit l'un d'eux pour le calmer. Nous ne pouvons pas expliquer comment il a pu se glisser dans la salle.

— Sans doute avec une fausse carte de presse, suggéra un deuxième.

Ces industriels sûrs d'eux, après cette soirée qui avait tourné à la catastrophe, se tenaient devant lui comme des enfants punis.

— Ne vous inquiétez pas pour cet homme, c'est à moi qu'il en veut, dit Theissen pour tenter de limiter les dégâts, mais Eisenhut ne pouvait pas cacher sa déception.

— Je me fiche complètement de ce qu'il a dit, répondit-il brutalement. Ça ne m'intéresse pas le moins du monde. Je…

Il s'arrêta en voyant l'expression stupéfaite de ses interlocuteurs et comprit son erreur. Il se rappela alors combien étaient graves les accusations que l'homme avait portées publiquement. Elles pouvaient attirer de grands désagréments et causer des dommages économiques à Theissen et à son entreprise, car cette sortie spectaculaire à la fin d'une conférence par ailleurs si peu spectaculaire avait été une aubaine pour la presse. Il se força à respirer profondément.

— Excusez, je vous en prie, mon impolitesse, dit-il. Je suis un peu chamboulé. Cet homme a mentionné le nom d'une ancienne et très proche collaboratrice qui a disparu sans laisser de traces depuis plusieurs mois. Pendant un court instant, j'ai espéré qu'il pourrait peut-être me mener à elle.

Dans la suite de l'hôtel Kempinski le silence tomba. On n'entendit plus que les hurlements du vent et le bruit de la pluie sur les vitres. Stefan Theissen toisa Eisenhut, puis il pria ses deux acolytes de quitter la suite.

— Annika était plus qu'une collaboratrice, expliqua Eisenhut en se laissant tomber sur une chaise et en se passant la main sur le visage. Elle a été mon assistante pendant quinze ans, la seule personne en qui j'avais une confiance absolue. Nous… nous avons eu une violente dispute et elle a disparu. Ensuite est arrivé ce malheur avec ma femme. Depuis… j'essaie désespérément de retrouver Annika.

Il leva la tête et regarda Theissen.

— Je comprends, dit celui-ci. Et je peux peut-être vous aider. Je sais qui est cet homme.

— Vraiment ? dit Eisenhut comme électrisé.

— Oui. Il a été directeur de projet chez nous et il veut se venger en empêchant la construction du parc d'éoliennes. Son nom est Jannis Theodorakis et je sais où le trouver.

Il tira son mobile de sa veste et se mit à téléphoner. Incapable de rester assis plus longtemps, Eisenhut se mit à aller et venir dans la pièce. L'idée qu'Annika serait bientôt en face de lui le plongeait dans un intense désarroi. Theissen parlait à voix basse, puis il alla vers le frêle secrétaire de noyer et écrivit quelques mots sur le bloc de papier à lettres de l'hôtel.

— Voici le nom et l'adresse de sa compagne, dit-il en tendant la feuille à Eisenhut qui dut se dominer pour ne pas la lui arracher des mains. Apparemment, il habite chez elle. J'espère que ça pourra vous aider.

— Merci, dit Eisenhut avec un bref sourire en posant la main sur l'épaule de Theissen. C'est en tout cas une piste. Et excusez-moi pour mon attitude de tout à l'heure.

— Je vous en prie. Je suis très heureux de vous rendre service.

Quand Theissen eut refermé la porte derrière lui, Eisenhut saisit son mobile et fit un numéro. Il attendit avec impatience que l'autre réponde au bout du fil.

— C'est moi, dit-il abruptement. Je crois que je l'ai trouvée. Venez immédiatement.

Puis il ouvrit le minibar, se versa un whisky et le but cul sec. L'alcool calma ses nerfs. Il respira profondément puis alla à la fenêtre, si près que la vitre s'embua sous son souffle.

— Où est-ce que tu te caches, petite ordure ? murmura-t-il en serrant les dents.

Elle était vivante, il le sentait dans toutes les fibres de son corps. Il la retrouverait. Et ensuite, à la grâce de Dieu.

La mine sombre, ils étaient assis sur le banc qui entourait la table de la cuisine. Personne ne pipait mot. L'orage continuait, des trombes d'eau tombaient du ciel. Bodenstein se leva, ouvrit la fenêtre et repoussa le volet. L'air humide le frappa au visage, il sentait la pluie et la terre. L'eau gargouillait dans les gouttières et clapotait dans le tonneau près de la porte de la cuisine.

— On ne peut pas attendre que ce type mette ses menaces à exécution, dit Marie-Louise avec acrimonie. Ça fait des années que je me crève jour et nuit pour ce restaurant et j'ai pas envie de tout voir capoter.

Bodenstein avait appelé son frère et sa belle-sœur pour les mettre au courant de l'héritage et des menaces non dissimulées de Rademacher. Depuis une heure et demie, ils réfléchissaient ensemble à ce qu'il convenait de faire.

— Je ne comprends pas pourquoi tu hésites, père, intervint alors Quentin qui jusqu'à présent avait à peine ouvert la bouche. Vends-leur cette prairie. Tu n'auras plus de souci à te faire.

Bodenstein jeta un bref regard à son frère. Quentin était un pragmatique, les problèmes de conscience ne l'embarrassaient guère.

— Impossible, répondit d'une voix lasse Heinrich von Bodenstein à son fils cadet. De quoi j'aurais l'air devant les autres si je le faisais ?

En quatre jours, il avait pris des années. Son étroit visage était émacié, ses yeux s'étaient creusés.

— Ah père ! Si c'est ça ton seul souci ! dit Quentin en secouant la tête. Personne au monde n'aurait autant de scrupules que toi, je te le jure.

— C'est bien pour ça que Ludwig m'a légué la prairie, répondit son père. Parce qu'il savait que j'agirais selon sa volonté.

— Ton attitude te fait honneur, dit Marie-Louise. Mais je ne vois pas pourquoi, *nous*, on devrait en supporter les conséquences. On devrait faire un vote, ainsi…

Un coup frappé à la porte l'interrompit au milieu de sa phrase. Tous se figèrent et se regardèrent avec inquiétude. Il était presque minuit. Qui ça pouvait être ?

— Vous n'avez pas fermé le portail derrière vous ? souffla la mère de Bodenstein avec une expression d'effroi dans les yeux.

— Non, dit Quentin. On va ressortir après.

— Mais je t'ai demandé…

— Mère, le portail reste ouvert nuit et jour depuis quarante ans, dit-il en la coupant avec impatience. Tu vois des fantômes !

Comme personne ne faisait mine d'aller ouvrir, Bodenstein repoussa sa chaise et se leva.

— Sois prudent, lui cria sa mère.

Il alluma le couloir et ouvrit tour à tour les verrous, la chaîne puis la serrure. Le géant à queue de cheval avait assez de culot pour arriver à cette heure, il en était capable. Bodenstein poussa la porte d'un coup mais, au lieu d'un malabar, il vit, sous la lumière trouble de la lanterne du porche, une femme frêle. Il avait pensé à elle toute la journée et voilà qu'elle surgissait devant lui au moment où il s'y attendait le moins, son cœur bondit de joie.

— Nika ! Quelle surprise, dit-il avant de voir dans quel état elle se trouvait. Alors sa joie se transforma en inquiétude. Qu'est-ce qui se passe ?

Elle était trempée jusqu'à l'os, les cheveux collés sur le crâne. À ses pieds était posé un sac de voyage.

— Pardon de vous déranger si tard, murmura-t-elle. Je… je… ne savais pas où…

Elle s'arrêta frémissante, essayant de retenir ses pleurs.

Oliver von Bodenstein l'aida à retirer sa jaquette trempée puis il la conduisit dans la cuisine. Elle tremblait de tous ses membres. Était-elle en état de choc ? En voyant son aspect pitoyable, la mère de Bodenstein redevint elle-même. Elle se leva et lui avança une chaise.

— Assieds-toi, dit-elle. Je vais te chercher une serviette et un pull-over sec. Et quelque chose pour te réchauffer.

Soulagée de n'avoir plus à attendre, impuissante, ce fichu tueur, elle abandonna la cuisine. Bodenstein observa la femme raide et blême qui était assise, les bras serrés autour du corps, et il se sentit profondément inquiet. La frayeur de Nika était visible, son regard désespéré. Que s'était-il passé ? Qu'est-ce qui l'avait poussée à traverser la forêt obscure en pleine nuit et sous un gros orage ? Il se souvint de leur conversation d'hier et de son rire. Il était difficile de faire un lien entre cette Nika-là et la femme pitoyable, assise dans la cuisine de ses parents. Le père alla chercher une couverture, la mère revint avec une serviette et un verre de cognac qu'elle mit précautionneusement dans la main de Nika.

— Bon, l'ordre de Malte a retrouvé une nouvelle victime, dit Quentin sur un ton sarcastique. Il frappa Bodenstein sur l'épaule. On s'en va. Je te laisse le soin d'arranger tout ça, cher frangin.

— Oui, essaie, susurra sa belle-sœur. Avec l'argent je pourrais enfin aménager un hôtel.

C'était typique de Marie-Louise. Son deuxième prénom était "douée pour les affaires". Bodenstein fronça les sourcils sans rien dire. Il attendit qu'ils soient partis, puis il s'assit en face de Nika. Elle se cramponnait au verre des deux mains et frissonna quand une rafale de vent froid et humide fit voler les rideaux. Les bougies vacillèrent sous le souffle d'air.

— Voulez-vous que je ferme la fenêtre ? demanda Bodenstein.

Elle secoua la tête sans parler. Il observa son visage. Il paraissait jeune et vulnérable et il fut touché que, dans sa détresse, elle se soit réfugiée chez lui. Il la regarda porter le verre à ses lèvres. Elle but une gorgée de cognac, s'essuya la bouche. Son regard errait autour de la pièce, elle se remettait mais lentement.

— Ça va mieux ? demanda-t-il à voix basse. Ses yeux cherchèrent les siens, plongèrent en eux.

La pendule dans le couloir sonna la demie.

— Vous voulez me raconter ce qui vous arrive ? demanda Bodenstein plein de compassion.

Il aurait préféré la prendre dans ses bras. Nika le regarda de ses grands yeux, aplatissant une mèche sur son front.

— Il est si tard, murmura-t-elle. Il… il vous faut aller travailler demain. Je suis désolée…

Cette attention le toucha.

— Non, se dépêcha-t-il de répondre, demain c'est samedi. J'ai tout mon temps.

Elle sourit, un court éclair de gratitude effleura son visage, mais il s'éteignit bientôt. Elle reprenait un peu de couleur. Elle mit le verre de côté, croisa les mains et respira profondément.

— Je m'appelle Annika Sommerfeld, dit-elle en baissant la voix. Pendant quinze ans, j'ai travaillé à l'Institut allemand du climat comme assistante du Pr Eisenhut. Il veut me tuer.

Berlin, août 2008

Elle descendit du taxi devant le Tacheles, se tint un moment sur le trottoir en regardant autour d'elle. Il n'était pas encore 21 heures, elle était un peu en avance. Devant elle s'élevaient les vestiges insolites d'un grand magasin du début du XXe siècle, avec ses cafés, ses ateliers d'artistes et un club devant lequel des touristes étrangers semblaient fascinés par ce fatras anarchique d'art et de culture.*

Le rendez-vous proposé par Cieran était parfait car la chaude soirée d'été avait transformé en vaste lieu de plaisir le quartier compris entre le nord de la Friedrichstrasse et l'Oranienburger Strasse avec ses innombrables bars et restaurants. C'était bien le dernier endroit où Dirk Eisenhut la chercherait.

Les touristes et les jeunes fêtards s'agglutinaient devant le Tacheles. Quelqu'un la bouscula. Elle s'écarta de quelques mètres, s'arrêta devant un passage piéton et traversa la rue au milieu d'une cohorte de teenagers déjà passablement alcoolisés. Des odeurs de nourriture sortaient de la cuisine des restaurants. Ça sentait l'ail, le poisson, les frites et la viande grillée. S'y mêlaient des bouffées de musique, des grincements de pneus, des klaxons et des rires. Le sentiment de solitude qui ne l'avait pas quittée depuis cet affreux soir à Deauville s'aggravait à la vue de toute cette foule joyeuse. Sa rencontre avec Cieran avait été fatale. Il lui avait ouvert les yeux, avait éveillé le doute sur le bien-fondé de ses actes, mais pas seulement. Elle y avait vu soudain la possibilité de se venger de Dirk.

* Un des plus célèbres squats d'artistes de Berlin.

— Salut Annika.

La voix de Cieran la ramena à la réalité. Il l'embrassa légèrement sur les joues.

— Salut Cieran.

Elle était tellement plongée dans ses pensées qu'elle ne l'avait pas vu venir. Il paraissait changé. Préoccupé. Épuisé. Stressé. Le sourire juvénile qui adoucissait les premières rides de son visage avait disparu. Il avait maigri depuis la dernière fois. Ça ne lui allait pas.

— Où préfères-tu aller ? demanda-t-il.

— Aucune idée. Tu connais sans doute le coin mieux que moi. Mais j'ai envie d'un cocktail.

Il fronça les sourcils.

— Tu ne préfères pas du vin rouge ? Ah oui, je comprends…

C'était bien son sourire. Mais très vite il haussa les épaules et le sourire s'effaça.

— Allons au Rubini Bar, on peut s'asseoir à l'extérieur.

Il passa son bras autour de ses épaules dans un geste confiant, elle se mit à son pas, ce qui leur permit, pour un bref moment, de passer pour un couple aux yeux des gens. Dirk ne l'avait jamais tenue ainsi en public. Pourquoi d'ailleurs ? Il ne l'avait jamais aimée. Elle combattit difficilement l'amertume qui l'étreignait en permanence et se concentra sur Cieran. Ils trouvèrent deux places libres. Cieran commanda pour lui une bière et deux aspirines. Il attendit qu'on leur ait servi les boissons, puis il se pencha sur elle et se mit à raconter. Elle l'écoutait, muette et incrédule. Sa haine et sa colère contre Dirk Eisenhut grandissaient d'une façon insensée. Elle écoutait si passionnément ce que disait Cieran qu'elle ne vit pas l'homme à l'appareil photo.

Samedi 16 mai 2009

— Nika est partie ! Envolée ! Cette conne !

Jannis clignait des yeux dans la lumière brillante du soleil. Ricky se tenait devant son lit, agitant une feuille de papier.

— Qu'est-ce qui se passe ? murmura-t-il d'une voix endormie.

— Elle est partie. Elle a fait ses valises et a laissé ce papelard sur la table de la cuisine ! dit Ricky hors d'elle. Alors qu'elle sait que Frauke n'est pas là. Comment je vais me débrouiller toute seule au magasin ?

Jannis n'eut besoin que d'une seconde pour être entièrement réveillé et pour comprendre ce qui s'était passé. Nika s'était tirée.

— Tu devrais être contente, dit-il.

— Non, je ne suis pas contente. Je me retrouve toute seule avec le magasin et le ménage sur les bras. Où je vais trouver si vite quelqu'un pour la remplacer ? Tu ne peux pas m'aider ?

Elle se précipita hors de la pièce. Jannis soupira en se frottant les yeux. Ça n'avait pas été facile de la calmer hier soir. Après la scène que Nika lui avait faite, elle était devenue méfiante et avait voulu savoir ce qu'il avait promis à celle-ci. Il avait réussi à inventer une histoire, que Ricky avait plus ou moins gobée. Mais la situation devenait dangereuse et pas seulement à cause de Mark. Jannis lut le mot de Nika que Ricky avait jeté sur le lit.

Chère Ricky, je suis hélas obligée de disparaître d'ici. Merci pour ton aide et pour m'avoir hébergée. J'espère pouvoir tout t'expliquer plus tard. Prends soin de toi, Nika.

Il repoussa les couvertures, se leva et, en tee-shirt et caleçon, il alla chercher le journal dans la boîte aux lettres. Il y aurait peut-être quelque chose sur ce qui s'était passé la veille. Il le posa sur la table de la cuisine, se fit un café et s'assit. Les portes étaient grandes ouvertes sur la terrasse. Ricky nourrissait ses bêtes, les chiens couchés sur la terrasse l'observaient. Jannis feuilleta rapidement jusqu'aux feuilles locales.

C'était sa faute si Nika était partie, c'était évident. Elle lui avait demandé de ne pas mentionner son nom et cependant il l'avait fait car il croyait son inquiétude exagérée. Mais sa peur devait être en partie justifiée car le célèbre pape du climat s'était figé quand il avait prononcé "Annika Sommerfeld". Quant à Theissen, il avait complètement perdu son sang-froid et s'était ridiculisé devant deux cents personnes et la presse.

Jannis ricana. Il tourna la page et frémit de plaisir quand une photo d'Eisenhut, de Theissen et de deux autres types lui sauta aux yeux. Il parcourut l'article mais ligne après ligne sa déception croissait. Le journaleux ignorait son intervention et le pétage de plombs de Theissen. Et merde! Ce pisse-copie s'était-il laissé acheter par les potes du Club de l'économie et par Theissen? Toute son opération tombait à l'eau si la presse n'en parlait pas! Ricky rentra dans la cuisine.

— Le *Taunus Zeitung* n'a pas écrit un mot sur moi, se lamenta-t-il. C'est pire que tout! Je vais appeler la rédaction et leur demander si Theissen le leur a interdit!

— Si tu savais comme je m'en fiche, répondit Ricky sur un ton peu amène. Frauke est recherchée par la police et maintenant, Nika me laisse en plan! Je ne sais pas comment je vais m'en sortir avec tout ce travail et toi, la seule chose qui t'intéresse, c'est les idées de vengeance.

Elle rangea bruyamment les gamelles sales des bêtes dans le lave-vaisselle.

— Tu peux venir m'aider au magasin aujourd'hui? demanda-t-elle. Sinon c'est pas la peine que j'ouvre.

— Eh bien laisse-le fermé, murmura Jannis et il se leva.

Ces problèmes ne le concernaient pas. Peut-être que la *Rundschau* ou le *FAZ* parleraient de lui. Le samedi, le kiosque de la Wiesbadenstrasse ouvrait à 9 heures, dans une bonne demi-heure. D'ailleurs il croyait savoir où Nika s'était terrée. Il irait la trouver et la persuaderait de revenir l'aider. Elle était son arme la plus puissante contre Theissen, il l'avait compris la veille. La prochaine fois il ne se fierait plus à cette presse corrompue.

Quand il reviendrait du kiosque à journaux, il mettrait les fausses expertises sur Internet – et le nom de Nika en même temps. Il savait comment il devait s'y prendre pour provoquer un scandale sur les magouilles de Theissen et d'Eisenhut. Un scandale qui se propagerait aussi rapidement qu'un feu de brousse dans le réseau mondial des climato-sceptiques.

Ils avaient parlé toute la nuit. L'histoire qu'elle lui avait racontée paraissait incroyable. La révélation de sa vraie identité lui avait causé un choc, mais elle lui avait donné des preuves irréfutables. À présent Bodenstein se demandait comment il allait pouvoir l'aider et surtout s'il devait le faire. Elle avait en sa possession des documents dont le caractère explosif avait déjà coûté la vie à trois hommes. Que se passerait-il si l'on apprenait que lui, le chef de la K11, l'avait cachée dans sa maison ? Cette affaire était trop grosse pour lui. Ici, il était seulement question de politique locale, de corruption et de magouilles, pas de choses aussi dangereuses ni d'hommes de main. Et Annika était innocente. Elle se trouvait prise entre deux fronts et elle était en danger de mort aussi longtemps qu'elle serait en possession de ces documents.

— Pourquoi tu ne donnes pas tout simplement ces documents à Eisenhut ? Il n'aurait plus de raisons de te poursuivre.

— Malheureusement ce n'est pas si simple. Cieran les a déposés dans le coffre d'une banque suisse. J'ai la clé et le numéro pour y accéder, mais je ne peux pas aller en Suisse.

— Pourquoi ?

— Quand j'ai quitté Berlin en catastrophe j'ai tout laissé, mon passeport et ma carte d'identité, dit-elle en soupirant. Parfois j'ai l'impression de vivre un cauchemar. Ma vie est fichue !

Son désespoir fendait le cœur de Bodenstein.

— J'ai souvent eu envie de me livrer à la police. De tout leur raconter. De dire toute la vérité. Mais est-ce qu'ils me croiraient ?

Oui, souffla le policier en Bodenstein, *livre-toi ! Tu es innocente. On établira la vérité.* Mais il repoussa cette idée sans hésiter, car il avait fait des années de droit avant d'entrer dans la police.

— J'ai bien peur que non, répondit-il sobrement. Si Eisenhut a vraiment un tel réseau de protections, et si ces gens ont quelque chose à voir avec les meurtres de ces journalistes, on va penser, par le simple fait que ces documents sont en ta possession, que tu avais un mobile pour perpétrer ces meurtres. Si tu te livres à présent, tu n'as aucune chance.

Ils étaient assis à la table de la petite cuisine de la maison du cocher. La familiarité qui avait régné entre eux pendant la nuit se transformait à la clarté du jour en inhibition. Annika paraissait épuisée. Mais l'angoisse avait disparu de ses yeux et elle souriait timidement.

— Tu me conseilles de continuer à me cacher.

— Pour l'instant en tout cas.

À un moment de la nuit il avait proposé à Annika de monter chez lui. Par bonheur elle n'avait pas trouvé cela équivoque ou déplacé, elle avait seulement hoché la tête et l'avait suivi dans la maison du cocher qui était un peu à l'écart. Par la fenêtre on voyait l'avant-cour. Un des palefreniers était en train de mener les chevaux à l'enclos. Les sabots claquaient sur le sol encore mouillé par l'orage. Le ciel était bleu et promettait une belle journée.

— Qu'est-ce que je dois faire ? dit Annika en poussant un grand soupir. Je ne veux pas t'entraîner dans cette histoire.

— Tu l'as déjà fait en me la racontant. Et je vais essayer de t'aider.

Ils se regardèrent. Dr Annika Sommerfeld. Elle s'appelait donc ainsi. Ce n'était pas une femme de ménage ni une vendeuse mais une scientifique de renom qui s'était mise dans de sales draps. Faisait-il une faute en croyant à son histoire ? Pourquoi voulait-il l'aider ? L'attirance qu'il ressentait à son égard troublait-elle son objectivité ? Et si elle était une habile simulatrice qui le manipulait ? Mais cette angoisse, ce désespoir pouvaient-ils être feints ?

— Je me demande comment j'ai pu être si naïve, dit Annika. La seule chose que je voulais faire dans la vie c'était de la recherche. Dirk m'a offert une possibilité inespérée. Jamais je n'aurais cru possible qu'il puisse devenir comme ça.

— Tu lui faisais confiance, dit Bodenstein. Et tu l'aimais.

— Oui, c'est vrai, dit-elle avec une soudaine amertume. J'ai fait tout le travail pendant des années et il s'est attribué le résultat de mes recherches. Son nouveau livre… en fait ça devait être ma thèse.

Elle lui jeta un regard si désespéré qu'il en fut effrayé.

— Je n'ai plus d'avenir, dit-elle. Il m'a tout volé. Détruit ma réputation. Finalement peu importe ce qui peut arriver à présent.

— Tu ne dois pas parler comme ça ! dit Bodenstein en lui prenant la main et en la serrant. Il y a toujours une solution. Et nous devons la trouver.

— Non Oliver. Pas toi. Ça ne concerne que moi. Je n'aurais pas dû venir hier soir.

Elle n'avait pas pleuré de toute la nuit mais à présent ses yeux étaient remplis de larmes.

— J'ai fait une erreur, murmura-t-elle. Une erreur monumentale. Et maintenant je dois la payer.

Elle baissa la tête et se mit à sangloter. Bodenstein l'observait. Une vague de tendresse fit battre son cœur. En ignorant pourquoi il le faisait, il se hasarda sur cette fine et fragile brindille que l'on nomme confiance. Il se lança sur la corde tendue, sans filet et sans garde-fou.

— Tu n'es pas seule, Annika. Je t'aiderai, promit-il.

Il avait décidé d'être pour une fois déraisonnable : il était amoureux.

Jannis attendit que Ricky ait quitté la maison. Folle de rage, elle lui avait jeté à la tête de nouvelles insultes et reproché son sale égoïsme. Il s'habilla, mit son mobile et son portefeuille dans sa poche et sortit sa bicyclette du garage. Avant l'ouverture du kiosque, il atteindrait rapidement la propriété des Bodenstein en traversant le bois. Il s'était souvenu d'avoir vu Nika et le fils de Heinrich, le flic de la Kripo, converser en toute amitié devant le supermarché ; elle était certainement allée chez lui.

Il devait d'une façon ou d'une autre la persuader de revenir. Au moins pour quelques jours. Il jouerait les désespérés, le type rongé de remords et conscient de ses fautes, les femmes adorent ça.

Il était tellement plongé dans ses pensées qu'il ne vit pas démarrer la camionnette blanche qui était garée deux maisons plus loin. L'air était froid et limpide, l'orage avait dissipé le temps lourd. Une journée magnifique pour un petit tour à bicyclette ou une promenade avec Nika. Puisqu'il n'y avait rien dans les journaux, elle ne pouvait pas le prendre mal. Ses cachotteries et son délire de persécution étaient totalement exagérés.

Pédalant avec ardeur, Jannis prit le tournant en pente du Blumenweg. Il allait de plus en plus vite, le vent de la course le faisait pleurer. Du coin de l'œil, il vit arriver une auto. Elle se colla derrière lui. La route était pourtant assez large – ce con avait bien assez de place pour le dépasser.

Jannis se retourna sur sa selle et prit peur en voyant le parechocs de la camionnette si près de sa jambe. Soudain il sentit une forte secousse. Par réflexe, il tourna le guidon, la roue droite effleura la bordure de pierre puis la heurta. Ses lunettes volèrent, son épaule droite puis sa tête allèrent cogner la bordure, ses mains et ses coudes raclèrent l'asphalte et le guidon s'enfonça douloureusement dans sa cuisse. Pendant un moment, il vit trente-six chandelles. Sa roue dévala un moment la rue en pente et atterrit sous une voiture garée.

La camionnette avait stoppé, maintenant elle reculait et arrivait droit sur lui ! Bon Dieu, ce con ne voyait pas qu'il était tombé ? Jannis essaya désespérément de s'écarter de la route, la panique le saisit, il voulut appeler à l'aide mais il était comme paralysé. Il vit avec incrédulité un pneu rouler sur sa jambe gauche qui se brisa avec un bruit horrible. Il ne sentait aucune douleur, seulement de l'horreur.

Soudain deux hommes surgirent devant lui, il vit des jambes de pantalons sombres et des chaussures brillantes.

— À l'aide, croassa-t-il, sonné. Aidez-moi !

Mais au lieu de l'aider, la main gantée se serra autour de son cou et le pressa sans douceur sur l'asphalte. Privé de ses lunettes, Jannis vit seulement le contour flou d'un visage caché derrière des lunettes de soleil.

— Où est Annika Sommerfeld ? demanda le type. Réponds ! Ou tu préfères que je roule sur ton autre jambe ?

— Je... je ne sais pas où elle est, dit Jannis dans un râle. Il avait l'impression que ses yeux allaient lui sortir de la tête.

C'était pas un accident ! Nika n'avait pas exagéré : ces hommes étaient après elle.

— Lâchez... lâchez-moi, j'étouffe.

L'impitoyable pression sur sa gorge augmenta. Sans prévenir, un poing s'écrasa sur son visage. Pour la deuxième fois en deux jours, son nez fut brisé, un flot de sang jaillit de ses narines meurtries. Il sentit au fond de lui s'ouvrir les écluses d'une peur si élémentaire qu'il ne se doutait même pas qu'elle existait. Ces types l'avaient écrasé de sang-froid et en plein jour et ils ne donnaient pas l'impression qu'ils hésiteraient longtemps.

— On n'apprécie pas ta réponse. Alors, où elle est ?

— Je... je... sais pas, bredouilla Jannis paniqué. Ne me tuez pas, je vous en prie !

Un autre coup de poing lui brisa les dents. Il était sans défense devant la violence brute du tueur. Sa peur éteignait toute pensée raisonnable.

— Avec les salutations du professeur Eisenhut. On se reverra, siffla l'homme et, avant de disparaître de son champ de vision, il lui envoya dans les côtes un dernier coup de pied. Une portière se referma. Le cauchemar était fini. Jannis roula péniblement sur le côté, porta les mains à sa gorge et vomit en toussant. Où étaient ses lunettes ? Son mobile ? Il se mit à ramper. Un moteur rugit. Il fixa avec horreur le pare-chocs qui se précipitait sur lui et, rassemblant ses dernières forces, il roula sur le côté.

Pia arpentait impatiemment le parking devant le RKI de Hofheim, son mobile à l'oreille. Une demi-heure plus tôt, un appel du Dr Nicole Engel lui avait durablement gâché la matinée.

Elle était en train de se laver la tête et se lamentait de trouver tant de cheveux dans la bonde de la baignoire quand Christoph était arrivé dans la salle de bains son portable à la main. Encore ébranlée par l'idée d'une calvitie annoncée, Pia avait dû encaisser la bordée de reproches indignés d'Engel parce que Bodenstein était impossible à joindre. Comme si c'était sa faute si son chef ne décrochait pas son foutu mobile, et tout ça pour pouvoir se balader avec sa dulcinée sans être dérangé.

Bodenstein était toujours injoignable. Hier soir, il lui avait encore laissé un message. Elle devait absolument le rappeler mais quand elle s'était exécutée, il n'était plus au bout du fil. Qu'est-ce qui se passait dans sa tête ? Même dans sa phase dépressive, après la découverte de l'infidélité de Cosima, il ne s'était pas comporté comme ça.

Pia avait le sentiment qu'il la tenait à l'écart. Après la réunion de la veille, tous les membres de la K11 avaient pris la tangente. Elle était allée une fois de plus chez WindPro. L'idée de cet homme à queue de cheval grise que Bodenstein disait avoir vu quelques jours plus tôt la tracassait.

Sur le parking, elle avait rencontré le chef du personnel qui partait en week-end et qui l'avait volontiers renseignée. L'homme qui correspondait à sa description était un familier de WindPro. Il s'appelait Ralph Glöckner et ce n'était pas du tout un tueur professionnel mais le chef de chantier du futur parc d'éoliennes. Il était descendu à l'hôtel du Lion d'Or pour la durée du chantier. Pia s'était précipitée au Lion d'Or mais malheureusement Glöckner était parti deux heures avant et ne serait de retour que lundi soir. Elle avait cependant appris des choses intéressantes du propriétaire de l'hôtel. Glöckner avait dîné avec un autre homme mardi. Vers 22 h 30, ils étaient partis dans la voiture de Glöckner et n'étaient revenus qu'un peu avant minuit. La description de l'autre homme était vague, mais l'hôtelier se rappelait qu'il était sorti au moins trois fois pour fumer pendant le repas. Or le Dr Enno Rademacher fumait comme un sapeur. Où était-il allé avec Glöckner pendant la nuit du meurtre ?

Pia aurait tellement aimé en discuter avec Bodenstein ! Devait-elle essayer de faire relever les appels du mobile de Glöckner à Theissen ou bien était-il plus malin de mettre l'homme sous filature sans l'alerter trop tôt ? On n'avait toujours pas la moindre trace de Frauke Hirtreiter. Pia venait d'apprendre de l'expert de la police que le fusil qui avait tué Ludwig Hirtreiter était bien celui qu'elle et Kröger avaient trouvé dans l'appartement de Frauke.

L'alibi de Theodorakis pour la nuit du mardi prenait l'eau de toute part, ce qui le remettait dans la clique des suspects. Il était bien allé chez ses parents, mais n'était rentré chez lui que deux heures plus tard, contrairement à ce qu'il avait affirmé.

Vingt minutes plus tôt, elle avait dû relâcher Gregor Hirtreiter sur les instances de son avocat. Les preuves de sa culpabilité n'étaient pas suffisantes pour le retenir plus longtemps. Et pour couronner le tout, Engel, d'une humeur de chien, avait surgi en compagnie de trois hommes en complet-veston.

— Où est Bodenstein ? avait-elle aboyé sans même dire bonjour.

Pia avait été tentée de lui répondre sur le même ton qu'elle n'était pas sa bonne, mais au dernier moment elle s'était retenue. Au moment où elle se demandait si elle n'allait pas envoyer une voiture de patrouille à la propriété de ses parents, la voiture de Bodenstein entra dans le parking. Pia se précipita vers lui.

— Où étais-tu ? demanda-t-elle avant même qu'il ait ouvert sa portière. Elle savait parfaitement qu'il détestait qu'on lui tombe dessus comme ça, mais ce matin ça lui était bien égal. Pourquoi ton portable est éteint ?

— Bonjour, répondit Bodenstein en s'extrayant de l'étroite Opel. La batterie est complètement à plat. Qu'est-ce qui se passe ?

Il semblait ne pas avoir fermé l'œil de la nuit. Pia ne lui demanderait pas une deuxième fois la cause de son étrange comportement. Hier, sa façon ombrageuse d'ignorer la question l'avait profondément vexée, et elle ne voulait pas revivre ça. Si, d'un seul coup, il ne lui faisait plus confiance, à son aise.

— Ici c'est l'enfer et en haut la Engel est avec trois types qui veulent te parler.

— Ah oui ? Et de quoi ?

— Ça, je l'ignore. Mais à ta place je ne les ferais pas attendre.

Ils pénétrèrent ensemble dans le commissariat. Pia essaya de le mettre au courant de l'état de l'enquête pendant qu'il montait au deuxième étage, mais il semblait absent.

— Oliver ! dit Pia en s'arrêtant et en l'attrapant par le bras. Nous avons trouvé l'arme du crime ! Rademacher nous cache quelque chose ! L'alibi de Theodorakis est tombé à l'eau ! Nous avons du travail jusqu'aux oreilles et, toi, tu ne m'écoutes même pas. Qu'est-ce que je dois faire ?

Bodenstein se retourna. Son visage était imperturbable mais son regard était loin de l'être. On y lisait le désarroi. Pia ne l'avait jamais vu aussi bouleversé et torturé. Elle s'arrêta et lâcha son bras.

— Pardonne-moi Pia, vraiment, dit-il en respirant profondément et en se passant la main dans les cheveux. Je t'expliquerai tout, c'est tellement…

La porte du bureau du Dr Nicole Engel s'ouvrit brutalement et la conseillère apparut avec sur le visage un air qui n'augurait rien de bon.

— Tu abuses, pourquoi tu ne prends pas tes appels ? dit-elle d'une voix vibrante de colère. Je suis depuis une heure avec ces…

Son regard tomba alors sur Pia qui était deux marches plus bas. Elle s'interrompit et fit volte-face. Bodenstein la suivit. La porte se referma derrière lui avec un claquement sec qui résonna dans le couloir vide comme un coup de feu.

D'habitude ils se vouvoyaient, mais Pia était la seule à savoir dans tout le commissariat que cette politesse distante était une pure comédie. Pendant leur jeunesse, ils avaient vécu ensemble jusqu'à ce qu'apparaisse Cosima, qui lui avait chipé le bien-aimé en un claquement de doigts et était devenue sa femme un an après. Par ailleurs, Pia les soupçonnait d'avoir couché ensemble au moins une nuit peu après que le mariage de Bodenstein eut volé en éclats. Elle n'avait pas de preuve et Bodenstein se serait coupé la langue plutôt que d'en parler, mais depuis ce soir le ton entre lui et Engel avait changé. Pia franchit les dernières marches, tourna à gauche et gagna le bureau de la K11 en secouant la tête. Jusqu'à peu elle était persuadée de bien connaître son chef. Mais à présent elle n'en était plus si sûre.

La douleur pulsait derrière ses yeux. Pas de façon insupportable mais comme le rappel permanent que c'était fichu. Sa haine pour Nika lui tordait l'estomac. Elle avait tout fait foirer, tout, tout ! Depuis son arrivée rien n'avait plus été comme avant. Elle s'était glissée entre Ricky et Jannis et avait dragué Jannis, alors que Ricky était sa meilleure amie. C'était vraiment la dernière des dernières. Elle faisait toujours l'innocente et la discrète mais en réalité elle était bien différente. Et Jannis était un faible. Un menteur qui se servait de lui depuis le début. Il le haïssait autant que Nika.

Mark contempla son visage dans la glace de la salle de bains. L'hématome allait de sa paupière supérieure gauche à sa pommette, la blessure du sourcil était devenue une croûte. Il la gratta avec son ongle jusqu'à ce qu'elle recommence à saigner. Un fin ruisseau. Bien trop peu pour apaiser sa douleur.

Il devait faire table rase et dire à Ricky ce qu'il avait vu et entendu hier. C'était son devoir d'ami. S'il ne le faisait pas, il serait complice. Ricky devait enfin comprendre quels porcs étaient Nika et Jannis. Vraisemblablement Jannis se tapait cette pute depuis longtemps, c'était sûr. Sinon il n'aurait pas été si dingue d'elle. Et Ricky devait mendier en s'agenouillant pour qu'il la…

Mark fit la grimace à ce souvenir importun. Quoi qu'il fasse, il ne pouvait chasser ces images de sa tête et, ce qui était pire, il ne pouvait se débarrasser de ses sentiments immondes. Parfois il ne savait pas qui il haïssait le plus, Nika, Jannis ou lui-même. Tout cela l'assaillait et lui faisait exploser le crâne.

Il ne voulait pas. Il ne voulait pas être dingue d'elle, il ne voulait plus penser à son corps, à son soutien-gorge rouge, à sa grimace de plaisir quand Jannis la baisait sur la terrasse.

Si seulement tout pouvait redevenir comme avant ! Aussi beau, amical et innocent. Il voulait seulement être son ami, au lieu d'être sans cesse torturé par ces pensées sales, laides et répugnantes ! La seule chose qu'elles pouvaient lui apporter, c'étaient de la douleur et du sang. Une douleur propre, aiguë, et du sang rouge jaillissant.

Mark chercha dans le tiroir sous le lavabo une lame de rasoir que sa sœur utilisait pour se raser les jambes. Grâce à elle il pourrait agrandir sa plaie, s'infliger une douleur qui lui rappellerait Micha. Ça lui avait toujours fait affreusement mal, mais Micha l'avait consolé, caressé, lui avait préparé du cacao. C'était beau et la douleur avait vite été oubliée.

Un coup à la porte le fit sursauter. Ses doigts se refermèrent sur la lame de rasoir juste à temps. Sa mère entra.

— Mon Dieu, Mark ! Qu'est-ce que tu fais ? demanda-t-elle d'un air hébété en voyant du sang sur son visage.

— Je me suis écorché sous la douche, c'est pas grave. Le mensonge lui venait chaque fois plus facilement. Je trouve pas de pansement.

— Assieds-toi, dit sa mère en rabattant le couvercle de la cuvette des toilettes.

Il obéit. Elle fouilla un moment et finit par trouver ce qu'elle cherchait.

— Tu as à nouveau des maux de tête ?

Elle lui jeta un regard scrutateur et posa la main sur sa joue. Mark détourna involontairement la tête.

— Un peu.

— Il faut vraiment que nous allions voir le médecin, dit-elle.

Elle se penchait sur lui, tirant un peu la langue dans son application à refermer les lèvres de la plaie. Il avait son cou à bout portant et la carotide qui pulsait, bleue sous la peau pâle. Il suffirait d'une seule incision profonde. Le sang jaillirait comme une fontaine sur les carreaux blancs, sur le sol, sur ses mains et ses bras. Cette pensée était tentante. Excitante. Rassérénante.

Elle se redressa, observa son travail d'un œil critique. Son regard était rivé à son cou comme s'il était un vampire. Il mit la lame entre le pouce et l'index.

— Va t'allonger, conseilla sa mère compatissante. Tu as peut-être eu une commotion cérébrale. Nous ferions mieux d'aller à l'hôpital.

Il ne répondit pas, se leva de la cuvette, sa bouche était complètement sèche. Il respira à fond. Ce serait vraiment facile.

— Maman ?

Elle se retourna sur le seuil, le regarda d'un air interrogateur. En dessous dans la maison, une porte claqua, des voix s'élevèrent. Sa sœur revenait de son jogging. Mark se força à sourire. Déglutit.

— Merci, maman, dit-il.

Il ouvrit péniblement les yeux et reconnut, comme à travers un voile, une truffe noire et humide de chien. Comme de loin, des voix parvenaient à ses oreilles, le hurlement d'une sirène. Que s'était-il passé ? Où était-il ?

— Ne bougez pas ! cria une voix de femme hystérique. Le médecin des urgences arrive !

Médecin des urgences ? Pour quoi faire ? Jannis essaya de lever la tête et gémit involontairement. Un homme se pencha sur lui. Son visage était lointain et en même temps d'une taille menaçante.

— Vous m'entendez ? Monsieur ! Vous pouvez m'entendre ?

Je ne suis pas sourd, pensa Jannis. Et apparemment je ne suis pas mort.

— Vous avez mal ?

Non. Oui. Je ne sais pas.

Il tourna les yeux et vit une femme qui tenait en laisse un border collie excité et bavant mais la perspective était fausse. Elle se tenait sur la tête. Un flot chaud remplit sa bouche. Il essaya d'avaler, en vain.

— Comment vous vous appelez ? Vous pouvez me dire votre nom ?

Des hommes en blouse blanche surmontée d'un gilet rouge s'agitaient autour de lui. Ils lui rappelaient des infirmiers. Des mains étrangères le palpaient, ce qu'il trouvait désagréable. Il voulut les repousser mais elles étaient impitoyables.

— Méunett, murmura-t-il. Sans lunettes il était myope comme une taupe. Il aurait voulu demander à l'homme ses lunettes mais une douleur si forte le traversa qu'il se mit à vomir. La chaleur s'infiltra aux coins de ses lèvres, courut sur ses joues. Que faisaient donc ces abrutis ? Ils ne pouvaient pas le laisser en paix ?

Pendant un court instant, il se sentit en apesanteur, il perçut furtivement un coin de ciel bleu où de petits nuages blancs passaient, affairés. Les oiseaux chantaient. *Une journée magnifique pour faire un petit tour à bicyclette ou une promenade avec Nika.*

Nika, Nika. Ça lui évoquait quelque chose, quelque chose s'était passé avec elle. Mais quoi ? Il ne pouvait pas s'en souvenir. Pourquoi était-il allongé sur la route ?

Il sentit une aiguille s'enfoncer dans le creux de son bras et perçut des sons métalliques qu'il ne put identifier. Déclics. Raclements. Quelque chose cliquetait. Le ciel disparut, à la place, il vit un plafond blanc.

Il voulut passer la langue sur ses lèvres sèches. Une impression étrange. Mais quoi… merde. Mes dents. Elles n'étaient plus là. Il n'avait plus de dents.

Sa mémoire revint d'un coup et avec elle une peur dévastatrice. La voiture, la chute de bicyclette, les hommes aux lunettes de soleil ! Ils lui avaient roulé dessus, la voiture était passée sur ses jambes ! Et, à présent, il était allongé dans une ambulance ! Horrifié, Jannis chercha de l'air, l'avala et se mit à tousser.

— Ne vous agitez pas, dit quelqu'un en lui mettant une sonde dans le nez. Bon Dieu que ça faisait mal ! Ne pouvait-il pas mieux s'y prendre ?

— Préfnir po… ise, murmura-t-il avec désespoir. Theiffen é derrier' ! z'ont effayé d'm tuer !

Les deux hommes assis à la table de réunion tournèrent la tête quand le Dr Nicole Engel entra dans la pièce, le troisième continua de regarder par la fenêtre d'un air stoïque.

— Bonjour, Heiko. Ça fait longtemps, dit Bodenstein avant que sa chef puisse dire un mot. Docteur Engel, messieurs.

La joie des retrouvailles ne tira à l'homme en costume trois pièces couleur cognac ni un sourire ni une poignée de main. Il se pencha en arrière et toisa Bodenstein d'un air méprisant. Celui-ci lui rendit son regard sans sourire. Heiko Störch et lui avaient fréquenté la même école de police, pendant trois ans, mais ils n'étaient pas devenus amis. Le temps n'avait pas épargné Störch. Autrefois il était petit et musclé. Depuis la graisse avait remplacé les muscles et les cheveux qui encadraient sa figure rouge et grasse étaient devenus blancs. Son costume ne l'aidait pas, il était d'ailleurs beaucoup trop étroit.

— Monsieur von Bodenstein. Sa voix nasale n'avait pas changé et déjà autrefois il aimait appuyer sur la particule de Bodenstein. Mon collègue Herröder.

— Et voici le Pr Dirk Eisenhut, dit le Dr Engel en désignant le troisième visiteur toujours à la fenêtre, ce qui le fit se retourner.

Le cœur de Bodenstein s'accéléra immédiatement. Il n'avait pas pensé se trouver si vite en présence de l'homme dont il avait entendu parler la nuit dernière pour la première fois.

Eisenhut était presque aussi grand que lui et devait avoir la cinquantaine. Il avait un visage osseux et grave, les joues creuses et des yeux d'un bleu profond. Voilà donc à quoi ressemblait l'homme qu'Annika avait aimé et devant qui elle fuyait à présent.

— Venons-en au fait, dit Störch en se raclant la gorge. Nous sommes à la recherche d'une femme qui selon nos informations appartient au cercle d'une Initiative citoyenne, dont certains membres font l'objet d'une enquête de votre part. Il s'agit du Dr Annika Sommerfeld.

— Aha.

Bodenstein fit appel à tout son sang-froid pour garder un air intéressé et neutre. Ses pensées se bousculaient dans sa tête. Comment était-ce possible ? Pourquoi deux hauts gradés du BKA* enquêtaient ici sur Annika ? Heiko Störch était à la sûreté de l'État et dirigeait le service ST à la direction générale de la police judiciaire qui normalement ne s'occupait que

* *Bundeskriminalamt* : police fédérale allemande.

des enquêtes et des recherches internationales. L'unique explication était qu'à peine Theodorakis avait-il prononcé le nom d'Annika, le Pr Eisenhut avait mis ses relations en branle. Et elles devaient être puissantes. La présence de ces trois hommes en tout cas était la preuve qu'Annika avait dit la vérité.

— Monsieur le commissaire principal, dit le Dr Engel avec impatience en le rappelant à l'ordre.

— Je suis en train de passer en revue tous les noms qui sont en relation avec la mort de Grossmann et de Hirtreiter, répliqua Bodenstein avec une certaine présence d'esprit. Le nom d'Annette Sommerfeld ne me dit rien.

— Annika. Annika Sommerfeld, corrigea Störch. C'est une des plus célèbres chercheuses en climatologie d'Allemagne et elle travaillait à l'Institut du climat comme assistante du Pr Eisenhut.

Son collègue, qui jusqu'ici était resté à l'écart, posa un attaché-case sur la table et le déverrouilla. Il prit une enveloppe qu'il envoya avec décontraction en direction de Bodenstein.

— Qu'est-ce que c'est?

— Des photos de la personne recherchée, répondit Herröder sèchement.

Il était mince et brun de peau. Son visage en pointe, son menton proéminent et l'expression agressive de ses petits yeux noirs et ronds le faisaient ressembler à un doberman.

— Regardez ces photos, possible que vous connaissiez cette personne sous un autre nom.

Bodenstein se pencha sur la table, sortit les photos de l'enveloppe et les feuilleta. Annika. Annika avec un mobile à l'oreille. En compagnie d'un homme roux. Annika et l'homme dans une voiture. À pied, dans la rue animée d'une grande ville. Assise à un bar. Elle paraissait plus jeune sur les photos, son visage était plus plein et plus doux. Les derniers mois ne lui avaient pas fait de bien.

— Pour quelles raisons vous la recherchez? demanda Bodenstein.

Quatre paires d'yeux se posèrent sur lui, mais grâce à son self-control d'acier, ils ne virent qu'un visage imperturbable et ne perçurent pas l'accélération de son pouls ni ses mains humides.

— Nous soupçonnons Mme Sommerfeld d'avoir tué l'homme sur la photo. Il s'appelait Cieran O'Sullivan, un journaliste free-lance qui travaillait pour des journaux anglais et américains.

Bodenstein n'en crut pas ses oreilles. Annika aurait tué O'Sullivan ? Pour quelles raisons ?

— Il est aussi possible qu'elle soit impliquée dans le meurtre en Suisse d'un complice de O'Sullivan.

Seigneur Dieu ! Bodenstein n'arrivait qu'à grand-peine à conserver son sang-froid devant le flux d'émotions qui l'assaillait.

— Vous faisiez surveiller cette femme, pourquoi ? dit-il tandis qu'il reposait les photos comme s'il s'en désintéressait. Ni Störch, ni le doberman ne s'étaient attendus à cette question.

— Ce n'est pas Mme Sommerfeld, c'est O'Sullivan qu'on surveillait. Pas nous d'ailleurs, la sécurité du territoire. Mais très vite nous sommes tombés sur elle, répondit Störch. O'Sullivan appartient à un groupe de climato-sceptiques. Sa prise de contact avec Mme Sommerfeld, une collaboratrice de l'Institut du climat, qui travaille étroitement avec le gouvernement et l'ONU, a été juste constatée.

Ce que disait Störch paraissait convaincant. Pourquoi Annika lui avait-elle caché qu'on la soupçonnait de deux meurtres ? Elle lui avait raconté une tout autre histoire ! Cachait-il une meurtrière chez lui ?

— O'Sullivan a publié une foule d'articles qui critiquent la politique du climat du gouvernement, dont le conseiller est l'Institut du climat. Il a même publié un livre. Apparemment il avait été chargé par son organisation de contacter Mme Sommerfeld pour obtenir d'elle des données sensibles.

Ça n'intéressait pas Bodenstein.

— Quand et où l'homme a-t-il été tué ? demanda-t-il.

— Dans la soirée du 30 décembre, dit Störch.

— Son cadavre a été retrouvé dans une chambre d'hôtel de Berlin. L'arme du crime a été saisie plus tard dans l'appartement de Mme Sommerfeld. Malheureusement elle a pu échapper à son arrestation en s'enfuyant.

Bodenstein était au bord du malaise. C'était tout à fait différent de ce que lui avait raconté Annika. Quelle version de l'histoire était donc la bonne ?

— Comment l'homme a-t-il été tué ? demanda-t-il.

— Par au moins quarante coups de couteau, répondit Doberman. Mme Sommerfeld a quitté le service de psychiatrie le 30 décembre. Elle y avait été enfermée après avoir agressé le Pr Eisenhut le 24 décembre.

Sur ce point l'histoire concordait avec ce que lui avait raconté Annika, même si, dans sa version, l'agression n'était pas mentionnée. Elle n'avait jusqu'à aujourd'hui aucun souvenir des événements du soir de Noël de 2008. Bodenstein jeta à Eisenhut un regard scrutateur.

— J'ai toujours de la peine à le croire : elle a été une étroite collaboratrice pendant plus de quinze ans, dit celui-ci d'une voix douce. Je pensais la connaître, mais visiblement je me trompais.

Son visage était impassible mais ses yeux trahissaient combien il lui était difficile de garder une attitude décontractée. Si ce qu'Annika lui avait raconté était exact, il avait beaucoup à perdre dans cette histoire, vraiment beaucoup. Assez pour faire tuer un homme ?

— Au cours de l'enquête, on a appris qu'un citoyen américain avait été assassiné à Zurich le soir de Noël, continua Doberman. Lui aussi dans un hôtel. Il appartenait à un groupe de militants climato-sceptiques comme O'Sullivan. Or Mme Sommerfeld était à Zurich à cette date.

— Pourquoi la sécurité de l'État s'intéresse-t-elle à ces meurtres ? voulut savoir Bodenstein. Ce serait plutôt l'affaire de la police.

Störch et Herröder échangèrent un bref regard.

— Il y a une raison à cela, dit Heiko qui ne parut pas disposé à donner plus d'informations. Notre conversation est *totalement confidentielle*, dois-je vous le rappeler.

— C'est inutile, dit Bodenstein. Je crains de ne pas pouvoir vous aider. Mais nous allons ouvrir les yeux et les oreilles.

— *Vous* ouvrirez les yeux et les oreilles et personne d'autre, précisa Störch sèchement. L'affaire exige la plus grande discrétion. Vous n'avez pas à en savoir plus, Bodenstein. Si vous apprenez où se trouve cette femme, vous nous prévenez, nous.

Bodenstein acquiesça en silence. Qu'est-ce qui pouvait bien être en jeu ? Pourquoi la sûreté de l'État et le BKA avaient-ils un tel intérêt à ce que l'affaire ne devienne pas publique ? Pourquoi Eisenhut était-il venu en personne ? Mais la question la plus importante était : qui avait réellement assassiné Cieran O'Sullivan et l'autre homme en Suisse ? Et pourquoi ?

Les bâtiments de l'inspection judiciaire régionale étaient comme morts. Il n'y avait que les bureaux de la K11 qui faisaient exception. Du laboratoire criminel du LKA* arrivait une information après l'autre *via* les mails et le fax d'Ostermann.

— Pia ! cria-t-il à travers la porte ouverte. Nous avons marqué un point. On a une trace ADN pour le meurtre de Grossmann !

Pia sauta sur ses pieds comme électrisée. S'ils arrivaient à sortir de l'impasse où ils se trouvaient, l'enquête pourrait enfin progresser.

— Lequel ? Tu as un nom ?

— Un moment, dit Ostermann en tapant et en scrutant l'écran d'un air concentré. Le gant déchiré n'a rien donné, mais il n'en est pas de même pour le cheveu et quelques fragments de peau qui ont été trouvés sur le cadavre de Grossmann.

Il leva la tête et fit un large sourire.

— Ioannis Stavros Theodorakis.

Pia fut envahie par le puissant sentiment que son intuition avait vaincu sa raison. Elle se laissa tomber sur une chaise à côté de Kai et brandit le poing.

— Je l'ai toujours su ! dit-elle furieuse. Il va bien falloir que ce menteur s'explique maintenant !

Ostermann attrapa son téléphone.

— Je fais établir un mandat d'arrêt.

— Oui. Et je veux un mandat de perquisition pour la maison. Nous y trouverons peut-être les chaussures qui correspondent à l'empreinte. Ensuite, ce sera facile de le coincer.

* *Landeskriminalamt* : bureau des enquêtes criminelles dans chaque land.

— Je le fais.

— Pourrais-tu aussi convoquer Rademacher ? Il était avec ce Glöckner dans la soirée du mardi, et il nous l'a caché.

Le mobile de Pia sonna. Elle le sortit de la poche de son pantalon et répondit.

— C'est moi, dit une voix chevrotante de femme. Vous m'avez dit de vous avertir si j'observais quelque chose.

Les gens croient toujours qu'on va reconnaître leur voix.

— Mais qui êtes-vous ?

— Irene Meyer zu Schwabedissen, dans la Kirchstrasse à Königstein.

Le nom fit tilt dans la tête de Pia. La grand-mère qui sentait l'ail et qui habitait dans la maison de l'animalerie.

— Mme Hirtreiter est revenue. Elle vient de monter l'escalier. Elle est dans son appartement.

Pia sauta sur ses pieds si brusquement que Kai laissa tomber son mobile de frayeur.

— Qu'est-ce que je dois faire ? chuchota la logeuse de Frauke Hirtreiter.

— Rien. Surtout ne faites rien, dit Pia sur un ton si autoritaire que Kai la regarda avec curiosité. Restez où vous êtes. J'envoie des collègues immédiatement.

— Bon, dit la voix un peu déçue. Dites-moi, madame la commissaire.

— Oui ?

— Est-ce que je pourrais toucher une récompense ? C'est un renseignement important, non ?

Incroyable. Les gens pensent aussitôt à l'argent.

— Je ne sais pas, dit Pia froidement. Merci de m'avoir appelée, madame…

Son nom lui échappait à nouveau et elle coupa court à la conversation. Elle était en train de demander à Kai d'envoyer deux voitures de patrouille dans la Kirchstrasse à Königstein quand Bodenstein apparut à la porte.

— Frauke Hirtreiter a réapparu, lui apprit Pia surexcitée. Et le LKA nous a communiqué que l'ADN qu'on a trouvé sur le cadavre de Grossmann était celui de Theodorakis.

Elle se faufila entre lui et la porte pour aller chercher son arme dans son bureau. Bodenstein la suivit et ferma la porte derrière lui.

— Qu'est-ce qu'il y a ? demanda-t-elle en pêchant sur son bureau le mandat d'arrêt délivré à l'encontre de Frauke Hirtreiter.

— Je vous rejoindrai, dit Bodenstein. Il s'est passé quelque chose. Il faut que j'aille chez moi, ce ne sera pas long.

Le ton pressant de sa voix fit lever les yeux à Pia.

— Ce n'est pas sérieux ! Nous sommes sur le point…

— Prends Kröger avec toi. Il est dans mon bureau, coupa Bodenstein avec une impolitesse inhabituelle chez lui. Appelle-moi pour me dire où te rejoindre. Je viendrai après.

Il avait déjà la main sur la poignée de la porte. Pia prit le mandat d'arrêt.

— J'ai l'impression que tu es à côté de tes pompes, dit-elle méchamment, puis elle attrapa son sac à dos et quitta la pièce sans lui accorder un regard. À plus tard. Du moins je l'espère.

— Son téléphone ne répond pas, dit Mark avec nervosité. Et Nika non plus n'est pas venue. Je l'attends depuis une heure.

— C'est vraiment bizarre.

Frauke sortit son trousseau de clés et ouvrit la porte arrière du magasin. Mark passa devant elle, jeta un coup d'œil dans la réserve puis dans le bureau et pour finir fit le tour du magasin. Rien. Aucune trace de Ricky. Il n'avait encore jamais vu le magasin fermé un samedi après-midi. Pourquoi Nika n'était pas là ? Pourquoi Ricky ne répondait ni sur son mobile ni sur son fixe ? Il ne l'avait pas vue non plus au refuge des animaux. Était-elle sortie de bon matin parce qu'il faisait beau et était-elle tombée de cheval ? Ou bien s'était-elle disputée avec Jannis à cause de cette pute de Nika ? Des scènes d'horreur se succédaient dans la tête de Mark. Il revint dans le bureau. Frauke, après avoir allumé l'ordinateur, faisait du café. Elle ne paraissait pas particulièrement inquiète.

— Il est sûrement arrivé quelque chose de grave, murmura Mark d'un air sombre. Peut-être que Ricky a découvert…

— Quoi ? demanda Frauke déjà curieuse.

Mark hésita. Cette bavarde de Frauke était la dernière personne à qui il avait envie de se confier, mais il fallait qu'il en parle à quelqu'un pour se soulager le cœur.

— Hier, j'ai surpris Jannis et Nika en train de… s'envoyer en l'air, finit-il par sortir sans regarder Frauke. Dans la cuisine, dans la maison de Ricky !

— Ah, oui ! Il fallait que ça arrive, répondit Frauke avec un mélange d'amusement et de mépris. Ce macho de Jannis et deux femmes dans la maison, ça ne pouvait que mal se terminer. C'est entièrement la faute de Ricky.

— Pourquoi ? Elle n'a rien fait ! dit Mark en prenant chevaleresquement la défense de Ricky, comme d'habitude.

— Je sais que tu adores Ricky, mais elle n'est pas aussi parfaite que tu le crois.

— Qu'… qu'est-ce que tu veux dire ? Les affreux souvenirs de jeudi soir resurgirent.

— Quand quelqu'un ment autant que Ricky, on finit par perdre le respect, affirma Frauke qui se laissa tomber en soupirant sur une chaise.

— Ricky ne ment pas ! À moi, elle ne m'a jamais menti !

— Vraiment ?

Frauke sourit méchamment en voyant le désarroi de Mark.

Mark avala sa salive et se tut. Il pensa au SMS de Ricky où elle affirmait qu'elle n'allait pas bien. Une heure plus tard elle se disputait avec Jannis et baisait avec lui, pleine d'entrain.

— Eh oui, dit Frauke, certains savent le faire et d'autres pas. J'ai toujours été trop bête et trop honnête. Mais un jour tout finit par se dévoiler. Les mensonges ne mènent jamais loin.

— Pourquoi tu dis ça ? dit Mark dont l'indignation faiblissait. Je croyais que tu appréciais Ricky.

— Mais oui, bien sûr que je l'apprécie. Seulement je ne suis que son employée, pas son amie. Et si j'étais Jannis j'en aurais marre qu'on me mente comme ça. Je t'en ficherai de la riche héritière ! Et les études dans une université prestigieuse des États-Unis ! Tu parles ! À peine trois semaines de marketing par correspondance ! Avec ses mensonges, elle a mis son dernier copain en fuite, mais ça ne lui a pas servi de leçon. Elle est comme ça. Dans l'apparence plutôt que dans l'être.

— Je… je comprends pas ce que tu veux dire, dit Mark éperdu.

— Ricky a falsifié sa biographie parce qu'elle trouvait la vraie trop insignifiante. C'est le cas de beaucoup plus de gens que tu crois. Mais la plupart savent qu'ils mentent alors que Ricky croit à ses propres fables.

— Ça veut dire qu'elle n'a pas étudié l'astronautique à Stanford, murmura Mark incrédule.

Frauke écarquilla les yeux et se mit à rire.

— L'astronautique ! À Stanford ! répéta-t-elle en éclatant de rire, et elle riait tellement que les larmes lui montèrent aux yeux. Seigneur, elle t'a raconté *ça* ? Et tu l'as crue ? haleta-t-elle en frappant la table avec la paume de sa main. C'était comme si je prétendais avoir été danseuse étoile au Bolchoï !

Mark se mit en colère.

— Arrête de rire. Tu es jalouse de Ricky parce que tu es laide et grosse !

Il regrettait amèrement de s'être confié à Frauke. Furieux, il saisit son casque et se précipita dehors. Au diable cette sale conne ! Il trouverait Ricky sans son aide !

Pia mit le clignotant à gauche et tourna dans la Kirchstrasse. Le beau soleil de ce début d'été avait fait sortir une foule de gens qui remplissaient la courte rue commerçante de la petite ville. Aucune place de parking en vue, Pia se gara dans l'arrière-cour du Paradis des Animaux. Soudain un garçon en scooter surgit devant la voiture.

— Attention !

Elle freina si brusquement que Kröger, qui était à côté d'elle, fut catapulté dans sa ceinture de sécurité. Le jeune sur le scooter inclina le guidon, accéléra et, au passage, raya l'aile de la voiture.

— Quel abruti ! râla Pia plus effrayée qu'en colère.

Kröger avait déjà jailli de la voiture et courait dans la rue. Arrivée dans la cour de l'animalerie, elle examina l'aile ornée d'une belle éraflure rouge. Ça allait nécessiter à nouveau une montagne de paperasses !

— Il s'est enfui, dit Kröger qui avait resurgi à côté d'elle, mais j'ai son numéro d'immatriculation. Je ferai une recherche sur ZEVIS.

Pia se contenta d'acquiescer et regarda autour d'elle. Où étaient les collègues que Kai devait envoyer ? Ils auraient dû être là depuis longtemps ! Devant un des trois garages étaient garées une berline rouge et la Mercedes gris argenté de Ludwig Hirtreiter. Son cœur s'accéléra. Frauke était encore là. Avec un peu de chance elle aurait vite résolu ce cas. Peut-être même obtiendrait-elle un aveu.

La porte de la maison s'ouvrit et la propriétaire en sortit. Elle se glissa le long du mur, sa figure ridée rouge d'excitation, sous les cheveux blancs en barbe à papa.

— Madame le commissaire, souffla-t-elle en agitant son petit bras desséché. Elle est dans le magasin ! Là-dedans !

— Retournez chez vous, ordonna Pia. Je viendrai vous voir.

Mme Meyer acquiesça et alla, obéissante, se mettre à l'abri. Kröger avait fini de téléphoner.

— Qu'est-ce qu'on fait ? demanda-t-il.

— On n'attend pas les autres, décida Pia. Qui sait quand ils vont se pointer ? Allons-y.

Kröger monta les quelques marches et frappa à la porte métallique verte à côté de laquelle était accroché un petit panneau sur lequel était écrit : "Le Paradis des Animaux – livraisons." Une clé grinça dans la serrure. Pia et Kröger échangèrent un bref regard. La porte s'ouvrit. Sur le seuil se tenait Frauke Hirtreiter.

— Bonjour, dit-elle innocemment. Qu'est-ce que je peux faire pour vous ?

— Bonjour, madame Hirtreiter, répondit Pia que la tension abandonna. J'ai un mandat d'arrêt contre vous.

— Quoi ? Mais pourquoi donc ?

Un air d'étonnement flottait sur son visage. Soit elle était une excellente comédienne, soit elle ne se doutait vraiment pas qu'elle était depuis deux jours recherchée dans toute l'Allemagne. Pia tira le papier rose de la poche de son jean, le lissa et le tendit à Frauke Hirtreiter.

— Vous devez nous suivre, dit-elle. Vous êtes soupçonnée d'avoir tué votre père.

Son break noir était devant la porte du jardin. Mark freina et le scooter s'arrêta en dérapant. Il le poussa dans les orties, enleva son casque et le posa sur le siège. Les chiens aboyèrent amicalement pour le saluer quand il s'approcha de la voiture. La clé de contact était dessus, le sac de Ricky posé sur le siège passager. Visiblement elle n'était passée chez elle que rapidement et comptait repartir. Elle ne laissait jamais les chiens dans la voiture longtemps, surtout quand il y avait du soleil, car l'Audi devenait vite brûlante. Mark ouvrit le hayon, les chiens auraient au moins un peu d'air.

Puis il sauta souplement au-dessus du portail bas comme il le faisait souvent et traversa rapidement la pelouse. Son regard effleura la cage des bêtes à l'ombre du cèdre. La table et les chaises avaient été poussées contre le mur de la maison où on empilait d'habitude des transats jaune et blanc. Mark avala sa salive en voyant le gril. Aussitôt renaquit sa colère contre Jannis que sa préoccupation pour Ricky lui avait fait oublier. Il ne savait plus trop contre qui il était en colère : contre Jannis qui se servait de lui et l'avait trompé, contre Nika dont la présence avait tout gâché. Une douleur le traversa, il fit la grimace et porta sa main à son front. Non, pas maintenant ! Il n'avait pas besoin d'une migraine en ce moment ! Il devait savoir comment allait Ricky. Il regarda l'intérieur de la maison par la porte entrouverte de la terrasse.

— Ricky ? cria-t-il et il pénétra en hésitant dans la cuisine en désordre. Des assiettes et des verres sales étaient entassés dans l'évier, le lave-vaisselle était ouvert. Sur la plaque de cuisson étaient posées une casserole et une sauteuse et sur la table une bouteille de vin mousseux ouverte. Il appela Ricky à nouveau et tendit l'oreille. Rien. Pas un bruit à l'exception de son propre cœur. Du coin de l'œil, il perçut un mouvement et sursauta. La chatte rousse surgit de la porte de la chambre qui donnait sur la salle de bains.

— C'est toi, murmura-t-il. Qu'est-ce qui se passe ici ? Où est Ricky ?

La chatte s'approcha de lui pour se frotter contre ses jambes. Il se pencha et caressa sa fourrure soyeuse. Elle se mit à ronronner en faisant le gros dos, puis elle miaula et disparut comme l'éclair. Voulait-elle qu'il la suive ? Mark respira à fond, s'engagea dans le couloir et jeta un coup d'œil dans la chambre. Le lit n'était pas fait et des vêtements avaient été jetés par terre. Il tremblait de tout son corps, mais il continua et poussa la porte de la salle de bains. La chatte avait sauté sur le bord de la baignoire et elle trônait là comme une statue antique en le regardant de ses larges yeux couleur d'ambre.

Mark fit un pas en avant et se figea. Le sang se glaça dans ses veines quand il vit ce que la chatte avait l'air de garder.

Une voiture de patrouille arriva dans la cour et se gara derrière la voiture de service de Pia. Deux policiers en descendirent tranquillement et regardèrent autour d'eux. Ce qui fit bondir Pia.

— Vous étiez où ? demanda-t-elle durement. On vous a prévenus depuis une demi-heure, merde !

— Il faut un moment pour venir de Glashütten, répondit l'un des deux. Il y a eu un vol à l'étalage. Nous n'avons que deux voitures de patrouille.

— Bon, de toute façon maintenant c'est sans importance, dit Pia en secouant la tête.

Frauke Hirtreiter était assise sur le siège arrière de la voiture de service. Elle ne s'était pas défendue quand on l'avait arrêtée, elle avait seulement haussé les épaules et Pia avait rempoché le mandat d'arrêt sans commentaire. Elle avait même accepté qu'on lui passe les menottes sans protester.

— Je dois seulement éteindre la machine à café et prendre mon sac, avait-elle dit.

Pia s'en était chargée. Elle avait aussi fermé la porte métallique à clé et rapporté son sac à Frauke.

— Nous avons besoin d'une deuxième voiture à Schneidhain pour une arrestation, dit-elle au collègue de Königstein et il nous faut aussi l'adresse de Theodorakis. Emmenez Mme Hirtreiter à votre commissariat.

Elle pensait certes improbable que celle-ci fasse une tentative de fuite mais sait-on jamais. Encore une gaffe, et Engel lui arracherait la tête. Frauke Hirtreiter monta dans la voiture de patrouille qui peu après s'ébranla.

Kröger arpentait la cour en téléphonant et Pia se souvint alors de la propriétaire qui attendait derrière sa porte.

— Elle a vraiment tué son père ? demanda-t-elle, avide de sensations fortes.

Une meurtrière dans sa propre maison – avec une nouvelle si sensationnelle, elle allait devenir la star du voisinage, du moins pour quelque temps.

— Nous ne le savons pas encore, dit Pia à sa grande déception. Merci de nous avoir appelés, madame… hum… Meyer. Votre aide a été précieuse. Et si vous voyez ou entendez encore quelque chose, prévenez-moi aussitôt, OK ?

La vieille femme rayonnait de joie. La grisaille quotidienne était soudain devenue excitante.

— Oui, je le ferai. Volontiers, acquiesça-t-elle avec enthousiasme.

Pia se fendit d'un sourire et se dirigea vers sa voiture. Kröger, qui avait fini de téléphoner, la suivit.

— Alors, dit-elle en se laissant tomber sur son siège et en démarrant. Tu as identifié le scooter ?

— Oui, et c'est plutôt bizarre. Figure-toi que le scooter du gamin appartenait à notre mort.

— Quoi ? À Hirtreiter ?

— Non, dit Kröger en attachant sa ceinture. À Rolf Grossmann.

Les deux voitures de patrouille attendaient dans la rue. Un des agents de police qui connaissait l'endroit proposa de placer une voiture à l'arrière, dans le chemin, au cas où Theodorakis tenterait de s'enfuir par le jardin. Pia approuva. La maison dans laquelle Theodorakis et son amie habitaient était une bâtisse sans ornements des années 1960, comme presque toutes les autres maisons du quartier. Kröger demanda par téléphone du renfort pour perquisitionner la maison après l'arrestation.

Devant le garage de la maison d'en face, un père et ses deux fils adolescents lavaient la voiture familiale et dans le jardin d'à côté un grand-père efflanqué tondait soigneusement son gazon. L'image idyllique de la banlieue petite-bourgeoise. Quand la voiture de patrouille se gara derrière Pia, le vieux cessa de tondre et s'avança en traînant les pieds vers la clôture.

— On entre chez eux comme dans un moulin, aujourd'hui, commenta-t-il, sans qu'on ne lui ait rien demandé. Encore la police…

— Que voulez-vous dire ? demanda Pia.

— Eh bien, la police est déjà venue il y a une heure. Pour une perquisition.

— Vraiment ? dit Pia étonnée. La police ?

— Oui, ils étaient en civil. Je les ai interrogés, bien entendu. Quand on est voisin, on aime savoir pourquoi des gens étrangers sortent des caisses et des sacs de la maison d'à côté.

Il tira un mouchoir de son jean et épongea la sueur qui perlait sur son crâne chauve et écarlate.

— Ah ! Et M. Theodorakis et Mme Franzen, qu'est-ce qu'ils ont dit ?

— Je ne les ai pas vus. Mais ils doivent être chez eux. Son tas de ferraille y est en tout cas, dit le vieux en désignant avec dédain une BMW noire. On l'avait bien vu venir, nous. Le jeune homme est très poli, mais on a toujours pensé qu'il n'était pas clair.

Le voisin se pencha un peu plus sur le mur de clôture et baissa la voix jusqu'au chuchotement.

— Ma femme a toujours eu du nez pour ce genre de choses. Elle pensait qu'il pourrait bien être un terroriste… un dormeur comme on dit. Comme ceux qui ont détourné les avions en Amérique. Il a l'air un peu arabe, non ?

Pia vit que Kröger retenait avec peine un éclat de rire et se garda de détromper le voisin. Ce qui était sûr, c'est qu'on avait mené le vieux en bateau, quoi qu'il se soit passé une heure avant. L'experte en terrorisme du quartier sortit de sa maison en polo et bermuda à carreaux et les considéra avec curiosité. Le laveur de voiture et ses fils n'en perdaient pas une miette.

Kröger tira son arme de l'étui.

— Rentrez chez vous, leur cria-t-il d'un air grave. Il pourrait y avoir des coups de feu si le terroriste refuse de se rendre.

Tous reculèrent, effrayés, et tournèrent les talons. La tondeuse à gazon resta au beau milieu du jardin. Pia se marrait.

Kröger lui fit un clin d'œil et rangea son arme.

— Désolé, dit-il, je n'ai pas pu résister.

Le soleil brillait dans un ciel sans nuage. Le tondeur de gazon avait apparemment passé quelques coups de fil, car dans les jardins alentour les activités du samedi après-midi avaient été abruptement interrompues. La rue était déserte. En face, la voiture fraîchement lavée mais pas essuyée séchait sous le soleil, tuyaux de jardin et seaux gisaient à l'abandon. La plaisanterie de Kröger avait au moins eu l'avantage de chasser les badauds. Le mobile de Pia sonna.

— Nous sommes dans le jardin, lui annonça un des agents. Il y a une voiture devant la porte du jardin avec deux chiens à l'intérieur. Mais à part ça tout est calme.

— OK, dit Pia, restez à couvert. On entre.

Suivie de Kröger et d'un agent de police, elle traversa le jardin de devant et monta les deux marches du perron. La porte était ouverte. Pia la poussa et fit quelques pas dans la demi-obscurité qui régnait à l'intérieur. Devant elle s'ouvrait une large entrée qui menait droit à la cuisine. À droite une porte et un escalier qui conduisaient à l'étage, à gauche un étroit couloir qui aboutissait à une salle de séjour ornée d'une cheminée dont les portes-fenêtres étaient fermées.

— Hé ho ? cria Pia. Il y a quelqu'un ? Police !

Elle continua à avancer, Kröger sur ses talons. Le tondeur de gazon débloquait en parlant d'une perquisition, la porte n'était même pas fermée. Qu'est-ce qui se passait ici ? Pia sentit un frisson dans le dos.

— Monsieur Theodorakis ? Madame Franzen ?

Ses nerfs étaient tendus à se rompre. Un bref regard à Kröger suffit. À son signal elle tira son arme et dégagea le cran de sûreté. Ce n'était pas la première fois qu'elle pénétrait dans un bâtiment sans savoir ce qui l'attendait, mais chaque fois c'était différent. Elle ne portait pas de gilet pare-balles. Involontairement elle pensa à Christoph et se rappela qu'il n'appréciait pas du tout cet aspect de son job. Elle essaya de chasser cette pensée, mais la tension fit naître un autre sentiment dont elle n'avait vraiment pas besoin en ce moment : la peur.

— Qu'est-ce qu'il y a ? dit Kröger qui avait perçu son hésitation. Tu veux que je passe devant ?

— Non.

Elle suivit le couloir. À gauche une chambre. À droite… Elle retenait son souffle, un afflux d'adrénaline accélérait les battements de son cœur. Sur les carreaux blancs de la salle de bains, un jeune homme était agenouillé. Il leva la tête, effrayé, en voyant Pia sur le seuil. Il tenait un couteau de cuisine, ses mains et son tee-shirt clair étaient couverts de sang. Il devait avoir seize ou dix-sept ans, plus un enfant mais pas encore un adulte. Son visage mou, immature était à demi couvert par ses cheveux blond foncé.

— Pose ce couteau ! ordonna Pia d'une voix ferme en dirigeant le pistolet sur lui. Le jeune la fixa une seconde, puis il sursauta et lâcha le couteau qui tomba en cliquetant sur le carrelage. Pia n'avait pas anticipé son attaque, elle vacilla sous le choc et fut précipitée contre Kröger. Sa tête heurta l'encadrement de la porte. Son collègue fut lui aussi trop surpris pour réagir à temps. Le jeune lui glissa entre les doigts comme une anguille, passa en courant devant l'agent qui attendait dans l'entrée et s'enfuit par la porte-fenêtre de la cuisine.

— Bon Dieu, grommela Kröger.

Pia frotta une bosse douloureuse sur son crâne, rentra son arme et se retourna. Kröger avait disparu, elle était seule dans la salle de bains. Son regard tomba sur le couteau ensanglanté.

— Super, murmura-t-elle en respirant profondément. J'ai encore tiré la mauvaise carte.

Elle eut une courte hésitation, se reprit et se pencha sur la baignoire.

Il faisait chaud et étouffant dans le grenier à foin de l'écurie, mais Mark tremblait de tout son corps. Il avait rampé jusque-là et gisait sur les ballots de paille sanglotant, le visage dans les mains. Ricky ! Allongée dans la baignoire, si pâle, si raide ! Il n'oubliera jamais cette vision. Les flics pensaient sûrement qu'il l'avait tuée, mais le couteau était seulement destiné à la libérer ! Mark se recroquevilla sur lui-même. Quelque chose d'affreux s'était passé chez Ricky ! C'est Jannis qui avait dû faire ça pour l'écarter de sa route et pouvoir tripoter Nika en paix ! Ou bien Ricky les avait surpris, il y avait eu une bagarre, les deux autres avaient terrassé Ricky et… ils l'avaient tuée. C'est pour ça que Nika n'était pas venue au magasin ! Mark essayait vainement de contrôler ses tremblements. Il avait échappé aux flics d'un cheveu, car il y en avait deux autres à l'affût dans le jardin. Mais pourquoi ? Qu'est-ce qu'ils faisaient là ? Sa migraine lui rendait tout raisonnement logique impossible.

Mark cligna des yeux. La poussière lui piquait les yeux et les écorchures qu'il s'était faites en fuyant à travers les buissons d'aubépines le brûlaient. La coupure à son doigt était profonde et saignait beaucoup. Il se retourna sur le dos, posa la main sur sa tête et pressa sur la blessure. Le sang courut sur son avant-bras et goutta sur son visage. Oui, ça lui faisait du bien. À présent, il respirait mieux, retrouvait son calme. La douleur insupportable dans sa tête se transformait peu à peu en pulsations sourdes.

Tant qu'il ne saurait pas ce qui était arrivé à Ricky, il ne pourrait pas retrouver la paix. Il rampa à quatre pattes sur les ballots jusqu'au fronton. Par sa petite lucarne il pouvait voir la rue. Soudain son tibia se cogna douloureusement contre quelque chose de dur.

— Aïe, murmura-t-il et il s'arrêta. Il tâtonna des deux mains dans la faible lumière pour trouver ce que c'était. C'était quelque chose de long, coincé entre les ballots. Il tira jusqu'à ce que ça se dégage et l'extrémité vint alors frapper le plafond bas. Mark avala sa salive. C'était un fusil !

Elle s'était préparée au pire. Mais au lieu d'un cadavre en morceaux, elle avait sous les yeux une momie. Friederike Franzen gisait dans la baignoire comme un paquet ficelé, on avait enroulé des bandes de papier adhésif autour de son corps et jusque sur la bouche. Ses yeux étaient clos.

Pia se pencha sur la femme, tâta son pouls. Il battait lentement mais régulièrement. Elle poussa un soupir de soulagement, prit le couteau de cuisine et se mit à couper les bandes adhésives, ce qui n'était pas si facile, car elles étaient collées de façon infernale. Elle comprenait à présent que ce n'était certainement pas des collègues qui avaient procédé à la perquisition. Ce n'était pas en effet dans leurs habitudes de ficeler et de saucissonner le propriétaire des lieux. Même si ça les démangeait parfois.

Des voix approchèrent. Kröger apparut sur le seuil.

— Le jeune nous a échappé mais son scooter est resté sur le chemin. C'est bien lui qui a éraflé notre voiture. Qui c'est ?

Il paraissait un peu plus échevelé et transpirant que dix minutes auparavant mais sa nonchalance naturelle ne l'avait pas quitté.

— La propriétaire de la maison, dit Pia entre ses dents. Elle était énervée de voir ses mains trembler. Et le papier collant était si serré qu'elle avait peur de blesser la femme.

— Tu veux que je t'aide ? proposa Kröger.

— J'y arriverai bien toute seule, grommela Pia.

— Il faut d'abord la sortir de là. Comme ça, c'est pas possible.

Il lui prit le couteau des mains. Haletant sous l'effort, ils hissèrent la femme toujours inconsciente sur le bord de la baignoire puis l'allongèrent sur le carrelage.

Pia essuya la transpiration de son front avec son avant-bras, son dos lui faisait mal à force d'être restée courbée. Kröger dégagea par coupes concentriques le visage de Friederike Franzen. Et Pia décolla prudemment le papier collant qui lui fermait la bouche.

— La momie revient à elle, dit-il en rendant le couteau à Pia et en tapotant les joues de Mme Franzen. Hello ! Vous m'entendez ?

La tête de la femme se mit à rouler d'un côté de l'autre, elle ouvrit les yeux.

— Où… où je suis ? gémit-elle affolée. Qui… qui êtes-vous ?

— Kirchhoff, police criminelle de Hofheim, répondit Pia. Nous nous connaissons.

La femme la fixa un long moment d'un regard vague, puis ses yeux s'éclairèrent et la frayeur les quitta. Elle voulut se lever mais ses bras étaient encore collés à son buste.

— Encore un moment, dit Kröger et il se dépêcha de reprendre sa tâche.

Quand ses bras furent libérés, Kröger et Pia la mirent debout. Elle chancelait légèrement.

— Il vaut mieux que vous restiez assise, dit Pia. Qu'est-ce qui s'est passé ?

— Je… je me suis fait agresser, répondit la femme d'une voix sourde, avec une sorte d'étonnement.

Elle se toucha le front et secoua la tête.

— J'étais déjà dehors, et… je me suis aperçue que j'avais oublié mon sac. Et brusquement… deux hommes ont surgi. Ils m'ont frappée au visage et… et…

Sa voix lui manqua, elle émergeait du choc. Un flot de larmes noircies par son mascara courut sur ses joues. Pia lui tendit une boîte de Kleenex qui était posée sur le lavabo.

— Vous avez reconnu quelqu'un ? demanda-t-elle sur un ton compatissant.

Mme Franzen secoua la tête en sanglotant tout en frottant machinalement son visage barbouillé.

— Non. Ils étaient masqués. Et ils n'ont rien dit, dit-elle en tirant un Kleenex de la boîte et en se mouchant bruyamment.

Pia n'avait jamais trouvé Friederike Franzen particulièrement sympathique jusqu'ici, mais à présent elle lui faisait sincèrement pitié. Il n'y a rien de plus traumatisant que d'être agressée chez soi, elle-même en avait fait l'expérience. Elle s'assit donc à côté d'elle et posa un bras réconfortant autour des épaules de la femme qui essayait courageusement de refouler ses larmes.

— Où est votre ami ? demanda Pia sans dire qu'ils étaient venus l'arrêter. Voulez-vous que nous l'appelions pour qu'il rentre ?

La femme se contenta de hausser les épaules. Un des agents de police apparut à la porte.

— Nous avons regardé dans la maison, dit-il. Il n'y a personne. Mais vous devriez aller voir en haut sous le toit.

— Sous le toit ? Qu'est-ce qu'il y a ?

— Il n'y a que le bureau de Jannis, dit Mme Franzen d'une voix tremblante. C'est tout.

— *C'était* peut-être un bureau, répondit l'agent. Il n'en reste plus grand-chose.

Zurich, décembre 2008

Dirk n'avait rien remarqué. Il n'avait aucune idée de ce qui se tramait contre lui et d'ailleurs aucun regret de ce qu'il lui avait fait, à elle. L'idée qu'il ne se doutait vraiment de rien lui donnait une satisfaction incroyable et rendait sa haine supportable. Elle avait le temps pour l'instant. L'Institut aurait besoin d'un nouveau directeur et on penserait à elle.

Dirk était parti à New York en passant par Francfort où il devait rencontrer des collègues pour une réunion stratégique. Elle avait trouvé la liste des participants au meeting sur un de ces mémos confidentiels qui lui étaient toujours communiqués. Le chef de l'IPCC y assisterait, ainsi que le Dr Norman Jones de l'université de Baltimore, le Dr John Peabody de l'université de Yale et quelques autres scientifiques de haut vol, tous responsables des mensonges de l'exposé de l'année précédente à l'IPCC. Elle avait conduit Dirk à l'aéroport mais avait pris un avion pour Zurich au lieu de revenir à l'Institut.*

Un peu après 14 heures, elle rencontrait Cieran et son ami Bobby Bennett dans le foyer d'une petite banque privée de Zurich. Un employé les conduisit dans la salle des coffres et se retira discrètement. Son scepticisme initial devant les affirmations de Cieran avait disparu. En effet les preuves que lui et son ami avaient rassemblées sur la manipulation des données sur le climat – et cela depuis des années – étaient accablantes.

* Intergovernmental Panel of Climate Change.

Bobby Bennett, qui travaillait à la Climatic Research Unit de l'université de Yale, était entré dans le serveur mail et avait intercepté des milliers de mails à partir de 1998. Ces mails venaient des directeurs de quatre instituts qui fournissaient à l'IPCC les données, les faits et les résultats de mesure, sur la base desquels s'édifiaient les rapports des experts. Elle connaissait personnellement ces hommes et elle était stupéfaite de voir avec quelle audace ils trompaient tout le monde depuis plus de dix ans. Ils s'étaient entendus pour manipuler pratiquement toutes les données sur le climat et sur la météorologie mondiale dans le but de faire croire à un réchauffement climatique global. Une mystification délibérée, destinée à soutenir l'hypothèse d'un changement climatique causé par l'homme. En toute connaissance de cause, ils avaient attisé les peurs de milliards d'êtres humains uniquement pour assouvir leur soif de pouvoir et de profits.

— Ça doit sortir quand ? demanda-t-elle.

— Début février, répondit Cieran.

Ses yeux brillaient, il était euphorique. C'était inhabituel pour le pragmatique qu'il était, mais la révélation de cette machination allait provoquer un scandale énorme et ébranler durablement la croyance en un changement climatique.

— Pourquoi pas avant ? demanda-t-elle.

Bobby s'assit sur la table, jambes ballantes. Lui aussi était excité et impatient.

— Je suis sur un gros truc, lui expliqua-t-il. J'attends encore des informations détaillées, mais je peux déjà prouver les intérêts que le directeur de l'IPCC y trouve. Il est déjà impliqué dans des affaires dans lesquelles ont été investis des milliards – et dont le succès dépend des recommandations de l'IPCC.

— Vraiment ?

— Oui. C'est inimaginable, renchérit Cieran. Si on continuait nos investigations quelques mois de plus, on découvrirait encore plus de choses. Mais le temps presse.

Ses doigts tapotèrent le couvercle du coffre qu'il avait posé sur la table à côté de Bobby.

— Tout est là. Tous les originaux des preuves. Les enregistrements téléphoniques, mon manuscrit. On te fait confiance, dit-il en reprenant son sérieux. S'il nous arrive quelque chose, tu es la seule qui soit au courant.

— Pourquoi il devrait vous arriver quelque chose ? dit-elle en riant, mais au fond d'elle-même elle frissonna. C'est une lourde responsabilité. Et une grande tentation.

— On ne sait jamais. Mais à partir de maintenant nous ne devons plus nous téléphoner, dit-il à voix basse. Aucun appel, aucun mail.

— Comment entrer en contact, au cas où ce serait nécessaire ?

— Seulement de façon personnelle. Juste un SMS. *Ils ne seront pas tous surveillés.*

Elle acquiesça.

— Tu crois que c'est vraiment dangereux ?

Cieran la regarda. Il échangea un bref regard avec Bobby.

— Oui, dit-il. Tant que tout ça ne sera pas rendu public, je crains que notre vie ne soit en danger. Après, plus rien ne pourra nous arriver.

Bobby Bennett remarqua qu'elle était soudain en proie à une sorte de trouble. Il se leva et la frappa sur l'épaule.

— Hey, dit-il. Nous, on est les gentils. Ils t'ont trompée et utilisée. Ils ont menti au monde entier. Tu ne dois pas l'oublier. OK ?

On m'a surtout trompée et utilisée moi, *pensa-t-elle.*

— Comment je pourrais l'oublier ? dit-elle à haute voix.

Cieran et Bobby, ces esprits simples et idéalistes, croyaient en effet qu'elle les soutenait pour des raisons désintéressées, sans doute scandalisée par les mensonges sur le climat. Mais ce n'était pas vrai. Elle le faisait par haine et jouissait à l'idée que si elle provoquait ce glissement de terrain, le Pr Dirk Eisenhut serait emporté avec lui.

— Ils devront tous démissionner, ricana Bobby.

Oui, Dirk aussi devrait démissionner. Il perdrait la villa blanche et, avec elle, sa Bettina disparaîtrait de sa vie. Cieran remit la mallette dans le coffre, le ferma et lui tendit la clé. Les doigts d'Anna se refermèrent sur le métal froid.

— Je suis follement impatiente, dit-elle en souriant.

La torturante incertitude était presque pire que l'éternel jeu de cache-cache. Comment avait-elle pu être assez bête pour faire confiance à Jannis ? Pourquoi n'était-elle pas partie immédiatement quand il lui avait déclaré qu'il savait qui elle était ? À présent elle était prise au piège. Dirk ne renoncerait pas, il avait sans doute déjà envoyé ses chiens de chasse à ses trousses.

Nika se sentait en prison dans cette petite maison, mais elle ne pouvait pas la quitter. Oliver von Bodenstein était son seul espoir. Elle avait compris tout de suite qu'il l'aimait. En d'autres circonstances, elle aurait pu tomber amoureuse de lui. Mais ça aurait été absurde dans sa situation actuelle. Il était entré dans sa vie au mauvais moment.

Il avait dû venir dans la chambre pendant qu'elle dormait, car il avait laissé un mot sur la table de nuit.

Il faut absolument que je te parle. Reste ici, ne te montre à personne ! Qu'est-ce que ça pouvait bien signifier ? Nika interrompit ses va-et-vient, elle se mit à la fenêtre et contempla le château au-delà de la prairie. Elle aurait aimé vivre ici, sans avoir à simuler ni à craindre les impitoyables fantômes du passé.

Elle s'assit sur une chaise de cuisine et essaya d'imaginer comment serait sa vie aux côtés de Bodenstein. Faire les courses, le ménage, cuisiner et attendre le soir qu'il rentre du travail. Autrefois, ça lui aurait paru impensable, mais depuis six mois tout avait changé. Sa grande ambition s'était évanouie à Deauville quand elle avait appris que Dirk allait en épouser une autre. Soudain elle s'était demandé comment elle avait pu travailler comme ça du matin au soir. Avait-elle vraiment cru qu'elle pouvait changer les choses, sauver le monde de la folie des hommes ? Non, elle s'était toujours menti. La triste vérité c'était que, durant toutes ces années, elle avait espéré en secret gagner le cœur de Dirk par son engagement. Mais elle n'avait été bonne pour lui que pour le lit et le travail, pas pour le mariage. À cette pensée, sa colère revint, immense, chaude et puissante. Il l'avait trompée. Lui avait fait miroiter de faux espoirs. Elle avait sacrifié quinze ans de sa vie à ce salaud ! Elle voulait le voir ramper devant elle, chassé sous les injures et l'opprobre, méprisé par le monde entier ! Oui, ce serait son juste châtiment, la seule chose qu'il méritait. Nika se leva et respira profondément. Il ne lui restait pas beaucoup de temps. Elle devait aussi vite que possible se plonger dans les dossiers.

Friederike Franzen se tenait comme pétrifiée sur la dernière marche de l'escalier.

— Mon Dieu, dit-elle. Si Jannis voyait ça, il péterait les plombs. Même ses CD se sont envolés !

Pia et Kröger passèrent devant elle et pénétrèrent dans le grenier qui avait été un jour un bureau. Les étagères étaient aussi vides que le bureau, sur le plateau duquel ne traînait plus qu'un écran d'ordinateur solitaire. Des câbles pendillaient tout autour. Une empreinte rectangulaire sur le tapis gris sous le bureau était tout ce qui restait de l'ordinateur. Friederike Franzen se laissa tomber sur la plus haute marche de l'escalier, appuya sa tête sur la rampe et se remit à pleurer.

— Ils ont absolument *tout* pris ! Mais pourquoi ?

À cela Pia avait plusieurs réponses. Jannis Theodorakis s'était fait beaucoup d'ennemis. Finalement, ce qui était étonnant, c'était que ça ne soit pas arrivé plus tôt.

Kröger tira une paire de gants de latex de sa poche et les enfila. Il inspecta un tiroir du bureau après l'autre. Ils étaient vides, tout comme le placard et le caisson à roulettes. Pas une feuille de papier, pas un crayon, rien. Sur le sol gisait un rouleau de sacs-poubelles que les cambrioleurs avaient abandonné.

— Ils ont bien fait le ménage, dit-il, sarcastique. Il n'y a plus rien.

Mme Franzen sanglotait.

— Où peut bien être M. Theodorakis ? demanda Pia.

— Je… je n'en ai pas la moindre idée. Mais je vais l'appeler. Mon Dieu, il va être fou furieux ! Mais ce n'est pas ma faute.

Pia ne fit aucune allusion au mandat d'arrêt. Theodorakis reviendrait peut-être chez lui si son amie l'appelait et ça leur épargnerait de longues recherches.

— Venez, dit Pia en s'agenouillant à côté de la femme et en lui touchant le bras. Tout cela est trop dur pour vous. Je peux vous aider ?

— Non… ça va. Je dois aller au magasin. Et au refuge des animaux.

Friederike Franzen resta encore un moment assis, les yeux vitreux et fixes. Puis elle se leva en s'accrochant à la rampe et descendit l'escalier comme en transe.

Pia et Kröger la suivirent.

— Quelle sale journée, murmura-t-elle, après s'être mouchée dans un morceau de Sopalin.

Sa voix était plus ferme, elle avait surmonté sa frayeur.

— Mon amie Nika qui m'aide au magasin a pris cette nuit la poudre d'escampette et Frauke est toujours introuvable.

— Mme Hirtreiter est revenue, dit Pia. Nous l'avons arrêtée. Elle est soupçonnée d'avoir tué son père.

— Non, murmura Mme Franzen ahurie, c'est pas vrai !

Ses yeux erraient, inquiets, elle avait l'air à présent tout à fait normale, ce qui était étonnant après ce qu'elle avait subi. Mais Pia, pour avoir connu beaucoup de victimes d'agression, savait que les réactions pouvaient être très différentes. Souvent, au premier choc succédait une phase de suractivité presque maniaque, avant la prise de conscience et un effondrement complet.

— Comment je vais bien pouvoir me débrouiller toute seule ?

On sonna à la porte qui était déjà ouverte. Trois hommes en combinaison blanche entrèrent. Kröger les envoya en haut puis revint dans la cuisine. Friederike cherchait des yeux autour d'elle.

— Il me faut une cigarette.

— Le paquet est peut-être dans votre poche, dit Kröger.

Elle le regarda et sourit distraitement.

— Ah oui.

Mais Mme Franzen décida qu'un appel à son compagnon était plus urgent qu'une cigarette. Elle alla chercher le téléphone qui était posé sur la commode de l'entrée et tapa un numéro. Une ride se creusa entre ses yeux.

— Il ne répond pas, dit-elle, seulement la boîte vocale.

Soudain elle devint furieuse.

— Je déteste qu'il disparaisse comme ça sans dire où il va ! s'exclama-t-elle en jetant le téléphone sur la table.

Elle resta un moment le regard dans le vague puis soudain elle bondit comme piquée par une tarentule.

— Mon Dieu ! Les chiens ! s'écria-t-elle. Ils sont encore dans la voiture ! Avec cette chaleur !

— Un moment, dit Pia en la retenant. Lorsque nous sommes arrivés, il y avait un jeune homme dans la salle de bains. Il avait un couteau à la main. Malheureusement, il nous a échappé. Vous savez qui ça peut être ?

Friederike Franzen enfila les ballerines qui étaient à côté de la porte de la cuisine.

— Ça doit être Mark.

— Mark ? Mark comment ?

— Mark Theissen.

Pia croisa le regard de Kröger. Il était aussi surpris qu'elle.

— Theissen ? Le patron de WindPro ?

— Oui. Exactement. C'est le père de Mark, dit-elle, pressée. Excusez-moi, je dois aller sortir mes chiens de la voiture.

Elle disparut comme un éclair dans le jardin.

— Que fait donc le fils de Theissen dans la maison de Theodorakis ? s'étonna Pia. Tu y comprends quelque chose ?

— Peut-être qu'il voulait la tuer, dit-il. Qui sait. Je vais m'occuper de ce garçon.

Restée seule dans la cuisine, Pia contemplait pensivement le jardin, quand son mobile sonna. C'était Cem qui voulait savoir où elle était.

— Chez Theodorakis. Mais il n'est pas là. Pourquoi ?

— Ici ça chauffe. Rademacher est chez Engel et elle est furax. Le chef est avec toi ? Elle veut lui parler.

— Non, il n'est pas avec moi. Essaie chez lui. Mais j'arrive, il faut juste que je passe chercher Frauke Hirtreiter.

Elle raccrocha. Avoir trouvé le fils de l'ennemi juré de Theodorakis dans la maison de celui-ci, un couteau à la main, la rendait songeuse. Elle sortit sur la terrasse, traversa le gazon et découvrit, entre des rhododendrons en pleine floraison, une petite porte qui conduisait à un chemin asphalté : le scooter rouge était bien là, quelques mètres plus loin. En face, un enclos s'étendait jusqu'à la forêt. Un peu plus loin dans le vallon se trouvait une écurie et, sur la prairie voisine, un parcours de dressage de chiens. L'air résonnait du bourdonnement affairé des abeilles dans les lilas et la haie d'aubépine. Pas de jeune homme en vue, les agents de la police locale avaient eux aussi disparu.

Mme Franzen tournait le dos à Pia. Elle téléphonait, le coude appuyé sur la barrière de l'enclos.

— Je suis furax ! entendit Pia qui resta figée sur place. C'était vraiment exagéré ! J'ai…

Les deux chiens libérés gambadaient comme des fous dans l'herbe haute de l'autre côté de la clôture. Quand ils virent Pia, ils se mirent à aboyer. Mme Franzen interrompit sa phrase, fit volte-face et referma son mobile.

— Qu'est-ce qu'il y a encore ? demanda-t-elle à Pia en fronçant les sourcils.

S'il n'y avait pas eu son visage barbouillé de fond de teint, jamais Pia n'aurait cru que cette femme était, un quart d'heure plus tôt, ficelée dans sa baignoire et inconsciente. Il n'y avait chez elle aucune trace du choc subi, pas plus d'ailleurs que de cette gaieté qu'elle montrait habituellement. Depuis que Pia connaissait Friederike Franzen, c'était la première fois qu'elle paraissait authentique.

— C'est à cause du garçon, dit Pia. Qu'est-ce qu'il faisait chez vous ?

— Mark ? Pourquoi vous me demandez ça ?

— C'est le fils de Stefan Theissen, qui n'est pas particulièrement votre ami.

— C'est vrai, dit Mme Franzen. Mark travaille au refuge des animaux. Ses parents ne sont pas enchantés mais c'est le tribunal qui l'a condamné à cette astreinte.

— Le tribunal ?

— Oui, il a fait une bêtise et doit accomplir un certain nombre d'heures de travail d'intérêt général.

— Ah ! Vous saviez que le scooter rouge que Mark utilise était celui de Rolf Grossmann, le gardien assassiné de WindPro ?

— Non, je ne le savais pas.

Mme Franzen haussa les épaules. Elle jeta un regard sur son Display, pressa une touche et la sonnerie s'arrêta.

— Pour l'instant, j'ai des problèmes autrement plus importants que le scooter de Mark.

— Je vous crois. Vous avez pu joindre votre compagnon ?

— Non ! Il est injoignable. Ça me rend folle !

Elle serra le poing et frappa la barrière du pré.

— Mes collègues cherchent encore des indices de l'agression dans votre maison. Appelez-moi quand M. Theodorakis se manifestera. Nous devons absolument lui parler.

— Oui. C'est entendu.

Son téléphone sonna à nouveau.

Montant du vallon, une jeep verte s'approchait. Pia recula dans les orties pour la laisser passer et son regard tomba brièvement sur le siège passager de la voiture de Mme Franzen. Quelque chose en elle fit tilt, mais à ce moment son mobile sonna. C'était Kai cette fois qui confirmait que le mandat pour perquisitionner la maison était arrivé.

Mme Franzen épiait le conducteur de la jeep verte, Pia fit un signe de tête et retourna dans la maison. Étrange comportement. Elle ne paraissait pas être touchée par le sort de Frauke Hirtreiter et ne se conduisait pas comme quelqu'un qui venait de frôler la mort. Quelque chose ne collait pas dans cette histoire. Pia ne savait pas ce que c'était ni ce qu'il fallait en penser, mais sa méfiance était éveillée.

Bodenstein arrêta sa voiture devant le garage et gagna le bâtiment de la police judiciaire. Avant l'interrogatoire de Frauke Hirtreiter, il devait tout raconter à Pia : de l'héritage calamiteux de son père au secret d'Annika Sommerfeld. Plus il attendrait, plus le fossé deviendrait entre eux un abîme infranchissable comme celui qui existait entre Cosima et lui.

Infranchissable, pensa-t-il. Quel mot bizarre. Pendant toute cette nuit passée à parler avec Annika, il avait plusieurs fois pensé à Cosima et constaté que sa rancœur s'était évanouie. Soudain s'ouvrait devant lui une nouvelle perspective. Il ne savait pas grand-chose d'Annika et ce qu'il savait ne pouvait lui faire espérer un avenir commun. Mais c'était… comme ça. Il était tombé amoureux d'elle dès leur première rencontre. Il suffisait qu'il pense à elle pour la désirer. Ça ne lui était arrivé qu'une seule fois dans sa vie, avec Inka Hansen, mais il y avait très, très longtemps. Nicole n'avait été qu'un pansement sur un cœur brisé et Cosima avait eu la partie facile. Elle l'avait défié, vaincu et emmené dans son lit comme une proie. Avec du recul, Bodenstein devait reconnaître qu'il n'avait jamais été à la hauteur du tempérament de Cosima. Dans leur relation, elle l'avait toujours dominé. En véritable maîtresse de la manipulation, elle avait toujours imposé sa volonté de façon si habile qu'il avait cru que c'était la sienne. Si sa trahison avait été pour lui dévastatrice, c'est qu'il avait dû se rendre à l'évidence qu'elle n'avait pas besoin de lui : ni comme compagnon de voyage, ni comme soutien de famille, ni comme amant. Elle l'avait ridiculisé, et cela publiquement. C'est ce qui l'avait le plus fait souffrir.

Annika était différente. Elle lui rappelait Inka même s'il n'y avait pas eu de happy end avec celle-ci, en raison d'une suite de fatals malentendus. Mais cette fois, ça n'arriverait pas.

Il fit un geste de la tête au gardien et pressa sur un bouton. Un bourdonnement et Bodenstein poussa la porte de verre. Dans le couloir, Cem vint à sa rencontre : le Dr Engel voulait lui parler. Immédiatement. Peu après, Bodenstein frappait à la porte de celle-ci, qui s'ouvrit à la seconde. Son regard tomba sur Enno Rademacher, assis devant le bureau. Il avait croisé une jambe sur l'autre et son sourire satisfait découvrit, quand il se tourna vers lui, ses dents jaunes de nicotine. Bodenstein n'en augura rien de bon.

— S'il vous plaît, monsieur Rademacher, voulez-vous attendre un instant dehors ? Mme Kirchhoff sera bientôt là.

Rademacher quitta le bureau non sans jeter à Bodenstein un regard moqueur. La conseillère judiciaire ferma la porte et entra, sans circonlocutions, dans le vif du sujet.

— C'est vrai que ton père a hérité d'une prairie de feu Ludwig Hirtreiter ? Elle passa derrière son bureau, ouvrit une fenêtre et s'assit.

Bodenstein répondit par l'affirmative. Qu'est-ce que ça signifiait ? Où voulait-elle en venir ?

— Et cette prairie joue un rôle dans l'enquête sur le meurtre de Hirtreiter ?

— Oui. Rademacher et son patron ont offert plusieurs millions pour cette prairie. Nous avons supposé un moment que le refus de Hirtreiter de vendre la prairie pouvait constituer un mobile pour son meurtre.

— Ah oui. Et maintenant cette prairie appartient à ton père.

— Selon les dernières volontés de son ami, oui.

— Ça veut dire que la WindPro a déjà fait une offre d'achat à ton père ?

— Oui, dit Bodenstein. Rademacher m'a demandé de convaincre mon père de signer le contrat de vente. Sinon il a menacé de saboter le restaurant de mon frère et de ma belle-sœur. Et il m'a offert de l'argent si je servais d'intermédiaire.

La conseillère judiciaire lui jeta un regard perçant.

— M. Rademacher m'a raconté une tout autre histoire.

— Ça ne m'étonne pas.

— Tu lui aurais soi-disant affirmé que tu n'aurais aucune difficulté à persuader ton père d'accepter l'offre de la WindPro. Et que pour cela tu lui aurais réclamé cent cinquante mille euros. En liquide.

— Pardon ? dit Bodenstein en s'étouffant, incrédule.

— En plus, tu l'aurais menacé de falsifier les preuves pour lui mettre le meurtre sur le dos dans le cas où il ne paierait pas.

— C'est une plaisanterie !

— Pas du tout. Tu es dans de sales draps, mon cher. Rademacher a porté plainte contre toi. Tentative de chantage, de coercition et d'abus de pouvoir.

— Mais Nicole, il n'y a pas un mot de vrai là-dedans ! protesta Bodenstein, atterré. Tu me connais ! Mon père a le projet soit de refuser l'héritage soit de faire don de la prairie. Il me l'a dit pas plus tard que tout à l'heure.

— Rademacher le sait ?

— Non. Je voulais d'abord savoir pourquoi il nous a caché qu'il était avec son chef de chantier chez Hirtreiter le soir du meurtre. Jusqu'à présent je n'ai pas parlé du meurtre avec lui, je n'ai appris que ce matin qu'il était allé là-bas.

Le Dr Nicole Engel soupira et s'adossa à son siège.

— Bon, dit-elle à regret, je te crois, Oliver, mais je suis dans l'obligation de t'écarter de l'enquête en raison du conflit d'intérêts potentiel.

— Tu ne peux pas faire ça !

C'était une formule rhétorique. Bodenstein savait très bien qu'elle le pouvait et même qu'elle le devait pour ne pas compromettre l'issue de l'enquête. Un enquêteur soupçonné de partialité peut faire capoter un procès criminel.

Il leva les bras et les laissa retomber, impuissant. Comment cela était-il possible ? En vingt-cinq ans à la criminelle, il n'avait jamais été l'objet du moindre soupçon et voilà qu'il se retrouvait, bien qu'innocent, dans cette galère.

— Je suis navrée. Prends quelques jours de repos, dit Nicole Engel compatissante. Mme Kirchhoff se débrouillera toute seule.

Bodenstein n'en doutait pas. Cependant ça n'allait pas contribuer à calmer la mauvaise humeur de Pia à son encontre.

— Et pour les autres affaires ? demanda-t-il prudemment. Avec les gars du BKA et la femme qu'ils cherchent ?

— Ils la trouveront bien tout seuls, répondit-elle avec un sourire amer. Ça ne nous concerne pas. Je considère d'ailleurs cette fumeuse conspiration comme une pure absurdité.

Pendant un court instant, Bodenstein fut tenté de lui dire qu'il savait où se trouvait Annika Sommerfeld. Mais il se retint. Il devait d'abord en parler avec Annika et découvrir ce qui s'était vraiment passé.

— Moi aussi, dit-il et il quitta le bureau.

— Mark ? Mark, tu es là ?

La voix de Ricky le tira de son rêve. Il lutta contre le réveil. Non, pas maintenant. Pas…

— Mark !

Il regarda autour de lui, d'un air égaré. Son portable vibrait dans la poche de son pantalon. Pourquoi était-il dans la paille ? Que s'était-il passé ? Depuis combien de temps était-il là à roupiller ?

Il tripota son mobile mais il était redevenu silencieux. Alors tout lui revint. Ricky dans la baignoire, la police, sa fuite. Il se redressa d'un coup.

— Ricky ? appela-t-il.

Sa peau était chaude et transpirante et pourtant il frissonnait. N'avait-il pas imaginé sa voix dans son rêve ? Il rampa vers le trou de l'échelle et soudain son visage apparut.

— Tu es là ! dit-elle. Mais dans quel état es-tu ?

Mark se mit à trembler tant il était soulagé. Il se pencha au bord du trou et jeta ses bras autour du cou de Ricky.

— Fais donc attention ! Tu as failli faire tomber l'échelle sur moi !

— Oh Ricky, sanglotait-il. Je suis si content ! je croyais que tu… étais, que tu étais…

Le mot "morte" ne put pas franchir ses lèvres. Elle lui attrapa les mains et se libéra de son étreinte.

— Tu es plein de sang et de saleté, dit-elle en s'écartant.

Il n'y fit pas attention tant il était soulagé qu'il ne lui soit rien arrivé.

— Je… je voulais te libérer et je me suis entaillé avec le couteau, dit-il. Puis les flics sont arrivés. Ils m'ont mis en joue. Je me suis enfui. Qu'est-ce qui s'est passé ?

— J'ai été agressée, dit Ricky qui se pencha, retourna un seau et s'assit dessus. Quelqu'un a complètement vidé le bureau de Jannis. C'est un cauchemar !

— Agressée ? Par qui ?

— Si je le savais, dit-elle en appuyant son menton sur sa main et en secouant la tête. Jannis a eu un accident, c'est le garde forestier qui vient de me le dire. Il a vu qu'on l'emmenait aux urgences.

Mark la dévisagea. Il ne manquait plus que ça.

— Il faut que j'aille à l'hôpital, continua Ricky. Je ne vais rien lui dire. Il péterait les plombs s'il apprenait que son ordinateur et ses documents se sont envolés.

— L'ordinateur ? Et tous les documents de l'Initiative citoyenne ? demanda Mark.

Ricky acquiesça en soupirant.

— Qui ça peut bien être ?

— Peu importe qui c'est. À présent tout est fichu. Les expertises, tout. Tant de travail pour rien. Ton père va pouvoir construire son parc d'éoliennes.

Mark se frotta pensivement le menton. La douleur était partie. Il se souvint alors de sa découverte.

— Attends-moi, dit-il en regrimpant par l'échelle.

Il trouva aussitôt ce qu'il cherchait et revint vers Ricky.

— Regarde ça, souffla-t-il en lui tendant le fusil. Je l'ai trouvé en haut, dans la paille.

Ricky bondit de son seau.

— Fais voir.

Elle hésita un instant puis le lui prit des mains.

— Il était coincé entre les ballots de paille, assez loin derrière.

Il enleva les derniers brins de paille et secoua la poussière de son tee-shirt et de son jean.

— Je ne m'y connais pas beaucoup mais j'ai l'impression que c'est un vrai.

— Assez lourd en tout cas, dit-elle en tenant le fusil à bout de bras pour l'examiner. Qui a pu le cacher là-haut ?

— Jannis ? dit Mark.

Ricky le regarda avec des yeux agrandis.

— Mon Dieu, s'écria-t-elle. C'est peut-être le fusil qui a tué Ludwig Hirtreiter !

Elle le posa prudemment sur le sol comme si c'était un serpent venimeux.

— Qu'est-ce qui te fait penser que c'est Jannis qui l'a caché là-haut ? demanda-t-elle avec méfiance.

— Parce qu'il ment depuis longtemps, répondit Mark avec violence. Il m'avait dit qu'il était contre le parc d'éoliennes parce que l'endroit était inadapté et que la région était protégée par les lois sur la protection de la nature.

— Oui, et alors ?

Les yeux bleus de Ricky le regardèrent fixement et soudain il eut envie de chialer. Il avait tout fait foirer ! Pourquoi ne l'avait-il pas fermée ?

— Mais ce n'était pas la vraie raison de son opposition. Tout ce qu'il a dit à la télé n'était que mensonge. Il s'en fout complètement ! La véritable raison c'est qu'il veut baiser mon père parce qu'il a été licencié. Il l'a dit à Nika avant-hier soir. Et à toi aussi.

Ricky le regarda fixement, puis elle attrapa le fusil et monta sur l'échelle. Mark la regarda en silence et attendit qu'elle soit près de lui.

— Je vais poser la question à Jannis, dit-elle. Je vais à l'hôpital et je vais le lui demander aussi sec. Et s'il a vraiment caché le fusil dans *ma* grange, ça va barder.

Pia était appuyée, les bras croisés, contre le mur jaune du couloir. Quand Bodenstein sortit du bureau, elle se détacha du mur et alla vers lui.

— On a arrêté Frauke Hirtreiter. Elle a réagi plutôt calmement. Je croyais qu'elle allait hurler et se défendre mais elle s'est contentée de lire le mandat d'arrêt et c'est tout. Malheureusement on n'a pas pu cueillir Theodorakis mais ce n'est qu'une question de temps. Selon les aveux qu'on va obtenir maintenant, peut-être qu'il ne sera même plus concerné. Et Rademacher non plus. Tu pourrais t'en occuper avec Kai pendant que j'interroge Frauke Hirtreiter avec Cem.

— Pia… commença Bodenstein mais elle continua, les yeux brillants ; l'idée de résoudre cette enquête difficile l'enthousiasmait.

— Quelqu'un s'est introduit chez Theodorakis et a vidé son bureau. Mme Franzen a été attaquée par les cambrioleurs qui l'ont flanquée dans la baignoire, ficelée comme une momie. Et qui tu penses que nous avons trouvé chez Theodorakis ? Tu ne le devineras jamais !

Elle fit une courte pause et le regarda d'un air de triomphe.

— Le fils de Stefan Theissen ! Il était à côté de la baignoire, un couteau à la main. Christian pense qu'il voulait tuer la femme. Moi je n'en suis pas certaine, mais ce qui est sûr c'est que ce garçon ne tourne pas rond. Un peu plus tôt, il est arrivé droit sur nous en sortant du Paradis des Animaux et a éraflé ma voiture avec son scooter. Christian a fait une recherche et il a appris que le scooter avait appartenu à Rolf Grossmann ! Tout ça fait un peu trop de hasards, non ? En revenant ici, j'ai réfléchi à ce qu'il avait bien pu faire et je crois…

— Pia, l'interrompit Bodenstein. Il faut que je te parle.

— Tu ne peux pas attendre que…

— Non, malheureusement, dit Bodenstein en mettant la main dans la poche de son pantalon et en soupirant. Le Dr Engel m'a annoncé qu'elle me retirait l'enquête avec effet immédiat et m'a mis en congé. Soi-disant pour conflit d'intérêts.

— Quoi ? dit Pia en le fixant sans comprendre. Partialité ? Mais pourquoi ?

Bodenstein secoua la tête lentement.

— Il faudrait avant que je te raconte toute l'histoire.

— Quelle histoire ?

Se pouvait-il que les frères Hirtreiter n'aient pas parlé du testament ? Ou bien le mettait-elle à l'épreuve ?

— Rademacher et Frauke Hirtreiter attendent, dit-il évasivement.

— Un moment.

Une profonde ride se creusa entre les sourcils de Pia, signe clair d'une profonde fureur.

— Tu ne penses pas que tu devrais m'expliquer au lieu de te réfugier derrière des allusions cryptées ? Je veux savoir ce qui se passe ici !

Elle était en colère. Blessée. Et elle avait raison. Bodenstein prit son courage à deux mains.

— C'est trop long à raconter. Je passerai ce soir chez toi, si tu es d'accord.

Elle l'observa froidement. Il crut qu'elle allait refuser, mais finalement elle acquiesça.

— D'accord. *Ce n'est pas trop tôt*, disait son regard. Ce soir vers 20 heures chez moi. Je t'appelle si j'ai un contretemps.

Elle fit demi-tour et les semelles de ses tennis grincèrent légèrement sur le linoléum. Au moment d'entrer dans le bureau de la K11, elle se retourna.

— Ne me pose pas un lapin, prévint-elle.

— Je n'ai pas écouté la radio pendant tout le trajet, seulement des CD. La Mercedes a un lecteur de CD, pas comme mon tacot, répondit Frauke Hirtreiter à Pia, c'est pour ça que je ne pouvais pas savoir qu'il y avait un mandat d'arrêt contre moi. Et je n'ai pas de mobile.

Il y avait donc des gens qui, à cette époque où chacun était supposé être joignable, pouvaient se payer le luxe de n'avoir pas de téléphone mobile. Incroyable mais vrai.

— Pourquoi vous êtes partie ? demanda Pia. Que faisiez-vous à la ferme ce mercredi soir ? Et pourquoi vous avez tué le corbeau ?

— Parce que cette sale bête m'a attaquée, grogna Frauke. Pendant les deux années où j'ai soigné ma mère, j'ai été obligée de supporter jour après jour cet oiseau répugnant. J'ai dû nettoyer sa merde et ses plumes, il volait partout dans la maison. Chaque soir, mon père s'asseyait devant la télé avec sa saloperie d'oiseau au lieu de me parler ou de tenir compagnie à ma mère. Et quand le corbeau s'est jeté sur moi et m'a fait tomber dans l'escalier, j'ai vu rouge.

— L'arme avec laquelle votre père a été tué a été retrouvée dans votre chambre, dit Pia en posant sur la table de la salle d'interrogatoire les photos que Kröger avait prises avec son mobile.

Elle avait conseillé à Frauke Hirtreiter d'appeler un avocat mais celle-ci avait refusé.

— Et dans la soirée du 12 mai, vous étiez à Rabenhof.

Frauke Hirtreiter l'écoutait sans montrer le moindre signe d'inquiétude ou de peur. Elle avait mis les coudes sur la table et posé son menton entre ses mains jointes couvertes de cicatrices encore fraîches.

— Vous vous êtes introduite le 14 mai dans la maison mise sous scellés de votre père pour aller chercher quelque chose dans l'armoire d'une chambre, intervint Cem comme convenu. Nous supposons que vous connaissiez le contenu du testament de votre père et que vous avez voulu le détruire.

Le testament ! Pia était toujours stupéfaite que Bodenstein ait pu lui taire quelque chose de si essentiel ! Peu après son départ, le Dr Engel lui avait confié jusqu'à nouvel ordre la direction de l'équipe de la K11. Pia avait demandé pourquoi son chef avait été mis en congé et la conseillère judiciaire lui avait parlé du testament de Hirtreiter. Dans un accès de colère, Pia avait voulu appeler Bodenstein pour décommander leur rendez-vous mais elle ne l'avait pas fait. Finalement elle était plus déçue qu'en colère.

Ils travaillaient ensemble depuis quatre ans et ils avaient résolu ensemble des cas très difficiles. Avec le temps, la distance entre eux avait fondu pour faire place à une relation de confiance qui leur permettait de s'en remettre l'un à l'autre sans arrière-pensée, mais cette fois c'était bien différent.

Pia était blessée de voir qu'il n'était préoccupé que par ses problèmes privés au point d'en oublier toute sa sagacité et sa circonspection. Dorénavant elle ne pouvait plus s'en remettre qu'à elle-même. Même pour un conseil, elle n'avait plus le droit de l'appeler, avait insisté le Dr Engel.

— Écoutez, comment le fusil est arrivé chez moi, je n'en ai pas la moindre idée. Mais je n'ai tué ni mon père, ni Tell. Pourquoi je l'aurais fait ?

— Parce que vous détestiez votre père ? dit Cem. Pendant des années, il vous a humiliées et traitées plus bas que terre, votre mère et vous. Par ailleurs nous savons que vous êtes une bonne tireuse et que vous connaissez le maniement des armes.

Frauke Hirtreiter eut un rire amer.

— Pour tuer un homme de près avec une carabine à plombs, on n'a pas vraiment besoin d'être un bon tireur.

Cem ne releva pas la remarque. Au lieu de ça, il demanda :

— Qu'alliez-vous faire ce mercredi à la ferme ?

— Vous connaissez mes frères, dit Frauke en soupirant. Et vous savez certainement qu'ils sont en faillite. Je suis allée chercher quelques objets que ma mère avait aimés et qui ont de la valeur pour les mettre en sécurité. Eux, ils font de l'argent avec tout ce qui leur tombe sous la main.

— Je ne vous crois pas.

— Bon, d'accord. C'était pas seulement des souvenirs. Il y avait entre autres la boîte qui contenait les papiers des deux voitures anciennes. Et aussi une copie du testament. Aussi je savais que j'héritais de la ferme et mes frères de la maison de notre mère à Bad Tölz. Avec ma vieille voiture je ne pouvais pas faire le trajet, c'est pour ça que j'ai pris la Mercedes de mon père.

— Vous êtes allée à Bad Tölz ?

— Oui. Dans la même nuit.

— Qu'alliez-vous faire là-bas ? dit Pia en intervenant dans l'interrogatoire.

— Vider la maison de ma mère. Depuis sa mort, elle était restée inhabitée, mon père ne voulait plus y aller. Le grand-père de ma mère était un riche homme d'affaires et un collectionneur. Il avait acheté beaucoup de tableaux à des peintres autrefois inconnus, jusqu'à ce qu'il se retrouve fauché comme les blés. Ma mère les avait vendus l'un après l'autre à des musées mais elle en avait gardé trois parce qu'elle y tenait : un Carl Spitzweg, un Carl Rottmann et un tableau de Wladimir Bechtejeff de la période du Blaue Reiter. Les trois valent de nos jours beaucoup d'argent. Je suis allée les chercher dans le grenier, vous les trouverez dans le coffre de la Mercedes.

— Je comprends, dit Pia, vous vouliez les vendre avant que vos frères ne le fassent.

— Non, je n'en ai pas l'intention. Je veux les garder, car ils signifient quelque chose pour moi.

Il y eut un moment de silence, seule une mouche, qui s'était égarée dans la salle d'interrogatoire sans fenêtre, bourdonnait en cercle au-dessus de leurs têtes.

Pia observait Mme Hirtreiter d'un air pensif. Elle avait interrogé beaucoup de suspects, des coupables, des innocents, des assassins, des auteurs de crimes passionnels, des menteurs qui se croyaient plus malins que ces cons de flics. Certains étaient nerveux, d'autres agressifs, d'autres encore geignards. À quelle catégorie appartenait cette femme qui leur faisait tranquillement face et les regardait sans trouble ? Était-elle seulement une bonne comédienne ?

Pia cherchait un signe dans le comportement et les mimiques de Frauke Hirtreiter qui aurait trahi la culpabilité ou la mauvaise conscience. Mais elle n'en trouvait pas. Pas de clignements d'œil nerveux, pas de regard en dessous, pas de bégaiement. Ses réponses étaient précises et sortaient sans hésitation.

Pia eu alors la certitude accablante qu'elle faisait fausse route. Le fusil avait atterri on ne sait comment dans l'armoire de Frauke Hirtreiter – mais il était certain que cette femme n'avait pas tué son père ni le chien de celui-ci. Continuer à l'interroger était une perte de temps.

Elle se leva en faisant signe à Cem de la suivre et quitta la pièce. Depuis son retour de vacances, tant de choses lui étaient tombées dessus qu'elle ne se rappelait même plus quand elle avait perdu le fil de ce sac de nœuds. Dans ce genre de situation, Bodenstein avait l'habitude de faire une pause et d'aller faire une promenade pour mettre de l'ordre dans ses idées. C'est peut-être ce qu'elle devrait faire elle aussi. Et même sur-le-champ.

— Qu'est-ce qu'il y a ? demanda Cem. Pia s'appuya contre le mur.

— Ce n'est pas elle, répondit-elle en soupirant. Quelle merde. J'en étais tellement persuadée.

— J'ai peur que tu aies raison. Tu vas la laisser partir ?

— Non. Pas encore. J'ai seulement besoin de faire un break.

Cem acquiesça, compréhensif. Pia posa ses paumes de mains l'une contre l'autre et se frappa les lèvres avec le bout de ses doigts. Mark Theissen chez Friederike Franzen. Qu'est-ce qu'il faisait là-bas ? Où était Theodorakis ? Comment son ADN était-il arrivé sur le cadavre de Grossmann ? Pourquoi Mark Theissen conduisait-il une moto qui appartenait à Grossmann ? Rademacher était-il vraiment à Rabenhof avec Rolf Glöckner mardi soir ? Plus elle se creusait la cervelle, plus ça s'embrouillait dans sa tête.

— S'il te plaît, interroge Mme Hirtreiter sur Mark Theissen. Et aussi sur Mme Franzen et sur M. Theodorakis, dit-elle en jetant un coup d'œil à sa montre, il était 14 h 15. Je serai de retour à 16 heures, et on ira chez Theissen. Peut-être que d'ici là Theodorakis aura refait surface.

La voiture de patrouille le déposa sur le parking. Bodenstein attendit qu'elle ait disparu. En vacances, il ne disposait pas d'une voiture de fonction et il n'avait plus de voiture à lui depuis qu'il avait bousillé sa BMW en novembre. Il était aujourd'hui dans un état psychique à peine meilleur qu'alors. Sa raison lui disait qu'il ne devait pas cacher Annika dès lors qu'elle était soupçonnée de meurtre. Son cœur lui disait le contraire.

Que faire à présent? Pouvait-il vraiment la croire? Il la connaissait à peine, et le sentiment profond qu'il éprouvait pour elle rendait difficile la vision objective d'une situation déjà compliquée. Pourquoi lui cachait-elle la véritable raison de sa fuite? Il fallait qu'il ait une conversation avec elle. Il avait besoin de certitudes.

Bodenstein alla vers la maison du cocher et ouvrit la porte. Annika – il utilisait son vrai nom depuis qu'il le connaissait, car il détestait les abréviations – dormait toujours sur le canapé, les genoux serrés, la tête posée sur le bras gauche. Le mot qu'il lui avait écrit ce matin était toujours à la même place. Il l'observa de la porte. Son tee-shirt était un peu relevé. La vue de sa peau douce et d'une blancheur d'albâtre le remplit de tendresse.

Cette femme ne pouvait pas être une meurtrière de sang-froid. Il était clair que toutes les accusations qu'on portait sur elle avaient pour unique but de lui faire perdre toute crédibilité. Elle connaissait un secret dangereux qui pouvait avoir de graves conséquences.

Annika parut sentir sa présence. Elle remua, puis elle ouvrit les yeux en clignant des paupières devant la clarté du soleil qui tombait de la fenêtre. Son regard ensommeillé rencontra le sien, un sourire ravissant effleura ses lèvres.

— Salut, murmura-t-elle.

— Salut, répondit-il d'une voix grave. Il faut que je te parle.

Elle cessa de sourire et s'assit très droite. Elle lissa des deux mains ses cheveux ébouriffés. Le bord du coussin du canapé avait laissé l'empreinte rouge de son sommeil sur sa joue. Il traversa la pièce et s'assit à côté d'elle.

— Il s'est passé quelque chose ? demanda-t-elle, alarmée.

Par quoi devait-il commencer ? Störch et Herröder étaient des collègues dont il n'aurait, en d'autres circonstances, jamais mis la parole en doute. Comment pouvait-il à présent les considérer comme des adversaires, mieux comme des ennemis ? Était-il en train de commettre une erreur ?

Les yeux verts d'Annika étaient posés sur lui pleins d'attente, elle avait glissé les mains entre ses genoux serrés et se tenait très droite.

— Dirk Eisenhut est venu ce matin au commissariat, dit-il.

Elle eut un sursaut d'effroi.

— Il était accompagné de deux agents du BKA. Ils ont dit qu'ils avaient appris que tu étais dans le coin et ils m'ont demandé si je savais où. J'ai menti et j'ai dit que je ne te connaissais pas.

Le soulagement apparut sur son visage, mais il s'éteignit aussitôt quand il continua.

— Ils ont affirmé que tu…

Il s'interrompit. L'accusation était monstrueuse. Il avait peur de sa propre réaction. Que devrait-il faire si elle lui mentait maintenant ? Il se lança.

— On t'accuse d'avoir tué deux hommes. Un à Zurich, un autre à Berlin.

Silence. On n'entendait que le bruit du vent dans la cime des arbres qui entrait par la vitre inclinée. Bodenstein regardait la stupeur et l'horreur envahir le visage d'Annika.

— Mais… mais… c'est… impossible, bégaya-t-elle. Moi, j'aurais… tué quelqu'un ? Je n'ai jamais fait du mal à une mouche de toute ma vie.

— Cieran O'Sullivan a été tué dans une chambre d'hôtel à Berlin. Ils prétendent qu'on t'aurait surprise près du cadavre et que tu aurais réussi à t'enfuir.

Annika le regarda, pétrifiée.

— Oh, mon Dieu !

Elle avala avec difficulté sa salive, sauta sur ses pieds et pressa sa main sur ses lèvres. Son regard errait sans but à travers la pièce. Bodenstein se leva lui aussi et lui posa les mains sur les épaules.

— Annika, je t'en prie, dit-il suppliant. Je ne sais plus ce que je dois croire. Dis-moi la vérité ! As-tu tué O'Sullivan ?

Elle le regarda, pâle comme une morte.

— Mon Dieu, non ! dit-elle enfin. Pourquoi je l'aurais tué ? Je n'ai appris qu'il était mort que depuis quelques jours par Internet. Qu'il avait été abattu, mais on ne disait pas où on l'a trouvé.

Elle lut le doute sur son visage, avança la main et se cramponna à son avant-bras.

— Oliver, je te jure que je n'ai jamais eu une arme à feu entre les mains !

Parfois, Bodenstein avait lui-même lancé de fausses informations pour empêcher que ne soient révélés certains détails qui ne pouvaient être connus que du tueur. Était-ce ce qu'avait fait Störch ? Un coup de feu, psychologiquement parlant, était tout autre chose que quarante coups de couteau.

— Je sais que Cieran avait peur pour sa vie, continua Annika d'une voix oppressée. Nous nous sommes téléphoné la veille de Noël et il m'a dit qu'un de ses amis avait sauté d'un toit. Mais il ne croyait pas au suicide. Quelques jours auparavant, le cadavre de Bobby Bennett avait été trouvé dans un parc de Zurich, à l'intérieur du coffre de sa voiture de location, un jour après que nous nous…

Elle se tut, ses yeux s'élargirent.

— Il devait le savoir, dit-elle dans un souffle, il devait savoir que nous nous rencontrerions à Zurich car, à part nous, personne n'était au courant de tous les détails de l'affaire. Seulement nous quatre. Mon Dieu. À présent je comprends tout.

— De quoi tu parles, demanda Bodenstein troublé. Qui devait le savoir ?

Störch n'avait-il pas dit que le cadavre de l'Américain avait été retrouvé dans une chambre d'hôtel ?

— Je l'ai fait tomber dans un piège, reprit Annika. Comment j'aurais pu savoir ce qu'il projetait ? J'ai toujours fait confiance à Dirk et pourtant il a fait ça…

Annika serra les bras autour de son buste comme si elle avait froid et resta muette, les yeux élargis.

— Qu'est-ce… que je dois faire à présent ?

Son regard désespéré lui transperçait l'âme. Elle ne jouait pas la comédie, ce désespoir était authentique. Bodenstein fit deux pas vers elle et referma les bras. Elle s'accrocha à son cou, il la serra contre lui en murmurant des paroles apaisantes. Puis il la conduisit jusqu'au canapé, s'assit et l'attira à lui.

— Tout était planifié, murmura-t-elle contre sa poitrine d'une voix étouffée. Dirk m'a fait venir dans son bureau le soir du réveillon pour me souhaiter un joyeux Noël. Nous avons bu du champagne. Je… encore aujourd'hui je ne sais pas vraiment ce qui s'est passé, mais… quand je me suis réveillée, j'étais dans une pièce dont la fenêtre avait des barreaux. Il m'avait fait enfermer dans un hôpital psychiatrique !

Elle leva la tête, ses yeux étaient vitreux, son regard fixe.

— Quelques jours plus tard, ils m'ont relâchée. Comme ça. Il s'agissait soi-disant d'une erreur, je pouvais partir. Ils m'ont rendu mes affaires, mon mobile et mes clés de voiture et soudain je me suis retrouvée dehors, sur le parking. Je ne savais pas où j'étais ni quel jour on était. J'étais complètement désorientée. J'ai alors reçu un SMS de Cieran. Il était en ville et devait absolument me parler. Je me suis rendue à l'adresse qu'il m'avait indiquée. J'étais étonnée que Cieran veuille me rencontrer dans un hôtel de Wedding, mais il connaissait Berlin mieux que moi. Et je savais qu'il devait être prudent. Je ne me suis pas doutée une seconde que le SMS ne venait pas de lui, j'avais en effet un nouveau numéro que personne ne connaissait. Et je n'ai pas pensé un instant que… que Dirk avait pu utiliser mon mobile pendant que j'étais à l'hôpital psychiatrique. Tu comprends ce que je veux dire ? Ils nous ont piégés tous les deux !

Elle posa la main sur sa bouche et se mit à sangloter. Bodenstein lui caressa le dos et la pressa contre lui pendant qu'elle continuait son récit en bégayant. Il savait de quoi les gens étaient capables quand un secret devait être préservé à n'importe quel prix.

D'une main exercée, elle sella la jument brun foncé, serra la sangle et sauta en selle. Il y avait des semaines que Pia n'avait pas monté et ce soir elle aurait mal à tous ses muscles mais, pour l'heure, elle s'en moquait. Rien de tel qu'un rapide galop pour libérer son esprit.

La jument dansait, trop impatiente pour rester au pas. Après quelques centaines de mètres sur le chemin goudronné qui longeait l'autoroute, Pia atteignit les champs. Il y avait peu de promeneurs, de joggers ou de cyclistes. Le dimanche matin, en revanche, le chemin était aussi fréquenté qu'un boulevard. Le beau temps amenait la moitié de Francfort dans le Taunus voisin. Pia raccourcit les rênes et laissa la jument prendre le trot.

Le colza était en pleine floraison et formait un contraste haut en couleur avec le ciel. Le tumulte s'effaçait derrière elle, bientôt il n'y eut plus que le bruit sourd des sabots et les trilles des alouettes qui virevoltaient dans l'air. La jument se mit au galop toute seule quand elles atteignirent une longue ligne droite. L'orage de la nuit avait rendu le sol boueux par endroits mais le cheval évitait les endroits glissants. Pia le laissa galoper en décrivant un grand arc jusqu'à la route nationale qui conduisait de Kelkheim à Hofheim. Là, elle mit la jument au pas et, arrivée à une bifurcation, elle décida de faire le grand tour.

Pourquoi Bodenstein ne lui avait-il pas parlé de l'héritage de son père ? Elle se demanda s'il tiendrait sa promesse et passerait plus tard à Birkenhof. Les sabots du cheval qu'elle laissait marcher au pas sans tirer sur la bride sonnaient sur le macadam. Derrière elle retentirent les rollers d'une femme qui poussait une poussette high-tech à trois roues dans laquelle dormait un enfant. Pia la suivit des yeux en admirant avec un peu d'envie ses jambes minces et musclées. La femme avait bien quarante ans et avoir à cet âge une telle silhouette – Pia le savait par expérience –, ça n'allait pas de soi. Cette pensée-là le ramena à Friederike Franzen, qui possédait pour son âge une silhouette étonnante. Son corps bronzé n'avait pas un gramme de graisse, uniquement des muscles durs qu'elle avait remarqués quand elle l'avait soulevée ce matin pour la sortir de la baignoire.

Pia laissa passer deux cyclistes et tourna dans le Wiesenweg qui la ramènerait à Birkenhof. Elle laissa la jument prendre le trot puis le galop. Le vent sifflait à ses oreilles. Elle aimait ce soleil sur son visage.

Et brusquement quelque chose se dénoua dans son esprit. Le sac ! Voilà ce qui avait éveillé sa méfiance ! Friederike Franzen avait affirmé qu'elle était revenue dans la maison parce qu'elle avait oublié son sac à la cuisine. Or celui-ci était posé sur le siège avant de sa voiture !

Pia s'assura sur son cheval et sortit son mobile de sa poche. Elle chercha le numéro de la propriétaire de Frauke Hirtreiter. Celle-ci répondit dès la deuxième sonnerie.

— Oui, c'est exact, répondit-elle à la question de Pia. Mme Franzen était là ce matin, vers 8 heures. Elle est restée assise un moment dans sa voiture, a téléphoné puis elle est repartie. Sans descendre. J'ai trouvé ça bizarre, c'est pour ça que je suis restée à la fenêtre.

La vieille dame en était toute fière. Elle avait surveillé la cour depuis le petit matin sans discontinuer et sa mémoire était un trésor de précision. Un témoin rêvé.

— Le garçon est arrivé vers 10 heures. Ensuite Le Paradis des Animaux a ouvert comme d'habitude sauf que Nika n'est pas venue. Le garçon s'est assis sur l'escalier pour téléphoner. Ou bien il a essayé de téléphoner. En tout cas, il était nerveux… Hum, son nom ne me revient pas.

— Mark, lui souffla Pia.

— C'est ça, Mark, bien sûr ! s'écria la femme ravie. À mon âge il m'arrive d'oublier.

— Je trouve que votre mémoire est parfaite, dit Pia avant de la remercier.

Puis elle essaya de récapituler la journée de Friederike Franzen. Vers 8 heures elle arrive à la boutique, elle téléphone dans sa voiture sans descendre. De là, elle a dû retourner chez elle. Pourquoi ? Avait-elle oublié quelque chose ? Rien ne collait dans cette histoire. Ensuite cette conversation téléphonique dont Pia avait surpris des bribes. *Je suis furax ! C'est vraiment allé trop loin !* Qu'est-ce que ça signifiait ? À qui téléphonait-elle ? Où était Theodorakis ? Et que faisait le fils de Stefan Theissen dans la maison de l'ennemi juré de son père ? Mark aurait très bien pu entrer de nuit dans WindPro – les lieux devaient lui être familiers. Theodorakis et son amie avaient-ils poussé Mark à se révolter contre son père et l'avaient-ils persuadé de voler les expertises ?

Questions sur questions ! De toute façon, encore deux heures et elle aurait les réponses. Le garçon était la clé.

Jannis somnolait. Sa bouche était sèche comme de l'étoupe, ses lèvres enflées, toutes crevassées, mais il souffrait moins, sans doute grâce au goutte-à-goutte qu'il avait au bras gauche. Il avait eu de la chance dans son malheur, lui avait dit le médecin pendant la visite du soir. Certes il avait perdu cinq dents mais sa mâchoire était intacte. Sa jambe gauche était fracturée à plusieurs endroits et il avait fallu lui poser des broches. Le reste de son corps n'était que plaies, contusions et écorchures. Et, au moindre mouvement, elles lui brûlaient comme l'enfer.

Quand il s'était réveillé de l'anesthésie, il lui avait fallu un moment pour comprendre où il était. De son accident, il n'avait que des souvenirs partiels mais d'autant plus vifs, comme ce sentiment de mort imminente qui l'avait submergé quand il avait compris que les types ne plaisantaient pas. Leur façon délibérée de le renverser en plein jour et de le frapper à froid avait changé quelque chose en lui. Il n'oublierait jamais ces minutes effroyables, la peur ne le quitterait plus. Que lui auraient fait ces types si la femme et son chien n'étaient pas arrivés ? Jannis poussa un profond soupir et frissonna. Nika avait raison d'avoir peur, il avait repoussé cette crainte avec trop de légèreté. Il avait entièrement sous-estimé la situation et il avait trop ouvert sa gueule. Putain.

Jannis tourna la tête à gauche. Bien entendu Ricky n'avait pas pensé à lui apporter ses lunettes de rechange. Elle ne savait pas que les siennes étaient fichues. Elle avait chialé et avait fait tout un cirque. Il n'était peut-être qu'un ingrat mais il avait été content qu'elle fiche le camp, elle et sa foutue morale.

Il observait d'un œil ensommeillé le déplacement des rais de soleil sur les murs peints en blanc. Dehors, c'était sûrement une délicieuse soirée de mai ensoleillée et lui, il était là, réduit à cette putain d'inactivité. Il tressaillit quand on frappa à la porte. Ce qu'il vit en premier, ce fut un bouquet de fleurs géant.

— Une visite pour vous, gazouilla l'infirmière asiatique bien en chair d'une voix allègre. Votre père et votre frère.

Jannis se réveilla d'un coup. Il n'avait pas de frère et, à sa connaissance, son père était toujours enfermé dans une cellule capitonnée de l'hôpital psychiatrique de Riedstadt. La porte se referma sans bruit et il se retrouva seul avec deux hommes dont il ne distinguait les traits que de façon floue. Le plus grand laissa négligemment choir le bouquet sur la table qui supportait le téléviseur. L'autre s'approcha du lit.

Jannis eut le souffle coupé quand il le reconnut. La peur monta en lui comme un long frisson. Ils étaient revenus comme ils l'en avaient menacé.

La maison des Theissen à Ölmühlweg était une magnifique villa art nouveau avec encorbellement, tour et balcons. Le soleil du soir qui tombait entre les grands sapins allumait de vifs reflets sur la façade ocre et faisait étinceler les fenêtres à croisillons. Pia sonna puis elle s'écarta de la porte d'entrée dont la vitre gravée au sable était une véritable œuvre d'art. Des pas rapides descendirent un escalier et la porte s'ouvrit. Une jeune fille brune d'une vingtaine d'années, les yeux soulignés de noir et vêtue d'un tee-shirt orange vif, les considéra sans manifester un grand intérêt.

— Bonjour, dit-elle tandis que son regard allait de Pia à Cem avant de s'attarder sur le visage de celui-ci.

— Bonjour. Mon nom est Pia Kirchhoff, j'appartiens à la police criminelle de Hofheim, dit Pia en lui tendant sa carte. Mon collègue, Cem Altunay. Nous aimerions parler avec M. et Mme Theissen.

— Ah. Oui, bien sûr, dit-elle en rougissant comme si elle venait d'entendre quelque chose de choquant. Je vais prévenir mon père.

Elle était déjà partie. Quelqu'un dans la maison jouait du piano.

— Chopin, remarqua Cem. Pas vraiment professionnel mais pas mal.

Pia lui jeta un coup d'œil étonné, puis elle regarda autour d'elle. La maison était magnifique et superbement meublée. Des antiquités se mêlaient au mobilier moderne, des tableaux expressionnistes étaient accrochés sur les murs crème. Dans le salon, des étagères de livres montaient jusqu'au plafond. Sans conteste une maison où l'on se sentait bien d'emblée. Le piano s'interrompit et Stefan Theissen apparut dans le vestibule.

— Entrez, je vous en prie.

Il ne leur tendit pas la main. Il était clair que la police n'était pas la bienvenue chez lui.

— Ma femme va descendre.

Pia et Cem le suivirent dans le salon. Theissen les invita à prendre place.

— C'est vous qui jouiez du piano, dit Cem.

— Oui, pourquoi, c'est interdit ?

— Absolument pas, dit Cem en souriant. Chopin. Vous jouez bien.

Un minuscule sourire d'étonnement souleva les coins de la bouche de Theissen. Il se détendit un peu. Avant qu'il ait eu le temps de répondre, une femme entra dans la pièce. Elle était indubitablement la mère de la Miss Hollister aux yeux de biche qui leur avait ouvert la porte. La même minceur, mais sans la fraîcheur juvénile qui rendait beau le visage assez commun de sa fille.

— Bonjour, madame Theissen, dit Pia en montrant sa carte à la femme. Où est Mark ? Nous devons absolument lui parler.

— Pourquoi donc ? dit Mme Theissen en fronçant les sourcils et en jetant un bref regard à son mari. Il a fait de nouveau quelque chose ?

— Nous pensons qu'il est mêlé à deux meurtres, dit Pia qui n'avait ni le temps ni l'envie de se perdre en circonlocutions.

— Comment pouvez-vous affirmer cela ? s'emporta Stefan Theissen.

— Il y a des indices, répondit Pia, vague. Où est-il ?

— Je ne sais pas, dit Mme Theissen en haussant les épaules. Il ne m'a pas dit quand il rentrerait.

— Nous savons où il était ce matin, dit Pia. Chez Mme Franzen et Jannis Theodorakis. Ça nous a un peu étonnés.

— Pourquoi ? Mark travaille au refuge des animaux de Mme Franzen. Depuis cette histoire avec la voiture…

— Que voulez-vous au juste à notre fils ? dit Stefan Theissen en coupant sa femme avec impolitesse. Qu'est-ce que vous lui reprochez ?

Pia se demanda comment Theissen avait pu, au début, lui paraître sympathique.

— Écoutez, dit-elle, je sais que ça ne semble pas beaucoup vous intéresser mais il y a une semaine votre entreprise a été cambriolée et votre gardien de nuit a trouvé la mort. Nous soupçonnons votre fils d'être mêlé à ça. C'est pourquoi nous voulons l'interroger.

— Mais Mark n'a rien à voir avec la mort de Rolf, s'immisça Mme Theissen. Il a…

Un regard de son mari la fit taire.

— Ce n'est pas ce que nous pensons, dit Pia en toisant Theissen. Mais comment M. Theodorakis est-il donc entré en possession des fausses expertises et des mails confidentiels qui vous ont mis dans le pétrin pendant l'Assemblée à Ehlhalten ? La seule possibilité, c'est que Theodorakis ait monté votre fils contre vous et l'ait persuadé de cambrioler votre entreprise.

Theissen ne broncha pas.

— Mon fils ne ferait pas ça, dit-il d'un ton glacial. Veuillez quitter ma maison.

— Pourquoi votre fils roule-t-il sur la Vespa de Grossmann ? demanda Pia sans bouger. D'où viennent les blessures à son visage ? Où était-il dans la nuit de vendredi ? Où est-il à présent ? Autant que je sache, il n'a que seize ans et légalement vous êtes censés savoir où il se trouve. Ça s'appelle le devoir de surveillance.

— La Vespa de Mark a été volée, répondit Mme Theissen. Et mon frère n'aurait pas vu d'inconvénient à ce qu'il se serve de la sienne.

Il y eut un instant de silence absolu.

— Votre *frère*, dit Pia, étonnée. Rolf Grossmann était votre frère ?

Mme Theissen acquiesça d'un air incertain, comprenant que ce qu'elle venait de dire ne plairait pas à son mari.

— Où étiez-vous ce matin, monsieur Theissen ?

— Ici, répondit-il. Puis j'ai passé quelques heures au bureau. Et vers 15 heures à nouveau chez moi.

— Merci, dit Pia. Ce sera tout. Bonsoir.

— Vous ne m'intéressez pas, monsieur Theodorakis, dit le Pr Dirk Eisenhut d'une voix lasse. Il avait approché une chaise du lit et s'était assis à côté de Jannis. Vous m'êtes parfaitement indifférent. Mais je crains que vous ne compreniez pas combien il est important pour moi de retrouver Annika Sommerfeld.

Jannis le regarda avec des yeux dilatés. Son cœur battait comme s'il voulait sortir de sa poitrine. Il chercha la sonnette pour appeler l'infirmière mais elle était trop loin. Impossible de l'atteindre.

— Vous avez mentionné son nom et je pense que vous savez où elle se trouve, dit Eisenhut, et il se passa les mains sur la figure puis dans les cheveux en soupirant. Je ne veux ni faire du scandale ni me mettre en colère, aussi je vous demande très calmement : Où est Annika ? Qu'avez-vous fait d'elle ?

L'autre homme s'approcha du pied du lit. Il ne portait pas de lunettes noires mais Jannis était sûr que c'était un des types qui lui avaient brisé les os.

Le silence régnait dans la chambre. À travers la porte ne parvenaient que des voix et des rires étouffés. S'il appelait au secours, certainement quelqu'un entrerait. Mais à quoi ça servirait ? Il ne pouvait ni s'enfuir, ni se cacher. Eisenhut et ses sbires sauraient le retrouver. Il était dans de sales draps.

— Écoutez, monsieur Theodorakis, je suis un homme civilisé. Je déteste la violence. Aussi je vous propose un marché. Je vous aiderai si vous m'aidez.

Il parlait si bas que Jannis avait du mal à le comprendre.

— Votre ancien patron, à cause de vos actions contre WindPro, n'est pas particulièrement bien disposé à votre encontre. Ses avocats vont déposer une plainte contre vous, pour divulgation de secrets et non-respect de la clause de confidentialité contenue dans votre contrat d'embauche. Quel qu'en soit le résultat, vous traînerez cela derrière vous et vous serez licencié à coup sûr. Les banques sont très chatouilleuses. Mais Theissen me doit quelque chose. J'ai les moyens de le persuader de ne pas porter plainte. Dans le cas contraire, je peux faire en sorte que vous perdiez votre job et que vous n'en trouviez plus aucun autre, j'ai des amis très influents. Donc voilà ma proposition : vous me dites ce que je veux savoir, et vous ne me reverrez jamais plus.

Jannis avala sa salive. La menace était claire. Il n'avait pas le choix.

Le soleil disparut derrière la cime des arbres, la chambre s'assombrit mais ni Eisenhut ni son sbire ne parurent s'en apercevoir.

— Alors ?

— Nika est arrivée chez nous, voilà quelques mois, commença Jannis d'une voix hésitante et, à cause de ses dents manquantes, peu compréhensible. C'est une vieille amie de ma compagne et elle nous a dit qu'elle avait démissionné de son job à cause d'un *burn-out*.

Il parla et parla. Dit tout ce qu'il savait sur Nika. Peu importe s'il la mettait en danger. Sa colère s'était brusquement retournée contre elle. N'était-ce pas sa faute s'il était dans ce lit ? Pourquoi avait-elle cherché refuge chez eux ? La raison pour laquelle Eisenhut la cherchait ne l'intéressait pas. Et s'il lui disait la vérité sur Nika, on le laisserait en paix et il pourrait continuer à vivre sans avoir peur.

— Je crois qu'elle s'est réfugiée chez Bodenstein, conclut-il épuisé d'avoir tant parlé. Elle n'a pas pu aller bien loin sans voiture et sans bicyclette. À travers le bois, à pied, le trajet ne demande qu'une demi-heure. Oui, je suis sûr que vous la trouverez dans la propriété des Bodenstein, chez le flic. Je l'ai vue avec lui récemment.

— Ils n'ont pas la moindre idée de l'endroit où se trouve leur fils, dit Pia furieuse en montant en voiture. Je suis sûre qu'il est mêlé au cambriolage et à la mort de Grossmann.

— Comment avons-nous pu ignorer que Grossmann était le beau-frère de Theissen ? demanda Cem.

— Ça n'a aucune importance, dit Pia en mettant sa ceinture et en démarrant. Tu n'es pas de cet avis ?

Quelqu'un frappa contre la vitre et Pia sursauta. Puis elle reconnut la jeune fille. Elle baissa la vitre.

— Je peux monter ? demanda la sœur de Mark en jetant un regard inquiet autour d'elle. Il ne faut pas que mon père me voie en train de vous parler.

— Oui, bien sûr, dit Pia, étonnée. Montez.

La jeune fille ouvrit la portière arrière et monta dans la voiture.

— Je m'appelle Sarah, dit-elle en respirant profondément. C'est au sujet de Mark. Avant-hier matin il était complètement à côté de ses pompes. Il s'est frappé le front sur son bureau jusqu'à ce qu'il soit en sang. Il a dû se passer quelque chose. En tout cas il était de nouveau vraiment bizarre.

— Pourquoi de nouveau ?

— Eh bien, après l'histoire de l'internat… Sarah Theissen haussa les sourcils d'un air évocateur. Ça l'a complètement changé.

— Qu'est-ce qui s'est passé à l'internat ? demanda Pia.

— Il a été sexuellement abusé par un professeur pendant deux ans. Mes parents ont été terriblement choqués. Ils n'en ont jamais parlé à la maison mais je le sais parce que j'ai lu des lettres de la police et du psychologue.

Pia et Cem se regardèrent.

— Il y a combien de temps ? Quel âge avait votre frère ?

— Il y a deux ans. Il avait quatorze ans quand ça s'est passé.

— Comment Mark a-t-il réagi ? Il vous en a parlé ?

— Non, dit Sarah en secouant la tête. Jamais. Il s'est complètement replié sur lui-même. Il n'a pas d'amis et il passe son temps devant son ordinateur. Ma mère voulait le conduire chez un psy mais il a toujours refusé. Ils ont fini par baisser les bras. Il y a six mois a eu lieu le procès du Dr Schütt. Il n'avait pas seulement fait ça avec mon frère, le porc.

Elle prit un air dégoûté.

— Ce lâche s'est pendu dans sa cellule. On l'a annoncé à la télévision et Mark l'a appris. Ce soir-là, il a complètement disjoncté. Il a pris un club de golf de papa et il a saccagé dix voitures. Puis il s'est allongé dans la Frankfurter Strasse et il a attendu les flics… pardon… la police. On l'a condamné à des heures de travail d'utilité publique et il a atterri au refuge des animaux de cette Ricky. Il a complètement craqué pour elle et pour son ami. Et pendant un certain temps tout est allé bien. Jusqu'à ces derniers jours. Il a recommencé à jouer avec son ordinateur. Pendant des heures.

— À quels jeux ?

— *Counter Strike. Soldier of Fortune. Rogue Spear*, vous voyez le genre, répondit-elle en repoussant une mèche de cheveux. Mes parents ne savent pas quoi faire avec lui. Ils ont déjà assez de leurs propres problèmes.

— Mark va toujours en cours ? demanda Cem.

— Il les sèche la plupart du temps. Les profs appellent sans arrêt, mais ça ne sert à rien.

— Où peut-il être ?

— Chez Ricky. À cent pour cent, puis elle ajouta en hésitant : Vous avez dit à mes parents que Ricky et son ami ont pu pousser Mark à la révolte. Je le crois aussi. Je ne veux pas dire que Mark déteste nos parents, mais il n'en est pas loin.

— Pourquoi Mark avait été mis en internat ? Il y a bien assez d'écoles ici.

— Nos parents n'ont pas beaucoup de temps pour nous, dit Sarah en haussant les épaules. Ce n'était pas nouveau mais ça a empiré avec le parc d'éoliennes. Ma sœur et moi avons refusé d'être reléguées dans un internat mais Mark n'y a pas échappé. Il a dû obéir. Ils avaient promis d'aller le chercher chaque week-end, mais la plupart du temps, ils ne l'ont pas fait. Il y avait des choses plus importantes à faire.

Pia essaya de se souvenir du garçon qu'elle n'avait vu que fugitivement deux jours plus tôt. Elle ne revoyait pas son visage mais son air désespéré. Il avait dû croire que Friederike était morte et ce n'est que maintenant qu'elle comprenait l'angoisse qu'il avait dû éprouver. Mme Franzen était sans doute la seule personne dans sa vie qui lui ait montré un peu de bienveillance.

— Merci, Sarah, dit Cem avec un sourire, c'est très éclairant pour nous. Je vais vous donner ma carte. Appelez-moi si vous apprenez quelque chose ou si Mark rentre à la maison.

— Entendu, dit-elle en souriant à son tour et en baissant les yeux, toute rouge de confusion.

— Ah, Sarah, dit Pia, alors que celle-ci avait déjà la main sur la portière. Rolf Grossmann était votre oncle, n'est-ce pas ?

— Oui. Pourquoi ? Parce que Mark roule sur son scooter ?

— Non, il ne s'agit pas de ça. Pourquoi votre père en voulait-il à Grossmann ?

Sarah Theissen réfléchit un instant.

— C'est pour une histoire de fric, répondit-elle finalement. Oncle Rolf avait inventé un brevet. La WindPro autrefois lui appartenait ou plutôt appartenait à mon grand-père. Ils fabriquaient alors des machines tout à fait normalement. Mon père est entré dans la boîte après ses études. C'est là qu'il a rencontré maman. Quand mon grand-père est mort, maman et Rolf ont hérité de l'entreprise, mais ils n'étaient ni l'un ni l'autre très… calés en affaires. Papa, lui, l'était, il a donc pris les choses en mains. Mais oncle Rolf voulait avoir sa part, il rêvait d'aller en Espagne. Papa le faisait toujours patienter et c'est pour ça qu'il y avait sans arrêt des engueulades.

— OK. Merci.

— Bon. Alors… Salut!

Sarah descendit et claqua la portière. Pia et Cem la suivirent du regard jusqu'à ce qu'elle ait tourné le coin puis Pia démarra et ils remontèrent la rue. En passant devant la villa art nouveau des Theissen, Pia lui jeta un regard pensif.

— Quand j'ai vu l'intérieur de cette maison j'ai pensé qu'elle devait abriter une famille heureuse, dit-elle. Elle donne un tel sentiment de sécurité. Comme on peut se tromper.

— Tout se passe en coulisses, renchérit Cem. Le garçon fait vraiment pitié.

Pia sortit de la douche et attrapa la serviette posée sur le bord du lavabo. L'eau chaude avait décrispé ses muscles. Elle se sentait agréablement détendue et capable de chasser de ses pensées les deux enquêtes actuelles. Si au moins Bodenstein l'avait appelée pour s'excuser. Elle était épuisée et n'avait qu'une envie, passer une soirée tranquille avec Christoph. Après trois semaines de vacances très intenses en Chine, elle avait été accaparée par son travail et depuis dix jours elle l'avait à peine vu. Elle coiffa ses cheveux en arrière, les rassembla avec une barrette, s'essuya et se dirigea vers sa chambre.

— Pia? dit Christoph en passant la tête dans la porte. Le gril est allumé et ton chef est là.

— Ah, super. J'arrive.

Pia se mit à fouiller dans l'armoire à la recherche d'un tee-shirt, qu'elle ne trouva pas. Il devait être dans le placard à linge près de la machine à laver.

— Il y a une femme avec lui.

— Quoi ?

Elle se releva et se cogna douloureusement la tête. Bodenstein avait-il eu le culot d'amener cette souris menteuse chez elle ? C'était la meilleure ! La mauvaise humeur de Pia grimpa de quelques degrés mais elle ne voulut pas passer son irritation sur Christoph. D'ailleurs il n'y était pour rien.

— Tu as le temps, dit-il en lui donnant un baiser. Je vais leur offrir un verre de vin.

— Oui, mais du bon marché ! s'écria Pia. Cette idiote n'est pas digne d'un pomerol 1995.

— J'ignorais qu'on avait un tel trésor dans notre cave, répondit Christoph amusé.

Pia ne put retenir un sourire.

— Tu sais quoi, prends le vin rouge d'Aldi. Il a meilleur goût qu'il n'y paraît.

— D'accord.

Christoph lui fit un clin d'œil et sortit. Pia abandonna la recherche du tee-shirt. Elle enfila un jean clair, puis un top et mit par-dessus un sweater gris à capuche. Elle sécha ses cheveux en les enroulant sur la brosse et se maquilla même les yeux pour finir. Après un dernier regard critique au miroir, elle soupira et gagna la terrasse en traversant la salle de séjour.

Bodenstein et Christoph étaient en grande conversation, un verre de vin à la main. La femme était à leur côté et on voyait combien elle était mal à son aise.

C'est normal, pensa Pia, tu n'as rien à faire ici.

— Salut, dit-elle en se forçant à sourire aimablement.

Elle ne fit pas mine de tendre la main à Bodenstein. L'ancienne réserve était revenue. Il était juste son chef, pas un ami qu'on salue sans façon en l'embrassant sur les joues.

— Salut, Pia. Bodenstein non plus ne se força pas pour sourire.

La tension se lisait sur son visage. Bien que sa vue lui fût familière, il lui parut ce soir un étranger.

— Puis-je te présenter Annika ? Annika, voici ma collègue Pia Kirchhoff.

Les deux femmes se firent un signe de tête. Christoph versa un verre de vin à Pia et le lui tendit. Elle l'avait mis au courant des raisons de la visite de Bodenstein.

— Vous avez à parler, dit-il. Je vous laisse. Je vais m'occuper des steaks et des saucisses.

— Je vous en prie, dit Pia en montrant la table d'un geste.

Elle s'attendait à parler à Bodenstein en tête à tête. Mais ils s'assirent tous les deux en face d'elle autour de la table. Dans les buissons deux merles sifflaient et l'on entendait en arrière-fond le ronflement monotone de l'autoroute.

— Je voudrais d'abord te remercier de nous sacrifier ta soirée de congé, dit Bodenstein, ce qui eut le don de mettre Pia en rogne.

— Tu n'as pas à me remercier, répondit-elle sèchement. Tu es le bienvenu. Et ce n'est pas un sacrifice d'être ici avec toi. Mais tu pourrais peut-être entrer dans le vif du sujet.

Elle évita consciemment de s'adresser à sa compagne et il le comprit. Il se racla la gorge.

— J'ai dû te paraître bizarre depuis quelques jours, excuse-moi. Quand j'ai appris que Ludwig avait légué son terrain à mon père, ça m'a fichu un choc. Et cet… événement de mercredi soir ne m'a pas laissé indemne.

Il lui était difficile d'avouer ses faiblesses, Pia le savait. Mais elle ne vola pas à son secours et se contenta d'attendre qu'il trouve ses mots.

— Mon père était complètement dépassé par la situation, reprit-il enfin. Le vendredi juste après qu'il m'a fait part de ce que contenait le testament, je suis allé chez Rademacher. Je voulais lui demander pourquoi il était chez Hirtreiter le mardi après-midi. Il a éludé ma question et, au lieu de ça, il m'a parlé de cette prairie et du testament. J'étais étonné qu'il soit au courant. Il m'a dit qu'il allait faire à mon père la même offre qu'il avait faite à Hirtreiter. Quand je le lui ai déconseillé, il m'a menacé.

— Menacé ? De quoi ?

— Il m'a dit qu'il connaissait la situation financière de mon frère, il savait que le restaurant soutenait financièrement toute la propriété. Et que si je ne faisais pas en sorte que mon père accepte son offre, il pourrait y avoir un scandale qui ruinerait la réputation du restaurant.

— Ça ressemble fort à du chantage.

— Oui, c'est ce que je lui ai dit. Rademacher n'a fait ni une ni deux. Le soir même il s'est pointé avec Ralph Glöckner chez mes parents. Et quand je suis arrivé, ils s'étaient barricadés dans la maison et étaient assis dans l'obscurité. Ils craignaient vraiment pour leur vie.

— Et Engel t'a mis à pied parce que ton père a hérité de la prairie ?

— Non. Rademacher lui a affirmé que je lui avais demandé cent cinquante mille euros pour persuader mon père de vendre la prairie à WindPro. Il a déposé une plainte contre moi. Pour chantage, coercition, et je ne sais plus quoi encore.

Bodenstein eut un sourire triste. Pia, qui faisait tourner le verre de vin entre ses doigts, le posa sur la table.

— Pourquoi tu ne m'as rien dit ? demanda-t-elle.

— Je voulais le faire. Mais pas entre deux portes. Je t'ai appelée vendredi soir et je t'ai laissé un mail mais tu n'as pas répondu.

— Si, je l'ai fait. Mais ton portable était à nouveau éteint.

— Je sais. Mais il y avait une raison. On était tous dans la cuisine de mes parents, Quentin, Marie-Louise et moi pour réfléchir à ce qu'il fallait faire. Quelqu'un a frappé à la porte, c'était Annika.

Son air imperturbable aurait trompé n'importe qui mais pas Pia. Elle le connaissait assez pour percevoir à son changement de ton combien cette femme était importante pour lui.

— Je voulais te raconter l'histoire du testament et de Rademacher, continua Bodenstein en baissant la voix ; mais il y a autre chose… quelque chose d'un peu plus compliqué. Tu te souviens des trois hommes qui étaient hier dans le bureau du Dr Engel ?

— Naturellement.

Où voulait-il en venir ?

— C'étaient deux agents de la sûreté de l'État et le Pr Dirk Eisenhut, qui dirige l'Institut allemand du climat.

Le regard irrité de Pia allait de Bodenstein à la femme et de la femme à Bodenstein. Elle ne comprenait plus rien. La sûreté de l'État ? L'Institut du climat ?

Avant que Bodenstein recommence à parler, la femme, qui comprenait que Pia la prenait toujours pour la vendeuse du Paradis des Animaux, prit la parole.

— Je suis biochimiste et j'ai fait mes études à l'institut de biochimie de Hambourg. Depuis 1995, je travaille pour le Pr Eisenhut à Berlin et je me suis spécialisée dans la recherche sur le climat. Mon nom est Dr Annika Sommerfeld.

Pia observa d'un œil soupçonneux le pâle visage lisse de la femme, puis elle regarda Bodenstein. Et il la croyait ? La souris menteuse spécialiste du climat ?

— Certains événements m'ont obligée à disparaître et à me cacher chez Ricky Franzen. J'ai grandi ici, et Friederike et moi étions de bonnes amies. Je savais qu'elle ne me poserait pas de questions.

— Ah oui ! dit seulement Pia.

Elle se souciait comme d'une guigne du lieu où Annika Sommerfeld avait grandi mais peut-être savait-elle qui avait la mort de Ludwig Hirtreiter sur la conscience. Est-ce que c'était pour cela que Bodenstein l'avait amenée ?

L'odeur appétissante de viande grillée monta à ses narines et elle se rappela qu'elle n'avait presque rien avalé de la journée.

— Ricky m'a crue quand je lui ai raconté que j'avais fait un *burn-out* et que j'avais besoin de temps. Mais Jannis s'est montré plus curieux et il a fini par découvrir la vérité sur moi. Vendredi, mon ancien patron, Dirk Eisenhut, est venu faire une conférence à Falkenstein. Jannis a évoqué mon nom en parlant de la fausse expertise de WindPro, alors que je l'avais supplié de ne pas le faire.

— Pourquoi ?

— Je possède quelque chose qui est très dangereux pour Eisenhut. Les expertises qui prouvent que lui et d'autres climatologues ont falsifié depuis des années les données, avec l'aval des autorités, et ont ainsi faussé les pronostics de l'ONU sur le climat. Si ces preuves étaient rendues publiques, la politique mondiale du climat serait entièrement bouleversée et la crédibilité des institutions responsables remise en cause. Ce serait une catastrophe pour Dirk Eisenhut, ses collègues et les politiques qui ont exploité l'angoisse des hommes devant un possible bouleversement climatique. C'est pour cela qu'Eisenhut veut absolument mettre la main sur ces documents.

Pia secoua la tête. Quel rapport tout ça pouvait-il bien avoir avec son enquête ? Elle jeta à Bodenstein un regard sceptique mais il n'avait d'yeux que pour Annika.

— Mon nom a du poids dans la recherche sur le climat, dit Annika Sommerfeld. Il y a quelque temps, des opposants à nos recherches m'ont approchée et m'ont fait part de leurs soupçons. J'ai dû reconnaître qu'ils avaient raison. J'ai pris leur parti contre le puissant lobby des climatologues et des politiques. L'homme qui m'avait remis les documents a été tué et...

— Attendez, dit Pia. Pourquoi vous me racontez tout ça ?

Elle sentit le regard de Bodenstein plus qu'elle ne le vit. Sa bien-aimée lui avait fait perdre la raison et il ajoutait foi à cette sombre histoire.

— Vous savez qui a tué Rolf Grossmann et Ludwig Hirtreiter ? demanda Pia.

Annika Sommerfeld secoua la tête.

— Alors je me demande vraiment ce que vous faites ici, dit Pia froidement en se levant. J'ai deux meurtres à élucider et on me met chaque jour un peu plus la pression. Pour être honnête, en ce moment, le reste ne m'intéresse pas. Et maintenant j'ai faim.

Sa sœur lui avait envoyé un SMS. Les flics et son père le cherchaient. Ricky lui avait proposé de passer la nuit avec elle dans un appartement vide du refuge des animaux. Elle ne se sentait pas très bien dans sa maison depuis l'accident, avait-elle affirmé, mais Mark savait qu'elle le faisait pour lui.

Il s'était juré de la protéger. Plus personne ne lui ferait du mal aussi longtemps qu'il serait là pour l'empêcher. Ils avaient passé la soirée ensemble, avaient mangé une pizza tiédasse et bu du vin rouge. Il s'était senti toute la soirée viril et adulte. Ricky ne le traitait jamais comme un petit jeune, elle le prenait au sérieux, et ça lui faisait du bien. Pour la première fois depuis longtemps, il n'avait pas la migraine.

Maintenant il était allongé sur le matelas à côté du vieux canapé-lit où dormait Ricky. Il fixait l'obscurité tout à fait éveillé. La journée avait été excitante et absolument parfaite. D'abord l'angoisse affreuse quand il avait trouvé Ricky dans la baignoire, puis le fusil dans le foin. Frauke avec ses mensonges ! Et Jannis qui avait eu un accident et était à l'hôpital. Tout cela était incroyable !

— Mark ?

Il croyait qu'elle dormait. D'ailleurs elle avait bu presque toute la bouteille de vin.

— Oui ?

— Je suis si contente que tu sois là. Sans toi je serais angoissée à mort.

Il ne put s'empêcher de sourire, ces paroles lui faisaient chaud au cœur.

— Tu es formidable, dit-elle à voix basse. C'est si merveilleux que je puisse toujours compter sur toi.

— Mais je fais tout ça avec plaisir, répondit-il d'une voix enrouée. Elle ne savait pas à quel point c'était vrai. Elle avait plus d'importance pour lui que n'importe qui au monde. Quand il était près d'elle, tout allait bien.

Le silence régnait dans la longue bâtisse plate où se trouvaient le bureau, la cuisine pour les bêtes et l'entrepôt du refuge. Mark écoutait la respiration régulière de Ricky. Elle lui avait dit que Jannis était salement amoché. Une auto avait roulé sur sa jambe. C'était bien fait pour ce salaud de menteur ! Visiblement il serait longtemps absent, et pourquoi pas pour toujours.

Le vieux canapé grinça légèrement.

— Mark ?

— Oui ?

— Je peux venir près de toi ?

Son cœur se mit à battre la chamade. Avait-il rêvé ? *Je peux venir près de toi ?* Quelqu'un lui avait déjà dit ça. *Ça t'ennuierait de me toucher ? Rien qu'un peu. C'est si bon.*

Mark avala sa salive.

— Oui. Bien sûr, souffla-t-il.

Les ressorts du canapé grincèrent de nouveau, puis le matelas ploya sous le poids de Ricky. Il se poussa pour lui faire de la place, elle se glissa sous la couverture et se blottit contre lui. La chaleur de son corps l'électrisait et réveillait les souvenirs d'un autre corps chaud se pressant contre le sien. Stop, dit-il à ses pensées. Ricky n'était pas Micha. Elle ne lui ferait pas de mal. Elle cherchait seulement sa proximité parce qu'elle se sentait seule.

Il entendait son souffle dans son oreille. Sentait sa main sur ses cuisses et il en avait la chair de poule. Elle soupira doucement, continua à le caresser. Mark ferma les yeux, serra les lèvres. Le soutien-gorge rouge. Le fin duvet blond sur sa peau. Sa respiration s'accéléra. Enlève ta main, aurait-il voulu dire. Mais c'était trop bon. Depuis Micha, personne ne l'avait caressé si tendrement. La main de Ricky monta vers son ventre, ses doigts se glissèrent sous l'élastique de son boxer. Il était comme paralysé. Toutes les histoires qu'il avait surprises dans la cour de l'école lui revinrent. Les autres évoquaient toujours le sujet sur un ton moqueur voire méprisant. Baiser. Niquer. Troncher. Ça paraissait sale et dégoûtant. Comme ce que Jannis avait fait avec Ricky sur la terrasse. Ça n'avait aucun rapport avec l'amour. Mark ne savait absolument pas ce que Ricky attendait de lui. Son cœur battait à se rompre, sa bouche était sèche. C'était parce que le tribunal l'avait accusé de *ça* que Micha s'était pendu.

— Non, souffla-t-il. Non.

— Pourquoi pas ? souffla Ricky. Viens, tourne-toi.

Il hésita puis obéit à contrecœur et se coucha sur le dos. Soudain elle s'agenouilla sur lui, son souffle lui caressait le visage, ses lèvres trouvèrent les siennes. Tendrement sa langue explorait sa bouche, il avait l'impression qu'il allait exploser.

Allez ! criait son corps qui commençait lentement à réagir à ces sollicitations incompréhensibles. *Vas-y.*

Mais Mark appuya ses mains sur ses épaules et la repoussa un peu.

— Tu m'aimes ? demanda-t-il d'une voix tremblante.

— Oui, bien sûr, répondit dans l'obscurité la voix de Ricky au-dessus de lui. Elle respirait vite, ses cuisses lui pressaient les flancs. Sa peau était si chaude qu'elle le brûlait presque.

— Dis-le ! ordonna-t-il, tremblant d'excitation, le corps parcouru de frissons fiévreux. Dis que tu m'aimes.

— Je t'aime, murmura Ricky et elle s'empala sur lui avec un soupir étouffé.

Mark en eut le souffle coupé. Il ferma les yeux et se laissa aller au rythme de plus en plus rapide de son va-et-vient. Ses soucis étaient devenus insignifiants et ils se détachaient de lui. Il ne pensait plus à Jannis, ni à ses parents qui ignoraient où il était. Il avait oublié sa colère, ses angoisses, ses douleurs, ses déceptions. Son corps se dilatait dans un bonheur inimaginable. Il n'y avait plus que Ricky et lui et ce qu'ils faisaient, c'était l'accomplissement de tous ses rêves. C'était l'amour.

Elle était en colère et déçue. C'était donc à ça que s'occupait Bodenstein alors qu'elle ne savait plus où donner de la tête ! Une conjuration mondiale des scientifiques du climat – quelle blague ridicule ! Qu'est-ce qu'elle cherchait donc, cette Annika ? À éblouir Bodenstein avec cette histoire ?

Pia tendit son assiette à Christoph pour qu'il y dépose un steak.

— Tu parais de bien mauvaise humeur, remarqua-t-il.

— Tu as entendu ce qu'elle a raconté ? dit Pia en secouant la tête. Je n'arrive pas à comprendre comment Oliver peut y croire.

— Pourtant une Annika Sommerfeld, spécialiste du climat, existe bel et bien, dit Christoph en retournant un steak dont la graisse tomba dans le feu et se mit à fumer. C'est un nom que j'ai lu.

Pia le regarda comme s'il essayait de la poignarder dans le dos.

— Tu la crois ? protesta-t-elle, blessée.

Christoph n'eut pas le temps de répondre car Bodenstein s'était levé et venait vers eux.

— Pia, je t'assure que tout ça est vrai, commença-t-il. Je sais que tu ne peux pas souffrir Annika, mais…

— Là n'est pas la question, le coupa-t-elle. J'ai bien d'autres soucis et tu me laisses tomber ! Les deux meurtres sordides dans le Taunus ne te suffisent pas ? Tu veux jouer les James Bond ?

Christoph sentit que la situation se tendait et préféra s'éloigner. Il se dirigea vers la table pour tenir compagnie à Annika.

Bodenstein mit la main dans la poche de son jean et respira un bon coup.

— J'aurais voulu que tu écoutes toute l'histoire pour me dire ce que tu en penses. Ton avis compte beaucoup pour moi.

— Je peux déjà te dire ce que j'en pense, répondit durement Pia. Rien.

Il la regarda en silence.

— Annika est sous le coup d'une présomption de meurtre et elle est innocente. J'ai décidé de l'aider. Nous allons aller chercher ces documents à Zurich dans le coffre où O'Sullivan et Bennett les ont déposés, avant qu'on les tue. Je vais négocier avec Störch du BKA et m'assurer qu'on sera correct avec Annika quand elle se livrera.

— Oliver, tu es complètement fou ! dit Pia en posant l'assiette à côté du gril. Honnêtement, depuis combien de temps tu connais cette femme ? Comment sais-tu qu'elle est vraiment innocente ? Qu'elle ne se sert pas de toi ?

La nuit était tombée. Le visage de Bodenstein n'était plus éclairé que par la faible lueur de la lampe de la terrasse.

— Tu te souviens comment tu as connu Christoph ? demanda-t-il à voix basse.

— Naturellement. Ce n'est pas si vieux.

— Je parle des circonstances, dit Bodenstein. Je parle de tes sentiments.

— Je ne vois pas le rapport, dit Pia d'un air buté, alors qu'elle savait très bien ce qu'il voulait dire.

— C'est pareil. Tu le connaissais à peine et pourtant tu lui as fait confiance, alors que moi, j'étais persuadé qu'il avait tué Pauly. Je suis arrivé à t'ébranler et pourtant au fond de toi tu n'as jamais douté de son innocence.

Pia croisa les bras et traversa le jardin obscur, elle se dirigea vers le banc de bois que surmontait un arceau de roses. Ce n'était pas pareil. Ou bien si ? Elle s'arrêta et son regard se perdit dans la nuit. Il n'y avait plus qu'une étroite bande rouge à la cime du Taunus, les premières étoiles s'allumaient dans le ciel noir. Des buissons en fleurs et des roses montait un parfum entêtant. Ça sentait encore la terre humide et le printemps.

Bodenstein n'était pas fair-play de lui faire porter cette responsabilité. Il était sincère au début, quand il parlait de l'héritage. Il aurait dû s'arrêter là. Peut-être que sa mise à pied l'arrangeait finalement. Ça lui laissait plus de temps pour son Annika.

— J'ai toujours été sûr de Cosima, dit Bodenstein qui l'avait suivie. Pendant vingt-six ans. Et un jour j'ai bien dû reconnaître que je ne la connaissais pas vraiment. Avec Heidi ça n'a été qu'un feu de paille. Sans importance. Mais Annika... tu as raison, je ne la connais pas, je ne sais pratiquement rien d'elle, sinon qu'elle est dans de sales draps. Je manque peut-être d'objectivité. Mais je dois l'aider.

Elle lui tourna le dos. Comment le persuader que son comportement lui coûterait sa carrière si cette affaire tournait mal ?

— Je sais que ça a l'air un peu emphatique, Pia, mais durant ces derniers mois, tu as été la seule ancre à laquelle j'ai pu me raccrocher, alors que tout autour de moi partait à vau-l'eau. Essaie au moins de me comprendre. C'est vraiment important pour moi.

Sa colère contre lui reflua. Personne mieux qu'elle ne pouvait comprendre le dilemme devant lequel il se trouvait. Elle prenait conscience de ce qui s'était abattu sur lui en quelques jours. D'abord la mort violente de Hirtreiter et la vue de son père désemparé l'avaient profondément secoué. Ensuite le drame dans la salle des fêtes où il n'avait échappé à la mort que de justesse. Et pour finir Annika. Soudain entraient en jeu des sentiments avec lesquels elle n'avait pas compté. Pour un homme bien équilibré, ça aurait déjà été trop, or Bodenstein, depuis la séparation d'avec Cosima, n'avait pas retrouvé son équilibre.

Pia poussa un soupir et se retourna.

— Pardonne-moi d'avoir réagi comme ça, dit-elle d'un ton conciliant. Je suis sans doute un peu stressée. Et puis, je me fais du souci pour toi.

Ils se regardèrent. Elle pouvait à peine deviner son visage dans l'obscurité.

— Je sais, répondit Bodenstein. Je suis vraiment désolé de te laisser tout le travail.

— Je me débrouillerai, dit Pia en se mordant pensivement la lèvre. Qu'est-ce que je peux faire pour toi ?

— Absolument rien. Ce ne serait pas bien de ma part de t'entraîner là-dedans. Je dois régler ça tout seul. Je voulais seulement que tu saches ce qui se passe.

— Si tu te trompes, tu mets toute ta carrière en jeu.

— C'est ce que tu as fait autrefois pour Christoph.

Elle sourit en penchant la tête.

— Alors fais attention à toi, dit-elle d'une voix rauque. Je ne suis qu'inspecteur dans la K11. Et je n'ai pas envie d'avoir un nouveau chef.

24 décembre 2008

— Anna ! dit-il en souriant quand elle entra dans son bureau et se planta devant sa table. C'est super que tu sois venue. Noël aurait été gâché si nous n'avions pas au moins trinqué.

Elle était persuadée de tenir ses émotions bien en main, elle ne serait pas venue sinon. L'innocence de son regard la faisait trembler intérieurement. Il ignorait le pouvoir qu'elle avait sur lui à présent. Elle le regarda sortir une bouteille de champagne du réfrigérateur, la poser sur la table de conférences et l'ouvrir. Elle eut une impression de déjà-vu, la répétition de ce soir d'il y a dix ans, où tout avait commencé. Au champagne avait succédé la première nuit, la première d'une longue série. Bien qu'elle s'en défendît, une vieille nostalgie lui serra le cœur. Pourquoi ne l'aimait-il donc pas ?

Le grand bureau se reflétait dans la baie ; elle le regarda, il avait à peine changé depuis toutes ces années alors qu'elle-même n'était plus depuis longtemps la jeune scientifique enthousiaste qu'elle avait été. Elle était devenue vieille, avec des rides et de l'amertume sur le visage. Une souris grise sans éclat, une vieille fille qui était passée à côté de la vie parce qu'elle avait aimé l'homme qu'il ne fallait pas.

— Joyeux Noël ! dit-il en lui tendant un verre.

Non, lui non plus, vu de près, n'était plus le jeune directeur dynamique d'autrefois. Il perdait ses cheveux, il avait des poches sous ses yeux bleus. Avec une satisfaction haineuse elle remarqua un début de ventre et son haleine désagréable. Cette Bettina avait épousé un vieil homme.

— Joyeux Noël! dit-elle en lui rendant son sourire et en trinquant avec lui. Elle but une gorgée. Le champagne n'était pas bon. Elle mourait d'envie de lui jeter son verre à la figure et de lui crier : Pourquoi tu m'as fait tant de mal? Pourquoi tu m'as trompée? Pourquoi tu en as épousé une autre?

— Qu'est-ce que tu as? demanda Dirk. Tu as l'air malheureuse.

La compassion dans sa voix la frappa au cœur comme un coup de couteau, elle se raidit pour ne pas pleurer. Un verre de champagne dans son bureau, c'est tout ce qu'elle aurait de lui en ce soir de Noël. C'est une autre femme qui garnissait l'arbre de Noël chez lui. C'est avec Bettina qu'il irait partager le repas de Noël chez ses parents demain. C'est avec elle qu'il vivait dans sa maison. Cela lui faisait mal d'y penser mais en même temps ça lui faisait du bien. C'est seulement en se rappelant le mal qu'il lui avait fait qu'elle pourrait rester forte et mener tout à bien. La tête commença à lui tourner. Elle aurait peut-être dû manger un morceau avant de boire de l'alcool.

— Annika? Qu'est-ce que tu as? Ça ne va pas?

La voix de Dirk lui parvenait de très loin, son air préoccupé se brouillait devant ses yeux. Elle porta la main à sa tête. Il lui enleva le verre des mains et elle s'effondra dans ses bras. Son visage était très proche du sien et pourtant il paraissait très loin. Son esprit devint cotonneux. Soudain ses jambes se dérobèrent sous elle. Quelque chose cliqueta. Où était Dirk? Qu'est-ce qui s'était passé?

Elle était allongée par terre, Dirk était derrière son bureau. Il avait un téléphone à l'oreille et se tenait la joue. Pourquoi y avait-il du sang dessus? Sa voix était sèche. Annika, les yeux papillonnant, essayait de comprendre ce qu'il disait mais seul le ton tranchant de sa voix parvenait à sa conscience nébuleuse.

— Elle m'a agressé, entendit-elle. Je suis blessé! Oui, dépêchez-vous. Elle a pété un câble… elle s'est jetée sur moi avec une bouteille brisée…

Elle était fatiguée. Elle ne sentait plus son corps. De la salive coulait des coins de sa bouche.

— Dirk, gémit-elle, assommée.

Puis tout devint noir.

Dimanche 17 mai 2009

La sonnerie d'un mobile réveilla Mark. Ensommeillé, il ouvrit les yeux, aveuglé par la lumière vive. Pendant quelques secondes il se demanda où il se trouvait, puis tout lui revint et il fut complètement éveillé. Ricky avait dû se lever, il était seul sur le matelas. C'était la première fois qu'ils passaient la nuit ensemble, et il était tout simplement heureux. Il se leva et passa dans la petite salle de bains. Il releva le dessus de la cuvette et pissa. Puis il alla au lavabo et se regarda d'un œil critique. Il avait cru que la nuit dernière l'aurait physiquement changé mais il était comme d'habitude. Ricky était dans la cuisine. Elle lui tournait le dos et fumait à la fenêtre. Au moment où il allait refermer ses bras sur elle, le mobile sonna à nouveau et elle répondit.

— Bonjour, mon chéri, roucoula-t-elle de sa voix de gorge. Comment tu vas ? Tu as pu dormir un peu ou bien tu avais trop mal ?

Mark recula. *Bonjour, mon chéri ?* Hier soir elle parlait tout autrement de Jannis !

— Oui, oui. Moi, ça va. Mark a passé la nuit ici… Ah, ridicule ! Il a dormi sur le canapé, elle rit d'un rire un peu méprisant. C'est ce que tu penses de moi ? Oui, je le sais… naturellement… J'arrive. Tu as besoin de quelque chose ? OK, oui. Je t'aime, mon chéri. Tu me manques. Sans toi, c'est bizarre ici, à la maison.

Mark avala sa salive avec peine. Soudain tout tourna. Un flamboiement au bord de son champ de vision annonçait une migraine. Il se pencha et pressa ses mains contre ses tempes. Ricky ne lui avait pas dit quelques heures avant qu'elle l'aimait, *lui* ? Et à présent elle le disait à Jannis ! Comment pouvait-elle faire ça ?

— Bonjour Mark, dit Ricky en fermant son mobile. Tu es déjà réveillé.

Il leva la tête et la regarda fixement.

— Pourquoi tu viens de mentir à Jannis ?

— Qu'est-ce que tu veux dire ?

— Tu lui as fait croire que nous étions chez vous. Et tu lui as dit que j'avais couché sur le canapé. Mais ce n'est pas vrai.

— Et alors ? dit Ricky en riant avec un haussement d'épaules. Il ne faut pas l'agiter inutilement dans son état.

Mark crut avoir mal entendu.

— Alors ce... ce que tu as fait avec moi, ça ne signifie rien pour toi ? dit-il la gorge serrée. Tu m'as dit que tu m'aimais. Tu l'as dit seulement comme ça ? Ou bien tu l'as dit seulement comme ça à Jannis ?

Ricky cessa de rire.

— Je crois que tu es un peu cinglé, Mark, dit-elle. Jannis, c'est mon mec. Ce que je lui ai dit ne te regarde pas. C'est ta faute, tu n'avais qu'à pas écouter.

Elle passa devant lui pour aller dans la salle de bains. Mark la suivit.

— Mais... mais alors pourquoi tu as... couché avec moi ?

— Il y a longtemps que tu en avais envie, dit-elle avec un sourire ironique. Je voulais te faire plaisir. Tu as aimé, non ?

Il en eut le souffle coupé. La rougeur envahit son cou puis son visage. En quelques mots, elle avait transformé l'extraordinaire en une chose banale. Ça n'avait rien signifié pour elle de coucher avec lui.

— Jannis ne t'aime plus, éructa-t-il. Vendredi, il a roulé un patin à Nika dans la cuisine ! Si je ne m'étais pas pointé avec les chiens, ça n'en serait pas resté là, elle l'excitait tellement, cette salope.

Ricky le regarda fixement.

— Tu viens de l'inventer, jeta-t-elle.

— Non, pas du tout, répliqua-t-il en essayant d'ignorer l'aiguille chauffée à blanc derrière ses yeux. Il détestait le ton geignard qu'il avait pris, mais il n'y pouvait rien. La douleur battait dans ses tempes et le rendait fou. S'il ne prenait pas ses comprimés d'ici un quart d'heure, ce serait trop tard. Il lui a parlé de trucs à la con, puis il l'a chopée et a mis la main sous ses jupes. Je pense que c'est à cause de ça qu'elle s'est tirée.

Ricky mit les mains sur les hanches d'un air furieux.

— Pourquoi tu ne me le dis que maintenant ?

— Parce que je t'aime, répondit-il d'une voix mal assurée.

Il avait prévu une tout autre réaction. Des larmes. Qui lui auraient permis de la consoler et lui jurer sa fidélité et son amour.

— On est faits l'un pour l'autre, Ricky. Et on a aussi un secret en commun, non ?

— Tu crois peut-être que tu peux me faire chanter, dit-elle en le menaçant du doigt. Je sais aussi pas mal de choses sur toi.

Mark fut choqué de l'entendre parler aussi froidement. Il ne restait plus rien de l'euphorie qu'il avait éprouvée à son réveil. Elle avait tout gâché.

— Je ne veux pas te faire chanter ! dit-il sur un ton chaviré. Jamais !

Elle le fixait, les yeux rétrécis.

— Je t'en prie, Ricky, ne sois pas méchante avec moi, supplia-t-il, désespéré. Je… je t'aime ! Je ferais n'importe quoi pour toi !

Elle se détourna de lui.

— Il faut que j'aille voir Jannis à l'hôpital et toi tu ferais mieux de rentrer chez toi avant que ton père prévienne la police. On en reparlera plus tard. Et en attendant, sors d'ici. J'ai besoin d'aller aux toilettes.

Il obéit. Elle voulait lui parler. Plus tard. Donc rien n'était encore perdu. Mark ramassa ses vêtements et s'habilla, dompté. Puis il se promit de ne plus écouter dans son dos quand elle téléphonait. Il alla à la cuisine et ouvrit son sac qu'il avait jeté hier sur une chaise. Par chance il y trouva des comprimés. Il remplit un verre d'eau pétillante et en avala deux. Son regard tomba sur le sac de Ricky qu'elle avait laissé sur la table de la cuisine. Avec qui parlait-elle avant que Jannis l'appelle ?

Il hésita un instant tout en massant pensivement ses tempes douloureuses. Finalement la curiosité l'emporta, il consulta la liste des appels et sursauta. Que pouvait vouloir son père à Ricky un dimanche à 7 h 10 du matin ? Si ça avait été à son sujet, elle le lui aurait dit, non ? Il fixait le mobile dans ses mains. Un affreux soupçon l'effleura. Ses genoux devinrent tout mous. La chasse d'eau retentit dans la pièce voisine. Il remit le mobile dans le sac.

Dehors les chiens commencèrent à aboyer dans le chenil. Vraisemblablement à l'approche de Rosi, qui venait toujours prendre le petit-déjeuner au refuge.

— Dépêche-toi un peu, dit Ricky en revenant dans la cuisine. Je ne veux pas que Rosi nous voie partir ensemble.

Pourquoi son père lui avait-il téléphoné ? La question lui brûlait les lèvres. Mais il avait peur de la réponse.

— Qu'est-ce que tu as ? dit-elle en l'examinant.

Il la regarda en silence. Ses yeux pleuraient et la douleur lui martelait les tempes. Elle le prit dans ses bras et l'embrassa sur la joue.

— Oh Mark, excuse-moi, lui murmura-t-elle à l'oreille. Je regrette d'avoir été si désagréable, mais j'ai tellement de soucis. C'était une belle nuit, vraiment. On se voit plus tard, OK ?

Elle se détacha de lui et sortit. Son cœur battait la chamade et le sentiment de bonheur était revenu. Elle ne l'avait pas blessé intentionnellement. Tout allait bien de nouveau.

— OK, murmura-t-il, sonné. Mais elle ne pouvait plus l'entendre. OK.

La conversation avec Pia résonnait en lui. Il n'avait pas fermé l'œil de la nuit et, pour la première fois depuis des mois, Cosima n'était pour rien dans son insomnie. Bodenstein se leva doucement, pour ne pas réveiller Annika, qui dormait de l'autre côté du lit. *Tu as été la seule ancre à laquelle je puisse me raccrocher alors que tout autour de moi partait à vau-l'eau.* Il avait dit cela spontanément à Pia, mais plus il y réfléchissait, plus il trouvait que c'était vrai. De collègue digne de confiance, elle était devenue peu à peu la personne la plus importante de sa vie. Et c'est précisément à elle qu'il avait fait subir ce comportement qu'il ne pouvait même pas s'expliquer lui-même. Ce n'était pas juste.

Bodenstein descendit pieds nus l'escalier de bois grinçant et entra dans la cuisine. Les remarques de Pia l'avaient ramené à la réalité. Pour une fois, il y voyait plus clair. Elle avait raison, il était en train de mettre son avenir en jeu en aidant Annika et en la soustrayant à la justice. Il devait y avoir une autre solution. Sa mise à pied ne se justifiait plus. L'offre de Rademacher tombait dans le vide, car avec la décision de son père de ne pas vendre cette satanée prairie, les millions d'euros étaient de l'histoire ancienne.

Peut-être devrait-il téléphoner à Nicole Engel. Laisser la responsabilité des deux enquêtes à Pia lui donnait mauvaise conscience. D'ailleurs, il devait absolument en apprendre davantage sur ces deux meurtres qu'on attribuait à Annika, et Engel pourrait avoir accès au dossier.

Il compta en bâillant les cuillères de café en poudre. Il n'était que 7 h 20 ! Il regarda machinalement par la fenêtre. Le ciel bleu pâle au-dessus du fin voile de brume qui s'étendait sur la prairie annonçait une journée magnifique. Un dimanche de vacances propice à une longue promenade avec Annika, où ils auraient tout loisir de parler. Il remplit la cafetière d'eau, pressa le bouton et attendit.

Deux limousines sombres arrivèrent sur le parking et s'arrêtèrent devant la porte de la propriété. Quatre hommes en costume en descendirent et jetèrent un regard autour d'eux. Involontairement, il fit un pas en arrière. Son cœur se mit à battre quand il reconnut Heiko Störch et le Doberman. Que venaient-ils faire si tôt un dimanche matin ? Avaient-ils appris qu'Annika se cachait ici ? Mais comment ? La seule qui le savait c'était Pia. Il se sentit mal. Il courut dans la salle de séjour, attrapa le mobile resté sur le canapé et fit le numéro de ses parents avec des doigts tremblants.

Les quatre hommes étaient toujours à côté de la voiture. Störch téléphonait. À qui ?

— Répondez, bon Dieu, siffla-t-il entre ses dents en allant et venant dans la pièce avec impatience. Enfin son père répondit.

— Papa ! s'écria-t-il à voix basse. Il y a quatre types en BMW devant le portail. Je suis sûr qu'ils viennent pour Annika. Tu dois leur dire que tu l'as rencontrée à l'Initiative citoyenne mais pas plus. Elle n'est pas ici. Tu crois que tu y arriveras ?

Il écouta pendant quelques secondes la respiration de son père à l'autre bout du fil, et Bodenstein se souvint alors que ses parents ne savaient pas qui était Annika ni ce qu'on lui reprochait.

— Je dois mentir à la police ? demanda son père sans comprendre. À tes collègues ?

— Papa, je t'en prie, fais ce que je te dis, supplia Bodenstein. Je t'expliquerai plus tard. Annika est en grand danger, mais elle n'a rien fait.

Il savait combien mentir était contraire à la rectitude morale et au légalisme de son père et il se demanda ce qu'il pourrait bien lui expliquer plus tard. Qu'on accusait Annika de meurtre ! Seigneur ! Dans quoi il s'était fourré !

— J'espère que tu sais ce que tu fais, Oliver, dit son père sur un ton qui ne cachait pas sa réprobation. Je ne peux pas cautionner ce genre de chose.

Les quatre hommes sur le parking se dirigeaient vers le portail qui conduisait à la cour intérieure.

— J'arrive, dit Bodenstein. Je m'en occupe. Mais je t'en prie, papa…

Mais son père avait raccroché.

Bodenstein se jeta sur le canapé et se cacha la figure dans les mains. Quand il avait proposé à Annika de l'aider, il n'avait pas pensé qu'il y impliquait et compromettait en même temps ses parents et Pia. Il n'y avait que cinq pas jusqu'à la porte d'entrée. Il devait se lever, sortir et dire à Störch qu'Annika était en haut dans son lit. Ils l'embarqueraient et tous ses problèmes seraient réglés. Pourquoi ne le ferait-il pas ?

Un bruit lui fit lever la tête. Il vit, par la porte ouverte, Annika sur la dernière marche de l'escalier.

— J'ai entendu ce que tu as dit au téléphone. Ils m'ont retrouvée, dit-elle à voix basse. Je n'aurais jamais dû venir ici. Je vous mets tous en difficulté.

Bodenstein la regarda sans répondre. Pia avait-elle raison ? Faisait-il une erreur en lui faisant confiance ? Annika soutint son regard. Ses yeux dans son étroit visage pâle paraissaient aussi immenses que ceux d'un chevreuil qui regarde avec effroi les phares d'une voiture fonçant sur lui. Il prit sa décision en une seconde. En espérant qu'il ne le regretterait pas.

— Ils ne t'ont pas encore trouvée. Et je ferai en sorte qu'ils ne te trouvent pas.

— J'ai réfléchi à tout ça cette nuit, dit Frauke Hirtreiter en s'asseyant devant le bureau. J'ai mal dormi. Ces bat-flancs étroits ne sont pas très confortables.

Elle ne paraissait pas plus affectée que cela d'avoir passé la nuit en prison.

— Est-on sûr que le fusil qui était dans mon placard est celui avec lequel mon père a été tué ?

— Oui. Le rapport de balistique est formel, dit Pia.

C'était bizarre d'être assise derrière le bureau de Bodenstein. Pas agréable. Elle avait l'impression que ce n'était pas sa place.

— Pourquoi vous me demandez ça ?

— Hum. Je possède moi-même un fusil, un Drilling. Je l'avais emporté quand j'ai quitté Rabenhof après m'être disputée avec mon père. C'est interdit de posséder une arme chez soi, mais il n'était pas chargé et je ne recevais jamais personne.

— Attendez, dit Pia.

Elle feuilleta le dossier jusqu'à ce qu'elle trouve le rapport de Kröger sur le mercredi. Dans l'armoire à fusils de Hirtreiter manquaient, selon la liste, trois armes : un mauser 98, un Drilling de la marque Krieghoff Trumpf calibre 7x57R et un pistolet P226 SIG. Selon le rapport de balistique l'arme du crime était un mauser 98. Si ce que disait Frauke était vrai, quelqu'un avait simplement échangé les fusils. Mais qui ? Et pourquoi ? Pour attirer les soupçons sur Frauke.

— Vos frères ont-ils la clé de votre appartement ? demanda-t-elle.

— Mes frères ? demanda Frauke étonnée. Pourquoi devraient-ils…

Elle se tut et eut l'air de réfléchir.

— Vous voulez dire qu'ils auraient interverti les armes pour se débarrasser de moi ?

— Exactement.

— Non, je ne le crois pas. Gregor ne sait pas où j'habite et Matthias… qu'il ait pensé si loin dans sa situation actuelle, j'en doute.

— Qui alors ?

— Depuis le jour où je me suis retrouvée dehors par méprise et que j'ai dû payer cent euros à ces rapaces de Clé-service, je garde un double de mes clés dans mon bureau du Paradis des Animaux, répondit Frauke lentement.

Ses yeux s'élargirent d'horreur comme si elle comprenait ce que cela signifiait.

— Oh, mon Dieu.

— Ça restreint considérablement le cercle des suspects, confirma Pia. Qui a accès à votre bureau ?

— Ricky, Nika, Jannis et moi. Mon Dieu ! Ça voudrait dire que… oh non !

— Si, dit Pia en se renversant sur sa chaise. Mme Franzen, M. Theodorakis ou Nika. Si vous ne l'avez pas fait vous-même, c'est qu'un des trois a dû le faire.

Il n'y avait plus à tourner autour du pot. Tout ce que Frauke Hirtreiter avait dit hier avait été confirmé. Dans le coffre de la Mercedes ils avaient trouvé les tableaux, de même que la cassette qu'elle avait prise dans la maison de son père. Dans la boîte à gants, il y avait les factures de plusieurs stations-services de l'A8 et d'une station-service Agip de la Lenggrieser Strasse à Bad Tölz.

— Qui en aurait été capable selon vous ?

— Je ne sais pas, dit Frauke Hirtreiter en secouant la tête d'un air perplexe. Jannis est très coléreux et il déteste mon père. Ricky ? Non. Elle n'aurait pas été capable de tuer Tell, elle aime trop les bêtes. Reste Nika. Sur elle je ne sais pour ainsi dire rien. C'est une pauvre fille. Elle s'est pointée chez Ricky, il y a à peu près six mois. Elles étaient amies d'enfance. Son couple avait volé en éclats et elle avait perdu son job. Elle m'a toujours fait un peu pitié.

— Pourquoi ?

— Elle paraissait… perdue et seule, une pauvre créature si frêle. Elle parlait à peine. Ricky et Jannis l'exploitaient honteusement. Elle faisait le ménage chez eux, au magasin et en plus toute la comptabilité contre une chambre gratuite, dans leur cave. Mais elle ne se plaignait jamais. Apparemment ça lui plaisait de vivre comme ça. Elle n'était pas bête du tout mais elle n'avait pas beaucoup d'ambition. Et elle n'était pas coquette non plus, toujours vêtue de vieilles fringues.

Ça n'allait pas avec l'image de la double meurtrière embringuée dans un complot criminel de dimension mondiale. Annika Sommerfeld avait-elle raconté des histoires à Bodenstein, ou bien était-ce Frauke Hirtreiter qui connaissait si mal la nature humaine ?

— Que savez-vous sur son passé ? Sur sa famille ?

Frauke Hirtreiter réfléchit un instant, puis répondit d'un air de regret.

— Quand je lui posais des questions, elle répondait que sa vie n'était pas particulièrement captivante. Que ça ne valait pas la peine qu'on en parle.

— Mais elle devait bien avoir quelques centres d'intérêt, un hobby, des amants, des connaissances ?

— Non. C'est bizarre, n'est-ce pas ? Je la voyais presque tous les jours et pourtant je pourrais à peine la décrire. Il n'y a rien de particulier en elle. Absolument rien.

La discrétion est le meilleur des camouflages, pensa Pia et la mauvaise impression que cette femme lui avait faite n'en fut que renforcée. Durant ses enquêtes, les quelques tueurs qu'elle avait rencontrés en prison ou au tribunal n'étaient jamais des personnages hauts en couleur comme on en voit au cinéma, ils étaient toujours insignifiants, comme Annika Sommerfeld.

— Et pourtant, dit Frauke Hirtreiter, dernièrement je l'ai vue agir de façon étonnante.

Elle raconta comment Nika avait poursuivi une voleuse à la tire, l'avait rattrapée et comment elle avait laissé deux jeunes sur le carreau. Pia écoutait avec curiosité.

— Jiu-jitsu, dit Frauke qui se transformait de suspecte en témoin. C'était assez surprenant mais ce qui m'a paru vraiment bizarre, c'est qu'elle m'a interdit d'en parler à Ricky. Honnêtement j'ai été effrayée, car elle m'a regardé d'un air vraiment… méchant. Ou menaçant. Pendant un moment, j'ai eu peur d'elle. Et pourtant c'est plutôt une demi-portion – à côté de moi.

Très intéressant. Ainsi Annika Sommerfeld pouvait être tout à fait différente. Mais elle n'avait pas de mobile valable pour tuer

Ludwig Hirtreiter. Ou bien par loyauté envers Ricky et Jannis ? Ou bien tous les deux connaissaient quelque chose de son passé et l'avaient obligée à liquider le vieux en la faisant chanter ? Chez Friederike Franzen, Pia ne voyait pas vraiment de mobile. Theodorakis était le suspect le plus vraisemblable et le fait qu'il ait disparu renforçait ce soupçon. On frappa, Cem passa la tête.

— Je peux te parler ?

Pia se leva et alla dans le couloir.

— Sarah Theissen m'a appelé, dit Cem. Son frère est revenu.

Dans la tête de Pia les rouages commençaient à se mettre en marche. Durant les quatre derniers jours, ils avaient recueilli des indices contre tous les suspects possibles, demandé des mandats d'arrêt et de perquisition, vérifié les alibis et établi le déroulement des faits, imaginé tous les mobiles, mais ils avaient négligé ce qui tombait sous le sens.

— Qu'est-ce que tu as, demanda Cem, étonné par son absence de réaction. Ça ne va pas ?

Au lieu de répondre, elle se retourna.

— Madame Hirtreiter, dit-elle. Venez, s'il vous plaît. J'ai encore quelques questions mais je vous les poserai dans la voiture.

— Quoi... ? commença Cem interdit.

— Mark Theissen, le coupa Pia. Nous n'avons même pas pensé à lui ! Comment a-t-on pu le négliger ?

— Tu dois absolument le dire à la police, dit Ricky, assise à côté de Jannis, en prenant un air inquiet. C'était un délit de fuite.

— Foutaise, coupa grossièrement Jannis. Tout ça c'est la faute de cette salope de Nika.

— Nika? dit Ricky étonnée. Qu'est-ce qu'elle a à voir là-dedans ?

— Tu aurais peut-être bien fait de lui demander pourquoi elle est venue se planquer chez nous ?

— Je te comprends si mal...

— Bon Dieu ! Tu ne t'es pas rendu compte que je n'ai plus de dents ?

— Excuse-moi, dit-elle en se penchant et en posant sur lui une main apaisante. Mais qu'est-ce que tu veux dire avec Nika ?

Jannis la regarda. Grâce aux lunettes de rechange que Ricky lui avait apportées, il pouvait à nouveau y voir clair. Pendant un moment, il se demanda si elle était idiote ou si elle faisait semblant.

— Ta putain d'amie a zigouillé un type et a fauché quelque chose à son chef. Un *burn-out*, tu parles ! Maintenant elle est recherchée par la police et par les hommes de main qui m'ont agressé hier.

L'incompréhension disparut du visage de Ricky.

— Oui, mais à qui la faute. C'est bien *toi* qui as crié son nom sur les toits. Tu as voulu faire le malin parce que tu connaissais une grande spécialiste du climat. Nika t'avait pourtant prévenu.

Jannis lui jeta un regard noir puis détourna les yeux. Est-ce qu'Eisenhut et ses tueurs avaient pincé Nika ? Il fallait l'espérer ! Il ne voulait plus la revoir, cette menteuse qui s'habillait avec des fringues des puces et qui gardait dans sa chambre des centaines de milliers d'euros à côté de son ordinateur et de son iPhone ! De même il en avait sa claque de Ricky ! Dès qu'il irait mieux, il ferait ses bagages et irait crécher chez sa mère en attendant de trouver un appartement.

— Mais tu as raison, dit Ricky qui se leva et se mit à ranger le linge de rechange qu'elle avait apporté dans le placard. Honnêtement je suis soulagée qu'elle soit partie. Vraiment.

— Pourquoi ? Je croyais que tu étais contente qu'elle t'aide au magasin ? Même sans dents il avait réussi à prendre un ton moqueur.

— Je l'étais, reconnut-elle, glaciale. Jusqu'à ce que j'apprenne que tu en pinçais pour elle.

Il aurait dû se douter que Mark le lui raconterait à la première occasion.

— C'était plutôt le contraire, mentit-il.

Il devait se montrer conciliant pendant encore quelques jours. Il savait que si Ricky se mettait en pétard contre lui, elle était capable de foutre toutes ses affaires à la poubelle.

— Elle n'a pas arrêté de me poursuivre. Tu sais bien que pour moi tu es la seule femme, Ricky. Je te le jure. Tu es la meilleure chose qui me soit arrivée.

Ricky lui jeta un regard plein de doutes et soupira. Jannis essaya de trouver une position plus confortable dans le lit et gémit.

— Dis-moi, tu peux demander à Mark qu'il s'occupe de la page web ? J'ai déjà écrit la nécrologie de Ludwig, il la trouvera quelque part dans l'ordinateur. Il n'a plus qu'à la placer dans la page web.

— D'accord, dit Ricky à nouveau rayonnante. Je vais le lui dire. Je m'occupe de tout. Ne t'en fais pas. Dépêche-toi seulement de guérir.

— Je vais me remettre vite fait. J'en peux plus d'être dans ce lit.

Ce que Frauke Hirtreiter leur raconta pendant qu'ils roulaient vers Königstein donna la chair de poule à Pia. Selon toute apparence Ricky et Jannis servaient à Mark de parents de rechange et il les admirait de toute son âme. Il en résultait que l'adolescent labile et traumatisé faisait des choses incroyables par loyauté mal comprise, juste pour plaire aux objets de son adoration. Ça rappela à Pia le meurtre de Pauly quelques années plus tôt, et Lukas Van den Berg et Tarek Fiedler à qui elle devait les pires moments de sa vie.

Sarah les avait vus arriver et les attendait à la porte.

— Il est en haut, dans sa chambre, murmura-t-elle.

— Où sont vos parents ? demanda Pia.

— Maman est à l'église et papa au bureau. Je ne sais pas quand ils reviendront.

Il valait peut-être mieux que les parents Theissen ne soient pas là, cependant Pia préférait interroger le garçon en présence d'un parent majeur.

— Vous pourrez rester quand nous interrogerons votre frère ? demanda-t-elle.

La jeune fille acquiesça d'un air décidé. Elle les précéda dans l'escalier, s'arrêta devant une porte et frappa.

— Mark ? La police est là et voudrait te parler, dit-elle.

Comme rien ne bougeait, elle ouvrit. La pièce parquetée était en encorbellement, avec de grandes fenêtres à croisillons et elle possédait son propre balcon dont la porte était ouverte. Elle était grande et impeccablement rangée – inhabituel pour un garçon de cet âge. Le garçon était allongé sur le lit, les yeux fermés et les bras croisés sous sa tête. De ses oreilles sortaient les fils blancs d'un iPod. Sa sœur alla vers lui et le secoua. Effrayé, il ouvrit les yeux et retira les écouteurs de ses oreilles.

— Bonjour, Mark, dit Pia en souriant amicalement. Je suis Pia Kirchhoff de la Kripo. Nous nous sommes brièvement rencontrés hier chez Mme Franzen.

Mark la regarda d'un air inexpressif et s'assit au bord du lit. Une ecchymose à la tempe, qui s'étirait sous l'œil droit, témoignait de ce pétage de plombs de la veille dont sa sœur avait parlé. Son regard se posa brièvement sur Cem qui observait la chambre puis revint sur ses mains.

— Pourquoi tu t'es sauvé hier ? demanda Pia.

Il haussa les épaules, allongea la lèvre et cacha ses yeux derrière un rideau de cheveux sales.

— Je sais pas, murmura-t-il d'une voix indistincte. Vous m'avez fait peur.

— Je comprends. Qu'est-ce que tu faisais chez Mme Franzen ?

Il réfléchit un moment.

— J'étais allé au magasin mais elle n'y était pas. Après j'ai appelé chez elle. Comme ça répondait pas, j'y suis allé.

— Et tu l'as trouvée dans la salle de bains.

Le garçon acquiesça en silence.

— Où étais-tu cette nuit ?

Pas de réponse.

— Mark, nous devons parler du cambriolage à l'entreprise de ton père. Nous soupçonnons…

— J'étais là, coupa le garçon avec une agressivité à peine voilée. J'étais là mais je n'ai pas tué oncle Rolf.

Sa sœur poussa un petit cri et mit sa main devant sa bouche. Mark ne fit pas attention à elle.

— Il est tombé à la renverse, sa tête a heurté la rampe et il a dévalé l'escalier. J'ai voulu l'aider mais… il ne respirait plus.

Il évitait de regarder Pia et se frottait nerveusement les mains, mais il s'en aperçut et les mit entre ses genoux.

— Mais ce n'est pas toi qui as eu l'idée de ce cambriolage, n'est-ce pas ?

— C'est pareil.

— Non, c'est pas pareil.

Mark la considéra sous ses mèches protectrices puis il haussa les épaules.

— Je voulais seulement poser le hamster sur le bureau de mon père, admit-il. Pour l'embêter. Et j'ai eu l'idée des expertises. Jannis arrêtait pas d'en parler. Je connaissais le numéro du coffre, ma mère l'avait dans son agenda.

— Le laboratoire n'a pas trouvé ton ADN sur le cadavre de ton oncle Rolf, mais celui de Jannis Theodorakis. Tu cherches peut-être à le protéger ?

— Non. Pourquoi je le ferais ? Mais je portais le pull de Jannis, parce que j'avais pas de vêtement noir et Ri…

Il s'interrompit, se gratta pensivement la plaie refermée sous son sourcil en espérant que Pia n'aurait pas remarqué son lapsus. Mais elle l'avait remarqué et elle n'avait pas le temps de tourner autour du pot.

— Et Ricky t'a donné le pull-over de Jannis.

— Non, dit Mark en secouant la tête avec indignation. Elle n'a rien à voir avec ça.

Pia en doutait fortement. Frauke Hirtreiter avait raison : Mark aurait fait n'importe quoi pour Jannis et son amie. Mais aurait-il été capable de tirer sur un homme et sur un chien ?

— Je vais te dire ce que je crois. Mme Franzen et Jannis t'ont dit ce que tu devais faire. Et comme tu les trouves géniaux, tu l'as fait. Pas de chance que ton oncle soit arrivé au beau milieu de tout ça.

— Non ! protesta Mark. Ça s'est pas passé comme ça !

— Comment alors ? Étaient-ils avec toi sur les lieux ? Ou bien est-ce qu'ils t'ont attendu dehors pendant que tu faisais le sale boulot à l'intérieur ?

Mark secouait furieusement la tête. Sa figure pâle avait rougi.

— Tu peux le tourner et le retourner comme tu veux, Mark. En fin de compte, c'est ta faute si ton oncle a eu un infarctus et...

— Non! c'est pas vrai! cria-t-il en lui coupant la parole et en lui jetant un regard sauvage. Vous en savez rien!

— D'accord. Je n'en sais rien. Mais ça ne sert à rien de nous mentir, répondit Pia froidement.

— Je ne mens pas!

— Mark, tu n'es pas majeur. Peu importe ce que tu as fait ni pourquoi tu t'es laissé manipuler, si tu avoues, il ne t'arrivera pas grand-chose.

Pia vit qu'il serrait les mâchoires. Il était soumis à une pression énorme. Elle devait réussir à ébranler sa loyauté envers Ricky et Theodorakis. Il était évident que ces deux-là l'avaient poussé au cambriolage, si ce n'est au meurtre de Hirtreiter.

— Tu savais que Mme Franzen était venue hier matin au magasin? Elle est restée dans sa voiture et elle a téléphoné puis elle est repartie. Deux heures plus tard, tu l'as trouvée.

— Et alors?

— Elle nous a dit qu'elle avait oublié son sac chez elle et qu'elle était retournée le chercher. Mais elle nous a menti, son sac était sur le siège de sa voiture. Et je l'ai entendue dire à quelqu'un que c'était vraiment *allé trop loin*.

Mark haussa les épaules sans lever les yeux.

— À qui téléphonait-elle? Qui avait intérêt à vider complètement le bureau de Theodorakis? L'a-t-il fait lui-même pour conduire à une fausse piste?

— N'importe quoi! répondit Mark. Jannis a eu un accident. Il est à l'hôpital.

— Depuis quand? demanda Pia stupéfaite.

Cette nouvelle changeait tout.

— Sais pas. Depuis hier, dit le garçon en pressant ses mains sur ses tempes. J'en sais pas plus. Qu'est-ce que vous me voulez à la fin?

— Je voudrais que tu nous accompagnes au commissariat.

— Mais pourquoi? dit Mark en consentant enfin à la regarder.

Ses yeux brillaient d'un éclat inhabituel.

— Parce que nous avons encore quelques questions à te poser.

— Vous pouvez pas m'emmener comme ça !

— Si, nous le pouvons. Nous sommes la police et la police a le droit de le faire.

— Oh, je crois que ma mère est rentrée, dit la sœur de Mark qui avait assisté à la conversation en silence.

Mark profita alors de la fraction de seconde de distraction de Pia. Il bondit et fut à la porte ouverte du balcon avant qu'elle ait pu réagir.

— Cem ! cria-t-elle. Son collègue qui se tenait près du bureau eut la présence d'esprit d'attraper le garçon par le bras.

— Lâche-moi, espèce de salaud, hurla Mark et avec une fureur telle que Pia comprit immédiatement ce que le garçon comptait faire du club de golf. Il l'abattit sur la tête de Cem. On entendit un claquement sec, Cem tomba sur les genoux et lâcha le jeune homme. Mark lui donna encore un violent coup de pied sur la cuisse puis il se précipita sur le balcon et sauta par-dessus la balustrade.

— Mark ! Non ! Reste ici ! cria sa sœur d'une voix stridente et elle bouscula Pia pour s'élancer derrière lui.

— Qu'est-ce qui se passe ?

Mme Theissen apparut à la porte. Son regard ahuri allait de Cem, dont le nez pissait le sang, à Pia puis à sa fille sur le balcon.

— Qu'est-ce que vous faites ici ? Où est Mark ?

— Il vient de sauter du balcon, répondit Pia en revenant dans la chambre et en sortant son mobile d'un air furieux. Trouvez-lui un bon avocat. Quand nous l'attraperons, il en aura sûrement besoin.

Il traversa le jardin en courant, sauta par-dessus la clôture et se faufila à travers une haie jusqu'à ce qu'il atteigne la lisière de la forêt puis il s'enfonça dans l'épais sous-bois. Les feuilles mortes de l'automne dernier crissaient sous ses chaussures, des branches se brisaient avec un claquement sec. Hors d'haleine, il se jeta à côté d'un tronc d'arbre couvert de mousse et resta allongé en attendant d'avoir repris son souffle. Cette bonne femme flic de merde ! Comment osait-elle lui poser des questions aussi stupides ? Comment aurait-il pu savoir à qui Ricky téléphonait ? Qu'est-ce qu'elle lui voulait ?

Bon Dieu ! Jannis et Ricky lui avaient juré qu'on ne remonterait jamais jusqu'à lui. Mark se mit sur le dos et tressaillit. Il venait de s'apercevoir qu'il s'était blessé en atterrissant dans la plate-bande. Sa cheville gauche lui faisait un mal de chien. Il se redressa et abaissa un peu sa chaussette de tennis. Sa cheville commençait déjà à enfler. Quelle connerie de s'être enfui ! Il aurait dû rester cool et tout nier comme Jannis l'avait fait. Lui qui avait liquidé le vieux Hirtreiter et caché le fusil, avec un parfait sang-froid. Alors que c'était lui qui était à présent un suspect important et allait avoir les flics à ses trousses. Il ne pourrait pas se cacher éternellement dans la forêt. D'ailleurs ce n'était pas son intention. Il voulait aller chez Ricky. La voir. Parler avec elle. Mark respira profondément et s'allongea de nouveau sur le sol. La migraine faisait presque exploser son crâne, c'était insupportable ! En plus il avait soif. Il tâta sa poche de pantalon et fut soulagé de voir que son mobile s'y trouvait encore. S'il appelait Ricky, elle viendrait le chercher. Ils parleraient de tout ça tranquillement. Oui, c'était la meilleure solution. Il tira son mobile et l'ouvrit. Pas de réseau ! Super ! Péniblement, il se remit sur ses pieds et gravit en boitillant la pente escarpée, un pas après l'autre, tout en guettant le signal qui indiquerait une zone de réception. Ah, enfin ! Mark s'adossa à un arbre pour soulager son pied douloureux et fit le numéro de Ricky. Loin au-dessous de lui serpentait l'Ölmühlweg. Les quelques voitures qui y roulaient étaient aussi petites que des jouets. Il ne devait pas être très loin de la maison des Amis de la nature où Ricky pourrait venir le prendre. Pendant qu'il attendait avec une impatience grandissante qu'elle réponde, il reçut le signal d'un appel. Numéro caché. Il interrompit son appel à Ricky et prit l'autre.

— Mark, c'est Pia Kirchhoff, disait la voix de la bonne femme flic. Où es-tu ?

— Je ne vais pas vous le dire, répliqua-t-il.

— C'est stupide de te cacher, dit-elle sur un ton pas vraiment amical. Dis-moi où tu es et je viens te chercher. Il ne t'arrivera rien, je te le promets.

Je te le promets. Qu'est-ce qu'on ne lui avait pas promis déjà ! Micha lui avait promis que personne ne saurait jamais ce qui se passait entre eux. Mais il avait menti : tout le monde l'avait appris, les profs, les élèves, ses parents, toute la terre ! À la télé, dans les journaux, il avait été : *Mark, 14 ans, la plus jeune victime du Dr Michel S., le pédophile !* Jannis lui avait promis la lune s'il se procurait les expertises, copiait les mails du serveur de WindPro, s'il tenait sa langue et ne disait pas à Ricky qu'il avait bécoté Nika. Sans compter toutes les promesses faites à la légère par ses parents. Tout le monde lui avait promis quelque chose et personne n'avait tenu parole ! Mark pressa sur ses paupières. Il n'en pouvait plus de ces maux de tête monstrueux.

— Mark ! glapit la policière au téléphone. Tu es toujours là ?

Ils étaient peut-être en train de localiser son mobile comme il l'avait vu faire à la télé dans *NCIS.* Il suffisait de garder l'interlocuteur en ligne assez longtemps et l'ordinateur repérait l'endroit.

— Jannis a tué Hirtreiter, dit-il les dents serrées. Il a caché le fusil dans la grange de Ricky sous le foin. Je n'ai rien à voir avec ça.

Soudain il se sentit affreusement minable. Il avait trahi Jannis. On ne pouvait plus revenir là-dessus. Rien ne serait plus comme avant. C'était fini. Mark se laissa glisser le long du tronc d'arbre, mit sa tête dans ses mains et se mit à sangloter.

— En cas de succès, étions-nous convenus, dit-il en souriant froidement. Mais il n'y a pas eu de succès.

— Pardon ?

— Parfaitement. Par succès j'entendais tout autre chose que ce que vous avez obtenu.

Stefan Theissen toisa la femme qui se tenait devant sa voiture les poings sur les hanches. Elle était impatiente, nerveuse. Très nerveuse. Et ce n'était pas étonnant.

— J'ai fait tout ce que vous m'aviez demandé ! J'ai fait disparaître la liste des signatures, j'ai fait en sorte que vos gens puissent venir chercher les paperasses de Jannis. Et j'ai supporté qu'ils me bâillonnent et me ligotent ! Mais maintenant je veux mon argent.

Au début, l'idée de se faire une alliée de la compagne de cette punaise de Theodorakis lui avait assez plu. Ça lui avait paru alors une sorte de jeu. Des accords tacites à côté des négociations régulières ce n'était pas légal, mais ça mettait du sel dans la vie.

Elle l'avait appelé, d'abord anonymement, et lui avait proposé de torpiller le travail de l'Initiative citoyenne. Qu'est-ce que ça me coûtera, avait-il demandé et elle avait ri. Ce que ça mérite selon vous, avait-elle répliqué. Deux jours plus tard, ils s'étaient rencontrés sur l'aire de repos de l'A5 avec vue sur le Taunus. Elle s'était révélée aussi rusée que sa voix le laissait supposer. Si l'on ne tendait pas l'oreille, sa voix avait des intonations masculines, elle était profonde et rauque mais indéniablement sexy. Très caractéristique en tout cas.

À leur première rencontre, ils avaient bu un café et il l'avait aussitôt percée à jour. Pas particulièrement intelligente mais calculatrice et sans scrupules, et elle n'avait pas froid aux yeux. La vengeance de Theodorakis elle s'en fichait, elle ne pensait qu'à elle. Elle lui avait avoué sans détour qu'elle en avait marre de sa vie et qu'elle voulait émigrer en Amérique.

— Pour ça, j'ai besoin d'un capital. Qu'est-ce que vous diriez de deux cent cinquante mille euros ?

Avec un rire arrogant, il avait secoué la tête. À leur seconde entrevue, ses exigences avaient doublé et il s'était intérieurement maudit, car il avait appris entre-temps qu'elle savait que Ludwig Hirtreiter se refusait à vendre la prairie. Ils étaient rapidement tombés d'accord et Rademacher avait établi un faux contrat de consultant. Effectivement Theissen ne lui avait jamais donné d'argent alors qu'elle l'avait régulièrement tenu au courant de toutes les activités de ce zélateur. Il avait cru la tenir en son pouvoir avec un contrat écrit, mais il s'était trompé. Toute cette affaire ne manquait pas d'ironie car il n'était finalement qu'un arroseur arrosé.

— Vous voulez boire un café ? demanda-t-il en sachant qu'elle allait refuser.

— Vous savez certainement, dit-elle hors d'elle, que mon compagnon est à l'hôpital. Je n'ai pas le temps.

— Theodorakis est à l'hôpital ?

— Ne faites pas comme si vous l'ignoriez. Vos hommes sont derrière ça. C'est ce qu'on appelle des dommages collatéraux. Et mon argent ?

Il ne pouvait pas s'empêcher d'avoir pour elle une certaine admiration. Les gens qui savaient ce qu'ils voulaient l'avaient toujours impressionné.

— Ce n'étaient pas mes hommes, répliqua-t-il pour gagner du temps.

— Peu importe qui c'était, dit-elle en plantant ses yeux bleus et froids dans les siens sans ciller. Je veux mon argent comme convenu. J'ai rempli ma part du contrat.

— Et même au-delà, dit Theissen. Je ne vous avais pas demandé de monter mon fils contre moi, de vous introduire dans mon entreprise et de tuer mon beau-frère. Est-ce que je dois appeler la police ? Ou bien apprendre à mon fils le rôle malhonnête que vous jouez ?

Elle se mit à rire. Elle ne parut plus nerveuse, mais toujours aussi sûre d'elle.

— Vous n'oserez pas. J'en ai beaucoup plus sous le coude contre vous que vous n'en avez contre moi. Ça vous arrange rudement que Grossmann soit mort, je devrais même réclamer un bonus. D'ailleurs je ne suis pas allée dans votre bureau. J'étais dans la voiture et j'attendais. Mark.

— Quoi ? dit Theissen en la regardant sans comprendre.

— Exactement, ricana-t-elle moqueusement. C'est Mark qui a fauché les expertises dans le coffre pour Jannis. C'est lui qui a copié les mails dans le serveur de l'entreprise et les a donnés à Jannis. Ma foi, il a été pas mal secoué que son oncle ait crevé sous ses yeux. C'est vrai qu'il est si fragile.

Comme étaient trompeuses les tresses blondes de jeune fille et le dirndl bleu pâle ! Theissen commençait à comprendre à quel point il s'était trompé sur elle. Elle était loin d'être inoffensive.

— Alors, qu'est-ce qu'on fait? Vous me virez l'argent ou vous me faites un chèque? Plus tôt vous le ferez, plus tôt vous serez débarrassé de moi.

Theissen avala sa salive.

— Et sinon?

Ses yeux n'étaient plus que deux fentes étroites.

— Ça, vous ne saurez pas.

— Si, je le saurai. Et tout de suite.

Il fit un pas vers elle, mais elle ne bougea pas. Ne recula pas d'un millimètre. Elle avait une tête de moins que lui mais, pour une femme, elle était plutôt grande et costaude. Et prête à tout. Pour elle c'était tout ou rien. Soudain il lui vint la pensée désagréable qu'elle était plus forte que lui. Il avait eu tort de garer sa voiture entre deux camions dont les conducteurs attendaient Dieu sait où la fin de l'interdiction de rouler pendant le week-end. Pas une âme en vue et avec le bruit de l'autoroute personne n'entendrait un appel au secours.

— Pour le meurtre de Hirtreiter, Mark en prendra au plus pour dix ans, dit-elle comme en passant. Il est encore mineur.

Theissen se raidit, une colère sauvage le submergea. Quelle salope! Elle avait bien su retourner la situation.

— Qu'est-ce que vous dites? dit-il les dents serrées. Qu'est-ce que vous avez fait?

— Moi? Absolument rien. Mais Mark, c'est moins sûr, dit-elle en souriant méchamment. Et si je n'ai pas l'argent dans les vingt-quatre heures, Mark risque d'avoir de gros problèmes.

Une unité de police mobile fouilla l'écurie de Friederike Franzen et la prairie alentour, malheureusement sans résultat. Les jeunes hommes et les femmes durent explorer des centaines de ballots de paille. Pas trace de l'arme qui, selon la déclaration de Mark, aurait dû s'y trouver! Theodorakis était bien à l'hôpital. Oubliée sa grande gueule. Il n'était plus, au vrai sens du mot, qu'un tigre sans dents, apeuré et prêt à passer aux aveux.

Oui, il avait incité Mark à cambrioler WindPro ; oui, il avait menti et son alibi était bidon car dans la nuit de mardi il n'était pas allé d'abord chez ses parents, il était passé avant chez son ex-femme à Kriftel. Il avait tout raconté sans s'arrêter, mais il n'avait pas dit ce que Pia espérait. Il ne savait rien du fusil dans le placard de Frauke Hirtreiter ni de l'arme dans le grenier à foin, il ne savait même pas qu'une clé de Frauke était pendue au panneau des clés de l'animalerie.

Profondément déçue, Pia avait quitté la chambre. Cem n'était pas non plus de très bonne humeur. Son nez était enflé et il avait mal au crâne.

— Ce petit salaud ! J'ai sûrement une commotion cérébrale, dit-il.

Ils étaient affalés sur un banc devant l'hôpital, au soleil, se demandant ce qu'ils allaient faire à présent.

Pia alluma une cigarette et allongea les jambes. Mark n'avait pas reparu et il n'y avait pas trace non plus de Friederike Franzen.

— Est-ce que Mark croit vraiment que Jannis a tué le vieux Hirtreiter et son chien ? dit Pia en réfléchissant à haute voix.

— Vraisemblablement, dit Cem en effleurant son nez, ce qui lui tira une grimace. Mais ça pourrait être aussi cette Nika. Sinon pourquoi aurait-elle pris la tangente ?

Pia évita de répondre. Elle savait où était Nika. Mais se cachait-elle à cause du meurtre de Hirtreiter ? Devait-elle appeler Bodenstein ? Elle tira une dernière bouffée, se leva et écrasa sa cigarette dans le cendrier placé à côté de la porte de l'hôpital.

— Tu sais quoi ? dit-elle à Cem. J'ai plus que mon compte pour aujourd'hui. Demain il fera jour.

— Tu as raison. S'il arrive quelque chose, ils nous appelleront.

Une voiture de patrouille stationnait devant la maison de Theodorakis et de Mme Franzen, et une autre sur le chemin près de l'écurie. En espérant que Mme Theissen se manifeste et que Mark rentre chez lui. L'avis de recherche avait été lancé, tous les policiers dans et autour de Königstein étaient au courant. Ils ne pouvaient rien faire de plus. Le téléphone de Pia sonna dès qu'elle monta en voiture.

— Merde, jura-t-elle en détournant les yeux. Elle se demanda si elle ne devait pas simplement l'ignorer mais son sens du devoir l'emporta. Le policier de garde lui apprit qu'un homme, qui voulait absolument lui parler, l'attendait.

— Comment s'appelle-t-il ? demanda-t-elle en cherchant une bonne excuse.

— Eisenhut, Dirk.

Qu'est-ce que cet homme pouvait bien lui vouloir ? Officiellement, elle n'était pas au courant qu'on recherchait Annika Sommerfeld et elle ne voulait pas être mêlée à cette affaire. D'un autre côté, sa curiosité était piquée. Ça pouvait être intéressant d'en apprendre plus sur le nouvel amour de Bodenstein et de connaître le point de vue d'Eisenhut.

— Bon, dit-elle à son collègue, dites-lui de patienter un peu, je serai là dans un quart d'heure.

Le soleil couchant l'aveuglait à travers le pare-brise couvert de cadavres de mouches. Un peu avant Stuttgart, il avait quitté l'A4 et pris la direction de Sigmaringen au-dessus du Jura souabe. Bodenstein n'avait pas un regard pour la campagne qu'il traversait. Après l'apparition de Störch et de ses hommes ce matin, il avait compris qu'il ne pouvait pas attendre plus longtemps. Ce n'était qu'une question d'heures avant que les poursuivants d'Annika la retrouvent et elle ne pouvait pas rester dans son appartement. Il était certain qu'ils étaient bien renseignés. Störch allait faire surveiller la propriété. Apparemment, ils ne savaient pas qu'il habitait dans l'appartement du cocher, sinon ils seraient sans doute entrés dans la maison sans mandat de perquisition et auraient trouvé Annika. À peine avaient-ils disparu qu'il avait demandé à Quentin de lui prêter sa voiture, et ils étaient partis au début de l'après-midi.

Annika s'était endormie après à peine une demi-heure et cela convenait tout à fait à Bodenstein. Il avait besoin de silence pour réfléchir. En même temps, il se demandait ce que faisaient Pia et ses collègues. Ce n'était pas son habitude de se décharger de ses responsabilités, surtout dans la phase la plus brûlante d'une enquête. L'objectivité lucide de Pia, la confrontation de leurs opinions mutuelles lui manquaient. Il se sentait coupé de la réalité comme un acrobate qui se balance au bout d'une corde sans filet.

Si seulement il n'y avait pas eu ces doutes! En théorie, sa décision d'aider Annika paraissait nécessaire et indispensable, mais depuis qu'ils étaient partis la certitude qu'il avait eu raison de le faire faiblissait de plus en plus.

Le GPS indiqua : arrivée dans 28 km. Heure prévue 18 h 17.

Il soupira. Dans d'autres circonstances, il se serait réjoui du voyage. Depuis des années, il avait le projet d'aller au lac de Constance, avec Cosima bien entendu. Après Bad Saulgau, le GPS lui fit prendre une route étroite qui traversait de petits villages. Des étables avec des tas de fumier, un tracteur çà et là, et aucun autre véhicule à l'horizon. Ici, dans le Sud, la nature était plus vaste que dans le Taunus. Aux prairies d'un vert acide succédaient des bois sombres et des champs dans lesquels le blé était déjà haut jusqu'aux genoux.

À Heratskirch, il tourna à gauche. La route était à une seule voie. Un petit village désert avec une poignée de fermes : Wolferstreute.

— Annika, dit Bodenstein en lui touchant le bras, ce qui la fit sursauter. Excuse-moi, mais nous arrivons.

Elle le regarda, encore engourdie, et jeta un regard par la fenêtre.

— Après Milpishaus, c'est à droite. Il est quelle heure?

— 18 h 15.

— Nous trouverons peut-être maman seule. C'est l'heure où elle rentre les vaches.

Elle rabattit le pare-soleil et se regarda brièvement dans le miroir. La tension sur son visage était bien visible. Bodenstein posa la main sur la sienne.

— Ne te fais pas de souci.

— Tu ne connais pas mon beau-père. Il me déteste, répondit-elle d'une voix sourde. J'aimerais déjà être repartie.

Deux minutes plus tard ils arrivèrent devant une grosse ferme dominée par un gigantesque châtaignier. Le hameau ne comptait que trois fermes et la plus grande était celle du beau-père d'Annika, une grande bâtisse de briques rouges à deux étages, une sorte de fort peu amical dont le toit couvrait aussi les étables. Une odeur prégnante de fumier flottait dans l'air. Deux rottweilers sautaient d'un air menaçant contre la grille d'un chenil, des bêtes grandes, noires et puissantes aux crocs blancs dont Bodenstein préférait ne pas s'approcher. Il étira son dos douloureux et regarda autour de lui. En été, il devait être agréable de vivre dans ce coin du Jura souabe, mais que devaient être les hivers, quand on était éloigné de plusieurs kilomètres de la ville la plus proche ?

— Maman est certainement dans l'étable. J'entends le bruit de la trayeuse, dit Annika à côté de lui. Viens.

Il hésita brièvement puis la suivit dans l'étable dont les portes étaient grandes ouvertes. Annika passa avec détermination devant les culs tachés de brun et de blanc des vaches, tourna dans l'allée des mangeoires. Une vieille femme noueuse en fichu et en tablier les garnissait d'herbe fraîchement coupée avec des gestes vigoureux et experts.

— Maman, dit-elle.

La femme se redressa et se retourna. Sur sa figure rouge s'élargit une expression d'incrédulité tandis que son regard allait de sa fille à Bodenstein et de Bodenstein à sa fille, puis elle laissa tomber sa fourche et ouvrit les bras.

— Ma demande est inhabituelle et je ne sais pas s'il est opportun de vous ennuyer avec ça un dimanche après-midi. Mais c'est très urgent. Il s'agit d'une femme qui œuvre dans l'orbite de cette Initiative citoyenne, dont certains membres font l'objet d'une enquête que vous menez. Son nom est Annika Sommerfeld.

Le Pr Dirk Eisenhut était assis sur la chaise des visiteurs, où ce matin encore se tenait Frauke Hirtreiter, et Pia avait pris place derrière le bureau de Bodenstein. Elle l'écoutait attentivement et essayait de le cerner. Un visage osseux, anguleux, des joues maigres, des yeux d'un bleu profond. Un homme indubitablement séduisant, qui mérite un deuxième regard, et surtout, à cause de l'aura de pouvoir qui l'environnait, un homme certainement irrésistible pour beaucoup de femmes. Pas étonnant que la souris grise soit tombée éperdument amoureuse de son patron, si les choses s'étaient vraiment passées comme Eisenhut était en train de le raconter.

— Je me suis souvent demandé ce qui dans mon attitude avait pu éveiller en elle ce faux espoir.

Il parlait doucement, d'une voix cultivée de baryton.

— Pendant longtemps je ne m'en suis pas aperçu. Sinon j'aurais peut-être pu arrêter les choses à temps.

Il leva les yeux, de l'amertume dans le regard.

— Jamais je ne m'étais encore trompé sur quelqu'un comme sur Annika. Elle a détruit toute ma vie par sa folie.

Pia fut un peu étonnée. Selon Bodenstein il ne s'était rien passé, les documents dangereux attendaient d'entrer en jeu dans une banque suisse et les conséquences devaient en être redoutables.

— C'était une brillante scientifique. Très intelligente mais hélas habitée par une idée fixe. Une sociopathe. Quand j'y repense maintenant, son comportement pendant toutes ces années n'était pas vraiment normal. Elle n'avait aucune vie en dehors de l'Institut. Aucun ami. Uniquement moi.

Chacun de ses mots augmentait l'inquiétude de Pia pour Bodenstein. D'après la description d'Annika, elle s'était représentée Dirk Eisenhut de façon tout à fait différente, comme le carriériste type, ambitieux, avide et sans scrupules, mais la réalité était bien différente. Il lui était sympathique.

— Je savais depuis longtemps qu'elle rencontrait cet O'Sullivan et ses amis. La sécurité du territoire surveillait ce groupe depuis des années. Mais le travail d'Annika n'en souffrait pas et je faisais confiance à sa loyauté. Et puis j'espérais qu'elle reporterait son besoin insensé d'amour sur O'Sullivan.

Plutôt naïf, pensa Pia, mais elle ne dit rien.

— Le matin de la soirée de Noël, elle était à l'Institut. Elle est arrivée dans mon bureau avec une bouteille de champagne. C'était inhabituel, mais je n'ai pas pensé à mal. Lorsque vous connaissez quelqu'un depuis quinze ans, vous ne le croyez pas capable de ça.

Il fit une pause, se frotta les ailes du nez avec deux doigts, perdu dans ses pensées.

— Capable de quoi ?

— J'ai ouvert la bouteille de champagne, j'en ai versé deux verres et nous avons trinqué à Noël. Soudain elle a pris la bouteille, l'a cassée contre le coin de la table et a brandi le goulot brisé devant mon visage, dit-il d'une voix à présent oppressée. Ce n'était plus elle, c'était une étrangère, ses yeux étaient vides et fixes. Elle me faisait peur mais j'étais trop loin du téléphone pour appeler le service de sécurité.

— Qu'est-ce qu'elle voulait ? demanda Pia.

— Elle exigeait que je divorce et que je l'épouse. C'était grotesque. Elle voulait appeler ma femme et m'entendre le lui dire. Ensuite elle voulait m'accompagner chez mes parents pour passer Noël avec eux. J'ai épousé Bettina en été et je crois que cela… a fait prendre un tournant fatal à sa maladie. Elle a dû se sentir terriblement humiliée et elle en a conçu une haine implacable.

Pia était suspendue à ses lèvres. Une sociopathe très intelligente. Elle en avait la chair de poule.

— Je suis parvenu à la maîtriser et j'ai appelé la police. On a décidé de la placer en clinique psychiatrique fermée. Il a fallu lui faire une piqûre sédative pour qu'elle se calme. Jusqu'à aujourd'hui, la clinique ignore comment elle a pu s'échapper. Une enquête a été ouverte, car la faute qu'ils ont faite a coûté la vie à deux personnes : O'Sullivan et… ma femme.

— Votre femme ?

— Oui. Bettina a dû lui ouvrir la porte sans se méfier, bien qu'elle ait toujours eu au sujet d'Annika un mauvais pressentiment. Je n'avais pas pris ses doutes au sérieux.

Il se tut, se passa la main sur la figure. Ça paraissait lui coûter de continuer.

— Ce qui s'est passé au juste, je ne le sais pas. C'était en fin d'après-midi, le jour de la Saint-Sylvestre. La veille, Annika s'était enfuie de l'hôpital psychiatrique. Elle a dû assommer ma femme et…

Il lui fallut reprendre sa respiration et Pia comprit combien il était douloureux pour lui d'évoquer ce sujet.

— Avant de quitter la maison, elle a mis le feu. Quand je suis arrivé dans notre rue à 8 heures du soir, la maison était en flammes ; les pompiers se trouvaient déjà sur les lieux mais l'eau avait gelé à cause du froid.

— Et qu'est-il arrivé à votre femme ? demanda Pia prise de compassion.

Le regard d'Eisenhut devint lointain.

— Bettina a survécu à l'incendie mais à cause du manque d'oxygène elle souffre de dommages cérébraux irréversibles. Depuis, elle est dans le coma. Les médecins gardent cependant espoir.

— Comment savez-vous que c'est Annika Sommerfeld qui est derrière cela ?

— Il y a une foule d'indices. Dans… dans la main de Bettina on a retrouvé des cheveux d'Annika. Et il y a le film de la caméra de surveillance.

Il se gratta la gorge.

— Elle a dû rencontrer O'Sullivan dans la soirée. Elle lui a donné quarante coups de couteau, plus tard la police a retrouvé l'arme dans son appartement. Un couteau de cuisine qu'elle avait emporté pour le poignarder. Malheureusement, elle s'était de nouveau enfuie. Après l'incendie de ma maison on a perdu toute trace d'elle. Je croyais qu'elle s'était peut-être… suicidée. Jusqu'à ce que son nom ressurgisse, vendredi soir.

Le silence tomba. Le soleil se coucha et le bureau fut plongé dans la pénombre. Pia se pencha et alluma la lampe de bureau.

— Pourquoi me racontez-vous tout ça ? demanda-t-elle.

— Pour les agents de la protection du territoire, il s'agit uniquement d'élucider les deux meurtres, dit-il sans lever la tête. Ils ont mis votre chef au courant sans lui faire vraiment comprendre combien Annika était dangereuse. À présent, ils ont appris que votre chef était suspendu et que vous dirigiez l'enquête. Ils vont certainement venir vous voir demain matin.

Quand Eisenhut releva la tête, elle vit son air désespéré.

— Vous comprenez, je dois trouver Annika avant que vos collègues le fassent, dit-il d'une voix basse et pressante. Je dois absolument lui parler. Ce qui s'est passé avec Bettina ne me laisse pas en repos. S'il vous plaît, madame Kirchhoff, aidez-moi !

Il pouvait à peine mettre un pied devant l'autre, mais il essayait d'oublier la douleur et continuait. À quelques mètres de la maison de Ricky stationnait une voiture de patrouille dans laquelle étaient assis deux agents et Mark était sûr que le chemin et l'écurie étaient eux aussi surveillés. Il ne pouvait pas retourner chez lui, ses parents appelleraient immédiatement les flics. Son dernier espoir était le refuge des animaux. Il fallait absolument qu'il soigne son pied.

Dans le bois, il avait éteint son téléphone, ses parents ne l'agaceraient plus avec leurs appels et les flics ne pourraient pas le localiser. L'inconvénient, c'est qu'il ne pouvait pas appeler Ricky. Il l'alluma pour quelques secondes et fit son numéro. Mais elle ne répondit pas. Son silence le rendait fou. Il ne savait absolument pas ce qui s'était passé entre-temps. Est-ce que les policiers avaient arrêté Jannis ? Avaient-ils trouvé le fusil et le pistolet dans le grenier à foin ? Protégé par le crépuscule, Mark longea l'orée du bois en boitillant. Le refuge était dans un endroit isolé, au fond du vallon qui conduisait de Schneidhain à Bangert. Personne ne passait par là, la nuit. Arrivé dans le bois, Mark prit un petit chemin de randonnée. Il était obligé de marcher lentement pour ne pas buter sur des racines d'arbres. Quand le refuge apparut, la nuit était tombée, mais ses yeux s'étaient habitués à l'obscurité. Pendant un bon quart d'heure, il observa l'endroit qui était clôturé par un grillage de trois mètres de haut.

Rien ne bougeait. Aucune lueur ne venait des fenêtres du bâtiment plat, il n'y avait pas une voiture en vue. De l'autre côté du vallon luisaient les lumières de Königstein, mais le reste de la pente jusqu'à la route qui menait à Ruppertshain était plongé dans l'obscurité.

Il respira de soulagement et chercha dans son sac à dos les clés qu'il y avait mises ce matin – comme s'il avait eu le pressentiment qu'il en aurait besoin. Allait-il arriver à sauter par-dessus la clôture avec son pied blessé ? Il ne pouvait pas passer par le portail, il y avait une alarme, et une autre à la porte du bureau. Quand il serait à l'intérieur, il la débrancherait.

Le croissant de lune s'élevait, pâle, dans le ciel nocturne sans nuage. Un hibou s'envola juste au-dessus de sa tête. Mark regarda à droite et à gauche, puis il jeta son sac par-dessus la clôture, posa la pointe de son pied intact entre les mailles et empoigna une barre de traverse pour se hisser. En gémissant de douleur, il grimpa jusqu'en haut, balança une jambe au-dessus de la clôture, hésita un instant et se laissa glisser à terre. Il réussit à atterrir sans se faire mal mais toute la clôture vibra. À l'intérieur du chenil, un chien aboya, deux autres suivirent, puis le silence retomba. Mark traversa la cour en boitant et, en évitant soigneusement le rayon d'action de l'alarme. Il atteignit le bâtiment par-derrière, fourragea dans la serrure de la cuisine où l'on préparait la nourriture des bêtes et entra. Épuisé, il se laissa tomber sur le sol et resta quelques minutes sans bouger sur le carrelage froid, puis il se dirigea vers la salle de pharmacie. Les volets roulants des fenêtres grillagées étaient baissés, il prit donc le risque d'éclairer. Dans l'armoire, il trouva un bandage élastique pour sa cheville qui avait pris la taille d'un pamplemousse. L'horloge au-dessus de la porte indiquait 22 h 40. Mark alla dans le bureau et décrocha le téléphone. Cette fois Ricky répondit à la troisième sonnerie.

— Mark, s'écria-t-elle. Enfin ! La police est venue et a demandé après toi. Je me faisais du souci ! Comme tu vas ?

Sa compassion lui fit du bien.

— Qu'est-ce que tu fais au refuge ?

Pendant une seconde, effrayé, il se demanda comment elle le savait, puis il se dit que le numéro avait dû s'inscrire sur son téléphone. Il lui raconta ce qui s'était passé dans l'après-midi et pourquoi il se cachait. Par bonheur, elle ne paraissait pas fâchée à cause de ce matin.

— Tu ne peux pas venir ? lui demanda-t-il finalement.

— Il y a la police devant ma porte, lui rappela Ricky. Si je descends au refuge, ils vont comprendre et me suivre.

Elle poussa un gros soupir.

— Et puis j'ai un autre problème. Comme si je n'en avais pas assez. Mon père est mourant, ma mère m'a appelée cet après-midi. Je dois aller les voir à Hambourg, même si ça ne m'arrange pas du tout.

— Combien de temps tu vas y rester ? demanda Mark, que cette idée angoissait.

— Pas longtemps. Pour l'instant, essaie de dormir un peu. On s'appelle demain matin tôt, OK ?

— Oui, d'accord.

— Bonne nuit. Tout va s'arranger, je te le promets, tu me fais confiance ?

— Oui, lui assura-t-il. Bonne nuit.

Il resta un moment assis au bureau après qu'elle eut raccroché. Nika était partie et, si Jannis allait en prison, il aurait Ricky pour lui tout seul. C'était une perspective enthousiasmante. Il se leva et boitilla jusqu'à l'appartement où il avait passé la nuit avec Ricky. Leur première nuit ensemble. Avec un gémissement, il se laissa tomber sur le matelas et enfonça son visage dans le coussin qui gardait encore quelques traces de son parfum. Ses pensées revinrent vingt-quatre heures en arrière. Il oublia la police et ses parents pour se perdre dans ses souvenirs heureux.

Pia observait pensivement le visage de son vis-à-vis dans la semi-pénombre du bureau de Bodenstein, qui était désormais le sien jusqu'à nouvel ordre. Dirk Eisenhut lui avait décrit les faits, ils paraissaient concluants. Mais était-ce vraiment pour ça qu'il était venu la voir ? Voulait-il seulement raconter les événements qui s'étaient passés dans sa maison le soir de la Saint-Sylvestre, avant que la police ne le fasse ? Qu'est-ce qu'il lui cachait ? Était-il possible qu'il ignore tout des documents brûlants que O'Sullivan avait rassemblés contre lui ? Ou bien ces documents n'existaient-ils pas ?

Plus que jamais, Pia avait le sentiment désagréable d'avoir trop peu de pièces du puzzle à sa disposition pour se faire une image complète de la situation. Ça lui déplaisait de recevoir des informations au compte-gouttes et de devoir faire attention à tout ce qu'elle disait. Il y avait quelque chose dans l'histoire d'Eisenhut qui ne cadrait pas, même si elle n'avait pas l'impression qu'il mentait. Son désespoir paraissait sincère et pourtant sa visite au commissariat n'en était pas moins bizarre. Un homme avec ses relations et ses moyens n'avait pas besoin de demander de l'aide à une insignifiante inspectrice de la criminelle.

Ce qu'il lui avait raconté ne la concernait en rien et ne l'intéressait pas vraiment. Mais elle commençait sérieusement à être inquiète pour son chef qui était quelque part dans la nature avec une femme recherchée pour un double homicide et des blessures corporelles graves.

Soudain le mobile d'Eisenhut sonna.

— Excusez-moi, dit-il.

Il ne répondit à son interlocuteur que par quelques monosyllabes puis il se leva et regarda Pia tandis que sa mine s'assombrissait.

— Mauvaises nouvelles? demanda-t-elle pendant qu'il refermait son mobile et le remettait dans sa poche.

— Pas vraiment.

Il sourit pour la première fois de la soirée. Un sourire sympathique qui renforça ses sentiments contradictoires. En quoi le destin d'Annika la concernait-elle, finalement? Mais si elle annonçait maintenant à Eisenhut qu'elle était en route vers Zurich avec Bodenstein, celui-ci ne le lui pardonnerait jamais. Eisenhut mit fin à son dilemme en se levant.

— Merci de m'avoir consacré autant de temps, dit-il.

Pia se leva également. Elle éteignit la lumière et l'accompagna jusqu'à l'extérieur.

C'était une magnifique nuit du début de l'été, des effluves parfumés imprégnaient l'air tiède. La poignée de main d'Eisenhut était ferme.

— Si vous apprenez quelque chose, appelez-moi s'il vous plaît.

— Je le ferai, dit Pia.

Elle resta près de la porte et le regarda sortir et se diriger vers une voiture noire. Merde, ce n'étaient pas ses affaires! Elle décida de prévenir Bodenstein par SMS. Puis elle rentra chez elle.

Il était allongé sur le dos et ronflait doucement, la bouche entrouverte. Le clair de lune dessinait un étroit sentier sur la moquette usée. Sa mère lui avait remis la petite cassette et lui avait juré que Herbert, son beau-père détesté, n'était au courant de rien. Elle avait été profondément déçue quand Annika lui avait dit qu'ils préféraient repartir. Oliver se serait laissé convaincre de dormir dans la chambre d'amis, mais Annika avait insisté pour passer la nuit dans la voiture jusqu'à ce que le premier ferry de 8 heures appareille avec à son bord assez de banlieusards pour qu'ils passent inaperçus. Et pour finir, ils avaient pris une chambre dans un petit hôtel à Meersburg.

Annika contemplait le profil de Bodenstein et, dans un coin de son cœur, elle éprouvait un véritable regret. Il était si gentil et si crédule ! C'était presque poignant pour quelqu'un qui faisait ce métier. Mais ce n'était pas la première fois que quelqu'un se trompait sur elle. C'était peut-être à cause de sa silhouette gracile de jeune fille qu'elle donnait aux hommes une impression de vulnérabilité.

Elle avait couché avec lui parce qu'elle avait compris à quel point il était amoureux d'elle. Ça ne lui avait coûté aucun effort au contraire d'avec Jannis, et dans des circonstances différentes, cela aurait même pu être agréable. Mais pendant qu'Oliver l'embrassait passionnément et l'aimait sur le matelas effondré de cette chambre inconfortable, elle n'avait cessé de penser à Dirk et aux hommes en costume sombre à qui elle avait échappé de justesse ce matin. Il était possible qu'Oliver ait pris sa colère pour de l'extase, mais peu importe, il était heureux. Pour elle ça ne signifiait rien, elle s'était réfugiée dans ses pensées, se contentant d'espérer que ce serait bientôt fini, mais il n'avait rien remarqué. Cinq minutes plus tard, il s'endormait épuisé et heureux et, à présent, il était allongé près d'elle, rêvant sans doute d'un avenir commun qu'ils ne connaîtraient jamais.

Annika croisa les bras sous sa nuque et contempla le plafond lambrissé quand le mobile de Bodenstein posé sur la table fit entendre un court bourdonnement. Elle tourna la tête. Il devait l'avoir mis sur silencieux car à présent l'appel était seulement lumineux. Annika se redressa, passa les jambes au-dessus de Bodenstein et se glissa vers la table sur la pointe des pieds. Le sol stratifié craqua sous ses pieds nus mais la respiration de Bodenstein resta calme et régulière. Annika prit le mobile et l'emporta dans la petite salle de bains. Pia Kirchhoff avait envoyé un SMS.

Eisenhut sort de mon bureau. Ce qu'il m'a dit me paraît crédible. Je me fais du souci pour toi ! Appelle-moi sans faute !!! À n'importe quelle heure !!!

Quelle conne, pensa Annika furieuse. Oliver ne jure que par cette Kirchhoff. Elle n'avait pas pu la souffrir dès le début et c'était réciproque. Elle effaça le SMS, éteignit le téléphone et le reposa sans bruit sur la table. Elle ne pouvait plus se permettre aucun contretemps.

Berlin-Wedding, 30 décembre 2008

Elle ouvrit les yeux et papillota, hébétée, dans la faible lumière d'une lampe sur pied placée dans le coin de cette chambre qu'elle n'avait jamais vue. Où était-elle ? Que s'était-il passé ? Une douleur sourde lui martelait les tempes, sa bouche était sèche. Il faisait froid. Elle essaya de lever la tête et gémit involontairement. C'était sans doute une chambre d'hôtel. Comment était-elle arrivée ici ?

Malgré ses efforts, ses souvenirs restaient flous comme dans un cauchemar dont on se souvient à peine au réveil. Elle avait décidé d'aller chez sa mère passer Noël. Puis Dirk l'avait appelée et lui avait demandé de rester à l'Institut. Son bureau. Le champagne. Elle s'était sentie mal. Puis le souvenir s'évanouit. Et à présent elle était ici. Elle tourna prudemment la tête. Le réveil digital sur la table de nuit indiquait : 22 h 11. Elle regarda autour d'elle, s'aperçut avec effroi qu'elle était nue. Les doigts de sa main droite agrippaient… un couteau ! Elle regarda d'un air hébété le sang sur la lame, sur sa main, sur son bras, sans comprendre ce que cela signifiait. Elle se redressa péniblement, laissa tomber le couteau. Ses bras et ses jambes étaient engourdis, elle avait des vertiges et elle devait impérativement aller aux toilettes. Son regard fit le tour de la chambre inconnue. Sur une chaise à côté de la porte étaient jetés ses vêtements, son sac ouvert était posé sur une table avec à côté le mobile et les clés de la voiture. Mais il y avait aussi des chaussures d'homme et un sac de voyage. Un jean gisait sur le sol comme si on l'avait ôté en toute hâte. Son cœur s'accéléra. Elle ne comprenait toujours pas. Elle réussit à se lever après beaucoup d'efforts. La douleur explosa dans sa tête.

— Dirk ? cria-t-elle en piétinant autour du lit. Elle sentait la grossière moquette sous ses pieds nus. Elle sursauta d'effroi en apercevant devant elle une femme blonde jusqu'à ce qu'elle se rende compte que c'était son reflet dans le miroir. Mais qu'étaient ces bizarres taches sur son visage et son torse.

Elle se traîna vers la salle de bains, poussa la porte et s'immobilisa, pétrifiée. Du sang ! Il avait giclé jusqu'au plafond et sur les carreaux blancs des murs. Le corps sans vie d'un homme gisait bizarrement tordu entre la douche et les toilettes dans une mare sombre. Ses genoux se dérobèrent sous elle, elle se sentit mal. Elle s'accrocha au chambranle de la porte pour ne pas s'effondrer.

— Oh mon Dieu ! murmura-t-elle horrifiée, Cieran !

Lundi 18 mai 2009

Il avait à peine dormi et attendait depuis l'aube son appel avec impatience. L'idée qu'il ne pouvait pas rentrer chez lui parce que la police était devant sa porte le rendait littéralement fou. 7 heures ! À chaque instant, Rosi pouvait arriver pour nourrir les bêtes ! Pouvait-il prendre le risque d'allumer son mobile ? Au moins pour quelques secondes il devait le faire ? Peut-être que Ricky l'avait appelé. Il tapa les quatre chiffres du code PIN de son mobile et peu après une sonnerie lui indiqua qu'il avait trouvé le réseau.

Mark fit défiler les appels en absence. Son père avait cherché à le joindre plus de vingt fois ; les appels sans numéro provenaient vraisemblablement des flics. Mais rien de Ricky. Même pas un SMS. La déception le submergea. Elle lui avait promis de l'appeler avant d'aller voir ses parents à Hambourg ! Il ne pouvait pas attendre plus longtemps. Le gel et les bandes avaient fait du bien à son pied blessé, la cheville avait un peu désenflé. Il l'enveloppa d'une bande propre qu'il trouva dans l'armoire à pharmacie du refuge, enfila ses tennis, mit son sac à dos sur l'épaule et quitta le bâtiment administratif.

L'air était frais et pur, la rosée étincelait sur la prairie. Mark respira profondément et fit quelques pas précautionneux. Ça irait. Rosi venait de Königstein, donc il ne la rencontrerait pas en prenant la direction de Schneidhain. Quand il sortit, deux joggeuses passèrent devant le portail du refuge mais elles ne le remarquèrent pas. Dix minutes plus tard, il atteignait les premières maisons. Là, le chemin bifurquait. Il n'y avait personne près de l'écurie ni près du chenil, même les chevaux n'étaient pas là. Ricky les avait-elle conduits hier dans un autre enclos ? Mark réfléchit rapidement puis il décida de prendre par la route. La voiture de patrouille qui, hier, était garée devant la maison des voisins, n'était plus là et il put arriver devant la maison de Ricky sans se faire voir. La BMW de Jannis était sous l'abri devant le garage. Tous les volets roulants étaient baissés. La maison paraissait vide.

Mark sauta par-dessus le portillon du jardin entre le mur de la maison et le garage et descendit l'escalier de la cave. Sous un des pots de fleurs du perron, il trouva la clé rouillée et entra, traversa la cave puis gravit l'escalier intérieur. La maison était plongée dans l'obscurité. Il s'arrêta dans l'entrée et regarda autour de lui. Un sentiment bizarre l'envahit. Il y avait quelque chose de changé. Mais quoi ?

— Ricky ?

Mark pénétra dans la chambre. Le lit était fait. Il avança d'un pas, son pied buta contre un obstacle qu'il n'avait pas vu dans le noir. Au milieu de la pièce, il aperçut trois valises et un sac de voyage. Mark ouvrit le placard et son cœur s'accéléra : la moitié du placard consacrée à Ricky était vide ! Elle n'aurait quand même pas emporté toute sa garde-robe pour aller chez ses parents ! Et soudain il comprit ce qui l'avait frappé juste avant. Il se rua dans le couloir. C'était ça ! La corbeille des chiens et celle des chats n'étaient plus là ! Il se figea comme paralysé, puis la panique l'envahit quand il comprit ce que cela signifiait.

Les nuages pesaient en masse épaisse sur le lac, au-delà les sommets des Alpes rougeoyaient sous les rayons du soleil levant. Un spectacle magique à qui personne, à part lui, n'accordait un regard. Les autres automobilistes avaient préféré rester dans leur voiture pendant le quart d'heure que durait la traversée ou bien aller à la buvette sur le pont supérieur. La plupart travaillaient en Suisse et faisaient le trajet chaque jour, et il y avait longtemps que cette vue exceptionnelle ne les impressionnait plus.

Bodenstein posa les bras sur le bastingage luisant d'humidité et plongea le regard dans l'eau écumante. Les quatre moteurs diesels ronflaient sous ses pieds. Annika était à côté de lui et malgré le froid elle n'avait pas voulu aller au bar, préférant rester dehors.

Ils avaient quitté le petit hôtel une demi-heure avant, après s'être contentés d'une tasse de café comme petit-déjeuner, et ils n'avaient pas beaucoup parlé. Rarement au cours de sa vie, Bodenstein avait souhaité à ce point qu'une journée soit déjà passée. Il allait devoir se débrouiller seul et dans une ville qu'il ne connaissait pas. Annika l'attendrait à Constance. Entrer en Suisse sans passeport était trop risqué. À la banque, il donnerait, au lieu de son nom, le mot de passe dont Annika, O'Sullivan et Bennett étaient convenus, puis il irait chercher dans un tiroir de la salle des coffres l'attaché-case, dont la clé était dans la poche de son pantalon. Finalement il n'y avait aucune raison que ça foire et rien de ce qu'il ferait n'était illégal, même si on pouvait en discuter. Il était en vacances et il avait bien le droit de les passer en Suisse s'il voulait.

— Tout se passera bien, dit soudain Annika en posant la main sur la joue de Bodenstein. Ne te fais pas de souci.

— Je ne m'en fais pas, répliqua-t-il.

Les cheveux d'Annika flottaient dans le vent, ses yeux étaient aussi verts que l'eau du lac.

— Bientôt tout ça sera fini, et ensuite…

Il s'interrompit et repoussa une mèche de cheveux de son front.

— Et ensuite ? demanda-t-elle à voix basse.

Tout lui paraissait tellement irréel. N'y avait-il vraiment qu'une semaine qu'il avait annoncé à Inka Hansen, au mariage de Lorenz, que son couple avait volé en éclats ? Il lui semblait qu'il y avait au moins six mois. Tant de choses s'étaient passées depuis. Annika était brusquement entrée dans sa vie et depuis la nuit dernière il savait avec certitude que rien désormais ne serait plus comme avant. Il était sans doute encore trop tôt pour dire à haute voix ces trois simples mots qui dans leur sobriété exprimaient pourtant ce qu'il éprouvait.

— … Ensuite nous aurons tout notre temps pour mieux nous connaître, dit-il. C'était magnifique la nuit dernière.

Elle sourit, un petit sourire qui fit battre son cœur plus fort.

— Je trouve aussi, dit-elle à voix basse. Et le mieux-nous-connaître m'enchante.

— Moi aussi, dit Bodenstein.

Il éprouvait un bonheur profond, tout à fait inhabituel, comme s'il avait enfin trouvé ce qu'il avait toujours cherché. Mais il fallait encore venir à bout de cette journée, ensuite tout s'expliquerait.

Tendrement il prit son visage dans ses mains et posa sur ses lèvres un long et doux baiser.

Il n'avait pas fermé l'œil de la nuit. Mark restait introuvable. Sa femme et lui avaient cherché dans tous les endroits où le garçon aurait pu se trouver et ils n'avaient cessé d'essayer de le joindre sur son mobile.

Stefan Theissen se tenait à la fenêtre de son bureau et regardait, par-delà le gazon et les champs, les buildings de Francfort qui, dans la lumière brumeuse de ce matin de mai, semblaient à portée de main.

Ils avaient téléphoné aux professeurs et aux camarades de classe de Mark et ils avaient appris à cette occasion que les amis dont Mark parlait n'existaient pas. Il n'y avait pas de copains avec qui il jouait au foot, allait au cinéma ou traînait simplement comme le font tous les garçons de seize ans. Ils s'étaient d'abord fait mutuellement des reproches, s'étaient engueulés, mais finalement ils s'étaient tus, car il n'y avait rien à dire. Mark avait mené sous leurs yeux une parfaite double vie. Ils avaient entièrement échoué comme parents, parce qu'ils avaient accepté les mensonges par pure commodité, parce que pour eux tout le reste avait été plus important que leur propre fils. Aucun d'eux ne s'était aperçu combien cette amitié trop étroite de Mark avec Ricky et son compagnon avait été lourde de conséquences.

Même quand, depuis quelques semaines, les signaux indiquant que Mark n'allait pas bien s'étaient faits plus nombreux, ils s'étaient contentés de quelques conversations superficielles au lieu de chercher sérieusement à comprendre pourquoi leur fils souffrait de maux de tête et manquait l'école. Une faute fatale, étant donné ce que Mark avait déjà subi. C'était inexcusable de leur part.

Des coups à la porte tirèrent Theissen de ses pensées. Il se détourna de la fenêtre. Sa secrétaire entra.

— Le comte von Bodenstein est là, dit-elle. Theissen eut besoin de quelques secondes pour comprendre, puis il acquiesça. Il se fendit d'un sourire bien qu'il n'ait pas le cœur à cela. Le compromis de vente était déjà prêt sur son bureau, la signature n'était plus qu'une formalité. Bientôt la construction du parc d'éoliennes verrait le jour et plus rien ne s'opposerait au redressement financier de WindPro. Ensuite il aurait du temps pour Mark. Il réparerait tout. D'une façon ou d'une autre.

Le comte von Bodenstein ignora la main tendue de Theissen.

— Monsieur Theissen, je serai bref, dit-il froidement. Ce que vous et vos larbins avez fait est proprement infâme. Vous avez divisé les enfants de mon ami Ludwig avec votre offre immorale et à présent vous semez la zizanie dans ma propre famille. Vous avez fait naître l'angoisse et l'effroi avec vos menaces. C'est pourquoi ma famille et moi avons décidé de vendre cette funeste prairie pour un autre emploi.

Theissen regarda le vieil homme et cessa de sourire.

— Je ne peux pas vous donner cette prairie, continua le comte. Ni pour deux millions ni pour trois. Mon ami Ludwig souhaitait que la vallée et la forêt restent intactes et je respecterai sa volonté. Toute autre chose serait contraire à ma conscience.

Stefan Theissen acquiesça et poussa un profond soupir. C'était définitivement fichu. Il n'y aurait pas de parc d'éoliennes sur le Taunus. Et soudain cela lui fut complètement égal. Il était simplement fatigué, atrocement fatigué. Sa propre moralité, il l'avait depuis longtemps passée par pertes et profits. Il avait utilisé sans scrupules des moyens légaux et illégaux pour atteindre son but, et à présent il se brisait contre ce vieil homme en veste de tweed usée, pour qui une conscience pure valait plus que trois millions.

Theissen attendit que le comte von Bodenstein ait quitté son bureau puis il marcha vers la console et prit dans ses mains la photo qui montrait son fils à l'époque où tout allait bien. Un petit garçon blond sensible et sérieux comme ses deux sœurs aînées. Un enfant qui avait désespérément besoin d'amour et d'attention et qui, ne les ayant pas trouvés dans sa famille, s'était tourné vers des étrangers. Vers des gens perfides. Mark avait-il quelque chose à voir avec le meurtre de Ludwig Hirtreiter ? Si c'était le cas, c'est à lui que la faute incomberait, car il n'avait pas su s'occuper de son fils.

Un long moment il resta inerte dans l'entrée de la maison, incapable d'avoir une idée claire. Il ne percevait plus que son propre souffle et le ronflement du réfrigérateur dans la cuisine. Les valises faites, les corbeilles des chiens et des chats disparues, le placard vide, le sac-poubelle bleu posé à côté de la porte d'entrée – Ricky lui avait-elle menti ? Voulait-elle l'abandonner ? *Pourquoi ?* La question lui vrillait impitoyablement le cerveau. Que deviendraient Le Paradis des Animaux et Jannis ? Qui s'occuperait des lapins, des cochons d'Inde, des chiens et des chats ? Non, il devait se tromper. Mark respira profondément pour combattre la nausée. Il revint dans la chambre, tira une des valises à lui et ouvrit la serrure. Il avait besoin de certitudes.

Dans les deux premières valises, il n'y avait que des vêtements mais dans la troisième il trouva l'ordinateur portable de Ricky. Balayant ses scrupules, il retira l'enveloppe de protection et l'ouvrit. Le mot de passe de Ricky était aussi simple que celui de sa mère, elle le lui avait donné une fois et depuis elle n'en avait plus changé. Assis par terre dans la chambre obscure, le portable sur les genoux, Mark fit défiler les mails de Ricky. Un des derniers messages venait de Rosi.

Bien sûr, je le ferai, avait-elle écrit. *Tu n'as qu'à amener les bestioles, je m'occuperai d'elles.* Les bestioles ! Quelle façon tarée de parler ! Typique de Rosi ! Mark descendit et lut les mails de Ricky. *Chère Rosi, je dois partir quelques jours. Jannis est hélas à l'hôpital. Pourrais-tu t'occuper de mes animaux pendant mon absence ? J'ai fait partir les chevaux ce matin mais pour les autres je ne suis pas arrivée à trouver une solution assez vite. Ce serait vraiment super-gentil.*

Il ne comprenait pas. Pourquoi avait-elle demandé ce service à Rosi et pas à lui ? Il avait déjà nourri les bêtes et nettoyé leurs cages. Et pourquoi avait-elle fait partir les chevaux ? Pour aller passer quelques jours chez ses parents ? Mark réfléchissait en fixant l'écran.

C'était clair, se dit-il, Ricky trouvait que cette responsabilité était trop lourde pour un jeune comme lui. Il n'avait que seize ans et il allait encore au lycée. Elle était pleine d'égards pour lui et ne lui voulait que du bien. Elle était peut-être un peu à côté de ses pompes, mais son père était mourant, c'était une situation exceptionnelle. Et en plus il y avait Jannis et la disparition d'Annika.

Inconsciemment son cerveau cherchait une explication rassurante, une justification, comme chaque fois que Ricky faisait quelque chose qui ne correspondait pas à l'image qu'il s'en faisait. Non, elle ne l'aurait jamais abandonné sans le lui dire.

Mark continua à lire les mails. Soudain il se figea. Un message de *Billigfluege.de* avec pour objet : “Votre réservation.”

Il cliqua pour ouvrir et lut. Une fois. Une deuxième fois. Comprendre était affreux. Comme souvent dans sa vie, ce qui était vraiment le pire le prenait entièrement au dépourvu. Il ne ressentit aucune colère, juste une déception abyssale, écrasante.

Berlin, 31 décembre 2008

Le matin se levait quand elle arriva sur le parking de la forêt et arrêta son moteur. Elle ferma les yeux et appuya son front brûlant contre le volant. Cieran était mort ! Et elle s'était retrouvée allongée sur le lit, nue, barbouillée de sang et un couteau dans la main ? L'avait-elle tué ? Mais pourquoi aurait-elle fait cela ? Et, surtout, que faisait Cieran à Berlin ?

Elle s'efforça de reprendre ses esprits en respirant profondément et régulièrement. Aujourd'hui, on fêtait la Saint-Sylvestre, venait-on de dire à la radio. Il manquait donc six jours dans ses souvenirs. Dirk lui avait tendu une coupe de champagne, ils avaient trinqué, bu. Joyeux Noël ! Ensuite elle s'était sentie mal et Dirk avait téléphoné. "Elle m'a agressé", avait-il dit, alors que ce n'était pas vrai. Que s'était-il passé ?

— Bon Dieu, murmura-t-elle, fouille dans ta mémoire, Annika !

Deux agents de la sécurité de l'Institut étaient arrivés. Lumière crue. Chaleur. Une piqûre à son coude. Elle se redressa, releva la manche de sa veste et observa à la lumière pâle du petit matin un hématome à son avant-bras droit. La piqûre se voyait clairement et même le morceau de Tricosteril qui avait servi à fixer la canule. On l'avait endormie ! Et la voiture ! Elle l'avait garée près de l'Institut quand elle était allée chez Dirk ! Qui l'avait amenée devant l'hôtel ? L'y avait-elle conduite elle-même ? Avait-elle tué Cieran ? Où avait-elle pris le couteau, et pourquoi aurait-elle fait cela ?

Son regard tomba sur sa montre. 7 h 59. Elle haussa le son de la radio, écouta les nouvelles. Mais elle attendit en vain l'annonce qu'un mort avait été découvert dans un hôtel à Wedding. Bizarre. Elle avait à peine quitté l'hôtel que la police était déjà là. Et la radio n'aurait pas manqué de raconter la découverte d'un cadavre dans une chambre d'hôtel. Ce serait donc... Un soupçon incroyable germait en elle. Elle dut avaler sa salive. En s'enfuyant de la chambre, elle avait emporté l'iPhone de Cieran, il était à présent dans sa poche. Il était encore allumé ! Elle appuya sur l'écran et respira de soulagement en constatant qu'il n'avait pas rentré le code. Rapidement elle ouvrit les SMS et lut, incrédule, les derniers messages que Cieran avait reçus. Le tout dernier venait d'elle. Mais elle ne l'avait jamais écrit.

Il lui fut antipathique d'emblée, elle n'aimait ni la voix de Heiko Störch, ni l'expression de supériorité qu'arborait sa figure grasse.

— Nous avons appris que votre chef se trouve en compagnie d'une personne accusée d'un double homicide, annonça-t-il et elle lut sur le bout de son nez à quel point ça le faisait chier d'être obligé de se montrer amical. Il trouvait en dessous de sa dignité d'avoir à lui lécher les bottes, mais apparemment il ne voyait aucune autre possibilité d'obtenir des informations. Ses deux sous-fifres la traitaient par-dessus la jambe. Les hommes du BKA s'invitaient de plus en plus souvent dans le bureau du Dr Engel, ce qu'elle ne paraissait pas apprécier.

— Ah, dit Pia en évitant son regard avec un air impassible. Elle arrivait à présent à se dominer presque aussi bien que Bodenstein.

— Allons droit au but, grogna Störch. Vous savez où il est ?

— Non, je ne le sais pas, répondit Pia et c'était vrai. J'ai en ce moment d'autres soucis que la vie privée de mon chef.

— Le nom d'Annika Sommerfeld vous dit quelque chose ?

— Si ce nom n'a rien à faire avec mon enquête actuelle, non.

Un froid regard scrutateur.

— Chère collègue.

Le bonze du BKA s'aperçut qu'il n'obtiendrait rien en continuant comme ça, il essaya donc de prendre un ton complice.

— Bodenstein est un vieil ami de mes années d'études. J'ai peur qu'il ne se soit fourré dans un pétrin dont il ne pourrait pas se tirer par ses propres forces. Cette femme lui a sans doute tourné la tête, elle lui aura menti, qui sait. Vous l'aideriez et l'empêcheriez de commettre les pires erreurs.

— Que devrais-je faire ?

— Prendre contact avec lui et rester en liaison avec nous.

— D'accord. Comment ? Quand ?

— Tout de suite, ordonna Störch. Appelez-le immédiatement.

Pia échangea un regard avec le Dr Engel, puis elle haussa les épaules et prit le téléphone.

— Débrouillez-vous pour qu'il ne se méfie pas, commanda Störch. Et mettez le haut-parleur.

Pia obéit. Comme elle s'y attendait, elle tomba sur le répondeur.

— Bonjour, chef, dit-elle sans quitter Störch des yeux. J'ai un problème ici et besoin de vos conseils. C'est urgent. S'il vous plaît, rappelez-moi aussi vite que possible.

Elle raccrocha. Son regard rencontra celui de Nicole Engel et elle y lut une approbation silencieuse. Celle-ci avait compris que Pia avertissait Bodenstein qu'elle parlait devant des gens, car elle seule savait qu'en temps normal Pia et Bodenstein se tutoyaient.

— Autre chose ?

— Pour l'instant rien. Merci, dit-il avec amertume. Mais n'oubliez pas, cette affaire est…

— Top secret, l'interrompit Pia. Je sais.

Jannis paya le chauffeur de taxi avec un billet de vingt euros qu'il avait fourré dans la poche de son manteau, puis il descendit précautionneusement de voiture en s'appuyant sur ses béquilles. Après le bizarre appel de Mark, il avait cherché en vain à joindre Ricky jusqu'à l'épuisement de son crédit téléphonique.

L'idée que la maison avait été cambriolée et son bureau entièrement vidé ne le laissait plus en repos. Sans avertir l'hôpital, il était parti en pyjama, pantoufles et peignoir de bain, et s'était dirigé vers un taxi en boitillant. Le pire, c'était que les hommes de main d'Eisenhut lui avaient pris son portefeuille, ses clés, son mobile. Si ce que disait Mark était vrai, il avait perdu tout ce qu'il possédait. Le trajet du taxi à sa porte fut presque au-dessus de ses forces. Il était en nage quand il pressa sur la sonnette. Pourquoi les volets roulants étaient-ils baissés ? Il sonna avec impatience une deuxième fois et enfin la porte s'ouvrit.

— Qu'est-ce qui se passe ? demanda-t-il à Mark et il passa, en se traînant, devant lui. Il lui fallut quelques secondes pour que ses yeux s'habituent à la pénombre qui régnait à l'intérieur de la maison. Dès l'entrée il tomba sur un affreux désordre : un sac-poubelle éventré, des vêtements, des monceaux de papiers déchiquetés. Il regarda autour de lui sans comprendre.

— Où est Ricky ? Qu'est-ce que tu fais ici ?

Mark ne répondit pas. Il restait debout, les bras croisés, immobile, le regard étrangement vide. Mais Jannis se fichait bien de Mark, son bureau l'intéressait beaucoup plus. L'étroit escalier tournant paraissait un obstacle infranchissable mais il en vint à bout, marche après marche. Il s'était attendu au même chaos qu'en bas mais le vide absolu le frappa encore plus. C'était un cauchemar. Incrédule, il fixait les étagères vides, le plateau nu du bureau ; son cerveau ne voulait pas admettre ce que ses yeux voyaient. Redescendre paraissait encore plus insurmontable que monter, mais il ne pouvait plus supporter cette vue. Il s'assit enfin sur la dernière marche, en respirant bruyamment. Mark n'avait pas bougé de sa place.

— Quand ça s'est passé ? dit Jannis épuisé, en essuyant son visage en sueur.

— Samedi, répondit Mark. Ricky a préféré ne pas te le dire. Ce qu'elle ne t'a pas dit non plus, c'est qu'elle a couché avec moi.

Jannis releva la tête.

— Qu'est-ce que tu racontes ?

— Et elle ne t'a pas dit non plus qu'elle prenait aujourd'hui l'avion pour l'Amérique et qu'elle avait résilié la location de la maison et du magasin, si ?

Jannis dévisagea le garçon. Avait-il perdu la raison ? Mark poussa du pied le sac-poubelle déchiré.

— J'ai découvert tout ça par hasard, continua-t-il.

Il glissa la main dans la ceinture de son pantalon. Et l'instant d'après, il pointait sur Jannis un pistolet qui avait l'air véritable.

— Tu es fou ? dit Jannis en essayant de se lever. Tu as perdu la tête ?

— Reste assis, répliqua Mark. Sinon je te tire dans les jambes. Il avait dit ça avec calme. Un calme menaçant. Jannis avala sa salive. Ce qu'il lisait dans les yeux de Mark lui faisait peur. Affreusement peur.

— Qu'… est-ce que tu veux ? souffla-t-il.

— Nous allons attendre Ricky, répondit Mark. Et ensuite je veux savoir pourquoi vous m'avez toujours menti.

L'enquête enregistra un succès. Ralph Glöckner ne semblait pas se douter que la police le recherchait et après le week-end il était en toute innocence réapparu au Lion d'Or pour commencer la semaine.

— L'aubergiste a prévenu les collègues de Kelkheim et ils ont envoyé deux voitures de patrouille, raconta Cem tout en descendant l'escalier avec Pia. On l'a mis dans la salle d'interrogatoire numéro un.

— Au moins une bonne nouvelle aujourd'hui, grommela Pia.

Glöckner était en effet son dernier espoir après que tous les autres suspects avaient été blanchis l'un après l'autre. Cette enquête lui ôtait le sommeil depuis des jours et, la nuit dernière, elle avait même rêvé que le père de Bodenstein avait tué Hirtreiter et ensuite Annika Sommerfeld.

Ralph Glöckner se leva de sa chaise quand Cem et Pia entrèrent dans la salle d'interrogatoire. Malgré sa taille, ses mouvements étaient souples et même la blême lumière du néon n'arrivait pas à affaiblir l'impression d'énergie concentrée qu'il dégageait. Glöckner était fort comme un chêne et Pia se demanda comment elle avait pu ne pas remarquer sa haute stature sur le parking de WindPro.

— Il s'agit de mardi dernier, dit-elle après avoir énoncé dans le micro les formalités nécessaires au procès-verbal. Nous avons appris que vous aviez parlé avec Ludwig Hirtreiter ce soir-là.

— Oui, c'est exact, confirma Glöckner qui appuya les bras sur la table et joignit ses paluches brûlées par le soleil. Avec rapidité et sobriété, il raconta comment Rademacher et lui, après avoir dîné ensemble, étaient allés à Ehlhalten, sans avertir Ludwig Hirtreiter au préalable, pour essayer de le convaincre une dernière fois. Et celui-ci, après avoir refusé de parler avec Rademacher, avait bien voulu le faire avec lui. Hirtreiter l'avait donc emmené à Rabenhof pendant que Rademacher rongeait son frein sur le parking de La Couronne. Sur le trajet vers Rabenhof, Hirtreiter lui avait paru fatigué, épuisé même. Il n'avait pas envie de se mettre en colère, avait-il déclaré. Il n'en pouvait plus de ces disputes à l'intérieur de l'Initiative citoyenne et de sa propre famille. Tout cet argent ne l'intéressait pas mais il avait peur de perdre la face devant les autres.

— Nous avons parlé une bonne demi-heure, dit Glöckner pour conclure, puis je suis parti. Hirtreiter voulait encore réfléchir à la façon de résoudre le problème à l'amiable.

Malheureusement, il n'y avait pas la moindre raison de mettre ses paroles en doute. Et merde.

— Avez-vous remarqué quelque chose à la ferme ? demanda Pia dans l'espoir d'apprendre une information qui pourrait les aider. Une voiture ? Un scooter ? Hirtreiter a-t-il reçu un appel ?

Glöckner réfléchit en fronçant les sourcils. Mais à la déception de Pia, il secoua la tête.

— Bon. Merci malgré tout, dit-elle en se forçant à sourire.

C'était à devenir cinglé.

— Si vous voulez bien signer le procès-verbal, après vous pourrez partir.

Elle se leva et contrôla son mobile. Bodenstein n'avait pas appelé. Et merde. Sa dangereuse course contre la montre avec la sûreté de l'État n'était pas vraiment propice à sa concentration. Au moment où elle allait quitter la pièce, Glöckner parut se souvenir de quelque chose.

— Commissaire, dit-il, je crois qu'il y a quelque chose que vous devez savoir.

Son regard parut littéralement scanner Pia.

— Oui ?

— C'est votre coiffure qui vient de m'y faire penser, dit-il en souriant et en se penchant en arrière.

Comme ce matin elle n'avait pas eu le temps de se laver les cheveux, elle s'était fait deux courtes nattes.

— Quand je suis revenu au village, j'ai croisé une voiture. En voilà un qui est pressé, j'ai pensé. Il a fallu que je freine et je suis presque allé dans le fossé.

Pia laissa tomber son mobile et le regarda fixement. Elle était prise d'un pressentiment auquel se mêlaient les battements impatients de son cœur.

— Ne nous faites pas attendre comme ça, dit Cem avec impatience.

Glöckner ne fit pas attention à lui.

— C'est une jeune femme qui conduisait. Une blonde avec des nattes. Peut-être que ça pourra vous aider.

C'était ce moment magique, commun à toute enquête, où se produisait enfin la percée qu'elle avait attendue.

— Oh oui, répondit Pia. Je pense que oui.

La clé tourna dans la serrure, la porte d'entrée s'ouvrit. Pendant quelques secondes sa silhouette se dessina en noir sur le fond clair de l'extérieur. Il se raidit mais l'odeur de son parfum lui fit venir les larmes aux yeux. Jannis avait cessé de parler, se contentant de gémir de temps en temps.

— Bonjour, Ricky, dit-il.

Elle fit demi-tour et poussa un cri d'effroi inarticulé. Puis elle le reconnut. Le canon du pistolet auquel, depuis deux heures, sa main s'était habituée, tremblait légèrement quand il le dirigea sur Ricky.

— Bon sang, Mark! comment tu peux me… Elle se tut quand elle vit l'arme dans sa main et fronça les sourcils. Qu'est-ce que tu fais ici ? Où tu as eu ce pistolet ?

Mark ignora cette question.

— J'attendais que tu m'appelles, dit-il et il remarqua lui-même combien sa voix était fluette. Et comme tu ne l'as pas fait, je suis venu ici.

Le regard de Ricky tomba sur Jannis qui était assis sur une chaise dans la cuisine obscure et elle ouvrit de grands yeux étonnés.

— Trésor ! cria-t-elle. Pourquoi tu n'es pas à l'hôpital ?

— Parce que je voulais te dire adieu avant que tu t'envoles pour Los Angeles, répondit Jannis d'un ton sarcastique. C'est bien ce que tu as prévu, non ?

— Comment tu peux croire que je pars à *Los Angeles* ? dit-elle en ouvrant des yeux incrédules et en souriant. Je vais à Hambourg chez mes parents.

— Ah oui ? Depuis quand tes parents habitent-ils à Hambourg ? Peut-être depuis que ton père a vendu son *groupe* et vit de ses *millions* ?

— Bon Dieu, qu'est-ce que ça veut dire ? dit Ricky en le dévisageant pendant quelques secondes.

Prise sur le fait, elle était incapable d'inventer sur-le-champ un nouveau mensonge. Son visage montra des signes de déstabilisation mais elle se reprit bientôt.

— Tu vas arrêter de mentir, continua Jannis. Mark a trouvé la confirmation de ta réservation de vol dans ton portable. Tu t'es débarrassée des chevaux et des autres animaux aussi. Pour pouvoir te barrer en paix. Et tu m'as caché que pendant un cambriolage tout mon bureau avait été vidé.

— Tu as *quoi* ? dit-elle en se tournant vers Mark. Qui t'a autorisé à fouiner dans mon ordinateur ?

— Je… je… bégaya-t-il intimidé.

— Dis-le-lui donc, ordonna Jannis. Raconte-lui ce que Frauke t'a dit ! Sur tes études en Amérique et ton père si riche ! Pff ! Même ton brevet de maître-chien et tes soi-disant prix sont bidons ! Tu n'es qu'une sale menteuse, rien d'autre !

Les yeux de Ricky s'étrécirent sous le coup de la colère.

— Et toi, tu peux parler ! siffla-t-elle. Le parc d'éoliennes, tu t'en es toujours fichu, tu voulais uniquement te venger et pour ça tous les moyens étaient bons !

— En tout cas c'est bien moins pitoyable que ton passé inventé ! répliqua Jannis moqueur. Tu n'es qu'une bulle de savon vide !

— Et toi tu n'es qu'un sale égoïste qui sait faire de beaux discours mais qui n'a rien entre les jambes. Tu es un raté !

Mark suivait cet échange de reproches et d'insultes qui devenaient toujours plus blessants et plus haineux. Chaque mot déchirait un peu plus l'illusion d'amour et de respect à laquelle il s'était cramponné. Ils se disputaient comme ses parents. Méchamment, et avec chacun la même volonté d'anéantir l'autre.

— Assez ! cria-t-il. Arrêtez !

Il ne pouvait supporter plus longtemps que les deux personnes au monde qu'il avait le plus aimées et respectées se déchirent ainsi sous ses yeux. C'était encore pire que le jour où il avait perdu Micha. La déception et le chagrin étaient mille fois plus grands. Pourquoi avait-il eu l'idée folle de les forcer à avouer leurs mensonges ? Il ne s'était pas imaginé cela.

— Et toi, tu n'es qu'un misérable petit fouineur, l'engueula Ricky.

Mark avala sa salive. Il n'y avait plus rien de beau en elle, son visage n'était plus qu'une face hideuse qui laissait voir ce qu'elle était vraiment : une égoïste sans scrupules, froide et sans cœur.

— Je veux… je veux savoir pourquoi vous m'avez menti, dit-il en luttant contre les larmes. Je veux que vous me disiez tous les deux la vérité.

Ricky le toisa et secoua la tête.

— Pff, fit-elle avec mépris. Tu es vraiment borné ! Qu'est-ce que tu t'imagines ? Tu crois que j'ai des comptes à te rendre ?

Elle fit un geste de rejet et eut un rire moqueur. Alors il se passa quelque chose en Mark. C'était comme si soudain on avait appuyé sur un interrupteur. À présent ce qu'il avait imaginé de pire était arrivé. La peur l'abandonna, faisant place à une haine froide. Jusque-là, sa vie entière avait été guidée par la peur de perdre un être qu'il aimait : d'abord ses parents, puis Micha, enfin Ricky et Jannis. À présent, il les avait perdus. Tous. L'un après l'autre, ils l'avaient déçu, lui avaient menti, l'avaient laissé tomber. Qu'est-ce qu'il pourrait bien craindre maintenant ? Tout lui était égal. Complètement égal.

— Je n'en écouterai pas davantage, dit Ricky décidée.

— Bouge pas, la prévint Mark.

— Arrête avec cette merde, dit Ricky avec colère. Elle tendit le bras et, d'un geste intrépide, voulut attraper le pistolet.

Alors Mark tira. La balle passa à un cheveu de son bras et alla se ficher dans le mur, à côté de la porte d'entrée. Le bruit fut beaucoup plus fort qu'il ne s'y attendait.

— Tu es cinglé ? cria Ricky qui recula en chancelant. Tu as perdu la boule, espèce de crétin ! Il s'en est fallu d'un cheveu pour que tu me touches !

— La prochaine fois je ne te raterai pas, je te le promets, lui assura Mark.

La peur qu'il lisait dans ses yeux lui mettait du baume au cœur. C'était presque comme devant son ordinateur. Mais cette fois, l'arme dans sa main était bien réelle.

— Comment ça, vous avez levé la planque ?

— Il y a eu un changement d'équipe. Et ensuite nous avons dû intervenir pour une bagarre dans une école.

Pia dut prendre sur elle pour ne pas crier. Elle était folle de rage. Depuis trois heures, la maison de Friederike Franzen était sans surveillance !

— J'exige que dans dix minutes au plus tard il y ait deux voitures de patrouille devant la maison, dit-elle sèchement. Une devant la porte d'entrée et l'autre en dessous, sur le chemin. Et prévenez-moi dès que ce sera fait.

Elle raccrocha avant que le collègue de Königstein ait le temps de protester.

— Crétin, grommela-t-elle, furieuse.

Le bureau du chef n'était pas pratique, aussi se trouvait-elle à sa propre table.

— Pia, j'ai eu par Frauke Hirtreiter le numéro du mobile de Mme Franzen, dit Kathrin en apparaissant dans l'encadrement de la porte. La demande à l'opérateur est partie. Par ailleurs j'ai fait la demande pour le profil des mouvements du mobile de Mark Theissen.

— Très bien. Nous avons besoin du relevé des liaisons personnelles des deux.

— Nous les aurons dans une demi-heure.

— Super. Dites à Kröger que je veux le voir.

— Je le fais.

— L'avis de recherche de Friederike Franzen est lancé, dit Cem. J'ai retrouvé son numéro d'immatriculation.

Assis au bureau d'en face, Kai téléphonait au procureur pour obtenir un mandat d'arrêt. Cem appela d'abord l'école de Mark Theissen pour demander si le jeune homme était venu en cours. Depuis sa fuite par le balcon, il n'était plus réapparu chez lui, sa mère était dans tous ses états. Il n'avait pas pu utiliser le scooter rouge, la police de Königstein l'avait en dépôt depuis samedi.

Pia feuilleta le dossier de Hirtreiter et, dans sa tête, passa en revue la journée de samedi dernier. Pourquoi n'avait-elle pas remarqué plus tôt que quelque chose clochait chez Ricky Franzen ? Elle se comportait bizarrement. Son sac n'était pas dans la cuisine mais dans la voiture, donc elle avait menti ! Pourquoi s'était-elle remise si vite de sa frayeur ? À qui avait-elle téléphoné ? Et qu'y avait-il entre elle et Mark Theissen ?

— Tu voulais me parler, dit Kröger en entrant dans son bureau.

— Salut Christian. Merci d'être venu si vite. Pia avança pensivement la lèvre inférieure. Où est passé le rapport sur l'arme que nous avons trouvée chez Frauke Hirtreiter ? Je n'arrive pas à le trouver dans le dossier.

— Il est toujours sur mon bureau. Tu en as besoin ?

— Vous avez trouvé des empreintes dessus ?

— Une foule, dit Kröger en fronçant les sourcils. Pourquoi ?

— Nous partons du principe que c'est Friederike Franzen qui a tiré et que plus tard elle a caché le fusil chez Frauke. Ça nous aiderait si on trouvait ses empreintes sur l'arme.

— On lui a pris ses empreintes ?

— Jusqu'à maintenant non.

— Bien entendu, Mark n'est pas à l'école, dit Cem depuis son bureau. Qu'est-ce qu'on fait ?

Le téléphone se mit à sonner sur le bureau de Pia en même temps que son mobile. Henning ! C'est maintenant qu'il pensait à la joindre après quatre jours de silence radio ! Pia tendit son mobile à Kröger.

— Tiens, dit-elle sur un ton lugubre, ton ami préféré. Demande-lui ce qu'il veut.

Puis elle décrocha son téléphone fixe. Une voix énervée se mit à lui crier dans l'oreille et il lui fallut un moment pour comprendre qu'elle avait à l'appareil le commissaire principal du commissariat de Königstein. Son visage s'assombrissait pendant qu'elle écoutait en silence.

— C'est pas possible, s'exclama-t-elle, j'ai dit expressément que vous deviez nous attendre devant la porte ! Oui... non... on s'en occupera. Vous bouclez la rue et le chemin, toute la zone. On sera là dans un quart d'heure.

Elle raccrocha et leva les yeux au ciel.

— Qu'est-ce qui se passe ? demanda Kai alarmé.

— Mark Theissen a pris Mme Franzen en otage, répondit Pia lugubrement. Et il a tiré sur un collègue qui sonnait à la porte.

Elle respira profondément, maudit Bodenstein qui passait de joyeuses vacances avec sa souris menteuse, puis les collègues qui, de leur propre chef, avaient cessé de surveiller la maison à Schneidhain.

— Kai, dit-elle, tu lances toute la gamme, SEK*, urgentistes, psychologues, tout. Cem et Kathrin, on y va tout de suite.

— Tu auras aussi besoin de moi ? s'informa Kai.

— Bien sûr. Et pensez à vos gilets. Dans trois minutes en bas sur le parking.

Elle mit son sac à dos sur l'épaule et s'apprêta à partir. Elle repensa alors à Henning.

— Qu'est-ce qu'il voulait ? dit-elle en tendant la main pour récupérer son mobile.

— Il préfère te le dire lui-même, éluda Kröger.

— Allez, dis-le. C'est quoi ?

— Si j'ai bien compris, il s'est marié en Angleterre.

Tout s'était déroulé sans accroc. Pour un peu Bodenstein se serait pris pour un agent secret quand il était entré dans la petite banque privée du quartier de la Bourse à Zurich, et s'était

* *Spezialeinsatzkommandos*, équivalent du GIGN français.

identifié avec le mot de code *Climatgate*. On l'avait conduit sans problème dans la salle des coffres, il avait ouvert le tiroir et en avait sorti l'attaché-case noir. Dix minutes plus tard, il était dans la rue, le cœur battant et les genoux en coton. Il avait regardé discrètement autour de lui, mais personne ne semblait le surveiller. Malgré tout, il s'était senti soulagé quand il était reparti en direction de Winterthur.

Une heure plus tard, il atteignait Constance. Les douaniers suisses et allemands l'avaient laissé passer avec un signe de tête et, à 13 heures juste, il se garait sur le parking de l'hôtel Schiff am See directement devant le bac. Annika courut vers lui quand elle l'aperçut. Son cœur se gonfla de bonheur lorsqu'il vit le soulagement illuminer son visage, puis elle lui sauta au cou et l'embrassa.

— C'était une aventure passionnante, plaisanta-t-il.

— Oh Oliver ! Je ne sais pas comment te remercier.

— Ce n'est que le premier pas, fit-il remarquer. Je crains que ce ne soit beaucoup plus difficile de négocier avec Störch et les types du BKA.

Annika se détacha de lui. Son sourire s'effaça et fit place à un air abattu. Une légère brise venant du lac ébouriffa ses cheveux. Elle repoussa une mèche derrière l'oreille.

— Qu'est-ce que je vais faire si je n'arrive pas à réfuter leurs preuves, murmura-t-elle en le regardant de ses grands yeux. Dirk a tellement de pouvoir et d'influence et je le crois capable de tout. Il cherche à m'éliminer.

— On vit encore dans un État de droit, dit Bodenstein avec conviction et il ouvrit le coffre de la voiture. Personne ne peut vous envoyer aussi facilement en prison.

Elle semblait si perdue et si triste, que cela fit mal à Bodenstein. Il lui caressa la joue. En cette belle journée, devant ce décor magnifique, il ne devait pas y avoir de place pour les pensées tristes. Le cauchemar prendrait bientôt fin et ensuite ils auraient tout leur temps pour des conversations agréables et des randonnées.

— En roulant j'ai réfléchi et j'ai pensé que tu aurais besoin d'un bon avocat. Maître Clasing est un spécialiste du droit pénal, un des meilleurs d'Allemagne. Je l'ai connu pendant une enquête et il m'est un peu redevable. Je vais l'appeler, si tu es d'accord.

— Oui, bien sûr.

Elle toucha l'attaché-case du bout des doigts puis retira la main en frissonnant.

— Des hommes que j'ai connus sont morts à cause de ça, c'est effrayant.

— Viens. Bodenstein posa son bras sur ses épaules et ferma énergiquement le coffre. On va voir si on peut attraper le prochain ferry, puis on ira manger. J'ai une faim de loup.

Tout un attroupement s'était déjà formé devant les rubalises qui fermaient la rue, devant la maison de Ricky. Pia le traversa et rejoignit le chef des opérations.

— Il a ouvert la porte et a aussitôt tiré, dit le commissaire de police de Königstein Werner Sattler tout retourné. Froidement !

— Comment va le collègue ?

— Je ne sais pas. Quand ils l'ont emmené à l'hôpital il n'avait pas perdu conscience. Heureusement qu'il avait un gilet pare-balles. Sinon il serait mort.

Pia regarda la maison. Tous les volets étaient baissés, la BMW noire de Theodorakis et l'Audi sombre de Mme Franzen étaient garées devant le garage. Kröger discuta avec ses collègues et il fit tendre une deuxième rubalise, à cinquante mètres environ de la maison. Le SEK arriva. Le bus sombre aux verres teintés, qui devait servir de centrale pour les opérations, se gara aussi près que possible. Cem s'approcha, le téléphone à l'oreille. L'ambulance et le camion des pompiers arrivèrent à leur tour.

— Ils sont depuis combien de temps dans la maison ? demanda Cem.

— Je ne sais pas au juste, dit Sattler en haussant les épaules et en essuyant son front luisant de sueur avec un mouchoir.

Il n'y avait encore jamais eu de prise d'otages dans la petite ville du Taunus et il était visiblement dépassé par les événements.

— Quand est-ce que vous avez retiré les voitures de patrouille ?

— Seigneur, je comprends à présent que c'était une erreur ! Pas la peine de retourner le couteau dans la plaie.

Pia ouvrit la bouche pour lui faire un reproche cinglant mais Cem fut plus rapide qu'elle.

— Ce n'était pas mon intention, répondit-il calmement. Mais nous pourrions ainsi mieux évaluer l'espace de temps.

Sattler réfléchit un moment : vers 7 heures.

Il était à présent midi et demi. La maison était restée sans surveillance pendant cinq heures et demie. Une bourde lourde de conséquences.

— Nous devrions interroger les voisins, proposa Cem. Ils ont peut-être vu quelque chose.

— Bonne idée, dit Christian Kröger en montrant de la tête la maison voisine. C'est là qu'habite l'experte en terrorisme du quartier. Je parie qu'elle est restée toute la journée à sa fenêtre.

— OK, dit Cem avec un rire bref. J'y vais.

— Christian, dit Pia en se tournant vers Kröger. Qu'on aille chercher Frauke Hirtreiter. Et que quelqu'un aille à l'hôpital où est Theodorakis. J'ai besoin d'un plan précis de la maison.

Kröger acquiesça et sortit son téléphone. Le chef de l'unité d'intervention s'approcha. Pia connaissait Joachim Schäfer depuis différentes missions qu'ils avaient menées ensemble et de deux stages à l'école de police qu'il avait dirigée. C'était un macho arrogant, mais le meilleur dans sa spécialité.

— Salut, dit-il à Pia en enlevant ses lunettes de soleil. Comment ça se présente ?

Ses hommes en vestes anthracite et cagoules noires se rassemblèrent près du véhicule d'intervention.

— Salut, Joe. On n'en sait pas encore beaucoup non plus.

Pia et Kröger le suivirent à l'intérieur du véhicule bourré jusqu'au toit d'un appareillage technique à la pointe du progrès. Elle expliqua succinctement à l'équipe du SEK la situation supposée dans la maison, et leur présenta les lieux.

— Le preneur d'otage est armé et il a déjà tiré sur un collègue, conclut Pia. Il a seize ans et il est psychiquement instable. Nous devons faire en sorte qu'il n'utilise pas à nouveau son arme.

Schäfer fronça les sourcils, puis il acquiesça et donna quelques consignes rapides à ses hommes. Deux tireurs d'élite devaient se positionner sur le toit de la maison d'en face et sur celui de la maison mitoyenne, les autres devaient se poster derrière la maison. Pia n'enviait pas leur sort. Ce n'était pas un plaisir par 26 degrés à l'ombre de rester à l'affût pendant des heures sans bouger et sans perdre sa concentration.

— Il y a eu des revendications ? demanda Joe Schäfer.

— Non, aucune.

Cem grimpa dans le bus. Comme Kröger l'avait prévu, les voisins avaient vu tout ce qui s'était passé pendant la matinée. Contrairement à ce qu'ils pensaient, Mark avait pris deux otages, car deux heures avant, Jannis Theodorakis était arrivé en taxi, vêtu d'un peignoir de bain et chaussé de pantoufles, puis il avait disparu dans la maison. Mme Franzen était arrivée un peu plus tard. Dès l'aube elle avait chargé ses deux chevaux et était partie avec, ainsi qu'avec ses autres bêtes qu'elle gardait normalement dans le jardin.

— Les parents de Mark sont arrivés, ajouta Cem, et la psychologue aussi.

— Bon, dit Pia. Je vais parler aux parents. Ils ont le numéro de son mobile. Peut-être qu'ils pourraient l'appeler.

— OK, dit Joe Schäfer. Le mobile de Pia sonna. C'était Kai, qui annonçait que Friederike Franzen, d'après l'opérateur téléphonique, avait appelé samedi. Chez Stefan Theissen. Pia dut se boucher l'autre oreille car Schäfer et Cem téléphonaient aussi.

— Et ils ne se sont pas appelés qu'une fois mais assez souvent. Rien que pour samedi, quatre fois : à 7 h 12, 8 h 15, 9 h 45 et 14 h 32. Ils se sont aussi téléphoné ce matin. Bizarre, non ?

Pia ne trouvait pas ça tellement bizarre, ça ne faisait que renforcer ses soupçons. Friederike Franzen n'avait pas été attaquée samedi, Pia en était sûre à présent.

Potsdam, 31 décembre 2008

Le crépuscule tombait déjà, des pétards éclataient sporadiquement. Frigorifiée, elle serra plus étroitement sa veste sur ses épaules, ses chaussures crissaient dans la neige. Elle regrettait d'avoir laissé sa voiture sur le parking du port de plaisance, elle n'aurait pas cru que c'était si éloigné. Quand elle fut enfin devant le portail et qu'elle aperçut, au-delà du gazon couvert de neige, la villa dont les grandes baies brillaient chaleureusement, elle était en nage. Elle posa les mains sur les barreaux froids de la grille en s'efforçant de retenir ses larmes. Elle avait le cœur serré. Cela aurait dû être sa *maison. C'est ici qu'elle avait pensé vivre avec Dirk et à présent c'était cette Bettina qui s'y prélassait ! La clôture n'était pas finie et elle longea la haie dénudée par l'hiver jusqu'à ce qu'elle trouvât un endroit où elle puisse facilement se faufiler. Le lac s'étalait, calme, les arbres tendaient leurs branches dépouillées dans l'air glacial. Sa respiration formait un nuage devant sa bouche, et soudain la haine fusa si fort à travers son corps, une haine si brûlante, qu'elle eut peur que la neige ne fonde sous ses pieds. Son cœur criait vengeance. Dirk lui avait menti, il l'avait trompée, il avait attiré Cieran à Berlin pour le tuer, et à présent il voulait lui mettre ce meurtre sur le dos ! En quelques pas, elle atteignit la porte d'entrée et sonna.*

— Eh bien, dit Bettina, en voilà une surprise.

Elle était plus belle que dans son souvenir. Des cheveux bruns soyeux, une silhouette parfaite, un bronzage léger.

— Dirk est là ? demanda-t-elle.

— Non.

De la méfiance se lisait dans ses yeux. Et aussi de la peur.

— Je peux l'attendre ?

— Non. Allez-vous-en.

Quel mensonge avait-il bien pu raconter sur elle ? Elle poussa brutalement la femme de côté, se retrouva dans le vaste hall, luttant contre sa haine. Le grand arbre de Noël magnifiquement décoré resplendissait rouge et or, dans le salon vert une longue table était luxueusement dressée. Ils attendaient visiblement des invités pour fêter joyeusement le Nouvel An avec eux. Cette pensée lui fut insupportable. Elle avait passé des mois dans cette maison avec l'architecte, le décorateur et les artisans. Elle avait supervisé le travail, faisant d'une ruine une villa luxueuse. Soir après soir, elle avait parcouru ces pièces avec Dirk, en discutant sur l'avancée des travaux. Comment aurait-elle pu imaginer que tout cela était destiné à une autre femme ? Sa haine devint plus forte, plus folle, plus puissante que tout. Cette femme lui avait volé Dirk.

— Si vous ne partez pas, j'appelle la police, dit la voix angoissée de Bettina derrière elle. Elle se retourna. Tout de blanc vêtue, celle-ci se dressait sur le sol de marbre noir et blanc, grande et belle, comme la dame dans un jeu d'échecs. Et elle, qui était-elle donc ? Le pion qu'on doit sacrifier ?

Plus tard, elle fut incapable de se rappeler comment c'était arrivé, mais soudain elle avait le tisonnier dans la main et le visage irréprochable de Bettina était couvert de sang. Beaucoup de sang. Elle se souvenait de l'expression d'étonnement dans ses yeux bleus de poupée, des bris de porcelaine et de cristal. Le souvenir se mêlait à la flamme des bougies, à la cire chaude sur ses doigts froids, à l'arbre qui s'enflammait comme une torche. Affamées, les flammes avalaient les longs rideaux, léchaient les tapis et le plafond. Elle restait là, fascinée et en même temps saisie de dégoût.

Cette femme n'aurait pas cette maison, non, pas elle qui avait détruit tout le merveilleux qu'il y avait entre elle et Dirk. Elle enjamba Bettina et gagna la porte. Derrière elle une fenêtre explosa avec un bruit sec, puis une deuxième. Attisé par l'oxygène, l'incendie se transformait en enfer.

— Je te souhaite une bonne année, lui dit-elle en se dirigeant à la hâte vers la porte.

Le 31 décembre 2008 serait pour Dirk Eisenhut un jour inoubliable, elle y avait veillé.

Le mobile de Mark était éteint, tout comme le téléphone de Theodorakis et de Mme Franzen. Frauke Hirtreiter était arrivée et elle avait dessiné un plan grossier de la maison, que Schäfer et ses hommes étaient en train d'étudier. Même le Dr Nicole Engel était venue, afin de prendre la direction des opérations. Ils discutaient sur la façon d'entrer dans la maison, et de neutraliser et de maîtriser le preneur d'otages, soit avec une grenade flashbang soit avec des gaz lacrymogènes.

— Nous ne savons même pas où il se tient, dit Pia.

— C'est sans importance, répondit Schäfer avec morgue. La maison n'est pas si grande et ce n'est pas la première fois que nous faisons ça.

— Mais moi je suis contre, dit Pia d'une voix cassante. Nous devons d'abord parler avec Mark.

Le garçon était profondément traumatisé. D'après ce que ses parents et Frauke Hirtreiter avaient dit, elle se doutait de l'état émotionnel dans lequel devait être Mark Theissen. Personne finalement ne savait ce qui l'avait poussé à prendre en otages les deux personnes qu'il admirait le plus.

— Essayons encore d'appeler sur le fixe, proposa Pia, à qui le regard exaspéré que Schäfer échangeait avec ses hommes n'échappa pas. Ils étaient pour un dénouement rapide car toute autre solution leur paraissait mettre en péril la vie des deux otages.

Le psychologue de la police avait fait le numéro que Frauke leur avait donné et il attendait, tendu, pendant que la tonalité retentissait. Le répondeur avait déjà démarré quand on prit l'appel.

— Oui ?

— Mark, ici c'est Günther Reul. Je suis psychologue et je voudrais te parler.

— Mais pas moi.

— Nous nous faisons beaucoup de souci pour toi. Tes parents sont ici. Tu veux leur parler ?

Pia rencontra le regard désespéré du père de Mark. Lui et sa femme étaient assis sur un banc à l'arrière du bus.

— Non, qu'ils se tirent, répondit le garçon sèchement. Est-ce que la femme avec qui j'ai parlé samedi est là ?

— De quelle femme tu parles ?

— De la blonde de la Kripo, dit la voix de Mark qui sortait du haut-parleur. Il faut qu'elle vienne.

— Mais Mark, elle n'est pas… commença le psychologue.

— Je veux la femme, s'obstina Mark. Personne d'autre. Et qu'elle apporte quelques boîtes de Red Bull. Dans dix minutes devant la porte.

Puis il raccrocha. Le psychologue fit une grimace résignée.

— Il n'en est pas question, dit la conseillère juridique Engel sur un ton catégorique. Mme Kirchhoff ne rentrera en aucun cas dans cette maison.

— Qu'est-ce que vous voulez faire sinon ? répliqua Pia. D'ailleurs je ne pense pas que Mark me fasse du mal.

— Vous n'êtes pas qualifiée pour ça. Le psychologue était vexé, les gens du SEK discutaient de la dangerosité du garçon. Dieu sait que Pia n'avait aucune envie de jouer les héroïnes et de se retrouver à la merci d'un teenager perturbé et armé, mais il n'y avait pas d'alternative. Elle devait trouver le moyen de le calmer et de le convaincre de lui donner son arme, avant qu'il y ait un bain de sang et qu'il gâche toute sa vie.

La route se déroula sans problème jusqu'à Würzburg, mais ensuite la circulation ralentit tous les quelques kilomètres, jusqu'à ce que finalement, à la hauteur de Marktheidenfeld, elle finisse par se bloquer et que la file avance au pas. Bodenstein jeta un coup d'œil à Annika. Au déjeuner à Radolfzell, elle avait été de bonne humeur et même gaie. Bodenstein lui aurait volontiers proposé de ne pas retourner tout de suite à Francfort. La perspective d'une autre nuit avec elle, avant de devoir la remettre aux collègues, le tentait, mais la raison l'avait emporté. Annika était persuadée que son beau-père avait immédiatement signalé sa visite à Eisenhut et le danger qu'on la retrouve augmentait d'heure en heure. Depuis un long moment, elle n'avait quasiment pas ouvert la bouche, elle était pâle et tendue.

— Il faut que nous allions chez Clasing dès cet après-midi pour lui remettre l'attaché-case, dit Bodenstein en posant sa main sur la sienne. Il mettra les documents en lieu sûr.

Il était extrêmement soulagé que maître Clasing ait accepté sans hésiter de prendre Annika comme cliente. C'était un des avocats de Francfort qui avait gagné le plus de procès. Jusqu'à ce qu'il ait pris connaissance de ce qui était reproché à Annika, elle devrait cependant rester cachée dans un endroit sûr et, sur ce point, Clasing avait même une idée qu'il ne pouvait pas révéler au téléphone. C'était l'affaire de quelques semaines, se consolait Bodenstein.

Il alluma la radio pour écouter Info-trafic.

— *Un policier a été grièvement blessé par balle*, disait le reporter, ce qui fit dresser l'oreille à Bodenstein. *Jusqu'ici la police n'a donné aucune information sur le nombre de personnes que détient le preneur d'otages, lequel serait un garçon de seize ans. Le policier blessé a été transporté à l'hôpital mais son état n'a pas encore été communiqué. De Königstein, Daniel Keppler pour Radio FFH.*

Un preneur d'otages de seize ans à Königstein ? Bodenstein sentit son estomac se serrer.

— Seigneur, dit-il en attrapant son mobile qu'il avait fermé pour qu'on ne puisse pas le localiser. Annika se redressa et lui jeta un regard inquiet.

— Qu'est-ce que tu fais ? demanda-t-elle.

— Il faut que j'appelle Pia, répondit-il en tapant son code PIN.

Quelques secondes après, l'appareil sonna. Sept appels dans la boîte mail. Vingt-cinq appels, trois SMS. Il les écouterait et les lirait plus tard.

Le SEK avait pris position sur les toits des voisins et on s'était mis d'accord sur un plan d'action. Les techniciens fixèrent un micro sur le bracelet de montre de Pia. Elle devrait tâter le terrain dans la maison et paraître obéir aux exigences du garçon. Si elle ne réussissait pas à mettre la situation sous contrôle, l'assaut du SEK se produirait, au plus tard, une demi-heure après. La mère de Mark pleurait silencieusement, à côté d'elle le père était penché en avant, le visage dans les mains. Quoi qu'ils aient fait ou omis de faire, il devait leur être insupportable d'entendre les policiers convenir froidement de tirer sur leur fils en cas de nécessité extrême.

Quand Pia descendit du bus de commandement, son mobile sonna. Christoph ! Elle réfléchit un instant pour savoir si elle devait répondre.

— Ce n'est vraiment pas le moment, dit-elle. Je suis en pleine action. Où tu es ?

— Sur le chemin de la maison. Je viens juste d'entendre à la radio qu'il y a eu une prise d'otages à Schneidhain, répondit Christoph. Dis-moi juste que tu n'as rien à faire avec ça.

— Si. Malheureusement.

Un silence suivit.

— C'est dangereux ? demanda-il avec une voix calme.

Pia préféra ne pas lui dire la vérité.

— Pas pour moi, dit-elle.

— OK, dit-il. Bonne chance.

Quand il eut raccroché, le téléphone sonna à nouveau. Bodenstein ! Pour lui, elle n'avait pas de temps en ce moment. Elle tendit son mobile à Christian Kröger et lui demanda de raconter à Bodenstein ce qui se passait. Peut-être qu'il consentirait à s'arracher à son Annika pour quelques heures.

Elle prit le pack de six Red Bull qu'un collègue était allé acheter à la station-service de Königstein et, d'un pas décidé, elle traversa la rue qui paraissait comme morte dans la lumière crue de l'après-midi. Son cœur battait jusque dans son cou quand elle traversa le petit jardin de devant, gravit les deux marches du perron et sonna. La sensation qu'en ce moment trois tireurs d'élite pouvaient, dans la lunette de leur fusil, voir sur son visage les gouttes de sueur était horrible.

Il attendait derrière la porte et la palpa superficiellement d'une main. Dans l'autre, il tenait le pistolet. Pia osait à peine respirer. Il ne remarqua pas le minuscule micro fixé sur le bracelet de sa montre. Il ne pensait peut-être pas qu'elle pouvait être câblée, ou bien il s'en fichait. Il avait le même tee-shirt que samedi quand il s'était enfui par le balcon et il dégageait la même odeur de transpiration. Il ouvrit d'une seule main une des canettes que Pia avait apportées, s'assit et la but d'un trait.

— Où sont Mme Franzen et M. Theodorakis ? demanda Pia en regardant autour d'elle. L'air était confiné et il faisait très sombre, la lumière du jour ne filtrait qu'à travers la vitre de la porte d'entrée.

— Dans la cuisine. Ah, encore quelque chose… Il jeta négligemment la canette par terre. Pas de baratin psy, OK ? Je veux seulement aller jusqu'au bout ici et il ne se passera rien. Mais si les types du SEK entrent, il y aura un malheur. Compris ?

— Oui, compris, dit Pia.

Ce n'était plus le Mark avec qui elle avait parlé avant-hier. Son visage aux traits fins et enfantins s'était durci comme s'il avait vieilli de dix ans en une nuit. Mais c'était la lueur inquiétante dans ses yeux qui alerta Pia. Avait-il pris une drogue quelconque ? Dehors, elle avait vraiment cru qu'elle parviendrait à ramener Mark à la raison mais à présent elle comprenait que c'était impossible.

Depuis qu'elle était dans la police, elle avait vu plusieurs fois ce genre de regard morne dans les yeux d'hommes à qui tout était devenu égal parce qu'ils n'avaient plus rien à perdre.

Ce n'était pas de bon augure pour les deux otages et ils avaient l'air de le savoir. Theodorakis avait seulement les mains liées derrière le dossier de la chaise car, avec sa jambe dans le plâtre, il n'était pas en état se bondir ni de se jeter sur Mark. Mais Pia reconnut la haine profonde et la soif de vengeance dans la façon cruelle et humiliante qu'avait choisie Mark pour ligoter Mme Franzen.

Mark avait redressé la lourde table et avait ligoté la femme bras écartés sur le plateau comme si elle était crucifiée. Elle avait un bandeau sur les yeux, une corde à linge allait de son cou à l'arrière de la table et autour de son cou était serré un collier avec un petit étui.

— Pourquoi ? demanda Pia à voix basse.

— Elle est rudement costaude, dit Mark. Il a fallu que je l'assomme pour pouvoir la ligoter.

Il évitait son regard.

— Il y a là-bas une caméra. Vous filmez.

— Qu'est-ce que je dois filmer ?

— Vous verrez bien.

Il s'assit sur une chaise, ouvrit une boîte de Red Bull et la vida aussi vite que la première.

— Vous y êtes ?

Parle-lui, pensa Pia. Peut-être qu'elle pourrait en tirer quelque chose.

— Pourquoi tu fais ça, Mark ? À quoi ça peut te mener ?

— Je vous l'ai déjà dit, pas de baratin psy, la coupa-t-il.

Pia prit la caméra digitale et la mit en marche. Obéir passivement aux ordres de Mark lui répugnait profondément mais si elle ne voulait pas mettre la vie des otages en danger, elle n'avait pas d'autre solution. La lumière rouge s'éclaira, elle orienta l'objectif jusqu'à ce qu'elle ait la femme dans le cadre.

— Je filme, dit-elle.

Au lieu de répondre, Mark appuya sur une commande à distance. Pia comprit alors avec effroi de quelle sorte de collier il s'agissait. Friederike Franzen tressaillit et poussa un râle affreux quand elle reçut dans le cou la décharge électrique. Elle sanglotait, mais n'osait pas bouger la tête de peur que la corde à linge ne l'étrangle.

— Télétact, dit Mark. Ricky aimait l'utiliser pour dresser les chiens. Je trouvais cela cruel, mais elle a toujours prétendu que ça ne faisait pas mal.

— Arrête ça, dit Pia sèchement.

— Non, répondit Mark en la regardant enfin. Sa lèvre inférieure tremblait légèrement. Je veux seulement connaître la vérité. Et avec ça elle ne pourra plus me mentir.

La rue où était la maison dans laquelle Mark avait pris les otages était barrée déjà cinq cents mètres avant. Curieux, habitants et journalistes se pressaient derrière la rubalise, sous la surveillance d'un agent de police à l'air pas commode. Derrière étaient garés les véhicules d'intervention : ambulance, camion de pompiers, car des forces spéciales, voitures de patrouille. Bodenstein n'avait plus le temps de conduire Annika à Francfort chez Clasing. Il n'aimait pas l'idée de la laisser seule, mais elle pouvait toujours l'attendre dans la voiture. Sinon, le risque qu'elle soit reconnue était trop grand.

Il était en train de sortir sa carte de police quand on cria son nom.

— Salut Christoph, dit-il à l'ami de Pia, sur le visage duquel se lisait de l'inquiétude.

— Qu'est-ce qui se passe ? demanda Christoph Sander. Il était visiblement furieux. Pourquoi ça dure si longtemps ? Où est Pia ?

— Je ne sais pas, dit Bodenstein. J'arrive juste. Tout ce que je sais, c'est qu'il s'agit d'une prise d'otages.

— Ça, j'ai déjà pigé, merci, répondit grossièrement Sander. Pia m'a assuré au téléphone que ce n'était pas dangereux. Mais je ne la vois nulle part.

Bodenstein comprit alors que Sander ne savait rien du rôle joué par Pia. Elle le lui avait sans doute caché parce qu'elle savait qu'il réagirait mal si elle se trouvait dans une situation dangereuse – et se trouver entre les mains d'un preneur d'otages armé était une situation plus que dangereuse.

— Je vais m'informer, dit-il mal à l'aise. Reste ici.

— Je n'ai pas envie d'attendre ici, je veux savoir ce que fait Pia, s'obstina Sander.

— Mais je ne peux pas… commença Bodenstein mais Sander lui coupa la parole.

— Bien sûr que tu peux. Alors ?

Bodenstein soupira et fit signe au policier de laisser passer Christoph Sander, tout en sachant combien celui-ci pouvait être impulsif. Sur le toit des maisons voisines étaient postés des tireurs d'élite, d'autres étaient accroupis derrière des buissons ou des voitures.

— Chef ! Kathrin Fachinger se détacha du groupe rassemblé autour de la porte ouverte du bus servant de QG et vint à sa rencontre. Seigneur ! Où étiez-vous ?

— Qu'est-ce qui se passe ?

— Mark Theissen est dans la maison et retient Mme Franzen et M. Theodorakis en otages. Il est armé et il a déjà tiré sur un collègue.

— Qu'est-ce qu'il exige ?

— Rien.

— Comment, rien ? Bodenstein fronça les sourcils. Il doit bien avoir posé une revendication quelconque.

— Non. Il voulait seulement que Pia vienne dans la maison. Et maintenant…

Bodenstein entendit derrière lui Sander qui respirait bruyamment.

— Pia est dans la maison ? demanda-t-il et il joua l'étonnement alors qu'il le savait déjà.

— Oui. Elle va bien. Nous sommes en contact avec elle et nous pouvons entendre chaque mot qu'on prononce à l'intérieur.

— Je veux lui parler, dit Christoph Sander d'un air décidé.

— Non, c'est impossible, dit Bodenstein. Tu peux seulement l'entendre. Ce serait dangereux.

— Ah oui, et se trouver dans une maison avec un fou armé c'est pas dangereux peut-être ! s'emporta Sander. Ses yeux brillaient et il serrait les poings d'impuissance.

— Pia sait ce qu'elle fait, dit Bodenstein.

— J'en ai rien à foutre ! cria Sander hors de lui.

— Christoph, je t'en prie, dit Bodenstein en lui posant la main sur le bras. Ça n'a jamais aidé personne de perdre son sang-froid.

— Je ne perds pas mon sang-froid, dit Sander en écartant la main de Bodenstein. Je me fais seulement du souci. Et j'ai des raisons de m'en faire.

Bodenstein grimpa dans le bus QG et salua d'un signe de tête Nicole Engel, Cem, Kröger et Ostermann. Il aperçut sur le banc les parents de Mark. Le père avait le visage dans les mains, sa femme pleurait silencieusement. Le psychologue de la police était assis à côté d'elle et lui tenait la main.

— Approchez, Bodenstein, dit la conseillère judiciaire. Écoutez ça.

Il prit place entre elle et le technicien.

— … *j'ai jamais fait d'études d'aérospatiale en Amérique*, disait la voix pleurnicharde de Mme Franzen, clairement reconnaissable. *Mes parents n'étaient pas riches et je n'ai jamais fait un gros héritage. Je… je l'ai dit… uniquement pour impressionner Jannis.*

— Qu'est-ce que c'est que ça ? demanda Bodenstein.

— Il force les deux otages à avouer leurs mensonges et Mme Kirchhoff doit le filmer. Ça dure depuis presque deux heures, principalement des détails sans importance d'ordre privé. Qui a menti à qui, et inversement.

Soudain la voix de Pia s'éleva.

— *Madame Franzen*, dit-elle. *Avez-vous vraiment été agressée chez vous samedi ?*

Tout le monde dans le bus se redressa et retint son souffle. Sanglots dans le haut-parleur.

— *C'était… seulement un simulacre*, répondit Ricky. *Ton père voulait les documents et les expertises de Jannis…*

— Ça m'intéresse pas, dit Mark.

— Où tu étais ? demanda Nicole Engel à Bodenstein.

— Je te raconterai plus tard.

— Störch me met la pression. Il est persuadé que tu sais où se cache cette Sommerfeld.

Elle le regarda d'un air sévère.

— Il a raison ?

Bodenstein hésita.

— Oui. Je sais où elle est. Mais je ne le lui dirai pas.

— Tu es fou, Oliver ? siffla Nicole Engel. Cette femme est accusée de meurtre ! Si tu la couvres…

— Ce n'est pas une meurtrière, dit-il en lui coupant la parole. Ça va beaucoup plus loin que ces deux meurtres. Mais je t'expliquerai, je te le promets.

Elle lui jeta un regard scrutateur et haussa les épaules.

— J'espère que tu as vraiment de bons arguments. Je ne vais pas pouvoir te protéger beaucoup plus longtemps.

— Oui, j'en ai, répondit-il.

Dans la maison, il ne se passait rien de bien intéressant. Les minutes devenaient des heures, la chaleur à l'intérieur du bus était insupportable.

— Ça va durer longtemps? murmura Schäfer, le chef des opérations.

— Ça m'est égal, si les choses peuvent se régler sans que ça devienne sanglant, ça peut bien durer des heures.

— *Tu as couché avec Nika?* dit à cet instant la voix de Mark, et Bodenstein qui luttait contre son manque de concentration sursauta.

— *Oui*, répondit Theodorakis, *elle s'était amourachée de moi et me poursuivait. Elle se promenait nue devant mes yeux quand Ricky n'était pas là. À un moment, je n'ai pas pu résister.*

Bodenstein dut avaler sa salive. Il lui sembla qu'un sombre abîme s'ouvrait soudain devant lui. Ça ne pouvait pas être vrai! Annika avait couché avec ce type? Ne lui avait-elle pas dit plusieurs fois qu'il la dégoûtait totalement? Pourtant, bien qu'il fût jaloux, il ne pouvait pas mettre en doute les paroles de Theodorakis, car celui-ci avait un pistolet braqué sur lui. C'était donc Annika qui avait menti. Mais pourquoi?

Qu'est-ce qui s'était passé dans les dernières vingt-quatre heures pour faire dérailler Mark comme ça? Pendant que Pia, obéissante, braquait la caméra sur Ricky et Jannis, elle observait le garçon du coin de l'œil et réfléchissait intensément. L'impassibilité apparente du garçon se fissurait de plus en plus à mesure que Jannis et Ricky parlaient. Et ils ne s'en privaient pas. Mark avait à un certain moment ôté le bandeau qui couvrait les yeux de Ricky ; à présent elle et Jannis, le regard fixé sur la bouche du pistolet, étalaient leur égocentrisme sans scrupules et le mépris qu'ils avaient l'un pour l'autre, ainsi qu'à l'égard des autres. C'était répugnant.

Jannis admettait s'être servi de Mark, quand il avait appris qui était son père, pour mener ses attaques contre le parc d'éoliennes. Il reconnaissait volontiers être un parfait égoïste, un misérable menteur, un vrai porc. Ricky avouait qu'elle s'était laissé acheter par le père de Mark, qu'elle avait détruit la liste des signatures et saboté l'Initiative citoyenne pour de l'argent.

Mark écoutait tout cela avec un air imperturbable mais son regard n'était plus aussi fixe, il s'était animé. Pia n'osait pas décider si c'était un bon ou un mauvais signe. Après tout, il tenait un pistolet d'une main, cran d'arrêt ôté, avait bu cinq cannettes de cette boisson énergisante et ses émotions pouvaient lui faire perdre le contrôle à tout moment. Elle ne voyait toujours pas clairement ce que cherchait Mark avec son "tribunal", comme il l'appelait.

— Tu as couché avec Nika ? redemandait Mark à présent.

— Oui, admit Jannis.

Il était blême et l'œil qui n'était pas enflé brillait. Il devait avoir de la fièvre.

— Pourquoi ? demanda Mark.

— Elle s'était amourachée de moi et me poursuivait, dit Jannis. Elle se promenait nue devant moi quand Ricky n'était pas là. Et je n'ai pas pu me retenir. D'un autre côté, j'espérais qu'elle me serait utile. Parce qu'elle s'y connaissait dans l'expertise des vents et ce genre de chose.

— Mais tu as toujours affirmé que tu aimais Ricky. Tu as menti, alors ?

— J'ai été amoureux de Ricky. Mais je l'étais de moins en moins. Dans les derniers temps, je trouvais ça affreusement fastidieux.

Il déplaça son poids sur la chaise inconfortable et gémit :

— J'ai soif, s'il te plaît, donne-moi à boire.

Mark l'ignora.

— Et toi ? dit-il en se tournant vers Ricky. Tu étais amoureuse de Jannis ?

Friederike Franzen était sur le point de s'évanouir. Les heures passées dans cette position inconfortable, la peur de la mort, l'humiliation, tout cela l'avait épuisée et Pia avait pitié d'elle, malgré ce que cette femme avait fait.

— Au… début… oui… ensuite plus, bredouilla-t-elle. Mark n'avait pas utilisé le télétact à nouveau mais il tenait toujours la commande dans la main.

— Alors pourquoi tu le lui as dit ?

— Parce que… parce que… on le dit… comme ça.

Mark sauta de sa chaise, s'approcha de Ricky et enfonça le pistolet entre ses seins.

— Non, ça, on ne le dit pas *comme ça*.

Il secoua énergiquement la tête et sortit finalement ce qu'il avait au fond du cœur.

— J'ai cru que tu m'aimais ! Je t'ai toujours fait confiance ! Et qu'est-ce que tu as fait ? Tu as menti, menti, menti ! Pourquoi tu l'as fait ? Pourquoi ? Pourquoi tu me fais tellement souffrir ? Je ne comprends pas !

Soudain les larmes ruisselèrent sur ses joues.

— Pourquoi tu voulais te tirer sans me le dire ? cria-t-il. Pourquoi tu as accepté l'argent de mon père ? Pourquoi tu as tout détruit, tout ce qui était beau ?

Pia comprit. Mark avait appris qu'il avait été trompé et qu'on lui avait menti et à présent son étonnement s'était transformé en haine.

Jannis gémit doucement, Ricky haletait de peur.

— Mark… Mark, je t'en prie, je t'en prie, souffla-t-elle très bas, les yeux élargis par la panique. Ne me fais rien, je t'en prie ! Je… je sais que j'ai tout faux… je regrette tellement. Je… je ne pensais toujours qu'à moi… Mais rappelle-toi toutes ces belles choses qu'on a vécues ensemble !

— Ferme ta gueule, ferme ta gueule, ferme ta gueule ! hurla Mark.

Sa voix se brisa.

— Je ne veux plus entendre ça.

Il tomba à genoux et se mit à sangloter avec désespoir.

— Tu as tué l'oncle Rolf ! chiala-t-il. Et après tu t'es barrée sans même m'aider ! Pourquoi tu m'as laissé tomber ?

À présent il devient dangereux, pensa Pia.

Il était au bord de la crise de nerfs et il débloquait assez pour tuer. Elle réfléchissait fiévreusement. Si elle essayait de lui prendre son arme et si elle n'y réussissait pas du premier coup, ça pourrait devenir pire. La caméra n'était pas assez lourde pour l'assommer avec. Elle devait essayer autre chose, le ramener d'une façon ou d'une autre à la raison.

— Vous avez tué Rolf Grossmann ? demanda-t-elle à Mme Franzen. Comment ?

Mark se retourna et regarda Pia comme s'il avait oublié sa présence.

— Avec un taser, murmura-t-il tout bas. J'ai traversé le garage et je l'ai fait entrer par l'escalier de secours. Et quand oncle Rolf a monté l'escalier, elle a… elle lui a pressé… le taser… sur… sur la poitrine. J'ai… tout essayé… mais… il était mort.

— Nous savons que tu as essayé de le sauver, Mark. Mais tu ne pouvais rien faire.

— Mais… mais vous m'avez dit samedi que c'était ma faute si oncle Rolf avait fait un infarctus…

Il était accroupi par terre, son regard errait autour de la cuisine assombrie.

— Mais alors je ne savais pas ce que Ricky avait fait, répondit rapidement Pia. Je savais juste que quelqu'un avait essayé de la ranimer, je l'avais appris grâce à l'autopsie.

Pia risqua un bref regard à sa montre. Déjà 17 h 45 ! Elle était là depuis plus de trois heures et à chaque minute la situation devenait plus dangereuse. Il suffisait d'un minuscule agent déclencheur et il tirerait. C'est ce qu'elle devait empêcher à tout prix. Mark Theissen n'était pas le meurtrier, il était la victime. Et quoi qu'il arrive aujourd'hui, il allait le payer pour le reste de sa vie.

Institut allemand du climat, 31 décembre 2008

L'âpre odeur de brûlé imprégnait ses cheveux et ses vêtements mais elle n'en était pas incommodée. Au contraire. Cela la remplissait d'une profonde satisfaction. La maison était aussi peu à cette pute qu'à Dirk. Certes il l'avait payée mais c'est elle qui l'avait trouvée et qui en avait fait ce qu'elle était aujourd'hui. Ou, plus précisément, ce qu'elle avait été jusqu'à aujourd'hui.

Elle chassa la pensée de Bettina et se concentra sur son travail. À l'Institut, en cette soirée de la Saint-Sylvestre il n'y avait plus personne, elle avait donc tout son temps mais elle ne devait pas prendre de risque, c'est pourquoi elle se dépêchait. Dirk n'avait ni résilié son autorisation d'accès aux comptes ni changé le mot de passe, la TAN-liste se trouvait également dans le classeur qu'elle avait sorti du coffre. De toute façon il lui avait depuis longtemps confié les numéros de comptes secrets. Vraisemblablement il pouvait ainsi faire endosser toute la responsabilité si jamais il devait arriver quelque chose. Dans les prochains jours, il aurait autre chose à faire qu'à examiner l'état des comptes. Elle eut un rictus de fureur. C'était réglé. Après avoir fermé l'ordinateur, elle se leva et alla reposer le classeur dans le coffre. Puis elle rangea soigneusement les liasses de billets de cinq cents euros dans son sac. Deux cent cinquante mille euros qui attendaient le moment d'atterrir secrètement dans la poche d'un politique quelconque ou d'un concurrent. Elle referma le coffre et abandonna le bureau du Pr Dirk Eisenhut sans se retourner.

— Pendant combien de temps on va encore devoir écouter ? répéta Joe Schäfer en grommelant. Le gosse peut péter les plombs à tout moment, ensuite ce sera trop tard.

— Je ne peux pas prendre la responsabilité d'un assaut à ce stade-là, répondit la conseillère judiciaire sur le même ton.

Même les pros commençaient à être à bout de nerfs.

— Quand alors ? Quand il aura tiré ?

— Non. Quand Mme Kirchhoff nous donnera le signal.

Ils se regardaient comme deux coqs de combat, mais Bodenstein était bien trop préoccupé pour s'interposer. Alors que la situation devenait de plus en plus grave, il ne pensait qu'à une chose : retourner à sa voiture et demander des explications à Annika. C'était puéril, mais soudain il n'arrivait plus à repousser le doute que Pia avait élevé avant-hier soir. Annika lui avait menti. Uniquement sur un point ? Ou bien aussi sur la mort de O'Sullivan ? Malgré la canicule qui régnait dans le bus, il avait la chair de poule.

— Vous ne pouvez pas la fermer ? dit le technicien qui réglait le micro. Je n'arrive plus à comprendre.

La conseillère Engel et le chef de la brigade d'intervention se turent immédiatement et Bodenstein repoussa ses sentiments à plus tard. Pia était en danger, c'était ça l'important pour l'instant, le reste attendrait.

— *Elle ment tout le temps*, dit Mark d'une voix pleurnicharde. *Au magasin, elle mentait aux clients, dans le refuge des animaux elle mentait aux gens… et moi aussi j'ai commencé à mentir. C'est comme une maladie, une épidémie. C'est contagieux…*

— *La batterie de la caméra est bientôt à plat*, dit Pia dans le silence.

— *Alors on va conclure*, répondit Mark.

— Elle est débile ? sursauta Schäfer. Comment elle peut mettre la pression sur le garçon comme ça ?

Tout le monde dans le bus retint son souffle. Pour un assaut, il était trop tard.

— *Mark, je t'en prie, ne fais pas d'erreur. Ricky ne le mérite pas. Elle va rester très longtemps en prison. Et, crois-moi, pour elle ce sera pire que si tu la tues maintenant.*

La voix de Pia était étonnamment calme. Silence. Personne n'osait respirer, s'attendant à un cri et à un coup de feu. Mais rien ne se passa. Pia avait-elle la situation en main ?

— *Pourquoi… pourquoi elle irait en prison ?* demanda alors Mark, visiblement irrité. Il n'avait pas complètement disjoncté, il était capable de réfléchir. Un minuscule espoir.

— *Donne-moi ton pistolet*, dit Pia, *et je te le dirai.*

Mark la regarda. Le désir de lui faire confiance le disputait en lui à la peur qu'on lui mente à nouveau. De la sueur perlait à sa lèvre supérieure, Pia était en nage elle aussi, la gorge sèche. Elle avait une envie folle d'un peu d'air frais et d'un verre d'eau glacée. Son bras gauche lui faisait mal et ses doigts qui s'accrochaient à la caméra depuis des heures étaient glissants. Le garçon hésita.

— Qu'est-ce qui va se passer quand je sortirai d'ici ? demanda-t-il soudain inquiet. Ils vont me tirer dessus ?

— Non, dit Pia en secouant la tête. On va t'arrêter et on ne sera pas forcément tendre avec toi, et bien entendu on te posera une foule de questions. Et comme tu as tiré sur un policier, tu seras condamné par le tribunal. Mais si tu me donnes ton pistolet, on en tiendra compte pour la peine qui te sera infligée.

Il se mordit les lèvres, indécis. La main qui tenait le pistolet était baissée. Pia l'observait. Son cœur frappait à grands coups dans sa poitrine. C'était l'instant décisif.

— Mark, dit-elle pressante, fais-moi confiance. Tu peux maintenant prendre la bonne décision ou la mauvaise.

Elle tendit la main vers le pistolet.

— Je ne voulais blesser personne, murmura Mark très bas. Vraiment.

— Je te crois.

La sueur coulait dans son dos, elle devait faire un effort pour garder son calme, pour ne pas le bousculer. Le réfrigérateur pétarada dans le silence. Jannis gémit, cette fois plus fort. Il avait les yeux fermés et tout son corps tremblait. Ricky gardait les yeux fixés sur l'arme dans la main de Mark, comme hypnotisée.

— Tenez, dit soudain Mark et il tendit le pistolet à Pia dont les genoux devinrent mous sous le coup du soulagement.

— Merci d'être venue et de ne pas m'avoir envoyé le SEK, dit Mark doucement. Un timide sourire se dessina sur ses lèvres. Ils ont toujours menti. Ils me mentent tous d'une façon ou d'une autre. J'ai été si bête.

— Mais non, répondit Pia. Tu leur faisais juste confiance.

— Je crois que je ne ferai plus jamais confiance à personne, murmura-t-il sourdement.

Pia lui posa la main sur l'épaule.

— Malheureusement la plupart des gens mentent, dit-elle. Ça fait souffrir parce qu'on est très déçu. Je l'ai souvent vécu. Mais c'est comme ça qu'on apprend à savoir reconnaître les menteurs.

Mark poussa un profond soupir.

— Mes parents vont être fous furieux contre moi.

Il paraissait soudain fragile.

— J'ai passé mon temps à les décevoir.

— Je ne crois pas qu'ils soient furieux, dit Pia en se massant le bras. Ils sont surtout heureux que rien ne soit arrivé.

— Vous croyez ?

— Oui.

Il la regarda avec l'air de douter.

— Où tu as eu ce pistolet ? demanda Pia.

— Il était dans l'armoire de Ricky. Avec le fusil qui était avant dans le foin.

Il s'agissait sans doute du pistolet qui avait disparu de l'armoire à fusils de Ludwig Hirtreiter et c'était l'ultime preuve dont Pia avait besoin. Elle se tourna vers Mme Franzen qui avait perdu son air terrorisé, à présent que le danger le plus immédiat avait disparu. Elle paraissait juste en colère.

— Vous pourriez peut-être me détacher ? demanda-t-elle.

— Patientez encore un instant, répondit Pia. Ah oui, vous êtes en état d'arrestation pour la mort de Ludwig Hirtreiter.

Les yeux de Mark s'ouvrirent, incrédules.

— Elle a… non, je ne le crois pas, dit-il en secouant la tête.

— Elle l'a pourtant fait.

— Mais… mais elle était complètement K.-O. ! Elle a chialé et… Mark écarta les bras et regarda Ricky avec dégoût. Tu es vraiment la dernière des dernières.

Ricky regardait devant elle en silence. Pia donna la caméra à Mark et voulut vider le chargeur du pistolet. Elle fut prise de vertige. Le magasin était vide.

31 décembre 2008

Elle glissa sa carte magnétique dans la fente et attendit que la barrière se lève. Mais soudain à côté de la voiture surgit, comme sortie de terre, une silhouette habillée de noir qui lui attrapa le poignet à travers la vitre ouverte. Un des gardiens ! Bien sûr ! Prise de panique, elle eut le réflexe d'appuyer sur l'accélérateur. La voiture bondit en avant, la barrière jaune éclata en morceaux.

— Merde ! éructa-t-elle et elle braqua désespérément pour ne pas perdre le contrôle du véhicule. Dans le rétroviseur, elle vit flamboyer des phares. Avec sa BMW, elle avait une réelle chance de semer ses poursuivants. Elle accéléra. Les gorilles de Dirk n'étaient certainement pas à l'Institut par hasard ! Avait-elle déclenché une alarme sans s'en apercevoir ? Ou bien étaient-ils simplement venus à l'Institut par suspicion après qu'elle leur avait échappé hier à l'hôtel ? Il était évident que Dirk était derrière tout ça et ça ne pouvait signifier qu'une chose : Il avait appris le danger qui le menaçait et voulait empêcher à tout prix que ce qu'avait découvert Cieran ne soit rendu public.

Sans faire attention aux limitations de vitesse, elle prit la B1 en direction de Zehlendorf, les yeux toujours fixés sur le rétroviseur. Les rues étaient vides bien qu'il soit seulement deux heures avant minuit. Quels étaient les phares qui appartenaient au break Volkswagen noir de ses poursuivants ? Elle prit trop vite le croisement de Zehlendorf et elle rata la sortie vers AVUS. Bon Dieu, à présent elle allait devoir emprunter la Potsdamer Allee, traverser Steglitz et Friedenau, et elle ne connaissait pas ce trajet ! Et le pire était que l'aiguille du réservoir frôlait le zéro, elle ne pouvait plus aller très loin.

— Ne me laisse pas en plan, souffla-t-elle à sa voiture. Si j'arrive à la rue du 17-Juin je pourrai me réfugier dans la cohue de la fête de la Saint-Sylvestre près de la porte de Brandebourg. Devant elle, un feu passa du vert à l'orange. Elle accéléra. La voiture derrière elle fit de même. À la lumière des lampadaires elle vit que c'était le break noir. Au croisement suivant, elle tourna brutalement le volant à droite sans mettre le clignotant, dérapa sur la voie opposée et se rua vers une partie de la ville où elle n'avait jamais mis les pieds. Le moteur hoqueta, l'auto fit un bond comme un cheval rétif. Elle arriva dans une rue latérale, éteignit les phares et roula avec les dernières gouttes d'essence jusqu'à un parking.

Sans hésiter, elle attrapa son sac, poussa la portière et se rua dehors. Peut-être arriverait-elle à arrêter un taxi ou à se glisser dans un groupe de gens. Elle marchait vite, le regard fixé au sol. Ce n'est qu'arrivée à un croisement qu'elle osa lever la tête. La Spree s'étendait devant elle. Elle aperçut la tour de la télévision. Avec un peu de chance, elle y arriverait ! Du coin de l'œil elle vit une voiture ralentir à sa hauteur. Son cœur s'accéléra. Ils l'avaient retrouvée ! Juste de l'autre côté de la rue brillait un panneau bleu avec un U blanc. C'était sa chance !

— Stop ! cria une voix. On va t'avoir !

C'est ce qu'on va voir, pensa-t-elle et elle piqua un sprint.

— *On va sortir*, dit la voix de Pia dans le micro. *J'ai l'arme.*

La tension tomba. Le soulagement était grand. Même Schäfer se fendit d'un sourire et informa son équipe que le preneur d'otages était désarmé et qu'ils ne devaient pas tirer.

Ils se mirent tous debout et sautèrent du bus. Le soleil était bas, le crépuscule était proche, mais les rues et la porte d'entrée étaient illuminées par les dernières lueurs du jour. Bodenstein resta dans le bus à côté de Nicole Engel, regardant Pia sortir de la maison avec Mark. Le garçon avait les mains levées et il se laissa emmener sans opposition par deux policiers. Les parents de Mark se faufilèrent entre les policiers. Pia était restée sur les marches et parlait avec un agent du SEK. Elle appela un urgentiste et disparut dans la maison avec Schäfer et deux de ses hommes. En un quart de seconde, la rue fut noire de monde. Les gyrophares bleus palpitaient. Bodenstein était déchiré entre le devoir d'être avec Pia qui procédait à présent à l'arrestation de Mme Franzen, et le désir d'aller voir Annika. Finalement il se décida pour Pia. L'air confiné de la maison lui coupa un instant la respiration. Une policière remonta les volets roulants et ouvrit les fenêtres, Pia était toujours dans la cuisine avec les hommes du SEK en uniforme noir. Elle téléphonait en les regardant libérer Mme Franzen de ses liens. Soudain Bodenstein hésita et s'arrêta sur le seuil. Les deux meurtres étaient résolus mais il n'y avait contribué en rien. À l'instant décisif, il avait laissé Pia et son équipe en plan. Quelles conséquences allaient avoir son comportement de ces derniers jours sur son avenir ? Pia avait fait preuve de sang-froid pendant son absence et montré de façon impressionnante qu'elle était capable de diriger la K11. Peut-être n'était-il plus l'homme de la situation.

— Où est-ce qu'on doit aller ? dit une voix derrière lui.

— Tout droit, dans la cuisine, répondit-il.

Un urgentiste et deux infirmiers passèrent devant lui. Alors Pia tourna la tête et le vit. Un sourire de soulagement éclaira son visage.

— Salut, chef, dit-elle en rempochant son mobile.

— Bravo, Pia, dit-il à voix basse. Tu as fait un sacré boulot.

Ils se regardèrent et Bodenstein ouvrit les bras.

— Attention, prévint-elle, je suis en nage.

— Quelle importance ! Moi aussi, dit-il en riant et il la serra contre lui. Puis il considéra sa mine.

— Ça va ?

— Maintenant oui. Je ferai le rapport sur l'arrestation de Mme Franzen demain. Christoph est sûrement fou d'inquiétude.

— Il t'attend dehors.

Ils s'écartèrent pour laisser passer les hommes du SEK qui emmenaient Ricky menottée.

— Tu imagines, dit Pia. Quand Mark m'a donné le pistolet et que j'ai voulu enlever les balles, il était vide. Il n'y avait eu que deux balles dans le chargeur.

— Quoi ? dit Mme Franzen, à côté d'eux. Ce petit salaud n'aurait pas pu tirer ?

— Non, il n'aurait pas pu, confirma Pia. Mais personne ne pouvait le savoir.

Les yeux de Ricky Franzen se rétrécirent, elle serra les lèvres qui ne furent plus qu'un trait.

— Si je l'avais entre les mains, dit-elle les dents serrées, je le mettrai en bouillie.

— Il faudra attendre un certain temps, répondit sèchement Pia. À vue de nez quinze ans.

Les rubalises furent enlevées et le SEK se rassembla avant de quitter les lieux. Les habitants osèrent à nouveau se risquer hors de chez eux. Dans chaque groupe, on commentait les palpitants événements de l'après-midi qui allaient leur offrir pendant des semaines un sujet de conversation. Bodenstein avait abandonné Pia à son Christoph et parlait avec Schäfer. Puis les phares s'allumèrent, les hommes du SEK prirent congé, ils regagnèrent les Volvo noires et les limousines dans lesquelles les chefs du service d'intervention étaient arrivés.

Il vit Altunay, Kröger et Kathrin Fachinger qui entouraient Pia et Christoph.

— Bonjour chef, dit Kathrin en souriant quand il les rejoignit. On vient de décider d'aller manger un morceau pour fêter cette journée. Vous venez avec nous ?

Tous les autres paraissaient également détendus et de bonne humeur. Deux cas étaient résolus et la prise d'otages s'était bien terminée. C'était une raison bien suffisante pour faire la fête, mais il n'en avait pas envie. D'ailleurs Clasing attendait son appel.

— Je vous rejoindrai peut-être plus tard, dit-il évasivement. Dans le cas contraire, je vous souhaite de passer une belle soirée.

Il fit demi-tour et descendit rapidement la rue. L'ambulance, avec Theodorakis à son bord, passa devant lui, suivie par les voitures de patrouille avec les gyrophares éteints. Une voiture freina à sa hauteur. Les vitres s'abaissèrent.

— Oliver, tu crois que je pourrais avoir un entretien avec toi et Mme Sommerfeld aujourd'hui ? demanda Nicole Engel.

— Oui, évidemment, répondit-il en tendant le cou.

Là-bas, à côté du conteneur à verre, c'était bien là qu'il avait laissé la voiture de Quentin, non ? Ou bien est-ce qu'il se trompait ? Envahi par un pressentiment funeste, il regarda la rue vide devant et derrière lui.

— Oliver ! Arrête-toi !

Sans se soucier de sa supérieure, Bodenstein traversa la rue et resta abasourdi. Son cerveau ne voulait pas comprendre. La voiture était partie. Annika était partie. Ce n'était pas possible ! Comment avait-elle pu lui faire ça ?

Bodenstein s'assit au bord du trottoir pour essayer de reprendre ses esprits. Regarder la vérité en face lui faisait atrocement mal. Pia avait raison. N'avait-il été qu'un idiot pour croire aveuglément Annika et lui faire confiance ? Il aurait marché entre les flammes pour elle et, à la première occasion, elle s'était tirée. L'avait-elle prévu dès le début ?

Des voix et des rires lui parvenaient au loin. Une portière claqua, des talons sonnèrent sur l'asphalte.

— Oliver ? Qu'est-ce que tu as ?

Nicole s'accroupit devant lui. Il dut faire appel à toute sa volonté pour relever la tête. Parler lui avait rarement été aussi pénible :

— Annika est partie, murmura-t-il d'une voix rauque.

Mercredi 10 juin 2009

Pia mit son clignotant et prit la route qui traversait le bois jusqu'à la propriété de Bodenstein. Elle avait besoin de la signature de son chef pour envoyer les dossiers Hirtreiter et Grossmann au procureur, après quoi le travail de la K11 serait achevé. Friederike Franzen avait refusé de répondre pendant quelques jours aux interrogatoires. Mais elle était finalement passée aux aveux, sur les conseils de son avocat qui espérait pouvoir plaider la non-préméditation. Les collègues d'un autre département enquêtaient pour escroquerie et corruption contre Theissen et Rademacher. Quelques jours plus tôt, Mark, à la grande surprise de Pia, l'avait appelée pour la remercier. Le procureur avait levé la plainte pour blessure corporelle et prise d'otages. Il devait suivre un traitement psychologique mais il allait bien. Il allait devoir assister comme témoin au procès de Ricky pour les meurtres de Hirtreiter et Grossmann, et c'était déjà assez terrible pour lui. Le mobile de Pia sonna comme elle entrait dans le parking de la propriété. C'était Frauke Hirtreiter, et elle était d'humeur bavarde. Grâce à l'héritage de son père, elle avait pu reprendre Le Paradis des Animaux et réaliser ainsi le rêve de sa vie.

— Vous avez dit un jour que Rabenhof pouvait vous intéresser, dit-elle finalement. C'était sérieux ?

— Absolument. Vous voulez vraiment vendre la ferme ? demanda Pia étonnée.

— Qu'est-ce que j'en ferais ? C'est beaucoup trop grand pour moi et d'ailleurs je n'en garde pas un bon souvenir.

— Mon compagnon et moi cherchons une ferme dans la région, répondit Pia. Si vous n'en voulez pas des millions…

— Bah. La ferme ne vaut pas plus que la prairie d'à côté, dit Frauke en riant. Et le parc d'éoliennes ne verra jamais le jour. Alors, si vous voulez visiter, je serai à la ferme ce soir vers 19 heures.

Elles causèrent encore un moment puis Pia mit fin à la conversation et composa immédiatement le numéro de Christoph. Elle lui vantait Rabenhof depuis des jours, et il ne fut pas difficile de le convaincre de venir visiter la ferme dans la soirée avec elle.

Pia était de bonne humeur. Ils étaient invités pour le week-end chez Henning et Miriam : ils s'étaient mariés en Angleterre et voulaient fêter l'événement.

Pia était un peu jalouse car elle gardait dans un coin de son cœur quelques sentiments pour son ex, mais Christoph et elle avaient aussi des nouvelles à leur apprendre. Elle considéra avec un sourire songeur l'anneau à son doigt puis elle descendit de voiture. Un tracteur chargé de rouleaux de paille tourna le coin, et Pia reconnut le père de Bodenstein. Il s'arrêta à côté d'elle et descendit de la cabine.

— Bonjour, madame Kirchhoff, dit le comte von Bodenstein en lui tendant la main. C'est gentil de venir nous rendre visite.

— Bonjour, monsieur von Bodenstein, répondit-elle avec un sourire, je voulais voir Oliver. Est-il là ?

— Je crois qu'il est monté au château avec Sophia. Si vous voulez, je vous y conduis.

— Volontiers.

Il laissa le tracteur où il était et attendit qu'elle soit allée chercher les documents dans sa voiture. Puis ils suivirent l'allée asphaltée qui menait au restaurant du château.

— Je suis encore choqué que Ricky ait tué Ludwig, dit-il après quelques instants. Jamais je ne l'aurais crue capable d'une telle brutalité. Et je n'arrive pas à me sortir de la tête qu'elle a tué aussi Tell, alors qu'elle aimait tellement les animaux.

— Je crois qu'elle n'avait pas prévu d'assassiner Hirtreiter, répondit Pia. Elle était furieuse et vexée parce qu'il l'avait insultée pendant l'Assemblée citoyenne à La Couronne et elle voulait qu'il s'excuse.

— Oui, c'est vrai, reconnut le comte en hochant la tête, Ludwig ce soir-là avait été très blessant. Il avait totalement perdu son sang-froid.

— Un mot en entraîne un autre, dit Pia. Hirtreiter a malheureusement dû se montrer très offensant le soir du meurtre aussi et elle s'est sentie blessée. Puis il a dû lui lancer que Rolf Glöckner lui avait appris qu'elle "était de mèche avec Theissen" pour saboter l'Initiative citoyenne.

Le vieux comte s'arrêta et regarda Pia en fronçant les sourcils.

— Ricky, murmura-t-il. C'est ce que pensait aussi Kerstin.

— Qui pensait quoi ?

— Le soir dans le hall, se rappela Heinrich von Bodenstein. Kerstin voulait absolument me dire quelque chose sur Ricky. Elle était sur un brancard et les infirmiers l'emmenaient dans l'ambulance, et elle n'a pas pu me dire ce qu'elle avait vu.

— Ricky a profité du chaos pour faire disparaître la liste des signatures. Elle l'a avoué.

— Mais pourquoi ? Elle avait tant fait pour l'Initiative citoyenne !

— Oui, mais Theissen lui avait offert cinq cent mille euros si elle arrivait à la saboter. Elle voulait aller en Amérique pour refaire sa vie, dit Pia en haussant les épaules.

— L'argent, soupira le père de Bodenstein. C'est toujours la même histoire.

Pendant le trajet vers le château, Pia lui raconta la suite de cette terrible histoire.

— Mme Franzen a pété les plombs quand elle a compris qu'elle était à la merci de Ludwig Hirtreiter. Elle a donné un coup au vieil homme qui, à cause de l'alcool, ne tenait pas très bien sur ses jambes. En trébuchant, il a laissé tomber le fusil, Ricky l'a ramassé et, en le menaçant avec, elle lui a fait promettre de garder le silence mais bien sûr ça n'a pas marché. Hirtreiter s'est moqué d'elle et l'a insultée. Elle lui a alors tiré dans le bas-ventre puis dans la figure. Hors d'elle contre le vieux, contre elle-même et contre la situation qui lui avait complètement échappé, elle a roué le mort de coups de crosse et de coups de pied jusqu'à ce qu'elle ait retrouvé son sang-froid.

Ils marchèrent un moment en silence et passèrent le grand portail. Leurs pieds grinçaient sur le gravier de l'allée.

— Et Tell ? Pourquoi elle a tué Tell ? demanda le comte d'une voix blanche.

— Apparemment parce qu'il s'est jeté sur elle. Il voulait défendre son maître.

— Que tout cela est absurde, dit tristement le comte.

— Grand-père ! cria soudain une petite voix. Grand-père ! Où est ton tracteur ?

Le visage de Heinrich von Bodenstein s'éclaira à la vue de la petite fille qui dévalait les marches du château et courait vers lui les cheveux au vent et les yeux brillants.

— Elle me ressemble, dit-il à Pia avec un clin d'œil. Ce qu'elle préfère, c'est être sur un tracteur ou sur un cheval.

Il ouvrit les bras et Sophia s'y jeta.

— Viens, dit-il. Ensuite nous irons sur le tracteur. Ta maman pourra venir aussi.

Pia les contempla en souriant puis elle se retourna.

Bodenstein se tenait en haut du perron. Visiblement, il allait mal. Dans sa chevelure sombre se mêlaient des mèches grises qu'elle n'avait jamais remarquées avant. Une ombre de barbe bleuissait son menton et il n'avait pas de cravate. L'histoire avec Annika Sommerfeld l'avait terriblement secoué. Jusqu'ici elle n'avait pas osé évoquer ce sujet sensible mais elle avait appris qu'on avait retrouvé sur le parking de l'aéroport de Munich la voiture du frère de Bodenstein. D'Annika Sommerfeld, pas de trace.

— Bonjour, dit-elle à son supérieur. Tu as une minute ? J'ai besoin de quelques signatures.

Elle le suivit jusqu'à la terrasse à travers le restaurant vide à cette heure, s'assit et posa les documents sur la table. Bodenstein ne fit même pas mine de s'asseoir. Il alla s'appuyer sur la balustrade et croisa les bras. Pendant un moment, il ne dit rien. Pia l'observait attentivement, attendant qu'il parle le premier.

— J'aurais dû t'écouter, dit-il finalement. Ton intuition te trompe rarement.

Pia ne ressentait aucune satisfaction d'avoir eu raison. Même si elle n'avait jamais aimé Annika, elle aurait aimé que son chef soit heureux.

— J'aurais préféré me tromper, dit-elle.

— Quoi qu'il en soit… Je me suis conduit comme un idiot et c'est seulement grâce au Dr Nicole Engel que toute cette histoire n'a pas eu de conséquences sur le plan professionnel.

Il contemplait le gazon en contrebas.

— J'ai parlé avec Theodorakis, dit-il. Il m'en a appris pas mal sur Annika. Entre autres, il a fouillé dans son sac. Elle avait sur elle plus de cent mille euros en liquide. D'où venait cet argent ?

— Du coffre d'Eisenhut à l'Institut, répondit sobrement Pia. Par ailleurs elle a détourné de l'argent des comptes de l'Institut.

Bodenstein soupira.

— Elle avait un ordinateur portable, un iPhone, ses papiers. Alors qu'elle m'avait raconté qu'elle s'était enfuie de Berlin si précipitamment qu'elle n'avait pu rien emporter. J'ai vraiment tout gobé. Comment j'ai pu être si stupide ?

— Tu n'as pas été stupide. Tu étais amoureux, rectifia Pia. Ton expérience dans le hall de la salle des fêtes t'avait épuisé. Dans ce genre de situation, on n'agit pas rationnellement.

— Et qu'est-ce qu'elle m'a caché ! Deux meurtres ? demanda-t-il d'une voix étouffée.

Il se retourna et Pia fut effrayée à la vue de son visage torturé.

— J'y pense jour et nuit. Elle a incendié la maison d'Eisenhut ; à cause d'elle, sa femme ne sortira plus jamais du coma. Il ne s'agissait pas de dénoncer des mensonges, elle se moquait bien de cet O'Sullivan. Tout ce qu'elle voulait, c'était se venger parce que Eisenhut avait épousé une autre femme.

Bodenstein se tut. Pia souffrait de tout son cœur de le voir déprimé à ce point. Mais que pouvait-elle lui dire ?

— Pia.

Il la regarda enfin et soupira.

— Tu es la première à qui je le dis. J'ai pris ma décision, pas de gaieté de cœur mais je l'ai prise. J'ai demandé à être muté à la K11 à Berlin.

— *Quoi ?* dit Pia en ouvrant des yeux incrédules. Ce n'est pas sérieux.

— Si. Je suis désolé.

Elle n'allait pas le laisser s'en tirer si facilement. Elle bondit de sa chaise et alla vers lui.

— Je sais bien pourquoi tu veux aller à Berlin. Tu espères trouver là-bas des renseignements sur elle. Et d'ailleurs tu n'es pas en assez bonne forme pour prendre un nouveau départ.

— Je dois essayer.

Il la fixa avec un regard amer.

— Mon mariage est foutu, j'habite chez mes parents et je sers juste de baby-sitter à Sophia. Même pour mon travail, je ne suis plus à la hauteur. Qu'est-ce qui me retient ici ?

Pia mit les mains sur les hanches et le fixa avec des yeux rétrécis.

— Tu te complais dans l'apitoiement sur toi-même, diagnostiqua-t-elle. C'est peut-être un peu prosaïque, mais après la pluie le soleil. Je suis la preuve vivante qu'on peut survivre à un divorce, non ?

Le mobile de Bodenstein sonna dans sa poche. Sans quitter Pia des yeux, il le sortit et prit la communication. Il écouta un court instant puis il dit :

— On arrive.

— Qu'est-ce que c'est ?

— Un cadavre. Dans un petit bois entre Liederbach et Hofheim.

À ce moment, la couverture de nuages s'ouvrit et le soleil illumina soudain la terrasse faisant cligner les yeux de Pia.

— Tu as sans doute raison, dit-il.

— À quel propos ?

— Après la pluie le soleil.

Il sourit. Un sourire proche de celui que Pia lui connaissait.

— Tu me manqueras quand je serai à Berlin.

— Tu n'y es pas encore.

ÉPILOGUE

Samedi 14 novembre 2009

— Café ? demanda Bodenstein. Son père acquiesça, il lui tendit la tasse et ouvrit le journal. La une le frappa immédiatement.

"*L'enfumage du réchauffement global*, lut-il et il sentit qu'il se mettait à trembler. *Un peu avant le sommet sur le climat à Copenhague, le monde de la recherche mondiale est secoué par un scandale de données manipulées et de mails piratés. Des inconnus sont parvenus à copier des milliers de mails à usage interne et de données secrètes dans le serveur du centre de recherche sur le climat de l'université du pays de Galles. Le scandale n'est pas en soi le vol des données mais le contenu des mails dont l'authenticité a été confirmée par le directeur, ce qui l'a d'ailleurs conduit à quitter ses fonctions. Dans ces mails, d'éminents chercheurs sur le climat discutaient de la façon de s'y prendre avec les journalistes et les critiques en manipulant les données, afin que ceux-ci soutiennent la thèse officielle d'un changement du climat causé par l'homme. Cette révélation est la preuve d'une tentative sans exemple de chercheurs mondialement connus pour transformer ou effacer des résultats scientifiques à des fins politiques. Le scandale dépasse le seul Institut britannique, car le centre de recherche sur le climat de l'université de Galles n'est que l'un des quatre instituts mondiaux qui fournissent au Conseil du climat à Genève les « données de température » officielles. Ainsi le nom du Pr Dirk Eisenhut, directeur de l'Institut allemand du climat, apparaît-il constamment dans les mails. Le pape du climat allemand, dont le nom a un grand poids dans le Conseil mondial du climat, n'est toujours pas disposé à faire de commentaires mais il semble que désormais sa crédibilité soit gravement compromise. Il n'a pas d'autre alternative que de démissionner de son poste pour éviter de causer d'autres dommages à son Institut. En faisant allusion au scandale du Watergate, la presse anglaise et américaine parle déjà de « Climatgate », ce qui conduira sans doute la fraction internationale du réchauffement global à un grave déficit d'explications."*

Bodenstein replia le journal et but son café tiède. Annika y était finalement arrivée.

Pour en savoir plus sur la collection Actes noirs,
tous les livres, les nouveautés, les auteurs, les actualités,
lire des extraits en avant-première :

actes-sud.fr
facebook/actes noirs
application Actes noirs disponible gratuitement sur
l'Apple Store et Google Play

Ouvrage réalisé par l'atelier graphique Actes Sud, achevé d'imprimer sur Roto-Page en octobre 2013 par l'Imprimerie Floch à Mayenne pour le compte des éditions Actes Sud, Le Méjan, place Nina-Berberova, 13200 Arles.
Dépôt légal 1re édition : novembre 2013.
N° impr. : 85722
(Imprimé en France)